唐詩三百首
賞析大全集

林郁　主編

前　言

　　唐朝是中國詩歌發展的黃金時期。在唐朝的二百九十多年裏，湧現出了大量詩歌名家，創造出了五萬首之多的唐詩。它已經成為了傳承中國文化和民族精神的重要載體，了解中國悠久歷史文化的重要管道。古往今來，歷代人吟之誦之，和古人一起體味人生苦樂，感悟生活哲理，議論社會時弊……唐詩是中華民族智慧的結晶，它如浩瀚的海洋，有數不盡的珍寶期待我們去發現、去採擷。

　　蘅塘退士的《唐詩三百首》是近兩百多年來流傳最為廣泛，風行海內外的唐詩選本。然而蘅塘退士的《唐詩三百首》，為當時社會風俗和詩家清規的限制，以「溫柔敦厚」的中庸之道來選擇詩文，大量膾炙人口的名篇都沒有入選，如《石壕吏》、《賣炭翁》等等。為了惠顧廣大讀者，我們繼承蘅塘退士《唐詩三百首》的精華，又參照多種唐詩編本，精選出了三百首唐詩，編成了這本唐詩大全集。目的在於為中學生、大學生、社會青年，以及愛好唐詩的廣大讀者，提供一本普及型讀物，為弘揚民族文化，提高民族素質做出綿薄之力。

〔本書具有以下幾個鮮明的特點〕

　　第一，所選詩都是大家廣為傳誦的膾炙人口的佳作。如《靜夜思》（李白）、《遊子吟》（孟郊）、《草》（白居易）、《相思》（王維）、《春曉》（孟浩然）、《石壕吏》（杜甫）、《江雪》（柳宗元）等。這些詩意境優美，韻律和諧。其中的名言警句頗多，如「花間一壺酒，對影成三人」，「憑君莫話封侯事，一將功成萬骨枯」，「滿城盡帶

黃金甲」，「人面桃花相映紅」等等。

　　第二，所選詩的題材廣泛。有描寫自然景色的《望岳》（杜甫）、《望廬山瀑布》（李白）、《春江花月夜》（張若虛）、《白雪歌送武判官歸京》（岑參）；有表現田園生活的《過故人莊》（孟浩然）；有寫送別友人的《送杜少府之任蜀州》（王勃）、《渭城曲》（又名送元二使安西）（王維）、《送孟浩然之廣陵》（李白）；有寫親情的《遊子吟》（孟郊）；有揭露戰爭給人民帶來深重災難的《兵車行》《石壕吏》（杜甫），……從邊塞風光到鄉野小景，從生活瑣事到國恨家愁，或浪漫主義或現實主義，應有盡有。

　　第三，本書所選詩的詩人範圍比較廣泛。有大名鼎鼎的李白、杜甫、王維、岑參、白居易、杜牧、柳宗元、劉禹錫、李商隱等，也有鮮為人知的王侯、僧侶、歌女等。如黃巢、秦韜玉等。

　　第四，選擇詩歌體裁全面。五言、七言的古詩、律詩和絕句以及樂府的名家代表作品均有收錄。如五言古詩中有杜甫的《望嶽》、李白的樂府詩《將進酒》、王維的五律詩《山居秋暝》等等。

　　第五，為了幫助讀者理解每首詩歌，我們在其後邊加上了非常詳細的注釋和優美、實用的賞析。注釋中包括有詞、字意思的解釋，以及詩中出現的典故故事等內容，力求使讀者更快更好地理解詩歌。我們在鑒賞詩歌的內容中，涉及部分詩歌句子的譯文和字、句運用起到的作用以及詩所表現的意境等等方面內容，資訊含量大。總之，我們以方便讀者為原則，盡可能地為大家欣賞詩歌提供幫助。

　　第六，本書精選了二百多幅名家畫作，圖文並茂，幫助讀者更好地領悟詩歌意境。

　　本書在編寫過程中參考了多家新作，得到了出版社和同業朋友的大力支持，在這裏一併致謝。

　　鑒於編者水準有限，見識孤陋，文章中不可避免會出現一些疏漏，敬請大家諒解並積極批評指正。

目　錄

唐詩三百首賞析大全集

六

唐詩三百首賞析大全集

王 績

【詩人名片】

王績（585～644）

字號：字無功，號東皋子

籍貫：絳州（今屬山西）

作品風格：真率疏淺，質樸自然

【詩人小傳】：15歲便遊歷長安（今西安），拜見當時的權貴大臣楊素，被時人稱為神仙童子。大業元年（605），應孝廉舉，中高第，授祕書正字，後改授揚州六合縣丞。因嗜酒誤事，被解職。唐武德八年（625），王績以前朝官待詔門下省。他性情曠達，嗜酒如命，貞觀初期，太樂署史焦革善釀酒，王績自求任太樂丞，後因焦氏夫婦相繼去世，王績棄官回鄉。他心念仕途，卻又難以顯赫發達，便歸隱田園，以琴酒詩歌自娛。

王績被後人公認為是五言律詩的奠基人，文風清逸樸素，扭轉了齊梁綺靡餘風，在中國詩歌史上具有重要地位。有《王無功文集》五卷本存世，卷中《五斗先生傳》《酒賦》《獨酌》《醉後》等詩文，被太史令李淳風譽為「酒家之南董」。

▷ 秋夜喜遇王處士❶

北場芸藿罷❷，東皋刈黍歸❸。

相逢秋月滿，更值夜螢飛。

【注】❶處士：古代對有德才而不願做官隱居民間的人的敬稱。❷芸藿（音貨）：鋤豆。芸，通「耘」，指耕耘。藿，指豆葉。❸刈（音意）：割。

詩人厭倦官場的污濁風氣，曾兩次歸隱。這首詩就描寫的是詩人隱居生活的情景。

「北場芸藿罷，東皋刈黍歸。」這兩句　述了「喜遇」的背景，即詩人在田地裏耕作了一天。這裏「北場」、「東皋」都是泛指詩人家附近的田地。詩人耕作於不同地點，耕耘不同作物，這些場景和作物的變化，在視野上給人描繪了一幅和諧而又有節奏的動感畫面，體現了詩人耕作時的愉快心情。雖然詩人寫的這兩句平淡不加雕飾，但樸素而有節奏的詩句中，自然描繪出了詩人優閒自在的田園生活，這樣輕鬆自由的環境也使詩人的心境變得和諧平衡。

三、四兩句「相逢秋月滿，更值夜螢飛」，描寫的是詩人和朋友李處士相遇時的自然風景。這兩句話的意思是：兩人相逢時，滿月高懸天空，皎潔的月光照亮了夜路，田野上的飛螢，在兩人周圍飛來飛去。星星點點的螢光、明亮的秋月，把鄉村夜景襯托得寧靜而不單調，透著恬淡之美，別有一番情趣。上文我們提到，詩人見到朋友自當非常高興，但是詩人沒有在三四句中直接抒情表達這種喜悅，而是借助這些自然山村夜景和「相逢」、「更值」這些帶有濃重感情色彩的句子，將見到朋友的喜悅和周圍美好的風景融合到一起，讓人身心都是快意舒適，使詩人和朋友相遇的畫面更加美好而生動。

這是一首五言絕句，語言質樸自然、清新流暢。在當時六朝靡麗詩風尚存的時代，可謂獨樹一幟。

王績受老莊思想影響較大。他的不少詩篇雖然表現出了對封建禮教束縛的不滿，但同時也流露出了消極遁世的思想，如他的另一首詩《野望》。而他的這首詩清新明快，充滿生活氣息。該詩最突出的特點是寓情於景，借景抒情。「北場」、「東皋」、「秋月」、「夜螢」，每處景物都飽含了詩人的喜悅心情，開頭兩句的美景是愉快的，後兩句好友相逢更是喜上加喜，這種心情透露在字裏行間。

從田園詩的發展上看，陶淵明的詩重點在寫意，王維的詩重在創造優

美意境。王績的這首詩受到了陶淵明詩的影響，同時也可以說是王維田園詩的先聲。

▷ 野望

東皋薄暮望❶，徙倚欲何依❷。
樹樹皆秋色，山山唯落暉。
牧人驅犢返，獵馬帶禽歸。
相顧無相識，長歌懷采薇❸。

【注】❶東皋（音高）：指的是王績的家鄉絳州龍門（今山西河津）的一個地方。他的號東皋子，也是因常遊此地而起。❷徙倚：留連，徘徊。欲何依：這是作者化用了曹操《短歌行》中的「月明星稀，烏鵲南飛，繞樹三匝，何枝可依」的意思，表達自己孤寂無依的惆悵心情。❸采薇：古人常常用采薇借指隱居生活。

《野望》這首詩是王績的代表作，全詩寫的是山村傍晚的秋景，在安閒的氣氛中流露出了詩人幾分惆悵、孤獨和抑鬱心情。

「東皋薄暮望，徙倚欲何依。」這一句向我們展示了這樣一個畫面，秋天的一個傍晚，詩人獨自一個人漫無目的地看著遠方。這時詩人內心生出幾分惆悵，詩人化用曹操的「何所依」的意思，問自己「欲何依」，順其自然地表達出了詩人內心無所依靠的孤單。

下面四句寫的是傍晚時，詩人看到的景象。樹林中片片樹葉已經枯黃，呈現一片秋天的蕭瑟情景，落日的餘暉照在層層的山巒上，越發襯托這份蕭瑟。

描述完這樣靜謐的景象後，詩人又寫到了兩處動景：牧人放牧回來，獵人也騎著馬滿載獵物歸來。這四句遠景與近景、光和

色、動與靜完美結合，為我們勾勒出了一幅美麗的山水田園畫，一片安樂祥和的氛圍。

但是詩人沒有從這些美好的田園風光中得到安慰，他筆鋒一轉，在最後寫道：「相顧無相識，長歌懷采薇」，原來這些熱鬧的場景和詩人無關，場景中的人詩人也不認識，整首詩的感情又回到空寂無聊。這一靜一動的對比，越發表現了詩人內心的孤寂、苦悶。所以，最後詩人只有放聲高歌排遣內心惆悵。

這首詩一改以往詩歌的浮華靡豔風氣，文筆樸素，文風質樸，讓人讀來如沐浴清風，沁人心脾，簡樸自然。

這是一首五言律詩。中間兩聯寫景，首聯和尾聯抒情言事，經過情—景—情的結構，深化了詩文的意思，這正符合律詩的章法。而在當時，律詩這種新的體裁還尚未定型，所以，這首詩是現存唐朝最早格律完整的五言律詩。

【後人點評】

王堯衢曰：此詩格調最清，宜取以壓卷。視此，則律中起承轉合了然矣！

盧照鄰

【詩人名片】

盧照鄰（約632～約695）

字號：字升之，自號幽憂子

籍貫：幽州范陽（今河北省涿州市）

作品風格：邏輯嚴密，詩文清峻

【詩人小傳】'唐高宗、武后時的著名詩人，「初唐四傑之一」。他少時師從曹憲、丁義方學習經史，才學廣博。高宗永徽五年（654），任鄧王李裕府典籤，高宗乾封三年（668）初，調任益州新都（今四川成都附近）尉。離蜀後，身染風疾，居住太行山，因服丹藥中毒，導致手足殘疾。後遷至陽翟具茨山（今河南省禹縣北）下。因為長期受病痛折磨，自投穎水而死。

曾著《五悲文》以自明。有集二十卷，又有《幽憂子》三卷，會編詩二卷。

▷ 長安古意❶

長安大道連狹斜❷，青牛白馬七香車❸。

玉輦縱橫過主第❹，金鞭絡繹向侯家❺。

龍銜寶蓋承朝日❻，鳳吐流蘇帶晚霞❼。

百尺游絲爭繞樹❽，一群嬌鳥共啼花。

游蜂戲蝶千門側❾，碧樹銀台萬種色。

複道交窗作合歡❿，雙闕連甍垂鳳翼⓫。
梁家畫閣中天起⓬，漢帝金莖雲外直⓭。
樓前相望不相知，陌上相逢詎相識⓮？
借問吹簫向紫煙⓯，曾經學舞度芳年。
得成比目何辭死⓰，願作鴛鴦不羨仙。
比目鴛鴦真可羨，雙去雙來君不見？
生憎帳額繡孤鸞⓱，好取門簾帖雙燕⓲。
雙燕雙飛繞畫樑，羅帷翠被鬱金香⓳。
片片行雲著蟬翼⓴，纖纖初月上鴉黃㉑。
鴉黃粉白車中出，含嬌含態情非一。
妖童寶馬鐵連錢㉒，娼婦盤龍金屈膝㉓。
御史府中烏夜啼㉔，廷尉門前雀欲棲㉕。
隱隱朱城臨玉道㉖，遙遙翠幰沒金堤㉗。
挾彈飛鷹杜陵北㉘，探丸借客渭橋西㉙。
俱邀俠客芙蓉劍㉚，共宿娼家桃李蹊㉛。
娼家日暮紫羅裙，清歌一囀口氛氳㉜。
北堂夜夜人如月㉝，南陌朝朝騎似雲。
南陌北堂連北里㉞，五劇三條控三市㉟。
弱柳青槐拂地垂，佳氣紅塵暗天起㊱。
漢代金吾千騎來㊲，翡翠屠蘇鸚鵡杯㊳。
羅襦寶帶為君解㊴，燕歌趙舞為君開㊵。
別有豪華稱將相，轉日回天不相讓㊶。
意氣由來排灌夫㊷，專權判不容蕭相㊸。
專權意氣本豪雄，青虯紫燕坐春風㊹。
自言歌舞長千載，自謂驕奢凌五公㊺。
節物風光不相待㊻，桑田碧海須臾改㊼。
昔時金階白玉堂，即今惟見青松在。
寂寂寥寥揚子居㊽，年年歲歲一床書。

獨有南山桂花發❹⑨，飛來飛去襲人裾。

【注】❶「古意」：是六朝之後，詩歌常見的標題，表示這首詩是擬古之作。❷狹斜：指小巷。❸七香車：指由多種香木製作成的車。❹玉輦：本指天子乘坐的車子，用玉做裝飾，這裏泛指豪門貴族華麗的車子。主第：公主第宅。第，指官僚的住宅，皇帝賜給臣子的房屋分為甲乙次第。❺侯家：王侯之家。❻龍銜寶蓋：車子支柱上雕刻成龍形，頂著車蓋，像是龍口叼著車蓋。寶蓋，即華蓋，古時車上用來遮陽避雨的圓形傘蓋。❼鳳吐流蘇：車蓋上鳳凰的嘴上掛著流蘇。流蘇，用絲線或五彩羽毛做成的穗子。❽游絲：蟲類吐出的飄在空中的絲。❾千門：指宮門。❿複道：又稱閣道，是用木材架設在宮苑空中的通道。交窗：有花格圖案的窗子。合歡：又叫絨花樹、馬纓花。這裏指複道或交窗上的合歡花圖案。⓫闕：宮門前的望樓。甍（音蒙）：屋脊。垂鳳翼：雙闕上裝飾的金鳳，垂著翅膀。⓬梁家：這裏指的是東漢外戚梁冀家。梁冀是漢順帝梁皇后兄，生活奢華，曾大興土木，為自己建造府宅。這裏以此代指長安富豪之家。⓭漢帝：這裏指漢武帝。金莖：銅柱。漢武帝劉徹在建章宮內立了一個二十丈高的銅柱，在上面放置銅盤，名為仙人掌，用來接露水。⓮陌上：本意田間，這裏泛指路上。詎：同「豈」。⓯吹簫：這裏借用了春秋時簫史吹簫故事。善於吹簫的簫史，和秦穆公的女兒弄玉結為夫妻，後兩人雙雙成仙。向紫煙：指飛入天空。⓰比目：魚名。古人常用比目魚比喻男女相伴相愛。⓱帳額：帳子前的橫幅。孤鸞：象徵獨自居住。鸞，傳說中鳳凰一類的神鳥。⓲好取：希望，願意。雙燕：象徵自由幸福的愛情。⓳鬱金香：一種名貴的香料，傳說產自大秦國。這裏指帳子和被子都用鬱金香熏過。⓴行雲：這裏指蓬鬆美麗的髮型。蟬翼：古代婦女的一種類似蟬翼的髮式。㉑初月上鴉黃：古代婦女在化妝時常常在額上用黃色塗一個月牙。鴉黃，嫩黃色。㉒妖童：泛指輕薄浮華子弟。鐵連錢：指馬身上有連環的錢狀花紋。㉓娼婦：這裏指上文中「鴉黃粉白」的豪貴人家的歌舞者。盤龍：一種釵名。屈膝：這裏指車門上的鉸鏈。㉔御史：官名，主管彈劾事情。㉕廷尉：官名，主管刑法。雀欲棲：暗指執法官門庭冷

落，上句中的「烏夜啼」也是這個意思。㉖朱城：宮城。玉道：指修建得整潔漂亮的道路。㉗翠幰（ㄒㄧㄢˇ）：車上鑲的翡翠帷幕。幰，指車上的帷幕。金堤：堅固的河堤。㉘挾彈飛鷹：指打獵的場景。杜陵：在長安東南，西漢宣帝陵墓所在的地方。㉙探丸借客：比喻遊俠殺人，幫人報仇。出自《漢書‧尹賞傳》：「長安中奸猾浸多，閭裏少年，群輩殺吏，受賕報仇，相與探丸為彈，得赤丸者斫武吏，黑丸者斫文吏，白者主治喪。」借客，指助人。渭橋，在長安西北，是秦始皇建造的一條橫跨渭水的橋。㉚芙蓉劍：古劍名，春秋時越國鑄。這裏泛指寶劍。㉛桃李蹊：指娼家的住處。語出《史記‧李將軍列傳》：「桃李不言，下自成蹊。」㉜氛氳：香氣濃郁。㉝北堂：指娼家。人如月：形容娼妓的美貌。㉞南陌：指娼家門外。騎似雲：形容來的客人很多。北里：即唐代長安平康里，這裏是妓女聚居的地方，因平康里在長安城北，所以又稱為北里。㉟五劇：泛指許多交錯的路。劇，交通要塞。三條：泛指許多通達的道路。三市：泛指許多市場。控：連接。㊱佳氣紅塵：指車馬混雜的喧鬧場景。㊲金吾：即執金吾，漢代禁衛軍的官銜名。唐代設有左、右金吾衛，有金吾大將軍。這裏泛指禁軍官員。㊳翡翠：本指翠綠的美玉，這裏形容美酒的顏色。屠蘇：一種美酒名。鸚鵡杯：即海螺盞，它是用南洋產的一種形狀像鸚鵡的海螺製作的酒杯。㊴羅襦：絲綢短衣。㊵燕趙歌舞：戰國時燕、趙二國歌舞最為興盛。這裏借指美妙的歌舞。㊶轉日回天：指權勢大得可以左右皇帝的意志。天，指皇帝。㊷灌夫：字仲孺，漢武帝時的一位將軍，橫霸穎川，好飲酒罵人，剛直任俠。因使酒罵座，後被丞相武安侯田蚡陷害致誅族。㊸蕭相：指蕭何，漢高祖丞相，高祖封功臣時居他為第一，武將們都很不高興。㊹青虯、紫燕：均指好馬。屈原《九章‧涉江》：「駕青虯兮驂白螭。」虯，本指無角龍，這裏借指良馬。紫燕，駿馬名。㊺五公：五個達官或封公爵者的合稱。這裏指西漢張湯、杜周、蕭望之、馮奉世、史丹。㊻節物風光：指節令、時序。㊼桑田碧海：即滄海桑田。這裏以此比喻世事變化很大。㊽揚子：指漢代揚雄，字子雲，在長安時仕途坎坷、不得意，曾閉門著《法言》《太玄》。左思《詠史》詩：「寂寂揚子宅，門無

卿相與。寥寥空宇中，所講在玄虛。」❹南山：借指避世隱居。

　　這首詩是初唐七言歌行的代表作之一，也是盧照鄰的代表作品。

　　從漢魏六朝開始，有許多通過寫洛陽、長安喧鬧奢華的場景，來表現富豪權貴浮華生活的作品，而盧照鄰在這首詩中採用傳統題材，通過描繪長安城的車馬、侍女、交通等現實生活場景，透視權貴驕奢淫逸的生活和相互傾軋鬥爭的情況，諷喻了當世奢靡黑暗的生活，同時也表現出了詩人懷才不遇的寂寥和悲憤，最後也揭示了世事變幻無常、榮華富貴難長久的生活哲理。

　　全詩可分為四個部分。第一部分「長安大道連狹斜」到「娼婦盤龍金屈膝」，首句就描繪了寬廣的大道、交織錯落的小巷，場面宏大。第二句主要描寫了長安街上的名車寶馬。第三句和第四句通過「縱橫」、「絡繹」兩個詞突出了車馬川流不息，表現了富豪貴族們追逐享樂生活的人之多，速度之快。以上這四句，從空間上向我們鋪展開了一幅繁華熱鬧的長安街景。「龍銜寶蓋承朝日，鳳吐流蘇帶晚霞。」兩句表面上寫的是物，實則是從時間角度來寫，用車駕的忙碌借指富豪貴族們從早到晚忙於享受奢華生活。不僅人是匆忙的，就連長安城的景物也是繁忙、熱鬧的，從「百尺游絲爭繞樹」到「漢帝金莖雲外直」，主要寫了景物、宮殿和豪門住宅。「游絲」爭搶著圍繞大樹，一群群「嬌鳥」在花叢中不斷地啼歌。遊戲中的蜜蜂和蝴蝶在宮門處飛來飛去，樓臺五顏六色，閣道和木窗上都雕刻著美麗的合歡花。宮門的望樓和屋脊上到處都裝飾著垂翼的鳳凰。可見，詩人沒有將筆墨揮灑在描述宮室建築的宏大，而是用局部描寫來透視全局的方法，通過描寫「複道」、「交窗」、「雙闕」、「甍」幾處局部的事物，概寫了整個宮殿的富麗堂皇。寫到富豪的宅邸也是概括了豪宅樓閣的高聳。作者用華麗的辭藻、飛揚的筆墨向我們展示了一幅上層社會奢侈富麗的極樂世界。

　　「樓前相望不相知，陌上相逢詎相識？」即使在樓前望見也不知道彼此是做什麼的，即使是在路上碰到，也互不認識。突出了豪門內侍女之多。接下來詩人仍然沒有全面鋪開寫豪門內的生活，而是通過歌舞者的大段描寫，來反映豪門貴族生活的狀況。從「借問吹簫向紫煙」到「好取門簾帖雙燕」寫的是富豪人家裏的男女情愛。一個人打聽到一個像「吹簫向

紫煙」的弄玉那樣美麗的姑娘，原來是貴族家的舞女，他愛戀這個舞女，希望能夠和她像比目魚、鴛鴦那樣相伴，舞女內心也渴望著愛情，她憎惡帳前的孤鸞，想要用雙燕代替。文中「何辭死」、「不羨仙」、「生憎」等詞語表現了他們愛戀得狂熱而痛苦。詩人通過這個舞女的一個小小的側面，反映出皇宮貴族的生活概貌。接下來詩人寫的是歌舞女子的居所，充滿了鬱金香的香氣，而她們的梳妝（片片行雲著蟬翼，纖纖初月上雅黃），美麗的雲鬘，額上塗著明亮的雅黃，非常妖嬈，嬌羞嫵媚。待她們打扮好了，便紛紛坐上香車，隨著公子出去遊玩了。最後以「妖童寶馬鐵連錢，娼婦盤龍金屈膝」結束了對白晝裏的長安城的描述。

第二部分從「御史府中烏夜啼」到「燕歌趙舞為君開」，共二十句，以市井娼家為主，描繪出了一幅各種人物縱情享樂，沉迷聲色的夜生活。這部分開頭兩句活用了兩個典故。即《漢書•朱博傳》中說長安御史府中的柏樹上有很多烏鴉棲息，《史記•汲鄭列傳》中有廷尉翟公罷官後，門可羅雀。這兩句暗示了執法門庭的冷落，獄史和廷尉對權貴公子的驕縱生活也無可奈何。「隱隱朱城」、「遙遙翠幰」的描寫表明了黑夜降臨，長安城裏人們的夜生活即將開始。夜裏的長安城，什麼人都會出現，什麼事情都會發生。「挾彈飛鷹」的放蕩公子或者「探丸借客」的不法之徒，或者是「行俠仗義」的俠士，都聚集在了娼家。這裏用「桃李蹊」代指娼家，有「桃李不言，下自成蹊」的意思，暗示那裏別有一番熱鬧景象。日暮中，娼家裏穿著「紫羅裙」的美女到處都是，讓人眼花撩亂；輕歌曼舞，充滿「氤氳」之氣。「北堂」娼家裏的美女總是那樣的青春美麗，來娼家的客人總是熙熙攘攘，絡繹不絕。「北堂夜夜人如月，南陌朝朝騎似雲」中的「夜」、「朝」恰好和前面「龍銜寶蓋承朝日，鳳吐流蘇帶晚霞」中的「朝」、「晚」連在一起，表現出了長安城中人們晝夜不停地享受玩樂，週而復始沒有窮盡。「南陌北堂連北里，五劇三條控三市。」這兩句極言娼家之多。娼家多，來的人也很雜，不僅僅是上面說的那幾類，還有禁軍官員也來這裏飲酒享樂，所以「羅襦寶帶為君解，燕歌趙舞為君開」。詩人在這裏給我們描畫出了一幅娼家的各色人物在這裏縱情聲色、墮落陳腐的畫面，詩人用剛勁的筆觸透視了他們窮奢極欲的醜態，這場面就像聞一多先生說的「顛狂中有戰慄，墮落中有靈性」。

第三部分從「別有豪華稱將相」到「即今惟見青松在」。這十二句開始寫上層統治集團內部，除了追逐享樂之外，也在爭搶著權力，文武權臣互相傾軋，這些將相豪臣的權力可以左右天子，豪臣之間互不相讓。接下來詩人引用「灌夫」和「蕭何」這兩個典故既表示文臣武將驕橫縱意，也點出他們之間明爭暗鬥的情況。「專權意氣本豪雄」到「自謂驕奢凌五公」描寫這些文武權臣們驕橫肆意、大話連篇，得意到了極點的情景。可是「節物風光不相待，桑田碧海須臾改」。這些繁華和榮耀不能恒久，朝夕之間，曾經華麗的殿堂，已經是人去樓空，只有青松還在那裏。一切已經是物是人非了。「惟見青松」和上邊奢華熱鬧場景形成了鮮明的對比，更襯托了如今的寂寥和蕭條。

第四部分是最後四句，以漢代窮居著書的揚雄自況，表達自己懷才不遇的心情，前寫的長安城熱鬧非凡；這裏寫終南山內，寂寥非常。前面是縱情歡樂、爭權奪利；這裏是不貪圖榮華富貴、年年歲歲扎在書堆中無欲無求。前者是繁榮富貴不能長久；而後者卻能流芳百世（「獨有南山桂花發，飛來飛去襲人裾」）。這些與前面所寫的富豪貴族們的生活相對照，針砭當世，托物言志，表達了詩人對驕奢生活的批判和自己懷才不遇的苦悶和不平。

此詩為七言古體，用墨有重點，詳略恰當，結尾發人深思，詩文場景轉換自然且有節奏，雖有六朝鋪陳華豔餘風，但大體服從內容的需要，是一篇七古巨作。

【後人點評】

明人胡應麟：七言長體，極於此矣！

駱賓王

【詩人名片】

駱賓王（約640～684以後）
字號：字務光
籍貫：婺州義烏（今浙江義烏市）
作品風格：精工整練

【詩人小傳】：唐高宗、武后時著名詩人、文學家。初唐四傑之一。七歲作詩《詠鵝》，在當時被稱為「神童」。龍朔初年，為道王李元慶府屬官。後拜奉禮郎，為動台詳正學士，因事被降職，從軍西域，戍守邊疆。後又入蜀平定蠻族叛亂。返京後，任武功主簿，後又入朝為侍御史。曾被誣入獄，遇赦得釋，調露二年出任臨海縣丞，後又棄官。徐敬業起兵討武，駱賓王為其寫討武檄文，徐敬業兵敗被殺，駱賓王下落不明。

駱賓王的詩題材較為廣泛，因才高位卑，詩中常常表達激憤心情。他尤其擅長七言歌行，排比鋪陳、筆力雄健，其中《帝京篇》在當時被稱為絕唱。他的五律也有很多佳作。現有《駱賓王文集》存於世。

▷ 詠蟬

西陸蟬聲唱❶，南冠客思深❷。
不堪玄鬢影❸，來對白頭吟。
露重飛難進，風多響易沉。
無人信高潔，誰為表予心？

【注】❶西陸：指秋天。《隋書•天文志》：「日循黃道東行，一日一夜行一度，三百六十五日有奇而周天。行東陸謂之春，行南陸謂之夏，行西陸謂之秋，行北陸謂之冬。」❷南冠：指囚犯。《左傳•成公九年》：「晉侯觀於軍府，見鍾儀，問之曰：『南冠而縶者誰也？』有司對曰：『鄭人所獻楚囚也。』」❸玄鬢：指蟬。古代婦女常將鬢髮梳成蟬翼狀，稱為蟬鬢，也叫玄鬢。所以玄鬢也代指蟬。

　　唐高宗儀鳳三年（678），時任侍御史的駱賓王，因上疏議論政事，觸忤了武后，被誣衊貪贓罪，含冤下獄，當時他只有三十多歲。這年秋天，他在獄中聽到蟬鳴有感而發，寫下這首詩，表達自己心含冤屈、無處申訴的愁悶。

　　「西陸蟬聲唱，南冠客思深」意思是，秋天裏的蟬鳴聲不斷，這讓在監獄中的詩人越發愁悶。該詩以對偶句開篇，採用起興的手法，用蟬聲引出愁思。蟬聲響亮，越發讓詩人心悸。

　　「不堪玄鬢影，來對白頭吟。」說的是秋蟬還能兩鬢烏黑，在樹上高唱。而詩人也曾鬥志昂揚地高歌過，如今卻因為仕途坎坷、重重遭難，最後落得個鋃鐺入獄的下場，早早地愁白了頭髮。蟬和人兩相比照，詩人內心的悲涼心情自然流露出來。詩人在這裏用比興的手法，把這份淒慘的感情委婉曲折地表達了出來，更顯詩人壓抑的心情。「白頭吟」又是樂府曲名，卓文君曾因為司馬相如不忠，而作《白頭吟》：「淒淒重淒淒，嫁娶不須啼。願得一心人，白頭不相離。」在這裏詩人用「白頭吟」一語雙關，既表達自己內心愁苦以致白頭，又表明自己對朝廷一片忠心。

　　「露重飛難進，風多響易沉。」說的是因為白露打濕了蟬的翅膀，使蟬難以飛翔。陣陣的大風掩蓋了蟬的鳴叫。這兩句明是寫蟬，其實是詩人以蟬自比，寫自己仕途不順，言論被壓制。這裏蟬和詩人完美地融合在了一起，結合得圓潤經典。

　　最後兩句仍用秋蟬作為比喻，秋蟬高居樹上，餐風飲露，而有誰相信它的這份高潔呢？而詩人和蟬一樣自己雖然潔身自好，有高尚純潔的品性，卻不能得到人們的理解，反倒被誣衊，進了監獄。詩人發出有誰能幫我伸冤的慨歎，抒發了自己內心的悲憤不平，希望能沉冤昭雪，同時，詩

中也摻雜著無奈之情。

這是一首五言律詩，詠物抒懷，感情充沛，人和物在這首詩裏完美地融合在了一起，渾然天成。用典自然、恰當。

【後人點評】

《唐宋詩舉要》：以蟬自喻，語意沉至。

▷於易水送人一絕❶

此地別燕丹❷，壯士髮衝冠❸。
昔時人已沒❹，今日水猶寒。

【注】❶易水：河流名，又稱易河，在今河北省易縣境內。易水分南易水、中易水、北易水。是戰國時燕國南邊的邊界。❷此地：指的是易水岸邊。燕丹：指燕太子丹。❸壯士：指荊軻，戰國衛人，著名的刺客。髮衝冠：指頭髮豎起把帽子頂起來了，形容人非常憤怒。冠，帽子。❹人：有兩種說法，一種單指荊軻，另一種認為指當時在場的人。沒：同「歿」，指死去。

唐高宗儀鳳三年（678），時任侍御史的駱賓王因上疏諷諫，觸怒了武后，不久，便被誣入獄。儀鳳四年（679）秋，駱賓王遇赦出獄。這年冬季，他奔走幽燕地區，投身軍幕，以報效國家。這首詩大概就寫在他在幽燕這個時期。詩人在此詩中借詠史來喻今，描述自己在易水送別友人時的感受，表達詩人對古代英雄的仰慕，感慨自己不能一展抱負的苦悶。

「此地別燕丹，壯士髮衝冠。」易水是詩人送別友人的地方，在這裏詩人很自然地想起了曾經發生過的重要歷史事件。戰國末年，燕太子丹復仇，派荊軻去刺殺秦王，燕太子丹、高漸離和宋意都身著白衣在易水河畔送別荊軻。荊軻在易水河邊唱道：「風蕭蕭兮易水寒，壯士一去兮不復還。」歌聲悲壯。「壯士髮衝冠」描述的是當時荊軻壯士不惜用生命報效國家的悲壯，同時也表達了詩人對英雄荊軻的欽佩之情。這本是一首送別友人的詩，但是詩人隻字未提送別時的悲傷、留戀，而是直接寫荊軻送別

這一場景，可見，詩人內心充滿抑鬱，單刀直入主題，為之後的抒情做鋪墊。

「昔時人已沒，今日水猶寒」，由「昔時」自然引出「今日」，借史事抒發今情，曾經的知人善任的燕太子丹和忠心報國、英勇無畏的壯士荊軻已經不在了，只有易水還依然在流淌。這兩句不僅表達了詩人對他們的緬懷與仰慕，同時也抒發了詩人內心抑鬱難以申訴的痛苦。寓情於景，情景交融，煥然一體，「已」、「猶」二字使句子的感情節奏變得舒緩，字句中滲透的悲哀、痛苦之情感人肺腑。

這首詩是一首五言絕句，從該詩的題目上看是一首送別詩，但從內容上看，我們也可把它歸為懷古詩。駱賓王仕途不順，懷才不遇，內心有忠心報國、一展宏圖的滿腔熱血卻無處揮灑，送別時懷古傷今，有感而發，用詩文暢快淋漓地抒發了自己內心的感慨，向友人一吐心中的苦悶。整首詩筆調蒼涼，寓意深遠，充滿了深沉和苦悶的感情。正所謂「前不見古人，後不見來者。念天地之悠悠，獨愴然而涕下！」（陳子昂《登幽州台歌》）

詩人在詩文中抹去了送別友人的客套話，直抒胸臆，向友人一吐為快，可見，這位友人也是詩人的一位至交。

【後人點評】

《詩境淺說續編》：此詩一氣揮灑，懷古蒼涼，勁氣直達，高格也。

～ 杜審言 ～

【詩人名片】

杜審言（約645～708）

字號：字必簡

籍貫：祖籍襄陽（今湖北襄樊），後遷居鞏縣（今屬河南）。

作品風格：樸素自然

【詩人小傳】：他是杜甫的祖父，高宗咸亨元年（670）及進士第，曾任隰城尉、洛陽丞。武后聖曆元年（698），因事被貶為吉州司戶參軍，後又被武則天召用，任著作佐郎。中宗神龍元年（705），因攀附張易之而被流放嶺南，次年，被赦。後任國子監主簿、修文館直學士。

他曾和李嶠、崔融、蘇味道齊名，並稱「文章四友」。是唐代近體詩的奠基人之一。《全唐詩》僅存其詩一卷。

▷ 渡湘江

遲日園林悲昔遊❶，今春花鳥作邊愁❷。

獨憐京國人南竄❸，不似湘江水北流。

【注】❶遲日：春日。《詩經•七月》中有：「春日遲遲，采繁祁祁。」悲昔遊：詩人曾經遊覽的地方，因為放逐而再次經過這裏時，心情悲傷。❷邊愁：因被流放邊遠地區產生的悲傷心情。❸京國人：指詩人自己。詩人被貶出長安。

唐中宗時杜審言被流放到南方偏遠的峰州。他在渡湘江南下時，正是萬物復蘇的春季，詩人觸景生情，悲從心來，寫下了這首詩。

「遲日園林悲昔遊」，寫詩人看到眼前的春景回想起曾經在此春遊的情景。當年，詩人在春光明媚的日子裏遊歷園林，當是心曠神怡，然而今非昔比，現在重來此地，自己的處境已經是一落千丈，今昔對比，使詩人本來就悲傷的心情，更添一層愁緒。

「今春花鳥作邊愁」，詩人從過去的追憶轉到現實。春天裏鳥語花香自當是讓人心情舒暢，然而，大好春光，詩人是無暇欣賞了，因為此時的詩人正在流放邊地的途中。這美景使詩人更加傷心。「花鳥」和「邊愁」形成了鮮明的對比，花鳥的熱鬧氛圍反襯了詩人流放途中的淒苦心境。

「獨憐京國人南竄」，這句話起承上啟下作用。上兩句，追憶和寫景都是悲愁，悲愁的原因就是這句話。下一句詩人為江水北流而感歎，也是因為這一句引發的。這一句是詩的中心。

「不似湘江水北流」，最後一句扣題，用「水北流」反襯上一句的「人南竄」，進一步烘托了詩人哀苦的心情，表達了詩人對長安的思念之情。詩人綿綿的愁緒就像是湘江水一樣源源不斷而來。結尾意蘊悠遠，耐人尋味。

這首七言絕句，成功地運用了反襯和對比的手法。通過層層的對比反襯，把詩人內心的愁苦表達得真切生動，具有極強的感染力。

【後人點評】

明人胡應麟：初唐七絕「初變梁、陳，音律未諧，韻度尚乏。惟杜審言《渡湘江》、《贈蘇綰》二首，結皆作對，而工致天然，風味可掬」。（《詩藪‧內編》）

蘇味道

【詩人名片】

蘇味道（648～705）
籍貫：趙州欒城（今屬河北欒城）
作品風格：清麗挺秀，綺而不豔

【詩人小傳】：蘇味道少有才華。二十歲中進士，先為咸陽尉，後受吏部侍郎裴行儉的賞識，並隨其兩次征討突厥，任書記。武后時居相位多年。當時政局複雜，他為明哲保身處事模棱兩可，時人稱其為「蘇模棱」。後因攀附張易之兄弟，被中宗貶為眉州刺史並卒於任所，終年五十八歲。

其詩文多為應制之作，浮豔雍容。青年時與崔融、李嶠、杜審言合稱「初唐文章四友」。他推動了唐代律詩的發展，著有《蘇味道集》已佚，所作詩今存十六首，載於《全唐詩》。

▷ 正月十五日夜

火樹銀花合❶，星橋鐵鎖開❷。暗塵隨馬去，明月逐人來。

遊妓皆穠李❸，行歌盡落梅❹。金吾不禁夜❺，玉漏莫相催❻。

【注】❶火樹銀花：形容樹間點綴的夜燈發出燦爛燈光的樣子。❷星

橋：點點燈光掩映下的城河上的橋。鐵鎖開：唐朝都城有宵禁的規定，這夜宵禁，鐵鎖打開，讓人通行。❸遊妓：歌女。穠（音農）李：《詩經•何彼穠矣》中有：「何彼穠矣，花如桃李。」這是用桃花和李花的豔麗來形容婦女容顏服飾的美麗。❹落梅：這是古曲調名。漢樂府《橫吹曲》中有《梅花落》。❺金吾：官職名，指負責防守京城的官員。❻玉漏：指用於計時的漏壺。玉，形容漏壺的華美。

　　據《唐兩京新記》和《大唐新語》記載，每年元宵節時，長安城裏都要放三天花燈，夜間不戒嚴，這時看燈的人非常多，人們都沉浸在節日的快樂中。這首詩就是描寫的長安城裏元宵夜繁華熱鬧的景象。

　　「火樹銀花合，星橋鐵鎖開。」這句話的意思是，正月十五日夜裏燈火通明，煙花燦爛；在燈光掩映著城河橋，城門上的鐵索已經打開。「火樹銀花」形容元宵夜裏燈火燦爛美麗，燈光錯落，灑落在街道上、樹上、橋上，整座城市好像一片花的海洋。一個「合」字用得很妙，表明了到處都是這樣燦爛美麗，讓人無限欣喜。孟浩然《過故人莊》中的詩句「綠樹村邊合」中的「合」，和本首詩中的意思相同。平日裏城河上那座黑沉沉的橋，在元宵夜裏也在燈光的點綴下分外美麗，望去如同天上的星河。「火樹」、「銀花」、「星橋」都描寫的是夜晚的燈光，詩人在開始概括了長安城裏的大概情況，然後，從第三句開始具體地描寫節日盛況。

　　「暗塵隨馬去，明月逐人來。」描寫了節日裏長安城內人山人海，熙熙攘攘。這句話的意思是，馬蹄過後塵土到處飛揚，空中的明月好像追隨著行人。

　　「遊妓皆穠李，行歌盡落梅。」這兩句描寫的是燈火通明的城裏到處都演奏著熱鬧的歌舞。這句話的意思是，在燈影月光的映照下，美麗的歌女們都打扮得非常漂亮，一邊走，一

邊吟唱著《梅花落》。「皆」、「盡」兩個字極言美女歌舞之多，為我們描繪了一幅歌舞昇平、熱鬧繁華的景象。

長安城裏的元宵夜，到處都是愉快的百姓，到處都有美麗的花燈、優美的歌舞，真是美不勝收，觀賞不盡。快樂的時光總是顯得很短，不知不覺中便到了深夜，但是人們仍然戀戀不捨，希望元宵之夜不要這樣飛快地過去。「金吾不禁夜，玉漏莫相催。」描寫的就是人們普遍的一種對元宵夜愉快時光留戀不捨的心態。意思是這夜裏城內宵禁，我們可以通宵歡娛，計時的玉漏千萬不要催著天明。以此結尾，言盡而意未止，餘韻猶存，給人留下很大的遐想空間。

這首五言律詩把元宵夜裏的長安城寫得燦爛輝煌，盛況非凡，表現了當時人們安居樂業、一片祥和的境況。該詩文的字字句句中都洋溢著節日的歡樂，滿是節日的繁華。

∽ 王　勃 ∽

【詩人名片】

王勃（650～676）

字號：字子安

籍貫：絳州龍門（今山西省河津縣）

作品風格：清新流暢，質樸自然

　　【詩人小傳】：王勃生長於書香之家，祖父是隋朝時學者王通，叔祖是唐朝詩人王績。自幼聰穎，好寫詩賦，被當時人稱為神童。高宗乾封元年（666）科試及第，被授予朝散郎一職。當年，又被沛工李賢徵召為王府侍讀，兩年後因為作《檄英王雞》，被高宗逐出王府。總章二年（669），王勃離開長安，遊歷蜀地。咸亨三年（672），王勃返回長安，第二年做了虢州（今河南省靈寶縣）參軍。不久，王勃因罪被判死刑，後又遇大赦得免一死。但王勃的父親卻因此事而被貶為交趾令。上元二年（675）秋，王勃從龍門老家南下，前往交趾看望父親。在途徑洪州時，遇到滕王閣大宴，並在那裏寫下了《滕王閣序》這一名篇。第二年在去交趾渡海時，不幸溺水而亡，年僅二十七歲。

　　王勃是「初唐四傑」之一，著述很多，曾撰有《漢書指瑕》十卷，《周易發揮》五卷，《次論語》十卷，《舟中纂序》五卷等，但都已佚失。現存有《王子安集》，收錄有詩、賦、文、序等，詩文多為五律。王勃主張文學實用，他一改上官儀綺麗的詩作風格，創作「壯而不虛，剛而能潤，雕而不碎，按而彌堅」的詩文，對扭轉當時綺靡風氣起了很大作用。

▷ 山中

長江悲已滯❶，萬里念將歸。

況屬高風晚❷，山山黃葉飛。

【注】❶悲：懷想。❷高風：指秋風。

這是一首羈旅愁思的詩，大約做於詩人被廢斥後，遊歷蜀地時期。

「長江悲已滯，萬里念將歸。」意思是，長期滯留在長江邊，詩人在有萬里之遙的他鄉一直思念著家鄉。這兩句中「長江」和「萬里」是從空間上表述自己遠在外地他鄉，歸家的路途遙遠。「已滯」和「將歸」是從時間上表明詩人長期滯留他鄉，還沒有歸去。「悲」和「念」則是直接抒發遊子思鄉之情。

「況屬高風晚，山山黃葉飛。」這一聯是通過寫景，表達自己內心因思鄉而悽楚的心情。詩人在山中望見了蕭瑟秋景，秋季裏的秋風瑟瑟、黃葉飄零。這些景物描寫，既是景物的實際描寫，同時也表現詩人內心的蕭瑟、淒涼。正因為詩人長期漂泊在外，所以，內心因為思念家鄉而分外悲涼，詩人又看到了秋天萬物衰落的秋景，這就更增添了他思鄉的愁緒。結尾這兩句詩人寓情於景，情景交融，耐人尋味。

而王勃還有一首和這首極為相似的描寫遊子思鄉的詩——《羈春》：「客心千里倦，春事一朝歸。還傷北園裏，重見落花飛。」只不過這首詩寫的是在春季時羈旅愁思。

【後人點評】

《唐人萬首絕句選評》：寄興高遠，情景具足。

▷ 送杜少府之任蜀川❶

城闕輔三秦❷，風煙望五津❸。與君離別意，同是宦遊人❹。

海內存知己，天涯若比鄰❺。無為在歧路❻，兒女共沾巾。

【注】❶杜少府：杜是人的姓名，少府是官職名，為唐朝的縣尉。蜀川：指今四川崇州，又有作「蜀州」，但據《新唐書‧地理志》中記載：蜀州，「垂拱年析益州置」。而垂拱二年時，王勃已經去世十年了，所以，應為「蜀川」正確。❷城闕：指長安城。三秦：古時為秦國，秦國滅亡後，項羽把這裏分為塞、翟、雍三部分，分給秦國三個降將，所以稱為「三秦」。這裏泛指長安城附近地區。❸五津：指四川岷江古時的白華津、萬里津、江首津、涉頭津、江南津這五個著名的渡口。這裏用五津代指四川。❹宦遊：在外做官。❺比鄰：鄰里，鄉里。❻歧路：告別、即將分離的地方。古人送行，常常在大道的岔口處分手，因此告別的地方習慣被稱為歧路。

這是一首送別詩，也是其送別詩中的經典作品。

首聯「城闕輔三秦，風煙望五津」。第一句「城闕輔三秦」指三秦之地保護著長安城，點出了送別的地點。「風煙望五津」意思指詩人在遙望煙雲繚繞、遼闊無邊際的蜀地。這指出了友人杜少府即將去的地方。本來兩個毫無關係的地方，因為送別聯繫在了一起。詩文開頭沒有提離別，但是，通過對這兩個地方的描繪，自然流露出了詩人對朋友遠去他鄉的不捨和傷別之情。開頭這一聯給我們展現了壯闊的境界，這樣的意境和一般詩文的表現傷感離別意境的詩句有所不同。

「與君離別意，同是宦遊人」，彼此離別時的情誼如何？然後詩人順著這句詩開始抒發離別的傷感，但是，詩人沒有正面回答，而是以一句「同是宦遊人」從側面表達這種不捨，詩人抑制住了內心的感傷，轉筆說不必太傷感了，我們都是在外漂泊任職的官員，離別是尋常的事情，以此自慰。接下來，詩人寫到「海內存知己，天涯若比鄰」，整個感情基調變得爽朗、豪邁。即使是相隔很遠我們還是知己，即使在天涯海角我們之間的感情，也還像鄰居一樣親近。那麼，長安到蜀地的距離又算得了什麼呢？這充分表現出了詩人豁達和人氣，不拘泥於兒女情長，其中壯闊的氣勢、爽快的聲音，讓人讀來開闊明朗。

結尾兩句「無為在歧路，兒女共沾巾！」意思是：不必在告別的地方，像小兒女那樣淚流哭泣。這一聯總結是第三聯的結果。既是對朋友杜

少府的娓娓叮嚀，也是自己心跡的告白。

這是一首五言律詩，也是一首離別詩。離別詩有惜別和壯別之分，而以惜別居多，例如王維的《送元二使安西》（渭城朝雨浥輕塵，客舍青青柳色新。勸君更盡一杯酒，西出陽關無故人。）這首詩一改離別詩慣有的酸楚、傷感，而是用質樸自然的感情，奔放橫溢言辭，把離別寫得真摯、曠達，讓人耳目一新，屬於壯別。高適的《別董大》（千里黃雲白日曛，北風吹雁雪紛紛。莫愁前路無知己，天下誰人不識君。）也和這首詩一樣是壯別詩。其中「海內存知己，天涯若比鄰」成為了經典名句。

【後人點評】

《批點唐音》：讀此詩「乃知初唐所以盛，晚唐所以衰」。

▶ 滕王閣詩❶

滕王高閣臨江渚❷，佩玉鳴鸞罷歌舞❸。
畫棟朝飛南浦雲❹，珠簾暮卷西山雨❺。
閑雲潭影日悠悠，物換星移幾度秋。
閣中帝子今何在❻，檻外長江空自流❼！

【注】❶滕王閣：故址在今江西南昌贛江邊，是江南三大名樓之一。❷江：指贛江。渚：水中的小塊陸地。❸佩玉鳴鸞：指貴族身上佩帶的玉和貴族車子的馬勒上掛的鈴鐺。❹畫棟：指滕王閣中雕畫的棟樑。南浦：指送別的地方。❺西山：山名，在今章江門外三十里。❻帝子：指滕王。❼檻：欄杆。

王勃在唐高宗上元二年（675）南下，前往南海交趾看望父親，在途經洪州（今江西南昌）時，恰遇洪州都督在滕王閣的宴會，於是在滕王閣宴中做了《滕王閣序》，而《滕王閣詩》是《滕王閣序》的結尾。

第一句「滕王高閣臨江渚」，描述了滕王閣挺立在贛江邊上，和江中的小洲相對，襯托了滕王閣建築的雄偉壯觀。

第二句「珮玉鳴鸞罷歌舞」，遙想當年歌舞結束後，貴族們離開的場

面，他們身上佩帶的玉和車上的鸞鈴不斷地叮噹作響，一片熱鬧繁華。由宴會後的盛況能讓我們聯想到當時宴會上的情景又是多麼的熱鬧。盛會之後，滕王閣又變得安靜了。接著「畫棟朝飛南浦雲，珠簾暮卷西山雨。」描寫的是滕王閣的靜景。「畫棟」周圍繚繞著朝雲，「珠簾」卷著西山的暮雨，美妙地展現了建築的華美和自然的美麗，勾勒出了一幅絕美的畫卷。所以，韓愈曾在《新修滕王閣記》中說道：「愈少時，則聞江南多臨觀之美，而滕王閣獨為第一，有瑰偉絕特之稱。及得三王所為序、賦、記等，壯其文辭，益欲往一觀而讀之，以忘吾憂。」

「閑雲潭影日悠悠，物換星移幾度秋」，描繪的是白雲的影子映在潭水上，影影綽綽，優閒自在。就在人們陶醉在詩人烘托出來的優閒恬靜氛圍中時，詩人驚起一筆，「物換星移幾度秋」。景物在不斷地轉換，日月星辰在不停地移動，不知不覺中幾個春秋已經流逝。表明了時間如白駒過隙，過得飛快。

「閣中帝子今何在？檻外長江空自流。」這兩句既承接了上句時空久遠之意，又和首句相照應，發出當年建造滕王閣的滕王哪裡去了一問，其實當時，滕王元嬰因為奢侈無度，已經被貶到滁州去了，滕王已經無法享受到閣樓中的舞樂了，現在只剩下欄杆外的江水依然在滾滾流動，成為了歷史的見證。抒發了榮華富貴，過眼雲煙，難以長久，而只有宇宙永恆的人生感慨。「檻外長江空自流」這一句的意境可與李白的「唯見長江天際流」相媲美。

這是一首七言古詩，整首詩寫得蒼勁有力，用詞含蓄凝練。最後用一個對偶句，一開　合結束全篇，一般對偶句都是並列用在詩的中段，而王勃能靈活地運用到結尾，並且用得自然不突兀，由此可見王勃文學功底之深，文學運用之嫻熟。

【後人點評】

明人胡應麟：初唐短歌，子安《滕王閣》為冠。（《詩藪》）

楊 炯

【詩人名片】

楊炯（650～692）
籍貫：弘農華陰（今陝西華陰縣）
作品風格：文風雄健，有氣魄

【詩人小傳】：高宗顯慶六年（661），楊炯被舉為神童，上元三年（676）他考科舉及第被授予校書郎，年僅十一歲。永隆二年（681）任崇文館學士，遷詹事、司直。但因恃才傲物，武則天當政時的垂拱元年（685），被降為梓州司法參軍。如意元年（692）改任盈川縣令（今四川筠連縣），卒於任所。所以，後人稱他為楊盈川。

他是初唐四傑之一，擅長寫五律。和其他三傑一樣，主張詩文風格「雄健」、「骨氣」，反對齊梁時宮體詩的綺靡詩風。有詩文《楊盈川集》流傳於世。

▶ 從軍行❶

烽火照西京❷，心中自不平❸。
牙璋辭鳳闕❹，鐵騎繞龍城❺。
雪暗凋旗畫❻，風多雜鼓聲。
寧為百夫長❼，勝作一書生。

【注】❶《從軍行》：漢樂府舊題，屬《相和歌辭‧平調曲》，內容

多寫軍隊的戰鬥生活。❷烽火：古代邊防軍事通報資訊的信號。從邊境到內地，沿途建築烽火臺，在臺上放置乾柴，一旦發現敵情就在臺上點火來報警。根據敵情的緩急，軍隊點燃不同的炬數。照西京：指報警的烽火照到了長安，這暗示著敵情非常嚴重。西京，指長安。❸不平：無法平靜。❹牙璋：一種調兵的符牒。由凹凸兩塊組成，朝廷和主帥各拿一個，兩個相合的地方為齒狀，所以成為牙璋。詩中的牙璋代指奉命出征的將帥。鳳闕：是漢代的宮闕名。漢武帝建設的建章宮上裝飾有銅鳳，所以稱為鳳闕。後來以此泛指帝王宮闕。❺龍城：是匈奴名城，漢時匈奴大會祭天的地方，故址在今蒙古國鄂爾渾河東。這裏泛指敵方要塞。❻凋：原意指草木凋零，這裏指失去了鮮豔的顏色。❼百夫長：泛指低級武官。

根據《舊唐書·高宗紀》中記載，此詩記錄的是永隆二年（681），西北突厥部族進軍唐朝固原、慶陽一帶地區，禮部尚書裴行儉奉命出征這個事件。描寫了一個年輕的讀書人從軍征戰邊塞的整個過程。

「烽火照西京，心中自不平。」意思是邊防的烽火已經照耀到了京城，我心中因此難以平靜。這兩句交代了事件的背景。這裏詩人沒有直接形容邊境緊急情況，而是通過「烽火」這一事物表現了邊防的緊急。並且後邊用一個「照」字突出了這種緊急氛圍。因為「烽火」的原因，引起了年輕人強烈的愛國熱情，心中一時難以平靜，希望征戰疆場，保家衛國。

「牙璋辭鳳闕」寫得非常莊嚴、隆重，表現了出征將士身擔重責，內心懷有崇高的使命感。「鐵騎繞龍城」中的「鐵騎」突出了軍隊的強大，充滿戰鬥力。這裏的「龍城」並不單指這個地方，而是泛指敵人所在地，這個詞語烘托了戰爭氣氛。「繞」字寫出了當時戰場上的形勢。

「雪暗凋旗畫，風多雜鼓聲。」兩句寫的是軍隊作戰中的情況，大雪彌漫，天空黯淡，軍旗因此變得不再鮮豔，狂風呼嘯和戰鼓聲摻雜在一起。這兩句詩一句是從視覺上，一句是在聽覺上描繪了戰場上的情況，「雪暗」、「風多」交代了戰場上的惡劣環境。「凋」和「雜」烘托了當時戰場上激烈的氛圍。而「旗」和「鼓」表現了將士們奮勇殺敵、英勇無畏的英雄風貌。

最後兩句「寧為百夫長，勝做一書生」直抒胸臆，抒發從軍的書生

甘願投筆從戎，征戰沙場、保家衛國的豪情，很有氣勢。初唐時，文壇上依然有濃重的綺靡之風。而楊炯這首詩能寫得如此豪邁、雄健，堪稱是對詩風的開拓和創新。

這首詩短短四十字，主要抓住邊防緊急、辭京、到達邊境、征戰沙場這幾個環節的關鍵片段，完整地寫出了一個書生的參戰過程，並將戰士內心保家衛國的愛國熱情表現得淋淋盡致。整首詩語言凝練，節奏明快，感情充沛，激情豪邁。

這五言律詩，不僅句子和句子之間對仗，而且，同一句子中，詞語和詞語之間也有對仗，使整首詩節奏感強，還描述了軍隊奉命征戰，迅速地到達了前線，包圍了匈奴的情景。

【後人點評】

蔣正舒：三四句實而不拙，五六句虛而不浮。（《唐詩廣選》）

∽ 劉希夷 ∽

【詩人名片】

劉希夷（約651～？）

字號：字延之，一作庭芝

籍貫：汝州（今河南省臨汝縣）

作品風格：清麗婉轉，多含感傷情調

【詩人小傳】：上元二年（675）中進士，後據傳《代悲白頭翁》中的「年年歲歲花相似，歲歲年年人不同」句，其舅宋之問想要據為己有，劉希夷沒有答應，而被宋之問殺害，死時還不到三十歲。

他的詩作僅一卷共三十四首留存於世，閨情詩是他的代表作。

▷ 代悲白頭翁

洛陽城東桃李花，飛來飛去落誰家？
洛陽女兒惜顏色，行逢落花長歎息。
今年花落顏色改，明年花開復誰在？
已見松柏摧為薪❶，更聞桑田變成海❷。
古人無復洛城東，今人還對落花風。
年年歲歲花相似，歲歲年年人不同。
寄言全盛紅顏子❸，應憐半死白頭翁。
此翁白頭真可憐，伊昔紅顏美少年。
公子王孫芳樹下，清歌妙舞落花前❹。

光祿池台文錦繡❺，將軍樓閣畫神仙❻。

一朝臥病無相識，三春行樂在誰邊？

宛轉蛾眉能幾時❼？須臾鶴髮亂如絲。

但看古來歌舞地，惟有黃昏鳥雀悲。

【注】❶松柏摧為薪：松柏被砍伐，成了柴薪。出自《古詩十九首》中：「古墓犁為田，松柏摧為薪。」❷桑田變成海：天地變成了大海。出自《神仙傳》中：「麻姑謂王方平曰：『接待以來，已見東海三為桑田』」。❸紅顏子：年輕女子。❹「公子」兩句：描寫的是白頭翁年輕時和公子王孫在花前月下，欣賞歌舞的情景。❺光祿：光祿勳。用東漢馬援之子馬防的典故。《後漢書•馬援傳》中載，馬防在漢章帝時升為光祿勳，生活奢侈無度。文錦繡：用鮮豔美麗的絲織品裝飾池台中的物品。❻將軍：指東漢貴族梁冀，他做過大將軍。《後漢書•梁冀傳》中記載，梁冀大興土木，建造府院。❼宛轉蛾眉：本義指年輕女子描眉化妝，這裏代指人年輕時候。

　　這是一首擬古樂府詩。題目中的「代」意思是擬。題目又作《白頭吟》。屬《相和歌•楚調曲》，古辭裏寫的是一個被遺棄的女子，表示對情人的決裂。而劉希夷雖擬古樂府，但他由女子的青春年華寫到白頭翁，慨歎時間如白駒過隙、青春易逝、富貴無常。構思精妙，語言婉轉優美，開創了一片全新的意境。

　　「洛陽城東桃李花，飛來飛去落誰家」，開頭這兩句描寫了洛陽城東桃李花開，飄飛四散的暮春景色。洛陽是唐代的東都，非常繁華，在這繁華的都市裡，開滿了美麗的鮮花，使整座城池春意盎然、生機勃勃，讓人心馳神往。但是，時光易逝，花朵開始凋零，到處飄飛，不知道它

們要飛到哪裡去。這是詩文的起興部分，下文詩人對青春易逝的感歎、青春年華的留戀，都是從這裏生發出來的。

「洛陽女兒惜顏色」到「歲歲年年人不同」，寫年輕的洛陽女子看到漫天飄落的花瓣，聯想到人生苦短、紅顏易老而發出無限感歎。女子不禁問：「今年花落顏色改，明年花開復誰在？」「已見松柏摧為薪，更聞桑田變成海」，這兩句用了「松柏摧為薪」、「桑田變成海」兩個形象的比喻，表現了世事變遷、變化無常。「古人無復洛城東，今人還對落花風」同樣揭示了人生短暫，時間不會重來的永恆規律。「年年歲歲花相似，歲歲年年人不同」，詩人用優美而簡潔流暢的語言、工整的句式集中表現了青春易逝、變化無常這一主題，同時其中也暗含詩人對時間無情流過不復回的無奈情感，讀來意味無窮。這個句子也因此成為家喻戶曉的名句。

「寄言全盛紅顏子」到「三春行樂在水邊」，主要敘述了白頭翁一生的大概經歷。通過描述白頭翁從年輕到衰老生活的境況，表現了詩人對年輕時美好時光的留戀。詩人描寫的白頭翁衰老後的孤苦境況，和他年輕時的情形形成了鮮明的對比，突出了時間流逝、人生富貴無常這一主題，進一步抒發了生命短暫的感慨，增添了詩文的哲理意味。

結尾四句總結全篇，點出主旨。「宛轉蛾眉能幾時？須臾鶴髮亂如絲」，意思是，年輕美貌的時候能有多長時間，須臾之間已經是兩鬢斑白，表現了詩人對青春易逝的惋惜之情。「但看古來歌舞地，惟有黃昏鳥雀悲」，意思是，看看古時人們歌舞的地方，現在已經是一片冷清，只有那裏的鳥雀偶爾發出幾聲悲鳴。一個「悲」字奠定了整首詩的感情基調，鳥雀尚且悲鳴，人又是怎樣的悲痛啊！

這是一首七言古詩，整首詩悲喜交織，跌宕起伏，詩人靈活運用對比、用典和對偶多種手段，敘議結合，真實地表達了自己的內心感情。

【後人點評】

唐人孫季良編選《止聲集》中說：「以劉希夷詩為集中之最，由是大為時人所稱。」（《大唐新語》）

宋之問

【詩人名片】

宋之問（約650至656～712至713間）
字號：字延清
籍貫：汾州（今山西汾陽）
作品風格：清新樸易，感情真摯

【詩人小傳】：上元二年（675）進士及第，歷任洛州（今河南洛陽東北）參軍、尚書監丞、司禮主簿等職，唐中宗執政後，因他攀附張易之，被貶為瀧州（今廣東羅定縣）參軍，後又任鴻臚主簿、考功員外郎，後被太平公主誣衊，於景龍三年（709）被貶為越州（今浙江紹興市）長史。景雲元年（710），他又被流放欽州（今廣西欽州市東北）。先天元年（712），宋之問被唐玄宗賜死。

宋之問寫的多是對朝廷歌功頌德、阿諛奉承的靡麗詩文。但經歷了仕途沉浮之後，他也曾寫就了一些好的作品，如《江亭晚望》、《晚泊湘江》、《題大庾嶺北驛》、《度大庾嶺》等。他善於寫五言詩。有《宋之問集》傳於世。

▷ 渡漢江

嶺外音書斷，經冬復歷春。
近鄉情更怯，不敢問來人❶。

【注】❶來人：指從家鄉來的人。

宋之問曾經因為攀附張易之而被貶瀧州，這首詩是他從瀧州逃歸，經過漢江時所寫。

「嶺外音書斷，經冬復歷春。」詩人被貶嶺南蠻荒之地，和家人斷絕聯繫，經冬歷春已經很長時間了。第一句從空間上敘述了詩人和家人相隔萬里，音訊全無。第二句是從時間表明，詩人遠離家鄉的長久。流露了詩人被貶後生活的孤寂、苦悶，度日如年，思鄉心切，內心備受煎熬的痛苦感情。正因為被貶他鄉的這種種痛苦，才使詩人有了「近鄉情更怯，不敢問來人」的內心感受。

「近鄉情更怯，不敢問來人。」這兩句寫的是離家鄉越來越近時，詩人內心無比激動的心情。如果按常理來說，離家鄉越來越近了，看到從家鄉過來的人應該是很想知道家鄉裡的事情，而急著去問才對。但是，詩人離家鄉越近內心越膽怯，反倒害怕打聽家鄉的消息了。其實如果從詩人的經歷角度來考慮，我們就能理解這樣寫的原因了，他是被貶出去的，和家人失去聯繫很長時間，不知道家裏人是否都平安，不知道自己的罪過是否牽連到家人。同時也害怕被家鄉人認出來，而可能使自己和家人團聚的願望破滅，所以，他離家鄉越近越是害怕、忐忑。當時，詩人的家鄉在山西，而他剛剛渡過漢江，還離得很遠，但是，詩人已經這樣激動和忐忑了，可見詩人的內心是多麼的思念家鄉。它和李商隱在《無題》的詩句「樓響將登怯，簾烘欲過難」中所描述的盼望聽到又怕聽到，急切地想要見到而又怕見到的微妙感情是一樣的。

這首詩中詩人對歸鄉時心理的微妙變化描寫得非常到位，這種感情也很典型，代表很多人的感受。這也許就是該詩能廣為傳頌的原因吧！

【後人點評】

明人唐汝詢：隔歲無書，故近鄉反不敢問，憂喜交集之詞。（《唐詩解》卷二十一）

▷ **題大庾嶺北驛❶**

陽月南飛雁❷，傳聞至此回❸。

我行殊未已❹，何日復歸來？

江靜潮初落，林昏瘴不開❺。

明朝望鄉處，應見隴頭梅❻。

【注】❶大庾嶺：在今江西和廣東交界的地方，是五嶺之一。北驛：指大庾嶺北面的驛站。❷陽月：農曆十月的別稱。❸傳聞至此歸：指的是一個傳說，說湖南衡陽有一個回雁峰，大雁南飛的時候到這裏就停止了，等到第二年春天大雁就從這裏飛回北方。因為五嶺在衡陽南，所以詩人這麼說。❹殊：還。❺瘴：指瘴氣。是動植物腐爛後蒸騰而生的一種對人身體有害的氣體。❻隴：指山岡。

中宗時，宋之問因為攀附張易之而被貶為瀧州參軍，他在被貶途中經過大庾嶺，想到自己明天就要過嶺，從此與中原隔絕，又看到大雁南飛，因而有感而發，在大庾嶺北邊驛站寫成這首詩，以此抒發自己被貶謫後內心的痛苦和孤寂感情。

「陽月南飛雁，傳聞至此回。」開頭兩句寫詩人看到的景象和由此聯想到的事情。意思是，在十月裏大雁成群地飛向南方，我聽說大雁飛到這裏就不再向南飛了。接下來詩人想到自己的處境：「我行殊未已，何日復歸來。」而我的行程還沒有停止，不知道什麼時候才能再回來啊！大雁能夠在這裏停下來，和我還要繼續南下形成了鮮明的對比，由此引發詩人無限的傷感，大雁尚且按時可以飛回北方，詩人自己什麼時候能回來呢？表達了詩人留戀與不捨的悲戚心情。

接著詩人繼續描寫眼前的景物，「江靜潮初落，林昏瘴不開。」黃昏到來，江潮剛剛落下，水面一片寂靜；黃昏的樹林裏瘴氣縈繞。這樣寂靜、荒涼的環境，更增添了詩人內心的悲傷感情。最後詩人想到了「明朝望鄉處，應見隴頭梅」，意思是待明天穿過大庾嶺，我再回望家鄉時，應該還能見得到嶺上的梅花呢？五嶺是那裏最高的地方，站在山嶺上還能最後一次回望北方家鄉，待到翻過山嶺，遍是叢林濃密，就看不到家鄉了，不過應該能看到嶺上的梅花，這對詩人也是一種慰藉。這時詩人內心的苦辣酸甜是一言難盡，無限淒涼油然而生。

這是一首五言律詩，整首詩通過描寫見到的景物，委婉而深切地抒發了詩人內心飽含的被貶痛苦，以及思念家鄉的憂傷。詩人用情景交融的手法，表達自己的內心感受，情真意切，感人肺腑。

【後人點評】

清人孫洙：（前）四句一氣旋折，神味無窮。（《唐詩三百首》卷五）

~ 沈佺期 ~

【詩人名片】

沈佺期（約656～713）

字號：字雲卿

籍貫：相州內黃（今河南內黃）

作品風格：詩風沉鬱，感情真摯

【詩人小傳】：唐初著名詩人，少時博覽群書，曾遊歷西南。高宗上元二年（675）進士及第，後又歷任給事中、考功員外郎，因貪污被彈劾。武則天稱帝后，沈佺期攀附張易之，張易之被殺後，其幕僚被流放嶺南，沈佺期也被流放瀧州。中宗時被召回，任起居郎。官至中書舍人。

沈佺期的詩文多為宮廷應制之作，內容浮華空洞，而在流放期間寫作了許多好的詩篇，詩風也一改以前的富麗，詩文變得悽楚，真摯感人。他和宋之問齊名，時稱「沈宋」。沈宋兩人總結了六朝以來的詩律成果，促使了唐代五七言律體的成熟。

▷ **獨不見❶**

盧家少婦鬱金堂❷，海燕雙棲玳瑁梁❸。

九月寒砧催木葉❹，十年征戍憶遼陽❺。

白狼河北音書斷❻，丹鳳城南秋夜長❼。

誰謂含愁獨不見，更教明月照流黃❽！

【注】❶獨不見：古樂府舊題，郭茂倩《樂府詩集》解題云：「獨不

見，傷思而不得見也。」所以這類題目的詩文內容多寫不能相見的痛苦之情。❷鬱金堂：南朝梁武帝《河中之水歌》：「河中之水向東流，洛陽女兒名莫愁……十五嫁為盧家婦，十六生兒字阿侯。盧家蘭室桂為梁，中有鬱金蘇合香。」其中「盧家蘭室桂為梁，中有鬱金蘇合香」描繪了盧家婦莫愁的居室，後以「鬱金堂」或「鬱金屋」稱女子芬芳的居室。❸玳瑁：是一種海龜。玳瑁的背甲可以用來製作精美的裝飾品，漢代著名詩篇《孔雀東南飛》中就有「足下躡絲履，頭上玳瑁光」。這裏極言梁的精美。❹砧：捶、砸東西時墊在地下的器具，這裏指的是擣衣用的墊石。❺遼陽：在今遼寧省內，唐時置遼州，是東北邊防要地。❻白狼河：即今遼寧境內的大凌河。❼丹鳳城：借指長安。傳說秦穆公的女兒弄玉吹簫引來鳳鳥，鳳鳥落在秦都咸陽，因此稱咸陽為鳳城，後來人們往往用丹鳳城代指京城。❽流黃：褐黃色的物品，特指絹。這裏指流黃做的帷帳。

這是一首擬古樂府作品。詩人借用樂府「獨不見」古題，描述一位長安少婦思念征戰十年還未歸來的丈夫的情景，表達她內心的愁苦情緒。

「盧家少婦鬱金堂，海燕雙棲玳瑁梁。」首聯用極為濃重的色彩，誇張地描繪出了少婦閨房的華麗。這兩句話的意思是少婦的閨房用鬱金香塗飾，頂樑用玳瑁殼裝飾。這麼芳香而美麗的屋子，連海燕都飛到樑上棲息。這裏的「雙棲」二字，暗用比興，少婦看到樑上海燕都能雙宿雙飛，濃情蜜意，內心不免感慨萬千。

此時，「九月寒砧催木葉，十年征戍憶遼陽。」少婦又聽到窗外九月西風掉落葉，和擣衣時敲擊砧石的聲音。在這個深秋時節，家家戶戶都忙著洗冬季禦寒穿的衣服。而如果家裏有在外地的遊子或征夫，就更要抓緊幹了。這更讓少婦內心愁悶。其中，「寒砧催木葉」這一句，詩人將主賓倒置，明明是落葉催人擣衣而砧聲不止，卻反過來說聲聲砧聲催落葉，很是巧妙，生動地形容了砧聲不斷，大家都很忙碌。這聲聲催人的擣衣聲音反襯了她內心無限的空虛和寂寞。丈夫戍邊遼陽已經十年沒有回來了，她也整整思念了十年之久。

「白狼河北音書斷，丹鳳城南秋夜長。」「白狼河北」指的是戍守的邊地。丈夫戍邊已經十年，音信全無。長安城裏的少婦在這秋夜裏只能

苦苦地想，丈夫現在是生是死？他吃得飽穿得暖嗎？他什麼時候能夠回來呢？……漫漫長夜，讓她輾轉難眠。一個「音書斷」使她現在不敢想丈夫的情況，很害怕會有什麼噩耗傳來。

「誰謂含愁獨不見，更教明月照流黃！」這兩句詩文不再客觀描述，而是直接寫女主人的獨白。寒砧聲聲不斷，秋葉瑟瑟，本來盧家少婦就無法入眠，而偏偏天上月亮過來湊熱鬧，用月光把流黃幃帳照得白晃晃的，這不是更讓人內心愁緒萬千！少婦內心煩悶，並遷怒於明月，這更加生動地表達了少婦內心苦悶、不知所措的煩惱。

這是一首七言律詩。「海燕雙棲」反襯了「盧家少婦」的孤獨，同時，詩人選用了「寒砧」、「木葉」、「明月」這些景物來烘托「十年征戍」和「音書斷」這些添人愁緒的征人資訊，使景物和人物完美地結合在了一起，更增添了愁緒氣氛。最後「含愁獨不見」在「明月照流黃」的景物渲染下，更表達了情感的纏綿悱惻、耐人尋味。這首詩從多方面多角度抒寫了女主人公雖居住在華麗居所，卻心繫萬里之外的內心愁苦之情。該詩雖取材於閨閣生活，語言仍能看到齊梁後綺靡的文風殘餘，但讀起來流暢自然、節奏暢快，因此這首詩被稱為「初唐七律之冠」，歷來的評價都很高。

【後人點評】

姚鼐：「高振唐音，遠包古韻，此是神到之作，當取冠一朝矣！」

▷ **雜詩三首（其三）❶**

聞道黃龍戍❷，頻年不解兵❸。

可憐閨裏月，長在漢家營。

少婦今春意，良人昨夜情❹。

誰能將旗鼓，一為取龍城❺。

【注】❶雜詩：這類詩的內容多為抒發個人感情作品，是詩人隨時隨地、即興而發的感想或瑣事的紀錄，不定題目。可以為單首詩名，也可以為組詩名。《文選》有「雜詩」這一類別。❷黃龍戍：即黃龍岡，是唐初

時東北邊地要塞，在今遼寧省開原縣西北。❸解兵：停戰。❹良人：古時妻子對丈夫的稱呼。❺龍城：古匈奴祭天的地方，現在蒙古人民共和國兒鄂爾渾河西。漢武帝時，大將衛青曾在龍城，斬獲七百首級。從六朝以後文人說到邊事都用龍城代指。這裏是指敵人要地。

這是沈佺期的名作之一。詩人共寫有《雜詩》三首，都描寫的是閨中怨情，流露了詩人強烈的反戰情緒。這一首詩不僅寫出了詩人怨恨征戰的心情，同時也寫出了詩人希望戰爭早日結束，軍隊勝利歸來的感情。該詩是這三首中藝術特色鮮明，思想較積極的一首。

「聞道黃龍戍，頻年不解兵。」描寫的是邊地戰況，交代了詩文的背景。意思是，我聽說戍守黃龍岡的軍隊，年年不休戰。流露出了詩人的厭戰情緒。

「可憐閨裏月，長在漢家營。」接著詩人寫到了詩文的主角——一對夫婦，兩人分隔兩地，相互思念。這兩句話的意思是，一輪明月同照兩地，分隔兩地的征夫思婦對月相思，婦人看那輪曾經和丈夫一起觀賞的月亮，已經不如曾經那般的美麗和明亮，曾經的明月已經隨著丈夫去了戰場，營中人看到曾經和妻子一同觀賞的月亮彷彿滿含深情地照耀著他。這裏詩人借月抒情，一輪明月見證了他們夫婦曾經在一起共度的美好時光，也記錄了他們現在兩地相思的濃濃深情。

緊接著，詩人意猶未盡，用「少婦今春意，良人昨夜情」這個工巧的

對偶句，委婉含蓄地進一步抒情。這兩句詩的意思是，昨天和丈夫依依惜別的情景還歷歷在目，而今天只能獨自度過春天這大好時光。詩中用「春」而「今」，「夜」而「昨」，生動地寫出了思婦和征夫之間的纏綿思戀之情，

「今春意」和「昨夜情」互文對舉，表明了兩人日日夜夜思念傷懷。詩中那份思戀的感情更為深切了。前面詩中寫到「頻年」、「長在」，可知「今春」、「昨夜」只是舉的一個例子。在「頻年不解兵」的年代裏，長期分隔的夫婦又何止他們一對呢！

　　兩人的離別是痛苦的，而造成這種痛苦的罪魁禍首是戰爭，正是因為長年不停歇的戰爭，造成了他們相見這樣困難，所以在最後他們問道：「誰能將旗鼓，一為取龍城。」表達了對停戰的渴望。「將」這裏讀做「匠」，統率帶領的意思。這裏的「旗鼓」代指軍隊，古代軍隊以旗鼓為號令。這兩句話的意思是，有哪位將領能夠帶領軍隊，一舉攻破敵軍，使戰爭早日結束，將士們早日和家人團聚呢？之前的抒懷表達夫婦之間那種深刻的懷戀，由此自然生發希望軍隊早日取勝的心願，這也正是詩人要表達的中心思想。

　　這是一首五言律詩，這首詩構思新穎，尤其是第二聯和第三聯，「情」和「意」彼此聯繫在一起，由情生意，由意足情，兩者婉轉纏綿，完美地融合在一起而不顯局促，轉合得非常自然，這點非常可貴。同時一二聯一氣貫通，語勢和緩；第三聯的兩個短句，氣勢促迫；最後一聯採用散行的句子，使整首詩的語氣又恢復和緩，節奏和諧，並且最後一個問句，讓人產生無限希望和遐想，意味深長，言盡而意遠。

　　【後人點評】

　　清人王夫之：五六分承，三四順下，得之康樂，何開闔承轉之有？結語甚平，故或謂之懈，然寧懈勿淫。初唐人家法不紊，乃以持數百年之窮。（《唐詩評選》卷三）

郭　震

【詩人名片】

郭震（656～713）

字號：字元振

籍貫：魏州貴鄉（今河北大名縣）

作品風格：慷慨豪邁

【詩人小傳】：郭震少有大志，十八歲舉進士，任通泉尉。武后時，因《古劍篇》上傳給武后，武后對此詩文很是喜歡，於是，授予他右武衛鎧曹參軍，進奉宸監丞，曾出使吐蕃。長安元年（701）任涼州都督、隴右諸軍州大使，治邊有方。唐中宗神龍年間，任左驍衛將軍、兼檢校安西大都護。不久，任金山道行軍大總管。唐睿宗時，召為太僕卿。景雲二年，進同中書門下三品。先天元年（712），為朔方軍大總管。築豐安（今寧夏中衛西）、定遠城（今寧夏平羅南），以加強邊防。後因參與平息皇室內亂有功，封代國公，兼御史大夫。唐明皇講武驪山，因郭震軍容不整，被流放新州。開元元年，被任為饒州司馬，上任途中病卒。

郭震雖少年雄邁，但生活極儉約，手不釋卷。著有《定遠安邊策》三卷，《安邦策》一卷，《九諫書》一卷，文集二十卷，已散失。《全唐詩》錄其詩二十三首，編為一卷，《全唐文》收錄其奏疏五篇。

▷ 古劍篇❶

君不見昆吾鐵冶飛炎煙，紅光紫氣俱赫然❷。

良工鍛鍊凡幾年，鑄得寶劍名龍泉。

龍泉顏色如霜雪，良工咨嗟歎奇絕。

琉璃玉匣吐蓮花❸，錯鏤金環映明月❹。

正逢天下無風塵❺，幸得周防君子身。

精光黯黯青蛇色，文章片片綠龜鱗❻。

非直結交遊俠子❼，亦曾親近英雄人。

何言中路遭棄捐，零落飄淪古獄邊。

雖復沉埋無所用，猶能夜夜氣沖天。

【注】❶古劍：指的是古代有名的龍泉寶劍。相傳是吳國干將和越國歐冶子用昆吾山的精礦，冶煉多年鑄造而成。後來此劍被埋沒在豐城的一個古牢獄的廢墟下，直到晉朝宰相張華夜觀天象時，發現在斗宿和牛宿之間有紫氣上沖，後雷煥判斷為──「寶劍之精上徹於天」，於是寶劍才被挖掘出來。這首詩就是化用了這個傳說，通過歌詠龍泉寶劍來表達自己的志向和抱負，抒發懷才不遇的感慨。❷赫然：明亮的樣子。❸蓮花：指寶劍，這裏詩人把玉匣中的劍比喻成了蓮花。❹錯鏤：鑲嵌雕刻。金環：一種裝飾品。❺無風塵：指沒有戰爭、天下太平。❻文章：指劍上的花紋。綠龜鱗：形容花紋古舊。❼非直：不只是。直，通「只」。

這是一首詠物言志詩，相傳是郭震受武則天召見時寫的，他借寫寶劍來表達自己的志向。

此詩文可以分為四個部分：

第一部分，從「君不見昆吾鐵冶飛炎煙」到「鑄得寶劍名龍泉」主要寫的是寶劍鑄造出來的過程。詩人借干將鑄劍故事比喻自己經過良好的訓練，品質優秀。

第二部分「龍泉顏色如霜

雪」到「錯鏤金環映明月」，這四句主要描寫了寶劍的形制，被眾人讚美。詩人以此比喻自己一表人才、能力傑出。

第三部分從「正逢天下無風塵」到「亦曾親近英雄人」，寫的是寶劍在當時發揮的作用。寶劍雖然在太平時代少了用武之地，但是也曾為君子佩帶防身，也曾幫助英雄行俠仗義。詩人通過對寶劍的描寫表明自己堅守操節、好行俠義。

最後一部分從「何言中路遭棄捐」到「猶能夜夜氣沖天」，寫的是寶劍淪落古獄，但是，依然紫氣沖雲霄。詩人借此表明自己身處困境，但自信才氣不會被埋沒，總有一天會被人發現，抒發了自己內心的不平。

這是一首五言律詩。整首詩豪邁奔放、主題明確、氣勢充沛。詩人通過對寶劍形成到最後寶劍淪落依然紫氣沖天這一番講述，想要表達的意思是告誡統治者明察秋毫，要善於辨識人才，珍惜人才。詩人敢於在至高無上的封建統治者面前，顯明地表達自己的建議。這種膽識和豪氣讓人敬佩。而這對身在下層社會，懷才不遇的人們來說，是極大的振奮和鼓舞。此詩不求技巧，而是用豐富的感情、高亢的精神打動讀者。

【後人點評】

唐人張說：「文章有逸氣，為世所重。」

陳子昂

【詩人名片】

陳子昂（約661～702）

字號：字伯玉

籍貫：梓州射洪（今四川射洪縣）

作品風格：質樸明朗，蒼涼激越

【詩人小傳】：出身富豪之家，唐睿宗文明元年（684）中進士，後升為右拾遺。敢於直諫，武后萬歲通天元年（696）隨武攸宜東征契丹，多次進諫，未被採納，後被降職。聖曆元年（698）陳子昂辭官回鄉，後武三思指使殘暴的縣令段簡編織罪名，將陳子昂誣陷入獄，最後他在獄中憂憤而死，時年四十二歲。

陳子昂在文學創作方面反對齊、梁和初唐時的「彩麗競繁，而興寄都絕」，主張恢復「漢魏風骨」、「風雅興寄」，並為世人留下了許多佳作。現有《陳子昂集》十卷，補遺一卷。共存詩一百二十首。

▷ 登幽州台歌❶

前不見古人❷，後不見來者。

念天地之悠悠❸，獨愴然而涕下❹！

【注】❶幽州台：又稱薊（音計）北樓。是戰國時燕昭王所建的黃金台，燕昭王將黃金放置在臺上，用來招納賢才，此台因而得名黃金台。故址在今北京市西南。幽州，古九州之一，在今河北省內。❷古人：指像燕

昭王那樣的賢人。❸念：想到。悠悠：指遙遠、長久。❹愴（音創）然：悲傷的樣子。

武則天萬歲通天元年（696），契丹族人攻破營州，武則天派武攸宜率軍征討，當時，陳子昂為武攸宜參謀，隨軍出征。武攸宜不善謀略，行事輕率。次年兵敗，情況緊急，陳子昂多次向他進諫，但都沒有被採納，最後武攸宜竟將陳子昂降職為軍曹。詩人由於不斷受到挫折，雄才大略不能施展，報國願望無法實現，所以登上幽州台，寫下這首詩和《薊丘覽古贈盧居士藏用七首》等詩，一表自己內心的悲憤和孤獨。

詩人獨自一人登上幽州台，極目遠望，蒼茫大地，遙遙而空曠，他此刻想到的不僅僅是自己個人的得失，而是整個國家的利益，眼看國家軍隊戰敗，戰士慘死，而自己有無數的良策，卻沒有人能採納、接受。站在幽州臺上，他或許想到燕王在臺上放置黃金，一心招納賢才，而他在武攸宜帳下，竟然無用武之地，前途一片渺茫。詩人那種眼前一片黑暗的孤獨感，凝成了「前不見古人，後不見來者」這一曠古名句。在這歷史的長河中，本來有古代的賢士招納賢才的事蹟可以慰藉詩人，未來可能出現的賢明之主也可以給詩人以希望，可是「不見」二字割斷了詩人所有的期望，向前看不到古代的賢主，向後看，也見不到將來的賢主，詩人生不逢時，生長在這個時代，在遼闊的天與地之間，竟然沒有一個人能夠理解詩人的心情，詩人只能孑然而立，飽嘗那份孤獨的痛苦。這正如《陳公旌德碑》云：「道可以濟天下，而命不通於天下；才可以致堯舜，而運不合於堯舜。」同時，詩人不僅對現實滿懷傷情，也含有對現實環境的憎惡。

「念天地之悠悠，獨愴然而涕下。」人生短暫，古代和將來的情況，詩人是遇不到了，詩人只能立足現在，而現在這個時代，他沒有遇到賢主，理想破滅而內心備感孤獨，以至於潸然淚下。男兒有淚不輕彈，竟至於讓一位勇戰沙場的英雄愁苦到這般地步，可見這其中的悲傷又該是怎樣的深沉啊！

這是一首五言七言交錯的古詩，該詩語言蒼涼奔放，大氣磅礴，極富感染力，一掃齊梁綺靡詩風。該詩文辭凝重，體式古樸，意境蒼茫雄渾，感情慷慨悲壯，具有很高的藝術價值。雖然僅有四句，卻向我們展示了一幅蒼涼壯麗的藝術畫面，在這樣深邃而蒼茫的背景襯托下，詩人的愴然獨

立形象更加鮮明，同時，詩人蘊含其中的激動悲壯心情也自然流露出來。句子長短不一，使語句節奏和諧，讀來抑揚頓挫，增強了詩文的感染力。詩人這種失意和寂寞的痛苦，代表了一大批懷才不遇人士的共同心聲，具有典型的社會意義。因此，這首詩廣為傳頌，成為千古名篇。《薊丘覽古贈盧居士藏用七首》和這首詩同時而作，讀者可以參讀。

【後人點評】

清人宋長白：阮步兵登廣武城，歎曰：「時無英雄，遂使豎子成名。」眼界胸襟，令人捉摸不定。陳拾遺會得此意，《登幽州台》曰⋯⋯。假令陳阮邂逅路岐，不知是哭是笑？（《柳亭詩話》）

∽∾ 賀知章 ∾∽

【詩人名片】

賀知章（659～744）

字號：字季真，號四明狂客

籍貫：越州永興（今浙江蕭山）

作品風格：雍容省闥，高逸豁達

【詩人小傳】：賀知章少時就以詩文著名。武后證聖元年（695）進士及第，初授國子四門博士，後遷太常博士。開元十三年（725）任禮部侍郎，後又歷任太子賓客，祕書監。天寶三年（744），因病請辭，還鄉為道士，玄宗贈詩，皇太子率百官餞行。歸鄉不久病逝，年八十六。

賀知章生性豪放，放蕩不羈，人稱「詩狂」。常與李白、蘇晉、崔宗之、李璡、李適之、焦遂、張旭飲酒作詩，時稱「醉八仙」。他與張旭、包融、張若虛並稱為「吳中四士」。他不僅是詩人也是著名的書法家。

他的作品今在《全唐詩》中存一卷共二十首。

▷ **回鄉偶書二首**

其一

少小離家老大回，鄉音無改鬢毛衰❶。

兒童相見不相識，笑問客從何處來。

其二

離別家鄉歲月多，近來人事半消磨。

惟有門前鏡湖水❷，春風不改舊時波。

【注】❶衰（音催）：稀疏。❷鏡湖：在今浙江紹興會稽山的北麓。
賀知章舊居就在鏡湖旁邊。

賀知章在天寶三年（744），因病告老回到故鄉越州永興（今浙江蕭
山）時，已經是八十六歲，這時的他離開家鄉已經五十多年了。詩人感慨
人生短暫，容易衰老，時間流逝，世事滄桑，於是寫就了這首詩。

第一首詩寫的是詩人剛剛到達家鄉時的情景。「少小離家老大回，鄉
音無改鬢毛衰。」詩人用「少小離」和「老大回」概括自己的人生經歷，
表明自己已經離家很長時間了。詩人行走在回鄉的路上，置身在熟悉的家
鄉山水之間，心中非常激動，想到自己在年輕的時候從這裏離開，到了年
老的時候才回來，雖然鄉音沒有改變，但是已經是兩鬢斑白了。其中流露
了詩人對人生易老的感懷，同時詩人想到因為離家時間太長，現在人也變
得老了，還不知道是否有人認識自己，所以內心也很忐忑。

「兒童相見不相識，笑問客從何處來？」意思是家鄉裡的孩子們見
到我，都不認識，他們笑著問：「客人您是從哪裡來的？」這正回應了前
兩句詩中詩人的激動忐忑心理，兒童的輕輕一問，卻引起了詩人無限的感
慨，自己久別家鄉，到了衰頹老邁時才回來，家鄉人果真都不認識我了，
我本是家鄉的主人，現在反倒像是個客人了，心中不免有些悲涼，感慨世
事滄桑，時光流逝之快啊！

第二首是第一首詩的續篇，寫的是詩人回到舊宅之後，和家鄉裡的
人們攀談，了解到了許多事情，從中詩人不禁有所感慨。詩人離開家鄉有
五十多年了，世事變遷，家鄉發生了很多事情，變化太多，不是能一句話
就可以說清楚的，所以，他用「離別家鄉歲月多，近來人事半消磨」這兩
句簡單籠統地概括了所有的往事。

接著詩人轉移視線，開始寫景，「惟有門前鏡湖水，春風不改舊時
波。」意思是只有這鏡湖的水，在春風中依然泛著昔日的波紋。這兩句和
開始兩句形成了對比，這裏的「不改」反襯了「半消磨」，人生短短數十
載中，發生了很多變化，而鏡湖水未變。「惟」字強調人事變化，更深刻
地反映了詩人對物是人非、世事變遷的感歎。如果說詩人在剛開始進家門

還是心懷喜悅，當他聽到親友們敘述家鄉的變化後，再面對波光粼粼的鏡湖水，心中自然而生一種感傷。

這兩首詩是七言絕句，兩首詩文字樸素自然，毫無雕琢，如詩人娓娓道來話家常，輕輕淡淡的幾筆，卻寫盡了詩人對五十多年來家鄉變化的思考和對自己回憶五十多年來生活而產生的感觸，其中蘊含的感情真摯、深厚。同時詩中用「歲月多」、「近來」、「舊時」等表示時間概念的詞語貫穿全文，無形中將讀者拉入了詩人的回憶中。

【後人點評】

《對床夜語》：楊衡詩云：「正是憶山時，復送歸山客。」張籍云：「長因送人處，憶得別家時。」盧象《還家詩》云：「小弟更孩幼，歸來不相識。」賀知章云：「兒童相見不相識，笑問客從何處來。」語益換而益佳，善脫胎者宜參之。

▷ 詠 柳

碧玉妝成一樹高❶，萬條垂下綠絲絛❷。

不知細葉誰裁出，二月春風似剪刀。

【注】❶碧玉：常常用來形容年輕美貌的女子，這裏形容柳樹枝葉碧綠鮮嫩。❷絲絛：絲帶，這裏以此代指柳枝。

天寶三年，賀知章辭官回鄉，百官送行。他坐船經南京、杭州，到達蕭山，然後再坐船到潘水河邊的舊宅。這時，正是早春二月，楊柳剛剛發芽，微風拂面，一片春意盎然。賀知章回到家鄉，心裏非常高興。見到一株柳樹，於是一時興起，寫就這篇佳作。

自古以來，柳就與詩歌結下了不解之緣。東晉著名詩人陶淵明愛柳成癖，在自己宅院前種下五棵柳樹，人稱「五柳先生」。柳於是成了品行高潔的象徵。柳樹的輕盈、柔軟、婆娑飄蕩的姿態很為文人喜歡，成為了歷代文人喜歡吟詠的對象，他們常常借詠柳，抒發內心感情。

賀知章的這首詠柳詩，也是借柳抒情，但他用獨特的筆調，把柳樹寫得生機勃勃，整篇詩文充滿歡欣喜悅之情，讀來讓人備感輕鬆愉快，這首

詩也因此成為了詠柳詩中的佳作。

首先「碧玉妝成一樹高，萬條垂下綠絲條」，詩人用「碧玉」比喻剛剛冒芽的柳枝，形象生動地表現出柳枝嫩綠碧翠的顏色，柳像出水芙蓉的美女，給人柔美、清新的感覺。一個「妝成」擬人動詞，早春二月，萬物復蘇，柳樹也打扮起來，把自己裝飾得滿身碧綠，景色熱鬧而充滿活力。「高」字突出了春天裏柳樹生機活力的氣勢。接著詩人又用「絲條」這個形象的比喻，把柳枝那種柔美、輕盈的婀娜姿態表現得淋漓盡致。溫庭筠曾在去錢塘江附近蘇小小家時做了一首《楊柳枝》詩，開始兩句就是：「蘇小門前柳萬條，毿（音三）毿金線拂平橋」，這裏的「柳萬條」和賀知章這首詩中的「萬條垂下」正好相呼應。這也表明唐代的蕭山，垂柳繽紛，非常美麗。

然後「不知細葉誰裁出，二月春風似剪刀」，這第三、四兩句，一問一答結束全詩。詩人對第一、二句中柳葉的美麗提出疑問，這麼完美的細葉是誰裁剪出來的呢？接著「二月春風似剪刀」，詩人把無形的春風又比喻成了具體的剪刀，原來是「春風」這把剪刀裁出了美麗的細葉，裁出了這個生機勃勃的春天。整首詩從讚美柳枝昇華到讚美整個春天，立意更上一層，詩境變得更為開闊。

這是一首七言絕句。整首詩最突出的特點是成功運用了比喻和擬人手法，將客觀的柳枝表現得充滿生命氣息，生機盎然，新奇而獨特。同時這首詩構思巧妙，描繪柳樹從整體到局部，使柳樹的形象由模糊到清晰，讓人感到親近而真實，把讀者也引入了詩文的氛圍中。同時這首詩不僅借詠柳表達自己回鄉的高興心情，而且「柳」有「留」之意，也表現了詩人終於不再遠走高飛，能在家鄉安靜生活的舒暢心情。

【後人點評】

《唐詩箋注》：賦物入妙，語意溫柔。

張若虛

【詩人名片】

張若虛（約660～約720）
籍貫：揚州
作品風格：清麗和諧，富有情韻

【詩人小傳】：張若虛曾任兗州（今山東省）兵曹。中宗神龍（705～707）年間，與賀知章、萬齊融、包融等人因文詞傑出而著名於京城，他與賀知章、包融、張旭並稱為「吳中四士」。他們的詩歌縱橫馳騁、才氣飛揚、意境清美，反映了盛唐時期的社會風情。

其僅存詩文兩首於世。分別是《代答閨夢還》和《春江花夜月》。其中《春江花月夜》成為了廣為傳誦的名篇，有「以孤篇壓倒全唐」之譽。

▷ 春江花月夜❶

春江潮水連海平，海上明月共潮生。
灩灩隨波千萬里❷，何處春江無月明。
江流宛轉繞芳甸❸，月照花林皆似霰❹。
空裏流霜不覺飛❺，汀上白沙看不見。
江天一色無纖塵，皎皎空中孤月輪。
江畔何人初見月？江月何年初照人？
人生代代無窮已，江月年年只相似。
不知江月待何人，但見長江送流水。

白雲一片去悠悠，青楓浦上不勝愁❹。
誰家今夜扁舟子❼？何處相思明月樓？
可憐樓上月徘徊，應照離人妝鏡臺。
玉戶簾中卷不去❽，擣衣砧上拂還來。
此時相望不相聞❾，願逐月華流照君❿。
鴻雁長飛光不度，魚龍潛躍水成文⓫。
昨夜閑潭夢落花⓬，可憐春半不還家。
江水流春去欲盡，江潭落月復西斜（音霞）。
斜（音鞋）月沉沉藏海霧，碣石瀟湘無限路⓭。
不知乘月幾人歸，落月搖情滿江樹⓮。

【注】❶《春江花月夜》：是古樂府舊題，本為吳地民歌。後此曲被引入陳朝宮廷，成為了陳隋以來宮廷詩題之一。❷灩灩：水波閃耀的樣子。❸芳甸：芳草豐茂的原野。❹霰（音現）：高空中的水蒸氣遇冷凝結成的小冰粒。❺流霜：飛霜。古人以為霜是從空中落下來的，所以叫流霜。❻青楓浦：地名，今湖南瀏陽縣內有青楓浦。這裏泛指遊子所在的地方。❼扁舟子：指遊子。❽玉戶：華麗的屋子。❾相聞：互通音信。❿月華：月光。⓫文：同「紋」。⓬閑潭：幽靜的潭水。⓭碣石：山名，在今河北省昌黎縣。瀟湘：水名，在今湖南省。⓮搖情：激盪情思。

開篇「春江潮水連海平」到「汀上白沙看不見」八句，詩人描繪了一幅奇美的春江月夜畫面，春天的江潮浩瀚無垠，彷彿和大海連成了一片。一輪明月升起，好像是和潮水一起湧出來的。月光照耀著江面，隨著波浪閃耀到千萬里外，什麼地方的江水沒有在明亮的月光朗照中呢？江水蜿蜒曲折地繞過花草豐茂的原野，月光灑在滿是鮮花的樹林中，星星點點，好像是粒粒雪珠在閃爍。月光皎潔，使人感覺不到空中飛霜，看不到江水中小洲上的白沙。其中江潮彷彿和大海連成一片，烘托了江景的宏大氣勢。月光湧動，一個「生」賦予了潮水和月亮以生機，使靜態的畫面活了起來。各種花草在月光點綴下有一種靜謐神奇的美。因為月光的普照，整個世界都變成了月光的顏色，感覺不到有飛霜、看不到小洲中的白沙，渾然

一片，只有皎潔的月光高掛空中了。詩人寫月光下的景物時，由遠及近，由大到小，非常細膩傳神地描繪了這樣一個空靈寧靜的月夜景，讓人有身臨其境之感，難免陶醉其中。細細品味這幾句詩，意境美不勝收。

「江天一色無纖塵，皎皎空中孤月輪。」意思是江水、天空成為一色，沒有一點細微的灰塵，只有一輪明亮的孤月高懸在空中。整個世界都在月光照耀下，成為了銀白的天地。在這種環境中，詩人想到了永恆的月亮和人世變遷。於是追問：「江畔何人初見月？江月何年初照人？」詩人探索人生的哲理和宇宙奧祕，感懷宇宙永恆，生命短暫。但是「人生代代無窮已，江月年年只相似。」說明雖然一個人的生命是短暫的，可人生代代無窮無盡，就和永恆的月亮共生於宇宙中了。詩人突破了個人情感窠臼，想到了整個人類綿延不絕，這表現了詩人對生命的執著和熱愛。詩人不因個人生命短暫而悲傷，從人類的綿延中找到了生命永恆這個滿意的答案。緊承上一句，詩人寫道：「不知江月待何人，但見長江送流水。」人生代代綿延不絕，江月年年歲歲如此。不知道這「江月」在等待著誰，一直在這裏徘徊卻總是等不到那個人。在月光下，只有長江水永不停息地奔騰向遠方。詩文在這裏寫出了江月徒徒等待，江水無情年年奔流。這為下面思婦遊子的離愁別緒做了一個鋪墊。

「白雲一片去悠悠」到「何處相思明月樓」這四句，概述了春江月夜中思婦和遊子分離兩地的深深思念之情。這裏「白雲」指遠去他鄉的遊子，「青楓浦」常常用來指分別的地方。「誰家今夜扁舟子？何處相思明月樓？」這裏「扁舟子」指代的是行蹤不定的遊子。這兩句和上邊兩句的意思一樣，只不過是用問的形式，「誰家」、「何處」兩句互文見義，進一步委婉曲折地表達了一種相思、兩處閒愁的情感。

從「可憐樓上月徘徊」到「魚龍潛躍水成文」這八句，上承「何處相思明月樓」句，寫樓上婦人思念離人。詩人沒有直接寫思婦的愁思，而是又通過「月」這一景物襯托她的懷念之情，「可憐樓上月徘徊」到「擣衣砧上拂還來」，詩人將「月」擬人化，描繪月亮徘徊在空中不離去，它照著梳粧檯、房中的簾子、擣衣的砧石，卷不走，拂不去。一個「卷不去」，一個「拂還來」，這兩個動詞生動地表現了思婦被月光牽起的思念之情讓她分外煩惱。「徘徊」二字既描繪了月光浮動、游移不

定的情景，又將月光擬人，月光可憐思婦在樓上徘徊不肯離去。一詞雙關，很是精妙。「此時相望不相聞，願逐月華流照君。」此時此刻，月亮不也同樣照著遠方的人嗎？雖然我們共同看著同一輪月亮，但是彼此不能相知。我真希望隨著月光而去照耀著你啊！用月亮寄託我的思念。「鴻雁長飛光不度，魚龍潛躍水成文。」思婦仰望長空，想到鴻雁不停地飛翔，也不能飛出月光之外，

魚龍從水中跳躍出來，卻也只是在水面上留下圈圈波紋。思婦和離人相隔太遠，即使是魚雁這些傳遞音訊的動物，也無法聯繫到離人，這更增添了她的愁思。

　　「昨夜閑潭夢落花」到最後八句寫的是在外的遊子思鄉之情。「昨夜閑潭夢落花，可憐春半不還家」說的是遊子昨夜夢見潭水上飄滿了落花，看見春天已經過去大半，但是他卻還不能回家。「可憐」二字道出了遊子思念家鄉的無盡愁緒和感傷。「江水流春去欲盡」到「碣石瀟湘無限路」的意思是：江水流動中春天已經過去，時間飛逝，江中落月日復一日地掛在天空，遊子青春也在不知不覺中流逝。江潭落月沉沉，深埋在了海霧中，天空變得黑暗，遊子的心也更加淒涼，想到回家的路途那麼遙遠，遊子心中備感孤淒。「沉沉」二字增顯了環境的凝重，渲染了遊子的孤寂心情，「無限」二字形容遊子和家人相隔兩地，相距遙遠，同時這個詞也表現了遊子內心無限的思念之情。「不知乘月幾人歸，落月搖情滿江樹」，

遊子看著月亮在想，不知道有多少人趁著這月光回到了自己的家鄉。此刻遊子內心千頭萬緒的思念，綿延不絕，伴著月光星星點點地灑滿了江邊的樹林，詩文融情於景，留給人一個無限遐想。

這是一首宮體詩。整首詩貫穿「月」這個主體，將各種思想都和月緊緊地聯繫在了一起，月亮的升起、高懸、西斜、隱沒是整首詩感情色調起伏的標誌。在月光的照耀下，「江潮」、「花林」、「白沙」、「明月樓」、「妝鏡臺」、「玉戶簾」等等景物組合在一起，情寓景中，景色含情，再加上月光的襯托，一幅色彩斑斕充滿生活哲理和趣味的畫卷躍然紙上，融情、景、理於一體。整首詩被點染上了靜謐、空靈的藝術色彩。同時，該詩的韻律節奏平和、抑揚有致。全詩共三十六句，四句一換韻，共換九韻。詩人把陽轍韻與陰轍韻交互雜遝，韻律圓美而富於變化。每一處由景寫人後又由人寫到景的轉換自然，銜接緊密，顯示出詩人高超的藝術技巧。全詩雖然寫的是相思之愁，但是從頭到尾，沒有一句是直抒胸臆，表達愁緒的，而在月景這個大環境的襯托下，思念之情也變得淡淡的、靜靜的了。詩文寫得曲折委婉，但不矯揉造作，如水流一樣自然流暢，表達的思愁卻更加深刻，這綿延不盡的思念即使到詩文最後也沒有斷絕，餘音嫋嫋。詩人筆下的思念哀而不傷，控制得恰到好處，可見詩人的文墨功力之深。

【後人點評】

聞一多：詩中的詩，頂峰上的頂峰。（《宮體詩的自贖》）

❧ 張　旭 ❧

【詩人名片】

張旭（675～750）
字號：字伯高，一字季明
籍貫：吳郡（江蘇蘇州）
作品風格：構思巧妙，意蘊深遠

【詩人小傳】：唐代著名書法家，初仕為常熟尉，後官至金吾長史，人稱「張長史」。張旭為人豁達豪邁，學識淵博，才華橫溢。醉酒後潑墨揮毫，如醉如癡，人稱「張癲」，被杜甫列入「飲中八仙」。唐文宗以李白歌詩、裴旻劍舞、張旭草書為「三絕」。他又因詞詩與賀知章、張若虛、包融合稱「吳中四士」。書跡有《郎官石記》、《草書古詩四帖》等。今《全唐詩》存其詩六首，都是寫自然風景的絕句。

▷ 桃花溪❶

隱隱飛橋隔野煙❷，石磯西畔問漁船❸；
桃花盡日隨流水，洞在清溪何處邊❹？

【注】❶桃花溪：水名，在今湖南省桃源縣桃園山下。❷飛橋：指高橋。❸石磯（音機）：水邊露出的岩石。❹洞：指的是《桃花源記》中武陵漁人找到的那個洞。

東晉陶淵明的《桃花源記》中虛構了一個與世隔絕的地方名叫桃花源，他筆下的桃花源「忽逢桃花林，夾岸數百步，中無雜樹，芳草鮮美，

落英繽紛。……林盡水源，便得一山，山有小口，彷彿若有光，便捨船，從口入」。張旭因此而受啟發，用陶淵明筆下桃花溪的意境，作此詩文。

「隱隱飛橋隔野煙」，起筆就將人們引入了一個奇麗飄渺的環境中，這句話的意思是，深遠的山谷中，雲煙繚繞，透過煙雲，隱約看到橫跨山溪之上高架著一座若隱若現的長橋，它仿若在虛空裏飛翔。因為有煙雲在靜止的橋周圍流動，所以，橋好像也動了起來，好像凌空飛翔，而靜止的橋又使流動的雲，看上去好像如輕紗圍繞著橋，形成了一種朦朧如仙境的美，兩種事物相映成輝，給我們展現了一幅朦朧、幽深而又神祕的景象。其中的一個「隔」字，既表明詩人觀望的位置是在遠處，同時也將這兩種不同處的景物連在了一起，構成　個完整奇美的畫面。

接著詩人由遠及近，寫出了「石磯西畔問漁船」，詩人站在露出水面的巨大岩石上，向溪裏漂動搖盪的漁船大聲詢問。這裏一個「問」字，將自己也寫入了畫中，靜止的景物和活動的人構成了富有生活情趣的畫面。看著飄滿桃花的溪水，不由得被這裏的幽靜和美麗陶醉了，彷彿自己就身處在陶淵明描繪的那個桃花林中，他不由把漁船上的漁夫當成了武陵人，於是，脫口就問漁人：「桃花盡日隨流水，洞在清溪何處邊？」桃花溪每天都從桃花源中流出，那麼可知道哪個桃花源入口的洞在哪裡嗎？一個「問漁船」，表現了詩人對桃花源環境的嚮往。可是這個洞在哪裡呢？詩人以一個問句結尾，沒有回答這個問題，漁人不可能知道，詩人也不會知道，這一問，也隱約流露出詩人因無法到達理想環境而內心渺茫惆悵的感情，同時也給人留下了很多遐想的空間，言盡意猶存，讓人回味無窮。

這是一首七言絕句，雖然篇幅短小，但詩人字斟句酌，用精練的文字輕鬆自然地將如詩似畫的景色表現得淋淋盡致，美妙無窮。一個恰到好處的結語，讓人沉浸在詩人筆下的幽美環境中浮想聯翩，意蘊深長。詩人在這首詩中的構思非常巧妙，該詩正面寫實景由遠及近，然後用一個問句由實入虛，佈局新穎，角度變換靈活。詩人文筆簡練、清麗自然，詩文意境空靈飄渺、情趣深遠。

【後人點評】

清人蘅塘退士：四句抵得上一篇《桃花源記》。

張九齡

【詩人名片】

張九齡（678～740）

字號：字子壽

籍貫：韶州曲江（今廣東省韶關）

作品風格：自然質樸，感情真摯

【詩人小傳】：出生官宦人家。從小聰明善寫詩文，武后長安二年（702）中進士，任命為祕書省校書郎、右拾遺，後又為左拾遺。因與宰相姚崇不合，告病辭官歸鄉。開元十一年（723）被任為中書舍人。待張說罷相時，因受朝廷權力爭鬥風波影響而被調往外地任職。開元十九年，玄宗召為祕書少監、集賢院學士，再遷中書侍郎。開元二十一年，被任為中書侍郎、同中書門下平章事（丞相），主理朝政，被認為是「開元之治」時期的最後一位賢相。因被李林甫、牛仙客等人嫉妒，受讒言誣衊而於開元二十四年（736）被貶為荊州長史。開元二十八年（740）年卒，終年六十七。

　　張九齡執政時，培養、獎勵了大批優秀人才，成為張說之後的文壇領袖。現有《張曲江集》存於世。

▷ 感遇十二首（其一）❶

蘭葉春葳蕤❷，桂華秋皎潔❸。

欣欣此生意❹，自爾為佳節❺。

誰知林棲者❻，聞風坐相悅❼。
　　草木有本心❽，何求美人折❾？

　　【注】❶感遇：古詩題，因為所遭遇的而感慨。初唐陳子昂作《感遇》三十八首，後一直沿用，成為五古的一種體式。這類詩多用比興手法抒發不滿之情。❷蘭葉：指蘭草的葉子，有香氣。葳蕤（音威緌）：草木枝葉繁盛下垂的樣子。❸桂華：指桂花。「華」同「花」。❹欣欣：草木生長旺盛的樣子。生意：生機。❺自爾：自然而然。❻林棲者：指隱士。❼聞風：指仰慕蘭桂高潔的風節。坐：因。相悅：喜歡。相，此處偏指一方。❽木心：本性。❾美人：比喻君主或權貴，屈原《離騷》中：「恐美人之遲暮」的美人指的是楚懷王，這裏指那些隱士。

　　這首詩是開元二十五年（737）詩人受到李林甫、牛仙客等人的誣陷，被排擠出朝廷，貶為荊州長史期間所作。其共作《感遇》十二首，這是其中的第一首，抒發了詩人孤芳自賞、不諂媚求榮的情懷。

　　「蘭葉春葳蕤，桂華秋皎潔」，開頭一二句，用了一對整齊的偶句，以物起興，引出自比的蘭草和桂花這兩種植物。這兩句話的意思是，春天裏的蘭草葉子蔥鬱，生長旺盛，秋季裏的桂花，鮮亮潔白。屈原《九歌·禮魂》中有「春蘭和秋菊，長無絕兮終古」。本詩就繼承了前代詩人用芳草自比這一傳統。詩文中的「葳蕤」、「皎潔」形象地描繪了植物生機勃勃、蓬勃生長的樣子。

　　「欣欣此生意，自爾為佳節」，這兩句的意思是蘭草和桂花都表現出了一片欣欣向榮的景象，然後「自爾為佳節」一句承接一二句，寫這些植物各自根據自己的特性在適合的季節生長開花，自然而然表現出生機和活力。一個「自」字，既表現了它們按照自己的習性自然生長，也暗示了它們不求人知、不以為榮的恬淡心理。

　　「誰知林棲者，聞風坐相悅」，這兩句話的意思是棲息山林的隱士們常常以蘭桂自比，他們一聞到蘭桂的芳香都非常喜歡。一個「誰知」二字，起到轉折作用，開始由物寫人，同時這兩個字也有蘭桂出乎意料非常驚訝的意味。「聞風」是詩人用了《孟子·盡心篇》中的「聖人百世之師也，伯夷柳下惠是也，故聞伯夷之風者，頑夫廉，懦夫有立志，聞柳下惠

之風者，薄夫敦，鄙夫寬」這個典故。

「草木有本心，何求美人折」，指草木生長都有它的本質特性，為什麼要求美人來攀折呢？它們生長茂盛，芳香四溢，但這不是因為它們要取悅於美人，而是它們的本性就是如此，這句話進一步表明蘭桂的高潔品質。同時該詩以這個問句結束全篇，點明了主旨，那些像蘭桂一樣的聖賢君子們，他們保持自己高潔的情操，建立功名，修養心德，不是為了追名逐利，而只是做自己的本分而已！這個主旨也是詩人自己的心聲，表現了詩人雖遭奸人誣陷被貶斥，但仍然堅守高潔、恬淡從容的胸懷。

這是一首五言古詩，該詩採用比興的手法，用蘭桂自比，同時「自爾為佳節」和「草木有本心」前後照應，使整首詩結構嚴謹。本詩文辭真摯自然，不事雕琢，平易近人。詠物的背後表現的是詩人高潔的情操。

【後人點評】

周敬：曲江公詩雅正沉鬱，言多造詣，體含風騷，五古直追漢魏深厚處。（《唐詩選脈會通評林》）

▷ 望月懷遠❶

海上生明月，天涯共此時。
情人怨遙夜❷，竟夕起相思❸。
滅燭憐光滿❹，披衣覺露滋❺。
不堪盈手贈❻，還寢夢佳期。

【注】❶懷遠：指懷念遠方的親人，多是懷念妻子的委婉表達。❷情人：有情人。遙夜：漫長的夜晚。❸竟夕：終夜，即一整夜。❹憐：愛。❺滋：生。❻盈手：雙手捧滿。

這是一首羈旅詩，寫的是詩人客居他鄉，望月思念遠方親人，表達其對遠方親人的深切懷念。

「海上生明月，天涯共此時」，開始兩句詩人用樸素自然的筆觸為我們勾勒出一幅壯麗的月亮初升的景象。海面上冉冉升起一輪皎潔的月亮，詩人此時想，與自己遠隔天涯的親人們此時可能也在對月相思。詩人

由景入情，自然過渡聯想到家中的親人。在這裏本應該是詩人非常想念親人，而詩人卻對面著墨，想到親人在此時也在思念他的情形，可見詩人構思之巧妙，同時，親人思念他的情形寫得越清晰，表明詩人自己對家人的思念越深切。其中一個「生」字，運用得非常生動恰當，動感十足。這和前面我們講到的張若虛的《春江花月夜》中「海上明月同潮生」詩句中的「生」一樣的精妙。

　　「天涯共此時」暗用了謝莊《月賦》中「隔千里兮共明月」的句意，這句話之前的「海上」、「天涯」勾勒出的壯麗畫面，使這一句「天涯共此時」展現的境界更為遼闊明朗。第一句寫的是望月實景，第二句是詩人自己想到的，詩文在開始便情景交融，虛實結合，定格了整首詩的環境背景，總攬全詩，而之後的抒情都是在這樣的背景下展開的。

　　「情人怨遙夜，竟夕起相思」，這是詩人由前面的想像又轉到現實生活，寫詩人望月回來想要就寢卻無法安眠的心理。這兩句的意思是，多情人抱怨這漫漫長夜，一整夜對月相思，無法入眠。詩人因為思念而無法入睡，因為無法入睡所以抱怨夜晚太長。這一系列的動作體現了詩人內心煩躁，苦思無法安寧。一個「怨」字飽含了詩人內心因為思念而產生的深深的痛。

　　「滅燭憐光滿，披衣覺露滋」，詩人思念

遠方的親人，徹夜難眠，吹滅燭燈後，更喜愛月光的皎潔圓滿，於是披衣走出屋外，望月凝思，就這樣不知道過了多長時間，直到露水沾濕了衣裳才從思念情緒中醒悟過來。此時詩人表面上是去欣賞月亮，實則是深深地沉浸在了對家鄉親人的懷想中，這更突出了詩人思親之切。因望月而懷念親人，因為懷念親人而去望月，兩相照應，表現出了詩人幽遠的懷鄉情。

「不堪盈手贈，還寢夢佳期」，這兩句寫詩人思念親人卻不能相見，於是就產生起把月亮捧起送給親人的想法。這兩句的意思是，但是怎麼能贈給遠方的親人呢？還是回去安寢吧，也許在夢裏能夠有相見的機會。其中充斥了詩人無法見到親人的無奈心情。晉人陸機擬古詩《明月何皎皎》中有「照之有餘輝，攬之不盈手」，詩人借此更襯托出他思念遠方親人的真摯情感，使詩的懷遠之情更含蘊、更細膩。詩文在詩人希望與失望的矛盾心情中結束了，餘韻猶存，意味深遠。

這是一首五言律詩，該詩通篇緊緊圍繞「望月」和「懷遠」這個線索，通過「望月」懷遠，然後，又通過「懷遠」無法入眠而「望月」，雖寫思念而情緒不過度感傷，情深真純。同時詩人無論是寫月還是寫詩人懷遠的煩躁心理都是恰到好處，細緻入微。頷聯一改律詩工整的對偶，而是使用了流水對形式，使詩文顯得更為自然、貼切、親切感人。張九齡這種自然質樸的文風對之後的孟浩然、王維等詩人都產生了深遠的影響。

【後人點評】

郭云：清渾不著，又不佻薄，較杜審言《望月》更有餘味。（《增定評注唐詩正聲》）

～ 王之渙 ～

【詩人名片】

王之渙（688～742）

字號：字季淩

籍貫：并州（山西太原）

作品風格：大氣磅礴，意境開闊

【詩人小傳】：王之渙出身普通官宦家庭，幼時聰明好學，曾任冀州衡水主簿。後受人誣陷攻擊，辭官而去，在家過了十五年閒散生活。後來補文安郡文安縣尉。他在職期間以清白、公正著名，不久染病，卒於任所，終年五十五歲。

王之渙是盛唐時的著名詩人，與王昌齡、高適齊名，尤其善於寫邊塞詩。他的詩歌散失嚴重，今僅《全唐詩》存其絕句六首。

▷ 登鸛雀樓❶

白日依山盡❷，黃河入海流。

欲窮千里目❸，更上一層樓❹。

【注】❶鸛雀樓：樓名，舊址在山西永濟縣西南，樓高三層，向下緊臨黃河，向前可以望見中條山。因為常有鸛雀在此樓停留，故得此名。❷白日：白天的太陽。盡：消失，落下。❸窮：盡，使達到極點。千里目：望到很遠的地方。❹更：再。

這是詩人登上鸛雀樓極目遠望時寫成的一首詩，表現了他超凡的心胸抱負，和積極進取的精神。

「白日依山盡，黃河入海流」，這兩句是詩人登樓後所見到的景象。「白日依山盡」寫的是詩人看到的遠處山景。詩人只見一輪金光閃閃的太陽沿著遠方的崇山峻嶺緩緩下落。接著詩人又寫到黃河水——「黃河入海流」，詩人看到黃河水洶湧澎湃，直奔向大海。這裏詩人看著黃河奔流向遠方，但是他不可能一直看到黃河流入大海，可見這是詩人由此及彼聯想到的，詩人想像的意境和現實的環境結合在一起，情景交融，情中有景，景中含情，渾然一體。詩人視線由西轉向東，由近望到遠觀，由地面到天邊，視角不斷變幻，為我們勾勒出了一幅氣勢磅礡、雄渾壯闊的山河景象，同時，這些生動的描寫讓人讀來彷彿身臨其境，場面一片遼闊，心境也變得開闊。詩人用語簡樸淺顯，高度概括了場面的景象，烘托了場面的氣勢。同時，這幅燦爛輝煌、流光溢彩的畫面，不是一成不變的，「盡」、「流」兩個字使整個畫面活動了起來，充滿了蓬勃生機。

第三、四句寫的是詩人心裏所想的，「欲窮千里目」，意思是詩人想要看到更遠的直到目力無法達到的地方。表現了他內心對未知領域積極探求的渴望。而實現這個願望的方法就是「更上一層樓」。這裏的「千里」、「一層」都指的是虛數，是詩人想像中的空間範圍。「欲窮」、「更上」則是詩人胸懷遠大抱負、積極進取精神的體現，這四個字、兩個詞裏包含的是詩人對未來的無限希望和憧憬。這兩句既沒有脫離登樓這個實際點，和一、二句緊密聯繫，同時又一語雙關，用再上一層樓，道出了高瞻遠矚、站得高就能看得遠這個生活哲理，也體現了詩人積極樂觀的精神和豪邁的胸襟。三、四句承接上兩句自然流暢，又表達出了新意，寫得很是巧妙，同時，含義深遠，發人思考。

這是一首五言絕句，這首詩最突出的特點就是詩人將自己的胸襟和抱負、人生哲理全部完美融入景中，沒有一點瑕疵和缺憾，天衣無縫，絕妙至極。此詩前四句，「白」和「黃」相對，「依」和「入」相對，結構工整，氣勢雄厚，雄勁有力。

【後人點評】

宋人沈括：河中府鸛雀樓三層，前瞻中條，下瞰大河，唐人留詩者甚多，唯李益、王之渙、暢諸三篇，能狀其景。（《夢溪筆談》卷十五）

▷ **涼州詞❶**

黃河遠上白雲間❷，一片孤城萬仞山❸。
羌笛何須怨楊柳❹，春風不度玉門關❺。

【注】❶涼州詞：是涼州歌的歌詞，又名《涼州歌》。是當時流行的曲子《涼州詞》所配的唱詞。原題二首，此其一，郭茂倩《樂府詩集》卷七十九《近代曲詞》載有《涼州歌》，並引《樂苑》云：「《涼州》，宮調曲，開元中西涼府都督郭知運進」。涼州，唐隴右道涼州治所在姑臧縣（今甘肅省武威縣）。❷遠上：遠遠直上。❸孤城：指孤零零的戍邊城堡。仞：古代的長度單位，一仞相當於213cm或264cm。❹羌笛：羌族的一種管樂器。古羌族主要分布在甘、青、川一帶。楊柳：指《折楊柳》曲。古詩文中常以折楊柳比喻送別。《詩•小雅•采薇》中有：「昔我往矣，楊柳依依。」❺春風：這裏比喻朝廷的關懷。玉門關：漢武帝置，因從西域輸入的玉石從這裏經過，所以得此名。玉門關是古代通往西域的要道，故址在今甘肅敦煌西。《漢書•李廣利傳》中記載，西漢時，貳師將軍李廣利出師西域，常年作戰死傷無數，於是向皇帝請求撤回，漢武帝大怒，阻斷玉門關，下令：「軍有敢入者，斬！」

詩人初到涼州，面對黃河、邊城的遼闊景象，又耳聽著《折楊柳曲》，有感而發，寫成了這首表現戍守邊疆的士兵思念家鄉情懷的詩作。

「黃河遠上白雲間，一片孤城萬仞山」，這兩句主要寫的是詩人遠眺到的涼州一帶景象。洶湧的黃河水奔騰而去，遠遠地向西望去，它好像是飛入了白雲之中。在高山大河環抱中的一座座戍邊孤城，孤零冷清地挺立在那裏。高大山川和矮小的孤城形成了鮮明的對比，突出表現了荒蕪的邊疆環境。這兩句描繪出了祖國山河的雄渾壯闊，也體現了戍守邊防地區戰士們蒼涼而荒蕪的境況，為整首詩勾勒出了一個典型的背景。

「羌笛何須怨楊柳」，在這樣蒼涼的環境背景下，忽然聽到了羌笛

聲，所吹的曲調恰好又是《折楊柳》，這不禁勾起戍邊士兵們的思鄉之愁。因為「柳」和「留」諧音，所以古人常常在別離的時候折柳相贈表示留念。北朝樂府《鼓角橫吹曲》中有《折楊柳枝》：「上馬不捉鞭，反拗楊柳枝。蹀座吹長笛，愁殺行客兒。」就提到了行人臨別時折柳。這種折柳送別風氣在唐朝尤其盛行。士兵們聽著哀怨的曲子，內心非常惆悵，詩人也不知道該如

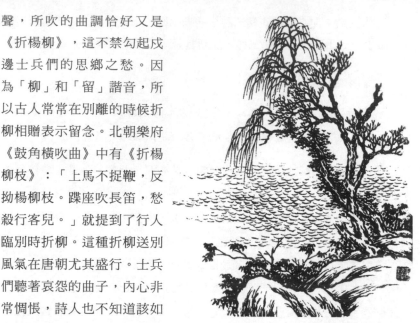

何安慰戍邊的士兵，只能說，羌笛何必總是吹奏那首哀傷的《折楊柳》曲呢？春風本來就吹不到玉門關裏的。既然沒有春風又哪裡有楊柳來折呢？這句話含有一股怨氣，但是又含無可奈何語氣，雖然鄉愁難耐，但是戍守邊防的責任更為重大啊！一個「何須怨」看似寬慰，但是，也曲折表達了那種抱怨，使整首詩的意韻變得更為深遠。這裏的春風也暗指皇帝，因為皇帝的關懷到達不了這裏，所以，玉門關外士兵處境如此的孤危和惡劣。詩人委婉地表達了對皇帝不顧及戍守玉門關邊塞士兵的生死，不能體恤邊塞士兵的抱怨之情。

這是一首七言絕句，筆調蒼涼悲壯，雖寫滿抱怨但卻並不消極頹廢，表現了盛唐時期人們寬廣豁達的胸襟。詩文中對比手法的運用使詩意的表現更有張力。用語委婉精確，表達思想感情恰到好處。

【後人點評】

《唐賢三昧集箋注》：此狀涼州之險惡也。笛中有《折柳曲》，然春光已不到，尚何須作楊柳之怨乎？明說邊境苦寒，陽和不至，措詞委婉，深耐人思。

孟浩然

【詩人名片】

孟浩然（689～740）
字號：字浩然
籍貫：襄陽（今湖北襄陽）
作品風格：恬淡孤清，不拘奇挾異

【詩人小傳】：孟浩然出身書香門第，年輕時隱居鹿門山苦讀。壯年曾遊歷長江地區。開元十二年（724），前往洛陽求取功名，但一無所獲。三年後，他離開洛陽，漫遊吳越。開元十六年（728），孟浩然來到長安求取功名，不第。於是在京城逗留，期間和王維、王昌齡結為好友，據《新唐書》中記載，王維曾私邀他入內署，恰逢唐玄宗來到，孟浩然驚慌之下躲避在床下。王維不敢隱瞞，據實稟報了皇上，玄宗命令他出來，出來後，孟浩然自誦其詩，至「不才明主棄」之句，唐玄宗很不高興，說：「卿不求仕，而朕未嘗棄卿，奈何誣我！」因此將他放歸襄陽。開元二十五年（737）張九齡被貶為荊州長史後，征孟浩然為從事。他任職大概一年左右，開元二十八年（740），王昌齡在襄陽和孟浩然相聚，當時孟浩然身上生有惡瘡，因縱情宴飲，「食鮮疾動」去世，終年五十二歲。

孟浩然一生經歷比較簡單，詩作的題材也不寬，但具有獨特藝術造詣。其詩主要寫山水田園生活和行旅等內容。多抒發詩人憤世嫉俗和表達個人感懷。五言居多，現有《孟浩然集》，存詩二百六十多首。

▷ 春曉❶

春眠不覺曉❷，處處聞啼鳥❸。
夜來風雨聲❹，花落知多少？

【注】❶春曉：春天的清晨。曉，指天剛亮。❷不覺：不知不覺，沒有察覺到。❸聞：聽到。❹夜來：夜裏。

這是詩人隱居在鹿門山時寫的一首描寫春天的優美作品，表達了他對春天的熱愛。詩人取景獨特，不像一般的詩文那樣寫看到的或聽到的春天景色，而是從自己在春天的早晨剛剛醒來那刻所聽到的聲音切入，抓住春天特徵，表達對春天的喜愛和憐惜之情。

「春眠不覺曉，處處聞啼鳥」，詩文開頭寫詩人在春季裏睡得正酣暢，天已經大亮還不知道，一覺醒來，聽到屋外到處是鳥兒的歡鳴聲。詩人僅用了這一句描寫來表現充滿生機的春曉景象，但我們可以想像鳥兒在飛躍鳴叫，窗外的春景自當非常熱鬧，定是一片春光明媚。從中我們可以體會到詩人愉快的心情，和對春天的讚美之情。

看到此情此景，自然會讓詩人產生聯想，他在昨夜還朦朧中聽到風雨的聲音，不知道昨夜的那陣風雨，搖落了多少花兒呢？詩人好似對風雨有絲絲抱怨。昨夜的風雨應該是清風細雨，所以才使詩人睡得香甜酣暢，春雨將天空清洗一新，這應該讓他很感激春雨，但是，春雨雖小，在詩人看來，它畢竟是搖落了春花，所以詩人有些淡淡的哀愁。

這首五言絕句，從平凡的生活中提煉出詩趣，親近自然，語言明白曉暢，讀來琅琅上口，因此被人們廣為傳頌。

【後人點評】

《唐詩箋注》：詩到自然，無跡可尋。「花落」句含幾許惜春意。

▷ 過故人莊❶

故人具雞黍❷，邀我至田家。
綠樹村邊合❸，青山郭外斜❹。

開軒面場圃❺，把酒話桑麻❻。

待到重陽日，還來就菊花❼。

【注】❶過：拜訪，看望。故人莊：老朋友的田莊。❷具：準備，置辦。黍：黃米做的飯。❸合：聚攏，連成一片。❹郭：本義指城郭，這裏指村莊的四周。斜：傾斜。❺軒：有窗的長廊或小屋。場圃：打穀場和菜園。❻桑麻：桑樹和麻。這裏指代莊稼。❼就菊花：欣賞菊花。就：赴，這裏指欣賞。

這是詩人在隱居鹿門山時到一位鄉村老朋友那裏做客時寫的一首詩。平平淡淡的生活小事詩人卻寫得充滿了情趣。

「故人具雞黍，邀我至田家」，開頭兩句寫詩人被邀請去朋友家做客。朋友準備了豐盛的飯菜，邀請詩人到他田莊裏去。「故人」表明詩人不是第一次去朋友家。「具雞黍」邀請詩人，表明兩人是老友之間的往來，沒有客套和排場，這兩句詩人沒有一點渲染之色，提筆而就，簡單自然地寫入主題，淳樸、親切。這樣的開頭，讓人感覺輕鬆、自然，具有很好的引導下文作用。

「綠樹村邊合，青山郭外斜」，這兩句描寫的是詩人去朋友家途中見到的山村景色。綠樹茂密，連成一片，環繞著村莊，村莊外，有連綿的青山橫斜著。詩人寫了近處村子綠樹環繞，自成一統，接著又宕開一筆，寫遠景，將空間範圍擴大，讓人眼前變得開闊，使村莊不顯孤單。這兩句詩形象地勾勒了村莊美景，一幅清淡的水墨畫展現在了我們面前，意境優美、景色幽靜，其中也流露出詩人輕鬆愉快的心情。

「開軒面場圃，把酒話桑麻」，五、六兩句寫的是在朋友田莊裏飲酒閒談的情景。詩人面對著開闊幽美的打穀場和菜園，呼吸著新鮮的空氣，一邊飲酒一邊和朋友談論莊稼農事，氛圍非常親切自然，充滿生活情趣。詩人和朋友本來是在屋中飲酒交談，而「開軒」二字把外面的景色映入到戶內，使空間變得開闊，人們的心境也豁然開朗，怡然自得。在這樣開闊、舒適的優美環境中說說農事、聊聊家常，自然是心情舒暢而愜意的。這兩句田園氣息濃烈，讓人有身臨其境之感，彷彿青山綠樹下的小村莊就在眼前，好像能聞到鄉土的清新氣息，詩人和朋友話桑麻中的歡笑聲好似

就迴盪在耳邊。

「待到重陽日，還來就菊花」，結尾這兩句寫詩人離開朋友莊園的情景，詩人在離別時候和朋友約定，待到重陽佳節還來相聚，把酒言歡。詩人被這優美的田莊生活深深吸引，所以決定重陽日還來這裏，朋友待客的熱情，和自己做客的愉快心情，全都躍然紙上。

這是一首五言律詩，詩人聊聊數句，將做客的整個過程囊括筆下。一次普通做客，寫得如此詩情畫意，趣味盎然，真是非常難得。筆筆輕鬆自然，不事雕琢，自由靈活。句句寫得平淡恬靜，卻不枯燥。詩文平淡卻不單薄，意境鮮明，詩中只寫友人邀請，卻烘托出了樸實的農家氛圍，詩人只寫綠樹青山卻能讓人看見一片廣闊天地，詩人只寫把酒話桑麻，卻能表現出心情和環境的和諧完美，詩人只說重陽再來，卻自然地流露出對村莊的依戀。村莊的風光和淳樸的情義融合一體，和諧完整，詩人將這種藝術的美不露一絲痕跡地融入到了整首詩中，渾然天成。他不依靠哪一個字或詞來渲染表現某種感情，而是將感情融入到了字字句句中，詩文通體都充滿詩人的情感，有一種天然的氣韻。

【後人點評】

聞一多：真正孟浩然不是將詩緊緊地築在一聯或一句裏，而是將它沖淡了，平均地分散在全篇中，淡到看不見詩了，才是真正孟浩然的詩。（《唐詩雜論》）

▷ 留別王維

寂寂竟何待❶，朝朝空自歸❷。
欲尋芳草去❸，惜與故人違❹。
當路誰相假❺，知音世所稀。
只應守寂寞，還掩故園扉❻。

【注】❶竟何待：要等什麼？❷空自：獨自。❸尋芳草：指想要歸隱。古人常常用芳草白雲比喻隱居。❹違：分離。❺當路：當權者。《孟子·公孫丑》上：「夫子當路於齊。」假：憑藉。❻扉：門扇。

這是孟浩然京城求取進士不第，準備返回襄陽老家，在臨行前寫給王維的一首詩，詩中抒發了孟浩然求仕不成後，內心的憤懣和辛酸，感情真摯動人。

　　「寂寂竟何待，朝朝空自歸」，意思是我現在寂寞潦倒，不知道自己到底在企盼著什麼，日日出門奔走，卻總是一無所獲獨自歸來。這兩句描寫了詩人落第後門庭冷落，無人理睬的境況。「寂寂」既是門庭冷落的實景，又是虛寫自己內心空寂。「竟何待」正是詩人考試落第後內心苦悶的寫照。在這種境況下，長安城雖好，也不再值得詩人留戀，所以，他想到了返回家鄉。接著第二聯寫的是詩人對朋友的惜別之情。詩人想到了歸隱，欲追尋芳草而去。但是內心不忍和朋友分離，表明他和工維有著深厚的友誼。一個「欲」，一個「惜」，表明詩人思想正處在矛盾中，這就更加深刻地反映了詩人的依依不捨之情。

　　「當路誰相假，知音世所稀」，這兩句概括了官場的現實，也是詩人歸去的原因，是全詩的重點。當權者中我能依靠誰呢？世間的知音難得啊！一個「誰」充滿了憤懣和辛酸。這種辛酸和憤懣不是憑空產生的，是詩人經歷了這些人情冷暖、世態炎涼後的切身體會。「稀」字準確地表達了詩人對知音難覓的感慨。正是因為詩人看到了這樣一個冷酷的現實，自覺功名無望，於是才堅定了歸隱的決心。這兩句話用工整的對句寫出了許多心懷抱負而功名不成者的心聲，在當時社會中極具代表性。在這樣冷酷的現實環境中，能了解詩人的只有王維，這反襯了友誼的珍貴。

　　「只應守寂寞，還掩故園扉」，這兩句話意思是，看來我本來就是該守著寂寞生活一輩子的人啊！還是回去掩上房門歸隱吧。這句話中的「只應」是詩人經歷這麼多事情之後，有所頓悟的體現。

　　這是一首五言律詩，該詩用詞樸素，語句平淡，若一個人對朋友的娓娓道來，及其自然而毫無雕鏤的痕跡，然而卻深刻地表現了詩人落第後的心境，言淺意深，耐人尋味。

▷ **宿建德江❶**

移舟泊煙渚❷，日暮客愁新。
野曠天低樹，江清月近人❸。

【注】❶建德江：在浙江省，新安江流經建德的一段稱為建德江。❷移舟：移舟靠岸。煙渚：煙霧彌漫的沙洲。《爾雅•釋水》：「水中可居者曰洲，小洲曰渚。」❸月：這裏指水中的月影。

孟浩然曾前往長安、洛陽求取功名，求仕無成，於是，又遊歷吳越一帶。這首詩就大概作於遊歷吳越的途中，詩中表達了羈旅愁思。

從「移舟泊煙渚」句可見詩人以行船停靠在煙霧迷茫的小洲邊的畫面為開頭，不以或船行在途中，或詩人出發為背景，而是獨闢蹊徑，精取這樣一個靜謐的背景，烘托了整首詩的氣氛，為詩文下邊的抒情做鋪墊。

「日暮客愁新」，這一句是整首詩的中心句，「日暮」二字承接上一句的「泊」和「煙」，日暮西山，所以船要停泊靠岸。同時它又引出了「客愁新」，《王風•君子于役》中有：「君子于役，不知其期，曷至哉？雞棲於塒，日之夕矣，羊牛下來，君子于役，如之何勿思？」寫的是黃昏中婦人思夫的情景。可見這樣黃昏的景色，總是會引起人們的愁緒，孟浩然也不例外。詩人雖然在這裏露出一個「愁」字，但沒有深寫，而是筆調一轉又開始描寫景物。

「野曠天低樹，江清月近人」，詩人用一對寫景的句子，將自己的種種愁緒化入到無邊無盡的景中。暮色蒼蒼，平野遼闊，天空好像比樹木還要低；清澈江水中的月影，和遊子好似最親近。「曠」和「低」相互映襯，「清」和「近」相互襯托，詩人選取了這個只有在舟中才能領略到的獨特江景，寄寓他內心的愁緒。在寂靜的夜色中，詩人終於發現明月還和遊子親近，這頓然使愁苦的心情寬慰了許多。詩人看到水中明月又會想到什麼呢？詩文寫到此突然停止，言止而意未盡，讓人產生無限的遐想。雖然有明月陪伴可以稍稍安心，但是重重愁緒又怎麼能是一個明月就能驅散得了的呢？詩人沒有在最後鋪陳寫月就說明了這點。其實這其中不僅僅是鄉愁，結合孟浩然苦讀詩書三十多年，最後求取功名卻處處碰壁、一事無成這個經歷，可知他心中自然愁緒難消。在客居他鄉之時，他思念家鄉，也不免因為自己的坎坷求仕之路而惆悵滿懷。整首詩中的幽靜氣氛，恰恰反襯了詩人心潮澎湃，內心無法平靜。

孟浩然的這首五言絕句，短短四句，卻情景交融，景色淡中有味，感情表達含而不露，思緒和景色和諧統一，精練巧妙，渾然天成。

【後人點評】

《唐人絕句精華》：詩家有情在景中之說，此詩是也。

▷ 宿桐廬江寄廣陵舊遊❶

山暝聽猿愁❷，滄江急夜流❸。

風鳴兩岸葉，月照一孤舟。

建德非吾土❹，維揚憶舊遊❺。

還將兩行淚，遙寄海西頭❻。

【注】❶桐廬江：江名，在今浙江省桐廬縣境內。廣陵：地名，指今江蘇省揚州市。舊遊：指故交。詩人在入京前曾一度遊歷廣陵即今天的江蘇揚州一帶。❷暝：天色昏暗，這裏指黃昏。❸滄江：指江色蒼青，滄同「蒼」。❹建德：今浙江省建德一帶。桐廬江流經建德。非吾土：不是我的故鄉。王粲《登樓賦》：「雖信美而非吾土兮，曾何足以少留。」❺維揚：即揚州。《尚書·禹貢》：「淮海惟揚州。」，惟通維，所以稱揚州為維揚。❻海西頭：指揚州。隋煬帝《泛龍舟》：「借問揚州在何處，淮南江北海西頭。」因為古揚州東臨大海，所以有此稱。

　　孟浩然四十歲在長安應試失敗後，為了排遣內心苦悶而長途跋涉遊覽江南。根據這首詩的題目可以知道，這首詩是詩人乘舟停宿在桐廬江的時候，因懷念揚州（即廣陵）故友而寫的，詩人不僅僅因此有感傷之情，還因為自己坎坷求仕之路的失敗而心情

鬱悶，種種愁思交織在一起，所以，才有他在這首詩中悽楚的筆調。

該詩開篇就烘托了全詩孤寂的感情氛圍。「山暝聽猿愁，滄江急夜流。」寫的是夜宿桐廬江時看到的景象。日暮時深遠的山谷中傳來了猿猴的聲聲啼叫，這增添了詩人無限的愁緒，而腳下蒼青色江水在夜色奔流，詩人本來內心愁悶再加上江水「急」流，這讓他內心更無法平靜，心情好像滾滾江水奔流不停，無法控制。

第三四句，「風鳴兩岸葉，月照一孤舟。」平緩了剛才急促的語勢。但是，夜風不是徐徐輕拂樹葉，而是吹得木葉發出鳴聲，實際這種急促的情形也是和江水一樣的。夜裏明月當空，陪伴詩人，這對他來說是一個安慰，但是，這月光照到的只有江水中的一葉孤舟，詩人淒冷寂寞的感情更加強烈。前四句描繪出了這樣一個場景，詩人置身在一葉漂浮動盪的孤舟中，聽著外面的夜風怒吼，遠處的轅啼聲聲。此情此景怎麼不讓人備感孤獨和寂寞呢？

孟浩然之所以夜宿桐廬江時有這樣的感受，是因為「建德非吾土，維揚憶舊遊」。一方面建德不是詩人的故鄉，詩人只是客居他鄉，所以內心孤獨。另一方面，詩人非常懷念揚州的老朋友。他在夜裏思鄉懷友，又看到這些孤獨、寂寞的景象，所以內心惆悵心情更為強烈，不由得流下兩行熱淚。詩人幻想著，夜流的江水能將他兩行熱淚帶向大海的西邊，送給揚州故友。

這是一首五言律詩，詩人的這次旅行心情是抑鬱的。但他把內心的愁悶淡化成身居異地、懷念故友的愁悶。詩人將求仕失敗寫得清遠而顯露，不落俗套。而對於故友，說到這裏他們自然能看得明白詩人真實的感受。

詩文結構嚴謹，前後銜接緊密。如，因為有首句「滄江急夜流」的鋪墊所以才能將淚水「遙寄海西頭」。上句寫「月照一孤舟」那樣的寂寥、孤獨，接著詩人便順其自然，闡述「建德非吾土，維揚憶舊遊」。這首詩情感深沉，描寫簡單淺淡，餘味無窮。

【後人點評】

皮日休說孟詩：遇思入詠，不鉤奇抉異。

▷ 宿業師山房待丁大不至❶

夕陽度西嶺，群壑倏已暝❷。
松月生夜涼，風泉滿清聽。
樵人歸欲盡，煙鳥棲初定❸。
之子期宿來❹，孤琴候蘿徑❺。

【注】❶宿：留宿。業師：法名叫業師的僧人。師，是對出家人的尊稱。山房：指僧人居所。丁大：指丁鳳。大，指他排行第一。❷倏：突然，指速度非常快。暝：昏暗。❸煙鳥：指暮夜中的歸鳥。❹之子：那個人，「之」是指示代詞，這裏指代丁大。期宿來：隔夜相約來此。❺蘿徑：藤蘿垂繞掩映的小路。蘿，指某些能爬蔓的植物。

「夕陽度西嶺，群壑倏已暝」，開篇兩句寫的是日暮西山的景色。這兩句話的意思是夕陽翻過了西嶺，綿延群山忽然之間在暮色中變得一片昏暗。「松月生夜涼，風泉滿清聽」，這兩句話的意思是月亮爬上了松林，給夏夜裏帶來了一些涼意，風中的清泉聲悅耳動聽。前四句寫的是業師山房附近暮夜中的景色。「夕陽度」到「松月生」表示了時間的推移，由黃昏進入了夏夜。天氣也由熱轉涼了。在靜謐的山谷中，清泉的聲音反襯這個山谷更加幽靜、冷清。「樵人歸欲盡，煙鳥棲初定」，在山上打柴的樵夫們都快要走盡，暮色中的鳥兒也都飛來了。詩文的前三聯主要是描寫暮色中景色和人、動物的情景。詩人通過細膩的筆觸，將一幅生動的暮景畫面展現在了讀者面前。詩人精確地寫出了時間的推移，以及每個時間段外界景物的變化。這樣的描寫也表現了詩人等待好友的急切心情，時間在一分一秒地過去，外面的山景也不斷地變幻著，眼看太陽西沉，已經到了夜晚，可是，詩人還是沒有盼到友人的身影。

於是，「之子期宿來，孤琴候蘿徑」，詩人還是相信丁兄會如約而來，仍舊抱著一把孤琴守候在小徑中。其實寫到這裏已經表明了朋友不會來了。這裏「之子期宿來」是不來之前詩人自信的話。這句話就像是邱為詩《尋西山隱者不遇》中的「何必待之子」這句話。兩者脫去了朋友失約的惱怒，沒有一點抱怨的語氣，充分展現了詩人的平靜和對朋友的信任。

這是一首五言古詩。詩中用平易自然的語言描繪出了一幅清幽的暮色山景，幽靜空靈的暮色也滲透了詩人，苦苦等待朋友的孤單和寂寞心情。

【後人點評】

宋人劉辰翁：此詩愈淡愈濃，景物滿眼，而清淡之趣更浮動，非寂寞者。（《王孟詩評·孟詩》卷上）

▷ 歲暮歸南山❶

北闕休上書❷，南山歸敝廬❸。
不才明主棄❹，多病故人疏❺。
白髮催年老，青陽逼歲除❻。
永懷愁不寐，松月夜窗虛。

【注】❶南山：指襄陽城南的峴山。❷北闕：指皇帝宮闕。《漢書·高帝本紀》顏師古注：「尚書奏事，謁見之徒，皆詣北闕。」闕，指宮殿。休上書：停止進獻文書。書，指的是向官員或皇帝表達自己見解、求仕的文書。❸敝廬：指自己的破屋。❹不才：不成材。❺疏：疏遠。❻青陽：指春天。《爾雅·釋天》：「春為青陽」。

這首詩是開元十六年（728年）詩人在長安應進士舉落第之後寫的。孟浩然曾經閉門苦讀詩書，滿腹經綸。當時他的文章也得到了王維、張九齡等人的讚譽，有一定名望，但是，這次應試落第，讓他非常苦悶，想要直接上書皇上又有些猶豫，心中又不免煩惱，於是，作此詩發洩內心憤懣之情。

詩人開篇寫道：「北闕休上書」，表明自己不再上書皇上，返道回家。其實當時詩人內心正處在矛盾之中，不去上書，回到家鄉其實不是詩人的真實想法。詩人飽讀詩書，練得一身才華，且已經很有名氣，卻不能得到上級官員或皇帝的賞識、任用，因而心懷憤懣之情，寫下這兩句自怨自艾之言。開篇將這種煩惱一語道出，詩人內心的強烈感情自然流露。

「不才明主棄，多病故人疏」，詩人承接上一句，表明失意的原因，

是因為自己沒有才能，所以被英明的君主拋棄，因為自己多病疏遠故友親朋。詩人滿腹才華，當時已經頗有聲望，怎麼會沒有才能呢？所以「不才」二字既是謙辭，也是不被人識的怨詞。「明主」既是諛詞，也是對皇上不識人的抱怨，所以，「不才明主棄」中蘊含著詩人複雜的感情，既有對皇上不識人才的抱怨，又有希望被皇上任用的懇求之意，同時，還有一種自憐和哀傷之情。而「多病故人疏」本是怨「故人」不舉薦或引薦不力，而詩人卻說因為自己「多病」而疏遠了故人，在古代「病」和「窮」相通，這裏「多病」是窮困潦倒之意，這種表達更能體現詩人內心對世態炎涼的怨。

「白髮催年老，青陽逼歲除」，詩人心中滿腔抱負，卻至今無緣踏上仕途之路，年年歲歲時間流逝，轉眼間就已經鬢髮斑白，而仕途渺茫，功名未就，詩人內心是焦慮急躁的。「催」和「逼」二字充分表明了詩人當時的不甘白衣，而卻又無可奈何的心情。

「永懷愁不寐，松月夜窗虛」，因為內心愁苦無法排解，詩人備受煎熬，無法入眠。呆呆地看著透過松樹照映到窗上的明月，迷惘中有一種「虛」感。這兩句以景寄情，用迷茫空寂的景烘托了自己惆悵寂寞的心情，情景交融，餘味無窮。其中的「虛」用得非常精恰，既是景虛，又是詩人內心空虛，還有對未來仕途渺茫虛無感情等等。

這是一首五言律詩，該詩看似寫得很明朗，其實內中充滿了詩人陰鬱的情緒；看似自責，其實怨天尤人。或反語或暗喻，句句曲折蘊含詩人對才不被世用的怨氣和無奈。詩意含蓄深遠，耐人回味。

據傳，孟浩然被王維邀請到內署，恰逢唐玄宗到來，於是孟浩然就讀了這首《歲暮歸南山》，玄宗聽出了其中的抱怨，非常生氣，於是將孟浩然放還老家。

【後人點評】

宋人劉辰翁：是其最得意之詩，亦其最失意之日，故為明皇誦之。（《王孟詩評·孟詩》）

▷ **望洞庭贈張丞相❶**

八月湖水平，涵虛混太清❷。
氣蒸雲夢澤❸，波撼岳陽城。
欲濟無舟楫，端居恥聖明❹。
坐觀垂釣者，徒有羨魚情❺。

【注】❶張丞相：指張九齡。洞庭：指洞庭湖。❷涵虛：包含天空，指天倒映在水中。涵，指包含。虛，指高空。混太清：水和天連成一片。《文選•吳都賦》劉淵注：「太清，謂天也。」❸雲夢澤：在今湖北省南部。古時雲澤和夢澤為二澤。雲澤在長江北，湖北南部，夢澤在長江南，湖南北部一帶低窪水澤地區。洞庭也包括在這部分。❹端居：閒居。聖明：聖明之時。❺羨魚情：《淮南子•說林訓》：「臨河而羨魚，不如歸家織網。」這裏將垂釣者比做執政者，用羨魚情暗喻詩人想要出仕的願望。

　　唐玄宗開元二十一年（733），孟浩然來到長安，寫這首詩贈給當時的<u>丞相張九齡</u>，表達自己想要出仕的願望，希望得到張九齡的賞識。

　　詩文的前四句主要描寫的是洞庭湖雄偉壯闊的景色。「八月湖水平，涵虛混太清」，這兩句描寫的是八月裏洞庭湖水壯闊雄渾的景象。八月湖水漲得很滿，與河岸幾乎相平。遠遠望去，洞庭湖水和天空連接成了一片，水天一色，汪洋浩瀚，潤澤著廣袤的土地，包容著大大小小的河流，氣勢極為宏大。「氣蒸雲夢澤，波撼岳陽城」，這兩句話則用精練的語言概括了洞庭湖兩處典型的特點。這兩句話的意思是，洞庭湖茫茫水汽能將雲夢古澤蒸騰，它的洶湧波濤能震動岳陽古城。「氣蒸雲夢」、「波撼岳陽」用誇張的手法，極力展現了八百里洞庭湖廣闊雄壯的氣勢。如此宏大壯闊的景觀也體現了詩人擁有廣闊的胸襟和遠大的抱負。這宏偉的自然景象也象徵了開元清明盛世。

　　「欲濟無舟楫」，從第五句開始，詩人由寫景轉到自身。這句話的意思是，我想要渡過這浩瀚的洞庭湖，可是自己又沒有渡湖的船。這句話用渡湖比喻自己想要出仕，舟楫比喻引薦的人。詩人含蓄地表達了自己希望得到朝廷賞識的積極出仕的渴望，和現在沒人舉薦的苦衷。「端居恥

「聖明」，詩人只能閒居在家，無所事事，這樣自己就愧對了這個聖明的時代。表現了詩人對國家的肝膽愛國忠心。「坐觀垂釣者，徒有羨魚情」，這兩句話的意思是我看釣魚人在那裏釣魚，只有羨慕魚兒的心情了。這裏詩人將《淮南子·林說訓》中的「臨淵羨魚，不如退而結網」巧妙地翻用，賦予了這句話新的意義，表現了他不甘寂寞而又無可奈何的心情，再次表現了詩人積極出仕的精神。「坐觀」、「徒有」照應全篇，結束全詩，組成了一個完整統一的詩文意境。整首詩著意寫出仕，卻能完美地寓情於景，表達委婉曲折，不露一點求仕痕跡。

這是一首五言律詩，也是一首干謁詩，就是指向權貴官員獻上詩文，以求得引薦任用。詩文表達含蓄得體，措詞陳懇自然，不卑不亢，分寸掌握得恰到好處。

【後人點評】

《西清詩話》：洞庭天下壯觀，騷人墨客題者眾矣！然終未若此詩頷聯一語氣象。

▷ 夏日南亭懷辛大❶

山光忽西落❷，池月漸東上❸。
散髮乘夕涼❹，開軒臥閒敞❺。
荷風送香氣，竹露滴清響。
欲取鳴琴彈，恨無知音賞❻。
感此懷故人❼，中宵勞夢想❽。

【注】❶辛大：即辛諤，詩人的同鄉，曾隱居西山，後被徵辟入幕。❷山光：山上的陽光。❸池月：池面上的月光。❹散髮：指散開頭髮。古人都是束髮戴冠。長髮散落，表明詩人安適瀟灑的姿態。❺軒：窗子。臥閒敞：躺在安靜寬敞的地方。❻恨：可惜，遺憾。知音：傳說春秋時，伯牙彈琴，鍾子期能領會出伯牙琴中之意，因此，伯牙以鍾子期為知音。鍾子期死後，伯牙便不再彈琴。❼故人：舊友。❽勞：苦於。

　　這首詩是孟浩然的代表性作品。本詩抒發了詩人優閒安適的心情，同時也摻雜著苦無知音的感慨。詩人化閒逸生活情態於輕描淡寫的景色中，讀來自然而親切。

　　「山光忽西落，池月漸東上」，開篇寫景，太陽依山西落，月亮倒映在池水中，好像它是從池中升起一樣。「忽」和「漸」二字寫出了詩人的主觀感覺，表現了他內心的愉快，因為夏季裏的烈日終於落下，而明月漸漸升起，天氣變得清涼舒適，詩人內心也分外舒暢。詩的內容可分兩部分，既寫夏夜水亭納涼的清爽閒適，同時又表達了詩人對友人的懷念。

　　「散髮乘夕涼，開軒臥閑敞」，詩人披散開頭髮在傍晚乘涼，打開窗戶，靠窗而臥，身心好不舒暢、愜意。陶淵明也曾在《與子儼等疏》中寫道：「五六月中北窗下臥，遇涼風暫至，自謂是羲皇上人。」表達的是和這首詩相同的愜意舒適之感。

　　接著「荷風送香氣，竹露滴清響」，詩人通過嗅覺和聽覺兩方面繼續抒寫這種舒暢的感覺。清風送來了荷花清淡的香氣；竹露滴落在池水中發出清脆響聲。詩人周圍被清雅的荷香圍繞著，荷香沁人心脾，耳中聽著滴露聲聲，清脆悅耳。這一聞一聽把這首詩中如詩如畫的恬美意境，表現得更加真切、生動。讓人讀來彷彿身臨其境，美不勝收。

　　竹露的脆響，彷彿是天籟之音讓詩人不由得想起了美妙的音樂。於是他「欲取鳴琴彈」，來抒發此時恬淡安閒的心境。

　　據傳古人彈琴，先要沐浴焚香，除去雜念，而此時的詩人已經進入了這種狀態，正想要取琴來彈。

　　但是，由「鳴琴」牽引出了詩人「恨無知音賞」的淡淡哀傷，使平靜的心情，掀起了一層漣漪。這裏詩文引用了「知音」這個典故，據《呂氏春秋・本味》中載，伯牙鼓琴，志在高山，楚人鍾子期品道：「巍巍乎若太山」；志在流水，子期品道：「湯湯乎若流水。」子期死而伯牙絕弦，不復演奏。這是過渡性的一句，詩人由美景寫到自己的休閒安適，由此想到彈琴，而由彈琴無知音，而自然轉到了下邊對舊友的思念。

　　「感此懷故人，中宵勞夢想」，詩人因此感念起舊友，他此時是多希望有朋友在身邊，彈琴吟誦，共用良宵啊！可朋友沒有在身邊，所以詩人自然心中惆悵，這種懷念朋友的心情一直到睡覺的時候也沒有停止，一直

帶入夢鄉，竟然在夢中見到朋友了。該詩意韻深遠，餘味無窮。

　　這是一首五言古詩，這首詩沒有深刻厚重的主題，只是詩人在休閒時因景生情，抒寫了自己的安適心情，之後又感慨了一下沒有知音。但是他卻能在看似平常的景物中捕捉到詩意，將筆下的景色和心情寫得細膩傳神，趣味盎然。整首詩自然如行雲流水，層次清晰明朗，充滿詩情畫意，讀來琅琅上口。

【後人點評】

清人沈德潛：一時歎為清絕。（《唐詩別裁》）

▷ 與諸子登峴山❶

人事有代謝，往來成古今。
江山留勝蹟，我輩復登臨❷。
水落魚梁淺❸，天寒夢澤深❹。
羊公碑尚在❺，讀罷淚沾襟。

　　【注】❶峴（音現）山：峴首山，在今湖北襄陽縣南。❷復登臨：對羊祜（音互）常登峴山而說的。登臨：登山觀看。❸魚梁：魚梁州，在襄陽鹿門山的沔水渡口，此地曾是漢代龐德公隱居的地方。❹夢澤：古澤名，在長江南，湖南北部一帶低窪水澤地區。❺羊公碑：晉人羊祜之碑。羊祜，是晉南朝人，晉武帝時，鎮守襄陽，身不披甲，和吳陸遜對抗。

　　這是詩人在憑弔峴首山羊公碑時寫成的一首詩。羊公鎮守襄陽時，常常登臨峴首山，一次，他對同遊的人歎道：「自有宇宙，便有此山。由來賢達勝士，登此遠望如我與卿者多矣！皆湮滅無聞，使人悲傷！」詩人吊古傷今，由羊祜想到了自己的境況。

　　「人事有代謝，往來成古今」，詩人開頭兩句就開門見山，抒發心事。這兩句的意思是人生世事或朝代更替，或家族興亡，或人生悲歡離合，或生老病死都在歷史舞臺上不斷地上演著，年年歲歲，歲歲年年，不知不覺之間已經是古今之分了。

「江山留勝蹟，我輩復登臨」，這一聯緊承第一聯，分別承接了上聯的「古」和「今」，也點出了詩人所在的地點。他的感慨情懷，都是因為登上峴首山，觸景生情而引發的。

「水落魚梁淺，天寒夢澤深」，這兩句寫的是登山時所見到的景象。這兩句話的意思是水面下落，龐德公曾經隱居處清晰地展現在眼前；天氣寒冷，遼闊夢澤水域越發讓人感到深遠。這兩句話為我們描繪了一幅詩人登高望遠，水落石出，寒氣上升，草木枯萎的蕭瑟景色。詩人抓住了當地特有的景物，烘托了自己傷感的心情。

「羊公碑尚在，讀罷淚沾襟」，羊公碑歷經漫長時間仍然立在那裏為世人瞻仰，羊公為國效力，替百姓主持公道，所以流傳千古，流芳萬世。詩人讀完羊公的業績後，不由得想到自己目前還是一介布衣，無所作為，想要報效國家、成就偉大功業的抱負還沒有實現，和羊祜相比，自己可能沒沒無聞，了此一生，心中難免傷感，不由得淚沾衣襟。「羊公碑尚在」中的「尚」字，十分有力，其中包含了詩人內心複雜的感情。

這是一首五言律詩，該詩語言通俗，感情真摯，在淺顯平淡中表達了詩人內心深沉的情感。開篇闡發一個哲理，奠定了深厚的基調，之後詩人用景物烘托內心深厚的情感，表達形象，詩文很有厚重感。

【後人點評】

清人沈德潛：從靜悟中得之，故語淡而味終不薄。

▷ 夜歸鹿門歌❶

山寺鐘鳴晝已昏❷，漁梁渡頭爭渡喧❸。
人隨沙岸向江村，余亦乘舟歸鹿門❹。
鹿門月照開煙樹，忽到龐公棲隱處❺。
岩扉松徑長寂寥❻，唯有幽人獨來去❼。

【注】❶歌：詩體名，《文體明辨》中有：「其放情長言，雜而無方者曰歌。」❷晝已昏：天色已經黃昏。❸漁梁：地名。《水經注‧沔水》中載：「襄陽城東沔水中有漁梁洲，龐德公所居。」❹鹿門：山名，即鹿門

山。孟浩然家在襄陽城南郊，漢江西岸，鹿門山則在漢江東岸。**❺龐公：**
龐德公，東漢末年著名隱士，隱居在鹿門山。荊州刺史劉表曾請他做官，
他拒絕後攜家人登鹿門山採藥，一去不回。**❻岩扉：**岩洞的門。**❼幽人：**
隱士。指龐德公，也是指詩人自己。

　　孟浩然家叫「南園」，又叫「澗南園」，在襄陽城南郊外，漢江西
岸，峴山附近。詩中提到的鹿門山則在漢江東岸，距離孟浩然家很近。因
為漢末著名隱士龐德公曾隱居鹿門山，因而鹿門山成了隱居聖地。孟浩然
早先一度隱居在峴山南園的家裏，四十歲去長安謀取功名，沒有成功，遊
歷吳越數年後返家，在鹿門山建別業，題為「夜歸鹿門」，表示追隨先賢
龐德公的行跡，過隱居的生活。這首詩就作於此一時期，充分表達了詩人
隱逸情懷。

　　「山寺鐘鳴晝已昏，漁梁渡頭爭渡喧」，開頭兩句寫孟浩然傍晚渡
江去鹿門途中的見聞，他聽到山寺響起了報時的鐘聲，漁梁渡頭有許多人
在那裏爭著渡船回家。這裏山寺的幽靜和渡口的喧鬧形成了鮮明對比，兩
相照應讓人產生無限遐想，字裏行間中透露著詩人彷彿置身於這些景物之
外，超脫塵俗，在船上抬首遠眺，凝望遠方沉思的清逸之氣。周圍或幽靜
或喧鬧，而詩人內心始終是一片平靜。

　　「人隨沙岸向江村，余亦乘舟歸鹿門」，這兩句說的是爭渡回家的人
們，都趕向家的方向，而詩人自己也乘船回到鹿門。通過世人、詩人不同
歸途和不同心境的對比，表現了詩人歸隱的志趣。

　　「鹿門月照開煙樹，忽到龐公棲隱處」，詩人渡江來到了鹿門山，此
時，月亮升起，照著煙霧朦朧的樹林，格外幽靜和優美，不知不覺中詩人
就來到了居住的地方，他想到曾經龐德公就是隱居在裏的。詩人對幽靜微
妙的山景和自己陶醉其中感受的細膩描寫，都充分體現了他隱居生活的情
趣和意境。

　　最後兩句「岩扉松徑長寂寥，唯有幽人獨來去」，寫的是龐德公棲息
處的環境狀況，石門、松徑，一片幽靜。在這個與世隔絕的地方，隱士自
己獨自生活，只有山林陪伴。這裏的「幽人」，既指龐德公，也暗指詩人
自己。在這幽靜的環境中，詩人自己找到了隱居的情趣，隱而無悶。

這首七言古詩用樸素自然的語言輕描淡寫幾筆，將沿途自己的見聞寫得饒有志趣、清幽淡雅。表面上寫詩人回歸鹿門山，實際也是寫詩人自己從塵世回歸，隱居山林，超脫凡俗，抒發了詩人隱逸山林的情懷。語言流暢如行雲流水，自然平淡中表現的是詩人高潔脫俗的形象，深入淺出，準確真實地表達了自己內心的感受，別有一番意境。

【後人點評】

明人徐獻忠：語灑落，洗脫凡近。（《唐音癸籤》）

▷ 早寒有懷

木落雁南度❶，北風江上寒。
我家襄水曲❷，遙隔楚雲端❸。
鄉淚客中盡，歸帆天際看。
迷津欲有問❹，平海夕漫漫❺。

【注】❶「木落」二句：出自漢武帝《秋風辭》有：「秋風起兮白雲飛，草木黃落兮雁南歸。」❷襄水曲：又稱襄河，是漢水在襄陽以下一段，水流曲折，所以稱「襄水曲」。❸遙隔：指的是相隔遙遠。此時詩人遠在吳越之地，所以有此一說。楚：詩人家鄉襄陽古時屬楚國。❹「迷津」句：《論語•微子》中記，孔子命子路向隱者長沮、桀溺問津，卻被這兩個人譏諷為看若知津，實則迷津者的故事。這裏詩人感慨自己彷徨失意，就像迷津一樣。津，渡口。❺平海：指江水準似海。唐詩中常稱江為海。

這首詩是孟浩然漫遊長江下游的途中寫作的。該詩抒發了詩人淒楚的境遇和煩悶的心情。當時正是秋季，天氣非常寒冷。詩人睹物生情，不免想到故鄉，引起了思鄉的感傷。再加上當時詩人奔走於長江下游各地，既為隱士，又想求官；既羨慕田園生活，又想在政治上有所作為，因而，此詩流露的感情是相當複雜的。

「木落雁南度，北風江上寒」，這兩句寫景。詩人抓住「木落」、

「雁」這些景物，勾勒出了一幅木葉凋零、北雁南飛這些最具代表性的秋季景象。這些是詩人看到的秋季寒景，接著詩人從自身感受上再寫深秋的寒冷。北風呼嘯，吹得江面上異常寒冷。詩人身處這樣的環境中，心中悲哀，尤其是離家的遊子定然產生這樣的感傷，更何況詩人不僅僅是一個離開故土的遊子，同時還是內心愁苦、孤寂潦倒的詩人，更容易產生愁緒。首聯用「興」的手法，先言秋景的蕭瑟，然後在下文引起自己的詠歎。

詩人面對眼前秋景，不免產生了思鄉之情。「我家襄水曲，遙隔楚雲端」，詩人在這句裏抒發了這種情懷，他寫到自己的家鄉在襄水曲，從江上遙望，遙隔在楚天長雲那另一端。「遙隔」兩字，既表明距離家鄉非常遙遠，也表明了詩人和家鄉兩地隔絕，無法回去。一個「隔」字，含蓄地表明瞭詩人的鄉愁，雖然隔去了和家鄉的聯繫，卻讓詩人內心的思鄉之愁，綿延不斷。

「鄉淚客中盡，歸帆天際看」，這兩句著重抒發自己的思鄉之情。詩人深深地眷戀著家鄉，家鄉可望難即，所以他只能垂下思鄉的淚水，但是淚水已經流盡，詩人就只剩下呆呆地眼望天際那頭的家鄉了。鄉愁之情表達得一覽無遺，將思鄉之情抒發得更為強烈。

「迷津欲有問」，《論語・微子》中孔子迷失方向所以問人前途，詩人借用這個典故表明自己現在前途迷茫，不知方向。詩人本來隱居山中，現在到處奔走求取功名，內心矛盾無法排解，所以最後他以「平海夕漫漫」為結，滔滔江水在蒼茫的天地間漫漫無邊，何處是岸呢？烘托了詩人迷茫的心情。

這首五言律詩，詩文樸素自然，感情真摯，以情對景，以景作結，結合自然，最後詩人將讀者帶入茫茫江海的意境中，讓人產生無限遐想。

【後人點評】

清人王士禎：唐詩佳句，多本六朝，昔人拈出甚多。略摘一二為昔人所未及者，如孟襄陽「木落雁南渡，北風江山寒」，本鮑明遠「木落渡江寒，雁還風送秋」。（《帶經常詩話》卷十五）

李 頎

【詩人名片】

李頎（690～751）

籍貫：趙郡（今河北趙縣）

作品風格：奔放豪邁，慷慨悲涼

【詩人小傳】：少時家富，後傾家破產，李頎隱居潁陽（今河南省登封西）苦讀詩書多年。唐玄宗開元二十三年（735）考取進士，曾任新鄉縣尉，後辭官歸隱。

李頎一生交遊廣泛，和當時的著名詩人王昌齡、高適、王維等關係密切。李頎擅長五、七言歌行體。詩內容涉及較廣，邊塞詩成就最大，是邊塞詩派的代表人物之一。李頎還善長用詩歌來描寫音樂和塑造人物形象。《全唐詩》中存李頎詩三卷。

▷ 古從軍行❶

白日登山望烽火❷，黃昏飲馬傍交河。

行人刁斗風沙暗❸，公主琵琶幽怨多❹。

野雲萬里無城郭，雨雪紛紛連大漠。

胡雁哀鳴夜夜飛，胡兒眼淚雙雙落。

聞道玉門猶被遮❺，應將性命逐輕車。

年年戰骨埋荒外，空見蒲桃入漢家❻。

【注】❶古從軍行：「從軍行」是樂府古題。因為此詩內容是當時之事，為避忌諱，所以在題目前加一「古」字。❷烽火：是古代邊防軍事通訊的重要手段，燃起烽火表示國家邊防出現戰事。❸刁斗：是古代軍隊中一種銅製炊具，容量一斗。白日裏它可供人做飯，夜晚時，用它敲擊巡更。❹公主琵琶幽怨多：典故出自漢武帝時，江都王劉建女細君嫁烏孫國王昆莫，擔心她途中煩悶，樂工帶上多種樂器供她娛樂，其中就有琵琶。❺「聞道」：這裏有一個典故，據《史記•大宛傳》中記載：「漢武帝太初元年（前104），漢軍攻大宛，攻戰不利，請求罷兵。漢武帝聞之大怒，派人遮斷玉門關，下令：『軍有敢入者輒斬之。』」兩句意謂邊戰還在進行，戰士只得隨著將軍去拼命。❻「蒲桃」句：出自典故，漢武帝為求得天馬（今阿拉伯馬）開通西域，亂起戰端，當時，和馬一起被引進的還有葡萄和首蓿種子，漢武帝將它們種滿了離宮別館。蒲桃，指現在的葡萄。

本詩以從軍征戰為題材，描寫了邊塞戰士們的艱苦生活，諷刺當權者興師動眾、窮兵黷武，無視戰士們的生死，給百姓帶來了極大的痛苦。

「白日登山望烽火，黃昏飲馬傍交河」，本詩首先描寫了白天軍隊中的緊張生活。這句話的意思是，白日裏，戰士爬上山觀望四方有沒有燃起的烽火警報；黃昏時候，戰士帶著戰馬去交河邊飲水。交河在今新疆吐魯番西，這裏泛指邊疆的河流。

白日裏的情況寫完後，接著詩人又描繪了夜色下的軍隊生活。「行人刁斗風沙暗，公主琵琶幽怨多」，夜晚裏，軍隊中風沙暗卷，一片朦朧昏黑，只能聽到軍營中用來打更的刁鬥敲擊聲和那悲切幽怨的琵琶聲。「行人」是指出征將士，與下一句中的「公主」呼應，這裏詩人引用了「公主琵琶」這個典故，在注釋中我們進行了詳細的說明，女兒遠嫁邊塞，自當非常淒楚，所以，這琵琶彈奏的也是淒涼哀怨的曲調。清冷的刁鬥聲和琵琶聲兩相共鳴，奏出了邊塞的蕭瑟和哀怨之聲。

詩文在前四句從時間上描繪邊疆環境。接著，又從空間上著墨，渲染邊疆的環境。「野雲萬里無城郭，雨雪紛紛連大漠。」駐軍的營房四周空曠荒涼，一個「萬里」極言邊疆的遼闊。雨雪紛紛，直到與大漠相連，「紛紛」表明了大雪之大，烘托了環境的寒冷。這兩句給我們描繪了一幅

荒涼、孤寂而淒冷的邊陲環境，讀來讓人產生一種悲壯的淒涼。以上六句縱橫時間和空間，全面展現了邊陲戰士們的艱苦生活。

接著「胡雁哀鳴夜夜飛，胡兒眼淚雙雙落」，意思是胡地的大雁哀鳴，夜夜在空中驚飛不停。胡人個個痛哭，淚流滿面。詩人沒有抒發從軍戰士們內心的痛苦，而是寫本地大雁和人的哀苦表現，本地的動物和人尚且還日夜哀哭，更何況是遠赴邊陲戍守的唐軍將士們，他們的生活又是怎樣的淒慘和苦悶。

「夜夜」、「雙雙」兩個疊詞，增強了該詩的感情色彩。

邊陲環境惡劣和從軍戰士們生活艱苦，在這樣的情況下，將士們順其自然，就會想到班師回朝，可是「聞道玉門猶被遮」一句，了斷了他們歸家的願望，這句是出自漢武帝時下令不得度玉門關的典故（注釋中有詳細的介紹），暗中諷刺了當朝皇帝不體恤邊防戰士，一意孤行。接著，詩人又說既然不能停止戰爭，回歸家園，那麼「應將性命逐輕車」，就只能跟隨將領和敵人拼死戰鬥。而最後能見到的是「年年戰骨埋荒外」，一個「年年」表明這種慘烈的情況經常能見到，這都是皇帝窮兵黷武造成的，其中的悲憤之情依然見諸筆端。接著詩句節奏由緊變鬆，寫到「空見蒲桃入漢家」，年年將士們忠骨埋疆場，換來的是什麼，只不過是一些西域的「蒲陶」和「苜宿」的種子罷了，這沉重的代價和區區的植物種子形成了鮮明的對比，是多麼大的一個諷刺，由此可見，帝王多麼輕視將領的性命，多麼草菅人命啊！

這首七言詩一句緊似一句，步步緊逼，感情色彩也逐漸強烈，句句極力描述邊陲戰士們的艱苦生活，最後一句，輕輕一筆，是對前面將士們付出生命代價的一種巨大的諷刺，使全詩的感情氣氛達到了高潮。詩人巧用疊詞、對句等使整首詩節奏錯落有致，在節奏鮮明的詩句中抒發了強烈悲壯的感情。

【後人點評】

明人邢昉：音調鏗鏘，風情儋冶，皆真骨獨存，以質勝文，所以高步盛唐，為千秋絕藝。（《唐風定》卷七）

▷ 送魏萬之京❶

朝聞遊子唱離歌❷，昨夜微霜初渡河❸。

鴻雁不堪愁裏聽，雲山況是客中過。

關城曙色催寒近❹，御苑砧聲向晚多❺。

莫見長安行樂處，空令歲月易蹉跎。

【注】❶魏萬：又名顥。詩人，肅宗上元年（760～761）進士。曾隱居王屋山，自號王屋山人。❷遊子：指魏萬。❸河：指黃河。王屋山在黃河的北岸，所以要去長安就必須渡過黃河。❹關城：指潼關。❺御苑：皇宮的庭苑。這裏代指京城。砧聲：擣衣聲。

李頎晚年隱居潁陽時，魏萬要去長安，和詩人辭別，詩人寫下了這首情真意切的送別詩，表達了對魏萬的關心和勉勵。

開頭兩句「朝聞遊子唱離歌，昨夜微霜初渡河」，寫詩人聽說魏萬在微霜初降的秋夜渡黃河去了長安。魏萬的家在黃河北岸，所以想要去長安就必須渡過黃河。哀婉的離歌、淒寒的秋霜，將離愁別緒渲染得更加淒涼、哀傷。而詩人顛倒兩句的順序，突出離別，也表明了詩人和魏萬之間深厚的友誼。

接下來四句，寫詩人想像魏萬去京城途中看到的景象。「鴻雁不堪愁裏聽」，秋去春來，往返奔徙的大雁就像奔波的遊子，大雁淒哀的鳴叫讓人不忍去聽。這一句承接上一句，進一步渲染友人離去的哀愁氣氛。「雲山況是客中過」，更何況是身處雲霧繚繞的山野中滿腹惆悵的遊子呢？他們坐在迷茫的雲山中，身居他鄉異常孤寂，前途迷茫，自然黯然神傷，就更不敢聽大雁的鳴叫了。

漫長而孤單的旅途後，魏萬就該到潼關了，「關城曙色催寒近，御苑砧聲向晚多」，意思是友人在黎明的曙光中向前走，越走越冷，好像是曙色把寒氣催來了。長安城裏，也許人們都換上了厚衣，家家戶戶忙著擣衣，準備過冬，這樣的情景更容易使人產生思鄉之情。「催」表明天氣越來越冷。「砧聲多」既襯托身處繁華都市的寂寞，又暗示獨居異地他鄉的淒涼。這兩句蘊含了詩人的深沉情感。想當年，詩人曾經在長安歷盡辛

酸，追憶往事，不由發出感慨。「催寒近」和「向晚多」也暗示時間飛逝、人生苦短，為結尾兩句詩人對友人的勸誡作為鋪墊。

最後兩句「莫見長安行樂處，空令歲月易蹉跎」，是詩人對魏萬的忠告。他勸勉魏萬到了長安之後，不要只看到城內行樂的地方，沉溺其中，白白地讓大好時光流逝，應該抓緊時間成就一番事業。一個「莫」字不容友人置疑，表現了詩人的長者風範。一個「易」字體現詩人語重心長，感情真切。這兩句情調沉厚悲涼，但感情真摯。

這是一首七言律詩，詩人長於煉句，將敘事、抒情、寫景完美地融合在一起，句與句之間承接自然，層次清晰，語言淳樸懇切，情感深厚細膩。詩人將對友人的惜別之情、無微不至的關心和對晚輩的諄諄勸誡表達得淋漓盡致，感人至深，催人奮進。

【後人點評】

明朝顧璘評：「此篇起語平平，接句便新，初聯優柔，次聯奇拔，結蘊可興，含蓄不露，最為佳作。」（《批點唐音》卷八）

▷ 聽董大彈胡笳弄兼寄語房給事❶

蔡女昔造胡笳聲❷，一彈一十有八拍❸。
胡人落淚沾邊草，漢使斷腸對歸客❹。
古戍蒼蒼烽火寒，大荒沉沉飛雪白❺。
先拂商弦後角羽❻，四郊秋葉驚摵摵❼。
董夫子，通神明，深山竊聽來妖精。
言遲更速皆應手❽，將往復旋如有情。
空山百鳥散還合，萬里浮雲陰且晴。
嘶酸雛雁失群夜，斷絕胡兒戀母聲。
川為淨其波，鳥亦罷其鳴。
烏孫部落家鄉遠❾，邏娑沙塵哀怨生❿。
幽音變調忽飄灑，長風吹林雨墮瓦。
迸泉颯颯飛木末，野鹿呦呦走堂下。

長安城連東掖垣⓫，鳳凰池對青瑣門⓬。

高才脫略名與利⓭，日夕望君抱琴至⓮。

【注】❶董大：盛唐開元、天寶時期的著名琴師，因善彈琴而深受房琯賞識。房給事：指給事中房琯。❷蔡女：指蔡文姬。傳說她在匈奴時，聽到胡笳之聲有感，而製作琴曲《胡笳十八拍》，音樂委婉哀傷，撕裂肝腸。❸拍：樂曲的段落。❹歸客：指蔡文姬。蔡文姬在匈奴十二年，漢末，被曹操贖回。❺大荒：指曠遠荒涼的塞外之地。❻商、角、羽：各是五音之一。古代以宮商角徵羽為五音。❼摵摵：指落葉的聲音。❽更：更換，轉換。❾烏孫：這裏指南匈奴。❿邏娑：今西藏拉薩市。這裏指代異國他鄉。⓫東掖垣：門下省。唐朝門下、中書二省，是中央最高政治機關，在皇宮東西兩邊，因門下省在東，故稱「東掖垣」。⓬鳳凰池：禁苑中池沼。因中書省掌管機要，接近皇帝，其被設於禁苑，後來用「鳳凰池」指代中書省。青瑣門：指宮門。⓭脫略：輕視，不以為意。⓮日夕：天天。

這首詩大概作於天寶六七年間（747～748），是一首用文字描繪音樂效果的詩。詩文既稱讚董大的琴聲優美也是在讚美房琯。

該詩可以分為三部分。第一部分從「蔡女昔造胡笳聲」到「大荒沉沉飛雪白」。題目中已經點明主題是董大彈琴，但是詩人並沒有開始就寫董大彈琴，而是先描述了《胡笳十八拍》這首曲子的由來和它的聲調優美，將人們引入了優美的藝術氛圍中。第一、二句寫蔡文姬在邊塞創作了《胡笳十八拍》，接著三、四兩句描述了蔡文姬彈奏這首曲子時人們的表情。因為曲子淒婉、優美感人，所以，胡人、漢使聽後都紛紛落淚，似有斷腸般痛苦。接著第五、六句寫蔡文姬彈琴時周圍的環境，古戍蒼蒼，烽火無煙，大漠沉沉，白雪飄飛，可見邊塞的荒涼和淒寂，這些景物交融在一起，烘托出了一片蒼涼黯淡的氛圍，人們在這樣的氛圍裏聽這首淒婉的曲子更讓人感覺哀婉幽咽。

　　第二部分從「先拂商弦後角羽」到「野鹿呦呦走堂下」，詩人才開始著重描述董大琴藝的高超和曲子的優美意境。「先拂商弦後角羽」寫的是董大彈琴時開始的動作。董大從商弦到角羽輕輕拂拭而過，古琴發出緩慢而低沉的聲音，董大的琴聲一出，四郊的秋葉都被驚得瑟瑟而落，他的琴聲竟然能使植物都驚訝，那麼更何況人呢！詩人精選一個「驚」字，將董大琴聲的優美程度表現得極為形象生動。這優美的琴聲不由得讓詩人發出讚歎之聲，董夫子的琴聲簡直可以通神明啊！琴聲不僅使人間震驚，連深山裏的妖怪也被吸引來聽了。董大琴技高超，或快彈或慢撥都得心應手，往復迴旋，抑揚頓挫的琴音中好似帶情，從彈奏者的琴中汩汩流淌。

　　「空山百鳥散還合，萬里浮雲陰且晴」，琴聲就像是空靈的山谷中百鳥散合，一會兒又好似萬里浮雲陰晴變幻，接著琴音變得低沉，就像是夜裏失去雁群的雛雁的哀鳴，讓人心酸，又好像當年蔡文姬與自己的幼兒絕別時那樣悲切。接著「川為淨其波，鳥亦罷其鳴」，詩人用川水停滯，百鳥罷鳴來表現董大音樂的無窮魅力。琴聲迴盪，世間萬物都被這琴聲深深地吸引著，這就是詩人所讚歎的曲子可通神明啊！其實，山川不會滯流，鳥兒不會罷鳴，只是詩人自己完全被琴聲吸引住了，所以除了琴聲，聽不到任何聲音了，時間彷彿也在此刻靜止了，「洋洋乎盈耳哉」，只有琴聲充盈雙耳了。這淒婉優美的琴音中蘊含著漢朝烏孫公主遠嫁異邦、唐朝文成公主冒著沙塵來到邏娑時身居異地、遠離家鄉的孤寂哀怨之情。

　　以上八句都是對音樂意境的描寫，接下來詩人開始直接描寫琴聲，

「幽音變調忽飄灑,長風吹林雨墮瓦。迸泉颯颯飛木末,野鹿呦呦走堂下」,深沉的琴音忽然改變聲調,開始變得灑脫,一會兒像長風吹林,一會兒又像雨敲屋瓦,一會兒又像是噴出的泉水飛過樹梢然後瑟瑟而下,一會兒又像是野鹿從堂下呦呦地鳴叫而過。這琴音靈動變幻,悠揚輕快。

這部分是整首詩主要著墨的地方,詩人不惜用大量的筆墨,通過或聽或想或正或側等不同角度,形象生動地將董大這首曲子所表現的意境完美地描繪了出來,人們彷彿身臨其境,那優美的音樂就在耳邊縈繞,美不勝收。詩人聽琴時那如癡如醉的樣子也歷歷在目,字裏行間飽含了詩人對董大高超琴技的讚歎之情。

最後四句從「長安城連東掖垣」到「日夕望君抱琴至」,寫的是題目中所指的第二部分內容「弄兼寄語房給事」,這四句話的意思是,長安城和給事中的庭院相連,皇宮門正對著中書省的宅院。給事中房琯才高不被名譽和利益約束,天天盼望著董大抱琴來奏。詩人在前兩句中描述給事中和中書省表明房琯身居高官顯位,為下邊兩句房琯不爭名逐利做鋪墊,讚美了房琯高潔脫俗的情操。這樣一位身居名利場的達官顯貴卻能日夜盼望著董大抱琴而來,董大能遇到這樣的知音真是幸運啊,讓人羨慕!

這首七言古詩,將董大彈奏的《胡笳十八拍》的來源、琴聲給詩人帶來的感受和董大彈琴時嫺熟的動作都進行了細緻入微地描寫,並運用自己非凡的想像力將這些內容和詩人的親身感受錯落地交織在一起,渾然天成。詩人傳神之筆將抽象的琴曲和始終豐富的音韻勾勒在人們眼前,形象生動,讓人如身臨其境。同時整首詩充滿了塞上風情和歷史的韻味。

【後人點評】

清人吳瑞榮:真是極其形容,曲盡情態。昔人於纖小題如此摹擬,一句不苟。(《唐詩箋要續編》卷三)

綦毋潛

【詩人名片】

綦（音其）毋潛（629～約749）

字號：字孝通

籍貫：荊南（今江蘇宜興縣）

作品風格：清秀

【詩人小傳】：開元十四年（726）進士及第，授宜壽尉，後又歷任校書郎、右拾遺、著作郎。天寶末年，歸家隱居。他與王維、張九齡等人有唱和詩。王維稱其「盛得江左風，彌工建安體」。其詩多為隱逸之思。《全唐詩》編其詩一卷。

▷ 春泛若耶溪❶

幽意無斷絕❷，此去隨所偶❸。

晚風吹行舟，花路入溪口。

際夜轉西壑❹，隔山望南斗❺。

潭煙飛溶溶，林月低向後。

生事且彌漫❻，願為持竿叟❼。

【注】❶若耶溪：即越溪，在今浙江紹興東南若耶山下，據傳為越女西施浣紗處，故又稱浣紗溪。❷幽意：指隱居之意。❸偶：指二人相遇。❹際：正值。❺南斗：星座名，因其在北斗之南，故稱南斗。❻生事：指

謀生之事。這裏指仕宦。❼叟：老翁。

　　這首五言古詩大概是詩人歸隱後所寫。若耶溪傳為西施浣紗處，春水清澈，倒映山影，優美如畫。詩人置身其中，內心產生無限情懷。

　　「幽意無斷絕」，「幽意」二字為幽居獨處之意，點出全詩主旨。這種「幽意」一直伴隨著他，從未「斷絕」，詩人這次行舟春遊，也是任船在水中蕩漾，所以說「此去隨所偶」，「偶」字即是遇的意思。

　　接下來寫泛舟的時間和沿途景色。「晚風吹行舟，花路入溪口」，晚風輕拂著行船，船兒任輕風吹送，漂入夾岸春花爛漫的溪口，彷彿進入了陶淵明描繪的世外桃源。這裏環境幽美，詩人心情安閒。「晚」字點明泛舟的時間，「花」字回扣了題中的「春」字，描寫細膩而精緻。

　　「際夜轉西壑，隔山望南斗」，寫船兒前移和景色的轉變。「際夜」，指到了夜晚，暗示了泛舟時間之久，這正是「幽意無斷絕」的具體體現。「西壑」，是船兒行到的另一個地方，身處新的環境，心情舒暢，遙望南斗星宿，不覺間已經「隔山」了。

　　「潭煙飛溶溶，林月低向後」二句，描繪了一幅唯美如畫的夜景。溪上水霧在月光照射下霧氣迷濛。「飛」字把溪水閃動、霧氣飄升、月光的傾灑寫活了，「林月低向後」，夜已深月亮漸漸下落，船繼續前行，兩岸林木和月亮悄悄地向身後退。月下夜景寧靜、美麗。

　　詩人在上文通過對晚風、花路、南斗、潭煙、林月等景物的細緻描繪，展現了一幅幽美、寧靜、迷濛的春遊圖。本來就心懷「幽意」的詩人，置身在這種幽靜的環境中，更覺得塵世繁雜喧擾，心更嚮往歸隱生活，所以，他最後寫「生事且彌漫，願為持竿叟」，人生世事就像這溪水上迷濛的煙霧，飄渺變幻，我還是做一個若耶溪邊垂釣的隱者吧！

　　整首詩以行舟為線索，細緻入微地描寫了泛舟沿岸的自然美景，無矯揉造作之色。隨著地點和時間的推移，景色也不斷更換，顯得豐滿不瘦薄，畫面不斷跳動，也使清幽的環境變得令人輕鬆舒暢，使人陶醉。

【後人點評】

明人譚元春：妙語浮出，如不經心乎者。（《唐詩歸》卷十四）

王昌齡

【詩人名片】

王昌齡（698～756）

字號：字少伯

籍貫：京兆（今陝西西安）

作品風格：雄健清朗，意深韻長

【詩人小傳】：開元十五年（727）進士及第，任祕書省校書郎。開元二十二年（734），中宏詞科，改任汜水（今河南鞏縣東北）縣尉，遷江寧丞。約開元二十七年（739），被貶嶺南。開元二十八年（740）任江寧縣（今南京郊縣）丞，天寶七年被貶龍標（今湖南黔陽）尉，故世人稱其「王江寧」或「王龍標」。安史之亂起，王昌齡回鄉，被濠州刺史閭丘曉殺害，終年六十歲。

王昌齡豐富的生活經歷和廣泛的交遊，對他的詩歌創作產生了很大的影響，因此他的詩文題材廣泛。有反映宮女們不幸遭遇的《長信秋詞》，詩文淒怨，意境深遠；有抒寫思婦情懷的《閨怨》，和表現少女天真浪漫的《採蓮曲》，筆觸細膩，清新優美；還有送別詩等。

王昌齡尤其擅長七言絕句，被後世稱為七絕聖手。他的《出塞》意境開闊，感情深沉，被譽為唐人七絕的壓卷之作。其詩今存一百八十多首，七絕七十五首，五絕十四首。

▷ 採蓮曲二首（其二）

荷葉羅裙一色裁，芙蓉向臉兩邊開❶。

亂入池中看不見，聞歌始覺有人來。

【注】❶芙蓉：荷花。

　　這首詩本描繪的是一幅女子採蓮圖，畫面本應是少女們在水中採蓮的景象。但詩人卻始終沒有正面描寫她們，而是故意把她們和荷花合在一起來寫，她們的身影在豔麗的荷花叢中，若隱若現，和美麗的大自然融為一體，創造了一種引人遐想的美好意境。

　　「荷葉羅裙一色裁」寫採蓮女子的羅裙綠得像荷葉一樣。這個看似普通的比喻，巧妙地把採蓮少女和周圍的荷田環境融合在了一起，構成了融洽無間的整體。我們可以想像，採蓮女子置身在碧綠的蓮池間，荷葉與羅裙一色，便產生了一種樸素而自然的美麗風致。

　　「芙蓉向臉兩邊開」，寫少女紅潤嬌豔的臉龐正掩映在荷花之間，看上去好像豔麗的荷花正朝著少女的臉龐開放。把這兩句聯在一起，我們看到了這樣一幅優美的畫面：在那繁密的綠荷紅蓮之中，採蓮少女的綠羅裙已經融入田田荷葉中，幾乎分不清哪些是荷葉？哪些是羅裙？此時，少女的臉龐則和美麗的荷花相互映照，人面和花容也難以分辨出來，彷彿採蓮女子本就是美麗大自然的一部分。描寫真切讓人感覺清爽自然。

　　第三句「亂入池中看不見」，緊承前兩句。詩人開始寫動景，亂入，即混入，暗含難辨之意。荷葉羅裙，人面花容，本就融為一體，難以分辨，剛剛定神分辨清楚，這「入」之間，稍不留神，採蓮少女就又與綠荷紅蓮融在一起，不見蹤影了。這句描寫的情景正是觀者在一瞬間產生的一種「看花了眼」的情形，流露了一種變幻莫測的驚奇和惆悵、迷惘之感。

　　然而，觀者正當焦急地尋找的時候，荷塘中忽然傳出了歌聲，這才知道，原來「看不見」的採蓮女子還在這茂密的荷叢之中。觀者通過「聞歌」「始覺有人來」，但不見她們的身影。這一描寫，更增加了採蓮畫面的生動情趣和詩境的含蓄委婉。

　　我們彷彿已經看到田田荷塘荷花盛開、菱歌四起的情景，和觀者久久佇立凝望的身影，以及採蓮少女們美麗、活潑、充滿青春活力的形象。她們歡樂的歌聲不斷地迴盪在美麗荷塘中。

詩人沒有正面描寫採蓮女，但通過蓮的側面烘托，把採蓮少女寫得有聲有色，若隱若現中盡現她們的活潑美麗，非常巧妙而獨到。

【後人點評】

《唐詩箋注》：「梁元帝《碧玉詩》：『蓮花亂臉色，荷葉雜衣香』，意所本。『向臉』二字卻妙，似花亦有情。亂入不見，聞歌使覺，極清麗。」

▷ 長信秋詞五首（其三）❶

奉帚平明金殿開❷，且將團扇共徘徊。

玉顏不及寒鴉色，猶帶昭陽日影來❸。

【注】❶長信：漢成帝的妃子班婕妤，秀美善文而得寵。趙飛燕、趙合德姊妹得勢後，班婕妤恐怕遭嫉害，請求到長信宮侍奉太后。❷奉帚：捧著掃帚，指打掃。❸昭陽：漢宮殿名。趙合德居所，在長信宮東。

這是一首宮怨詩，該詩借詠漢朝妃子班婕妤而慨歎宮廷婦女苦悶、幽怨的心情，表達了詩人對她們的同情。

「奉帚平明金殿開，且將團扇共徘徊」，詩開頭這兩句直入主題，先寫宮女們的日常生活，天色漸明，金殿門開，宮女就拿起掃帚，開始打掃，這是宮女們每天必做的工作，這裏寫得平淡無奇，卻也反映了宮女生活的枯燥、乏味。在打掃過程中，別無他事，她就拿起團扇徘徊。「徘徊」，表現宮女心神不定。班婕妤曾作團扇詩，寫團扇恐怕秋涼背棄。宮女以團扇自比，暗喻失寵後孤獨寂寞之悲。「且將」二字進一步突出了宮女孤寂無聊的心情，只有這把團扇，和自己有相同的命運，可以與宮女共同徘徊。

後兩句用了一個巧妙的比喻進一步抒發這個宮女的幽怨之情，「玉顏不及寒鴉色，猶帶昭陽日影來」，這兩句仍引用班婕妤的故事。「昭陽」，就是趙飛燕姊妹的居所。「寒鴉」，表明此時季節是深秋。這兩句話的意思是：我雖有如玉般潔白美好的容顏，但卻不如那醜陋的烏鴉，寒鴉尚且能從昭陽殿上飛過，牠們身上還能帶來昭陽日影，而我卻得不到君

王一點的恩顧。宮女同鳥類中最醜的烏鴉相比，烏雅和擁有美麗容顏的宮女形成了極大反差，這表現了宮女內心的幽怨之強烈，痛恨之深刻。「不及」、「猶帶」委婉地表達了宮女深沉的怨憤。

這首七言絕句構思奇特，比喻形象生動，宮女想怨不敢怨的心態表達得優柔不迫，語言簡潔，幽怨深遠。孟遲的《長信宮》和這首詩極其相似：「君恩已盡欲何歸？猶有殘香在舞衣。自恨身輕不如燕，春來還繞御簾飛。」讀者可以參讀。

【後人點評】

明朝譚元春：宮詞細於毫髮，不推為第一婉麗手不可。（《唐詩歸》卷十一）

▷ 出塞二首（其一）❶

秦時明月漢時關❷，萬里長征人未還。
但使龍城飛將在❸，不教胡馬度陰山❹。

【注】❶出塞：樂府《橫吹曲》舊題。是唐代詩人寫邊塞詩的著名題目，內容主要描寫邊疆軍旅征戰生活。❷「秦時」二句：秦、漢互文。❸但使：只要。龍城飛將：這裏用了兩個典故。《漢書·武帝紀》：「衛青至龍城，獲首虜七百。」所以「龍城」指名將衛青，《史記·李將軍列傳》記，李廣為右北平太守，匈奴稱之為「漢之飛將軍」，因而「飛將」指威名赫赫的李廣。這裏借指漢朝抗擊匈奴的眾多名將。❹教（音ㄐㄧㄠ）：允許。胡馬：指敵軍戰馬。胡，是古代人們對西北少數民族的稱呼。陰山：指陰山山脈，在今內蒙古自治區，西起河套，東到大興安嶺。漢時匈奴常從此南下侵擾中原。

這是一首著名的邊塞詩，王昌齡作兩首，這是其一，詩中描寫了戰爭的殘酷，抒發了詩人對良將出現，早日平定邊疆戰事，人民過上安居樂業生活的渴盼心情。

詩人起筆一句，描繪出了一幅蒼涼遼遠的邊塞景色。「秦時明月漢時

關」，指明月還是秦漢時的明月，邊關還是秦漢時的邊關，但是，從秦漢以來，這裏就戰火不斷。以往，詩人們常常用「明月」、「關」等體現征人、思婦的離愁別緒，而王昌齡突破了這個主題，本詩中的明月、關山已經是戰事頻繁且長久的歷史見證。第一句從時間角度表現戰爭曠日持久。接著詩人從空間角度展現征人路途漫漫。「萬里長征人未還」中，詩人用「萬里」這個概數，表明邊塞和內地相隔遙遠，意境開闊而遼遠。「人未還」，使人不禁想到年年有遠赴邊塞戍守的征人一去不歸，一個個家庭因此支離破碎，戰爭給人們帶來了沉重的災難。

連年的戰爭怎麼才能結束呢？詩人回答：「但使龍城飛將在，不教胡馬度陰山」，這兩句話的意思是只要有像漢朝時衛青和李廣那樣的大將，一定不會讓外族越過陰山。詩中表達了對古代名將的思慕，也表明了渴望朝廷能出現有才能的將領，諷刺了當世朝廷用人不當和將帥的腐敗無能，流露出詩人強烈的不滿之情。弦外之音，讓人回味無窮。

這首七言絕句以雄渾的氣勢寫出了雄壯的主題，詩文流暢，一氣呵成，所以，明代詩人李攀龍推它為唐人七絕的壓卷之作。

【後人點評】

清朝沈德潛：「秦時明月」一章，前人推獎之而未言其妙。蓋言師勞力竭，而功無成，由將非其人之故；得飛將軍備邊，邊烽自熄，即高常侍《燕歌行》歸重「至今人說李將軍」也。防邊築城，起於秦漢，明月屬秦，關屬漢，詩中互文。（《說詩晬語》卷上）

▷ 從軍行七首（其一）❶

烽火城西百尺樓，黃昏獨坐海風秋。
更吹羌笛關山月❷，無那金閨萬里愁❸。

【注】❶《從軍行》：漢代樂府《平調曲》名。內容多反映軍旅戰鬥生活。❷羌笛：羌族竹製樂器，屬橫吹式管樂。《關山月》：樂府曲名，屬橫吹曲。多反映戍邊離別之情。❸無那：無奈。金閨：年輕女子居住的華美閨房。

這首詩以久戍邊疆戰士的口吻寫思鄉之情。

「烽火城西百尺樓，黃昏獨坐海風秋」，詩人在首句為我們勾勒了一幅蒼涼雄壯的邊城圖景，「烽火城」，指建築在烽火臺邊的城堡，古時候，國家在邊境建築高聳的城堡，防禦敵人，一旦有敵人來犯，就在城垛上點燃狼糞或柴草，用濃煙報警。這裏的「百尺樓」也指邊境城樓。這兩處景物都是邊境上特有的。詩人在開頭就點明了地點，同時也讓這首詩籠上濃郁的戰場氛圍。第二句，意思是在秋天的一個黃昏，一名戰士獨自坐在城樓上，凝思遙想家鄉，對面青海湖上吹來陣陣寒風。這句話點出了詩文的主人公。「孤」字既是寫征人一個人獨坐，也表現了征人背井離鄉、遠赴邊疆戍守的孤獨。高大邊城建築和征人孤單藐小的身影形成了強烈的反差，這更顯征人的孤獨。

「更吹羌笛關山月」，本來就鄉愁滿腹，而此時戰士又聽到了羌笛吹出來的淒淒婉婉的關山月，這不禁讓詩人更加心情激盪，無盡的思鄉之情如滔滔江水，在征人心中滾滾流淌，綿延不盡。其實何止是這名戰士自己有思鄉之愁呢，那個吹奏曲子的人不正和他的心情是一樣的嗎？這裏一語雙關，表明征人鄉愁代表了眾多在外從軍出戰的征人心情。詩人在前三句或寫景或敘事烘托悲涼氣氛，接著在最後一句直接抒情，將這種鄉愁之情推向了高潮。「無那金閨萬里愁」，詩人沒有繼續寫征人是如何思念金閨中人，而是從對面著筆，寫家鄉金閨中人正在萬里之外思念著自己。我們可以想像征人因為在邊城聽到了羌笛聲就心潮湧動，愁緒萬千，那麼，自己的愁緒已經無法忍受，而閨房中人的思愁，又該怎麼忍受得了呢？清人李瑛曾在《詩法易簡錄》中說過：「不言己之思家，而但言無以慰閨中思己，正深於思家也。」這一筆把征人思念和閨中人的思念交融在了一起，更增加了鄉愁的感染力。這句話中一個「愁」字是這首詩的詩眼，使征人的思念家鄉親人的愁緒被刻畫得深刻飽滿而含蓄。

這首七言絕句用筆委婉曲折，不斷地寫景敘事為最後的抒情做鋪墊。語言凝練，言盡而意遠，感情深沉，涵義豐富。

【後人點評】

明人桂天祥：起句壯逸，斷句傷神。（《唐詩絕句類選》）

一一三

▷ 從軍行七首（其四）

青海長雲暗雪山❶，孤城遙望玉門關❷。
黃沙百戰穿金甲❸，不破樓蘭終不還❹。

【注】❶青海：指青海湖。雪山：這裏指甘肅省的祁連山脈。❷孤城：當時青海地域內的一座城。玉門關：漢武帝置，故址在今甘肅敦煌西北小方盤城。因取道這裏輸入西域玉石，故得名。❸穿：磨破。❹樓蘭：漢代西域國名，在今新疆維吾爾自治區鄯善縣東南一帶。這裏泛指騷擾西北邊疆的敵人。

這首詩通過對邊防將士們軍事生活的描寫，表現守邊將士戍守邊防、保家衛國的壯志。

「青海長雲暗雪山，孤城遙望玉門關」，詩人在開篇描繪了一幅壯闊蒼涼的邊塞風景，概括了西北邊陲的狀貌。這兩句話的意思是：青海湖上的天空，長雲遮蔽，湖北面綿延著的雪山隱約可見，翻過雪山，就是河西走廊荒漠中的孤城，再往西，就可以看到玉門關。在唐代，西邊有吐蕃，北邊有突厥，當時的青海是唐軍和吐蕃多次交戰的地方，而玉門關外就是突厥的勢力範圍，所以這兩座城池是唐重要的邊防城。看著青海和玉門關，就使戰士想到曾經在這兩個地方發生過的戰鬥場面，不由心潮澎湃。可見這兩句寫景中包含豐富的感情，有戍守邊疆將士們對邊防的關注，有他們對自己能擔負保家衛國責任的自豪，也有邊疆環境惡劣，將領戍邊生活艱苦的孤寂心情，種種感情都融進了這蒼涼遼闊、迷茫昏暗的景象中。

接著詩人直抒胸臆，「黃沙百戰穿金甲，不破樓蘭終不還」，即使戍邊環境惡劣，將士生活艱苦，即使戍邊時間漫長，即使戰鬥頻繁，即使金甲磨穿要冒生命危險，都在所不惜，將士們保家衛國的決心更加堅定，發誓不攻破樓蘭絕不回家，這是何等的豪言壯語啊！「黃沙」二字，使我們聯想到黃沙漫捲，天地昏黃，混沌一片的戰場景象。「百戰」是概數，表明戰爭頻繁。從「穿金甲」我們可以想像到戰場上戰鬥的激烈和悲壯。而「不破樓蘭終不還」鏗鏘有力，把將士們戍守邊防的愛國之情推向了高潮。雖然這首詩中也如《從軍行》（其一）中那樣，寫了邊疆戰士們生活

的艱苦，但是整首詩的感情基調則和上一首完全不同，這首寫的不是兒女情長，而是戰士們保衛國家的壯語，詩中蒼涼惡劣的邊疆環境反襯了戰士們的愛國壯志，邊疆越是艱苦，戰士們的戍邊決心越顯壯烈。

　　這首七言絕句最突出的特點是，典型環境和人物感情高度統一，渾然一體，使抒情順其自然，也使所要抒發的感情在這樣特定的環境中，更富感染力。這也是王昌齡邊塞詩的一個特點之一。

【後人點評】

　　清人孫文蔚：「清而莊，婉而健，盛唐人不作一悽楚音。」（《唐賢清雅集》）

▷ 芙蓉樓送辛漸❶

　　寒雨連江夜入吳❷，平明送客楚山孤❸。
　　洛陽親友如相問，一片冰心在玉壺❹。

【注】❶芙蓉樓：在潤州（今江蘇鎮江）城西北。辛漸：王昌齡的一位非常要好的朋友。❷連江：滿江。吳：指潤州，因三國時的吳國在長江下游一帶，所以稱這一帶為吳。❸平明：清晨。客：指辛漸。楚山：故楚之山。辛漸行往洛陽，由潤州北上，經過故楚之地。❹一片冰心在玉壺：冰在玉壺之中，這裏比喻清正廉潔。這裏詩人化用了鮑照《白頭吟》「清如玉壺冰」。

　　這是一首送別詩，該詩原題共兩首，一首寫詩人在芙蓉樓為友人餞別的情景（丹陽城南秋海陰，丹陽城北楚雲深。高樓送客不能醉，寂寂寒江明月心），本書所選的這首寫的是詩人在次日早晨送別友人時的情景。這首詩大約寫於開元二十九年之後，當時王昌齡離開京城赴任江寧丞，詩中的辛漸準備從潤州渡江，經揚州，到洛陽。王昌齡大概陪他從江寧到潤州，然後兩人在此分別。

　　「寒雨連江夜入吳，平明送客楚山孤」，開頭兩句寫送別地點周圍環境。這兩句的意思是，夜裏下起了寒冷的秋雨，江水漲滿，浸潤吳地，

清晨與君分別，遠望青青楚山那樣孤獨。「寒雨」增添了蕭瑟的秋意，也渲染了離別時的黯淡氣氛。雨「連江」，勾勒了宏闊場面，它反襯楚山的「孤」，秋雨不僅彌漫整個江面，更浸透兩人的心，寒意陣陣襲來。「平明」，點明送別時間，「楚山孤」，點出友人去向。詩人想著友人不久就行到楚山，之後越走越遠，最後隱沒在遠方，友人可以回到老家和親人相聚，而自己只能遙望楚山方向，遙寄自己的思念，想到這裏，詩人不禁心生孤寂悲涼之感。這兩句渲染了淒冷孤單的氛圍，表現綿綿不捨之情。

「洛陽親友如相問，一片冰心在玉壺」，這兩句是詩人對朋友辛漸的囑託。因為辛漸是詩人的同鄉，所以辛漸回鄉後，詩人親友肯定詢問詩人情況。詩人便囑咐他，如果洛陽親友問到我，你就告訴他們，我的心就像那晶瑩純潔的一塊冰，裝在潔白無瑕的玉壺中。表明他雖遭貶謫，但內心堅守高潔情操之情，以此告慰親人。這個恰當的比喻，委婉曲折地表達了詩人內心的辛酸和怨恨之情。

這首七言絕句即景生情，移情入景。詩人借離別自抒胸臆，表達自己玉壺冰心之志，語言簡潔，和諧優美。詩中靈活地用問句，不失呆板，結構縝密，韻味無窮。

【後人點評】

清朝宋顧樂：唐人多送別妙作。少伯諸送別詩，俱情極深，味極永，調極高，悠然不盡，使人無限留連。（《唐人萬卷絕句選評》卷三）

▷ 閨怨

閨中少婦不曾愁❶，春日凝妝上翠樓❷。
忽見陌頭楊柳色❸，悔教夫婿覓封侯❹。

【注】❶閨：一般指少女或少婦。「閨怨」之作，多寫少女青春寂寞或少婦離別相思之情。❷凝妝：盛妝，華麗的裝扮。❸陌頭：路旁。❹覓封侯：指從軍出征以尋求建功立業，封授官爵。

這首閨怨詩主要描寫少婦登樓賞春時，見景而悲的心理變化過程。
「閨中少婦不曾愁，春日凝妝上翠樓」，這本是寫閨中愁怨，但是詩

人在開始卻寫少婦不知道愁，還在春光明媚的日子裏，精心打扮自己，盛裝登翠樓賞春。這裏沒有一點閨怨的愁悶、抑鬱氣氛，反倒給我們描繪出一個活潑可愛的少婦形象，我們不禁想問：難道少婦真的不知道愁嗎？不是的，詩人筆鋒一轉，在三四句寫到少婦的愁。

「忽見陌頭楊柳色」，這句是少婦感情變化的關鍵。「忽見」表現的是少婦情感變化。這個詞生動地刻畫了少婦情感變化那一瞬間。在古代，柳不僅是春季的象徵，在親朋離別時，人們經常折柳贈離人表達依依不捨之情，所以，柳樹在這首詩裏就顯得不再尋常，它是觸發少婦情感變化的一個媒介。少婦看到柳樹，突然就想到與丈夫的離別情形，想到曾經和丈夫在一起時恩愛幸福的日子，而現在無人和她共同欣賞大好春景，也可能會想到自己青春年華在孤寂中慢慢枯萎，想到征戰丈夫在外的情況……總之，這普通的柳樹，卻勾起了少婦無限的愁緒，一發不可收拾。難道就是這樣一個小小的柳樹就使少婦產生了這麼多的離愁別緒嗎？其實，這些離愁別緒已經積累了很長時間，一旦受到外界柳色的挑動，內心積怨就洶湧而出了，所以，少婦心情發生突然變化也就在情理之中。詩中的大好春光越發襯托少婦的孤寂，其中酸楚之情自然流露。最後少婦發出「悔教夫婿覓封侯」這深深的歎息，體現了少婦內心的惆悵，表達了少婦幽怨的情懷，也回扣了「閨怨」這個題目。

這首七言絕句，詩人巧妙地運用透過一層的寫法，不直寫悲，而由喜急轉寫悲，心理上急遽變化，使前後心情形成鮮明對比，產生極具震撼的效果，使悲情更悲。此詩語言簡潔明快，涵義豐富，韻味悠遠。

【後人點評】

明朝唐汝詢：傷離者莫甚於從軍，故唐人閨怨，大抵皆征婦之詞也。知愁，則不復能「凝妝」矣；「凝妝」上樓，明其「不知愁」也。然一見「柳色」而生悔心，功名之望遙、離索之情亟也。蟲鳴思覯，南國之正音；萱草痗心，東遷之變調。閨中之作，近體之《二南》歟？（《唐詩解》卷二十六）

祖 詠

【詩人名片】

祖詠（699～約746）

籍貫：洛陽（今屬河南）

作品風格：凝煉精緻

【詩人小傳】：開元十二年（724）進士及第，因張說推薦，曾任短期的駕部員外郎，仕途潦倒，後歸隱。祖詠多作山水田園詩，現有《祖詠詩》一卷，《全唐詩》編其詩一卷。

▶ 望薊門❶

燕台一去客心驚❷，笳鼓喧喧漢將營。

萬里寒光生積雪，三邊曙色動危旌❸。

沙場烽火連胡月❹，海畔雲山擁薊城❺。

少小雖非投筆吏❻，論功還欲請長纓❼。

【注】❶薊（音計）門：薊門關。在今北京西直門北，當時為邊防重地。❷燕台：即薊北樓，也是傳說中戰國時燕昭王所築的黃金台。這裏指燕地。❸三邊：古代稱幽、并、涼三州為三邊，這裏泛指東北、西北、北方的邊疆。危旌：高揚的旗幟。❹胡月：邊疆的月亮。❺海畔：因為薊門關臨近渤海，所以稱海畔。薊城：即薊門關。❻投筆吏：這是一個典故，《後漢書·班超傳》中記載漢朝班超，早年家貧，因謀生常替官府抄書，

一天投筆歎道：「大丈夫無它志略，猶當效傅介子、張騫立功異域，以取封侯，安能久事筆硯間乎？」於是從軍，後因功封為定遠侯。論功：指論功封賞。❼請長纓：這是一個典故，《漢書•終軍傳》中記載，漢時書生終軍曾向漢武帝請求「願受長纓，必羈南越王而致之闕下」，意思是用一根長繩將南越王牽來。後來人們就把自願投軍叫做「請纓」。纓，繩。

唐代的薊門，即范陽道，是防禦契丹族的邊防重鎮。唐玄宗開元二年（714），并州長史薛訥領兵抵禦契丹，開元二十二年（734），幽州節度使張守珪斬殺契丹王屈烈及可汗。這段時期，祖詠曾遊宦范陽，這首詩大約就作於此時。這首詩通過描寫邊防壯麗景象，抒發了詩人建功立業、報效國家的志向。

「燕台一去客心驚，笳鼓喧喧漢將營」，「燕台一去」實際應該寫成「一去燕台」，這裏詩人將四字倒裝來寫，一方面是合律詩平仄的要求，另一方面是用燕台這樣一個雄偉建築起筆，增強整首詩的雄渾氣勢。詩人初次來到這個久負盛名的軍事重地，心中已經是萬分激動，當他登上城樓，極目遠望，遼闊的天空，險峻的山川，一覽無遺，此時，詩人怎麼會不為之激奮呢？因此詩人用一個「驚」字書寫了遠道而來的詩人特有的感受，這個「驚」字也總領全詩，引出下文。接著在第二句詩人描寫到：唐軍大營中不斷傳來笳鼓肅穆的聲音。詩人通過描繪聽到的聲音渲染了濃郁的軍戰氣氛，這是驚動詩人的地方之一。

接著「萬里寒光生積雪，三邊曙色動危旌」，詩人點名笳鼓之聲是在冬季裏的一個早

晨發出的，廣袤的大地上覆蓋著萬里積雪，積雪反射出道道寒光，詩人用一個「萬里」體現了雪之大，雪之厚。冬季本來就非常寒冷，在這個寒冷的季節裏，又有連綿萬里的積雪，更添了一層寒意。三邊的方向剛剛露出曙光，周圍一切還在朦朦朧朧之中，只有高聳在空中的軍旗，在曙光的照映下高揚，這就越發顯得氣氛之莊嚴、肅穆。總結前三句，這些莊嚴肅穆的景象暗示了軍營的莊重和嚴肅，烘托了軍隊中的緊張氣氛。這些就是詩人在開始時候「驚」的感受，這樣的氣氛自然讓詩人震驚不已。

隨著天氣漸明，詩人的視野也變得開闊了，詩人的思想也在隨之馳騁。「沙場烽火連胡月，海畔雲山擁薊城」，詩人筆鋒一轉，寫從軍將士們高昂的氣勢。戰場上烽火燃起，直接和胡地月光相連，雄偉壯觀。這暗喻了將士們進攻的形勢。接著「海畔雲山擁薊城」，薊門的南邊有渤海，北邊有燕山山脈，這樣優越的地理優勢，使邊疆重鎮固若金湯，暗示軍隊防禦形勢。這兩句反映了軍隊昂揚戰鬥熱情和有利的作戰條件。詩人在首句寫「驚」是剛剛到來時的感受，如果當時他還對國家軍事擔憂，那麼隨著他對國家邊防人事和環境的進一步了解，就不會擔心了。

看著如此雄渾壯闊的三邊軍隊，不禁讓詩人心潮澎湃，於是詩人在最後抒發了自己的壯志。「少小雖非投筆吏，論功還欲請長纓」，詩人雖然在早年沒有像東漢班超那樣投筆從戎，平定西域三十六國，但還願效仿西漢書生終軍，為平國患，主動請纓。

這是一首七言律詩，整首詩緊扣一個「望」字，勾勒出了邊防重鎮雄渾肅穆的景象。詩人筆力雄闊，蒼勁有力，表達層次清晰，一氣呵成。詩文的字裏行間都充滿了蓬勃向上之氣，格調高昂，催人奮進。精選的景物完美地烘托了詩人感情，情景自然和諧。

【後人點評】

明人桂天祥：壯健之氣，直欲與衛、霍同出塞上。（《批點唐詩正聲》卷十六）

～ 王 維 ～

【詩人名片】

王維（701～761）

字號：字摩詰

籍貫：太原祁（今山西祁縣）

作品風格：清淡自然，辭秀調雅

【詩人小傳】：王維開元九年（721）進士及第，任大樂丞。因故貶為濟州司倉參軍，後辭官隱居，開元二十二年（734）張九齡為中書令，其擢升王維為右拾遺，當時王維作《獻始興公》，稱讚張九齡的政治主張，表達他想要成就功績的心情。開元二十四年（736）張九齡罷相。次年王維被貶荊州長史。開元二十五年（737）為監察御史，奉使出塞，在那裏寫下來一些邊塞詩。天寶元中，王維的官職屢次升遷，安史之亂前，官至給事中。安史之亂中，兩京陷落，王維被俘，被逼任偽職。安史之亂後，降為太子中允，後官至尚書右丞，故又稱其為王右丞。晚年居藍天輞川，過著半官半隱的生活。上元二年（761）去世。

王維多才多藝，精通佛學，擅長作畫、寫詩，通曉音樂，是唐代山水田園詩派的代表，與孟浩然齊名，並稱「王孟」。人稱「詩佛」。王維在邊塞詩、山水詩、絕句等方面都留下了膾炙人口的名篇，尤其擅長五言律絕。王維在描寫自然風景方面，具有獨特造詣，描寫準確、精練，往往詩中有畫，畫中有詩，意境高遠。今存詩四百多首。

▷ **酬張少府** ❶

晚年惟好靜，萬事不關心。
自顧無長策❷，空知返舊林❸。
松風吹解帶❹，山月照彈琴。
君問窮通理❺，漁歌入浦深❻。

【注】❶酬：對答。少府：即縣尉。❷自顧：自己覺得。長策：指治國良策。策原指編好的竹簡，後古人在竹策上寫字，對帝王詔問叫對策，從此，人們習慣用長策表示治國平天下的高見。❸舊林：指輞川舊居。❹解帶：古人上朝或接見客人時要束帶，在家閒居時解帶。表現閒適的生活。❺窮通理：窮困和顯達、得與失的道理。❻浦：池、塘、江河等水面。

　　這首詩是詩人晚年居輞川時所作的一首贈友詩。表達了詩人老年「萬事不關心」的澹泊心境。

　　「晚年惟好靜，萬事不關心」，詩人開篇寫到自己到了晚年，只好清靜，對什麼事情都不關心了。根據詩人的人生經歷來看，此時他已經對當時開始變得腐敗昏暗的朝政厭倦了，所以，過著半官半隱的生活，這句話正是他厭倦官場的真實寫照。

　　「自顧無長策，空知返舊林」，這句話的意思是想自己也沒有治國平天下的良策，所以只好返回自己的山莊過隱逸生活。詩人怎麼會突然之間寫一句自己沒有良策，是否其中還有很多無奈？詩人早年也是胸懷政治抱負，張九齡任宰相時，王維支持張九齡的政治主張，對當時政治充滿希望。但是，不久，張九齡罷相，奸相李林甫主宰朝政，隨之政治變得越發昏暗，忠誠正直的官員一個個都被排斥或打擊，王維也無法實現自己的政治理想。面對殘酷的現實，他既不願同流合污，又感到自己對扭轉政局束手無策。於是在本詩中，詩人喟然歎道：「自顧無長策」，體現了他當時思想上的矛盾和愁苦。他雖然說自己無能，其實內心充滿了苦悶而牢騷滿懷。雖然在李林甫當政時，王維並沒有受到迫害，甚至還升了官，但是這只是詩人委曲求全而已，其實，他內心對現在的朝廷已經失望了，而自己此時已經是到了晚年，無力轉變政局，無奈之下，他只好不再過問朝政，返回自己舊時的園林隱居起來。所以，詩人寫道：「空知返舊林」，以求

得解脫，其中「空知」中蘊含著對理想隱滅，對朝政失望的無奈感和痛苦的心情。

接著詩人描寫了自己隱居山林中閒逸的生活。「松風吹解帶，山月照彈琴」，松林中的清風吹拂著我的敞開的衣帶，山間的明月照映著我彈奏的古琴。這優美的畫面表現了詩人自在清閒、悠然舒暢的愜意心情。詩人在山林中的這種隱逸生活或是詩人的自我痲醉，或是厭惡官場的表現，但終歸是比在朝廷中隨波逐流要好得多。所以詩人在詩中同「松」、「山月」這些代表高潔的景物在一起，寄予自己追求高潔情操的心願。這幅鮮活清逸畫卷，情景相生，意境相諧，大大增強了本詩的形象性，使詩文更好地表現了詩人的情懷。

最後，詩人在這樣的優美的環境中心神都得到了昇華，「君問窮通理，漁歌入浦深」，詩人回扣題目內容，照應了題目中的「酬」字。這兩句話的意思是，你要問我有關窮困和通達的道理，我可就高唱著漁歌，駕著小舟，向水巷深處駛去了。本詩最後沒有正面回答張少府的問題，而是以一句「漁歌入浦深」很有禪味的話結束，也為我們淡淡地勾勒出了一幅清明的水墨畫，耐人尋味而又灑脫超凡。

【後人點評】

清人張謙宜：「晚年惟好靜，萬事不關心」，含一篇之脈，此方是起法。三、四虛承，五、六實地，用筆淺深俱到，章法之妙也。（《絸齋詩談》卷五）

▷ **觀獵**

風勁角弓鳴❶，將軍獵渭城❷。
草枯鷹眼疾❸，雪盡馬蹄輕。
忽過新豐市❹，還歸細柳營❺。
回看射雕處❻，千里暮雲平❼。

【注】❶角弓：用獸角裝飾的弓箭。❷渭城：秦朝時的咸陽城，到漢改名為渭城，在今陝西西安西北，渭水北邊。❸疾：銳利。❹新豐市：古

地名，故址在今陝西省臨潼縣東北，是當時盛產美酒的地方。❺細柳營：古地名，在今陝西省長安縣，是漢代大將周亞夫駐軍之地。《史記•絳侯周勃世家》：「亞夫為將軍，軍細柳以備胡。」這裏借此指打獵將軍居住的軍營。❻射雕〈鵰〉處：典出《北史•斛律光傳》記載，北齊斛律光狩獵時，於雲表見一大鳥，射中其頸，形如車輪，旋轉而下，乃是一雕，因被人稱為「射雕手」。這裏引用其事表示對將軍的讚美。❼暮雲平：日落時，雲層和大地相連。

　　《觀獵》這首詩大概是王維前期作品，詩文筆力雄健，激情豪邁。表現詩人希望建立功業的遠大抱負。

　　全詩可以分為兩部分來欣賞。前四句是第一部分，敘述了整個出獵的過程。

　　「風勁角弓鳴」，詩人開篇一句，就寫出了聲勢雄闊的場面。大風呼嘯，獸角裝飾的弓箭錚鳴。風聲和角弓聲相互應和，從弓弦的震響中可以聽出風之強勁，因風之強勁而使弓弦的鳴聲更加響亮。這裏「角弓鳴」三字也暗示了熱鬧的打獵場景。開首一句烘托了整首詩的氣氛。這樣雄壯的氣勢中打獵的人該是怎樣的英姿颯爽啊！接下來詩文的主角出現了。「將軍獵渭城」，這樣宏大的場景，只有將軍那樣的英傑才能配得上啊！這句點出了打獵人的身分和打獵的地點。

　　「草枯鷹眼疾，雪盡馬蹄輕」，這兩句描寫了緊張的射獵過程。在枯草叢叢的季節裏，鷹眼明銳，草枯季節也更容易看到獵物，獵人看到獵物後輕巧迅速地追蹤射獵。「草枯」、「雪盡」就像是素描一般簡潔、形象地將打獵的環境描寫得充滿畫

唐詩三百首賞析大全集

意，同時草雖然枯萎，但雪已經融盡，讓人隱隱感到春天的清新氣息。「疾」字表明獵物很快被發現，緊接「馬蹄輕」體現了獵騎動作輕巧快速。一個「疾」一個「輕」突出了追蹤獵物時的緊張氣氛。詩人將射獵情況寫得非常細膩形象，緊張生動，字字句句都精妙絕倫，同時詩人沒有平鋪直敘地寫看到獵物，然後快速追擊，而是將這個場景隱含在了打獵的景物中，讓人透過字面意思體會打獵情景，意在言外，妙趣橫生。這兩句既生動地描寫了射獵情景，也表現了將軍輕鬆愉快的心情。

後四句是第二部分，詩人從第一部分的打獵自然寫到收獵情景。

「忽過新豐市，還歸細柳營」，「忽過」、「還歸」這兩個詞反映了將軍縱馬疾馳的颯爽英姿，讀來有暢快淋漓之感。而文中提到的「細柳營」我們在注釋中已經提到過，它是漢代名將周亞夫的屯軍之地，詩人特選用這個地方，好似也表明詩中狩獵的將軍也有名將的風度。也只有大將才能有前面射獵時的意氣風發、颯爽英姿。

「回看射雕處，千里暮雲平」，最後詩文沒有寫營地，而是寫將軍回望打獵的地方，此時千里之外的打獵處暮色蒼茫，白雲和地而相平。這裏「射雕處」典出《北史•斛律光傳》。詩人在這裏引用此典有讚歎將軍箭術高明之意。這兩句之前的句子風起雲湧，語言輕捷明快，烘托了狩獵的緊張氣氛，而最後這一句卻寫風停雲平，語言舒緩而韻味無窮，表現了將軍躊躇滿志。

這首五言律詩寫得生動鮮明，而又意境宏闊。詩文先聲奪人，使文章氣勢響亮，用詞精妙，靈活運用典故、側面描寫，將一位大將狩獵的豪邁英姿寫得栩栩如生，具有極強的感染力。結尾意境優美，餘味無窮，也充分表現了詩人想要征戰沙場，建功立業的豪情壯志。

【後人點評】

清人沈德潛稱：「章法、句法、字法俱臻絕頂。盛唐詩中亦不多見。」（《唐詩別裁》）

▷ 漢江臨泛❶

楚塞三湘接❷，荊門九派通❸。

江流天地外，山色有無中❹。

郡邑浮前浦❺，波瀾動遠空。

襄陽好風日❻，留醉與山翁❼。

【注】❶漢江：即漢水，源出陝西，經湖北入長江。臨泛：泛舟江上。❷楚塞：楚地邊界。三湘，湘水的總稱，即漓湘、蒸湘、瀟湘。❸荊門：山名，荊門山，在今湖北宜昌西北、長江南岸，戰國時為楚國的西塞。九派：這裏指江西九江附近一段長江，此段有九條支流。❹山：指荊門山。❺郡邑：郡城，這裏指襄陽城。浦：水邊。❻襄陽：地名，在漢水北岸，即今湖北襄樊市。風日：風光。❼與：如。山翁：指晉人山簡，據《晉書•山簡傳》載，他任征南將軍鎮守襄陽時，好酒，常至高陽池宴飲，每飲必醉。

開元二十八年（740），王維由監察御史貶為殿中侍御史，冬季，知南選（朝廷派往南方補選官員的選補使），從長安經襄陽、夏口到嶺南，這首詩當作於途經襄陽時。

「楚塞三湘接，荊門九派通」，意思是蒼莽的故楚之地和浩瀚的三湘之水相連，洶湧的漢水奔流入荊門和長江的九條支流匯合。這是詩人泛舟江上，極目遠望，將目力難及的景色，概括成了一幅宏闊的山水畫面，氣勢雄偉渾厚，大氣磅礴，成為整首詩的背景。

「江流天地外，山色有無中」，這裏詩人寫看到的遠處景物。滔滔漢江洶湧遠去，好像一直奔流到天地之外去了，兩岸青山，朦朦朧朧，若隱若現，似有似無。這裏用誇張手法寫長江水奔流邈遠，接下來周圍蒼莽的青山進一步烘托了江水的浩瀚和遼闊。「天地外」和「有無中」烘托了一種無邊無際和玄妙之感。「山色」二字雖然淡淡一筆，但是卻讓人彷彿看到了蒼青色的大山，雖然簡單勾勒，卻是濃墨重彩的意境，奇偉瑰麗之氣。這一聯在語氣上要比首聯舒緩得多。

詩人由遠及近看到「郡邑浮前浦，波瀾動遠空」，風起雲湧，詩人乘坐的船也隨著波濤在水中飄搖，詩人身在船中，所以，看到襄陽城郭彷彿也在隨著波浪在江水中起伏。風逐漸變大，江水卷起的波浪也越來越大，船也更加顛簸，這時詩人看天空好像也被撼動了一樣，搖動起伏。本

是船動，詩人卻對面著筆，說城郭在動，說天空在動。動靜都從詩人主觀感受寫來，這是人乘舟時才能體會到的獨特感受，讓人彷彿身臨其境，親身看到那種奇妙的景色，這也進一步渲染了波濤洶湧磅礴的水勢。其中「浮」、「動」兩個字用得極妙，正是這兩個字使詩人筆下的景色變得活了起來，詩文也變得灑脫清逸。

「襄陽好風日，留醉與山翁」，最後詩人直抒胸臆，這裏山色真美，真想和山翁在這樣的美景下一醉方休。表現了詩人對襄陽景色的熱愛，留戀山水的志趣。正因為詩人如此熱愛這裏的風景，所以，整首詩的字裏行間都含有積極樂觀的情緒。

這首五言律詩為我們展現了一幅素雅宏闊而清新的水墨畫面。詩人由遠及近，動靜相生。謀篇佈局錯落有致，詩文節奏舒緩有致，節奏和諧。融情於景，情緒高昂樂觀。

【後人點評】

清朝屈復：前六雄俊闊大，甚難收拾，卻以「好風日」三字結之，筆力千鈞。三、四氣格雄渾，盛唐本色。（《唐詩成法》卷二）

▷ 積雨輞川莊作❶

積雨空林煙火遲❷，蒸藜炊黍餉東菑❸。
漠漠水田飛白鷺，陰陰夏木囀黃鸝❹。
山中習靜觀朝槿❺，松下清齋折露葵❻。
野老與人爭席罷❼，海鷗何事更相疑❽？

【注】❶積雨：久雨。輞川莊：王維在陝西終南山中的藍田別墅。《陝西通志》卷九引《雍州記》載：「輞川在（藍田）縣西南二十里……商嶺水流至藍橋，復流至輞谷，如車輞環湊，落疊嶂，入深潭。有千聖洞、茶園、栗嶺。唐右丞王維莊在焉，所謂輞川也。」❷煙火遲：因長時間下雨，使空氣濕潤，所以，煙火上升緩慢。❸藜：一種可以食用的野菜。黍：黃米。餉：送飯食。菑（音資）：開墾一年的土地。❹夏木：高大的樹木。❺習靜：道家靜坐守一的功夫。朝槿（音僅）：木槿花早開午

落，所以稱朝槿。古人常用木槿花感悟人生枯榮無常。❻清齋：清淡的齋飯，這裏是素食的意思。《舊唐書•王維傳》中載：「維弟兄俱奉佛，居常蔬食，不茹葷血。晚年長齋，不衣文彩。」露葵：冬葵，古時蔬菜名。這裏指新鮮的蔬菜。❼野老：這裏詩人自稱。爭席罷：爭席典出《莊子•寓言》，楊朱倨傲驕矜，自從見老子之後，學會了謙恭禮讓，人們也敢和他爭坐席了。而爭席罷指自己退隱山林，與世無爭。❽「海鷗」句：典出《列子•黃帝》中載：「海上有好鷗鳥者，每旦之海上，從鷗鳥遊。鷗鳥之至者百計而不止。其父曰：『吾聞鷗鳥皆從汝遊，汝取來，吾玩之。』明日之海上，鷗鳥舞而不下也。」這裏用海鷗比喻人事。

這首七律是詩人隱居輞川莊時期寫作的。該詩描寫了莊園的田園美景，同時也描述了自己優雅恬靜的禪寂生活，兩相融合，意境自然愜意。

「積雨空林煙火遲，蒸藜炊黍餉東菑」，首聯寫鄉村農家的生活。正值連雨時節，空氣潮濕，炊煙緩慢升起，農家女人正在蒸野菜，做米飯，準備送到東面田頭給勞作的人。「遲」字，精妙傳神地描繪了雨天中的炊煙變化，詩人能如此細緻地描繪也反映了此時他內心安靜閒逸。而從詩人對農家人做飯送飯等動作的描述，可以看到農家人的生活平凡而溫馨，也體現了鄉村裏濃郁的生活氣息。

「漠漠水田飛白鷺，陰陰夏木囀黃鸝」，這兩句繼續寫詩人看到的景象，廣漠平疇、白鷺飛翔，密林中黃鶯婉囀啼叫，牠的鳴聲多麼歡快優美。這兩句寫景，意境優閒恬靜，瀟灑愉悅。雪白的白鷺，金黃的黃鶯，使自然風光色彩鮮豔，意趣叢生。「漠漠」形容水田廣袤、蒼濛。「陰陰」表現了林木茂密、幽深。兩種景象相映成趣，使鄉村的夏景色彩紛呈、美麗恬靜。在這樣優美恬靜中生活的王維，當時心情是怎樣的愉快和愜意啊！

接下來詩人寫到自己愉悅的禪寂生活。「山中習靜觀朝槿，松下清齋折露葵」，詩人獨坐山中，觀木槿而悟人生苦短，採摘新鮮的葵菜作為自己的齋飯。這不問世事、清幽參禪的平靜生活，看似孤寂枯燥，但是詩人能平靜細膩地將這些寫出來，體現了詩人沉浸在參禪悟道的恬靜生活中，饒有興趣。也許在詩人眼裏，這些超脫凡俗是非紛擾的事情比昏暗官場中

的爾虞我詐不知道要好多少吧！

「野老與人爭席罷，海鷗何事更相疑」，詩人說我早已經遠離塵俗，變得與世無爭，還有誰能無端地猜疑我呢？詩人在這兩句話中分別用了兩個典故，正用楊朱典故，反用海鷗典故，抒發詩人隱居山林，過恬淡優閒生活的志趣。這也正是詩人「習靜」、「清齋」的結果。

這首詩語言清新自熱，活潑明快，形象鮮明，餘韻清遠。充分體現了詩人恬淡的生活情志。

【後人點評】

明人顧璘：結語用《莊子》忘機之事，無跡。此詩首述田家時景，次述己志空泊，末寫事實，又歎俗人之不知己也。東坡曰摩詰「詩中有畫，畫中有詩」者，此耳。（《王孟詩評‧王詩》卷四）

▷ 九月九日憶山東兄弟❶

獨在異鄉為異客，每逢佳節倍思親。
遙知兄弟登高處❷，遍插茱萸少一人❸。

【注】❶九月九日：指農曆九月初九是中國的重陽節，在節日裏人們有登高、插茱萸、飲菊花酒等的習俗。山東：指華山以東（今山西），王維的家鄉蒲州（今山西永濟）就在這裏。❷遙知：遠遠地想到。❸茱萸（音魚）：又名越椒，一種香氣濃烈的植物，據《風土記》載，古時人們在重陽節登高飲菊花酒、插茱萸以驅災辟邪。

此為王維在十七歲時所寫的詩。詩中表達了詩人佳節之日懷念兄弟之情。

第一聯詩人正面直接抒發自己在佳節時的懷鄉之情，沒有矯揉造作之態，感情自然真摯。

「獨在異鄉為異客」，開篇一句寫出了詩人在異鄉的孤獨之感。詩人在這短短的一句話中用了一個「獨」、兩個「異」字，可見詩人在外強烈的異地作客之感，在外越是孤獨，詩人對家鄉親人的思念之情就越強烈。在當時封建社會裏，交通閉塞，人們都過著自給自足的生活，地域之間的

往來較少，所以不同地方的人們在風土人情、生活習慣、語言等方面有很大的差異，所以，詩人離開生活多年的家鄉到異地生活，自然感到陌生而孤單。詩人平淡地敘述自己身在異鄉，但是其中卻包含著詩人質樸的思想感情。

如果說平日裏思鄉之情可能不是感到那麼強烈，那麼，詩人「每逢佳節倍思親」。「佳節」是親人們團聚的日子，大家在一起暢談歡笑，而現在呢？詩人隻身客居異地，在代表團圓的節日裏不禁想到了家鄉裡的人和事、山和水等等詩人在家鄉時的美好回憶，種種回憶觸發詩人無限的思鄉之情，並且越想越思念，以至於一發不可收拾。這句寫得自然質樸，如娓娓道來，也寫出了許多在外漂泊遊子的真切感受，很具有代表性。

寫到這裏，詩人想要抒發的感情已經達到了高潮。接下來詩人寄情於景，將心中的懷鄉情凝聚到了典型的事物中，表達委婉深沉。

「遙知兄弟登高處」，詩人從直抒胸臆，轉筆寫到自己對親人團聚的聯想，遙想兄弟們在重陽佳節登上高山，身上插著茱萸，該是多麼的快樂。如果詩人單單是想到親人們的歡樂，倒可以緩解詩人的思鄉之情，但是，詩人在最後寫說「遍插茱萸少一人」，原來詩人想到的不是歡樂，而是自己沒有在家鄉和親人們歡度佳節，所以親人在插茱萸時也會發現少了一個人，這樣親人們肯定會思念我的。這兩句詩人從反面著筆，沒有說自己思念家鄉而是說家鄉親人會懷念到自己。從對面著筆，親人的思念和上文詩人的思念交織在一起，烘托了綿綿不斷的鄉愁情緒，把思鄉變得越發深沉。這兩句沒有前兩句那樣直接表達思鄉的強烈感情，看似淺淡的兩筆，卻更加襯托了詩人深深的思鄉之情，感情較之前兩句更加深沉，更加強烈了。

這首七言絕句最妙的地方就是詩人靈活轉換角度，從直抒胸臆，到委婉表達，寄情於他人。可見詩人思路之開闊、用筆之嫻熟。自然樸素中見真摯感情，具有強烈的感染力。

【後人點評】

明人顧璘：真意所發，切實故難。（《批點唐音》卷十三）

▷ **鹿柴❶**

空山不見人，但聞人語響❷。
返景入深林❸，復照青苔上。

【注】❶鹿柴（音僤）：指用帶枝枒的樹木圍成的柵欄，因形似鹿角，故得名。柴，通「寨」，指木柵欄，是輞川的一個地名。❷但：只。❸返景：夕陽返照的光。《初學記•日部》：「日西落，光返照於東，謂之日景。景在上曰反景，在下曰倒景。」返，通「反」。景，通「影」。

這首詩是詩人晚年所作五絕組詩《輞川集》二十首中的第四首詩。詩中描寫了鹿柴附近空山深林中傍晚幽靜的景色。

「空山不見人」，詩人首先寫到在空曠的山谷中沒有人的蹤跡，反映了環境的空曠寂靜。在詩人的感覺中，這裏看不到人，所以仿若有種與世隔絕、虛無縹緲的感覺。而這種感覺的產生就是因「不見人」。這三個字將空山的意境具體地表現了出來。

「但聞人語響」，也許唯讀第一句這種意境並不是很突出，甚至有些死氣沉沉，但是，這第二句寫到只能聽到人說話的聲音，這樣這種寂靜就被打破了，一個「但聞」表明在這個空寂的山谷中偶然會傳來人聲，而這偶爾的人聲在這樣一個空曠的山谷中顯得很弱小，這就越發顯得山谷的幽深寂靜。空谷傳遞聲音，越體現空谷的空曠，空山中的人語聲，卻越顯得空山的靜寂。待人語響過，整個山谷又回到了空寂。第一句是正面寫空山之靜，那麼第二句則是以動襯靜，從側面進一步烘托了空山的靜。

「返景入深林，復照青苔上」，這第三、四句主要寫了深山密林中的景色。夕陽返照的陽光透過茂密的樹林，靜靜地照在青苔上。「深林」、「青苔」本來就多是不見陽光，體現了寂靜、幽暗，而詩人卻特別選擇林間投射下來的返景，剛讀來感覺有這樣一抹陽光，應該是給這個寂靜、幽暗的環境增加了幾分生氣，不再那樣幽暗了，但是細細讀來，在這樣幽暗的環境中，只有一縷陽光星星點點地灑落在青苔上。這星星點點的日光和整個幽暗的大環境形成了鮮明的反差，等到落日隱沒，那麼整個深林又恢復到了原來的暗，而陽光是微弱的也是暫時的。點點日光反倒使這幽暗的

氛圍變得越發寧靜、幽暗了。

　　這首詩最突出的特點就是充分運用了反襯的手法。用人聲反襯空山之靜，用陽光反襯密林之暗。在冷寂的環境中摻入一點暖意，卻越發使這冷色調更冷了，使空山中空曠幽深的環境更加突出。詩人筆法細膩，將詩文變成了一幅恬靜空寂的畫作，真是精到。

【後人點評】

　　明人桂天祥：不言處反勝有，言復不佳。（《批點唐詩正聲》卷十八）

▷ 洛陽女兒行

洛陽女兒對門居❶，才可容顏十五餘❷。
良人玉勒乘驄馬❸，侍女金盤膾鯉魚❹。
畫閣珠樓盡相望，紅桃綠柳垂簷向。
羅幃送上七香車❺，寶扇迎歸九華帳❻。
狂夫富貴在青春❼，意氣驕奢劇季倫❽。
自憐碧玉親教舞❾，不惜珊瑚持與人❿。
春窗曙滅九微火⓫，九微片片飛花瑣⓬。
戲罷曾無理曲時⓭，妝成只是熏香坐⓮。
城中相識盡繁華⓯，日夜經過趙李家⓰。
誰憐越女顏如玉⓱，貧賤江頭自浣紗⓲。

　　【注】❶洛陽女兒：語出梁武帝蕭衍《河中之水歌》「河東之水向東流，洛陽女兒名莫愁。」對門居：語出梁武帝蕭衍《東飛伯勞歌》「誰家女兒對門居，開顏發豔照里閭」。❷才可：正當。❸良人：古代妻子對丈夫的稱呼。勒：套在牲畜上帶帽子的籠頭。驄（音聰）馬：毛色青白相間的馬。❹膾鯉魚：鯉魚片。語出辛延年《羽林郎》：「就我求珍肴，金盤膾鯉魚。」膾，把魚、肉切成薄片。❺羅幃：羅帳，絲織簾帳。七香車：用多種香料塗飾的豪華車子。❻寶扇：富貴人家出行時用來遮蔽的扇狀物

體。九華帳：色彩鮮豔的羅帳。❼狂夫：古代妻子對丈夫的謙稱。❽劇：超過。季倫：西晉富豪石崇，字季倫，以驕奢著名。❾憐：愛。碧玉：梁汝南王妾，深受寵愛。這裏指洛陽女兒。❿珊瑚：據《世說新語•汰侈》載：石崇與王愷鬥富。王愷拿出皇帝賜予的珍貴的高二尺的珊瑚樹誇富，被石崇打碎，並讓人搬來六七株高三四尺的珊瑚樹償還他。這裏詩人用此典故比喻丈夫非常愛她，不惜一擲千金。⓫九微：一種古燈，這裏比喻燈具的精美華麗。⓬片片：指燈花。花瑣：指雕花的窗格。⓭曾無：從無。理曲：練習曲子。⓮熏香：用香料熏衣服。⓯繁華：富貴人家。⓰趙李家：這裏泛指富貴人家。趙李，指漢成帝時的皇后趙飛燕和婕妤李平。⓱越女：指西施，原為浣紗女。⓲浣紗：洗衣服。

　　這首七言古詩是王維在開元六年（718）所作，當時王維年十八歲。詩文從一位富貴人家少婦的角度描繪了她的奢華生活。表現了富豪權貴們的驕奢淫逸而又空虛的生活。

　　詩文前八句主要寫了洛陽女兒日常生活的奢華。洛陽女兒年方十五歲，正值青春年華，他的丈夫騎著用美玉裝飾馬龍頭的青白相間的高頭大馬，侍女用金盤裝魚，洛陽女兒居所處，精雕的畫閣和珠翠的大樓相望，且垂簷處都是栽滿了紅桃綠柳。而洛陽女兒出行坐的是七香車，有團扇依仗，上下車還有羅帳遮護，從這些細緻的描述中我們可以想像他們出行時浩浩蕩蕩的場面，該是何等壯觀。

　　接著從「狂夫富貴在青春」到「妝成只是熏香坐」，這八句主要寫了洛陽女兒丈夫的奢侈放蕩的生活，和洛陽女兒的嬌態和內心的無聊。她的丈夫正值青春芳華，意氣驕奢程度超過了古時的季倫，這裏詩人把丈夫和季倫相比，更鮮明地表現出了她丈夫的奢華程度。接著詩人又用了王愷比富這個典故，進一步形象生動地表現她丈夫的奢侈。接下來詩人寫到洛陽女兒通宵達旦地娛樂，直到天亮才燈滅，燈花片片飛到窗上，整日嬉笑玩耍，哪裡還有時間練習曲子，待梳妝完畢後，只是獨坐熏香。其中也滲透了對洛陽女兒的憐惜之情。

　　最後四句描寫的是她們往來於城中富貴人家之間，可見她們交往的都是富豪權貴。最後兩句寫西施出身貧寒，即使美麗也無人憐愛，與上面洛

陽女兒的奢華生活和慵懶態度，形成了鮮明的對比，反襯了貧富差距，世事不平。

洛陽女兒本是小家碧玉，一朝成為貴婦，其居住行極為奢華，但是在嬉笑娛樂的背後，洛陽女兒內心是空虛寂寞的。詩文諷刺了富豪權貴奢侈腐敗的生活，同時，詩文也寄予了詩人抑鬱不得志的心情，寓意深遠。

【後人點評】

明人邢昉：非不綺麗，非不博大，而彩色自然，不由雕繪，此四子所以遠遜也。（《唐風定》卷七）

▷ 山居秋暝❶

空山新雨後❷，天氣晚來秋。

明月松間照，清泉石上流。

竹喧歸浣女❸，蓮動下漁舟❹。

隨意春芳歇❺，王孫自可留❻。

【注】❶暝：日落，天黑。❷空山：幽靜空曠的山谷。新：剛剛。❸浣（音緩）女：洗衣服的女子。浣，洗。❹下漁舟：漁舟沿水而下。❺隨意：任隨。春芳歇：春天的芳華消逝了。歇：凋謝、逝去。❻「王孫」句：《楚辭‧招隱士》：「王孫遊兮不歸，春草生兮萋萋。……王孫兮歸來，山中兮不可以久留。」原表招隱士出山。在這裏王維反用其意。王孫：本指富貴子弟，後來也泛指隱居的人，這裏指詩人自己。留：居。

這首詩是詩人王維在居輞川時寫的，詩文描繪了秋雨後山居景象，體現了安閒自在的山鄉生活。

「空山新雨後，天氣晚來秋」，詩中第一句點明了當時的季節和環境。在初秋的一個傍晚，空曠寂靜的山谷剛剛被新雨洗過，空氣變得非常清新。其中一個「新」字用得非常形象生動，此字一出，彷彿聞到了秋雨後清涼而帶著山村泥土芳香的空氣，令人心神舒暢。「空山」二字讓我們想像到空曠的山谷中，周圍都是茂密的山林，沒有人的蹤跡，所以這裏好

似世外桃源般清淨美麗。

詩人在接下來兩聯裏寫到了新雨初晴後看到的或聽到的景象。「明月松間照，清泉石上流」，這是詩人看到的景象，天色已暝，皓月當空，月光星星點點綴在茂密的松林上。山泉清冽，在山石間淙淙流淌，如一條潔白的素練，在月光掩映下發出閃閃星光，這樣優美安靜的自然風光是多麼令人陶醉啊！

詩人隨意灑脫的兩筆，為我們描畫了一幅生動的自然風光，語言準確精練，形象生動，所以，這兩句也成為了寫自然風光的典範。

上兩句的自然景色靜謐，接著詩人打破了這種安靜，寫道：「竹喧歸浣女，蓮動下漁舟」，竹林裏傳來了一陣陣的喧鬧的聲音，那是洗衣姑娘們洗衣歸來了，亭亭玉立的荷葉在搖動，是那順流而下的漁舟打破了荷塘的寧靜。原來在青松明月、翠竹青蓮中生活著這樣一群無憂無慮、勤勞淳樸的人們。詩人先寫「竹喧」，因為浣女還隱在竹林中；先寫「蓮動」，因為漁舟掩蓋在荷塘中，都是開始看不見，而後才發現「浣女」和「漁舟」的，這樣寫非常有真情實感，寫得很美妙，很有詩情畫意。

詩人在頸聯和頷聯中描繪的山景或人情，彷彿就是陶淵明筆下的世外桃源，純潔而美好，兩聯動靜結合，將山鄉優美淳樸的風情表現得淋漓盡致，美不勝收。只有內心真正熱愛大自然，真正感受到自然之美的人才能這樣生動形象地寫出如此美麗的山景，所以，這些山景的描寫也反映了詩人對安靜純樸生活的熱愛和嚮往，表現了自己的高尚節操。同時這樣優美的景色也和當時昏暗污濁的官場形成了鮮明的對比，詩人越是寫山林非常優美，越能反襯出他對官場的厭惡。

詩人在這裏好像找到了自己理想中的世外桃源，所以最後他不禁說道：「隨意春芳歇，王孫自可留。」《楚辭‧招隱士》中有：「王孫兮歸來，山中兮不可久留！」本是招隱逸之人出山的意思，而這裏詩人反用其意，任由春天芳菲凋零，不必介懷，山中景色如此之好，可以把公子挽留。詩人覺得「山中」比「朝中」更好。詩人用自然灑脫兩筆，表明自己潔淨純樸情操，潔身自好不與官場同流合污的志向，表明歸隱之心。

這首五言律詩，用優美的筆觸畫就了一幅唯美的山中景，詩人用筆細膩，刻畫景色動靜結合，形象生動，清新自然，充滿生活情趣。通過這幅

優美畫卷起興，最後抒發詩人歸隱志趣，情和景完美結合，讓人看不出一點雕飾的痕跡，自然天成，完美無瑕。最後一句言志，含蘊豐富，尤其耐人尋味。

【後人點評】

清人黃生：右丞本從工麗入，晚歲加以平淡，遂到天成，如「明月松間照，清泉石上流」，此非復食煙火人能道者。（《唐詩矩》卷一）

▷ 少年行四首（其一）

新豐美酒斗十千❶，咸陽遊俠多少年❷。
相逢意氣為君飲❸，繫馬高樓垂柳邊。

【注】❶新豐：古鎮名，漢置，治所在今陝西省臨潼縣東北。新豐鎮古時產美酒，名為新豐酒。斗十千：一斗酒值十千錢，形容了美酒的名貴。❷咸陽：秦朝都城，故址在今陝西咸陽市東北，這裏指代唐朝都城長安。遊俠：遊歷八方的人。❸意氣：志趣性格。繫（音細）馬：拴馬。

王維的七絕組詩《少年行》共四首。本書選取了其中的第一首，這首詩描寫了古代少年遊俠的日常生活，讚頌表揚了他們的友情和豪爽氣概。

「新豐美酒斗十千，咸陽遊俠多少年」，意思是，新豐盛產美酒，一斗酒值十千錢，咸陽的遊俠多是少年。這兩句分別寫了「新豐美酒」與「咸陽遊俠」，兩者看似沒有什麼聯繫，其實這是詩人用了對舉手法，新豐美酒可謂上佳好酒，在繁華的城市裏，雖然說各種名人眾多，而少年遊俠可以稱為人中之傑。而也只有人中之傑的少年遊俠，才配得上飲用上等的新豐美酒，少年遊俠飲用新豐美酒才能顯出他們的風采，新豐美酒好像特意為少年遊俠釀造的，兩者相得益彰，便密不可分了。

「相逢意氣為君飲，繫馬高樓垂柳邊」，接著詩人自然寫到少年遊俠和意氣相投的人飲酒上來。遊俠之間「相逢意氣」的場面是，不需要有多長時間的交情，只要相逢之時，攀談幾句，就可以彼此欣賞，有一見如故之感，非常率直豪爽。這其中「意氣」用得非常精到，其中包含了遊俠們很多特點，他們或者有仗義疏財，劫富濟貧的俠風，或者有馳騁沙場、報

效國家的豪傑情懷等等，都可以用這個詞來形容俠士的狂放不羈的性格。因為一見如故，彼此意氣相投，所以有了「為君飲」三個字。由此，我們可以聯想到豪俠們開懷暢飲的生動場面。而最後詩人精選了「繫馬高樓垂柳邊」，這樣一景，遊俠馬匹繫在華麗宏偉的酒樓邊的高大垂柳樹上，給人留下了無限的遐想空間，含蘊豐富，讓人回味無窮，而馬讓人想到遊俠騎馬縱橫的飄逸，綠柳如蔭則給這繁華熱鬧的街市添了幾分閒逸和雅致，使整首詩充滿了詩意和濃濃的生活情趣。如果詩人在結尾繼續寫少俠們暢飲的局面，那麼，這首詩就顯得過於直白，也世俗得多，略顯呆板，而詩人掉轉筆頭寫窗外的景色，便使詩文靈動起來，格調立刻就上升了一個層次，變得超凡脫俗，也使整首詩回味無窮了。

這首七絕詩文筆流利，一氣呵成，充滿了理想氣息和浪漫色彩，充分展現了豪俠風流倜儻、放蕩不羈的形象。

【後人點評】

《唐賢三昧集箋注》：「豪俠凌勵之氣，了不可折。」

▷ 使至塞上❶

單車欲問邊❷，屬國過居延❸。
征蓬出漢塞❹，歸雁入胡天❺。
大漠孤煙直❻，長河落日圓❼。
蕭關逢候騎❽，都護在燕然❾。

【注】❶使至塞上：出使到邊塞。使，出使。❷單車：單車獨行。形容輕車簡從。問邊：到邊塞去察看，這裏指慰問邊防的兵將。❸居延：是我國古代西北軍事重地，故址在今甘肅張掖縣西北。❹征蓬：隨風飄動的蓬草，這裏詩人以此自喻。❺歸雁：因此時是夏天，所以大雁北飛，故有「歸雁入胡天」之說，這也是詩人自喻。❻大漠：大沙漠，此處大約是指涼州之北的沙漠。孤煙：一說是古代邊防烽火臺燃起的狼煙。一說是唐代邊防上點燃的平安火。❼長河：疑指今石羊河，此河流經涼州以北的沙漠。❽蕭關：古關名，故址在今寧夏固原東南，是西北邊塞的重要關隘。

候騎：擔任偵察、巡邏的騎兵。王維出使河西並不經過蕭關，這裏大概是化用何遜詩中「候騎出蕭關，追兵赴馬邑」這句，並不是實寫。❾都護：官名。唐朝在西北置安西、安北等六大都護府，每府派大都護一人，副都護二人，負責轄區一切事務。燕（音煙）然：山名，即今蒙古國杭愛山。這裏指代前線。《後漢書•竇憲傳》中有：「遂登燕然山，去塞三千餘里，刻石勒功，紀漢威德，令班固作銘。」詩中這兩句意思是詩人在途中遇到偵察騎兵，得知主將還在前線未回。

開元二十五年（737），河西節度使副大使崔希逸和吐蕃作戰取得勝利，唐玄宗於是任命王維為監察御史，出使西塞慰問將士。實際上是借此將王維排擠出朝廷。這首五律就是詩人在出使途中所作。該詩記述了詩人出使途中的所見所感。

「單車欲問邊，屬國過居延」，開頭兩句點出了出使的目的是去「問邊」，目的地是「延居」。可見出使路途遙遠，邊地遼闊。「單車」二字說明王維出使時隨從很少，沒有一點氣派。這兩個字也流露出了詩人些許失意的情緒。

「征蓬出漢塞，歸雁入胡天」，自己像隨風飄動的蓬草那樣從漢塞走出，又像是一隻歸雁進入胡人之地。「征蓬」和「歸雁」都是漂移不定的事物，人們常常用這兩種事物比喻在外的遊子，而詩人在詩中以「征蓬」「歸雁」自比，象徵了詩人此時漂泊異鄉的飄零之感，同時也蘊含憤怒而抑鬱的心情。同時「歸雁」也表明這次出使的時間是春季。本來春季裏大雁回歸，而詩人自己卻要奔赴邊塞，反襯了詩人煩悶的心情。

「大漠孤煙直，長河落日圓」，這兩句描寫了邊塞大漠中曠遠奇偉的邊塞風光。詩人精選了邊塞中兩個經典的畫面，一個是大漠中的孤煙，一個是長河中的落日。兩者構成了這樣一幅巨集闊的畫面，蒼莽大漠，漫捲黃沙，無邊無際，天空中沒有一絲雲彩，只見在這蒼茫的天地間，有一縷青煙直升上天，太陽西斜，落日垂在河邊，河水被照耀得波光粼粼。

其中的「大」表現了大漠的荒涼遼闊，「孤煙」在這樣大背景下顯得很突出，也寫出了這裏景色的單調，一個「直」字表現出雄健挺拔和堅毅之氣，這和「大漠」遼曠蒼茫和諧一體。「長」字在這個草木不生的環境

裏表現了一種生機靈動。「落日」常常被人們用來寄予傷感之情，而這裏詩人用一個「圓」字來形容，則更帶一種溫暖和蒼茫之感。這兩句寫出了塞外獨特的風景。畫面巨集闊，意境雄渾。王國維稱其為「千古壯觀」的名句。

最後「蕭關逢候騎，都護在燕然」，詩人繼續　述此次行程，在邊塞他遇到了一位負責偵查的騎兵，他告訴詩人主帥還在燕然沒有回來。這句呼應了一、二句，也表明了自己這次出使孤苦伶仃，不受重視，凄苦之情躍然紙上。

【後人點評】

《而庵說唐詩》：「『大漠』『長河』一聯，獨絕千古。」

▷ 相思

紅豆生南國❶，春來發幾枝？
願君多採擷❷，此物最相思。

【注】❶紅豆：又名相思子，產於亞熱帶地區。相思子如豌豆而稍扁，呈鮮紅色。相傳曾經有人死於邊塞，其妻思之，哭於樹下而卒，因而得名。❷採擷（音協）：採摘。

《相思》這首詩家喻戶曉，廣為傳頌。詩人在此詩中借相思豆抒發相思之情，筆調明快，平淡如敘的語言中蘊含著詩人豐富的情感。

「紅豆生南國，春來發幾枝」，紅豆生產於南方，因為果實渾圓、色澤鮮紅，所以南方人把它當作裝飾物。據傳有一女子，其丈夫死在邊疆，她哭死於樹下，化成了紅豆，後來人們就稱其為「相思子」。詩人選用了極能代表相思的紅豆來寄予相思之情，既點明了詩的主旨，又增強了詩文的相思之情。「南國」本是紅豆的產地，而詩人的朋友也在南國，所以「南國」二字一語雙關，將紅豆和朋友緊密地聯繫在了一起。詩人以「紅豆生南國」起興，引出下面的相思之情，語言簡練、輕快而又形象。接著詩人緊承上文，輕輕問道「春來發幾枝」，這一問顯得親切而自然。但讀到這裏不由得讓我們產生疑問，詩人沒有寫相思，卻問這樣一句和相思全

然無關係的話，詩人的用意是什麼呢？其實，詩人完全是按照看到紅豆思友的感情思路來寫的，因為紅豆表示了思念之情，看到紅豆就不禁思念起友人，對紅豆的詢問，表現的是詩人對朋友的關懷。這是詩人巧妙地寄情於物。

「願君多採擷」這一句又承接上一句，希望朋友多採摘紅豆。言在紅豆意在相思，多多採摘紅豆，寄託多多的相思之情，也暗示朋友珍惜友情。這是叮嚀朋友的話，而自己的相思之情則在言外，表達委婉曲折，而又感情真摯深沉，詩人對朋友的相思之情不言而喻。為什麼讓朋友多採擷呢？最後詩人回答：「此物最相思」，呼應了首句中「紅豆」，總結全詩，點明主旨。而其「最」字蘊含感情深厚，意味深長。

這首五言絕句，全篇寫紅豆，沒有一句直接抒情，但其中相思之情卻躍然紙上，言淺而意深，令人稱道。該詩語言簡樸自然、清新明快、委婉含蓄，格調建康，想像豐富，句式靈活。

【後人點評】

清人管世銘評云：「直舉胸臆，不假雕鏤。」（《讀雪山房唐詩序例》）

▷ **渭城曲❶**

渭城朝雨浥輕塵❷，客舍青青柳色新❸。

勸君更盡一杯酒❹，西出陽關無故人❺。

【注】❶渭城曲：唐新曲，題又作《送元二使安西》。安西：指唐安西都護府，治所在今新疆庫車。❷渭城：秦朝時咸陽縣，漢朝時改名為渭城（《漢書·地理志》）。治所在今陜西咸陽市東北。浥（音意）：濕潤。❸客舍：旅店。❹更：再。盡：喝（完）。❺陽關：漢朝設置的邊關名，《元和郡縣誌》云：因在玉門（玉門關）之南，故稱陽關。故址在今甘肅省敦煌縣西南，是古代邊塞重要關隘。

這是王維送朋友去西北邊疆時寫的一首送別詩——

「渭城朝雨浥輕塵，客舍青青柳色新」，這兩句點明了送別的時間、地點，烘托了送別的環境氣氛。清晨裏，淅淅瀝瀝的小雨洗滌了古老的渭城，潤濕了輕塵，旅社周圍的柳樹青青，顯得分外新鮮。平日裏道路上車馬來往不絕，塵土飛揚，而朝雨將路邊的垂柳清洗一新了。「浥」形象地寫出了新雨後空氣清新而滋潤的感覺。「新」字用得非常生動，仿若那鮮亮的綠色就在眼前，這兩句描寫了清晨雨後清新明朗的環境，筆調輕快活潑。通常情況下，送別詩中景色蕭瑟或黯淡，以便烘托送別時的離愁別緒。但這首詩卻一反常態，反倒有輕鬆舒暢、充滿希望之感，其實，詩人是用清麗的景色反襯離別的傷情。這給人們留下了深刻的印象。

在這樣清爽的清晨，朋友卻要遠赴邊塞。於是詩人寫到「勸君更盡一杯酒，西出陽關無故人」，飽含對友人的不捨、關心和擔憂等等感情。而這所有的感情蘊含在了「勸酒」中。「西出陽關無故人」，這句是詩人充分表現了詩人對朋友深沉的關心和惜別之情，這句話的言外之意就是，朋友你再喝一杯吧，等到出了陽關就沒有朋友陪伴你了，安西離這裏路途遙遠，人煙稀少，你要好好照顧自己啊！看似普通的一句話，卻情真意切，意蘊悠遠。我們可以想像詩人和朋友一飲而盡的場面，霎時，這種離別之情達到了頂點。

陽關是當時內地通往西域的要塞，唐朝國力強盛，內地和西域之間頻繁往來，從軍或出使陽關外是一件讓人自豪的事情。但是，詩人在和朋友即將分別的那一刻，想到朋友西出陽關不知道什麼時候能回來，想到朋友此去路途漫漫，旅途的艱辛，所以，心中的不捨和關切一齊湧上心頭。「更」字中既是要朋友再喝酒，其實也是詩人在請朋友再多留一刻。詩人此刻內心當是千頭萬緒，好像有很多話要囑咐朋友，卻又不知道從什麼開始說起，於是，詩人勸酒，一切感情都包含在酒中了。

【後人點評】

明人李東陽：作詩不可以意徇辭，而須以辭達意。辭能達意，可歌可詠，則可以傳。王摩詰詩「陽關無故人」之句，盛唐以前所未道。此辭一出，一時傳誦不足，至為三疊歌之。後之詠別者，千言萬語，殆不能出其意之外。必如是，方可謂之達耳。（《麓堂詩話》）

▶ 渭川田家❶

斜陽照墟落❷，窮巷牛羊歸❸。
野老念牧童❹，倚杖候荊扉❺。
雉雊麥苗秀❻，蠶眠桑葉稀。
田夫荷鋤至❼，相見語依依。
即此羨閒逸❽，悵然吟《式微》❾。

【注】❶渭川：即渭水。田家：農家。❷墟落：村落。❸窮巷：深巷。❹野老：老農。❺荊扉：柴門。❻雉雊（音至購）：野雞鳴叫。秀：禾穗搖曳。❼荷（音賀）：扛著。❽既此：就這樣。此，指上述詩人見到的農家情景。❾《式微》：《詩經•邶風》有《式微》篇，其中有「式微式微，胡不歸」句。王維取該文中歸隱之意，表達他對歸隱田園的嚮往。

該詩描寫了一幅自然如畫的田園風景，表達詩人對隱居田園的嚮往。

「斜陽照墟落，窮巷牛羊歸」，詩人在開篇寫夕陽斜照下村落的景象，點明了本詩的地點和時間，在暮色中村落都被染上了昏黃色，烘托了恬靜蒼茫的氣氛。第一句是整首詩的背景，之後描繪的一切人和物都是這樣背景中的人和物。暮色降臨，牛羊遠山回來，又漸漸地沒入深巷。《詩經》中有：「雞棲於塒，日之夕矣，羊牛下來。君子于役，如之何勿思？」此時此刻詩人看到的景象不就是這樣的嗎？詩人看著牛羊入神。

「野老念牧童，倚杖候荊扉」，這時詩人又看到一位慈祥的老人倚靠在柴門外，等待著牧童放牧歸來，詩人用樸素的筆觸給我們描繪出了一幅生動而溫馨的畫面，讀來不覺陣陣暖意襲上心頭。這種樸素感情，也深深地感染了詩人，詩人好像也感覺到了等待牧童歸來的情趣，心情改變也使他感覺鄉野裏的一切都充滿了生機。

「雉雊麥苗秀，蠶眠桑葉稀」，在麥地裏，野雞在吐穗的麥苗間歡快地鳴叫，聲音那麼悅耳動聽；桑林裏的桑葉已經稀疏了，蠶兒要開始吐絲作繭，建造自己安眠的小窩了。「田夫荷鋤至，相見語依依」，田野中，農夫們都扛著鋤頭歸來，他們在路上碰面，相互親切地說著話，談得歡暢，都快要忘記回家了。

詩人看到了這美妙的暮色村景，心情舒暢而愜意，在此時，詩人聯想到了自己，此時張九齡已經罷相，王維深感在朝廷沒有依靠，正處在進退兩難的矛盾中。詩人看到人們都有所歸依，而自己彷徨在中途，不知道何去何從，因此詩人慨歎：「即此羨閒逸，悵然吟《式微》」，雖然農人也並不一定都很安逸，但是，此時此刻在詩人眼裏，比較昏暗的官場，農夫們的鄉村生活是多麼的美好和閒逸，所以心生羨慕。於是，詩人吟誦《式微》，表達了自己歸隱的心願。最後一句和首句「斜陽照墟落」中的意境相照映，渾然一體。同時也和「歸」字應和，揭示詩人想要歸隱這一主題，情景融合一體。讀完全詩，我們發現，整首詩用「歸」字展開全篇，深刻地襯托了詩人隱居的心願，這個「歸」用得可謂精妙。

這首五言古詩，全篇不事雕繪，用白描手法，將自然風光如詩如畫地展現在了我們面前。清新自然，情景交融，情趣盎然。

【後人點評】

清人王夫之：通篇用「即此」二字括收前八句，皆情語，非景語。屬詞命篇，總與建安以上合轍。（《唐詩評選》卷二）

▷ **雜詩三首（其二）❶**

君自故鄉來，應知故鄉事。
來日綺窗前❷，寒梅著花未❸？

【注】❶雜詩：原題下有三首，這是第二首。《文選·雜詩》：「不拘流例，遇物即詠。」說的是此類詩多是詩人隨感而發的作品，無法歸入某種詩體中。❷來日：來的時候。綺窗：雕刻花紋的窗戶。❸著花：開花。

王維共寫有雜詩三首，都是些遊子思婦的相思之情的。本書選其二，這首寫了遊子思鄉之情。

「君自故鄉來，應知故鄉事」，詩中一個久別家鄉的遊子，突然遇到了從家鄉裡來的朋友。遊子非常激動，這也激起了遊子的思鄉之情，遊子急切地想了解家鄉發生的事情。這第一句單刀直入，直接選擇遊子問朋

友這個鏡頭，表明了遊子內心的思念積之已久，今天終於可以一解思鄉之愁。兩句話中出現兩個「故鄉」，正體現了遊子懷鄉心切。詩人首句純用白描寫日常生活一景，非常形象傳神地描繪了遊子當時激動的心情，彷彿那個遊子拽著老鄉胳膊癡癡地問這問那的場面就在眼前。

遊子此刻想到了家鄉的一草一木，想到家鄉的一山一水，想到了家鄉裡的人和事。而往往此刻，最讓遊子印象深刻的是和自己聯繫較緊密的一些很平常的景物，本詩中的主人公就是如此，很多事情浮現腦海，但最深刻的是窗前的寒梅，於是遊子問：「來日綺窗前，寒梅著花未」，這是詩人對遊子的據實描寫，真實自然而親切，毫無矯揉造作之色。樸素的思鄉之情在這平凡的一問中湧現了出來，這小小的寒梅，數也寄託了遊子無限的思鄉之情。

這首詩皆用口語，如在敘家常的談話中流露出了遊子真摯濃郁的感情。本詩若拙大巧，正可謂清水出芙蓉，天然去雕飾。

【後人點評】

清人黃叔燦：與前首俱口頭語，寫來真摯纏綿，不可思議。著「綺窗前」三字，含情無限。（《唐詩箋注》卷七）

▷ 終南別業❶

中歲頗好道❷，晚家南山陲❸。
興來每獨往，勝事空自知❹。
行到水窮處，坐看雲起時。
偶然值林叟❺，談笑無還期❻。

【注】❶終南：即終南山，在唐朝京城長安附近。別業：即輞川別墅。❷中歲：中年。道：這裏指佛理。❸晚：晚年。家：安家。南山：即終南山。陲（音垂）：旁邊。❹勝事：美好的事。空：只。❺值：遇見。叟（音擻）：老翁。❻無還期：忘了回家的時間。

由於政局變化反覆，王維晚年已看透了仕途的艱險曲折，所以決然

跳出是非圈，超然物外，過上半官半隱的生活。開元二十九年（741），王維曾隱居終南山，此詩就是作於這個時期。本詩將隱居後安閒自在的心情，寫得惟妙惟肖，反映了詩人怡然自樂的豁達心胸。

「中歲頗好道，晚家南山陲」，詩人開篇兩句敘述詩人自己到了中年之後，就開始厭倦塵世凡俗，信奉佛教。到了晚年就把家安在終南山邊。詩人曾在給《山中與裴秀才迪》的信中說道：「足下方溫經，猥不敢相煩。輒便往山中，憩感興寺，與山僧飯訖而去。……村墟夜舂，復與疏鐘相間。此時獨坐，僮僕靜默，多思曩昔攜手賦詩，步仄徑、臨清流也。」可見他對終南山的環境非常喜歡。

「興來每獨往，勝事空自知」，這兩句話的意思是，興致起來，獨自來往於山間，這其中所看所感只有自己知道。這裏透露出了詩人的閒情逸致。「獨往」，反映詩人的勃勃興致，獨自往來，興趣盎然而不覺孤單，「自知」寫出詩人欣賞山林美景時的樂趣。表現了他不求人知，自得其樂，怡然自得的心境。

承接「勝事自知」，詩人寫道：「行到水窮處，坐看雲起時」，詩人自己興致勃勃，隨意行走山間，不知不覺中，竟來到水流的盡頭，這時詩人無路可走了，於是乾脆就席地而坐。幹什麼呢？詩人坐在那裏悠悠然地看天空雲起雲落，這是何等的愜意和閒適啊！本是水盡頭又是自己獨自行走，詩人卻沒有一絲的傷感或孤獨，而是志趣濃濃，清閒自在，心情舒暢。這兩筆輕快自然的描寫，簡簡單單的行、到、坐、看，卻將詩人那種輕鬆快活的心情表露無遺。世人都認為這兩句寫得非常妙，有俞陛雲在《詩境淺說》中云：「行至水窮，若已到盡頭，而又看雲起，見妙境之無窮。可悟處世事變之無窮，求學之義理亦無窮。此二句有一片化機之妙。」的確是很有道理的。同時，這兩句詩完全是詩人輕輕勾勒的水墨山水畫，清新而自然。

最後「偶然值林叟，談笑無還期」，偶然在山林間見到老翁，兩人談笑甚歡，甚至都忘了回家的時間。這裏進一步表現了詩人的勃勃興致。詩中「偶然」二字，其實是貫穿全詩的一條線索，因為詩人本來就是隨處遊走，沒有目的，所以，遇到林叟是偶然，之前出遊也是詩人偶然興起之舉，走到水窮處也是自己偶然碰到的，這些偶然則更加突出了詩人心中的

優閒，無拘無束。

這首五言律詩，通過敘述詩人隨意閒適的行蹤，仿若不食人間煙火，不問世事，超然物外，遊樂山水，突出表現了詩人淡逸、豁達的天性。而最後一句與人翁的談笑，又使整首詩充滿了生活氣息，使詩人的形象更加親切。整首詩語言平白如話，順暢如水，不事雕琢的字句中，卻充滿了詩情畫意和生活情趣。

【後人點評】

宋人劉辰翁：無言之境，不可說之味，不知者以為淡易，其質如此，故自難及。（《王孟詩評·王維》卷三）

▷ 竹裏館❶

獨坐幽篁裏❷，彈琴復長嘯❸。
深林人不知，明月來相照。

【注】❶竹裏館：是王維輞川別墅中的一景。❷幽篁（音黃）：幽靜的竹林。篁，竹林。❸嘯（音笑）：撮口發出長而清亮的響聲。《封氏聞見記》云：「人有所思則長嘯，故樂則歌詠，憂則嗟歎，思則吟嘯。」

這首詩是《輞川集》二十首詩中的名篇，寫了詩人隱居山中閒逸的生活情趣。

「獨坐幽篁裏，彈琴復長嘯」，這兩句寫的是詩人獨坐幽靜的竹林中，一邊彈琴一邊長嘯。竹子、琴向來是詩人象徵情操高潔、超凡脫俗的特殊景物。在這樣一個高雅幽靜的環境中，詩人置身其中，撫琴長嘯自當內心愜意安詳。

詩人非常喜歡這樣幽靜的環境，雖然是獨自彈琴長嘯，但是不覺孤單，而是陶醉其中，享受林中撫琴的安閒生活。所以他寫道：「深林人不知，明月來相照」，自己獨居深林中，沒有人知道，只有一輪皎潔的月亮靜靜地照著我。這裏用擬人的手法寫月亮好像和詩人有著同樣的志趣，好似詩人的知音，有明月的陪伴，詩人更不會孤單了，他心境恬淡安適，竹林、明月意境寧靜、恬美。詩人的心境和周圍的環境達到了完美的統一，

情和景融為一體，烘托了萬物皆空、幽雅高潔的意境，具有獨特的吸引人的藝術魅力，美不勝收。

這首五言絕句，仿若詩人隨手揮就，沒有一點雕琢，語言也很平淡，但是，這些平淡不驚的語句，描繪出了一幅優美幽靜的環境。詩人竹林撫琴，明月當空的畫面彷彿歷歷在目，那種幽靜恬美的意境，油然而生，匠心獨具。這首詩不著意在個別詞句的妙用上，而重點在整首詩烘托的意境上，重在其中的神韻。就像施補華所說的，給人以

「清幽絕俗」（《峴傭說詩》）之感，整首詩情景交融、動靜結合、虛實相接、相映成趣，體現了詩人恬靜、澹泊的心境。

【後人點評】

清人黃培芳：幽迥之思，使人神氣爽然。（《唐賢三昧集箋注》卷上）

～✿ 王 翰 ✿～

【詩人名片】

王翰（687～726）

字號：字子羽

籍貫：并州晉陽（今山西太原市）

作品風格：風華流麗

【詩人小傳】：唐睿宗景雲元年（710）進士及第。次年赴長安應吏部選，曾私下以九等論定當時海內文人百餘名，且張貼於吏部東街，可見其桀驁不馴、恃才傲物的性格。後受張說賞識，歷任祕書省正字、駕部員外郎等職，張說罷相後，王翰被貶加州別駕，後又被貶道州司馬，並卒於道州。

王翰善寫邊塞詩。《全唐詩》存其詩一卷，十三首。

▷ 涼州曲二首（其一）❶

葡萄美酒夜光杯❷，欲飲琵琶馬上催❸。

醉臥沙場君莫笑，古來征戰幾人回。

【注】❶涼州曲：又名涼州詞。唐樂府曲名。據《樂府詩集》引《樂苑》中說，該曲是開元年中西涼府都督郭知運進獻給朝廷的，本詩為《涼州曲》而作的歌詞。涼州：在今甘肅武威縣。王翰的《涼州曲》共二首，本書所選的是第一首。❷夜光杯：據《十洲記》中載，周穆王時，西胡曾

進獻夜光常滿杯，為白玉之精製成，光明照夜。這裏指極為精美剔透的酒杯。❸琵琶：馬上彈奏的樂器。催：唐時，人們把飲酒時奏樂助興稱為催。

　　這首詩大概寫於開元初年，王翰在幽州大都督張說帳下任職時。詩人在這首詩中擷取了出征前人們暢飲的場面，表現征戰將士們悲壯、豪爽的情懷。

　　「葡萄美酒夜光杯，欲飲琵琶馬上催」，頭兩句描繪了一幅熱鬧的盛宴場面。人們暢飲葡萄美酒，觥籌交錯，酒宴上還有琵琶奏樂，讓人備感歡樂、舒暢。「美酒」、「夜光杯」這兩種事物融合在一起，光彩紛呈，也烘托了這場宴會的熱鬧氣氛。「欲飲」二字表明人們開懷暢飲，本已經很熱鬧，但是還有給這熱鬧場面再添色彩的東西，接下來的音樂進一步渲染了這種歡暢的氣氛。這兩句詩優美洗練，充滿邊塞異域色彩。

　　這暢快淋漓的熱鬧宴會，不由得也讓征戰人們無限感懷。接著詩人寫道：「醉臥沙場君莫笑，古來征戰幾人回」，將士們在沙場上相互碰杯歡飲，盡情歡樂，醉態百出，你們可不要取笑我，為什麼呢？從古至今，出征打仗的人能有幾個人能活著回來？所以還是現在及時行樂吧。這最後一句蘊含了征戰人複雜的感情，在戰場上，征人們隨時有可能戰死沙場，這樣酣醉的時候不知還能有幾次？表現了征人內心的酸楚。但是，征人們最後能說出向來征戰人沒有幾個能回去的，也表明他們看透了死亡，已經將生死置之度外，表現了他們的豪放和壯烈情懷。

　　整首詩充滿了慷慨激昂之氣，雖然沒有直接描寫人物，但是戰士們豪邁的形象栩栩如生，雖然他們征戰沙場，條件艱苦，隨時面臨生命的危險，但是在這首詩裏既沒有對戰爭的厭惡和內心的痛苦情緒，也不含生命無常之感，而是全然是舉杯盡歡，胸懷坦蕩，豪氣沖雲天。這首詩場景描寫細膩華麗，語言優美凝練，想像豐富。

【後人點評】

清人宋顧樂：氣格俱勝，盛唐絕作。（《唐人萬首絕句評選》卷三）

李 白

【詩人名片】

李白（701～762）

字號：字太白，號青蓮居士，又號「謫仙人」

籍貫：祖籍隴西成紀（現甘肅省秦安縣隴城）

作品風格：豪邁縱逸

　　【詩人小傳】：祖籍隴西，後遷蜀地綿州昌隆縣（今四川江油縣）。開元十三年（725），二十五歲的李白離蜀漫遊。天寶元年（742），李白受道士吳筠舉薦，被召入京城長安，供奉翰林，受到了唐玄宗的特殊禮遇。但唐玄宗只賞其文才而不委其重任。天寶三年（744），因受人讒陷，被賜金放還，繼續開始流浪生活。安史之亂中，李白隱居廬山，後被永王李璘招為幕府。至德二年（757），李璘和肅宗爭奪帝位兵敗，李白受牽累，被流放夜郎（今貴州境內），途中遇赦。晚年漂泊於東南一帶，上元二年（761），李光弼率軍鎮臨淮，李白曾請纓從戎，但中途因病返回金陵，後投奔其族叔當塗縣令李陽冰，寶應元年（762）病卒，終年六十二歲。

　　今有《李太白全集》存於世，《全唐詩》存其詩二十五卷。

▷ 把酒問月

　　青天有月來幾時？我今停杯一問之。

　　人攀明月不可得，月行卻與人相隨。

皎如飛鏡臨丹闕❶，綠煙滅盡清輝發❷。
但見宵從海上來❸，寧知曉向雲間沒❹？
白兔搗藥秋復春❺，嫦娥孤棲與誰鄰？
今人不見古時月，今月曾經照古人。
古人今人若流水，共看明月皆如此。
唯願當歌對酒時，月光長照金樽裏❻。

【注】❶丹闕：朱紅色的宮門。❷綠煙：指遮擋住月光的雲霧。❸但見：只見。❹寧知：怎知。沒：隱沒，消失。❺白兔搗藥：傳說后羿的妻子嫦娥偷吃了后羿的仙藥，成為仙人，奔入月中。❻樽：酒杯。

詩人開篇就來一問：「青天有月來幾時，我今停杯一問之」，意思是天空中的明月什麼時候來的？將我們帶入了浩淼無際的空間中，充滿了神祕深邃色彩，引發人們無限的思考，讓人神往。「停杯」二字，表明詩人當時正在喝酒，那麼這一問可能就是詩人醉意朦朧中發出的，這一句增加了詩文的詩意。

「人攀明月不可得」，明月高懸天空，總會讓人有「不可得」之感，但是，人要想摘取，月亮遠遠地躲在天上，而如果人無意摘月的時候，月亮反倒總是跟隨著人。這裏真切地描述了人和月之間若即若離、亦遠亦近的狀態，將月擬人化，寫得親切且頗有神祕色彩。

接著詩人描寫了月色，「皎如飛鏡臨丹闕，綠煙滅盡清輝發」，這兩句話的意思是皎潔明月就像明鏡飛到了天空，向下照著朱紅色的宮門，煙雲散盡，一輪明月露出，散發銀清色的光輝。這兩句描繪的畫面色彩柔和，意境清麗寧靜，月之嬌容歷歷在目，描寫細膩傳神。

「但見宵從海上來，寧知曉向雲間沒」，月亮從東海升起，消逝於西天雲間，人們不知道它何去何從，但是它卻能日日循環不止，表現了詩人對這種自然現象的驚奇。「但見」、「寧知」就突出了詩人這種心情。

詩人不禁思緒萬千，他想到了傳說中月中的嫦娥「白兔搗藥秋復春，嫦娥孤棲與誰鄰」，詩人不禁問道：月中白兔年年辛勤地搗藥，為了什麼呢？而那嫦娥獨自居住，能與誰為鄰呢？這裏表現出了詩人對嫦娥的同情，同時也流露出了詩人和嫦娥一樣孤單苦悶的心境。詩人從這兩句開

始，筆觸從對宇宙的遐想轉移到了對人生的思考。

「今人不見古時月，今月曾經照古人」，明月恒久成為永恆的見證，而人生苦短，不斷更迭。這二句重複、回環，相映成輝，充滿哲理意味，讀來琅琅上口。

「古人今人若流水，共看明月皆如此」，而詩人沒有因此想到人生短暫，短短數載灰飛煙滅，他擺脫個人這個狹小的空間，將人類聯繫成一體，將人類比作源源流水，這樣就可以像明月一樣永恆了，充滿了樂觀主義精神。

「唯願當歌對酒時，月光長照金樽裏」，曹操曾吟：「對酒當歌，人生幾何」，而正是此時詩人這種心情，表現了詩人對人生的感歎。最後以「金樽」為結，照應首句，意蘊深遠，讓人回味無窮。

這首七古詩，由酒寫到月，又由月回到酒，結構清晰，轉承自然，詩人想像豐富，思維遼闊，從想月亮的神祕由來，想到了神話中的嫦娥，接著又想到了古人今人，內容豐富且縱橫古今，筆觸飄逸瀟灑。詩中烘托了高潔、永恆、美好的明月形象，詩人筆下的明月有詩人的影子，是孤高超俗的自我形象的體現。

【後人點評】

裴敬：為詩格高旨遠，若在天上物外，神仙會集，雲行鶴駕，想見飄然之狀。（《翰林學士李公墓碑》）

▷ 長干行❶

妾髮初覆額❷，折花門前劇❸。
郎騎竹馬來❹，繞床弄青梅❺。
同居長干里，兩小無嫌猜❻。
十四為君婦，羞顏未嘗開❼。
低頭向暗壁❽，千喚不一回❾。
十五始展眉❿，願同塵與灰⓫。
常存抱柱信⓬，豈上望夫台⓭。

十六君遠行，瞿塘灩澦堆⓮。

五月不可觸⓯，猿聲天上哀⓰。

門前遲行跡⓱，一一生綠苔。

苔深不能掃，落葉秋風早。

八月蝴蝶黃⓲，雙飛西園草。

感此傷妾心⓳，坐愁紅顏老⓴。

早晚下三巴㉑，預將書報家㉒。

相迎不道遠㉓，直至長風沙㉔。

【注】❶長干行：樂府《雜曲歌辭》舊題，內容多寫男女戀情。長干，地名，今江蘇省南京市秦淮河南，古時有長干里。行，詩體名。❷妾，古代婦女的謙稱。初覆額，指頭髮剛剛掩蓋住前額。古時女子幼年時不束髮，從十五歲開始挽髮帶簪。這裏即指幼年時頭髮。❸劇：遊戲。❹郎：古代妻子對丈夫的稱呼。竹馬：兒童一種遊戲，用竹竿當馬騎。❺床，庭院中的打水的　轆架。弄，逗弄，玩。❻無嫌猜：沒有猜忌之心，感情融洽。❼「羞顏」句：指結婚後，女子還很害羞。開，展開。❽向暗壁　向著牆角暗處坐著。❾回：回頭。❿始展眉　情感開始在眉宇間顯露出來。⓫「願同」句：指願意和丈夫像塵和灰那樣永遠在一起。⓬抱柱信：據傳古代有個叫尾生的人，與一位女子約會在藍橋下，當時，女子沒有來，正好遇到大水到來，尾生於是抱著橋柱，被水淹死。這裏表示相互信任，長相廝守。⓭「豈上」句：據傳一女子丈夫久別不歸，她便天天到山上守候眺望，日久化成一塊石頭，仍作望夫狀，後人就稱此石為望夫石，此山為望夫台。此詩中指夫妻感情深厚相守一起，怎會想到分離。⓮瞿塘：即瞿塘峽，是長江三峽之一，在今四川省奉節縣。灩澦（音燕育）堆：瞿塘峽口的一塊大礁石。⓯「五月」句：指每年陰曆五月江水上漲，灩澦堆被水淹沒於水下，船隻航行時不易發現，所以容易使行船觸礁，所以不可觸。⓰「猿聲」句：三峽多猿，在高山上居高臨下，所以有詩中天上之感。其啼叫聲音悲切。⓱遲：等待。行跡：丈夫的蹤跡。⓲蝴蝶黃：舊時稱秋八月蝴蝶多黃色。⓳此：指蝴蝶雙飛的景象。⓴坐：因而。㉑早

晚：何時。下三巴：由三巴順流而下。三巴，是巴郡、巴西、巴東的合稱，都在今四川東部地區。㉒書：家書、信。㉓不道遠：不會嫌遠。㉔長風沙：地名，在今安徽省安慶市東的江邊。據陸遊《入蜀記》卷三記載，自金陵至長風沙有七百里，地極湍險。這裏極言了思婦迎接丈夫不辭路途遙遠。

這首詩是以一位少婦回憶自己和丈夫的結合到離別的人生經歷，表達了少婦對遠離家鄉丈夫的懷戀。

前六句（從「妾髮初覆額」到「兩小無嫌猜」），主要描繪了少婦和丈夫幼時一起玩耍的活潑快樂、天真可愛的形象。表現了少婦和丈夫之間親密無間的友誼。「折」、「劇」、「騎」、「弄」這些動詞將兩人童年時可愛的形象活靈活現地表現了出來，非常形象生動，文字活潑歡快。

接著詩文以年齡為界限，描寫了少婦的婚後生活。

從「十四為君婦」到「千喚不一回」，描寫了少婦剛剛出嫁時羞怯、可愛的形象。用筆細膩，刻畫真實。

從「十五不可觸」到「豈上望夫台」，敘述了少婦婚後開始顯露出幸福表情，和丈夫的感情甜甜蜜蜜、如膠似漆。同時這裏用了尾生抱柱和望夫台這兩個典故，強烈地渲染了少婦對丈夫忠貞不渝的感情。但是這樣美滿的生活沒有過多長時間，一個「豈」字暗示後邊的分別，起到了轉折作用，詩文自然過渡到了下邊的分別。同時這個字也暗含了少婦對和丈夫在一起的幸福生活的懷念，和對與丈夫分別的無奈之情。

從「十六君遠行」到「瞿塘灩澦堆」，這四句描寫的是丈夫遠行，少婦在家日夜掛念的情景。少婦沒有丈夫的消息，所以，心中思緒萬千，突然想到了灩澦堆，那個地方最容易出事故。詩中精選了一個「灩澦堆」，生動地刻畫了少婦內心的心理變化。彷彿正在眉頭緊鎖，擔心丈夫的少婦就在眼前。「猿聲天上哀」烘托了少婦內心的深深擔憂。

「門前舊行跡」到「坐愁紅顏老」這八句，主要描寫的是少婦苦苦等待和因景引發思念。在門前等待丈夫留下的蹤跡，門前已經長了青苔，夏天過去秋天到了，少婦還在盼望、等待著丈夫歸來，看到八月裏的蝴蝶成雙成對地在草間飛翔，不禁感歎時間流逝，容顏易老，所以，就更加盼望

丈夫早歸。「早」字突出了時間流逝之快，少婦不禁有些驚訝。這裏詩人用委婉流麗的語言，表達了少婦思夫之情。

最後四句是少婦對丈夫的直接傾訴，意思是什麼時候你才能從三巴沿江回來，回來前先寄回書信來，我去迎接夫君不怕路途遠，直到七百里外的長風沙。這裏用誇張的手法，強有力地表現了少婦渴望見到丈夫的強烈願望，體現了少婦對丈夫熱烈而深沉的愛。所有的回憶都是為這最後一句的直抒胸臆積累感情，最後一句將少婦內心強烈的愛意，暢快淋漓地表達了出來，使整首詩的情感達到了高潮。

這首五言古詩　事有血有肉，充滿生活情趣，對少婦心理的刻畫細膩、真實，融情於景，敘事和抒情結合，感情真摯動人、熱烈奔放。

【後人點評】

清人愛新覺羅·弘曆：兒女子情事，直從胸臆間流出，縈迂迴折，一往情深。（《唐宋詩醇》）

▷ 長相思二首❶

其一

長相思，在長安。

絡緯秋啼金井闌❷，微霜淒淒簟色寒❸。

孤燈不明思欲絕，卷帷望月空長歎。

美人如花隔雲端。

上有青冥之長天❹，下有淥水之波瀾❺。

天長路遠魂飛苦，夢魂不到關山難。

長相思，摧心肝。

其二

日色欲盡花含煙，月明如素愁不眠❻。

趙瑟初停鳳凰柱❼，蜀琴欲奏鴛鴦弦❽。

此曲有意無人傳，願隨春風寄燕然❾。

憶君迢迢隔青天。

昔時橫波目❿，今作流淚泉。

不信妾腸斷，歸來看取明鏡前。

【注】❶長相思：樂府舊題，屬《雜曲歌辭》，語出漢《古詩十九首》：「上言長相思，下言久別離。」❷絡緯：一種昆蟲，俗稱紡織娘。金井闌：精美的井欄。「闌」通「欄」。❸簟（音淡）：竹席。❹青冥：指青天，青而深邃不可測。❺淥水：清水。❻素：素白的絹。❼趙瑟：相傳趙地人善鼓瑟。瑟，一種絃樂器。❽鴛鴦弦：情曲。❾燕（音焉）然：山名，即杭愛山，在今內蒙古境內。東漢竇憲遠征匈奴，至此石刻時紀功而還。後人們以燕然代指邊地。❿橫波：目光如橫斜的水波，眼神流動生輝。

第一首賞析：「長相思，在長安」，第一句直接表白自己身居異地，思戀的人在長安。

接著詩人描寫景物，寄情於景。「絡緯秋啼金井闌，微霜淒淒簟色寒」，紡織娘在金井欄邊鳴叫著，微霜冷淒淒，落在竹席上，使竹席都透著一股寒意。這個深秋充滿寒意的景色，也透露出了詩人內心也是和這景色一樣孤單寒冷。

「孤燈不明思欲絕，卷帷望月空長歎」，在這個微寒的日子裏，詩人在一盞昏暗的燈光下思念欲絕，卷起內心煩躁，於是捲起窗簾對月長歎。「孤」字形象深刻地表現了詩人內心的孤寂。「欲絕」二字極言思念之苦，痛徹心扉！

詩人在前兩聯極力烘托那種淒涼的氛圍，體現了詩人內心的極度思念。那麼詩人在思念著誰呢？一句「美人如花隔雲端」，讓我們知道，原來他在思念美人呢！

「上有青冥之長天，下有淥水之波瀾」，接著詩人轉筆將我們帶入了一個遼闊的空間範圍裏，為下一句抒情做鋪墊。接著詩人承接上兩句寫道：「天長地遠魂飛苦，夢魂不到關山難」，天高地遠，兩人分隔這樣遙遠，連魂飛來飛去都很艱難，艱難還不能阻止我們相見，就怕是魂魄飛不過高山，那兩人相見就更難了。這裏詩人用豐富的想像，生動鮮明地表現了思念之痛。

「長相思，摧心肝」，這樣相思，日日夜夜長久下去，怎不摧折人心肝？詩人直抒胸臆，表達思念之情，表達直率，言盡而意無窮。

這首詩語言樸素明朗，感情真摯，寄情於景，情景交融。

第二首賞析：首句「日色欲盡花含煙，月明如素愁不眠」，詩人寫了在春日裏的一個黃昏，夜幕降臨，花朵此時好像含著煙霧，變得朦朧。明月升起，皎潔的月亮照得人愁悶得無法入眠。詩人在這裏用「日色盡」、「花含煙」、「月」等景物勾勒出了一幅恬淡肅靜的環境，用筆細膩，讓人有如臨其境之感。

「趙瑟初停鳳凰柱，蜀琴欲奏鴛鴦弦」，詩人用一個工整的對仗句，寫詩中女子剛剛彈過趙瑟，鳳凰形狀的瑟柱剛剛停下來，接著她又拿起蜀琴，又準備彈奏鴛鴦弦。「鳳凰柱」和「鴛鴦弦」暗示了女子實在思念自己的愛人啊！女子內心不能平靜，綿綿思念之情，就寄託在了趙瑟和蜀琴中了，樂聲不止，思念不停。

接下來——「此曲有意無人傳，願隨春風寄燕然」，女子希望春風能把曲中之意寄送到愛人所在地嬌然。男人如火之熱情，女人則如水，她不怨恨，她只是把滿懷心事托與春風，希望春風能把曲中意帶給愛人。「寄燕然」點名了她的愛人是出征了。詩人將女子的思念之情寫得曲折委婉而又情感綿長真摯。

「憶君迢迢隔青天」，雖然詩人已經讓春風送給愛人自己的思念之情，但是，女子還是歎道，和愛人像隔著青天那樣遙遠。看來春風也不能緩解女子的思念，女子依然是一片惆悵茫然。

「昔日橫波目，今為流淚泉」，詩人在這裏用了誇張的手法，真率地刻畫了女子往昔和現在不同的情態。曾經的女子眉目清秀，眼神流動生輝，而現在她總是淚流泉湧，愁容滿面。同樣的一個人，前後的表現差距這麼大，這鮮明的對比，深刻地體現了此時女子內心的痛苦。

最後，詩人以「不信妾腸斷，歸來看取明鏡前」結束全詩。這兩句是女子直接傾訴，說如果你不相信我思念如肝腸寸斷，那麼你回來的時候看看我這樣憔悴的臉就知道了，一個可憐又可愛的女子形象躍然紙上。這樣一個忠貞、善良的女孩日夜受相思之苦，讓人讀來更加心痛。

這第二首比第一首的言語更樸素自然、委婉曲折，因為這首描寫的

是女子的思念，所以在表達上明顯比第一首要委婉。詩人在這裏靈活運用想像、比喻等手法，將一個多情可愛的女子思念丈夫的心理描繪得惟妙惟肖、細膩生動。

【後人點評】

明人桂天祥：音節哀苦，忠愛之意藹然。至「美人如花」之句，尤是驚豔。（《批點唐詩正聲》卷七）

▷ 春思

燕草如碧絲❶，秦桑低綠枝❷。

當君懷歸日，是妾斷腸時❸。

春風不相識，何事入羅幃❹。

【注】❶燕（音焉）：今河北北部、遼寧西南的古燕之地。也是詩中征人去的地方。❷秦：今陝西一帶。思婦居住的地方。❸斷腸：指極度的悲傷。《搜神記》卷二十載，一母猿失子，自擲而死。剖其腹視之，腸寸寸斷裂。❹羅幃：絲織的簾帳。這裏指女子的閨房。

這是一首閨情詩，描寫了春季居住在秦地少婦思念在燕地戍邊丈夫的痛苦心情。

「燕草如碧絲，秦桑低綠枝」，詩人開頭信手拈來，寫思婦眼前的景色。燕地的青草才剛剛冒出綠芽，而秦地的桑葉，壓低了綠色的枝幹。詩文中細微的景色變化暗示了思婦和征夫之間相隔遙遠。而第一句當是思婦看到秦地景色而想像出來的，春景可能勾起思婦和丈夫在一起的美好回憶，思婦內心應該是很不平靜的。詩人在開頭用相隔遙遠的燕秦之地的景色起興，為下邊的抒情做鋪墊。

「當君懷歸日，是妾斷腸時」，思婦見到早春的景象，不由得觸景生情，想到遠在燕地的丈夫，遠方的夫君盼望著回來團聚的時候，就是婦人思念斷腸時。在同一時間兩人心靈有感應，這突出了兩人心有靈犀，相親相愛。丈夫想要回來時，妻子應該是非常高興的，為什麼還有「斷腸」之說呢？這就像是開首兩句的「燕草」和「秦桑」一樣，燕草剛剛冒芽，秦

桑葉已經低垂。丈夫思歸時，婦人已經思念到斷腸了，兩相對比，強烈地表現了思婦內心苦苦的思念之情。

「春風不相識，何事入羅幃」，最後詩人又由抒情寫到景。思婦獨守閨房，很寂寞，看到春風吹拂幃帳，撩撥著思婦思念，這怎能讓人忍受呢？所以有這兩句話，春風我和你並不相識，為什麼要闖入我的羅帳？思婦竟然連春風都不允許進入羅帳，更何況是其他人呢？看似無意的描寫，卻精妙地展現了當時思婦的心理活動，思婦雖然和丈夫相隔遙遠，但是對丈夫的感情越發深厚，雖然丈夫相隔遙遠，但是她忠貞不移。思婦的心理變化描寫得非常細膩，語言委婉，真摯感人。

君歸而婦斷腸，春風吹羅帳招來婦人的厭惡，整首詩都是看似不合理的情況，但是細細加以分析，卻又是最真實的情感表露，讓人讀來深感思婦相思之苦。

【後人點評】

清人王夫之：字字欲飛，不以情，不以景。《華嚴》有「兩鏡相入」義，唯供奉不離不墮。（《唐詩評選》卷二）

▷ 登金陵鳳凰台❶

鳳凰臺上鳳凰遊，鳳去台空江自流。
吳宮花草埋幽徑❷，晉代衣冠成古丘❸。
三山半落青天外❹，二水中分白鷺洲❺。
總為浮雲能蔽日❻，長安不見使人愁。

【注】❶鳳凰台：故址在今南京市鳳臺山。宋元嘉十六年，有三鳥飛集此山，形似孔雀，羽色斑爛絢麗，一鳴而眾鳥和，當時人稱是鳳凰。於是就名此山為鳳凰山，築台於此名鳳凰台。❷吳宮：三國時吳國建都金陵，故稱吳宮。❸晉代：東晉都城也建在金陵。衣冠：指代豪門貴族。丘：墳丘。❹三山：山名，在南京市西南長江東岸，因三峰並列、南北相連而得名。半落：雲彩遮住了三山的一半。❺二水：指秦淮河流經南京城後入長江，江中有沙洲白鷺洲，分水為二支。白鷺洲：古代長江水中的

沙洲，在今南京市水西門外，因為常有白鷺歇於此，而得名。❻浮雲能蔽日：比喻奸臣遮阻賢臣。陸賈《新語•慎微篇》：「邪臣之蔽賢，猶浮雲之障日月也。」

天寶六年（747），李白到達金陵，登上鳳凰台寫下了這首詩。詩人在這首詩中俯仰古今，不禁感慨榮華富貴如過眼雲煙，世事變化無常。

「鳳凰臺上鳳凰遊，鳳去台空江自流」，開頭兩句寫鳳凰台的傳說。鳳凰台因為有鳳凰棲息，所以得名，而如今鳳凰臺上的鳳凰已經飛走了，鳳凰台空蕩蕩的，只有江水依舊東流。人事的變化和永恆的自然形成了鮮明的對比，表現了世事變化無常。鳳凰是祥瑞之兆，也象徵了當時王朝的興盛，而鳳去台空表明了昔日的繁華已經消逝不見。這裏用多個「鳳」字，讀來節奏明快，琅琅上口，而不顯重複。

「吳宮花草埋幽徑，晉代衣冠成古丘」，詩人由鳳凰台又聯想到了古代東吳、東晉，他感慨東吳曾經繁華的宮殿現在也被荒廢了，而晉代衣冠楚楚的名流也已經進入了墳墓。這兩句表達了榮華富貴只是一時得意，隨著時間的流逝，最終泯滅，而什麼都沒有留下。

接下來詩人沒有繼續懷古傷今，而是調轉筆頭，開始放眼自然景色。「三山半落青天外，二水中分白鷺洲」，三峰並列在江邊，好像有一半挺立在了青天之外一樣，若隱若現。江水從白鷺洲分流而過，浩浩蕩蕩奔向大海。這兩句展現了雄偉宏闊的江景，表現了詩人狂放飄逸的性格。而白鷺洲在金陵西，所以詩人登臺，立東西望，有望長安之感，所以自然引出下句，也為整首詩染上了一層飄逸遼遠的意韻。

「總為浮雲能蔽日，長安不見使人愁」，最後兩句點明了主旨，景色依然不能讓詩人忘記現實，詩人向更遠的方向望去，想要看到長安，但是浮雲遮蔽了李白的視線，怎麼也看不到。長安是朝廷所在的地方，詩人想看長安，暗示了詩人想要出仕一展抱負，但是，烏雲象徵了皇帝身邊的奸邪之臣。皇帝被奸佞的大臣遮蔽包圍著，表現了詩人憂國憂民之情，同時，詩人自己苦於無門施展才華，壯志難酬之感，寓意深遠，饒有餘味。

這首七律語言流暢自然，灑脫清麗。同時成功地運用了象徵手法，表達詩人懷古傷今、為國擔憂的心情，意旨尤為深遠。

▷ 渡荊門送別

渡遠荊門外❶，來從楚國遊❷。
山隨平野盡，江入大荒流❸。
月下飛天鏡❹，雲生結海樓❺。
仍憐故鄉水❻，萬里送行舟。

【注】❶荊門：荊門山，在今湖北宜都縣西北長江南岸，與北岸虎牙
山相對峙，地勢險要，是巴蜀和故楚的分界處。❷楚國：長江出荊門，即
屬故楚之地。❸大荒：廣闊無邊的原野。❹月下飛天鏡：月影倒映江中，
好像是從天空中飛下的天鏡。❺海樓：海市蜃樓，雲氣折射出的各種壯麗
的景象。❻仍：頻頻。憐：愛。故鄉水：是指從詩人故鄉四川流出來的長
江水。

這首詩大約是開元十三四年，李白第一次離開蜀地順江而下，遊歷古
楚舊地時所作。

「渡遠荊門外，來從楚國遊」，詩人在開首就點出了要去的地方，語
言輕鬆流暢，體現了詩人話語輕鬆的心情。詩人興致勃勃地在船上觀賞江
水兩岸的山川景色，不知不覺中行船已經過了荊門。

「山隨平野盡，江入大荒流」，這兩句描寫了船過荊門後展現在詩
人眼前的景色。高大的崇山峻嶺逐漸在眼前消失，代替而來的是一片廣袤
無邊的平原之地，此時，詩人視野頓時開闊，心境也隨之豁然開朗。只見
長江水奔湧向前，好像流入了無邊無際的荒漠平野，滔滔奔湧的江水和廣
闊無邊的平野交映在一起，一種宏闊遼遠的意境頓時而出，「入」字筆力
雄健。詩人真切地展現了一幅雄渾壯闊的山河圖景，體現了一種蓬勃的生
機，流露出了詩人激動歡悅的心情。

「月下飛天鏡，雲生結海樓」，接著詩人繼續前行，江入荊州後，因

為江道迂迴，所以水勢也不似先前那樣澎湃洶湧了，而變得舒緩平靜。夜晚裏，詩人俯視月亮在江水中的倒影，好像是從天上飛下來的明鏡；白日裏，雲霞幻變無窮，結成了瑰麗神奇的海市蜃樓景觀。詩人在這兩句中既描寫了夜晚景色，也描寫了白日裏的景色，從俯仰多個角度全面地展現了江水寧靜遼闊的一面，比喻生動形象，真切地寫出了詩人當時的感受。

「仍憐故鄉水，萬里送行舟」，詩人在愉快地欣賞荊門周圍和家鄉不一樣的景色時，不禁聯想起了家鄉的山水，勾起了詩人對家鄉的懷戀之情。但是，詩人在這裏沒有直接寫自己是怎樣的思戀家鄉，而是可憐起「故鄉水」，送我的行舟到萬里之遠。一句「萬里送行舟」，深沉地表達了詩人對家鄉的思念和不捨。而江水還要繼續向東流，綿綿江水不斷，詩人的思鄉情和對未來的憧憬都像這江水一樣，綿延著。最後，語盡而意未止，意韻無窮。

這首五言律詩，風格雄健，意境遼闊高遠，描寫生動形象。其中「山隨平野盡，江入大荒流」兩句，將江水浩瀚渡荊門的雄渾瑰麗的景象表現得如詩似畫，因此，成為了千古名句。而結尾詩人巧妙地把江水擬人化，融情於景，耐人回味，也是非常值得稱道的一筆。詩文言簡而意豐，感染力強。

【後人點評】

清人應時：太白之情多於景中生出，此作其尤者也。（《李杜詩緯·李集》卷三）

▷ 獨坐敬亭山❶

眾鳥高飛盡，孤雲獨去閑❷。
相看兩不厭❸，只有敬亭山。

【注】❶敬亭山：山名，在今安徽宣城縣北。❷閑：形容雲朵飄蕩、悠然自在的樣子。❸不厭：不厭倦，看不夠。

李白在天寶十二年（753）秋遊宣州時寫了這首五絕，這時李白到處漂泊已經有十多年之久，他在遊歷的過程中飽嘗漂泊之苦，加深了對社會

的認識，對現實也越發不滿，於是他寫了許多山水詩，傾訴內心的孤苦。

「眾鳥高飛盡，孤雲獨去閑」，天上的鳥兒都已經高飛遠去了，消失得無影無蹤；遼闊的天空中只剩下一片白雲，卻也慢慢地飄遠了。鳥兒飛走，孤雲飄去，環境氛圍也從熱鬧回歸了寧靜，「盡」、「閑」兩個字，烘托出了一種寧靜氛圍。而正是「飛」、「去」這兩個動詞襯托出了這份寧靜。詩人獨自坐在敬亭山上，看著這些景象從來到往，漸漸寧靜遼曠的環境也烘托了詩人孤寂的心。這兩句話勾勒出了一個孤寂的人獨自坐在山上發呆的形象。

「相看兩不厭，只有敬亭山」，詩人發揮他浪漫豐富的想像力，賦予山以生命。詩人在開頭兩句寫到鳥雲都已經離他遠去，而只有敬亭山和他為伴，他看著敬亭山，忽然感覺那敬亭山也在看著他呢！「兩不厭」表現了詩人和敬亭山之間含情脈脈地相望，表現了兩者相依的深厚情誼。最後「只有」兩個字也突出了詩人對敬亭山的喜愛之情。鳥飛雲去是無情的，而敬亭山含情相望是有情的，詩人用上兩句的無情襯托了最後的有情。但是，山的有情只是詩人想像出來，聊以自慰的，這更加凸顯了詩人寂寥、孤苦的處境。因此，悲涼的氣氛籠罩全詩。

這首詩句句寫景，卻恰恰是句句抒情，情和景達到了高度的融合。

【後人點評】

清人沈德潛：傳獨坐之神。（《唐詩別裁》）

▷ **峨眉山月歌❶**

峨眉山月半輪秋，影入平羌江水流❷。
夜發清溪向三峽❸，思君不見下渝州❹。

【注】❶峨眉山：在今四川省峨眉山市西南。半輪秋：指半圓的秋月，可能是上弦月也可能是下弦月。❷平羌：江名，即今青衣江，在峨眉山東北。❸清溪：指清溪驛，在今四川峨眉山附近。三峽：指瞿塘峽、巫峽、西陵峽，在今四川、湖北兩省的交界處。❹君：明月。渝州：今重慶一帶。

這首詩是李白早期作品，寫的是李白初次離開蜀地順江而下時看到的景色和當時的感受，表達了詩人思鄉之情。

「峨眉山月」，半輪明月高懸秋夜長空。最後一個「秋」字點明了出行季節。秋季總是讓人神清氣爽，而秋高氣爽的天氣自然空中的明月也當皎潔明朗。「秋」和「月」自然構成了一個明朗清新的氛圍。而這明月若是滿月則過於明亮，反倒顯得熱鬧，而詩人筆下的月亮是「半輪」，則進一步為這秋景塗染了一層寧靜幽雅的色彩，意境更為優美。

「影入平羌江水流」，詩人由靜景轉向動景，因為船沿江而下，詩人坐在船中看到江中的月亮也彷彿在隨著江水流動，月映水中，江水波光粼粼，水中月隨水而動，勾勒出了一幅美妙絕倫的景色。詩文語言輕鬆明快，意境空靈。

第三句直接　述了詩人夜裏從清溪出發進入岷江並向三峽前進的行程。詩人在前兩句寫到了蜀地的美景，其中流露了詩人無限熱愛之情，而詩人現在即將離開蜀地這個熟悉的環境了，初次離鄉，不免讓詩人對家鄉戀戀不捨。

「思君不見下渝州」，最後表達了詩人的依依不捨之情。「君」，表面上寫空中明月，實則代表了家鄉裡的親朋好友。

這首短小精悍的七絕，以「月」貫穿全詩，而「月」總是讓人懷念家鄉，代表了對家鄉的思念。詩人沒有直抒內心對家鄉的無限依戀之情，而是將自己的濃濃戀鄉情全部寄託在這月中，見月如見親人，對月的依戀就是對家鄉的戀戀不捨。詩人寄情於景，情景交融，濃濃思鄉意，躍然紙上。此詩語言淺顯，結構自然流暢。

【後人點評】

明人王世貞：此是太白佳境，二十八字中有峨眉山、平羌江，清溪、三峽、渝洲。使後人為之，不勝痕跡矣，益見此老爐錘之妙。

▷ **關山月❶**

明月出天山❷，蒼茫雲海間。
長風幾萬里，吹度玉門關❸。

漢下白登道❹，胡窺青海灣❺。

由來征戰地❻，不見有人還。

戍客望邊邑❼，思歸多苦顏。

高樓當此夜❽，歎息未應閑❾。

【注】❶《關山月》：是樂府舊題，屬《鼓角橫吹曲》十五曲之一，多寫征戍別離的哀傷之情。❷天山：指祁連山，在今青海、甘肅兩省交界處。因漢朝時匈奴稱「天」為「祁連」，所以祁連山也被稱為天山。❸玉門關：古關名。在今甘肅敦煌西，是古代通向西域的要塞。❹下：出兵。白登：白登山，在今大同東北。劉邦和匈奴交戰，被困在此。❺胡：這裏指吐蕃。窺：窺探侵擾。青海：湖名，在進青海西寧附近，是唐和吐蕃交戰頻繁的地方。❻由來：向來，從來。❼戍客：指戍守邊疆的戰士。邊邑：邊地城堡。❽高樓：指戍邊戰士的妻子的居所。❾未應閑：應該不會停歇。

李白在這首詩中描繪了邊防戰士們征戰的艱苦生活，表現了征戰給百姓帶來的極大痛苦，表達了詩人對戰爭的強烈譴責之情。

開頭四句，詩人精選「明月」、「天山」、「長風」、「玉門關」等邊塞典型景色，描繪了一幅蒼涼壯闊的邊塞風光。這裏「天山」在我國的西部，那麼應該是日落的地方，為什麼本文中卻說明月從天山升起呢？這是因為邊疆戰士在天山之西，望首東邊的時候，就看到了這一景象，寫得非常真實生動，讓人有身臨其境之感。因為天山上有雲霧繚繞，所以有雲海之稱。高山和雲海聯繫在一起，再加上明月當空，勾勒出了一幅雄渾、靜謐的壯闊圖景。下邊兩句「長風幾萬里，吹度玉門關」，則意境更加開闊。這兩句仍然從戍邊戰士的角度來寫，戰士們身處西北邊疆，在月光下遙望故鄉，覺得從玉門關吹過來的風，好似吹過幾萬里中原土地後來到玉門關的，那風中應該也帶著家鄉的氣味吧。因而，我們可以想像當戰士們向東眺望的時候，雖然看到的是景，但和中原截然不同的邊塞風光中滲透著戰士們濃濃的思鄉情。

接下來四句（從「漢下白登道」到「不見有人還」），由壯闊的邊塞

景色寫到了邊塞戰士。漢高祖劉邦曾經率兵征伐匈奴，被匈奴困在了白登山。青海灣一帶，是唐軍和吐蕃頻繁戰爭的地方。歷代頻繁的戰爭，使出征的戰士很少能活著回去，表明了戰爭的殘酷。王翰的《涼州曲》中「古來征戰幾人回」，也印證了這一點。這四句承接上文的邊塞環境，引起下文戰爭使征人和思婦陷入了深深的思念的痛苦。

最後四句，寫戰士們看著邊塞的景色，盼望著能夠早日回家，滿臉愁苦的顏色，他們想著家裏高樓中的妻子，應該是在夜裏歎息不止吧！戰士「望邊邑」將人們又帶入了開頭四句中遼闊的塞外環境中，這樣蒼涼遼闊的環境使戰士的思緒寬闊邈遠起來，戰士望景思鄉的形象立刻鮮明了起來。戰士在苦苦思念，其中的感情和這蒼茫邊塞一樣深沉。戰士的情和眼前的景完美地融合在了一起，給人留下無限的愁思，於是，戰士們對妻子的懷想越發意境深遠，耐人思考。

詩人真切地描寫了征戰邊疆的戰士們的思鄉感受，這些戰爭不僅給戰士帶來痛苦，也給戰士的家庭帶來了痛苦，使完美的家庭支離破碎。詩人沒有用濃重筆墨表現他們內心的痛苦，但文中字字句句滲透了征人們的痛苦，這也體現了詩人對戰爭的憎惡。整首詩筆力雄健，氣勢豪邁。

【後人點評】

明人胡應麟：青蓮「明月出天山，蒼茫雲海間。長風幾萬里，吹度玉門關」，渾雄之中，多少閒雅。（《詩藪》卷六）

▷ **靜夜思❶**

床前明月光，疑是地上霜，
舉頭望明月，低頭思故鄉。

【注】❶《靜夜思》：一作《靜思》，寫作年不詳。

這首詩寫的是詩人在月夜中思念家鄉的情景。

「床前明月光，疑是地上霜」，寫詩人作客他鄉時在夜裏產生的錯覺。詩人一個人在外漂泊，白日裏思鄉之情尚能夠一時忘卻，但是在這個月夜朗照的夜晚裏，不禁讓詩人思鄉心切。詩人在夜晚睡夢朦朧中恍惚看

到照入屋中的月光，錯以為是地上生霜了。這個「疑」字形象生動地表現了詩人夜裏朦朧恍惚的樣子。而「霜」字既表明了月光皎潔，又暗示了天氣已經寒冷，所以，詩人一時有以為降霜的錯覺，同時這個字也襯托了詩人在外漂泊的孤寂冷清。

「舉頭望明月，低頭思故鄉」，接著詩人用一系列的動詞進一步深化了自己的思鄉之情。詩人逐漸從恍惚狀態中清醒過來，看到疑似霜的東西原來是月光，他自然抬頭望著明淨的月亮，在這個淒冷的夜晚，明月不禁讓詩人想到了家鄉，想著這明月也照著家鄉吧！詩人想著想著逐漸低下頭陷入了思鄉的沉思中。「低頭」就表現了詩人處在沉思狀態。「思」字給人留下了無限的遐想空間，詩人此時想到了什麼？想到了家鄉的人和事，想到了家鄉裡一草一木……這個自然而恰到好處的結尾，意味悠遠，餘味無窮。

這首五絕，文字表達自然流暢，沒有一點雕琢之色，淺顯易懂而又意蘊深遠。句子之間連接緊密，節奏明快，讀來琅琅上口，因此這首詩成為了膾炙人口的名篇。

【後人點評】

宋人劉辰翁：白是古意，不須言笑。（《唐詩品匯》卷三十九）

▷ **廬山謠寄盧侍御虛舟❶**

我本楚狂人❷，鳳歌笑孔丘❸。

手持綠玉杖❹，朝別黃鶴樓❺。

五嶽尋仙不辭遠❻，一生好入名山遊。

廬山秀出南斗旁❼，屏風九疊雲錦張❽，

影落明湖青黛光❾。

金闕前開二峰長❿，銀河倒掛三石梁⓫。

香爐瀑布遙相望⓬，回崖遝嶂凌蒼蒼⓭。

翠影紅霞映朝日⓮，鳥飛不到吳天長⓯。

登高壯觀天地間，大江茫茫去不還⓰。

黃雲萬里動風色⑰，白波九道流雪山⑱。

好為廬山謠，興因廬山發。

閑窺石鏡清我心⑲，謝公行處蒼苔沒⑳。

早服還丹無世情㉑，琴心三疊道初成㉒。

遙見仙人彩雲裏，手把芙蓉朝玉京㉓。

先期汗漫九垓上，願接盧敖遊太清㉔。

【注】❶廬山：山名，在今江西九江市南，李白曾經隱居於此。謠：不用樂器伴奏的歌曲。盧侍御虛舟：即盧虛舟，范陽（今北京大興）人，唐肅宗時曾任殿中侍御史。❷楚狂人：春秋時楚人陸通，字接輿。因楚昭王統治昏暗，佯狂不仕，時人稱之為楚狂，這裏詩人以陸通自比。❸鳳歌笑孔丘：《論語•微子》中載，孔子適楚，楚狂接輿歌而過孔子曰：「鳳兮鳳兮，何德之衰。」勸孔子不要做官，以免招徠災禍。在這裏，李白拿陸通自比，表現他對政治的不滿，而想要像楚狂陸通那樣過隱居生活。❹綠玉杖：傳說是仙人使用的綠玉杖子。❺黃鶴樓：在今湖北武昌，傳說王子安乘鶴升天處。❻五嶽：即東嶽泰山、西嶽華山、南嶽衡山、北嶽恒山、中嶽嵩山。在這裏泛指中國名山。❼秀出：拔地而起，挺秀而出。南斗：星宿名，二十八宿中斗宿。古代人把星區和地域對應，稱為分野。春秋時廬山屬於吳國，其分野屬斗宿。❽屏風九疊：廬山勝景之一，因廬山五老峰以東因山勢起伏九疊如屏風，故得名九疊雲屏或屏風疊。❾明湖：指鄱陽湖。青黛：青黑色。❿金闕：指石門山。據《廬山記》，為廬山南峰，形似雙闕。闕，宮門前的雙柱，柱子間為孔道，故名闕。⓫銀河：指三疊泉瀑布，屏風疊左石壁三層，瀑布泉順壁石三折而下，故稱三疊泉。三石樑：指三疊泉流經的地方。⓬香爐：指香爐峰，在廬山東南，其旁邊有瀑布。⓭回崖遝嶂：曲折的山崖和重疊的山峰。⓮翠影：指青翠色的山影。⓯吳天：春秋時廬山屬吳國，故稱此地天空為吳山。⓰大江：指長江。⓱黃雲：昏暗的雲色。風色：天色。⓲白波九道：九道河流，長江流到江西九江一段有九條支流，稱為九派，也稱九道。雪山：江水泛起的白色浪花。⓳石鏡：據《太平寰宇記》中載，廬山南面懸崖上有圓石，淨

可照人影，故稱為石鏡嶺。❷謝公：指晉人謝靈運。謝靈運的《入彭蠡湖口》中有句：「攀崖窺石鏡」。❷還丹：道家煉丹，將丹砂燒成水銀，煉久又還成丹砂，故稱「還丹」。無世情：了卻世情，得道成仙。❷琴心三疊：道家修煉術語，指修煉內功，使心和神悅，從而使上中下三丹田合一，故稱「琴心三疊」。❷朝玉京：朝見天帝。玉京，玉京山。葛洪《枕中書》中說，玉京山在天中心之上，元始天尊居此，山中宮殿，均用金玉修飾。❷「先期」二句：典出《淮南子•道應訓》：盧敖周遊天下，至蒙谷山上，見一相貌清奇之士，笑盧敖所見不廣。盧敖邀之同遊，他說：「吾與汗漫期於九垓之外，吾不可以久駐。」說完，縱身跳入雲中。盧敖，戰國時燕人，秦始皇招他為博士，派他求神仙而不返。汗漫，仙人名，《莊子》寓言人物，代表杳不可知。九垓（音該），指九天。太清：指太空。

　　李白曾受永王李璘的牽涉，被流放夜郎，在流放途中遇赦，次年，李白從江夏來盧山寫了這首詩。這首詩描寫了盧山雄美秀麗的景色，詩中表達了詩人心懷曠達，對政治淡漠，一心歸隱求仙的心情。

　　這首詩可以分為六部分——

　　第一部分為前六句，主要自述了自己的不求仕途，心向山水。開篇「我本楚狂人，鳳歌笑孔丘」，詩人以楚狂接輿自比，表達他對政治前途的失望，表示自己要像楚狂那樣遊歷名山人山，過隱居生活。詩人用「鳳歌」這個典故，深刻精確地表現了此時詩人內心的悲涼。「手持綠玉杖，朝別黃鶴樓。五嶽尋仙不辭遠，一生好入名山遊」，詩人自己拿著仙人用的綠玉手杖，在朝陽初升的時候離開黃鶴樓。不辭長途跋涉去五嶽尋仙，生平就好遊歷名山。詩人以很有神奇色彩的筆調，寫了詩人的行程和尋仙隱居的志向，意境飄渺脫俗，很有詩意。詩人在這一部用概括性語言為整首詩拉開了序幕，接著詩人開始寫遊歷盧山時看到的景象。

　　第二部分（「盧山秀出南斗傍」到「鳥飛不到吳天長」），主要寫了盧山和長江的奇美風光。「盧山秀出南斗旁，屏風九疊雲錦張，影落明湖青黛光」，這是詩人從遠處看到的盧山概貌，挺拔秀麗的盧山伸向高聳的雲中，緊挨著天上的南斗星；林木蔥鬱，山花芳香爛漫，九疊雲屏就像五彩的雲霞鋪展著；清澈的湖水中，山影倒映其中，波光粼粼，明媚而美

麗。接著詩人詳細地描寫景色，「金闕前開二峰長，銀河倒掛三石樑。香爐瀑布遙相望，回崖沓嶂凌蒼蒼」，詩人仰視到金闕、三石樑、香爐、瀑布這四處廬山勝景。詩人看到金闕岩前兩座高峰聳入雲端，三石樑上的瀑布如銀河倒掛，飛瀉而下，與香爐峰瀑布遙遙相望，懸崖曲折陡峻，山巒層疊，直深入蒼青色的天空。這是多麼險峻秀拔的景色。接著，詩人又從宏觀上總寫全景：「翠影紅霞映朝日，鳥飛不到吳天長」，蒼翠的山色和滿天的紅霞相映襯；廬山高聳，就連鳥也飛不到，一片遼闊無際。詩人在這裏濃墨重彩地描繪了廬山瑰麗秀美的景色，仿若人間仙境。

第三部分（「登高壯觀天地間」到「謝公行處蒼苔沒」），詩人用雄健的力筆描繪了長江雄偉壯闊的場景：「登高壯觀天地間，大江茫茫去不還。黃雲萬里動風色，白波九道流雪山」，詩人站在廬山高峰上，放眼俯瞰天地間壯闊的景象，只見茫茫長江水洶湧而下，一去不回，萬里長空黃雲漂浮，天色瞬息變幻無窮；波濤洶湧的九派江水奔騰，翻湧著雪山一樣的白浪。詩人看著這壯闊雄偉的江景，心情也清爽舒暢。於是詩人寫道：「好為廬山謠，興因廬山發。閑窺石鏡清我心，謝公行外蒼苔沒。」意思是我喜歡詠唱廬山的歌謠，廬山的壯美激發我的詩興。閑來去石鏡峰，照照石鏡，讓我心情備覺清爽，謝靈運曾經走過的地方，現在已經長滿青苔。人生變幻無常，盛事難再。詩人在感懷中，心中嚮往尋仙問道，希望超脫塵俗世事。

於是，詩人在第四部分（「早服還丹無世情」到「願接盧敖遊太清」），抒發了自己一心求仙，隱居山林的心志。「早服還丹無世情，琴心三疊道初成」，詩人希望自己能夠早服還丹，修煉成仙，了卻塵俗，過上仙人自由的生活。詩人想著想著，好像「遙見仙人彩雲裏，手把芙蓉朝玉京」，可見詩人是多麼渴望過上神仙一樣自在無憂的生活啊！「先期汗漫九垓上，願接盧敖遊太清」，詩人彷彿在和那個仙人說：我已經和神仙約好了在九天之外相見，並願意邀請盧敖和我共遊仙境。詩人在最後用虛無縹緲的夢幻般的詩筆，結束全篇，讓人不禁浮想聯翩，詩文韻味無窮。

在這首七言古詩中，詩人用如椽大筆生動而又色彩斑斕地為我們描繪了一幅壯闊秀麗的山河景象，在這裏詩人從俯仰多重角度，從宏觀到局部全方位地完整地展現出了山河的雄闊。後半部分詩人由現實轉到了聯想，

他用豐富的想像力勾勒出了仙人的奇妙的環境，唯美而夢幻，同時也使意境頓然開闊，舒暢悠遠，讓人心馳神往。從中體現了詩人的曠達和豪邁胸懷，也摻雜了詩人因為仕途受挫而內心悲涼或抑鬱不得志等複雜感情。

【後人點評】

明人桂天祥：方外玄語，不拘流利。全篇開闔佚蕩，冠絕古今，即使杜工部為之，未易及此，高、岑輩恐亦奪息。又襟期雄曠，辭旨慨慷，音節瀏亮，無一不可。結句非素胎仙骨，必無此詩。（《批點唐詩正聲》卷八）

▶ **夢遊天姥吟留別❶**

海客談瀛洲❷，煙濤微茫信難求❸。

越人語天姥❹，雲霓明滅或可睹❺。

天姥連天向天橫，勢拔五嶽掩赤城❻。

天臺四萬八千丈❼，對此欲倒東南傾。

我欲因之夢吳越❽，一夜飛度鏡湖月❾。

湖月照我影，送我至剡溪❿。

謝公宿處今尚在⓫，淥水蕩漾清猿啼。

腳著謝公屐⓬，身登青雲梯⓭。

半壁見海日⓮，空中聞天雞⓯。

千岩萬轉路不定，迷花倚石忽已暝。

熊咆龍吟殷岩泉⓰，慄深林兮驚層巔⓱。

雲青青兮欲雨，水澹澹兮生煙⓲。

列缺霹靂⓳，丘巒崩摧。

洞天石扉⓴，訇然中開。

青冥浩蕩不見底㉑，日月照耀金銀台㉒。

霓為衣兮風為馬，雲之君兮紛紛而來下。

虎鼓瑟兮鸞回車，仙之人兮列如麻。

忽魂悸以魄動，恍驚起而長嗟。

惟覺時之枕席，失向來之煙霞。

世間行樂亦如此，古來萬事東流水。

別君去兮何時還，且放白鹿青崖間㉓，

須行即騎訪名山㉔。

安能摧眉折腰事權貴，使我不得開心顏！

【注】❶天姥：山名，天姥山，在今浙江天臺縣、嵊縣和新昌縣之間，因傳有登此山者聽到天姥歌聲，故得名。傳說是道教七十二福地之第十六福地。吟：詩體名，是歌行體中的一種。❷海客：航於海上的人。瀛洲：傳說中的東海三仙山之一。《史記•封禪書》：「自威、宣、燕昭使人入海求蓬萊、方丈、瀛洲三神山者，其傳在渤海中，去人不遠。患且至則船風引而去。蓋嘗有至者，諸仙人及不死之藥皆在焉」。❸信：實在。難求：難以尋訪。❹越人：天姥山古時屬越地，所以越人就是天姥山周圍的人。❺雲霓：雲霞彩虹。古人稱虹為雄，霓為雌。❻拔：超過。五嶽：即東嶽泰山、西嶽華山、中嶽嵩山、北嶽恒山、南嶽衡山。赤城：山名，在今浙江天臺縣北，為仙霞山支脈，土色皆赤，故得名。它與天姥山相對。❼天臺：山名，在今浙江天臺縣北，天姥山東南。《十道山川考》：「天臺山在台州天臺縣北十里，高萬八千丈，周旋八百里，其山八重，四面如一。」此指天姥山。❽因之：據此，即據以上有關天姥山的傳說。❾鏡湖：又名鑑湖，在今浙江紹興縣南，因波平如鏡，故得名。❿剡（音善）溪：水名，在今浙江嵊縣，曹娥江上游。由曹娥江進剡溪，便接近天姥山所在的嵊縣。⓫謝公：指謝靈運，他曾遊覽天姥山，在剡溪住過，他所作的《登臨海嶠》詩中有「暝投剡中宿，明登天姥岑」之句。⓬謝公屐：指謝靈運遊山時穿的一種木鞋。據《南史•謝靈運傳》記載，謝靈運自製一種登山鞋，鞋底下安有活動的鋸齒，上山時抽去前齒，下山時抽去後齒，世稱「謝公屐」。⓭青雲梯：指高聳入雲的山路。謝靈運《登石門最高頂》：「惜無同懷客，共登青雲梯。」⓮半壁：半山腰。⓯天雞：《述異記》中載：「東南有桃都山，上有大樹名曰桃都，枝相去三千里，上有天雞，日初出照此木，天雞則鳴，天下之雞皆隨之而鳴。」⓰殷（音

飲）：震動。**⑰**慄（音力）：恐懼。巔：山頂。**⑱**水澹澹：水波舒緩的樣
子。**⑲**列缺：閃電。霹靂：雷。**⑳**洞天：道家所謂的神仙居住的洞府。石
扉：石門。訇（音轟）然：轟然巨響，形容聲音很大。**㉑**青冥：青天。**㉒**
金銀台：神仙居住的地方。郭璞《遊仙》中載：「神仙排雲出，但見金銀
台。」**㉓**「且放」句：我暫且將白鹿放養在青山上，想要遠行時就騎牠去
訪名山大川。白鹿，傳說也是仙人坐騎。梁庚肩吾《道館詩》：「仙人白
鹿上，隱士潛溪邊。」**㉔**須行：緩緩地從容而行。

　　唐玄宗天寶三年（744），李白在長安受到人排擠，被賜金放還。第
二年，他從東魯向南遊歷吳越，寫下了這首詩，留給在東魯的朋友。詩人
將夢境中的天姥山，描繪得虛幻而玄奇，恍惚莫測而意境開闊雄偉。

　　詩文可以分三部分。第一部分為前四句。詩文首先寫到古代傳說中的
三仙山之一的瀛洲虛幻不可求，和現實中的天姥山若隱若現，如若仙境。
詩人在這裏以虛襯實，暗示了詩人對天姥山的嚮往之情。

　　第二部分（從「天姥連天向天橫」到「恍驚起而長嗟」），詳細地描
寫了詩人夢遊天姥山的光怪陸離的景象。天姥山高聳連天，橫臥雲間，氣
勢比五嶽還要挺拔，像要壓倒赤城仙山，四萬八千丈的天臺山在天姥山而
前，好像東南地勢下陷，天臺山頓時變矮了。詩人在這裏用誇張的手法、
鮮明的對比表現了天姥山的巍峨高大的形象。詩人接著為我們展現出了一
幅瑰麗神奇的景色。詩人被越人的話吸引住了，一心想見一見天姥山，
於是，詩人在夜裏飛過了明淨的鏡湖，接著又飛到了剡溪，來到謝公曾經
露宿的地方，看到碧波蕩漾，聽見猿聲啼叫。詩人在這裏路程寫得詳細、
清晰，並且豐富而生動，環境幽靜而神奇，讓人有身臨其境之感。接著詩
人穿上了謝公的木屐，一步步登上石階。「半壁見海日，空中聞天雞。千
岩萬壑路不定，迷花倚石忽已暝。熊咆龍吟殷岩泉，栗深林兮驚層巔。雲
青青兮欲雨，水澹澹兮生煙」，他在攀登中，在半山腰中，看到了太陽從
山海間升起，聽到天雞高唱報曉，這裏詩人通過視覺和聽覺兩方面寫了自
己看到的和聽到的山景。接著詩人突然轉筆，剛剛寫完早晨，就又進入了
晚上的描寫，千岩萬壑，山花迷眼，亂石傾倚，詩人在這樣的環境中穿梭
不知不覺就感覺到了傍晚。這種急轉直下的變化，更加突出了虛幻色彩，

因為夢境本來就是一個個片段之間的連接，所以有時看似很突兀，而這也正是夢境中能見到的特殊景色，所以詩人寫得也很真實。在暮色中詩人彷彿聽到了熊咆龍吟，它們的聲音之大能讓山谷驚動，深林戰慄。青雲濃密像要下雨，水波舒緩被一層煙霧籠罩，這是一個多麼玄幻而又幽深的意境啊！「列缺霹靂，丘巒崩摧。洞天石扉，訇然中開」，不僅如此，接著就是電閃雷鳴，山崩地裂。好玄幻而驚駭的場面啊！接著一聲轟鳴，神仙洞府打開，於是詩人看到了仙境中的景象：「青冥浩蕩不見底，日月照耀金銀台。霓為衣兮風為馬，雲之君兮紛紛而來下。」天色蒼青見不到底，日月照耀著金銀台，「雲之君」身披彩虹，驅著長風，紛紛來到。虎鼓瑟，鸞駕車，仙人多如麻，日月交輝，這是一個何等熱鬧繁華的仙人盛會啊！日月交輝，金銀台相映，彩虹飄舞，長風飛揚，這是多麼光彩耀人、輝煌燦爛的景象啊。詩人能夢見這樣鮮活盛大的場面是與其在宮廷中生活多年和遊歷四方的豐富生活經歷分不開的，正因為如此，詩人才能在夢中將場景寫得這樣豐富飽滿而又異彩紛呈，充滿浪漫氣息。就在詩人陶醉在這繁盛的仙境中時，突然醒了。

第三部分（「忽魂悸以魄動」到「使我不得開心顏」），詩人從夢中醒來，重又回到了現實。夢境破滅，讓他嗟歎不已，沒有了雲霞間飄渺讓人神往的仙境，只有眼前冰冷的枕席。詩人感慨「世間行樂亦如此，古來萬事東流水」，飽含了對人生經歷中酸甜苦辣的複雜情感。此時詩人只有「且放白鹿青崖間，須行即騎訪名山」，寄興於山水間，來撫慰自己酸楚疲憊的心靈。詩文好似到此就結束了，但是，最後，詩人又加了兩句——「安能摧眉折腰事權貴，使我不得開心顏」，憤然表達自己內心的不平，點名了文章主題。詩人之所以嚮往仙境，是因為現實生活讓詩人不得志，權貴爭鬥讓詩人厭惡。這最後一句也抒發了很多懷才不遇人的心聲。

這首七言古詩，詩人想像豐富，使整首詩流光溢彩，奇幻飄逸，驚心動魄，雄邁豪放，充滿浪漫主義色彩。最後一句讓人振奮，表達感情明朗、瀟灑、不卑不亢。

【後人點評】

清人沈德潛：一路離奇滅沒，恍恍惚惚，是夢境？是仙境？詩境雖

奇，脈理極細。（《唐詩別裁集》卷六）

▷ 南陵別兒童入京❶

白酒新熟山中歸，黃雞啄黍秋正肥。

呼童烹雞酌白酒，兒女嬉笑牽人衣。

高歌取醉欲自慰，起舞落日爭光輝。

遊說萬乘苦不早❷，著鞭跨馬涉遠道。

會稽愚婦輕買臣❸，余亦辭家西入秦❹。

仰天大笑出門去，我輩豈是蓬蒿人❺。

【注】❶南陵別兒童入京：此詩又名《古意》。南陵，在今安徽南陵縣。❷遊說：指用口才說服他人。萬乘：指天子。周制中有，天子地方千里，能出兵車萬乘，故後世人們用萬乘代指天子。苦不早：恨不早去做。❸「會稽」句：此為一個典故，《漢書‧朱買臣傳》中載，西漢會稽人朱買臣，家貧，好讀書，以賣薪維持生計。他擔束薪行且誦讀，其妻亦負擔相隨，買臣在道中頌歌，其妻羞之求去。買臣笑曰：「我年五十當富貴，今已四十餘矣！汝苦日久，待我富貴報汝功。」妻怒曰：「如公等終餓死溝中耳，何能富貴？」買臣不能留，即聽去。後買臣為會稽太守，入吳界見其故妻。妻夫治道。買臣駐車，呼令後車載其夫妻到太守舍，置園中，給食之。居一月，妻自經死。❹秦：指都城長安。❺蓬蒿人：草莽之人。

天寶元年（742），唐玄宗詔李白進京，李白心懷抱負，長時間不能入仕途發揮才能，此時，四十二歲的李白聽到這個消息，非常興奮。他立刻回到南陵家中，與兒女告別，並寫下了這首七言古詩一抒自己躊躇滿志的心情。

「白酒新熟山中歸，黃雞啄黍秋正肥」，詩人一開始就描繪了一幅生機盎然、色彩繽紛的繁榮景象。「白」、「黃」這些明麗的顏色和「新」、「肥」代表生機的形容詞，烘托了歡快的氛圍，表現了詩人愉快興奮的心情，同時也點出了詩人回家的季節。這些明麗的秋景為下文詩人抒情敘事。

接著詩人進一步渲染歡快的心情。「呼童烹雞酌白酒」，詩人招呼著兒女們烹雞煮酒，表現了神采飛揚，想要慶祝一番的高興心情。此時「兒女嬉笑牽人衣」，跟著詩人高興。詩人筆觸細膩，形象逼真地描繪了這樣興奮而熱鬧的場面。「高歌取醉欲自慰，起舞落日爭光輝」，詩人縱飲高歌，無限歡悅，接著又酒興大發，拔劍而舞，劍光和明月相映成輝。詩人在這兩聯中選用典型的幾處畫面，生動地展現出了詩人的興奮心情。

「遊說萬乘苦不早，著鞭跨馬涉遠道」，接著詩人直接寫自己的感受，表達自己急於見到皇上一展才華的迫切心情。「苦不早」三字，襯托了詩人歡快的心情，同時，其中也包含了詩人苦苦期盼，恨不早來的心情。「苦不早」和「著鞭跨馬」都表現出詩人急迫而充滿希望的心情。

「會稽愚婦輕買臣，余亦辭家西入秦」，詩人想到自己等了這麼長時間終於等到了今天，自然想到了曾經和自己有類似經歷的朱買臣。詩人用「會稽愚婦」暗指曾經輕視他的世俗小人。將自己比作朱買臣，其中得意之情躍然紙上。

詩人在最後一句「仰天大笑出門去，我輩豈是蓬蒿人」將之前越發強烈的感情噴薄而出，暢快淋漓。我們彷彿看到了詩人自信滿懷、躊躇滿志且得意揚揚的形象。其中「仰天大笑」，凸顯了詩人得意瀟灑的神態，「豈是蓬蒿人」，凸出了詩人的自信。

這首詩詩人採用側面烘托、正面表達或運用典故充分展現了詩人的興奮心情。同時，詩文由原來的寄情於景，委婉表達感情，到最後直抒胸臆，表達感情一句比一句強烈，隨著層層感情的積累，最後達到高潮，一吐為快，寫得波瀾壯闊、曲折起伏，寫得真切而生動。同時，詩人對自己心裏急切心情的描述，細膩傳神，惟妙惟肖。

【後人點評】

唐人杜甫：白也詩無敵，飄然思不群。（《春日憶李白》）

▷ 將進酒❶

君不見黃河之水天上來，奔流到海不復回。
君不見高堂明鏡悲白髮，朝如青絲暮成雪。

人生得意須盡歡，莫使金樽空對月。

天生我材必有用，千金散盡還復來。

烹羊宰牛且為樂，會須一飲三百杯❷。

岑夫子，丹丘生❸，將進酒，杯莫停。

與君歌一曲，請君為我傾耳聽。

鐘鼓饌玉不足貴❹，但願長醉不復醒。

古來聖賢皆寂寞，惟有飲者留其名。

陳王昔時宴平樂❺，斗酒十千恣歡謔。

主人何為言少錢，徑須沽取對君酌❻。

五花馬，千金裘，呼兒將出換美酒，與爾同銷萬古愁。

【注】❶將進酒：是樂府《鼓吹曲‧漢鐃歌》的舊題，以宴會飲酒放歌為內容。❷會須：正當。❸岑夫子：指岑勳，李白的朋友。夫子，是對對方的尊稱。丹丘生：元丹丘，李白的好友。生，是對平輩朋友的稱呼。❹鐘鼓饌玉：泛指豪門權貴的奢華生活。饌：吃喝。❺陳王：曹操之子曹植，曾被封為陳王。❻徑：直接。沽取：買來。

詩人這首詩大概作於天寶十一年（752），當時詩人與友人岑勳在嵩山的另一好友元丹丘的穎陽山居做客，李白因感懷世事變化，自己功業無成而時間飛逝，於是寫下這首詩，抒發自己內心的苦悶和曠達不羈而自信的情懷。

詩文開篇就用了兩組排比句，氣勢宏大。「君不見黃河之水天上來，奔流到海不復回」，黃河就從穎陽附近經過，所以詩人寫黃河水，起起興的作用，為下邊的抒情做鋪墊。詩人在這裏用誇張的手法寫「黃河之水天上來」，表明黃河水在往下流的時候落差極大，

好像從天而降，傾瀉而下。而從天而降的江水洶湧奔流向東海，景象壯闊雄渾。接著詩人又寫道：「君不見高堂明鏡悲白髮，朝如青絲暮成雪」，通過上邊江水一去不復返，勢不可擋，引到這句詩人對生命短暫、時間飛逝的感慨。這裏詩人用「高堂明鏡」這個事物，使詩人在鏡子中照到自己白髮，不由唏噓感慨的模樣躍然紙上，非常生動形象。詩人將人從青春到衰老的過程，凝縮在了一天的「朝」和「暮」，極言時光流逝之快。黃河之水奔騰不盡，洶湧壯闊，而人在黃河面前是那樣的藐小，兩句也形成了鮮明的對比。詩人開篇就帶著悲壯的感傷之情。

　　既然時間短促，那就「人生得意須盡歡，莫使金樽空對月」，詩人感悟在人生得意時就盡情享受歡樂，不要白白浪費了這大好時光。他從開篇的悲傷情緒中擺脫了出來，變得豁達而豪放，詩人精選了「金樽」和「月」，雖未言酒，但飲酒之意境則生動地表現出來了，非常富有詩意。從這兩句開始，到「將進酒，杯莫停」，詩人越發豪放不羈。他自信「天生我材必有用」，一個「必」字突出了他的自信。趁現在把酒高歌，雖然「千金散盡」又算得了什麼呢？它終究會「還復來」的，這一句也表現了詩人心胸之宏闊和詩人高度的自信。接著詩人寫到三個人大擺宴席開懷暢飲，「烹羊宰牛」為食，飲酒「三百杯」。這是多麼暢快淋漓的事情啊！從中可以看到詩人是何等的豪邁。詩人接著勸朋友多飲酒，杯莫停，好像那個場景就在眼前，這使詩文變得立體了，更生動了，讓人如臨其境。

　　接著詩人一句「與君歌一曲，請君為我傾耳聽」，引出了下文詩人歌詠的內容——

　　「鐘鼓饌玉」，代表了富貴生活，但詩人認為「不足貴」，並說「但願長醉不復醒」。事情由原來的豪放轉為了激憤。酒後吐真言，詩人接著寫道：「古來聖賢皆寂寞，唯有飲者留其名。」這二句也是激憤之詞。詩人慨歎聖賢寂寞，其實是寫自己。自己本來才華橫溢，有遠大的抱負，但卻不能為世用，內心憤懣難平，希望自己長醉不醒，用酒麻醉自己。詩人說「唯有飲者留其名」，接著便舉出「陳王」曹植這個例子，並化用了他《名都篇》中「歸來宴平樂，美酒斗十千」，表現了詩人內心的悲壯情懷，但是詩人接著沒有再繼續吐露內心的不平，而是又回來言酒。

　　「主人何為言少錢，五花馬，千金裘，呼兒將出換美酒」，其中「五

花馬」、「千金裘」都是非常貴重的東西，這呼應了「千金散盡還復來」這一句，口氣豪邁，自信滿滿。這裏我們不得不提一下，其實，詩人李白是做客他家，卻儼然是主人一般，表現了詩人豪放且快人快語，也表明了和朋友友誼深厚，不拘禮節，充滿浪漫主義色彩。最後「與爾同銷萬古愁」，詩人又落到了一個「愁」字上，和開篇的悲情正好前後呼應，渾然一體。

這首七言樂府，寫得大起大落，感情豐富激昂，氣度不凡。誇張和排比的靈活運用，加強了詩文的氣勢，也凸顯了詩人的豪邁之情，同時詩文感情真摯深沉，在詩文的字裏行間中都流露著詩人內心的自信、不平、豁達等等複雜感情。詩句長句和短句錯落，使人讀起來時而急促，時而舒緩，節奏和諧有致，詩人將內心的感受真切地表現了出來。

【後人點評】

宋人嚴羽：一結豪情，使人不能句字賞摘。蓋他人作詩用筆想，太白但用胸口一噴即是，此其所長。（《李杜全集》之《李太白詩集》嚴羽評點）

▷ **清平調詞三首❶**

其一

雲想衣裳花想容，春風拂檻露華濃❷。

若非群玉山頭見❸，會向瑤台月下逢❹。

其二

一枝紅豔露凝香❺，雲雨巫山枉斷腸❻。

借問漢宮誰得似？可憐飛燕倚新妝❼。

其三

名花傾國兩相歡❽，長得君王帶笑看。

解釋春風無限恨❾，沉香亭北倚欄杆❿。

【注】❶清平調：樂府曲牌名，為李白所創。又作《清平調辭》。❷露華：帶露水的花朵。❸群玉山：據《山海經》中載，群玉之山為西王母

居住的地方。❹會向：當向。瑤臺：據王嘉《拾遺記》中載，昆侖山有瑤臺，為西王母宮殿。❺紅豔：紅牡丹。❻雲雨巫山：指楚襄王和巫山神女夢中相會的傳說純屬虛妄。❼飛燕：趙飛燕。她原為宮女，因貌美，能歌善舞，為漢成帝所寵愛，後來立為皇后。❽名花：指牡丹花。傾國：指楊貴妃。❾解釋：消釋，消解。❿沉香亭：在唐興慶宮龍池東，是皇帝和妃子賞花的地方。

一日，唐玄宗和楊貴妃在園中賞牡丹，命時任翰林的李白作詩文，於是李白奉詔寫下這三首詩。

第一首，「雲想衣裳花想容」，開頭就給人一種色彩紛呈、花團錦簇之感。這句話的意思是彩雲像楊貴妃的衣衫，嬌豔的牡丹像貴妃的容顏。這兩句也可以理解為，楊貴妃的衣衫就像漂浮的彩雲，而貴妃的容顏就像牡丹花。總之，花和貴妃的容貌融合，衣裳和彩雲相應，流光溢彩，熱鬧非凡。

「春風拂檻露華濃」，進一步描寫牡丹的美麗，「露華」，指帶露珠的牡丹花。露珠是晶瑩剔透的，牡丹花是嬌豔美麗的，兩者融合在一起，更顯牡丹濃郁的美。這裏詩人用風露暗喻唐玄宗的恩澤，使花容人面都倍加美麗。

詩人將筆觸從現實移到了天上仙境中。詩人寫「若非群玉山頭見，會向瑤臺月下逢」，詩人肯定地說：這樣美麗的容顏，如果不是在群玉山中見到，也只應該在瓊瑤仙境中見到。詩人將貴妃完美自然地比喻成了天上仙子，一點都沒有諂諛之氣。「若非」、「會向」突出表現了貴妃美麗的容顏讓人驚歎。「玉山」、「瑤臺」、「月」這些素潔淡雅的景物，更加襯托了貴妃的美麗像玉一樣。詩人從空間上進行描寫，並將人們從現實引到了天上仙境，意境優美。

第二首，「一枝紅豔露凝香」，詩人用這七個字的描寫，分別從視覺和嗅覺不同角度，突出了牡丹花的美麗。同時「露」字，讓我們想到了含露飄香而又紅顏的牡丹，那該是多麼美麗的花啊！那牡丹似的貴妃容顏又該是怎樣的可人。同時，含露也有楊妃受皇帝寵信之意。「雲雨巫山枉斷腸」，詩人巧用楚襄王夢仙女的典故，言外之意就是楚襄王和神女只能夢

中相會，而楊妃被皇帝專寵，連神女都比不上她。最後一句，詩人又用漢成帝的皇后趙飛燕來作為比喻，趙飛燕還用濃妝淡抹，而楊貴妃是天生花容月貌，不用修飾，就完好美麗無比。這些都極力讚美楊貴妃的美麗和高貴。詩人在這首詩中將人們帶入了歷史長河中，意境深遠悠長。

第三首，「名花傾國兩相歡，長得君王帶笑看」，詩人寫到楊妃受唐玄宗的極度寵愛。這裏「傾國」指楊妃，牡丹和美人兩相映照，交映生輝，而使君王陶醉其中，頻看不厭，這兩句把牡丹、楊妃、玄宗融為一體，表明他們之間親密的關係。「解釋春風無限恨，沉香亭北倚欄杆」，正是因為上面牡丹美麗動人，所以讓君王常常歡笑，也消解了君王的恨。這裏「春風」，代指君王。而最後詩人點明，皇帝和楊妃賞牡丹的地點在沉香亭北，而「倚欄杆」三字結尾，為整首詩鋪上了一層怡然自得而優雅的神韻。詩人從這首詩中將人們又帶回了現實，正面讚美楊妃和唐玄宗，筆力灑脫空靈。

這三首詩，用詞清豔華麗，最突出的特點是將楊貴妃的容顏和牡丹花的美麗完美地融合在了一起，看花如見人，見人如見花，花容人面，渾然一體，完美天成。

【後人點評】

明人鍾惺：太白《清平》三絕，一時高興耳，其詩殊未至也。（《唐詩歸》卷十六）

▷ **秋浦歌十七首（其十五）** ❶

白髮三千丈，緣愁似個長❷？
不知明鏡裏，何處得秋霜❸！

【注】❶秋浦：唐代屬池州，在今安徽貴池縣。❷緣：因為。似個：這樣。❸秋霜：秋季裏的白霜，這裏形容人的白髮。

天寶末年，唐玄宗統治腐敗，詩人對國家局勢深感擔憂。而此時的李白已經五十多歲了，自己理想一直沒能實現，又到處受排擠，內心壓抑。種種感情夾雜在一起，讓詩人愁腸百結，這首詩大約就寫於這個時期。

「白髮三千丈」，開頭第一句就給人描寫了一個觸目驚心的畫面，一頭三千丈的白髮。三千丈用現在的長度單位來計量就等於是一萬米長，頭髮哪裏有那麼長的，這裏詩人是用誇張手法，由此可見，詩人想像力是多麼豐富和飄逸不羈。詩人起筆雄健有力，氣勢雄渾。

詩人緊接著寫道：「緣愁似個長」，讀到這裏我們不禁豁然明白了詩人的用意，詩人極言白髮之長，是想突出自己的愁之深刻啊！詩人的愁悶也如白髮一樣有三千丈，白髮因愁而生，而愁緒讓白髮越來越長，白髮和愁交織在一起，白髮就代表著詩人的愁苦，而詩人的愁苦和這三千丈的白髮一樣長。兩相照應，使「愁」的氛圍更加濃重。詩人極為誇張的藝術表現手法，形象地表現了這個「愁」，極具感染力。

「不知明鏡裏，何處得秋霜」，看到這句話我們終於明白了，詩人是在自己照銅鏡的時候，看到頭上斑斑白髮才有了上面的深刻感受。詩人照著鏡子看到自己有那麼多的白髮，自己都懷疑起自己的頭髮竟然這樣白，一個疑問句突出了詩人對年華已逝去的手足無措之感。這兩句表達了時光易逝、人生苦短的永恆哲理，同時也抒發了詩人壯志難酬而青春已逝的苦悶心情。這兩句比開頭兩句在語氣節奏上舒緩了很多，同時，感情也變得相當悽愴。

這首五絕把誇張和奇特浪漫的想像完美結合，短短二十個字，字字都凸顯了詩人筆力之雄健，感情之深刻，極富感染力。讓人讀來，不禁為詩人悲傷，體現了一種壯烈、悲涼的情懷。因此，這首詩凸顯了李白的浪漫而飄逸的詩風。

【後人點評】

李攀龍稱李白絕句：實唐三百年一人。（明·王世貞《藝苑卮言》）

▷ **塞下曲六首（其一）❶**

五月天山雪，無花只有寒。
笛中聞折柳❷，春色未曾看。
曉戰隨金鼓，宵眠抱玉鞍。
願將腰下劍，直為斬樓蘭❸。

【注】❶塞下曲：本是古時邊塞地方的軍歌。唐朝時，多數詩人以此題寫邊塞題材的詩。❷折柳：指折柳曲，是樂府橫吹曲，多表現在外漂泊者的內心孤苦，樂曲淒婉。❸直為：只為。斬樓蘭：出自一個殺敵建功的典故，據《漢書•傅介子傳》：「漢代時，西域的樓蘭國常殺死漢朝使節，傅介子出使西域，平定樓蘭國，後樓蘭國又反叛朝廷，傅介子用金帛誘殺了樓蘭王，再次平定了樓蘭。」

李白作《塞下曲》六首，這是其中的第一首。這首詩描寫了戰士們在塞外寒苦而緊張的征戰生活，表現了戰士們保家衛國、英勇無畏的氣概。

「五月天山雪，無花只有寒」，這裏兩句點明了戰士們身處的環境，「五月」，本應是繁花似錦的盛夏，但是，李白筆下的塞外五月，卻是天寒地凍。天山孤挺在塞外邊疆，長年被積雪覆蓋。詩人接下來沒有詳細地描述邊塞的寒冷之景，而是直接寫感受「無花只有寒」，一個「寒」字，和上一句的「雪」相映襯，烘托了邊地的寒冷艱苦，同時這句話也流露出詩人內心有一絲波動。

「笛中聞折柳，春色未曾看」，在這樣寒冷的天氣裏，不知道誰又吹起了淒婉的折柳曲。接著詩人寫到折柳相送的場面在邊塞裏是看不到的，因為這裏沒有一點春天的氣息，人們只能從笛聲中回味。詩人借折柳曲進一步渲染了邊塞淒清蒼涼的氣氛。這兩句話一句敘述一句議論，敘議結合，情景交融。

接著詩人從蒼涼的氣氛中轉移出來，開始寫軍中生活，「曉戰隨金鼓，宵眠抱玉鞍」，意思是白天在軍樂雷鳴中和敵人交戰，晚上就抱著馬鞍子睡。這裏，「曉戰」與「宵眠」相呼應，概括了戰士們緊張的戰鬥生活，語氣活躍雄健。「隨」字體現了士卒們作戰嚴守紀律，陣容整齊。接著一個「抱」字，生動地刻畫了夜間士卒們警惕防備的狀態。這兩句集中展現了戰士們飽滿的作戰狀態，為最後詩人的抒情蓄勢。

最後寫的是士卒們的抱負，「願將腰下劍，直為斬樓蘭」，這裏詩人引用了斬樓蘭的典故，表現了邊塞將士們不怕犧牲，希望能像傅介子那樣征戰疆場保衛國家，建功立業的雄心壯志。「直」和「願」語氣肯定且強烈，集中突出了將士們的堅定決心，內心的豪情壯志就在這兩句話中噴湧

而出，讓人暢快淋漓，豪邁之氣籠罩全詩。

這首五律，語言平實無華，氣韻渾厚，觸景生情，情景交融，敘議結合。蒼涼的邊塞大地和戰士們的英勇鬥志形成了鮮明對比，即使條件再惡劣，戰士們依然滿腔愛國熱情，突顯出了戰士們昂揚的鬥志。

【後人點評】

清人沈德潛評論《塞下曲》前四句：四語直下，從前未具此格；一氣直下，不就羈縛。

▷ 送孟浩然之廣陵❶

故人西辭黃鶴樓❷，煙花三月下揚州。
孤帆遠影碧空盡，惟見長江天際流❸。

【注】❶之：去。廣陵：即江蘇揚州。❷故人：老朋友，這裏指孟浩然。孟浩然比李白年長，在當時詩壇極負盛名，李白對他非常敬重。黃鶴樓：故址在今湖北武漢長江大橋西，傳說仙人王子安乘黃鶴過此，故稱。❸天際：天邊。

開元十三年（725），李白離開故鄉四川沿江而下，遊歷各地，在襄陽時，他拜訪了隱居鹿門山莊中的孟浩然，兩人志趣相投，遂成為至交。開元十八年（730），李白聽到孟浩然要去廣陵的消息，於是便約孟浩然在黃鶴樓見面。幾天後，孟浩然乘船去了揚州，李白親自到江邊送別，看著朋友帆船遠去，心中有所感懷，便寫下了這首詩。

這首詩雖然是送別詩，但是其中少了淒涼惜別等情緒，也沒有像王維《送元二使安西》中對朋友深切的關懷，這首詩的離別卻充滿了詩情畫意，為什麼會這樣呢？從詩人的經歷來看，詩人當時剛剛離開四川時間不長，所以，他眼中的世界到處都是充滿希望的、生機勃勃的，而孟浩然此去的是當時非常繁華的揚州，李白嚮往揚州，認為去那裏一定是非常快樂的事情，所以，詩人心中沒有悲痛欲絕，反倒認為朋友此行一定是一段愉快的旅程。

「故人西辭黃鶴樓，煙花三月下揚州」，這裏點明了詩人和孟浩然

分別的地點，以及孟浩然要去的地方，開門見山，直入主題，簡單明瞭。「煙花」二字，既點明了分別的季節是在煙花三月，同時這兩個字讓人聯想到春風和煦，花兒爭芳鬥豔的絢爛場景，烘托了詩人內心的愉悅，也暗含對揚州的嚮往。這兩句意境優美，文字凝練精美。

「孤帆遠影碧空盡，惟見長江天際流」，這兩句寫到詩人遠望朋友行船遠去的場景，雖然孟浩然的行船已經走了很遠了，逐漸看不見了，但是，詩人始終站立在江邊遠望著朋友。「孤帆遠影」終於流露出了詩人對朋友的不捨深情。但是最後一句「唯見長江天際流」，詩人看著長江水好像在天際間奔流，詩人內心也像滔滔江水一樣，心潮澎湃，一時無法平靜。詩人望著蒼茫的長江水，內心有對朋友的留戀，同時也含對揚州的嚮往。詩人筆下的長江景色曠遠遼闊，意境宏闊，充滿了詩意。

這首七絕意蘊深遠，語言唯美，充滿詩情畫意。

【後人點評】

陸游：太白登此樓送孟浩然云：「孤帆遠影碧空盡，唯見長江天際流。」蓋帆檣映遠山尤可觀，非江行久不能知也。（《入蜀記》卷二）

▷ 送友人

青山橫北郭❶，白水繞東城❷。
此地一為別❸，孤蓬萬里征❹。
浮雲遊子意，落日故人情❺。
揮手自茲去❻，蕭蕭班馬鳴❼。

【注】❶郭：古人在城外修建的一種外牆。內城稱城，外城稱郭。❷白水：明澈的水。❸一：語氣助詞，加強語氣。為別：作別。❹孤蓬，隨風漂浮不定的蓬草。這裏詩人用「孤蓬」比喻遠行的朋友。❺落日：落日依山緩緩而下，比喻與朋友的惜別之情。❻自茲去：從此離去。茲，此。❼蕭蕭：馬的鳴叫聲。班馬：指載人遠離的馬。班，離。

這是一首送別詩，詩中描繪了詩人和友人離別時的情景，詩文如畫般

地再現了送別那一動人場景，情意綿綿，感人肺腑。

「青山橫北郭，白水繞東城」，這兩句點出詩人送別友人的地點。青山橫互城外的北邊，清澈的河水戀戀不捨地環繞東城。在這多彩而秀麗的風景中，蘊含了詩人對友人的依依不捨之情。

「此地一為別，孤蓬萬里征」，此兩句直接抒發作者心情。在此地一別，朋友就要像蓬草那樣隨風飄蕩到萬里之外了。表達了詩人對朋友漂泊他鄉的深切關懷。詩人用筆自然如行雲流水，意境遼闊。

「浮雲遊子意，落日故人情」，這兩句中詩人巧妙地用「浮雲」、「落日」比作朋友和自己，表達詩人此刻的心情。天空中浮動的白雲，飄移不定，就像朋友一樣到處飄遊；而那即將隱落大地的夕陽，不忍離去，正像我對朋友的依依不捨的心情。在此景中有朋友和我的影子，我和朋友之間的惜別之情就像是這雲和日一樣，物我交織在一起，情景融合一處，渾然天成，將那種惜別離時的難捨難分之情表現得淋漓盡致，悠遠綿長。這兩句對仗工整，感情飽滿，感情真摯感人。

「揮手自茲去，蕭蕭班馬鳴」，在詩人「揮手」的那一刻，「蕭蕭班馬鳴」，「蕭蕭」句是詩人引用了《詩經•車攻》「蕭蕭馬鳴」的典故，表達詩人此刻的心情。離別的馬兒好像也不肯離去，也不斷嘶鳴，而在這個遼闊寂靜的傍晚，它的蕭蕭鳴聲顯得那樣的孤獨，充滿了不捨深情。

這首五言律詩，意境開闊，不捨之情寫得豪放，將自己的不捨之情融於遼闊而寂靜的自然中，節奏明快，感情真摯熱忱，率直樂觀，沒有淒婉之感，別具一格。

【後人點評】

清人沈德潛：三、四流走，亦竟有散行者，然起句必須整齊。蘇、李贈言多唏噓語而無蹶蹙聲，知古人之意在不盡矣！太白猶不失斯旨。（《唐詩別裁集》卷十）

▷ **聽蜀僧濬彈琴❶**

蜀僧抱綠綺❷，西下峨嵋峰。
為我一揮手❸，如聽萬壑松❹。

客心洗流水❺，餘響入霜鐘❻。

不覺碧山暮，秋雲暗幾重。

【注】❶濬：蜀僧法名。❷綠綺：古代著名的琴名。《文選》注引晉傅玄《琴賦》序：「司馬相如有綠綺。」❸揮手：指彈琴。❹萬壑松：千萬山谷間的松濤聲。❺客心：佛家語，指俗塵之心。流水：相傳春秋時鍾子期能聽出伯牙的琴中意，時而志在高山，時而志在流水，伯牙認為他是自己的知音。❻霜鐘：指鐘聲，《山海經•中山經》中載：「豐山……有九種焉，是知霜鳴」。

這首五言律詩寫的是詩人聽蜀地的一位和尚彈琴的過程，詩中描寫了詩人聽琴時的感受，體現了琴聲的優美，表達了詩人對這位和尚的仰慕和對家鄉的思念。

「蜀僧抱綠綺，西下峨嵋峰」，開篇兩句介紹了和尚來自詩人的故鄉四川。僧人能抱著「綠綺」名琴，也暗示了僧人有高超的琴技，表達了詩人對這位僧人的欽慕之情。

「為我一揮手，如聽萬壑松」，主要寫了僧人彈琴，僧人隨手一揮，撫琴弄弦，便傳出了優美的琴聲，那聲音好像是萬千山谷中傳來的陣陣松濤聲，聲勢宏大而清幽。

「客心洗流水，餘響入霜鐘」，這裏詩人巧妙地運用了伯牙、鍾子期和霜鐘兩個典故，表明了詩人能通曉僧人的音樂，兩人算是知音，詩人聽著僧人彈奏的悠揚琴聲，自己也從中受到了洗禮，心曠神怡，讓人回味無窮，有餘音繞樑三日不絕之感，詩人將這種感覺委婉含蓄地表達了出來。琴聲和秋天的鐘聲融合在一起，相映成趣。

「不覺碧山暮，秋雲暗幾重」，詩人聽著聽著不知不覺已經到了傍晚，秋雲也暗淡了下來，詩人通過朦朧淡靜雲景反襯出了彈琴者的琴樂美妙而迷人。

全詩文如行雲流水，一氣呵成，流利暢達。主要側重於聽琴的感覺描寫，通過用典、反襯等手法對聽樂時的感受刻畫得細膩到位。

【後人點評】

清人應時：真景而運以逸思。「不覺碧山暮，秋雲暗幾重」，所謂神往。（《李杜詩緯‧李集》卷三）

▷ 望廬山瀑布❶

日照香爐生紫煙❷，遙看瀑布掛前川。
飛流直下三千尺，疑是銀河落九天❸。

【注】❶廬山：山名，在今江西省九江市北。❷香爐：山名，即香爐峰，在廬山西北，因其形狀像香爐並且山上常煙雲籠罩故得名。紫煙：指日光照射下使雲霧呈現出紫色。❸銀河：又稱天河。古人將銀河系形成的帶狀星群成為銀河。九天：古代人認為天有九重，九天是天的最高層。這裏指很高的天空。

這首五絕，描繪了瑰麗氣壯的廬山瀑布景，詩人誇張而浪漫主義色彩在這首詩中展現得淋漓盡致。

「日照香爐生紫煙」，拔地而起的香爐峰周圍升起嫋嫋白煙，繚繞在青山之間，陽光照射現出一片紫色的雲霞。詩人描繪了一幅唯美神祕的香爐峰景色，為寫廬山瀑布營造了一個幽美的背景環境。

「遙看瀑布掛前川」，詩人從第二句開始寫廬山瀑布，「遙望」說明詩人在遠處看瀑布的概貌，詩人想像力非常豐富，看到瀑布就像一條白絲帶掛在了山川間，惟妙惟肖地描繪了遠景中瀑布的形象。其中，「掛」字寫得非常生動傳神，同時，詩人細緻地將瀑布形象精練地寫了出來，也表現了詩人對大自然鬼斧神工的讚歎。

「飛流直下三千尺」，這一句用誇張手法形象地表現了瀑布奔流直下的動態美，「飛」字生動地描繪了瀑布傾瀉而下、水花四散的景象，將瀑布寫得充滿飄逸的美。「直下」二字，突出了山勢的高峻陡峭，同時也體現了水流順勢急下，洶湧不可擋的強大力量，彷彿那滔滔瀑布水流，傾瀉而下拍擊石岸的聲音就在耳邊，那泛起的白浪清晰可見，意境壯闊。

這樣還不足以形容廬山瀑布的奇美，詩文最後寫「疑是銀河落九天」，詩人馳騁自己豐富的想像，將現實中的瀑布比做了九天之上的銀河，立時意境上了一個層次，變得曠遠超俗。而詩人知道這不是真的，所

以用「疑是」二字，好像詩人在俗間找不到更好的東西來比喻這美麗的廬山瀑布了，可能只有天上的景才能和廬山瀑布相配了吧。這個「疑」又給人留下了無限遐想空間。

這首七言絕句，充分發揮了詩人豐富而飄逸的想像力，將廬山瀑布寫得誇張而又自然，新奇而又真實，雖然只是寫一景，但是詩人通過誇張、比喻等手法將瀑布寫得豐富多彩、熱鬧非凡，讓人深刻印象。

【後人點評】

杜甫評李白詩：筆落驚飛雨，詩成泣鬼神。（《寄李十二白二十韻》）

▷ 望天門山❶

天門中斷楚江開❷，碧水東流至此回❸。
兩岸青山相對出❹，孤帆一片日邊來。

【注】❶天門山：山名，在今安徽蕪湖西南長江兩岸，東岸山名博望山，西岸山名梁山。兩山夾江而立，狀若天門，故得名。❷楚江：指流經湖北宜昌到安徽蕪湖的一段長江。因此地屬於古楚，故詩人稱此段江為楚江。❸回：改變方向。❹兩岸青山：指博望山和梁山。出：挺立。

前兩句用鋪敘的方法，描寫天門山的雄奇壯觀和江水浩蕩奔流的氣勢。詩人不寫博望、梁山兩山隔江對峙，卻說山勢「中斷」，從而形象地寫山兩山峭拔相對的險峻。「楚江開」，不僅點明了山與水的關係，而且描繪出山勢中斷、江水至此浩蕩而出的氣勢。「碧」字，明寫江水之色，暗寫江水之深；「回」字，描述江水奔騰迴旋，更寫出了天門山一帶的山勢走向。後兩句描繪出從兩岸青山夾縫中望過去的遠景，「相對」二字用得巧妙，使兩岸青山具有了生命和感情。結尾一句更是神來之筆。

「天門中斷楚江開」，主要描寫了浩瀚楚江水從天門奔湧而去的雄闊景象。詩人沒有直接說楚江兩岸的高山怎樣險峻，而是用了一個奇妙的想像，好像是天門山原來是個整體，後來被楚江水從中間衝開。彷彿那江水拍擊山石，高大的山川橫亙江上的景象就在眼前，景象宏偉壯觀。詩人賦

予了楚江水堅毅的氣質，非常形象，意境開闊。這裏表現了江水的浩大。

「碧水東流至此回」，著重寫夾江而立的天門山阻擋水勢，形成水流迴旋的景象。洶湧的楚江經過狹窄的天門山時，自然激起迴旋，形成波濤洶湧、白浪翻飛的壯觀景象。這裏詩人借水勢迴旋襯出了山的雄偉。

「兩岸青山相對出，孤帆一片日邊來」，詩人精選一輪紅日、兩岸青山、白帆這些色彩明麗、層次清晰的意象，一幅雄偉壯麗的景象展現在我們面前。詩人乘舟而上，越來越接近天門山，這是楚江兩岸的這兩座大山的形象越來越清晰。於是，這種「相對出」的感覺就出來了。「出」字真切地再現了行舟中看到天門山的獨特感受，同時這個字充滿動感，好像天門山在歡迎詩人一樣，暗含了詩人喜悅的心情。

【後人點評】

宋人王安石：清水出芙蓉，天然去雕飾。（宋•胡仔《苕溪漁隱叢話》前集卷五）

▷ 行路難三首（其一）❶

金樽清酒斗十千❷，玉盤珍羞直萬錢❸。
停杯投箸不能食，拔劍四顧心茫然。
欲渡黃河冰塞川，將登太行雪滿山。
閑來垂釣碧溪上❹，忽復乘舟夢日邊❺。
行路難，行路難，多歧路，今安在？
長風破浪會有時❻，直掛雲帆濟滄海！

【注】❶行路難：樂府《雜而歌辭》的舊題，內容多為表達世事艱難或離別時的悲傷。❷樽：古代盛酒的器皿。斗十千：一斗值十千。形容酒價較貴。❸羞，同「饈」，食物。直：通「值」，價值。❹閑來垂釣：傳說姜太公未遇周文王時，曾在磻溪（今陝西寶雞東南）長期垂釣。❺乘舟夢日邊：相傳伊尹在受商湯聘請前，曾夢見自己乘船經過日月之旁。詩文用閑來釣魚和乘舟夢日邊比喻人生遇合無常。❻長風破浪：比喻遠大的抱負。據《宋書•宗愨傳》載：宗愨少年時，叔父宗炳問他的志向，他說：

「願乘長風破萬里浪。」會：遇到。

　　《行路難》大約是詩人在天寶三年（744）離開長安時所作。李白寫《行路難》三首，這是其中的第一首，詩中表達了詩人內心的抑鬱愁苦和對政治昏暗、仕途不順的憤怒感情。

　　詩文的前四句主要寫朋友準備了豐盛的酒食，盛情款待詩人的宴會上的場景。「金樽」、「玉盤」、「斗十千」、「直萬錢」極力描寫了朋友不惜金錢，大擺宴席，表明了朋友對詩人的深厚情誼。但是詩人內心愁苦抑鬱，無心飲食。「停杯」、「投箸」、「拔劍」、「四顧」這一系列動作的描寫，真實生動地刻畫了詩人因為內心抑鬱、激盪的心情。詩人拔劍四顧，卻看到茫茫然一片，他的內心該是怎樣的愁悶、痛苦啊！

　　接著從「欲渡黃河冰塞川」到「多歧路，今安在」，詩人直接抒發內心的苦悶，「冰塞川」、「雪滿山」，形象地比喻了人生道路上的艱難，而詩人當時被賜金放還不就是如遇冰川和雪山一樣嗎？自己的滿腔抱負無處施展，政治仕途坎坷不平。但是，詩人沒有就此消沉下去，他想到了姜太公和伊尹兩人的故事，雖然他們也曾一度處於困境，但是最終還是登上仕途，成就了一番偉業，所以，這讓詩人信心倍增。

　　雖然兩個歷史人物的事蹟給了李白很大的信心，但是當他想到現實的時候，又再次感慨，並茫然一問：「行路難，行路難，多歧路，今安在」，這表現了詩人對仕途的失望，世事艱難，有多少崎嶇之路啊，這表現了詩人當時矛盾的心情。但是，詩人總是樂觀而自信的。最後他喊出「長風破浪會有時，直掛雲帆濟滄海」，他相信儘管路途坎坷不平，但仍會有乘風破萬里浪，掛上雲帆，橫渡滄海，到達理想彼岸的時候，感情豪邁，慷慨激昂。

　　這首七言樂府真實地再現了詩人在宴會上從內心彷徨氣餒，到最後重新回到自信的情感掙扎過程。感情激盪起伏，不斷變化。在這層層疊疊的感情起伏變化中，既顯示了當時政治黑暗，詩人因此失落失望，也表現了詩人內心的憤懣、抑鬱和不平，最後突出了詩人自信、倔強和勇敢追求理想的執著精神。

【後人點評】

明人朱諫：賦也。世路難行如此，惟當乘長風掛雲帆以濟滄海，將悠然而遠去，永與世相違，不蹈難行之路，庶無行路之憂耳。（《李詩選注》卷二）

▷ 宣州謝朓樓餞別校書叔雲❶

棄我去者昨日之日不可留，

亂我心者今日之日多煩憂。

長風萬里送秋雁，對此可以酣高樓❷。

蓬萊文章建安骨❸，中間小謝又清發❹。

俱懷逸興壯思飛❺，欲上青天覽明月❻。

抽刀斷水水更流，舉杯銷愁愁更愁。

人生在世不稱意，明朝散髮弄扁舟❼。

【注】❶宣州：在今安徽宣城縣一帶。謝朓樓，又名謝北樓，在陵陽山上，南齊謝朓任宣城太守時所建。校（音叫）書：官名，即校書郎，負責朝廷圖書的整理工作。叔雲：李白的叔叔李雲。❷酣（音鼾）高樓：在高樓暢飲。❸蓬萊文章：海中神山蓬萊，據傳藏有幽經祕笈。這裏用此指代李雲所在的祕書省。建安骨：即建安風骨。漢末建安年間，「三曹」和「七子」等所作詩風骨蒼勁，後人稱之為「建安風骨」。❹小謝：指謝朓。後人將他和謝靈運並舉，稱為小謝、大謝。這裏詩人以小謝自比。清發：指清新的詩風。發，詩文俊秀飄逸。❺逸興（音性）：飄逸放達的興致，多指遊山玩水之興。王勃《滕王閣序》：「遙襟甫暢，逸興遄飛」。❻覽：通「攬」，摘取。❼散髮：不束冠，古人束髮戴冠，散髮表示安逸閒適，也有不受冠冕拘束的意思，因此引伸為棄官歸隱。

李白被賜金還鄉後，心中抑鬱，遊歷四方，此詩作於天寶十二年（753），李白來到宣州，這時他的一位族叔李雲將要離去，因而寫這這首詩表示送別，詩人借此一抒內心的憤懣不平，也表達詩人對光明理想的執著追求。

詩人開篇兩句和離別沒有一點聯繫，而是詩人一吐為快的牢騷之辭。

因為詩人當時內心苦悶，所以，見到族叔內心裏在朝廷中抑鬱不得志，受奸臣誣陷的激憤和長年客居他鄉的辛酸全都發洩出來了。開頭突兀但更顯詩人和族叔的感情之深厚，沒有任何顧忌和避諱。

「長風萬里送秋雁，對此可以酣高樓」，詩人在秋風中看秋雁北飛，這自然的景色，讓詩人心中的鬱悶心情頓時好轉，詩人精神重新振奮，要與朋友在高樓酣飲，這兩句詩生動地描繪出了詩人瀟灑飄逸、豪情豁達的性情。

「蓬萊文章建安骨，中間小謝又清發」，這兩句主要寫了兩人在高樓上飲酒餞別中，詩人稱讚李雲的文章有建安風骨，剛健有力。而詩人自比謝朓，說自己的詩文清新秀麗。這兩句既體現了兩人都是飽學之才，有共同的志趣，同時詩人自比也流露出了他對自己才能的自信。

「俱懷逸興壯思飛，欲上青天覽明月」，兩人志氣壯懷，可以共同攬日月了，「覽」字極富張力和表現力，用誇張的手法，表現了自己遠大的胸懷抱負。

突然之間詩人寫道：「抽刀斷水水更流，舉杯銷愁愁更愁」，詩人又愁上心頭。這裏詩人用極為形象的比喻，表現了詩人當時內心苦悶，就像是抽刀斷水，水依然流動一樣綿綿不絕，即使用酒消愁，也沒有用，反倒使內心的愁苦更深了一層。

「人生在世不稱意，明朝散髮弄扁舟」，最後詩人寫說人生在世不如意，那就去遊歷四方，逍遙弄扁舟吧，表達了詩人對現實的憤懣不平和想要逃避現實的想法。

這首七言古詩一波三折，跌宕起伏，感情抑揚有秩，表現出了詩人對昏暗政治的不滿和逃避。但整體感情色彩上，哀而不傷，從中我們也可以看到詩人豪邁放達的氣概。

【後人點評】

明人周珽：厭世多艱，興思遠引，韻清氣秀，蓬蓬起東海，蓬蓬起西海。異質快才，自足橫絕一世。（《唐詩選脈會通評林》卷十九）

▷ 夜泊牛渚懷古❶

牛渚西江夜❷，青天無片雲。

登舟望秋月，空憶謝將軍❸。

余亦能高詠，斯人不可聞。

明朝掛帆去，楓葉落紛紛。

【注】❶牛渚（音主）：山名，即牛渚山，在今安徽當塗縣。此題題下原注，此地是謝尚聞袁弘《詠史》處。❷西江：自南京到江西這一段長江被稱為西江，牛渚也在此段內。❸謝將軍：東晉謝尚，當時他任左衛將軍，鎮守牛渚，於秋夜泛舟江上賞月，恰聞袁宏在誦己作的《詠史》詩，謝尚甚為喜歡，於是，邀他前來交談，直到天明。

在這首詩中詩人通過在牛渚泛舟，回憶謝尚遇袁宏的故事，表達了自己才華橫溢，卻不為世用的懷才不遇的苦悶之情。

「牛渚西江夜，青天無片雲」，直入主題，點明了詩人夜泊牛渚。詩人眼望天空澄澈碧藍，沒有一絲雲彩。我們可以想像，天空和長江水連在一起，一個空曠而遼遠的江邊夜景就展現在了我們面前，這是一個寧靜的夜晚。

「登舟望秋月，空憶謝將軍」，在這樣幽靜的環境中，詩人泛舟江上，遠望秋月，不禁想到了東晉時也曾在這裏泛舟的謝尚，他在這裏聽到了袁宏歌詠之詞，非常欣賞，於是邀請袁宏談話，他們之間快樂的交流直到天亮才結束，因此，袁宏時來運轉，有了做官展抱負的機會。袁宏能遇到賞識他的人，而詩人想到自己的不為人賞識的經歷，不禁很感慨。一個「空憶」暗示了這種回憶注定是沒有結果或回應的。

「余亦能高詠，斯人不可聞」，詩人自歎道，我也能歌善詠，可是，誰能聽到我的聲音呢？表達了詩人沒有遇到賞識他的知音，而內心悲涼的感情，同時，其中也包含點憤懣不平之情。

「明朝掛帆席，楓葉落紛紛」，最後詩人又以寫景結束全篇，他想像自己明天掛上船帆離去時的情景，當是楓葉在秋風中紛紛飄落，一片蕭條寂寞，秋葉秋聲，更烘托了詩人不遇知音而寂寞冷清的心情。

這首五律內容簡單明快，但詩人烘托的意境曠遠遼闊另有一種神韻。感情含蓄，語言自然，風格清新明朗，寓情於景，景中含情，悠遠綿長。

詩中詩人特有的清新飄逸之感依然如故。

【後人點評】

王琦注引趙宧光評：此篇「無一句屬對，而調則無一字不律」。

▷ 月下獨酌四首（其一）❶

花間一壺酒，獨酌無相親。
舉杯邀明月，對影成三人❷。
月既不解飲❸，影徒隨我身❹。
暫伴月將影❺，行樂須及春❻。
我歌月徘徊❼，我舞影零亂❽。
醒時同交歡，醉後各分散。
永結無情遊❾，相期邈雲漢❿。

【注】❶酌（ㄓㄨㄛˊ）：飲酒。❷對：朝著。三人：指月亮、詩人和詩人自己的身影。❸既：本。不解飲：不懂得喝酒。❹徒：徒然，空。❺暫：暫且。伴：伴隨。將：和。❻及春：趁著春天大好時光。這裏詩人用春暗喻大好青春年華。❼月徘徊：月亮因為我歌而游移不定。徘徊：來回移動。❽影零亂：因詩人起舞而使身影紛亂。❾無情遊：超然世外、忘卻世情的交遊。❿相期：相互約定。邈（音秒）：遙遠。雲漢：銀河。

這首詩大概寫於天寶初李白在長安時，因為當時他政治理想沒有實現，所以，心中鬱悶孤寂，借這首詩一發心中的抑鬱之情。

「花間一壺酒，獨酌無相親」，詩人在首句描繪了一幅獨飲的畫面，為整首詩提供了一個背景。在花叢間擺放著一壺美酒，這是一個很優美的環境，如果此時兩三個好友相邀在這裏談笑歡飲該是很愜意的事情，但是一個「獨」字，遏制了這種可能，詩人是一個人在這裏喝悶酒，這美麗的景色，反襯了詩人孤獨的身影，詩人越發顯得孤單。

「舉杯邀明月，對影成三人」，雖然自己形單影隻，但是詩人並不甘心這樣寂寞地獨飲，他看到了天空的明月，還有自己影子，這樣再叫上自

已，那麼不就是三個人了嗎？此句一出頓時打破了開場單調孤寂的氛圍，場面變得熱鬧起來。這裏詩人想像奇妙，立意新穎，且又自然合理。

「月既不解飲，影徒隨我身」，雖然詩人盛情邀請明月和自己一起飲酒，但是，月亮畢竟是不懂酒的，而影子也只是空隨詩人，不會飲酒。詩人寫到這裏又讓人心中為之一緊，這該怎麼辦呢？也許寫到這裏詩人可能會陷入孤獨愁苦的情緒吧，但是，沒有！

「暫伴月將影，行樂須及春」，詩人豁達寫就一筆，暫且讓它們陪我喝酒，在這春暖花開的時節，及時行樂吧！

「我歌月徘徊，我舞影零亂」，詩人飲酒漸漸進入醉態，開始載歌載舞起來，詩人歌唱時，看到月亮在天空中徘徊不去，好像傾聽著他的歌聲。身舞影動，因為詩人在酒醉中舞姿很不規範，所以，在月光下的詩人影子也變得零亂，在模糊中好像詩人在和影子一起跳舞，這是多麼熱鬧的場面啊！詩人一個人自娛自樂，把酒言歡，竟然好似比和他人共同飲酒更加歡快、熱鬧，從中可見詩人曠達的心胸。「醒時同交歡，醉後各分散」，詩人醒時和明月、影子歡娛，非常快樂。待到自己酩酊大醉，停下來的時候，月光和身影才依依不捨地離開。這四句中，詩人與月亮、影子好像相交多年的老友。無情的月亮和影子在這裏卻變得滿含深情。

「永結無情遊，相期邈雲漢」，最後，詩人真誠地和明月、身影表白要永結無情遊，約定在銀河相見。詩人不忍和它們分離，於是詩人想到這個「無情遊」，無情遊就是忘掉世間的利害，忘掉自身的存在，也忘掉他人的存在，實現你中有我，我中有你，這樣詩人就永遠和月亮、身影不再分離了。詩人和月亮、影子共同去銀河過逍遙自在的快樂生活，這是何等的自由、逍遙啊！

詩人在這首五言古詩中，運用豐富的想像，將自己獨自飲酒的場景寫得分外熱鬧，但是，熱鬧的背後也流露出了他的孤獨寂寞，詩人的自娛自樂，讓人備感淒涼。詩人的境況或寂寞或淒涼，但是，從中我們看到的不是一個消極的李白，而是樂觀追求自由和光明，豪邁曠達的李白。

【後人點評】

清人愛新覺羅·弘曆：千古奇趣，從眼前得之。爾時情景，雖復遼

倒，終不勝其曠達。陶潛云：「揮杯勸孤影」，白意本此。（《唐宋詩醇》卷八）

▷ 早發白帝城❶

朝辭白帝彩雲間，千里江陵一日還❷。

兩岸猿聲啼不住，輕舟已過萬重山。

【注】❶白帝城：在今四川奉節縣。❷江陵：今湖北江陵縣。

蕭宗乾元二年（759），李白受永王李璘案的牽連，被流放夜郎，行到白帝城遇赦，隨後他乘船下江陵，在去江陵途中寫下了這首詩。

「朝辭白帝彩雲間」，寫詩人在早晨，從彩雲繚繞的白帝城離開。「彩雲間」三字，既體現了白帝城的地勢高，同時也流露出了詩人內心的愉快舒暢的心情。

正因為白帝城地勢非常高，所以，江水落差大，詩人乘舟而下，速度非常快，所以有「千里江陵一日還」之說。這裏「千里」空間之遠，和「一日」時間之短形成了鮮明的對比，表明了行程之快，快捷無阻地行舟江上，加上詩人遇赦，可想而知，詩人行舟江上當是備感神清氣爽。「還」也暗含了詩人歸心似箭，心情舒暢之感。

接著詩人寫到了在行舟的情景，「兩岸猿聲啼不住，輕舟已過萬重山」，詩人在江中不斷地聽見兩岸的猿猴啼叫聲，不知不覺間輕快的小舟已經駛過了萬重山。這裏「啼不住」表明兩岸猿啼不斷，但是，如果船行緩慢，猿啼聲應該是悠長的，那麼，這裏猿啼不斷就側面襯托了行舟的速度之快。一個「輕」字，不僅表現的是船行輕快，也體現了詩人歷盡艱辛，現在前途開闊的暢快心情。

這首七絕詩風格輕鬆明快，清新俊朗，充滿動感，流暢飄逸。感情飽滿充沛，字裏行間都洋溢著詩人歷盡艱辛後的輕鬆快感。

【後人點評】

清人宋顧樂：讀者為之駭極，作者殊不經意，出之似不著一點氣力。阮亭推為三唐壓卷，信哉！（《唐人萬首絕句選評》卷三）

▷ 贈孟浩然 ■

吾愛孟夫子，風流天下聞❶。

紅顏棄軒冕❷，白首臥松雲。

醉月頻中聖❸，迷花不事君❹。

高山安可仰❺，徒此揖清芬❻。

【注】❶風流：古人常用風流讚美文人文彩好，善詞章，且風度翩翩。❷紅顏：指青年時。軒冕：指車子和冠，都是官員使用的東西，所以，它代指官爵。❸醉月：月下醉飲。中（音眾）聖：「中聖人」的簡稱，即醉酒。典出《三國志•魏•徐邈傳》——「魏國初建，徐邈為尚書郎，時科禁酒，而邈私飲至於沈醉。校事趙達問以曹事，邈曰：『中聖人。』達白之太祖，太祖甚怒。度遼將軍鮮于輔進曰：『平日醉客謂酒清者為聖人，濁者為賢人，邈性修慎，偶醉言耳。』竟坐得免刑。」❹迷花：指陶醉於鮮花美景中。事君：侍奉皇帝。❺高山：表示孟浩然品行高潔，令人敬仰。《詩經•小雅•車》：「高山仰止，景行行止」。❻揖清芬：向高潔的品格致敬。

這首詩大概寫於李白寓居湖北安陸時（727～736），這時他常來往於襄漢，期間與孟浩然結下了深厚的友誼。詩人在拜訪孟浩然時，正遇孟浩然出遊，詩人寫下這首詩表達對孟浩然的敬仰，表現了兩人志趣相投而未能見面的遺憾。

「吾愛孟夫子，風流天下聞」，首聯直抒胸臆表達，立場鮮明，自然飄逸，沒有一點矯揉造作，表達了詩人對孟浩然的仰慕，一個「愛」字統攝整首詩，成為詩文抒情的線索。「風流」二字概寫孟浩然的形象，生動地體現了孟浩然倜儻超然的風姿，同時引起下邊兩句詩人對孟浩然倜儻風流的詳細描繪。

「紅顏棄軒冕，白首臥松雲」，這兩句主要寫孟浩然辭官不就，歸隱白首。「臥松雲」，形象地勾勒出一位歸隱山林，醉心山水，超然物外的隱者形象。孟浩然能摒棄高官厚祿而一心歸隱，表現了他高潔的情操。

「醉月頻中聖，迷花不事君」，這兩句寫了孟浩然的隱居生活。孟浩

然醉心月下暢飲的閒適逍遙生活，沉醉自然，流連忘返，不願侍奉君主，表現了孟浩然的高雅情趣，不為俗世摧眉折腰。這裏先說隱居，再說不事君，和第二聯先棄官，後說「臥松雲」正好是正反結合，筆法成熟靈活。

最後一聯詩人直接抒情，把孟浩然的高雅情操比做高山的巍峨，表達自己的敬仰之情。同時，詩人寫道「安可仰」，表達了李白對孟浩然高潔的德行表示仰慕，其中也暗含了詩人沒有遇見孟浩然，而感到些許遺憾。

這首五言律詩，語言自然有種古樸神韻，鮮明地描畫了孟浩然飄逸脫俗的形象。詩文首尾抒情，更深層次地表達了自己的對孟浩然的愛戴、敬仰。文章行雲流水，感情率真自然。

【後人點評】

元人方回：太白負不羈之才，樂府大篇，翕忽變化。而此一律詩（《春日歸山寄孟浩然》），乃工夫縝密如此，杜審言、宋之問相伯仲。別有《贈孟浩然》詩曰：「醉中頻中聖，迷花不事君。」雖飄逸，不如此詩之端整。（《瀛奎律髓滙評》卷四十七）

▷ 贈汪倫❶

李白乘舟將欲行，忽聞岸上踏歌聲❷。
桃花潭水深千尺❸，不及汪倫送我情！

【注】❶汪倫：開元年間曾任涇縣縣令，卸任後，還居涇縣桃花潭畔，李白遊覽桃花潭時，汪倫常用美酒款待他。❷踏歌：是一種民間歌舞形式，即一邊唱歌，一邊腳踏地打著節拍。這是在唐朝很流行的一種歌唱方式。❸桃花潭：水潭名，在今涇縣西南。

天寶十四年（755），李白從秋浦出發，去涇縣桃花潭遊玩，居住在桃花潭畔的汪倫，常釀美酒盛情款待李白，李白臨走時，他又親自送行，於是，李白寫下這首詩贈別，詩中表達了對汪倫的深厚情誼。

「李白乘舟將欲行」，這主要敘述了詩人即將離開桃花潭。詩人首句揮筆而就，語言自然灑脫。就在詩人要上船的時候「忽聞岸上踏歌聲」，「忽聞」二字表明詩人沒有見到其人先聽到了熱情的歌聲，就知道是汪倫

來送行了，其中流露出詩人的驚喜之情。這一句寫得自然隨和，體現了兩人都是不拘禮節，瀟灑自如，放蕩不羈的人。詩人和汪倫是在踏歌聲中離別的，突出了兩人不拘泥兒女情長的豪邁氣概。

「桃花潭水深千尺，不及汪倫送我情」，最後這兩句詩人直接讚美汪倫，寫得情深意重，感情濃厚。詩人將對汪倫的情誼和桃花潭水來做比較，詩中寫說桃花潭三千尺深也比不上汪倫送我的情誼，這個鮮明生動的比較，將整首詩的感情推向了高潮。詩人語言淺近如口語，樸素的語言表達了濃濃的情誼，感人至深。詩人在這兩句中直抒胸臆，自然真率，也體現了詩人豪放不羈的性格。

這首七絕，語言樸素平淡，娓娓道來，自然流暢，而表達感情真摯深厚，能將這樣深沉的感情凝於平淡之中，是極難得的，充分體現了詩人高深的作詩能力。

【後人點評】

明人唐汝詢：倫，一村人耳，何親於白？既釀酒以候之，復臨行以祖（餞別）之，情固超俗矣！太白於景切情真處，信手拈出，所以調絕千古。（《唐詩解》）

▷ 子夜吳歌❶

長安一片月❷，萬戶擣衣聲❸。
秋風吹不盡，總是玉關情❹。
何日平胡虜，良人罷遠征❺？

【注】❶子夜吳歌：南朝樂府，屬《清商曲辭》，據傳為東晉一名為子夜的女子所作，因為吳聲歌曲，故稱子夜吳歌。李白的《子夜吳歌》共四首，分詠四季，這是第三首詠秋。❷長安：指唐朝都城長安，即今陝西西安市。月：月光。❸擣衣：古人洗衣時，將衣服放在砧石上用木棒捶打。❹玉關：玉門關。情：這裏指對征夫的思念之情。❺良人：古時妻子對丈夫的稱呼。罷：結束。

這首詩通過對婦女為征人趕製冬衣，表現了婦女對丈夫思念之情。

「長安一片月，萬戶擣衣聲」，詩人以景開篇，描寫長安城中家家戶戶的婦女趕製衣服的忙碌場景。「一片月」，表明月光朗照。一片皎潔的月光將夜晚照得如同白晝，趁著這月光，家家戶戶的婦女們都在忙著為征人趕製冬衣，詩人聯想到婦女們一邊擣衣一邊思念在外遠征的丈夫，因而，這砧砧擣衣聲包含了多少思婦對遠方征人的思念之情啊！

「秋風吹不盡，總是玉關情」，這兩句承接上文直接抒情，在這明月朗照的秋夜，秋風吹拂，但這清風也吹不掉思婦對征人的思念之情。「吹不盡」，突出了思婦綿長而深沉的思念之情。「總是」二字，使詩中的思念之情更加綿長深遠。秋月、秋聲和秋風聯繫在一起，渾然一體，沒有一句見思婦，但思婦內心綿綿思愁全包含在了這景中。情景相融，更烘托出了思婦的「玉關情」。

「何日平胡虜，良人罷遠征」，詩人在最後兩句說出了思婦們的共同心聲，什麼時候戰爭才能平息，我的丈夫停止遠征呢？這是多麼深沉的一問，讓人讀來盪氣迴腸，飽含了思婦們對和平的渴望。而以問句結尾，詩人把讀者帶入了深深的思考中。

本首五言古詩最突出的特點就是詩人沒有直接抒發自己對停止戰爭的渴望，而是巧妙地借了萬思婦之口表達這一心願，更具有感染力，讀來讓人心靈震撼，說服力更強。

【後人點評】

王夫之：前四句是天壤間生成好句，被太白拾得。（《唐詩評選》卷一）

～ 王 灣 ～

【詩人名片】

王灣（693～751）

籍貫：洛陽（今屬河南）

作品風格：開闊壯美

【詩人小傳】：玄宗先天元年（712）及進士第，任滎陽主簿。曾參與編寫《群書四部錄》。後任洛陽尉。其詩僅存十首，載於《全唐詩》。

▷ 次北固山下❶

客路青山外❷，行舟綠水前。

潮平兩岸闊，風正一帆懸。

海日生殘夜❸，江春入舊年❹。

鄉書何處達，歸雁洛陽邊。

【注】❶次：本義指路途中停宿。這裏指停泊。北固山：山名，在今江蘇鎮江市北。❷青山：指北固山。❸殘夜：夜色已殘，即天將亮的時候。❹「江春」句：指南方春天到來得早，還沒有過年，就有春的氣息。

這首詩是詩人遊歷楚吳時，途中船隻停泊在北固山下時所作。詩中描寫了詩人在北固山下看到的優美景色，抒發了詩人懷鄉之情。

「客路青山外，行舟綠水前」，開頭用一對偶句，主要敘述了詩人乘舟來到北固山下，船行在碧水之間。「青山」即北固山，緊扣題目。這兩

句描繪了詩人的羈旅征途。

「潮平兩岸闊，風正一帆懸」，江中潮漲，江面上升，放眼望去，江面好像和江岸相平了，這時，坐於船上的詩人視野也變得開闊了。「潮平」導致了詩人視野「闊」，詩人的心境也豁然開朗。這樣開闊的江景，讓詩人很是舒暢。接著詩人又寫到了自己的行舟順風順水，這就更讓詩人心情變得舒暢愉快了。「風正」中的一個「正」字表明不僅風順，風力適度，這在「懸」字上也得到了印證，因為，能讓帆很端正地高掛在桅杆上，那麼，風力應該是適中的，如果風力過大，風帆就成了弧形。這一句詩人用字精練，生動地刻畫了一帆的樣子，雖然只寫一處小景，但是，讀者彷彿能看到風平浪靜，視野開闊，船行江中的大景象，非常傳神。

「海日生殘夜，江春入舊年」，這兩句話點出了詩人行舟的時間原來是在冬季將過的臘月。船行江中，潮漲而無浪，風順且不猛，江水碧綠，兩岸開闊，春天的氣息透露無遺，詩人行舟江上，左右顧盼流離，不知不覺中，已經到了殘夜，天色將亮的時候了，殘夜尚未消退，一輪紅日已經從海上升起，這讓詩人不由得想到，這舊年還沒有過去，而江上所見之景，已經春意先露了。「生」、「入」用得非常形象，同時這兩個字都有一種主動的動感，凸顯生機和活力，給人一種積極、樂觀的印象。這兩句都突出了時序的更替匆忙，時間飛逝，而冬去秋來，季節更替，時間不待人，年華易逝，常常讓身在異鄉的遊子心生思鄉之情。

「鄉書何處達，歸雁洛陽邊」，最後兩句直接抒發思鄉之情。詩人在行舟中看到一群大雁北歸，雁兒正要經過洛陽，大雁能傳書，那麼就讓它給家裏捎個信，問候一下親人吧！這兩句緊承前三聯，承接自然，並且和首句遙相呼應，渾然一體，將整首詩塗上了一層淡淡的鄉愁。

這首五律景色、抒情和議論融為一體，和諧優美，充滿意趣。表達樂觀積極，雖然最後寫鄉愁，但也是淡淡一筆帶過。對偶工麗且不失靈動。

【後人點評】

清人沈德潛：江中日早，客冬立春，本尋常意，一經錘鍊，便成奇絕。與少陵「無風雲出塞，不夜月臨關」一種筆墨。（《唐詩別裁集》卷十）

❧ 崔　顥 ❧

【詩人名片】

崔顥（約704～754）

籍貫：汴州（今河南開封）

作品風格：氣格奇駿，聲調優美

【詩人小傳】：開元十一年（723）及進士第。曾任河東軍幕，天寶年間歷任太僕寺卿、司勳員外郎。前期作品多豔體詩，從軍邊塞後，開始多寫邊塞軍旅題材詩。他在當時與王維並稱「才名之士」。全唐詩存其詩四十二首。

▷ 長干行四首（其一其二）❶

其一

君家何處住？妾住在橫塘❷。

停舟暫借問，或恐是同鄉。

其二

家臨九江水❸，來去九江側。

同是長干人，生小不相識。

【注】❶長干行：樂府《雜曲歌辭》舊題，本是江南民歌。長干，地名，古時建業（今南京）有長干里，在秦淮河南。❷橫塘：地名，在今南京西南，與長干里接近。❸九江：長江水流經江西九江分為九派。這裏泛

指長江下游。

前四句是《長干行》第一首,寫的是一個女子詢問男子。

開篇就是女子的問話,女子問男子在哪裡住?緊接著女子沒有等男子回答,就迫不及待地自報家門,「妾住在橫塘」,生動地展現了她希望能見到家鄉人的急切且喜悅之情。接下來詩文寫到「或恐是同鄉」,那麼,男子還沒有開口,女子就判斷可能是同鄉,說明她在行舟時聽到男子的說話聲音了,於是才「停船暫借問」。而「停舟」暗示女子和男子是偶遇,在封建社會中,男女授受不親,這個女子全不顧忌封建禮教束縛,停舟相問,也表現了女子思鄉的急切心情。

後四句是《長干行》第二首,寫男子的回答。

「家臨九江水」,回答了女子「君家何處住」句。接著男子說道:「來去九江側」,表明他也是長期在江上飄遊的人,這是兩人能萍水相逢的原因,男子說到這句話,便使漂泊在外的兩人備感親切了。「同是長干人,生小不相識」,這最後兩句話雖然出自男子之口,但表達的卻是兩個人共同的心聲,流露出他們長期流落外地,不能回家的無奈之情。

整首詩都是用白描的手法,第一首描繪了天真無邪的少女詢問,第二首描繪了一個憨厚樸實的男子回答。形象生動鮮活,語言簡潔凝練,感情淳樸真摯,富有生活情趣。

【後人點評】

清人管世銘:讀崔顥《長干曲》,宛如艤舟江上,聽兒女子問答,此之謂天籟。(《讀雪山房唐詩序例》)

▷ **黃鶴樓❶**

昔人已乘黃鶴去❷,此地空餘黃鶴樓。

黃鶴一去不復返,白雲千載空悠悠。

晴川歷歷漢陽樹❸,芳草萋萋鸚鵡洲❹。

日暮鄉關何處是?煙波江上使人愁。

【注】❶黃鶴樓:故址在湖北武漢黃鶴山西北黃鶴磯上。傳說仙人王

子安乘黃鶴路經此地而得名。❷昔人：指傳說中的仙人。❸晴川：晴日照耀下的山河。這裏指長江。歷歷：清楚可數。漢陽：武漢三鎮之一，在今武漢漢陽，因處漢水之北，而水北為陽，故得名。❹萋萋：形容草木茂盛的樣子。鸚鵡洲：唐朝時在漢陽西南江中，後被江水沖沒。東漢末年，禰衡在江夏（今武昌）作《鸚鵡賦》，後其被黃祖殺，葬於此州，故得名。

這是一首吊古懷鄉之作，詩人登臨黃鶴樓，放眼望景，觸景生情，詩興大發，於是，揮筆而就。

這首詩前四句主要是寫詩人登樓懷古，前四句話的意思是：曾經的仙人已經駕鶴遠去了，這裏只留下了空蕩蕩的黃鶴樓。黃鶴一去就再也沒有回來，千百年來只有悠悠白雲始終飄蕩在空中。在這四句中三次出現「黃鶴」二字，但詩文氣勢直下，讓人讀來沒有重複之感，反倒很自然。詩人脫口而出，自然流暢，把讀者帶入了悠遠的歷史長河之中，一座空樓被籠罩上了一層深厚的文化韻味，意境空茫浩淼。

接下來四句，詩人思緒從邈遠的歷史又回到了現實，寫從樓上眺望漢陽城、鸚鵡洲時的感受。「晴川歷歷漢陽樹，芳草萋萋鸚鵡洲」，晴川草樹，遠處漢陽綠樹歷歷在目，鸚鵡洲上萋萋芳草如茵，滿洲繁茂。現實中生機盎然的景色和歷史空茫對比，不由得生出一種淒涼。

「日暮鄉關何處是，煙波江上使人愁」，暮色蒼茫，詩人感歎，登樓遠望，何處是我的故鄉呢？煙波籠罩的長江，在此時更添我的愁緒啊！暮色和鄉愁交織在一起，相映成輝。同時，詩人又將讀者帶入了無限的「悠悠」遐想的氛圍中，這和前四句連接，為整首詩塗上了悠遠飄渺的意境。

這首詩突破了七律的格律束縛，不講平仄對偶，甚至多次重複「黃鶴」，這本是用律的大忌，不過詩人處理得很好，詩文如行雲流水，一氣呵成，自然流暢，感情真摯，沒有雕琢之色。結尾巧妙地將詩人的心境和環境融合一體，意韻無窮。

【後人點評】

宋人劉辰翁：但以滔滔莽莽有疏宕之氣，故勝巧思。（《唐詩品匯》卷八十三）

❧ 高 適 ❧

【詩人名片】

高適（702～765）

字號：字達夫，一字仲武

籍貫：德州蓨縣（今河北景縣）

作品風格：筆力雄健，氣勢奔放

【詩人小傳】：少時孤貧，愛交遊。天寶八年（749），受睢陽太守張九皋舉薦，應舉中第，授封丘尉。天寶十一年，因不願「鞭撻黎庶」和「拜迎官長」而辭官。次年哥舒翰鎮河西，高適入其幕府，任記室參軍。安史之亂後，得肅宗器重，官至左散騎常侍，封渤海縣侯，故世人常稱其為高常侍。永泰元年（765）卒，終年六十四歲。

　　高適是唐代著名的邊塞詩人，與岑參並稱「高岑」。以七言歌行最富特色。有《高常侍集》十卷，存詩二百多首。

▷ 適別董大二首（其一）❶

千里黃雲白日曛❷，北風吹雁雪紛紛。

莫愁前路無知己，天下誰人不識君❸？

【注】❶董大：即董庭蘭，唐朝著名琴師。大，指兄弟排行為最長者。❷曛：日色昏黃。❸君：指董大。

　　這是一首贈別詩，詩人用慷慨激昂、真率豪邁的筆觸將離別之情寫得

豪放樂觀。

　　前兩句主要描寫了離別時的場景，夕陽西落，黃雲滾滾，天空一片昏黃，北風呼嘯，寒空大雁出沒濃雲，時隱時現，大雪揮揮飄灑天際。詩人純用白描，展現了一個淒清寒冷而遼闊蒼涼的景象，這兩句雖然著力寫景，卻是為抒情烘托氛圍做鋪墊。此情此景，和朋友離別，當是悲酸孤寂，詩人寄情於景，將綿綿的離別情，寫得委婉而淒清。

　　而後兩句詩人用豪邁的氣勢，將這種別離的淒慘氣氛寫得非常悲壯，詩人豪爽地說到不要擔心前路沒有知己，天下誰不認得你呢？這兩句充滿了自信和力量，當時詩人還很落魄，這一句既是對和朋友離別的慰藉，同時，也是自我心志的抒發。讀來讓人心潮澎湃，充滿希望。

　　這首七絕小詩，語言質樸無華，卻寫得感人肺腑，寓情於景，將離別之情寫得細緻入微，這也是詩人內心抑鬱已久的情緒噴薄而出，語意蒼涼堅定，藝術感染力極強。

【後人點評】

　　《新唐書·高適傳》評高適詩：以氣質自高。每一篇已，好事者輒傳佈。

　　▷ **封丘作❶**

我本漁樵孟諸野❷，一生自是悠悠者。
乍可狂歌草澤中，寧堪作吏風塵下？
只言小邑無所為，公門百事皆有期。
拜迎長官心欲碎，鞭撻黎庶令人悲。
悲來向家問妻子，舉家盡笑今如此。
生事應須南畝田，世情盡付東流水。
夢想舊山安在哉，為銜君命且遲回。
乃知梅福徒為爾❸，轉憶陶潛歸去來。

【注】❶封丘：縣名，在今河南省東北。高適曾在此任縣尉。❷孟諸：古澤名，故址在今河南商丘縣東北。這裏泛指梁宋一帶。❸梅福：漢

代南昌尉梅福，憂國憂民，以一縣尉小官，屢次上書朝廷，指陳政事，但被朝廷斥為「邊部小吏，妄議朝政」，後辭官。

高適早年間窮困潦倒，天寶八年（749），將近五十歲的高適，終於被宋州刺史張九皋舉薦，中「有道科」。但卻只被授了個封丘縣尉的小官，這讓他非常失望。這首《封丘作》就是他在封丘任職時所作，表達了詩人面對奉上欺下行為內心的矛盾和痛苦，希望歸隱的心志。

這首詩可以分為四部分，前四句為第一部分，詩人開首四句就一吐心中的激憤，感情激烈。「我本漁樵孟諸野，一生自是悠悠者」，詩人寫到自己本是「孟諸」一帶「漁樵」，過著自由自在的生活，還可以在「草澤」中「狂歌」，有著高潔的情操和遠大的抱負，怎麼能忍受做個小吏，在社會風塵中卑言屈膝呢？「乍可」、「寧堪」相對，突出了詩人悔恨和憤怒的心情。可見詩人內心的憤懣已經壓抑很長時間了，現在暢快淋漓地全部傾瀉而出。

第二部分從「只言小邑無所為」到「鞭撻黎庶令人悲」，這部分，緊接「寧堪作吏風塵下」一句，描述了自己為官的情況，進一步強化了不堪作吏。詩人心懷雄志卻只做了個縣尉，不得已屈志任職。本以為小小縣尉「無所為」，哪曾想大大小小的繁瑣公事，都有章程和期限，根本沒有一點自由。不僅如此，詩人還要做「拜迎長官」、「鞭撻黎庶」這些違背他志向的事，讓他內心非常矛盾痛苦，讓他心碎悲傷不已。這部分充分表現了詩人潔身自好的高潔操守，也反映了朝政的腐敗昏暗，情感在激烈的矛盾中越發激越深沉。

第三部分（從「悲來向家問妻子」到「世情盡付東流水」），詩人悲憤難抑，於是便向家人傾訴。怎料到妻子兒女「盡笑」說「皆如此」，這「盡笑」表現了家人對此不當一回事。他們認為官場本就是這樣，詩人過於當真了，這是多麼可悲啊！家人的「笑」，反襯了詩人天真率直，不明世事。他心懷高潔志向卻無人理解，而官場中的黑暗讓他窒息，於是，他想到了棄官，還是耕耘「南畝田」，拋棄這些昏暗的「世情」，過清淨的歸隱生活吧！

但是，這樣的願望還無法實現，在最後一部分詩人說道，自己「夢想舊山」，但是「為銜君命」還無法交接，所以只能「遲回」了。自己深知

官職卑微就像是梅福，即使竭盡忠心，也只是徒然沒有結果，這樣左思右想，詩人又想起了寫《歸去來兮辭》的陶淵明了。這裏形象生動地刻畫了詩人內心矛盾惆悵，最後一句點出了詩人一心歸隱的渴望，和第一部分遙相呼應。

全詩語言質樸自然，扣緊出仕後理想與現實的矛盾，謀篇佈局，結構嚴謹，轉和自然，感情激越而又跌宕起伏。結尾以歷史人物作結，意味深長，耐人尋味。

【後人點評】

王士禎指出高詩風格為「悲壯而厚」。（《帶經堂詩話》）

▷ 塞上聽吹笛

雪淨胡天牧馬還，月明羌笛戍樓間❶。
借問梅花何處落❷，風吹一夜滿關山。

【注】❶羌笛：一種古代民族的樂器。戍樓：軍營城樓。❷梅花何處落：是把曲調《梅花落》拆開，嵌入「何處」二字，從而形成一種虛景。

「雪淨胡天牧馬還，月明羌笛戍樓間」，前兩句描寫的是邊塞風光：邊塞北地，冰雪已經消融，到了牧馬的時節了。傍晚戰士們趕著馬群歸來，天空中的明月灑下皎潔的清輝，戍樓間回盪著羌笛的空靈樂聲。這些景色描寫烘托了一種靜謐和平的氣氛，這和「雪淨」、「牧馬」等字的使用密切相關。大地「雪淨」，暗示著一個勃勃生機的春天的到來，而「牧馬」晚歸的情景，則表明此時沒有戰爭。開篇給我們創造了明朗壯闊

的背景環境。而「羌笛」二字則引出了下文對笛聲的描寫。

在這蒼茫明澈的夜裏，不知是從哪座戍樓裏傳出了羌笛聲，吹奏的曲子正是熟悉的《梅花落》啊！那曲子迴盪在邊關的上空，「風吹」之下「一夜滿關山」。詩人巧妙地將「梅花何處落」拆開來用，創造了一種虛景，給人的感覺好像風吹的不是笛聲而是飄落的梅花花瓣，它們四處飄散，一夜之間灑滿關山，花香也彌漫這個關山大地。這就把抽象的曲聲描寫得可感可見了，意境優美，讓人陶醉。雖然這是一虛景，但詩人想像的這個景色，正好和雪淨月明的實景和諧地搭配在一起，虛實結合，形成了一種美妙遼遠的氣氛。而戰士們聽到這個曲子不禁會想到故鄉的梅花，想到梅花飄落的情景，自然勾起他們的思鄉之情。但是這種思鄉之情，在開篇兩句邊塞明朗遼闊的實景描寫中，就顯得樂觀了。

這首七絕筆力豪邁，成功地將實景和虛景協調在一起，創造出曠遠而明朗的意境。

【後人點評】

殷璠《河岳英靈集》評論高詩：多胸臆語，兼有氣骨，故朝野通賞其文。

▷ 燕歌行❶

漢家煙塵在東北❷，漢將辭家破殘賊。
男兒本自重橫行❸，天子非常賜顏色❹。
摐金伐鼓下榆關❺，旌旆逶迤碣石間❻。
校尉羽書飛瀚海❼，單于獵火照狼山❽。
山川蕭條極邊土❾，胡騎憑陵雜風雨❿。
戰士軍前半死生，美人帳下猶歌舞！
大漠窮秋塞草腓⓫，孤城落日鬥兵稀⓬。
身當恩遇恒輕敵⓭，力盡關山未解圍。
鐵衣遠戍辛勤久，玉箸應啼別離後⓮。
少婦城南欲斷腸，征人薊北空回首⓯。

邊庭飄飄那可度，絕域蒼茫更何有！

殺氣三時作陣雲⑯，寒聲一夜傳刁鬥⑰。

相看白刃血紛紛，死節從來豈顧勳？

君不見沙場征戰苦，至今猶憶李將軍⑱！

【注】❶燕歌行：樂府《相和歌辭•平調曲》舊題，內容多為邊塞征戍之事和思婦征夫的離苦愁思。❷漢家：指唐朝。❸橫行：縱橫馳騁。❹非常賜顏色：破格的恩賞。❺摐：撞擊。金：指鉦等銅製軍樂器。伐：敲擊。榆關：山海關，通往東北的要隘。❻逶迤：指旗幟很多，連綿不絕。碣石：山名，在今河北省昌黎。這裏泛指東北沿海地區。❼校尉：武職名，是次於將軍的武官。羽書：指插有鳥羽的軍用緊急文書。瀚海：大沙漠。❽單于：匈奴首領的稱號，這裏泛指敵軍首領。獵火：古時游牧民族在出征前，常舉行大規模校獵，作為軍事演習。狼山：這裏泛指敵軍活動區域。❾極：直到。❿憑陵：進攻、衝擊。⓫腓（音肥）：枯萎。⓬鬥兵稀：能作戰的士兵越來越少。⓭當：受。⓮玉箸：比喻思婦的眼淚。⓯薊北：在今天津市薊縣一帶，這裏泛指邊地。⓰三時：指晨、午、晚三個時辰，這裏表示時間長久。⓱刁鬥：軍中用於巡夜打更的銅器。⓲李將軍：指漢朝大將李廣。

開元二十四年，安祿山討奚、契丹，兵敗。二十六年，平盧軍使烏知義出兵攻奚、契丹，先勝後敗。

開元十五年到二十年（727～732），高適曾一度去薊門、幽燕邊塞之地，目睹了戰士們征戰艱苦和戰場上的傷亡慘狀對開元二十四年之後的兩次兵敗，感觸很深，於是，寫下了這篇七言樂府。

詩人在這首詩中用凝練的筆觸，描寫了戰爭的全過程，表現了詩人對戰士們的同情，也譴責了統治者窮兵黷武、驕傲輕敵使戰爭慘敗而帶來的無謂犧牲。

全詩分為四部分，第一部分即前八句，主要寫了出師。

「漢家煙塵在東北，漢將辭家破殘賊」，敘述了國家在東北作戰，為的是攻破殘賊。「男兒本自重橫行，天子非常賜顏色」，這裏表面上是

寫英勇男兒主動征戰沙場，而天子表彰他們，但是其中暗含著諷刺。樊噲曾在呂後面前說過橫行匈奴中，季布就斥責他當面欺君該斬。所以，橫行二字含有恃勇輕敵之意，為下文理下了伏筆。緊接著「摐金伐鼓下榆關，旌旆逶迤碣石間」，描寫了行軍的浩大隆重的場面，表現了威武之勢。軍樂奏響，震動青天，旌旗逶迤插滿「碣石間」，可謂聲勢浩大，但我們看到的不是戰士們如何精神飽滿而是形式上很強大，可見，軍中的驕傲輕敵之氣已經暗含其中了。緊接著，戰爭爆發，「校尉羽書飛瀚海」，意思是軍書緊急飛大漠，敵我雙方已經非常接近。一個「飛」字突出了軍情的危急，「單于獵火照狼山」，這句話氣勢雄壯，可見敵人不可小視。這部分概括出征過程，氣氛從鬆緩逐漸緊張起來。第二段八句寫戰敗，第三段八句寫被圍，第四段四句寫死鬥的結局。各段之間，脈理緊密。

第二部分（從「山川蕭條極邊土」到「力盡關山未解圍」），寫戰爭失敗。「山川蕭條極邊土」，起筆就勾勒了遼曠蒼涼的戰場環境，氣氛嚴酷。接著「胡騎」夾風帶雨迅疾而來，「雜風雨」三字，突出了敵軍的氣勢強人，驍勇彪悍。戰士們奮力迎擊，英勇無畏，殺得昏天黑地，不知生死。但是，這時將軍們遠離戰場在「美人帳下」欣賞「歌舞」作樂。這兩幅畫面形成了鮮明的對比，有力地揭露了唐軍將軍和戰士們的不同境況，為戰鬥失敗埋下了伏筆。緊接著詩人寫「大漠窮秋塞草腓」，表現了蕭條沒有生機的景象，襯托了下一句「孤城落日鬥兵稀」，能戰鬥的士兵已經很少，重圍難破，孤城落日，衰草連天，再現了邊塞戰場上特有的陰鬱悲慘的景象，烘托出殘餘兵卒們在苦戰之後內心的失望和淒涼。「身當恩遇恒輕敵，力盡關山未解圍」，這兩

句回應了上文「橫行」沙場的豪言壯志，此時，唐軍慘敗，唐將深受皇帝重託，卻最終輕敵而慘敗，罪不可脫。

第三部分（從「鐵衣遠戍辛勤久」到「寒聲一夜傳刁鬥」），描寫了被圍困戰士們的悲涼。應該看到，「鐵衣遠戍辛勤久」，這一句為下邊三句描寫征夫思婦煎熬在離別之苦中提供了依據，正是因為長期征戰在外不能回家，所以，「少婦城南欲斷腸，征人薊北空回首」，少婦愁斷腸，征夫空回首，一個個完好美滿的家庭，都籠罩了層層愁雲啊！「邊庭飄颻那可度」，愁也好，望也罷，但是相隔遙遠，都只是徒然，看到的還是「絕域蒼茫」之地上，「殺氣」沖天，凝聚成的濃重戰雲，聽到的只有死寂的寒夜裏偶爾傳來的「刁鬥」聲音。這部分表達了思婦們萬里相思之苦，淋漓盡致地抒寫了戰士們的悲憤，這是多麼讓人絕望悲壯的場面，這是對將領們「美人帳下猶歌舞」的譴責和痛斥。

最後四句為第四部分，「相看白刃血紛紛，死節從來豈顧勳」，戰士們浴血奮戰，視死如歸，哪裡是為了個人的功勳！這一聲控訴，是多麼的悲壯，戰士們是多麼淳樸、善良、勇敢，而他們的結局又是多麼的悲慘。最後詩人感歎「君不見沙場征戰苦，至今猶憶李將軍」，提到了飛將軍李廣，李廣愛護士卒的形象和唐將驕橫的形象形成了鮮明的對比。千百年來有那麼多的大將而人們只記著李廣，怎不教人苦苦地追念他呢？

全詩筆力雄健，氣氛悲壯，表達思想含蓄深刻，全詩多處用鮮明的對比，不斷深刻地表現戰士們的悲慘境遇，譴責將領的驕傲輕敵，不珍惜愛護戰士。

【後人點評】

明人桂天祥：長篇滾滾，句雖佳，然皆有序，若得虛字斡旋影響，方得入妙。（《批點唐詩正聲》卷八）

劉長卿

【詩人名片】

劉長卿（？～約790）

字號：字文房

籍貫：宣城（今屬安徽）

作品風格：雅暢清夷，工秀委婉

【詩人小傳】：天寶年間及進士第。歷任長洲縣尉、海鹽令，被貶為南巴尉。廣德年間為監察御史，大曆年間做過轉運使判官、知淮西等職，因觸犯大官吳仲孺而被貶為睦州（今浙江淳安）司馬。德宗時被調任隨州刺史。

劉長卿詩盛名於中唐前期，內容多反映官場失意或反映離亂的作品。長於五言詩，自詡「五言長城」。有《劉長卿集》十卷，《全唐詩》存錄其詩五卷。

▷ 長沙過賈誼宅❶

三年謫宦此棲遲❷，萬古惟留楚客悲❸。

秋草獨尋人去後，寒林空見日斜時。

漢文有道恩猶薄❹，湘水無情吊豈知❺？

寂寂江山搖落處❻，憐君何事到天涯❼！

【注】❶賈誼宅：賈誼曾被貶為長沙王太傅，現在賈誼宅故址在長沙

城西北。❷謫宦：貶官。棲遲：停息、停留。❸楚客：指賈誼。❹漢文：指漢文帝。❺「湘水」句：屈原自沉湘水支流汨羅江而死，賈誼曾經在被貶長沙時作《弔屈原賦》，以此憑弔屈原。❻搖落：指秋季荒涼。❼君：指賈誼，也是說自己。

大曆八年（773）至十二年（777）間的一個深秋，劉長卿因被誣陷，第二次遭貶，被貶為睦州司馬。這首詩大概就是在被貶長沙時所作。

「三年謫宦此棲遲，萬古惟留楚客悲」，詩人開篇就抒發了對賈誼潦倒結局的感慨，被貶三年最終滯留在這裏，落得個萬古留悲的結局。「此」字點出了「賈誼宅」。「棲遲」，指像鳥兒斂翅休息，暗喻了賈誼的失意。「楚客」，表明了賈誼的身分是滯留楚地的遊子。「悲」字奠定了全詩悲淒蒼涼的感情基調。「三年謫宦」最後「萬古」留悲，上下句緊承，銜接緊密。

「秋草獨尋人去後，寒林空見日斜時」，詩人在衰落的秋草間尋找古人的影子卻不能見到，寒林中只見夕陽西斜。「秋草」、「寒林」、「人去」、「日斜」，這些都渲染了賈誼宅蕭瑟淒涼的景象，這樣冷落的環境，詩人還要去「獨尋」，可見，詩人對賈誼非常敬仰和追慕。最後的寒林日西斜，既是對眼前景色的描寫，也是對賈誼被貶長沙的實際處境的一種反映。

「漢文有道恩猶薄，湘水無情弔豈知」，詩人從仰懷古人中聯想到了自己，不禁感歎，漢文帝可以稱為是有道明君，但是，對賈誼尚且還恩薄，湘水無情怎麼知道賈誼在百年後有賈誼來憑弔呢？「漢文」這句話的言外之意就是，現在昏庸的唐代宗，對劉長卿更會有什麼恩情啊！所以，劉長卿再次遭貶，仕途坎坷，境遇潦倒，也是順理成章了。「猶」字強調了「恩薄」，其中飽含了詩人對皇帝的諷刺和不滿之情。「湘水」句表明詩人內心的話想要和古人說，可是，古人已去，世人不了解詩人，詩人內心苦楚不知向誰傾訴。詩人內心活動描寫深刻，感人至深。

「寂寂江山搖落處，憐君何事到天涯」，詩人在賈誼宅前徘徊著，漸漸地暮色深沉，江山一片寂靜，蕭瑟的秋風吹過，黃葉紛紛飄落。這孤寂蕭條的環境代表了詩人內心的失落和孤寂，同時，它也象徵了國家漸漸衰

微。它和第二聯日西斜相照應，再一次渲染了淒清冷寂的氛圍。

最後一句表現了詩人的怨恨和淒涼之情。這裏「憐君」不僅僅是在說賈誼，也是在自問，賈誼和自己有著相似的經歷，都是受誣被貶，詩人在這裏強烈地控訴著「何事到天涯」。意思是為什麼來到這天涯邊地，因為什麼要受這樣殘酷的懲罰呢？最後這一問飽含了詩人對這不合理現象的憤恨和哀傷，此時，彷彿詩人仰天喟然長歎的形象就在眼前。這一問發自內心，激盪人心。

這首七律詩懷古傷今，詩人巧妙地將古人賈誼和自己的身世處境融合在一起，詩人替賈誼抒懷、表不平，實際上是詩人對當下昏暗統治的控訴，表達了詩人無限的哀傷和憤懣之情，給後世人以警醒。詩中感情表達含蓄蘊藉，悲涼催人淚下。

【後人點評】

明人邢昉：深悲極怨，乃復妍秀溫和，妙絕千古。（《唐風定》卷十六）

▷ 逢雪宿芙蓉山主人❶

日暮蒼山遠，天寒白屋貧❷。
柴門聞犬吠，風雪夜歸人。

【注】❶芙蓉山：山名，在今大山東省臨沂縣南。❷白屋：房頂用白茅覆蓋，或木材不加油漆的簡陋房屋。

「日暮蒼山遠，天寒白屋貧」，這兩句主要寫的是詩人投宿鄉村時的所見所感。「日暮」，點出了詩人投宿的時間是在傍晚，天色漸暗，所以，詩人看遠方的「蒼山」越發模糊渺遠。這一句雖然沒有寫人，但是，一個帶有詩人感情的「遠」字點活了畫面，一個旅途中邊走邊望，在山中艱難行走的形象躍然紙上。這個字也暗示了詩人行路的艱難和投宿的急切心情。接著詩人的視線沿著山路投向了投宿的主人家，「白屋」點明了詩人投宿的地點。在寒冷的天氣中，鄉村主人家的簡陋屋舍靜靜地臥在山腳一隅，越發顯得孤小貧寒。「天寒」二字緊承上句渲染了日暮行遠，也為

下文「風雪」埋下了伏筆。

「柴門聞犬吠，風雪夜歸人」，這兩句另闢詩境，寫了詩人投宿主人家後聽到的和想到的。詩人已經進了茅屋，準備就寢，忽然聽到柴門外犬吠不止。詩人猜測著：主人從風雪中歸來了吧？同時，詩人雖然沒有看到人歸的景色，但是，「柴門」、「犬吠」、「風雪」等或聽到的或想到的意象的描寫，我們可以清晰地聯想到人夜歸的場景。這裏「柴門」對應了「白屋」，「風雪」對應了「天寒」，「日暮」對應了「夜」，使上兩句和下兩句緊密相連。

這首詩用凝練語言，寫出了豐富的畫面，詩人描繪了日暮蒼山的景象，描繪了山間白屋景象，寫了風雪人歸的景象，這三處景，個個獨立，同時又相互緊密連接，詩中有畫，畫中融情。

【後人點評】

元人方回：細淡而不顯煥，當緩緩味之。（《瀛奎律髓》）

▶ 新年作

鄉心新歲切，天畔獨潸然。
老至居人下，春歸在客先❶。
嶺猿同旦暮❷，江柳共風煙。
已似長沙傅❸，從今又幾年。

【注】❶客：指詩人自己。❷嶺：指五嶺。❸長沙傅：指西漢賈誼。他被漢文帝召用，後又升遷為太中大夫，多有建樹，後來受讒被貶為長沙王太傅，這裏詩人以此自喻。

至德三年（758），詩人因事被誣貶為潘州（今廣東茂名市）南巴尉，這首五言律詩就是他被貶三年後寫下的，詩中表達了詩人內心的憤慨和無限離愁。

「鄉心新歲切，天畔獨潸然」，開頭兩句直表自己內心的悲苦，每逢佳節倍思親，詩人被貶他鄉，在新春到來之際，越發思念家鄉，自己在遙遠的天邊之地獨自潸然淚下。這兩句詩人用質樸的語言，娓娓道來，其中

唐詩三百首賞析大全集

悲情,感人至深。

「老至居人下,春歸在客先」,詩人化用了薛道衡《人日思歸》中的「人歸落雁後,思發在花前」,表達思鄉之情的同時,加入了仕途不順而痛苦的情感,使詩情更加厚重。詩人「老至」反倒落得「居人下」的地步,春節是家家戶戶團聚的日子,可是,詩人卻停滯在邊遠地區。兩相比較,不由讓人內心酸楚。這兩句發自詩人肺腑,字句凝練,真摯感人。「老至」承「獨潸然」,「春歸」承「新歲」,句子之間聯繫緊密。

「嶺猿同旦暮,江柳共風煙」,詩人從悲傷的心情中調轉開來,開始寫景。嶺上的猿啼一天一夜地不停,江上垂柳總是被籠罩在朦朧的煙霧中。轅啼聲素來是非常淒哀的,而這猿啼聲卻早晚不斷,這惹得詩人更加悲愁,而江柳好似也帶著無盡的愁思,總是朦朧明媚鮮亮,這給詩人心中的愁思又蒙上了一層陰鬱之色。詩文以景襯情,情意更悲。

詩人在愁腸滿懷、抑鬱失望中不禁發出感歎:「已似長沙傅,從今又幾年」,他在這裏借用了賈誼的典故,表明自己和賈誼一樣,本是立功卻被饞陷遭貶,內心哀怨愁悶不已。但是天高皇帝遠,在這個偏遠的地方,不知道什麼時候才能回去,所以,詩人感歎「從今又幾年」,悲哀無奈之情,躍然紙上。

【後人點評】

清人顧安:句句從「切」字說出,便覺沉著。五、六以「同」、「共」二字形容出「獨」字來,甚妙。(《唐律消夏錄》卷五)

▷ **餘幹旅舍❶**

搖落暮天迥,青楓霜葉稀。

孤城向水閉,獨鳥背人飛。

渡口月初上,鄰家漁未歸。

鄉心正欲絕,何處搗寒衣?

【注】❶餘幹:在今江西省餘幹縣。

此詩是劉長卿在上元二年(761)從嶺南潘州南巴貶所北歸時途經餘

幹所作。通過對周圍環境的描寫，表達了自己的羈旅思鄉之情。

「搖落暮天迥，青楓霜葉稀」，寫詩人獨自在旅舍，看到秋季的傍晚，秋葉飄落，天色漸漸昏暗，天空越發模糊悠遠了。青楓霜葉變得稀稀疏疏，快要凋零殆盡了。詩人通過描寫暮色中特有的秋景，展現了遼曠淒涼的自然景色，春去秋來，時間飛逝，詩人內心淒清孤寂，這樣蕭條的環境也為後邊的抒情蓄勢，做了鋪墊。

「孤城向水閉，獨鳥背人飛」，詩人望著望著，時間越來越晚，最後，餘幹城門都關閉了，孤獨的鳥兒背向著人飛遠了。詩人獨立旅社中遠望冥思，希望能有所慰藉，可是，「閉」字冷酷地將詩人的希望澆滅。而一隻鳥兒飛翔，也給空寂的環境帶來一絲生機，但是，獨鳥也不願久留，「背」字表現了詩人內心的落寂和蕭條。在詩人的眼裏城門也孤零了，而飛鳥暗喻自己時乖運蹇，仕途坎坷淒涼。

「渡口月初上，鄰家漁未歸」，接著夜色降臨，渡口處升起了明月，這麼晚了，本該回家的鄰家漁夫，今夜還沒有歸來呢！詩人心思細膩，不禁對鄰家漁夫擔憂起來，想到未歸，便不由得觸動了自己在外漂泊的酸楚，想到自己不知道什麼時候才能到家啊，家人肯定也是盼著我回去呢！

此時此刻，詩人內心深深的思鄉之情綿綿不斷地湧上心頭，悲從中來，但是就在詩人「鄉心」、「欲絕」時，偏偏又不知道從哪裡傳來「搗寒衣」的聲音，砧聲不斷，讓詩人已經欲絕的心情，更加痛苦，好似把心都搗碎了。

興念及此，不能不迴腸盪氣，五臟欲摧。詩雖然結束了，那淒清的鄉思，那纏綿的苦情，卻還像無處不在的月光，拂之下去，剪之不斷，久久縈繞，困擾著詩人不平靜的心，真可說是言有盡而意無窮。

這首五言律詩，按照時間順序描寫了日暮後的淒涼景色，淒涼的感情也在逐層遞進，直到最後達到了高潮，將淒苦的心情寫淋淋盡致，痛徹心扉。詩人巧妙地將內心的感情融合到環境中，自然也變得淒美無比，意蘊深厚，感情綿長。

【後人點評】

明人顧璘評其詩：雅暢輕夷，中唐獨步。（《批點唐音》）

～ 杜 甫 ～

【詩人名片】

杜甫（712～770）
字號：字子美，號少陵
籍貫：原籍襄陽（今湖北襄樊），生於河南鞏縣。
作品風格：沉鬱頓挫

【詩人小傳】：杜甫生於世代「奉儒守官」之家，早年多遊歷，天寶十四年（755），時年四十四歲的杜甫任河西尉，後改任右衛率府冑曹參軍。當年發生安史之亂，長安陷落，杜甫北上投奔肅宗，半途被叛軍俘獲，次年四月，逃歸鳳翔肅宗行在，被授左拾遺。不久因上書營救房琯，而被貶華州司功參軍。西元759年辭官，年底到達成都。西元760年春，他在成都浣花溪畔建草堂，並斷續住了五年。友人嚴武保他為檢校工部員外郎，故後人常稱其杜工部，西元765年，嚴武去世，杜甫失去憑依，舉家離開成都，遷往夔州居住兩年。

西元768年起攜家飄泊於雲安、岳陽、長沙、衡州等地。大曆五年（770）冬，杜甫死於長沙到岳陽的船上，年五十九歲。

杜甫是我國古代最偉大的詩人，被後人稱為「詩聖」。與李白並稱為「李杜」。現留其詩一千四百多首，其詩全面反映了當時政治、社會、軍事等各個方面內容，所以有「詩史」之稱。

▷ 兵車行❶

車轔轔，馬蕭蕭❷，行人弓箭各在腰❸。
爺娘妻子走相送❹，塵埃不見咸陽橋❺。
牽衣頓足攔道哭，哭聲直上干雲霄❻。
道旁過者問行人❼，行人但云點行頻❽。
或從十五北防河❾，便至四十西營田❿。
去時里正與裹頭，歸來頭白還戍邊。
邊庭流血成海水，武皇開邊意未已⓫。
君不聞漢家山東二百州⓬，千村萬落生荊杞⓭。
縱有健婦把鋤犁，禾生隴畝無東西⓮。
況復秦兵耐苦戰⓯，被驅不異犬與雞。
長者雖有問⓰，役夫敢申恨？
且如今年冬⓱，未休關西卒。
縣官急索租，租稅從何出？
信知生男惡⓲，反是生女好。
生女猶得嫁比鄰，生男埋沒隨百草。
君不見青海頭⓳，古來白骨無人收。
新鬼煩冤舊鬼哭，天陰雨濕聲啾啾⓴。

【注】❶行：本為樂府歌曲中一種體裁。這裏《兵車行》是杜甫自創
的新題。❷轔轔：車行聲。蕭蕭：馬鳴聲。❸行（音形）人：指出征的士
兵。❹爺：指父親。❺咸陽橋：指渭橋，故址在今陝西咸陽市西南，是唐
代長安通往西域的要道。❻干（音甘）：沖。❼過者：過路的人，這裏是
杜甫自稱。❽點行（音航）頻：頻繁點名強行徵調壯丁。❾或：有的人。
防河：唐朝時，吐蕃常常侵擾邊境，於是，唐朝廷便徵調兵員，駐防在
河西（今甘肅、寧夏回族自治區一帶），因其地在長安以北，稱為北防
河。❿營田：古時實行屯田制，軍隊無戰事時種田，有戰事時作戰。里
正：唐朝時，每百戶為一里，設一里正，負責戶口、農事、賦役等。幼
時以皂羅（黑綢）三尺為頭巾裹頭。⓫武皇：漢武帝劉徹。這裏以武皇指
代唐玄宗。⓬山東：指華山以東地區。⓭荊杞（音起）：荊棘與杞柳。這

裏表示村落荒蕪。⓮東西：指莊稼長得不成行列，東西難辨。⓯秦兵：指關中一帶的士兵。⓰長者：即杜甫。征人對他的敬稱。⓱「且如」二句：《通鑒》中載：「關西遊奕使王難得擊吐蕃，克石橋，拔樹敦城。」今年冬之事，即指此。關西，指函谷關以西的地方。⓲信知：真的明白了。⓳青海頭：即青海邊。唐朝時，唐軍常和吐蕃在此交戰。⓴啾啾：象聲詞，表示一種嗚咽的哭聲。

　　這首詩大概作於唐玄宗天寶十年（751）。天寶年間，唐玄宗實行開邊政策，與吐蕃長期戰爭，連年的戰爭給廣大中原地區的人民帶來了巨大災難，壯丁被徵，賦稅沉重，人們生活在水深火熱中，杜甫的這首詩就反映了這個社會現實，揭露了朝廷窮兵黷武的罪惡，表達了詩人希望和平的強烈願望。

　　這首詩可以分為三部分來賞析。

　　第一部分為前六句。這首詩一開始詩人就描述了父母妻兒痛苦告別征夫們的讓人痛徹心扉的場面。兵車隆隆，戰馬嘶鳴，被抓的百姓都佩帶著弓箭。父母妻兒們奔走哭號相送，征夫們在以農耕為主的封建社會中是家中的頂樑柱，征夫走了後，家中就只剩下老弱婦幼，征夫的離開，家庭就陷入了困境，甚至家破人亡。一個「走」字，被詩人寄予了濃重的感情色彩，親人被突然抓兵，緊急押送出征，家屬們追奔呼號，征夫和家屬至此一別也許就是生死離別了，是多麼悲愴。「牽衣頓足攔道哭」，這一句中詩人運用四個動詞，把送行人者那種不捨、悲傷、憤怒和絕望細緻地描繪了出來。這部分分別從視覺上和聽覺上集中展現了戰爭給千萬家庭帶來的妻離子散的沉重代價。灰塵彌漫，車馬人流，哭聲，這些交織在一起，場面具有強烈的衝擊力，讀來令人觸目驚心。

　　第二部分（從「道旁過者問行人」到「被驅不異犬與雞」），征夫們直接傾訴他們的悲慘境遇。

　　「道旁過者」，指詩人自己。這也說明了詩人親歷了整個過程，此句一出，大大地增加了整首詩的真實感。「點行頻」，指朝廷徵兵頻繁，這一句直接點出了造成老幼婦弱生死離別的原因，是整首詩的詩眼。接著詩人用一個十五被徵，四十歲還在戍邊的「行人」的例子為證，證明了「點

行頻」。「邊庭流血成海水，武皇開邊意未已」，這兩句將矛頭直接指向了唐玄宗皇帝，這是多麼大膽的一句話，充分表達了詩人強烈的憤慨和譴責之情。

接下來詩人筆鋒一轉，視線從血流成海的邊地轉移到中原內地。「君不聞」三字引領我們看到了另一幅驚心動魄的場景。華山以東的廣闊原野上，千村萬落都變得人煙稀少，田園荒蕪，荊棘叢生，一片蕭瑟凋敝之色。接著詩人從局部地區的景象聯想到了整個中原大地的景象，局部與整體、實和虛相互照映，進一步深化了戰爭給百姓帶來沉重災難這一主題，也充分流露了詩人對戰爭的強烈痛恨。

第三部分（從「長者雖有問」到結尾），詩人進一步推進。「長者雖有問，役夫敢申恨」，這說明了統治者對他們的壓迫，讓他們憤怒，他們敢怒而不敢言。但是在下文中，征夫還是一吐心中的憤懣。不敢說又忍不住說出來，極為細膩傳神地將征夫們憤怒而又恐懼的心理表現了出來。接著詩人寫道：「今年冬」、「未休關西卒」，表明統治者不惜百姓生命，開疆擴土，使戰爭曠日持久且頻繁。「租稅從何出」與前面「千村萬落生荊杞」相呼應。這樣前後照應，層層推進，進一步深刻地揭示了社會現實。詩人在這裏連用了幾個五言句，語氣急促，形象地表達了征夫們沉重的悲痛哀傷之情，也體現了他們傾訴的急切心情。窮兵黷武的朝廷不僅頻繁徵兵，還要逼租，這如同雪上加霜，給百姓帶來了第二重災難。詩人感慨：現在生男不如生女好，女孩子還能嫁給近鄰，男孩子只能命喪沙場。這是發自內心的強烈控訴。封建社會本是重男輕女，但是當時殘酷的現實，改變了人們的心理，可見，朝廷的窮兵黷武不僅使百姓生命不保，還在心理上給他們帶去沉重壓力。最後詩人用極為淒慘哀痛的筆觸，描述了戰場上慘烈的場面。青海邊的古戰場上，茫茫荒野，白骨疊落，天氣陰暗淒慘，冤魂哀號的陰森冷寂的情景，讓人毛骨悚然、不寒而慄。最後荒無人煙中鬼泣的情景，和開頭送行時的人群中人哭低沉的色調和開頭那種人聲鼎沸的氣氛，悲慘哀怨的鬼泣和開頭驚天動地的人哭，形成了強烈的對比，再一次強調了「武皇開邊未已」導致的惡果，感情激烈悲壯。

這首七言樂府，詩人寓情於事，深刻地揭示了統治者窮兵黷武的罪惡，詩人激憤的心情滲透在字裏行間，憂國憂民的形象躍然紙上。

【後人點評】

清人沈德潛：詩為明皇用兵吐番而作，設為問答；聲音節奏，純從古樂府得來。以人哭始，以鬼哭終，照應在有意無意。（《唐詩別裁集》卷六）

▷ 春望

國破山河在❶，城春草木深。
感時花濺淚，恨別鳥驚心❷。
烽火連三月❸，家書抵萬金❹。
白頭搔更短❺，渾欲不勝簪❻。

【注】❶國破：指國都長安淪陷。❷恨別：悲恨離別。❸烽火：指戰爭。❹抵萬金：從家裏來的書信值幾萬兩黃金，極言家信難得。❺短：稀疏。❻渾欲不勝簪：簡直要插不上簪子了。渾，簡直。

唐玄宗天寶十五年（756）七月，長安被安史叛軍攻陷，唐肅宗在靈武即位。杜甫在投奔靈武的途中，被叛軍俘虜到長安，次年二月，他寫下這首詩。

整首詩以「望」字展開，這個字既是寫詩人望見春色，也表達詩人希望叛軍早日被平定，國家恢復安定，家人早日團聚的願望。

「國破山河在，城春草木深」，主要寫了詩人目睹的淪陷後的長安城破敗之景。首句，國家破敗山河依舊。這句氣勢宏大且蒼涼，有物是人非之感。第二句「草木深」，表現了草木無人修剪的荒蕪殘敗景象，飽含詩人感歎之情。

「感時花濺淚，恨別鳥驚心」，詩人將「花」、「鳥」擬人化且互文的手法，抒寫了自己的離別愁緒。詩人有感於國家分裂、世事艱難、家人分離，長安城裏的花鳥都落淚驚心，對仗工整，圓潤嫻熟，詩意濃郁。詩人從高處遠望到聚焦花鳥，景色由遠及近，感情由弱到強，情景交融，委婉地表達了自己對世事的激憤感慨之情。

這樣一個戰火紛飛、動盪不安的時期，能夠收到家書是非常困難的，

所以詩人寫「烽火連三月，家書抵萬金」，「連三月」表明了戰爭的曠日持久，也暗喻戰爭給人們帶來了沉重的災難。「抵萬金」表明了戰亂中百姓想要知道家人是否平安的急切心情。

詩人心情鬱悶，搔首愁思，卻突然發現「白頭搔更短，渾欲不勝簪」，意思是白髮越來越稀疏，連簪子都插不住了，以此現象表現詩人國破離家的憂憤心情和離亂之痛。

這首五律，情景交融，感情表達含蓄深沉，語言凝練，充分體現了詩人「沉鬱頓挫」的藝術風格。整首詩語言鏗鏘有力，抑揚頓挫，感情激盪。

【後人點評】

清人紀昀：語語沉著，無一毫做作，而自然深至。（《瀛奎律髓匯評》卷三十二）

▷ 春夜喜雨

好雨知時節，當春乃發生❶。
隨風潛入夜❷，潤物細無聲。
野徑雲俱黑，江船火獨明。
曉看紅濕處❸，花重錦官城❹。

【注】❶發生：萌發生長。❷潛：悄悄地。❸曉：早晨。紅濕處：指帶有雨水的紅花的地方。❹花重（音眾）：花朵沾上雨水變得沉重。錦官城：又叫錦城，故址在今成都市南。後人也以此代指成都。

唐肅宗上元二年（761）春，杜甫在成都浣花溪邊的草堂時寫了這首山水詩。通過對春夜降雨的美景的描寫，抒發了詩人喜悅的心情。

「好雨知時節，當春乃發生」，第一、二句詩人寫春雨的降臨。「好」字表現了詩人對春雨的讚美。詩人賦予了春雨人的情感，它好像「知時節」，降下及時雨。在詩人的筆下，春雨如此的善知人意，體貼入微，在人們需要的時候飄然而下，滋潤萬物。這兩句語言委婉，意境優美，在點題的同時，也委婉地表達出了詩人急切期盼降臨春雨的心情。

接下來詩人從聽覺的角度來進一步描寫春雨，「隨風潛入夜，潤物細無聲」，春雨在暗夜裏悄然而至，順著春風悄然而至，默默地潤澤萬物，不吵人，不傷物。「潛」字擬人化，突出了春雨的無聲無息、無影無蹤的情態，寫得非常有情趣，「潤」字形象地寫出了春雨滋潤萬物，默無聲息的特點，非常精妙。在詩人細緻的描寫中，春雨變得越發輕柔美麗。而詩人能聽出「細無聲」的春雨，也可知詩人在這個春雨降臨的夜晚，興奮驚喜，徹夜未眠。

「野徑雲俱黑，江船火獨明」緊承上一聯，詩人驚喜中睡意全無，於是，下床出門，遠望江中風景，平日裏清晰可見的田野小徑現在也和天空的烏雲一樣籠罩在漆黑的夜色中，唯有江上漁船的燈火透著明亮的光。「俱」字凸顯了夜晚的黑暗，也表明了雲之密，沒有一絲光亮，這也暗示著春雨下得很密，而江船上「火獨明」卻反襯了整個夜空的蒼茫黑暗。

「曉看紅濕處，花重錦官城」，這最後兩句是詩人的想像。詩人看著繁密的春雨，心中非常喜悅，想到第二天天亮的時候，錦官城將到處都開滿萬紫千紅的鮮花。而春花的爛漫是春雨的傑作啊，烘托了春雨的無私奉獻精神。其中「重」字，精確地描寫出了春雨過後，城中花朵紅豔欲滴的嬌美形象。

這首五律詩，處處流露著「喜」字，詩人從盼雨到聽雨、看雨接著最後寫想雨，用細膩生動的筆觸描寫了可親可愛的春雨形象，情趣盎然，充分表現了詩人對春雨的喜愛和讚美之情。詩文結構清楚，承接自然。詩中細節的捕捉和描繪非常精當，用字凝練優美。

【後人點評】

清人浦起龍：寫雨切夜易，切春難。（《讀杜心解》）

▷ 丹青引贈曹將軍霸❶

將軍魏武之子孫❷，於今為庶為清門❸。
英雄割據雖已矣，文采風流今尚存。
學書初學衛夫人❹，但恨無過王右軍❺。
丹青不知老將至，富貴於我如浮雲❻。

開元之中常引見，承恩數上南薰殿❼。
凌煙功臣少顏色❽，將軍下筆開生面。
良相頭上進賢冠❾，猛將腰間大羽箭❿。
褒公鄂公毛髮動⓫，英姿颯爽來酣戰。
先帝天馬玉花驄⓬，畫工如山貌不同。
是日牽來赤墀下⓭，迥立閶闔生長風⓮。
詔謂將軍拂絹素⓯，意匠慘澹經營中⓰。
斯須九重真龍出⓱，一洗萬古凡馬空。
玉花卻在御榻上⓲，榻上庭前屹相向。
至尊含笑催賜金⓳，圉人太僕皆惆悵⓴。
弟子韓幹早入室㉑，亦能畫馬窮殊相。
幹惟畫肉不畫骨，忍使驊騮氣凋喪㉒。
將軍畫善蓋有神，必逢佳士亦寫真㉓。
即今漂泊干戈際㉔，屢貌尋常行路人㉕。
途窮反遭俗眼白，世上未有如公貧。
但看古來盛名下，終日坎壈纏其身㉖。

【注】❶丹青：指丹砂、靛青，這都是古代繪畫的顏料，這裏代指繪畫。引：詩體名，《文體明辨》：「述事本末，先後有序，以抽其臆（指抒情）者曰引。」曹將軍霸：指曹霸，唐代著名畫家，善於畫人物和馬，受唐高宗的寵倖，官至左武衛將軍，故稱他為曹將軍，唐玄宗末年，他因得罪朝廷，被免官。❷魏武：指魏武帝曹操。❸庶：指平民。清門：即寒門、清貧。❹衛夫人：即衛鑠，字茂漪，晉代著名女書法家，王羲之曾向她學習書法。❺王右軍：即王羲之，字逸少，晉代書法家，曾任右軍將軍。❻「丹青」句：指曹霸一心鑽研畫藝甚至達到了忘老的程度。老將至，《論語·述而》中載孔子言：「發憤忘食，樂以忘憂，不知老之將至云耳。」❼南薰殿：唐代宮殿名，在興慶宮內。❽凌煙：即凌煙閣。貞觀十七年（643），唐太宗命閻立本在凌煙閣畫二十四功臣圖，以褒獎文武開國功臣。少顏色：指圖畫暗淡褪色。❾進賢冠：古代文臣儒士戴的

禮帽,用黑布做成。❿大羽箭:唐太宗製的有四根羽毛的長杆大箭。⓫褒公:即段志玄,封褒國公。鄂公:即尉遲恭,封鄂國公。⓬先帝:指唐玄宗。玉花驄(音聰):唐玄宗所乘的駿馬名。驄,青白相雜的馬。⓭赤墀(音遲):又名丹墀。宮殿前塗紅的臺階。⓮迥(音窘):高。閶闔(音昌何):宮殿大門。⓯絹素:指用於畫布的白絹。⓰意匠:指畫家構思。慘澹(音淡)經營:煞費苦心地構思中。⓱斯須:一會兒。九重:本義指九重天。這裏指代皇宮。真龍:古代稱八尺馬為真龍,指良馬。⓲玉花:指玉花驄。⓳至尊:皇帝。⓴圉(音與)人:養馬的人。太僕:管理皇帝車馬的官吏。㉑韓幹:唐代有名畫家。善畫人物,更善於畫鞍馬。他初師曹霸,後來自成一派。入室:指得到老師真傳。㉒驊騮:泛指良馬。㉓寫真:指畫肖像。㉔干戈際:戰亂時期,這裏指安史之亂。㉕貌:描畫。㉖坎壈(音懶):潦倒困頓,不順。

曹霸是唐朝著名的畫家,此時他已經被削去了官職,窮困潦倒。唐代宗廣德二年(764),杜甫與曹霸在成都結識,杜甫非常同情曹霸的遭遇,於是寫下了這首詩。

本詩可以分為四部分來賞析。第一部分是前八句,寫曹霸的家庭和他學習書畫的情況,曹霸是魏武帝曹操的後人,雖然現在被免官淪為普通人,雖然祖先稱霸中原的豐功偉業已經成為歷史,但是,曹霸卻繼承了先祖的文辭風采。詩文開頭四句寫得波瀾起伏,豪放大氣。

接著詩人緊承「文采今尚在」,寫到曹霸書畫方面。曹霸曾師承著名書法家衛夫人,名師出高徒,所以寫得一手好字,只恨不能超過王羲之了。曹霸學習刻苦,沉浸在畫作中,甚至都忘了老之將至,不慕功名,把富貴看得如天上的浮雲那樣單薄。詩人用筆靈活,「學書」只是一筆帶過,略作敘述,重點刻畫了詩人「丹青」作畫,主次分明,有條不紊。

第二部分(從「開元之中常引見」到「英姿颯爽來酣戰」),開始進入正題寫到曹霸在繪畫上的成就。這部分內容寫曹霸曾因擅繪畫,多次被召入皇宮南熏殿作畫。凌煙閣上開國功臣們的畫像已經褪色,曹霸奉命重新繪製,曹霸一「下筆」立刻「開生面」。這句留下了一個懸念,為下面描述畫像做鋪墊。到底是怎樣別開生面呢?詩人寫文臣頭戴朝帽,武將要

插長箭。褒國公段志玄和鄂國公尉遲恭，個個毛髮飛動，神采飛揚，英姿颯爽，彷彿就要從畫中出來去沙場酣戰一番，表明曹霸的人物畫，形神俱備，栩栩如生，氣勢生動。詩人描寫細緻，彷彿那活靈活現的人物畫就在眼前。

第三部分（從「先帝御馬玉花驄」到「忍使驊騮氣凋喪」），這部分是全詩中的重點，詩人在前面寫曹霸的人物畫只是個鋪墊，曹霸最擅長的是畫馬，所以，這裏集中筆墨描寫了曹霸畫馬的成就。詩人用精練傳神的語言，寫了曹霸畫唐玄宗的御馬玉花驄的過程。玉花驄曾經被很多畫師畫過，畫出來的形象各不相同。一天，御馬被牽過來，牠「迴立」在宮門，雄峻「生長風」，神氣非凡。曹霸「慘澹經營」「意匠」後，一揮而就，片刻功夫，一匹「九重真龍」般的神馬就從天而降，出現在畫卷上了。那畫中的馬神駿非凡，一切凡馬在此馬前都相形遜色。詩人在先言真馬神駿，接著又將其他畫工畫的馬和曹霸畫的馬進行比較，層層陪襯烘托，凸顯了曹霸畫馬技術之高，如神來之筆。詩人接著將真馬和畫馬放在同一個畫面上來寫，兩馬仿若合一，真假難辨。雖然詩人沒有一句說曹霸畫馬惟妙惟肖，意在言外，彷彿那活靈活現的畫馬已經跳出畫卷了，畫馬的逼真傳神，已經表現得非常生動形象了。接著詩人寫道：「至尊含笑催賜金，圉人太僕皆惆悵」，通過玄宗和圉人、太僕的不同表現，從側面再一次烘托了曹霸畫技的高超。緊接著，詩人又拿他的弟子、也善畫馬的韓幹的畫馬作品和曹霸之畫馬比較，反襯了曹霸畫的馬更富神韻。在這部分中，詩人用大量美妙生動的文字濃墨重彩地描述了曹霸畫馬，又用了多種比較、反襯手段，烘托了曹霸畫馬，字裏行間表現了詩人對曹霸畫馬的讚美之情，文字灑脫酣暢。

最後一部分（從「將軍畫善蓋有神」到最後），這部分詩人寫了曹霸淪為平民後的潦倒落魄的生活境況。和第一部分「於今為庶為清門」相呼應。「將軍善畫蓋有神」句，總收上文，點出曹霸畫藝高超非凡。曾為皇帝作畫的大師，在淪落之後，竟然不得不為路人畫像以維持生計，這樣已經讓人對曹霸的遭遇備感心酸了，接著詩人又寫道：曹霸還遭到世人的白眼，可見生活不僅貧困，精神上也飽受摧殘。曹霸和杜甫同樣是胸懷大志，有高超才學，但兩人相似的悲慘經歷，讓詩人不禁感歎，「但看古來

盛名下，終日坎壈纏其身」，自古以來，盛名之人經常被窮愁失意包圍，所以，曹霸不必太過愁苦，這是詩人在安慰曹霸，同時也是在自慰，其中飽含了詩人對世態炎涼的憤慨，筆調蒼涼。

這首七言古詩用筆主次分明，對比鮮明，層次清晰。感情跌宕起伏，整首詩前後呼應，首尾相連。詩人語言生動形象，充滿詩情畫意。

【後人點評】

清人金聖歎：波瀾疊出，分外爭奇，卻一氣混成，真乃匠心獨運之筆。（《杜詩集》卷三）

▷ 登高

風急天高猿嘯哀，渚清沙白鳥飛回❶。
無邊落木蕭蕭下❷，不盡長江滾滾來。
萬里悲秋常作客❸，百年多病獨登臺❹。
艱難苦恨繁霜鬢❺，潦倒新停濁酒杯❻。

【注】❶渚（音⼟）：水中的小塊陸地。回：迴旋、徘徊。❷無邊：無盡。❸萬里：指遠離故鄉。常作客：指長期在他鄉漂泊作客。❹百年：一生。❺艱難：時世艱難。苦恨：極其遺憾。苦，極。❻新停濁酒杯：指剛剛戒酒。

因為嚴武病逝，詩人失去依靠，便離開成都草堂，乘舟南下，本打算直接去夔門（今重慶奉節），但因病痛纏身，在雲安待了幾個月，然後才到達夔州。唐代宗大曆二年（767）秋，詩人在夔州獨自登高，見江中秋景，不禁引起了詩人坎坷漂泊的感慨，想到自己老病孤苦的處境，百感交集，於是就寫下來這首七律名作。

前四句寫了詩人登高時的見聞。「風急天高猿嘯哀」，詩人在首句圍繞夔州猿多、峽口風大這些典型環境展開描寫。秋季裏，詩人登上高處，天高氣爽，而這裏長風疾速，在峽谷深處不斷傳出猿的哀嘯聲，這哀嘯聲在空蕩的山谷中，縈繞不絕。接著詩人的視線轉移到江渚，「渚清沙白鳥

飛回」，在清水白沙的背景下，鳥群在空中飛翔、迴旋，這是一幅多麼精緻的景色啊！這兩句中天對風，沙對渚，猿嘯對鳥飛，自然成對。一句中天對風，高對急，沙對渚，白對清，節奏和諧。詩人筆下這兩句，字字用得非常凝練、唯美。

「無邊落木蕭蕭下，不盡長江滾滾來」，主要描寫了夔州秋季的特點，烘托了秋季蒼茫的氛圍。詩人遠望群山，看不到邊際的樹林，落葉紛飛，蕭蕭下落；俯視不盡的長江水，洶湧奔騰、滾滾而來。詩人將景色寫得蒼茫悲涼。「無邊」、「不盡」使「蕭蕭」、「滾滾」更加生動形象，使人從落葉蕭瑟，長江奔湧的景色中不禁想到時光易逝，抱負難以實現的滄桑。這組對句，詩人用深沉雄健的力筆，寫出了磅礡蒼涼的氣勢。

前兩聯著重描寫了登高秋景，詩人在頸聯開始點出「秋」和「獨登臺」，這樣，詩人就自然地將遠眺之景和內心的情感聯繫在了一起。「萬里悲秋常作客」中的「悲秋」二字，寫得沉痛非常，詩人見秋之蕭瑟，不禁聯想到自己暮年的處境。「常作客」，描述詩人客居他鄉、飄泊不定的生活。「百年多病獨登臺」中的「百年」，指詩人已入暮年。「多病」表明了詩人人老體衰的現狀。詩人從空間和時間兩個角度描繪了自己的悲苦，使人深深地感受到了他深遠沉鬱的情感。同時，此聯中「萬里」、「百年」和上一聯的「無邊」、「不盡」相互呼應，詩人漂泊孤苦的愁緒，好像秋葉和江水一樣，驅排不盡，情與景交融，詩中的情感更加顯得深沉。

「艱難苦恨繁霜鬢，潦倒新停濁酒杯」，尾聯這兩句緊承頸聯，繼續抒發心中的潦倒漂泊之悲情。詩人感慨自己一生飽嘗艱辛苦難，白髮日漸增多，再加上因病停酒，悲愁苦恨的心情就更難以排遣了。詩人起初興趣盎然地登高望遠，到最後卻是悲苦交加，可見，詩人內心的苦悶是多麼的沉重，詩人眼中的景色都籠罩著一層陰鬱。

【後人點評】

明人陸深：杜格高，不盡合唐律。此篇聲韻，字字可歌，與諸作又別。（《唐詩選脈會通林評林》卷四十三）

▷ 登樓

花近高樓傷客心❶，萬方多難此登臨。
錦江春色來天地❷，玉壘浮雲變古今❸。
北極朝廷終不改❹，西山寇盜莫相侵❺。
可憐後主還祠廟❻，日暮聊為梁甫吟❼。

【注】❶花：指春季。客心：這裏指杜甫自己。❷錦江：即濯錦江，是岷江的支流，流經成都，杜甫草堂就和錦江緊鄰。❸玉壘：即玉壘山，在今四川汶川北、灌縣西，這是古代吐蕃入侵中原必經之地。❹「北極」句：寫的是廣德元年，吐蕃攻陷長安，立廣武王李承宏。後來郭子儀收復京城，吐蕃敗走，代宗回京。北極星為眾星拱衛，且居於天之中樞，所以，這裏詩人用北極星比喻朝廷。終不改：終究沒有更改。❺西山寇盜：指吐蕃。❻後主：指劉禪。還祠廟：這裏詩人感歎劉禪死後竟然還有祠廟。❼梁甫吟：樂府曲名，曲調哀傷。《三國志》中說諸葛亮好為《梁甫吟》。

　　這首詩是唐代宗廣德二年（764）春，杜甫在成都所寫。當時詩人客居四川已是第五個年頭。上一年正月，官軍收復河南河北，安史之亂平定，但十月吐蕃攻陷長安，郭子儀收復京師。年底，吐蕃又攻陷劍南、西山等地，國家陷入戰亂之中。

　　「花近高樓傷客心，萬方多難此登臨」，首聯點出詩人登樓時的心境。詩人因「花近」而心中哀傷，為什麼呢？因為國家「萬方多難」。在這萬方多難的時期，漂泊他鄉的詩人心中滿是愁苦憂思，登上高樓，看到繁花盛開，詩人卻滿是傷感。詩人寫春景之歡快反襯情感之哀傷。但詩人倒裝句子，先寫見花心傷這個反常態度，再說感傷原因，使人產生懸念，也側重強調傷心之深痛。「登臨」二字，引領下文。

　　「錦江春色來天地，玉壘浮雲變古今」，詩人從登樓看見的景色開始寫起，描繪了一幅壯美的山河景觀。錦江水夾帶著朝氣盎然的春色從天地間奔騰而來，玉壘山上的浮雲飄忽不定，這使詩人聯想到了動盪不安的國家，那浮雲飄移就像是古今世勢的更替變幻。上句從空間上擴展，下句從

時間上蔓延，這樣延展開來，頓然形成了一片宏闊悠遠的意境，包括著詩人對國家山河的熱愛和民族歷史的回憶。並且，登高望遠，視野開闊，而詩人偏偏向西北方向望去，可見，詩人心懷國家，此時，他憂國憂民的高大形象躍然紙上。

「北極朝廷終不改，西山寇盜莫相侵」，主要寫國家戰事。詩人登樓遠眺，由浮雲想到了國家現時情況，雖然大唐朝廷風雨動盪，但代宗又回到了長安，可見「終不改」，這照應了上一句的「變古今」，語氣中流露了詩人強烈的愛國之情。接著詩人用口述的語氣，好像在告訴「寇盜」一樣，讓他們「莫相侵」，用語堅定，一片浩然正氣。

「可憐後主還祠廟，日暮聊為梁甫吟」，最後兩句，詩人懷古傷今，以此諷刺當朝昏君，寄予了詩人的抱負。詩人迎風挺立在高樓，眺望沉思，不覺之間已是日落西山，在蒼茫的暮色中，遠處的先主廟、後主祠模糊可見。詩人想到了後主劉禪，不禁感歎道：「可憐劉禪亡國昏君，竟然也有祠廟，享受後人香火。」最後，詩人以「梁甫吟」收尾，暗含對諸葛亮的無限敬仰和追思之情，也暗示自己希望被君王賞識，一展抱負的願望。詩人在這裏用劉禪事蹟暗喻唐代宗李豫昏庸無能，造成國家動盪、吐蕃入侵的艱難局面，卻沒有諸葛亮那樣的賢相輔佐朝政。而詩人空有報國之心，卻無施展的機會，只能在暮色中沉吟低歎。

這首七律，詩人寄景抒情，將國家的動盪、自己的感懷和眼前之景融合在了一起，相互滲透，用字凝練，對仗工整，語勢雄壯，意境宏闊深遠，充分體現了詩人沉鬱頓挫的詩風。

【後人點評】

清人沈德潛：氣象雄偉，籠蓋宇宙，此杜詩之最上者。（《唐詩別裁集》卷十三）

▷ 登岳陽樓❶

昔聞洞庭水，今上岳陽樓。
吳楚東南坼❷，乾坤日夜浮❸。
親朋無一字❹，老病有孤舟❺。

戎馬關山北❻，憑軒涕泗流。

【注】❶岳陽樓：在今湖南省岳陽城西門城樓，下臨洞庭湖，為遊覽勝地。❷「吳楚」句：今湖南、湖北、安徽和江西一部分為古楚之地，江蘇、浙江和安徽、江西一部分為古吳之地，洞庭湖恰好在兩地之間。坼，分開。❸乾坤：這裏指日月。❹字：指書信。❺老病：杜甫此時已經五十七歲，身患肺病等多種疾病。❻「戎馬」句：當時，唐朝正和吐蕃激戰。

這首詩是詩人在代宗大曆三年（768），漂泊到岳陽時所作的一首詩。詩文描繪了詩人登上岳陽樓後見到的壯觀景象，同時詩人觸景生情，表達了詩人空有才華、報國無門的悲傷心情。

「昔聞洞庭水，今上岳陽樓」，這兩句今昔對比，擴大了時空範圍，筆力雄闊，氣勢宏大，表現了詩人初登岳陽樓時的喜悅心情，同時，其中也暗含了早年抱負至今未實現的感歎。但最終，這兩句是為了後邊洞庭湖的景色蓄勢。

「吳楚東南坼，乾坤日夜浮」，這兩句描寫了洞庭湖的遼闊無邊。廣闊的洞庭湖水分隔吳楚之地，日月更替從湖中升降，出沒沉浮。詩人筆下的洞庭湖景雄偉壯闊，意境宏闊深遠。

「親朋無一字，老病有孤舟」，這兩句主要寫自己漂泊水上，淪落天涯，懷才不遇的心情。面對浩瀚的壯美的洞庭湖水，詩人不禁又想到了自己的處境。長時間在水上漂泊，和親朋的資訊都斷了，可見，表現了詩人孤單無依。「老病有孤舟」，自從大曆三年正月從夔州帶著妻兒、乘舟出峽以

後，自己又「老」還「病」，長期飄流，只有一隻破舟是自己樓居的地方。而詩人的未來，像這洞庭湖水一樣飄渺迷茫，此情此景下，詩人孤單潦倒的酸楚心情更加沉重。

　　而詩人淪落到現在這樣的地步，實在是和當時國家的動盪不安緊密相連的，所以詩人不禁想到——「戎馬關山北」，即北方邊關的戰事現在還沒有平息。而國家什麼時候能夠安寧？孤舟上的家已經這般，千家萬戶該什麼時候過上安定的生活呢？面對國家生靈塗炭，自己又報國無門，詩人不禁「憑軒涕泗流」，由這兩句可見詩人寬廣博大的胸懷，這寬廣的胸懷就像是洞庭湖一樣，浩瀚無際，詩人的形象和洞庭湖融為一體，越發體現了詩人高尚的人格。

　　這首五律寫得筆力凝練，遒勁有力。以喜寫悲，感情表達委婉曲折，展現了詩人宏大的胸襟。

【後人點評】

明人鍾惺：尋不出佳處，只是一氣。（《唐詩歸》卷二十）

▷ 奉贈韋左丞丈二十二韻

紈袴不餓死❶，儒冠多誤身❷。
丈人試靜聽❸，賤子請具陳❹。
甫昔少年日，早充觀國賓❺。
讀書破萬卷，下筆如有神❻。
賦料揚雄敵❼，詩看子建親❽。
李邕求識面❾，王翰願卜鄰❿。
自謂頗挺出，立登要路津⓫。
致君堯舜上，再使風俗淳。
此意竟蕭條⓬，行歌非隱淪⓭。
騎驢十三載⓮，旅食京華春⓯。
朝扣富兒門，暮隨肥馬塵。
殘杯與冷炙，到處潛悲辛。

主上頃見征❶⑥，欻然欲求伸⑰。

青冥卻垂翅⑱，蹭蹬無縱鱗⑲。

甚愧丈人厚，甚知丈人真。

每於百僚上，猥頌佳句新⑳。

竊效貢公喜㉑，難甘原憲貧㉒。

焉能心怏怏？只是走踆踆㉓。

今欲東入海㉔，即將西去秦㉕。

尚憐終南山，回首清渭濱。

常擬報一飯㉖，況懷辭大臣㉗。

白鷗沒浩蕩，萬里誰能馴㉘！

【注】❶紈袴：指富貴子弟。不餓死：不學無術卻不用擔憂忍饑挨餓。❷儒冠多誤身：指滿腹經綸的儒生卻多是貧窮困頓。❸丈人：對長輩的尊稱。這裏指韋濟。❹賤子：年少位卑者自稱。這裏是杜甫自稱。❺「甫昔」兩句：指的是開元二十三年（735），杜甫以鄉貢資格在洛陽參加進士考試的事。杜甫當時只有二十四歲，就已經是參觀王都的國賓了，所以說「早充」。❻有神：有神相助。❼揚雄：字子雲，西漢辭賦家。敵：差不多。❽子建：指曹植，他字子建。看：比擬。親：接近。❾李邕：唐代書法家。杜甫少年在洛陽時，李邕聽聞他的文學才能，便主動結識杜甫。❿王翰：唐朝著名詩人。⓫「立登」句：指很快就能獲得重要的官職。⓬此意：指自己想要施展政治抱負的願望。⓭隱淪：歸隱，沉淪。⓮騎驢：這是和乘馬的達官貴人相比。十三載：指從杜甫參加進士考試，到天寶六年，恰好十三載。⓯旅食：寄食。京華：指長安。⓰主上：指唐玄宗。見征：被徵召。⓱欻（音忽）然：像火光一現，形容非常快速。⓲「青冥」句：空中的飛鳥折翅。⓳蹭蹬（音鄧）：行走艱難的樣子。無縱鱗：本義指魚不能縱身遠游。這裏指自己的理想不能實現。這裏指的是天寶六年（747），唐玄宗下詔徵有一技之長的人，當時杜甫也參加了。宰相李林甫嫉妒賢能，應試者皆落選，杜甫施展抱負的願望也因此落空。⓴猥：多。㉑貢公：西漢人貢禹。他與王吉為友，聞聽王吉顯達，非常高

興，知道自己也該出人頭地了。這裏指杜甫曾自比貢禹，希望韋濟能提拔自己。㉒原憲：孔子弟子，因貧窮出名。㉓踆踆：謙退樣子。㉔東入海：孔子在《論語》中說：「道不行，乘桴浮於海。」意為歸隱。㉕去秦：離開長安。㉖報一飯：報答一飯之恩。㉗大臣：指韋濟。㉘馴：這裏是拘束的意思。

天寶七年（748），杜甫曾贈時任尚書左丞的韋濟兩首詩，希望得到他的援引提拔。韋濟雖然賞識杜甫的才能，但沒能給出實際幫助，於是，杜甫又寫下了這首詩。詩中寫了杜甫想要退隱的想法，並抒發了他對朝廷輕視人才的激憤心情。

「紈袴不餓死，儒冠多誤身」，開首這兩句就直接抒發詩人內心悲憤不平的心情，感情激烈，勢不可擋。不學無術的紈袴子弟本是社會的敗類，但是他們卻過著衣食無憂的生活，而滿腹經綸、心懷大志的儒學之士，卻被貧困所擾，以至於因此耽誤前程。詩人開頭就陳述了一個不合理的現實情況，對比鮮明深刻。

「丈人試靜聽，賤子請具陳」，接著詩人緊承「儒冠」句，寫自己的坎坷經歷，這句是過渡句，接下來就是對「丈人」即韋濟的傾訴。

從「甫昔少年日」到「再使風俗淳」，這部分主要寫詩人年輕時因才華出眾，蒙受的榮譽和曾經遠大的抱負。少年時的杜甫就有名氣了，他學識廣博，妙筆生花，如有神助。作賦可以和揚雄相敵，寫詩就要和曹植接近了。因此，他也受到了當時文壇領袖李邕、詩人王翰的欣賞。他憑藉自己的才華，認為求取功名，進身仕途很容易。他年輕時還設想自己要輔佐皇帝，教化百姓。這一部分寫得快意流暢，氣勢雄健，表現出了詩人當時躊躇滿志、意氣風發的精神面貌，也為後邊詩人寫到自己後來的境況作為鋪墊。

接著從「此意竟蕭條」到「蹭蹬無縱鱗」，這部分寫的是詩人空有抱負，卻到處碰壁，報國無門的殘酷現實。詩人感歎自己曾經的雄心壯志，現在都已經「蕭條」了，詩人在繁華京城的旅居長達十三年。在這十三年裏，詩人騎著一匹瘦驢，奔波在大街小巷，敲打豪富人家的大門，受盡富豪子弟的白眼，晚上都是尾隨著權貴的肥馬揚起的塵土，鬱鬱而歸，長年

在富豪權貴們的殘羹冷炙中維持生計。就在不久前，詩人還參加了朝廷的一次應試，哪曾想奸相李林甫竟然讓應試的儒生們全部落選。這起事件使詩人受到了沉重的打擊。詩人用「青冥卻垂翅，蹭蹬無縱鱗」形象地比喻了當時詩人的心情。詩人的種種悲慘遭遇，讓他心中越發激憤不平。此時的他與年輕時的境況形成了強烈的對比。自己的處境一落千丈，心裏的辛酸和悲涼，溢於言表。

從「甚愧丈人厚」到最後，主要寫詩人對韋濟的感激之情和自己希望落空，決定離去卻又不捨的複雜心情。在坎坷的人生道路上，詩人再也不能忍受像孔子弟子原憲那樣的貧困了。他為韋濟當上尚書左丞而高興，就像當年貢禹聽到好友王吉升官而彈冠相慶。詩人期盼著韋濟能幫助自己，但韋濟沒能給他實際幫助。詩人內心憤懣不平，卻也只能強忍著，想離去卻仍有些猶豫。他不捨得自己寄予希望的京都，捨不得好友韋濟。但是，希望已經破滅，再待下去，也沒有意義了，最後決然隱退，像白鷗那樣漂泊於江湖之間。這部分中寫出了詩人複雜的心情，真是思深意曲。「白鷗沒浩蕩，萬里誰能馴」，詩人以一個問句結尾，直抒胸臆，控訴世道的不平，同時也表現了詩人曠達的胸懷、高潔的情操和剛強的性格，具有極強的感染力，讓人讀來盪氣迴腸。

這首五言古詩成功地運用了對比這一表現手法，曲折地表達了詩人的思想感情，語言樸實凝練，內容巨集闊，意蘊深遠。

【後人點評】

明人王嗣奭：此詩全篇陳情，……直書胸臆，如寫尺牘，而縱橫轉折，感憤悲壯，繾綣躊躇，曲盡其妙。……末段憤激語，迂迴婉轉，無限深情。（《杜臆》）

▷ 閣夜

歲暮陰陽催短景❶，天涯霜雪霽寒宵❷。
五更鼓角聲悲壯❸，三峽星河影動搖❹。
野哭千家聞戰伐❺，夷歌數處起漁樵❻。
臥龍躍馬終黃土❼，人事音書漫寂寥❽。

【注】❶陰陽：指日月。短景：指冬季日短。景，通「影」，日光。❷霽（音季）：雨過天晴稱為霽。❸鼓角：古代軍中用於報時、發令的鼓和號角。❹三峽：指瞿塘峽、巫峽、西陵峽。星河：銀河，這裏泛指天上星辰。古人認為天上星辰搖動就預兆要有戰事發生。❺戰伐：這裏指的是當時蜀地崔旰和郭英義、楊子琳、李昌夔之間的混戰。❻夷歌：指蜀地少數民族的歌謠。夷，指當地的少數民族。❼臥龍躍馬：指諸葛亮和公孫述。❽人事音書：仕途生涯和親朋的資訊。漫：徒然、白白地。

　　唐代宗大曆元年（766）冬，杜甫居夔州西閣。當時蜀中戰亂頻繁，李白、嚴武、高適等詩人的好友都相繼去世。詩人孤苦困頓，心情沉痛，於是寫下來了這首詩，抒發情懷。

　　「歲暮陰陽催短景，天涯霜雪霽寒宵」，詩人在開首點明了季節。時值冬日，晝短夜長，詩人有時光飛逝之感，用一個「催」字，形象地描繪了這種感覺。「天涯」既指夔州，也含有詩人淪落天涯的意味。霜雪初停，雪色慘白發出寒光，使天氣更加寒冷。

　　「五更鼓角聲悲壯，三峽星河影動搖」，「五更」承接「寒宵」寫出了詩人在夜晚的見聞。在這個清朗的夜裏，戰鼓和號角聲分外響亮，那聲音如此的悲壯。這反映了夔州附近也處在戰亂中，五更時，軍隊就已經行動了，烘托出了一種緊張的軍事氛圍。詩人仰望長空銀河明亮，閃閃發光，星影隨著江水搖擺不定。

　　同時，銀河動也呼應前一句，暗示著戰亂沒有平息，語言清麗，語調鏗鏘有力，語氣沉鬱蒼涼。其中飽含詩人悲壯的情懷。

　　「野哭千家聞戰伐，夷歌數處起漁樵」，寫天將亮時，詩人的見聞。人們聞聽戰事，家家痛哭流涕，夷歌不斷傳來。這是一個多麼淒慘悲哀的場景啊！「野哭」、「夷歌」，這兩處景色具有時代特徵和地域特點，非常典型。

　　「臥龍躍馬終黃土，人事音書漫寂寥」，詩人遠望夔州西的武侯廟和東南的白帝廟，不禁感慨歷史人物，賢惡不同，但最終都化做了一抔黃土，所以，我這樣一個孤苦的人又能怎麼辦呢？所以，現在的戰亂動盪，自己無邊的寂寞又算得了什麼呢？這兩句表面是排遣之詞，但其中表現出

來的詩人的憂憤之情，又是那樣的沉鬱。

這首七律，以時間為順序，精選了夜宿西閣時的見聞，並結合自己的聯想，縱橫天地、俯仰古今，感情悲愴，筆力蒼勁。

【後人點評】

清人馮舒：無首無尾，自成首尾；無轉無接，自成轉接，但見悲壯動人。詩至此而《律髓》之選法於是乎窮。（《瀛奎律髓匯評》卷一）

▷ **佳人❶**

絕代有佳人，幽居在空谷。
自云良家子，零落依草木❷。
關中昔喪亂❸，兄弟遭殺戮。
官高何足論，不得收骨肉。
世情惡衰歇，萬事隨轉燭❹。
夫婿輕薄兒，新人美如玉❺。
合昏尚知時❻，鴛鴦不獨宿。
但見新人笑，那聞舊人哭❼。
在山泉水清，出山泉水濁。
侍婢賣珠回，牽蘿補茅屋❽。
摘花不插髮，採柏動盈掬❾。
天寒翠袖薄，日暮倚修竹。

【注】❶佳人：貌美女子。❷零落：飄零淪落。依草木：住在山林中。❸喪亂：指遇到安史之亂。❹轉燭：指燭火隨風轉動，喻世事變化無常。❺新人：丈夫新娶的妻子。❻合昏：合歡樹，它的葉子朝開夜合。❼舊人：佳人自稱。❽牽蘿：拾取樹藤類枝條，表明佳人的清貧。❾動：往往。盈掬：滿捧。掬，兩手合捧。

這首詩是乾元二年（759）秋，杜甫辭官取道秦州入蜀途中所作，這時安史之亂發生已經有五年，詩人主要描寫了「佳人」在戰亂後的淒慘遭

遇和她的高潔情操。

這首詩按內容可以分為三個部分，第一部分即前八句，主要寫了佳人的家庭在戰亂中支離破散。第一句用「絕代」形容了佳人的絕美容貌，接著居於「空谷」體現了她情趣的高潔，而「幽」字暗示了佳人內心的孤獨寂寞。三四句說明了佳人本是富貴人家的女子，落難到此。絕代的美麗女子竟然淪落到鄉野空谷中，表現了佳人命運的悲苦，境況的悲慘。這裏我們不禁對佳人的身世產生了好奇，那麼，她的家人在哪裡呢？他們怎麼不來接女子呢？接著佳人說：「關中昔喪敗，兄弟遭殺戮」，原來，安史之亂中，她的兄弟們慘遭殺戮，所以，她的娘家已經家破人亡了。女子不禁感歎道：「官高何足論，不得收骨肉」，語言率直坦誠。

第二部分從「世情惡衰歇」到「那聞舊人哭」，這部分主要寫了佳人丈夫薄情拋棄了她。「世情惡衰歇，萬事隨轉燭」，這兩句寫了女子對世態炎涼，人情冷暖，世事變化無常的感歎。詩人用「轉燭」比喻世事變化之快，非常恰當、貼切。這兩句為下面對丈夫的變心做了鋪墊。接著女子言其丈夫「輕薄」拋棄了她，另娶了「新人」。詩人用合歡樹和鴛鴦做比喻，表現了佳人丈夫的絕情和佳人內心的痛苦，合歡樹尚且開合有時，鴛鴦還知道不獨宿，而佳人丈夫竟然比植物動物還要絕情，佳人對丈夫的憤怒溢於言表。「新人笑」、「舊人哭」這對鮮明的對比，表現了佳人的激憤心情。娘家人已經破敗了，而丈夫又無情地拋棄了她，可見佳人遭遇的坎坷悲慘。

第三部分是最後八句。主要描寫了佳人的清貧生活，讚美了佳人的高潔情操。「在山泉水清，出山泉水濁」，這句中清澈的山泉水象徵了佳人清淨高潔的品格，語言慷慨莊重、純潔端麗。佳人生活清苦，派婢女賣珠，用松蘿植物修補茅草屋，佳人生活清貧，卻沒有愁苦，忙著修整這個小家，有安貧樂道的意味。佳人頭不插花，常常採柏動盈掬，雖然天氣寒冷衣服單薄，佳人在日暮中靜靜地倚修竹。此時彷彿一個不卑不亢，傲然獨立在竹林中的美女形象鮮活地展現在我們面前。這些描寫表現了佳人不被坎坷遭遇打倒，像柏和竹那樣有著高潔的情操。描寫細膩形象，清幽意境自生，讓人產生無限遐想。

這首五言古體詩，詩人通過描寫佳人這個形象，既展現了當時的社會

情況，也從中寄託了詩人高潔的志向和情操。佳人的悲慘遭遇和她美麗高潔的形象形成了鮮明對比，讓人頓生同情和敬佩之情，引起很多人思想上的共鳴。語言樸素誠懇，含蓄蘊藉，感人肺腑。

【後人點評】

清人黃生：偶有此人，有此事，適切放臣之感，故作此詩。（《杜詩說》卷二）

▷ 江漢❶

江漢思歸客，乾坤一腐儒。
片雲天共遠，永夜月同孤。
落日心猶壯，秋風病欲蘇❷。
古來存老馬❸，不必取長途。

【注】❶江漢：這首詩是大曆三年（768）秋，杜甫漂泊到湖北公安時寫的，因為這裏處在長江和漢水之間，所以詩稱「江漢」。❷蘇：康復之意。❸老馬：典出《韓非子·說林上》中「老馬識途」的故事：齊桓公討伐孤竹後，返回時迷路了，他接受管仲的「老馬之智可用」的建議，放老馬而隨之，果然找到了正確的路。

大曆三年（768）正月，杜甫從夔州出峽，漂泊於湖北公安，在此作下這首詩，這時他已五十六歲。詩人到老仍如浮雲一樣漂泊不定，飽嘗艱辛，心中自當頗多感慨，但是，詩人並不因此而悲觀消極，而是表現出了暮年壯心不已的頑強精神。

「江漢思歸客」，詩人寫自己是滯留在江漢的思歸客，其中飽含了漂泊在外，思歸不能歸的辛酸，滯留江中表現了詩人的窘況。「乾坤一腐儒」句，詩人稱自己是天地間的一個腐儒。「乾坤」二字體現了詩人心懷遠大，而「腐儒」二字透露出詩人壯志難酬，潦倒一生，寫出了一個獨特的詩人形象。

「片雲天共遠，永夜月同孤」，詩人緊扣前面的「思歸客」，在這兩

句中寄情於景，將深沉的思鄉情含蓄委婉地表達了出來。詩人看著天上漂浮遠方的浮雲，和孤獨高掛天空的明月，想到自己和它們一樣孤獨。詩人內心的情和他眼前的景交融在了一起，那雲、月的孤單就象徵了詩人的孤獨。

「落日心猶壯，秋風病欲蘇」，這兩句用「落日」和「秋風」做比喻，生動形象地表現了詩人壯心不已的頑強精神。注意這裏的「落日」和「秋風」非實景。落日代表暮年，但詩人仍壯心不已，秋風蕭瑟，吹在詩人身上，詩人沒有感到一絲寒意，反倒感覺自己「病欲蘇」。在那樣艱難的環境中，有這樣樂觀頑強的精神，讓人敬佩。

這兩聯詩的意境，蘇軾曾深得其妙，他貶謫嶺外、晚年歸來時，曾有詩云：「浮雲世事改，孤月此心明」（《次韻江晦叔二首》），表明他不因政治上遭到打擊迫害，而改變自己匡國利民的態度。「孤月此心明」實際上就是從杜詩「永夜月同孤」和「落日心猶壯」兩句化用而成的。

「古來存老馬，不必取長途」這兩句再次體現了詩人壯心不已的精神。詩人在這裏拿「老馬」自比，表明了自己雖然人入暮年，但是像老馬那樣還有用途。其中隱含了詩人憤怒不平的心情，和心思報國的積極豪邁的情懷。

這首五律用字凝練，比喻恰到好處，情景相融，具有強烈感染力。

【後人點評】

元人方回：味之久矣，愈老而愈見其工。中四句用「雲天」、「夜月」、「落日」、「秋風」，皆景也，以情貫之。「共遠」、「同孤」、「猶壯」、「欲蘇」，八字絕妙，世之能詩者，不復有出其右矣。公之意自比於「老馬」，雖不能取「長途」，而猶可以知道釋惑也。（《　奎律髓》）

▷ 江南逢李龜年❶

岐王宅裏尋常見❷，崔九堂前幾度聞❸。
正是江南好風景，落花時節又逢君。

【注】❶江南：這裏指長江、湘水一帶。李龜年：唐代著名音樂家，開元、天寶年間負盛名，受唐玄宗賞識。安史之亂後，流落江南。❷岐王宅：在今洛陽尚善坊。岐王，即李范，唐玄宗李隆基的弟弟。尋常：經常。❸崔九：即崔滌，因其在兄弟中排行第九，故有此稱。受玄宗寵信，曾任殿中監，出入禁中。

唐代宗大曆五年（770）春，杜甫漂泊到湖南潭州（今長沙市）時，遇到了流落湘江的著名樂工李龜年，今非昔比，詩人感懷世事滄桑寫下了這首懷舊詩。這首七絕，包含了詩人對安史之亂前後的追憶，韻味深厚，內涵豐富。

「岐王宅裏尋常見，崔九堂前幾度聞」，這兩句主要寫了杜甫早年間和李龜年交往的情景。「尋常」、「幾度」都表明了李龜年常常出入於富豪權貴之間。當年，王親貴族都愛好文藝，李龜年善唱歌，當時極負盛名，容顯一時，而杜甫因才華卓著，受到岐王和崔滌的賞識，他們常常邀請杜甫欣賞李龜年的歌唱。當時兩人都是青春年少，躊躇滿志。這也暗示著盛唐時的繁榮和興盛，表現了詩人對盛世和平年代的無限懷念。

「正是江南好風景，落花時節又逢君」，這兩句點出了兩人再次相逢的季節和地點。看似輕鬆的兩句，其中包含著深沉的情感。在風光秀麗的江南，看到的是花朵凋零，遇到了潦倒的朋友，不禁感傷滿懷。兩人經歷世事滄桑，人生巨變，八年安史之亂後，唐王朝國勢已衰，兩人也因為戰亂而各自漂泊在異地，居無定所，落魄潦倒。兩位老人艱辛的經歷和潦倒的晚年，也是國家由盛轉衰這一歷史的反映。詩人回想過去榮顯時光，簡直是遙不可及的夢境，讓人無限悲哀和沉痛。

這首詩簡潔凝練，高度概括，把讀者帶入了宏闊的歷史長河中，給人留下了無限的回味空間。國情家事的巨大變化凝聚於簡單景象中，舉重若輕，內涵卻極為豐富，可見詩人功力之深厚。

【後人點評】

清人何焯：四句渾渾說去，而世運之盛衰，年華之遲暮，兩人之流落，俱在言表。（《義門讀書記》卷五十六）

▷ 江畔獨步尋花七絕句（其六）

黃四娘家花滿蹊❶，千朵萬朵壓枝低。
留連戲蝶時時舞❷，自在嬌鶯恰恰啼❸。

【注】❶蹊（音溪）：小路。❷留連：即留戀，不願離去。❸恰恰：形容鳥鳴聲悅耳動聽

上元元年（760），杜甫經受離亂之苦後，終於在成都建了草堂，算是有了一個安身的地方，詩人為此非常高興。於是，詩人獨自漫步江畔，見春景生情，寫下了《江畔獨步尋花》七首，這是其中的第六首。

「黃四娘家花滿蹊」，首句點出了尋花的地點。詩人在黃四娘家附近看到了怒放的鮮花，第一句以「黃四娘」入題，自然親切，詩文的生活情趣倍增。

緊承「花滿蹊」，詩人開始寫鮮花，那鮮花「千朵萬朵」，可見花之多，也具體地揭示了上句鮮花滿蹊的程度。花團錦簇，繁茂的鮮花都「壓枝低」了。「壓」和「低」這兩個字使用得非常生動、準確，那花繁葉茂的春景彷彿就在讀者眼前。

第三句詩人從寫花寫到在花叢中飛舞的彩蝶。「留連戲蝶時時舞」中的「留連」表明了彩蝶被這嬌豔美麗的鮮花迷戀住了，飄飛起舞，徘徊在花叢中遲遲不肯離去。彩蝶紛飛，花叢芳香四溢，美不勝收，這「留連」二字不僅指蝴蝶，也暗指詩人自己陶醉其中，流連忘返。

詩人最後還是繼續前行，映入眼簾的都是春天的美景，詩人一邊賞美景，「時時」還會聽到小巧可愛的黃鶯在樹枝間鳴叫，「時時」二字表明詩人不是偶爾聽到，而是頻繁、總是能聽到。「嬌」字寫出鶯聲嬌柔輕軟的特點。「自在」二字不僅是寫黃鶯的姿態，也在無形中傳達出黃鶯給詩人帶去的輕鬆愉快感覺。詩人以漫步為線索，通過視覺和聽覺角度，勾勒自己行進中的春景見聞，把春天描繪得生機盎然，紛繁熱鬧。最後詩文以黃鶯歌聲「恰恰」結束，餘味無窮。

這首小巧的七言絕句，優美自然，流暢和諧，靈動活潑，對景物的刻畫細緻入微，雖然只寫了「花」、「蝶」和「鶯」這三種事物，但是，從中我們能感受到這個春天的氣息，言簡而義豐。

宋人秦觀：於是杜子美者，窮高妙之格，極豪逸之氣，包沖澹之趣，兼峻潔之姿，備藻麗之態，而諸家之作所不及焉。（《韓愈論》）

▷ 絕句四首（其三）

兩個黃鸝鳴翠柳❶，一行白鷺上青天❷。
窗含西嶺千秋雪❸，門泊東吳萬里船❹。

【注】❶黃鸝：鳥名，即黃鶯。❷白鷺：水鳥名。❸含：這裏有鑲嵌的意思。西嶺：即成都西面的岷山，山上有積雪長年不化。❹東吳：指長江下游的江蘇、浙江一帶。

寶應元年（762），成都尹嚴武入朝，蜀地動亂，杜甫逃到外地避難，第二年，安史之亂平定，又過了一年，嚴武重新回到成都。杜甫聞聽嚴武回蜀的消息後非常高興，也緊跟著回到了成都草堂。詩人回來時看到充滿生機的春景，詩興大發，於是便寫下了這組七言絕句詩。

「兩個黃鸝鳴翠柳，一行白鷺上青天」，詩人起筆寫下了一對工整的對仗句。草堂周圍翠綠的柳樹上，成對的黃鸝在那裏歡歌，明麗的「黃」色和「翠」色加上黃鶯的悅耳的鳴叫，把春意寫得清麗熱鬧、生機勃勃，充滿愉悅的氣氛。碧藍天空上一行白鷺在自由翱翔。這兩句把白鷺飛翔的優美姿態形象而生動地烘托了出來。這兩句用了「黃」、「翠」、「白」、「青」四種鮮豔明麗的顏色，編織成了一幅絢爛美麗的春景圖。

「窗含西嶺千秋雪，門泊東吳萬里船」，詩人在下聯又使用了工整的對仗句。詩人憑窗遠眺，西山頂上白雪皚皚，在碧藍的天空中顯得恢宏壯麗，色彩明麗，物象清晰。「含」字，表明此景彷彿是鑲嵌在窗框中的一幅風景畫，這樣的美景自然讓詩人心情舒暢。向門外看去，只見江岸停泊著船隻，詩人想到這些船即將經歷岷江、穿越三峽，沿江而下，奔向萬里外遙遠的東吳了。在戰亂年代，船隻在江水中通行不暢，重重受卡，而戰亂平定，船隻暢行無阻了，那麼自己就有回家的希望了。最後一句，氣勢宏闊，意韻深遠。

全詩每句一景，共寫了四景，這四景形成了一個完美統一的意境，其中滲透著詩人或喜悅或懷思的細微而複雜的情感。語言優美，色彩明麗，如詩如畫。

【後人點評】

引宋人韓子蒼：古人用顏色字，亦須配得相當方用。「翠」上方見得「黃」，「青」上方見得「白」，此說有理。（《艇齋詩話》）

▷ 客至❶

舍南舍北皆春水❷，但見群鷗日日來。
花徑不曾緣客掃，蓬門今始為君開❸。
盤飧市遠無兼味❹，樽酒家貧只舊醅❺。
肯與鄰翁相對飲❻，隔籬呼取盡餘杯。

【注】❶客至：客，指崔明府，唐人把縣令稱為明府。❷舍：家，這裏指杜甫居住的成都草堂。❸蓬門：茅屋的門。❹盤飧（音孫）：泛指菜餚。飧，熟食。兼味：幾種味道，意菜少。❺樽：酒器。舊醅（音胚）：隔年陳酒。❻肯：能否，這是詩人在向客人徵詢意見。

這首詩是肅宗上元二年（761）時所作，詩人自注：「喜崔明府相過」。詩中表現了詩人質樸的性格和對朋友來訪的喜悅之情。

「舍南舍北皆春水，但見群鷗日日來」，這兩句寫詩人田莊附近的景色，點明了客人來訪的時間是春季和地點，其中也表現了客人到來前，詩人喜悅的心情。「舍南舍北皆春水」一句寫得生機勃勃，春意盎然，詩人家被水圍繞，景色優美秀麗。「皆」字突出了春季江水充沛。只有群鷗日日飛來，群鷗常用來代指隱士，而群鷗日日來，表明了這裏環境清幽寂靜。少有人來訪。

「花徑不曾緣客掃，蓬門今始為君開」，詩人的視角由遠及近，描寫自己家裏的情況，接著引到客至上來。以詩人向客人訴說的口吻寫道：「因為少有人來拜訪，所以庭院的小路上長滿了花草。我這緊閉的柴門，

今天就為您打開。」這兩句表達得親切質樸而自然，字裏行間透露著詩人對客人來訪的喜悅心情。

「盤飧市遠無兼味，樽酒家貧只舊醅」，這兩句主要寫了詩人自述貧窮待客不周，具有濃濃的鄉土淳樸氣息，彷彿看到詩人邀請客人吃飯飲酒，聽到詩人在向客人抱歉地說：離街市較遠，買東西真不方便啊！所以都是一些簡單的菜，買不起名酒，只好用家釀的陳酒，就請隨便進用吧！這些話熱情淳樸，非常親切，同時詩人待客的熱情和對客人的歉疚心情，歷歷在目。同時這兩句也體現了詩人和客人之間以誠相待的深厚感情，氛圍融洽、和諧，充滿生活氣息。

「肯與鄰翁相對飲，隔籬呼取盡餘杯」，最後詩人進一步選用了一個經典畫面，將席間的熱情氣氛推向了高潮。詩人詢問客人能否請鄰翁一起來飲酒，接著詩人便隔著籬笆高喊鄰翁。這個畫面寫得非常細膩傳神，彷彿詩人高喊的聲音就在耳邊，其中的興奮、歡快氣氛非常明顯。

這首七律，語言平白如話，描寫細膩傳神，表達真率，自然親切，生活氣息濃厚，字裏行間透露著詩人對客人到來的高興心情。詩人將門前景、家常話、身邊情交織在一起，形成了情趣盎然的生活場景。

【後人點評】

明人李沂：天然風韻，不煩塗抹。（《唐詩援》卷十五）

▷ 茅屋為秋風所破歌

八月秋高風怒號，卷我屋上三重茅❶。
茅飛渡江灑江郊，高者掛罥長林梢❷，
下者飄轉沉塘坳❸。
南村群童欺我老無力，忍能對面為盜賊❹。
公然抱茅入竹去，唇焦口燥呼不得❺，
歸來倚杖自歎息。
俄頃風定雲墨色，秋天漠漠向昏黑❻。
布衾多年冷似鐵，嬌兒惡臥踏裏裂❼。

床頭屋漏無乾處❽，雨腳如麻未斷絕❾。

自經喪亂少睡眠❿，長夜沾濕何由徹⓫！

安得廣廈千萬間⓬，大庇天下寒士俱歡顏⓭，

風雨不動安如山！

嗚呼！何時眼前突兀見此屋⓮，

吾廬獨破受凍死亦足！

【注】❶三重茅：幾層茅草。三，這裏是概數，表明茅草少。❷掛罥（音倦）：掛、纏繞。罥，掛。長：高。❸塘坳（音凹）：低窪積水的地方。坳，低凹的地方。❹「忍能」句：竟忍心孩童當面做「賊」。❺呼不得：呼喚不回來。❻向：漸近，趨近。❼「嬌兒」句：指兒子睡覺時雙腳亂蹬，把被裏蹬壞了。惡臥，睡相不好。❽床頭屋漏：泛指整個屋子。屋漏，指房子西北角，古人在此開窗，陽光從這裏射入屋中。❾雨腳：雨點。❿喪（音桑）亂：戰亂，這裏指安史之亂。⓫何由徹：怎麼才能熬到天亮呢？徹，徹夜。⓬安：哪能。⓭大庇（音必）：全部掩護起來。寒士：泛指貧寒的讀書人。⓮見（音現）：通「現」。

唐肅宗上元三年（762）秋，杜甫在成都浣花溪邊自己的草堂中寫下了這首膾炙人口的名篇。詩人借寫茅屋中生活的艱辛，抒發了自己憂國憂民的情懷。

這首古體詩可分為四部分。第一部分為前五句，「八月秋高風怒號，卷我屋上三重茅」，「怒號」二字，把秋風擬人化，形象地描繪了風聲之大，風勢之猛烈。正因為狂風怒吼，詩人茅屋上的幾層薄草被捲起，這兩句寫得短促，節奏快，表現了詩人焦急的心情。屋頂上的茅草隨著風到處飛，「茅飛渡江灑江郊」中的「飛」字緊承上句的「卷」，表明風大茅草都沒有落到地上。灑下的茅草「高者掛罥長林梢」、「下者飄轉沉塘坳」，由此可見，被風捲走的茅草是不能再收回來了。詩人通過「卷」、「飛」、「渡」、「灑」、「掛罥」、「飄轉」一系列動作詞細緻傳神地描寫了茅草飛走的全過程，詩人緊盯著茅草的每一個動作，可見他內心的緊張焦慮。詩人沒有描寫自己的心情，但通過這些景色的描寫，垂老的詩

人在風中焦灼和激憤的表情躍然紙上。

第二部分從「南村群童欺我老無力」到「歸來倚杖自歎息」，這五句繼續第一部分的內容，寫到不僅「灑江郊」的茅草沒有辦法取回了，落在地上的可以收回的茅草，也被「南村群童」抱走了。因為詩人「老無力」，所以，他忍心看著孩童在他面前做盜賊，字裏行間流露了詩人對自己「老無力」而被孩童欺侮的憤怒心情。詩人「唇焦口燥呼不得」，最後只好無可奈何地「倚杖自歎息」，「倚杖」進一步體現了詩人「老無力」；「自」飽含詩人對世態炎涼的無奈和辛酸。

總結這兩部分內容，給我們最深刻的印象就是詩人非常窮困，因為窮困，所以，房上不值錢的茅草被吹走，都讓詩人坐立不安、焦灼萬分。而孩童們也欺他窮困，故意抱著不值錢的茅草逃跑。詩人生活真是困窘不堪啊！這些也為下文詩人感懷抒情埋下了伏筆。

第三部分從「俄頃風定雲墨色」到「長夜沾濕何由徹」，詩人的破屋剛剛受到了狂風的蹂躪，緊接著又遭到連夜大雨的摧殘。「俄頃風定雲墨色，秋天漠漠向昏黑」這兩句寫了風終於停了，可是，天氣越來越「昏黑」，這預示著一場大雨即將來臨，詩中「墨色」、「漠漠」、「昏黑」勾勒出了一幅悽愴黯淡的圖畫，流露了詩人的愁苦之情。「布衾多年冷似鐵，嬌兒惡臥踏裏裂」，穿在身上的衣服「冷似鐵」，蓋上的被子被「踏裏裂」，可見環境是多麼的淒冷。但是當時正值八月，還不是很冷，為什麼詩人感到這樣冷呢？原來「床頭屋漏無乾處，雨腳如麻未斷絕」，屋內沒有一處乾的地方，雨水不斷地向屋裏露，這樣的環境怎麼不讓人感覺冷呢？詩人由這樣窘迫的環境想到了導致自己生活如此悲慘的原因——安史之亂。正是因為國家動盪，戰亂頻繁，詩人才背井離鄉、窮困潦倒。接著詩人又寫到現實，詩人在雨夜中煎熬著不知道什麼時候能夠天亮。

詩人在雨夜徹夜難眠，由自己的困窘狀態，自然想到了飽受戰亂之苦的千家萬戶，於是便有了第四部分（從「安得廣廈千萬間」到最後），詩人發自肺腑的呼號。「廣廈」、「千萬間」、「大庇」、「天下」、「歡顏」、「安如山」等詞，聲音宏亮，鏗鏘有力，氣勢奔騰，充分體現了詩人從困苦的生活體驗中噴薄而出的豪情和希望。詩人感歎如果「突兀見此屋」，那麼，詩人自己即使困頓而死也足矣！這是多麼深沉的情感爆發，

詩人將自己的痛苦和社會、百姓的苦難緊密相連，這是多麼崇高的精神和博大的胸懷。至此，詩人憂國憂民的情感，淋漓盡致地充分表現了出來，激人奮進。

【後人點評】

《唐宋詩醇》：極無聊事，以直筆見筆力，入後大波軒然而起，疊筆作收，如龍掉尾，非僅見此老胸懷，若無此意，詩亦不可作。

▷ 旅夜書懷

> 細草微風岸，危檣獨夜舟❶。
> 星垂平野闊，月湧大江流。
> 名豈文章著❷，官應老病休。
> 飄飄何所似？天地一沙鷗。

【注】❶危檣：高高的桅杆。❷著：著名。

代宗永泰元年（765），杜甫好友嚴武突然去世，杜甫在成都孤獨無依，於是離開了成都草堂，乘舟在岷江、長江一帶飄泊。這首詩就是杜甫在漂泊的舟中所作。

「細草微風岸，危檣獨夜舟」，這兩句描寫了詩人在舟中見到的近景。意思是微風吹拂著江岸上的細草，豎著高高桅杆的小船孤單地停泊在夜晚的江中。「細」字體現了力量弱小，無所依傍。「獨」字體現了孤單之情，這兩個字烘托了寂寞孤單的淒涼景色，反映了此時無奈漂泊江中的杜甫的心情。

「星垂平野闊，月湧大江流」，這兩句描寫的是遠景：閃亮的星星低垂天際，原野一片廣闊。月隨波湧，大江滾滾東流。詩人用雄健的筆觸，描繪了一幅別樣的宏偉壯闊的江中夜景。而在雄偉的大自然面前，詩人的形象反倒顯得越發藐小了。這兩聯的景色描寫都為接下來詩人的「書懷」蓄勢。

「名豈文章著，官應老病休」，自己的名聲難道是因為文章而著名的，而自己的為官生活卻因為老邁多病而結束了。「豈」字有懷疑的語

氣，詩人向來有遠大的政治抱負，但卻受各種情況的影響而不能實現，反倒寫的文章稱名於世，而這個結果並不是詩人的心願，詩人更希望自己在仕途上能一展才華，保家衛國。詩人休官，卻不是因為他的老病，而是受人排擠，辭官本不是詩人願意做的，這裏表現出詩人心中的不滿，也揭示了他淪落到此的原因是仕途不順。

「飄飄何所似？天地一沙鷗」，詩人在最後說自己飄飄一身像是什麼，不過像一隻在廣闊天地間遊蕩的沙鷗罷了！詩人用將自己比喻成沙鷗，形象生動地描述了心中的感受，抒發了詩人內心的酸楚和悲戚之情。

這首五律，沒有用句直接抒情，卻字字句句含情，詩人將自己的感情完美地寄託在了所見到的景色中，寓情於景，情景交融，語言質樸簡單，通俗易懂，表達感情含蓄委婉。

【後人點評】

清人紀昀：通首神完氣足，氣象萬千，可當雄渾之品。（《瀛奎律髓匯評》卷十五）

▷ 前出塞九首（其六）

挽弓當挽強，用箭當用長。
射人先射馬，擒賊先擒王。
殺人亦有限，列國自有疆❶。
苟能制侵陵❷，豈在多殺傷。

【注】❶疆：疆界。❷侵陵：侵擾。

詩人先後寫了《出塞》九首和五首，加前、後字以示區別。天寶末年，邊將哥舒翰貪功於吐蕃，安祿山嫁禍契丹，於是徵調天下百姓征討攻伐外族，百姓深受戰爭之苦。《前出塞》九首，寫天寶末年哥舒翰征討吐蕃的事件，藉以諷刺統治者窮兵黷武。本書所選的為其中第六首。

前四句寫戰鬥的關鍵，要擁有強大的軍隊，制敵有方，智勇兼施，才能克敵制勝。兩個「當」和兩個「先」，使詩文節奏明快和諧，通俗易懂。這四句一氣呵成，淺明有理，暢快淋漓，為了下文詩人的議論埋下了

伏筆。

　　正是因為作戰要有明確的目的和良好的策略，所以，詩人在接下來的四句中，慷慨陳詞，提出自己的觀點。詩人認為，擁有強大的軍隊是為了守衛邊疆，而不是為了征伐。無論是為制敵而「射馬」還是「擒王」，都要以「制侵陵」為限。所以，在能夠保衛國家的前提下，儘量不要動用武力，更不要靠自己強大的武力去侵略其他國家。由此可見，詩人的最終觀點是既要擁有武力，又不能窮兵黷武，要以「制侵陵」為限，這樣，才能使廣大人民安居樂業，天下太平。

　　這首五律，詩人是站在國家的角度來寫的，淺明有哲理，氣勢恢宏，充滿正義之氣。

【後人點評】

清人黃生：似謠似諺，最是樂府妙境。（《杜詩說》）

▷ 秋興八首（其一）

> 玉露凋傷楓樹林❶，巫山巫峽氣蕭森❷。
> 江間波浪兼天湧，塞上風雲接地陰❸。
> 叢菊兩開他日淚❹，孤舟一繫故園心❺。
> 寒衣處處催刀尺❻，白帝城高急暮砧❼。

　　【注】❶玉露：指秋天的霜露，霜露晶白所以把它比喻成玉。凋傷：指草木凋零。❷巫山巫峽：泛指夔州（今奉節）一帶的山和峽谷。❸塞上：指巫山。❹叢菊兩開：杜甫去年秋天在雲安，今年秋天在夔州，從離開成都算起，已經歷兩個秋天，所以說「兩開」。開，一字雙關，既指菊花開，又指淚眼開。❺故園：指長安。❻處處：指家家。催刀尺：指趕製冬衣。❼白帝城：地名，在今重慶市奉節縣城東白帝山上。

　　大曆元年（766）秋，杜甫暫居夔州，生活孤苦飄零。詩人晚年又病痛纏身，懷才不遇，所以，心情孤寂、陰鬱。在秋季裏，不免觸景生情，寫下了《秋興》組詩。本文節選的是其中的第一首。

「玉露凋傷楓樹林，巫山巫峽氣蕭森」，詩人在首聯開門見山，點明了季節和地點。寒冷的霜露打傷了漫山遍野的楓林，巫山巫峽呈現一片蕭瑟陰森的景象。詩人用沉重的筆觸為整首詩渲染上了蕭條肅穆氣氛，奠定了整首詩的感情基調。

「江間波浪兼天湧，塞上風雲接地陰」，接著詩人的視線從峽谷轉移到了江上。峽谷中的江水波浪滔天，氣勢洶湧；塞上風雲陰沉濃密，好像要和地面接近。地上的江水「兼天湧」，而天上的風雲「接地陰」，這是怎樣的一幅畫面啊，天地之間混沌一片，天上地下，到處是驚濤駭浪，狂風陰雲，整個世界都變得一片黯淡陰沉。詩人將自己心裏的感受和看到的景色相連，這陰鬱的景色，其實也是詩人動盪淒苦內心的反映。

詩人此時此刻在想著什麼呢？「叢菊兩開他日淚，孤舟一繫故園心」，原來詩人想到，秋菊已經兩度開花，自己也已經漂泊在外兩年之久，還沒有回到家園，想到這裏詩人不禁老淚縱橫。詩人的內心始終牽掛著故園，深深的思念，化做了無邊的痛楚，煎熬著詩人。這一聯是全篇詩意所在。「開」字雙關，既指菊花開，又指詩人淚眼開。「孤舟」二字流露出了詩人漂泊孤零的傷感。

「寒衣處處催刀尺，白帝城高急暮砧」，傍晚時分，詩人聽到砧聲四起，婦女們正忙著為在外的親人趕製過冬禦寒的衣服，而詩人孤苦伶仃、漂泊在外，誰又會給詩人製作過冬的棉衣呢？「催」、「急」既是對人們忙碌製衣的體現，也是詩人自己內心盼望早日回家的流露。這寒秋中的砧聲讓詩人更感孤單和憂傷。

詩人用雄渾的筆觸使秋的氣氛無處不在，籠罩全詩，秋中抑鬱蕭穆的氣氛，縈繞在字裏行間，揮之不去。

【後人點評】

清人錢謙益：首篇頷聯悲壯，頸聯淒緊，以節則杪秋，以時則薄暮，刀尺苦寒，急砧促別。末句標舉興會，略有五重，所謂嵯峨蕭瑟，真不可言。（《唐宋詩醇》）

▷ 曲江二首❶

其一

一片花飛減卻春，風飄萬點正愁人❷。

且看欲盡花經眼❸，莫厭傷多酒入唇❹。

江上小堂巢翡翠❺，苑邊高塚臥麒麟❻。

細推物理須行樂❼，何用浮榮絆此身？

其二

朝回日日典春衣❽，每日江頭盡醉歸。

酒債尋常行處有❾，人生七十古來稀。

穿花蛺蝶深深見❿，點水蜻蜓款款飛⓫。

傳語風光共流轉⓬，暫時相賞莫相違。

【注】❶曲江：又稱曲江池，今陝西西安東南，是唐朝重要的遊賞地方。❷萬點：指很多花瓣飄落。❸經眼：從眼前經過。❹傷：憂傷。❺巢翡翠：翡翠鳥築巢。❻「苑邊」句：指曲江勝境之一芙蓉花。塚，墳墓。❼物理：事物的道理。❽朝回：退朝回來。典：典當。❾行處：到處。❿深深：在花叢深處。見：通「現」。⓫款款：形容舒緩的樣子。⓬共流轉：一起逗留遊玩。

第一首，這首詩是乾元元年（758）暮春，詩人被任左拾遺時寫的。詩人因為疏救房琯，惹怒了肅宗，之後，被肅宗疏遠，他的意見不能被採納。詩人在曲江飲酒賞花排遣內心的抑鬱。

「一片花飛減卻春，風飄萬點正愁人」，首先映入我們眼簾的是芳菲飄散的景象，彷彿可以聞到四散的花香。這在得意人的眼裏是芳花爛漫的，但是，在詩人眼裏「一片花飛」反倒使春天減少了，「風飄萬點」中詩人感到春天易逝而生起了愁緒。

「且看欲盡花經眼，莫厭傷多酒入唇」，花兒「飄飛萬點」已經成為現實，那麼還生長在枝頭上的花兒就倍加珍惜了，可是，詩人眼看著花瓣一片一片地從天空中飛落殆盡。這「且看」句通過「且看」、「欲盡」、「花經眼」這些詞將詩人賞花落的情景淋漓盡致地表現了出來。一片片花瓣讓詩人這樣憐惜，那麼「飄萬點」的情景又會使詩人多麼的傷心可惜

啊！花落詩人愁，於是接著詩人寫了「莫厭傷多酒入唇」，花飛萬點讓人愁緒滿懷，雖然已經飲了很多，但是詩人還是禁不住再喝幾杯，其中傷春之情全融入酒中，感情曲折委婉，用筆細膩生動。

「江上小堂巢翡翠，苑邊高塚臥麒麟，」花兒飄落到江上，詩人發現江上曾經住人的小堂，現在已經荒蕪，翡翠鳥在那裏築起了窩。接著詩人又看見原來踞高塚前的石雕麒麟，現在倒臥在地上了，一片落寂。

「細推物理須行樂，何用浮榮絆此身」，詩人看到花落春逝，看到小堂和麒麟荒蕪破敗的景象，想到這裏曾經是多麼的繁榮華麗，由此詩人悟到世事變化無常，繁榮只是朝夕之間，所以，還是及時行樂吧，不要讓榮華羈絆了自己。

《曲江》二首屬於聯章詩，兩首詩內容有聯繫，接下來第二首，詩人就是緊承 ——「何用浮榮絆此身」句寫的。

「朝回日日典春衣，每日江頭盡醉歸」，此時正值暮春，在長安還可以穿春天的衣服，但是，詩人「典春衣」暗示著，冬衣都被典當光了，所以，就開始典當春天穿的衣服了，從中也可見詩人的貧窮。「日日」二字突出了典衣的頻繁，詩人總是典當衣服幹什麼呢？應該是維持生計吧，但不是，詩人只是為了「每日江頭盡醉歸」。

接下來詩人又寫道：「酒債尋常行處有」，詩人為了喝酒典當衣服已經無法支付了，便到處都欠下了酒債。「行處有」表明詩人走到哪裡就喝到哪裡。詩人典衣賒欠還要買酒喝，為的什麼呢？

「人生七十古來稀」，讀到這裏，我們才知道，詩人想到人生苦短，而自己又無法得志，那就得逍遙時就痛快地逍遙。這是憤怒時的牢騷話。

「穿花蛺蝶深深見，點水蜻蜓款款飛」，接著詩人寫到江邊景色。這兩句勾勒出了一幅恬淡安靜、自由自在的景色。「深深」、「穿」、「款款」、「點」這些字詞都用得恰到好處，筆觸細膩生動，意境唯美，為下邊的抒情做了鋪墊。

「傳語風光共流轉，暫時相賞莫相違」，詩人陶醉在這美麗的春光中，又害怕這美麗的風景丟失，所以，不由自主地說，明媚的春光，和蝴蝶、蜻蜓一起流轉，讓我觀賞，哪怕這美好的時刻只是暫時的，千萬不要連這點心願都違背我啊！詩人表面上惜春，但是，言外有他意，意蘊深

遠，讓人回味。

【後人點評】

《瀛奎律髓匯評》：淡語而自然老健。

▶ 石壕吏

暮投石壕村❶，有吏夜捉人。
老翁逾牆走❷，老婦出門看。
吏呼一何怒❸！婦啼一何苦！
聽婦前致詞：「三男鄴城戍❹。
一男附書至，二男新戰死。
存者且偷生，死者長已矣❺！
室中更無人，惟有乳下孫。
有孫母未去❻，出入無完裙。
老嫗力雖衰❼，請從吏夜歸。
急應河陽役❽，猶得備晨炊。」
夜久語聲絕，如聞泣幽咽。
天明登前途❾，獨與老翁別。

【注】❶石壕（音豪）村：今河南省陝縣東。❷逾：翻越。❸一何：何等，多麼。怒：惱怒兇狠的樣子。❹鄴（音業）城：即相州，今河南省安陽市。❺已：停止，結束。❻去：離開，這裏指改嫁。❼老嫗（音玉）：老婦人。❽河陽：今河南省孟縣，當時唐朝官兵和叛軍在此對峙。❾登前途：踏上征途。

　　唐肅宗乾元二年（759）春，郭子儀、李光弼等九節度使率軍六十萬包圍安慶緒於鄴城，但因為指揮不統一，被史思明援兵打得慘敗，郭子儀退守洛陽。朝廷緊急補充兵員，到處抓人，人民苦不堪言。這時，杜甫正從洛陽回華州任所。因途中所見所聞，寫成了《三吏》、《三別》，本書選的《石壕吏》是《三吏》中的一篇。全詩採用實錄的手法，敘述了官吏

夜抓人整個過程，揭露了官吏們的強暴，反映了百姓們艱難的生活，表現了詩人對廣大人民的深切同情。

這首詩可以分為三個部分，第一部分是前四句。寫詩人投宿石壕村，傍晚官吏來抓人，老翁翻牆逃跑，老婦開門見官吏。詩文開始就開門見山，直入正題，點出了事情發生的時間、地點。「有吏夜捉人」一句，是整個文章展開的依據，正是因為此，才會有後邊的一系列事情發生。這裏詩人沒有說「招兵」或「徵兵」而是說「捉人」，可見詩人沒有半點修飾，真實描寫當時情況，寓意詩人對此行為憤慨和批判之情。官吏們在「夜」裏捉人，這個特定的時間，含意豐富，這表明百姓白天都藏起來，官吏白天抓不到人，就趁夜裏突然襲擊，從白天到黑夜，官吏不斷地抓人，抓人手段殘暴，百姓的生活一天不得安寧。「老翁逾牆走，老婦出門看」這兩句中，老翁、老婦動作的迅速和有條不紊，表明這種捉人的事情經常發生，夜裏他們也高度警惕，一旦稍有響動，老翁立刻逃走，老婦周旋。

第二部分從「吏呼一何怒」到「猶得備晨炊」，「吏呼一何怒！婦啼一何苦！」這兩句中「呼」和「啼」，「怒」和「苦」，形成了鮮明的對比。再加上「一何」二字的渲染，形象生動地再現了「吏」的橫暴囂張和「婦」的痛哭流涕的形象。「聽婦前致詞」一句承上啟下，承接上文暴吏的怒呼，引起下文婦人的「致詞」。從「三男鄴城戍」到「死者長已矣」寫了婦人三個兒子都在戰場上，而其中已經有兩個犧牲。老婦陳述這樣一個悲慘事實，希望能夠博得官吏們的同情，但是，老婦的訴苦無濟於事，雖然文中未說，我們可以想像到官吏摔鍋砸門到處找人的情形。官吏可能問：難道你家裏沒有別人了嗎？再次逼問老婦，老婦於是說：「室中更無人，惟有乳下孫」，「無人」「唯有」形成了矛盾，可見，老婦不願說出，可能孩子哭，所以老婦不得不說，官吏發現了兒媳，老婦擔心兒媳被抓走，說了種種情況，希望官吏高抬貴手，最後，老婦為保兒媳不讓孫子餓死，便挺身而出自己去服役，至此，老婦的院落才恢復平靜。

最後一部分（從「夜久語聲絕」到最後），寫事情的結局，「夜久語聲絕，如聞泣幽咽」，這暗示著老婦已被抓走，兒媳在屋中低聲哭泣。「夜久」二字，表明了老婦不斷向官吏哭訴、哀求的漫長過程。「如聞」

二字，表明詩人也是通宵未眠，關注著事情的變化。「天明登前途，獨與老翁別」最後這兩句，充滿深情，讓人備感心酸。昨夜老婦還在，今天，就只有老翁一個人送別了，可以想像老翁的心情該是怎樣的痛苦，使人陷入深深的沉思。

詩人如實記錄了整件事情的全過程，語言樸實無華，再現了那驚心動魄、悲涼淒絕的場面，耐人尋味。

【後人點評】

明人陸時雍：其事何長，其言何簡。「吏呼」二語，便當數十言。文章家所云要令，以去形而得情，去情而得神故也。（《唐詩鏡》）

▷ 蜀相❶

丞相祠堂何處尋？錦官城外柏森森❷。
映階碧草自春色，隔葉黃鸝空好音。
三顧頻煩天下計❸，兩朝開濟老臣心❹。
出師未捷身先死❺，長使英雄淚滿襟。

【注】❶蜀相：指三國時蜀國丞相諸葛亮。❷錦官城：即今四川省成都市。❸三顧：指劉備三顧茅廬。頻煩：一再勞煩。❹開濟：指說明劉備開國和輔佐劉禪繼業。開，開創。濟，扶助。❺「出師」句：指建興十二年（234），諸葛亮伐魏，據五丈原，與魏司馬懿隔渭水相持，勝負未定。這年八月，諸葛亮病死軍中。

唐肅宗乾元二年（759），杜甫到達成都，定居在了浣花溪畔。次年春，他來到諸葛武侯祠，寫下了這首千古絕唱，表現了詩人對諸葛亮的無限敬仰之情。

「丞相祠堂何處尋？錦官城外柏森森」，詩人沒有說「蜀相」而是在寫「丞相」，顯得分外親切，表現了詩人對諸葛亮敬慕之情。「尋」字表明詩人不是漫無目的地漫遊而來到諸葛祠堂前，是誠心來探訪諸葛亮祠堂的。「森森」表現了柏樹長得高大而繁密，烘托了一種寧靜、莊嚴的氛

圍。這兩句一問一答，自開自合，筆力灑脫自然，字句中表現了詩人對諸葛亮的欽佩和敬仰之情。

「映階碧草自春色，隔葉黃鸝空好音。」祠堂的階梯上長滿了碧綠的春草，自成一處春景。詩人看不到黃鸝鳥，只能聽見牠悅耳美妙的聲音。這兩句詩人從近處著筆，細緻地描寫了祠堂的景物。祠堂階梯上生長了春草，暗示了很少有人來這裏。而「隔葉」句呼應「柏森森」，說明黃鸝深藏在柏樹間，柏樹枝葉繁茂，所以詩人只能聞其聲，不見其形。「空」字有徒然的意思，表明武侯諸葛亮千辛萬苦締造歷史基業，創造的成就，早已經被後人遺忘了。這兩句寫景句反映了祠堂的荒寂冷落，同時，詩中含有詩人感懷先哲的莊嚴和肅穆意味。

「三顧頻煩天下計，兩朝開濟老臣心」，「三顧」是詩人引用了劉備三顧茅廬請諸葛亮的歷史典故。諸葛亮多次勞神為國家制定策劃計謀。「兩朝開濟」指諸葛亮幫助劉備開創基業，輔佐劉禪繼承基業，一片赤膽忠誠之心啊！這兩句詩人用深沉雄健的詩筆概寫了諸葛亮的雄才偉略和他忠心報國、死而後已的崇高精神。這也正是詩人之所以敬仰諸葛武侯的原因所在，感情深沉厚重。

「出師未捷身先死，長使英雄淚滿襟」，這兩句寫了諸葛亮為伐魏六出祁山最後病死沙場的事，集中展現了諸葛亮報效國家的赤膽忠心，表現敬仰他的人對他的痛惜之情。　敘述和抒情結合，感情表達強烈，卻又餘味無窮。

這首七律詩中，諸葛武侯建立基業，鞠躬盡瘁的忠心愛國之情，正是詩人所嚮往的，是詩人的理想。最後一句，既有詩人對諸葛亮的痛惜之情，也有抒發自己懷才不遇的成分。

【後人點評】

宋人劉辰翁：全首如此一字一淚矣！寫得使人不忍卒讀，故以為至。千年遺下此語，使人意傷。（《唐詩品匯》卷八十四）

▷ 望嶽❶

岱宗夫如何❷？齊魯青未了❸。

造化鍾神秀❹，陰陽割昏曉❺。

蕩胸生層雲，決眥入歸鳥❻。

會當凌絕頂❼，一覽眾山小。

【注】❶嶽：這裏指東嶽泰山。❷岱宗：泰山別稱。因古代以泰山為五嶽之首，諸山所宗，故有「岱宗」之稱。❸齊、魯：泰山北為古代齊地，泰山南為古代魯地。未了：無盡。❹鍾：聚集。❺陰陽：山南陽面，山北為陰面。割：劃分。❻決眥（音自）：張大眼睛。決，裂開。眥，眼角。入：沒入眼中，即看到的意思。❼會當：定要。

開元二十三年（735），杜甫在洛陽應試落第，於是就遊歷齊、趙（今河南、河北、山東等地），寫下了《望嶽》詩三首，表現出了詩人年輕時的蓬勃朝氣和軒昂的志氣。《望嶽》三首分別是詠誦了東嶽泰山、南嶽衡山和西嶽華山，本文中選取的這首是詩人在經過泰山時，寫下的詠東嶽泰山之作。

全詩沒有一個「望」字，但句句寫向嶽而望。距離是自遠而近，時間是從朝至暮，並由望嶽想像將來的登嶽。

「岱宗夫如何？齊魯青未了」，寫詩人初次遠望泰山見到的獨特景象。詩人剛剛看到泰山內心當是興奮不已，所以，不由得問了一句：泰山怎麼樣啊？接著詩人經過揣摩後寫到高聳在齊魯大地中的泰山，青色蔥鬱。詩人沒有正面說泰山怎麼高大，而是用「齊魯」二字，以齊魯大地廣闊來側面襯托泰山的雄偉，可見泰山的高大，同時這兩個字也點出了泰山的地理位置。「未了」二字，展現了泰山蔥鬱浩大，有蔓延無邊之勢，烘托出了泰山的雄壯和宏偉。詩人視角獨特，構思巧妙，泰山宏偉壯麗的形象躍然紙上。

「造化鍾神秀，陰陽割昏曉」，描寫了近處所見泰山的奇偉秀麗之景。「鍾」字這一妙用，將大自然賦予了人的情感，好似大自然特別鍾情於泰山，所以，使它奇偉秀麗。因為泰山高大，所以，山的南北兩側，能分隔「昏曉」。「割」準確地反映了泰山巍峨高大的形象。語言凝練、精確、巧妙。

「蕩胸生層雲，決眥入歸鳥」，這兩句寫詩人仔細地望山，雄偉的泰

山讓詩人心潮澎湃，泰山升起層層雲煙，這使詩人內心蕩漾起來，遊興盎然，泰山美不勝收，詩人的眼睛都看花了，感到眼眶像要決裂。「決」字寫得非常生動，也體現了詩人的興奮心情。「歸鳥」已經回巢，而詩人還在望著，這表現了詩人對泰山美景的熱愛，也體現了詩人對祖國壯美河山的讚美。

詩人看到泰山的雄壯景色後，熱血沸騰，於是就產生了「會當凌絕頂，一覽眾山小」的想法。「會當」的意思是「一定」，突出了詩人的堅決。詩人不畏艱險攀登泰山「凌絕頂」，體驗那種俯望「眾山小」的豪情，也表現出了詩人澎湃的豪情和宏大的胸懷。

這首五律用字凝練、精妙。全詩按從遠景到近景的順序進行描寫，層次清晰。詩人由景生感，最後生情，感情變化自然真實。

【後人點評】

宋人劉辰翁：「齊魯青未了」，只五字，雄蓋一世。「蕩胸」句不必可解，登高意豁，自見其趣。（《集千家注杜詩》卷一）

▷ 聞官軍收河南河北❶

劍外忽傳收薊北❷，初聞涕淚滿衣裳。
卻看妻子愁何在❸，漫捲詩書喜欲狂❹。
白首放歌須縱酒，青春作伴好還鄉❺。
即從巴峽穿巫峽❻，便下襄陽向洛陽❼。

【注】❶官軍：指唐朝軍隊。收河南河北：廣德元年（763）正月，史思明之子史朝義兵敗被殺，河南、河北地區相繼收復，安史之亂結束。❷劍外：劍門關南地區稱劍外。這裏指蜀地。薊北：今河北北部一帶，曾是叛軍的根據地。❸卻看：再看。❹漫捲：胡亂地捲起。❺青春：指明媚的春季。❻巴峽：長江三峽之一，在今重慶嘉陵江上游，有「小三峽」之稱。巫峽：長江三峽之一，在今重慶市巫山縣。❼襄陽：今屬湖北。洛陽：今屬河南。

這首詩寫於官軍收復河南河北，長達七八年的安史之亂終於結束後，詩中表達了詩人內心的狂喜和急切回家的激動心情。

「劍外忽傳收薊北」，第一句氣勢迅猛，語氣急促，「忽」字凸顯了捷報到來得突然。詩人因為安史之亂未平，所以在「劍外」飄泊多年，飽嘗了世事艱辛，現在突然聽到「收薊北」，積蓄多年的歸鄉願突然之間很快就實現了，「薊北」收復，戰亂終於平息，百姓終於可以擺脫離亂之苦，詩人終於告別了背井離鄉的苦日子，返回老家這些種種對曾經艱辛感傷，對捷報資訊的喜悅心情，都集中在了一起，詩人感情迸發而出，心潮澎湃，一時難以平靜，所以緊承「忽傳」，詩人才有「初聞涕淚滿衣裳」這樣悲喜交加的激烈舉動。

「卻看妻子愁何在，漫捲詩書喜欲狂」，接著詩人由自己寫到了家人，詩人在聽到這個好消息後，不由就想起了和自己受苦多年的妻子兒女。「卻看」二字意韻深遠，詩人可能想對家人說些什麼，但是又不知道說些什麼也不用再說什麼了，籠罩在家人頭上的愁雲早已經消散殆盡了。而親人的興奮，又讓詩人興奮不已，所以詩人乾脆「漫捲詩書」和親人們一同享受狂喜的心情。

「白首放歌須縱酒，青春作伴好還鄉」，這一聯進一步表達了詩人的狂喜心情。詩人以對妻子的口吻寫下，趁著這大好時光「放歌」、「縱酒」，我們也該用青春煥發的心情，在這陽光明媚的春季裏，和兒女們「作伴」「還鄉」了。詩人想到這裏，心情當是舒暢興奮不已！

「即從巴峽穿巫峽，便下襄陽向洛陽」，詩人想到了「還鄉」，心情自是激動不已，於是，便提前設想了自己回家的行程，「即從」、「便下」兩句貫串一體，輕鬆流暢。「巴峽」和「巫峽」之間江河狹窄，所以，詩人用「穿」，而「巫峽」到「襄陽」之間，順流而下，所以用「下」，而從「襄陽」到「洛陽」改為陸路，所以用「向」，可見詩人用字之精練準確，這些字也表現了詩人想要還鄉的急切心情。雖然「巴峽」、「巫峽」、「襄陽」、「洛陽」，他們都相距甚遠，但是在詩人的筆下，我們彷彿看到了兩幅快速如流水般行舟於江流之間的情景，回家在瞬息之間。這兩句彷彿讓我們看到了詩人正在陶醉想像之中，無限聯想的樣子，到此詩文戛然而止，留下了讓人遐想的空間，言盡而意未止，餘韻

悠遠。

這首七律，將喜悅之情寫得酣暢淋漓，一氣呵成，格調明快自然，感情洶湧澎湃。

【後人點評】

清人張謙宜：一氣如注，並異日歸程一齊算出，神理如生，古今絕唱也。（《絸齋詩談》卷四）

▷ 戲為六絕句（其二）

王楊盧駱當時體❶，輕薄為文哂未休❷。
爾曹身與名俱滅❸，不廢江河萬古流❹。

【注】❶王楊盧駱：指初唐四傑——王勃、楊炯、盧照鄰、駱賓王。❷輕薄：輕浮淺薄的人。哂（音審）：譏笑。❸爾曹：即你們。這是不客氣的稱呼。❹不廢：不影響。

「王楊盧駱當時體」，王勃的詩突破了宮體詩束縛，風格清新明朗；楊炯的詩大氣磅礴，豪邁健碩；盧照鄰的詩辭彩富麗，內容廣闊，意境清遠；駱賓王擅長七言歌行，感情悲憤激烈。詩人認為初唐四傑的詩文是當時的詩體，代表了當時的詩文風格。

「輕薄為文哂未休」，這句話的意思是當時有些輕薄淺俗的人嘲笑四傑的詩文，譏諷不止。

「爾曹身與名俱滅，不廢江河萬古流」，詩人認為，那些嘲笑四傑的輕薄之徒，只是一時的聒噪非議，他們最終是身死和非議一同消失，根本不影響四傑那像江河之水萬古長流的名聲。最後兩句非常富有哲理性，表明傑出的事物是不會因為外界的污蔑、干擾而改變的。

▷ 詠懷古蹟五首（其三）

群山萬壑赴荊門❶，生長明妃尚有村❷。
一去紫台連朔漠❸，獨留青塚向黃昏。

畫圖省識春風面❹，環佩空歸月夜魂❺。

千載琵琶作胡語❻，分明怨恨曲中論。

【注】❶荊門：指荊門山。❷明妃：即王嫱，字昭君，漢元帝時入宮，和親嫁匈奴呼韓邪單于。晉時因避司馬昭諱改稱明君，後人又稱明妃。尚有村：還留下生長她的村莊，即古蹟之意。昭君村在歸州（今湖北稱歸縣）東北四十里，與夔州相近，唐朝時候還有昭君故址，所以說「尚有村」。❸「一去」句：指的是昭君出塞，不再回來這件事。紫台，指帝王宮殿。❹省識：認識。❺環佩：婦女裝飾品，指昭君。❻「千載」兩句：昭君出塞，戎裝騎馬，懷抱琵琶，作思歸歌《昭君怨》。作胡語，因琵琶為胡人樂器，所以所奏曲皆為胡音。

這首七律是詩人居住在夔州的時候，遙望數百里外的昭君村，感懷昭君而作的。

「群山萬壑赴荊門，生長明妃尚有村」，詩人在開首先點出了昭君村的地址。詩人與昭君村相隔數百里，從夔州遙望是看不到昭君村的，所以詩人在這裏充分發揮了他的想像力，勾勒出來雄偉壯麗的景色。「群山萬壑」本就非常雄偉壯觀，接著詩人用「赴」字突出三峽齊聚一起的雄偉氣勢。接著詩人點出昭君出生在這樣一個雄偉奇麗環境包圍的小村莊。起筆氣勢非凡，雄偉壯闊，這樣的環境才能產生像昭君這樣的神奇人物。

詩人接著由昭君村寫到昭君，「一去紫台連朔漠，獨留青塚向黃昏」，詩人用了簡潔有力的筆觸，概寫了昭君出塞這件事情，只兩句話十四個字，卻寫盡了昭君一生的痛苦。蒼茫大漠漫無邊際，好似能吞滅一切。只有昭君青塚在荒漠中遙望大漠，永遠不會消失。這是多麼宏闊而悲戚的場面，天地無情，昭君有恨，深沉而深刻，感人至深。

「畫圖省識春風面，環珮空歸月夜魂」，詩人進一步寫造成昭君悲劇一生的原因是昏君。漢元帝昏庸，只看圖畫不看人，宮中女子命運完全掌握在了畫工的手裏，也因此造成了昭君的悲劇。「省識」二字表明漢元帝只是對昭君圖像一掃而過，這看似一個簡單的動作，卻因此釀成了昭君一生的悲痛，其中蘊含著憤怒之情。雖然昭君身埋塞外，但她的魂靈還會在月夜回到故國。

「千載琵琶作胡語，分明怨恨曲中論」，最後詩文以琵琶曲結尾，點名主題，昭君的怨恨在琵琶曲中源源不斷地傳達出來，暗喻昭君千載孤寂之感。「千載」二字為人們留下了長久的思考和追憶。我們彷彿看到了一幅荒郊大漠，昭君抱琴獨奏的淒婉圖畫，畫中昭君緊蹙的愁眉，是那麼樣的清晰。

【後人點評】

宋人劉辰翁：起得磊落。（《唐詩品匯》卷八十四）

▷ 月夜

今夜鄜州月❶，閨中只獨看。

遙憐小兒女❷，未解憶長安。

香霧雲鬟濕❸，清輝玉臂寒。

何時倚虛幌❹，雙照淚痕乾❺。

【注】❶鄜（音大）州：今陝西省富縣。當時杜甫的家人在鄜州居住。❷憐：想。未解：尚不懂得。❸雲鬟（音環）：環形髮髻。❹虛幌：透明的窗帷。❺雙照：喻指團聚的日子。

這首詩寫於安史之亂長安淪陷的時候，天寶十五年（756）秋，詩人被叛軍俘虜到長安，詩人借此詩抒發了自己思念家人的感情。

「今夜鄜州月，閨中只獨看」，詩人開篇沒有寫自己的思念之情，而是直接就寫到了親人避難的鄜州，可見詩人急切想要見到家人，心情焦躁不安。因為自己深困長安，今夜，就只能有妻子一個人看月了。那麼，家中還有兒女們呢？可以和妻子一同賞月啊！

接著在第二聯詩人寫道：「遙憐小兒女，未解憶長安」，這句點明，妻子不是單單看月，而是看月懷念詩人，而此時，兒女都很小，還不知道思念父親，孩子不能分擔母親的思念，這反襯了妻子更加孤單。一個「憶」字飽含了辛酸之情。曾經和妻子在一起賞月、共渡難關的日子，可能在詩人的腦海裏不斷地閃現吧！

「香霧雲鬟濕，清輝玉臂寒」，這一句詩人想到了妻子獨自賞月時的

情景。秋霧打濕了妻子的雲鬟，月亮發出寒冷的清光，照耀在妻子的玉臂上。這兩句表現了妻子獨自思念之深，甚至霧打濕衣服，天氣漸漸寒冷，還不知道，只想著在遠方丈夫的安危。這些完全是詩人想像到的，詩人想像得這樣真切，實際也反襯了詩人思念之切。

詩人思念之情達到了極點，不免感傷落淚，於是寫道：「何時倚虛幌，雙照淚痕乾」，表達了詩人迫切想要結束這種思念之苦的心情。「雙照」二字表現出了詩人對國家平定和家人團聚的渴望之情。

這首五律用詞委婉貼切、簡潔自然，結構嚴密，想像豐富，筆觸細膩真切，感情深沉真摯。用設問、對比等機構全篇，構思巧妙。這首詩雖然借望月抒發離別之情，但內容反映了社會現實和詩人內心的擔憂之情。

【後人點評】

清人浦起龍：心已馳神到彼，詩從對面飛來。悲婉微至，精麗絕倫，又妙在無一字不從月色照出也。（《讀杜心解》卷三）

▷ 月夜憶舍弟❶

戍鼓斷人行❷，邊秋一雁聲❸。
露從今夜白，月是故鄉明。
有弟皆分散，無家問死生。
寄書長不達❹，況乃未休兵。

【注】❶舍弟：杜甫的同胞弟弟。舍，家裏。❷斷人行：指鼓聲響後，就戒嚴，禁止行人往來。❸秋邊：秋天的邊地。❹長：總是。達：到。

唐肅宗乾元二年（759）九月，史思明從范陽起兵南下，攻陷汴州，逼近洛陽，山東、河南等地都處在戰亂中，杜甫的幾個弟弟就分散在這些地區，戰亂中音信全無，於是，引起了詩人無限的擔憂和思念，便作下這首詩寄託自己的心情。

詩人在詩文的開始分別從視覺和聽覺兩個角度，描繪了一幅蒼涼、孤寂的邊塞景象，「戍鼓斷人行，邊秋一雁聲」，戍樓的更鼓阻斷了人們的

行路，天邊的一隻大雁在孤鳴。一隻孤雁的鳴叫沒有打破第一句的沉悶，反倒是以動襯靜，反襯了這種沉悶的氣氛，使詩人筆下的環境更加單調冷寂。「斷人行」點明了社會環境，體現了戰事持續久且頻繁，所以道路都受阻。這兩句詩烘托了悲哀凄涼的氛圍，也點明了詩人寫作的背景環境，這樣寂寥的蒼涼的環境更容易引起人們的離愁別緒。

「露從今夜白，月是故鄉明」，這兩句描寫點題，描寫了月夜的環境，也點出了詩人寫作的時間，即一個有白霧的夜晚。白露在月亮清輝的照耀下越發顯得清冷。「月是故鄉明」，這一句不似寫露那樣客觀描寫景物，詩人在月中融入了自己的感情。各地明月都是一樣的，但是在詩人眼裏，故鄉的月亮分外的明亮，而且充滿了肯定色彩。其實，這裏表現了詩人內心的微妙變化，表明詩人對家鄉的分外懷念之情。這兩句寫得雄健有力。「月是」這一句自然引出了文章的主題即詩人兄弟之情。

「有弟皆分散，無家問死生」，詩人直接表達了自己的擔憂，詩人在這樣悲傷的環境中想到同胞兄弟們音信全無、生死不知，所以，擔憂之情可見一斑，所以，這兩句表達感情也是非常沉痛的。弟兄離散，家已經不存在了，感情悲傷真摯。這兩句詩非常具有代表性，概括了安史之亂中廣大百姓的共同遭遇。

「寄書長不達，況乃未休兵」，緊承第五、六句，詩人進一步說明自己的憂慮心情。兄弟們四處離散，在平日裏寄書就難以保證到達，更何況是現在戰亂紛繁的時候呢，所以，親人生死難料啊，言外之意，充滿了詩人深深的擔憂和眷念之情。

這首五律，語約義豐，結構緊密，上下承接自然。

【後人點評】

宋人王得臣：杜子美善於用故事及常語，多離析或倒句，則語峻而體健，意亦深穩，如「露從今夜白，月是故鄉明」是也。（《麈史》卷中）

▷ **贈花卿❶**

錦城絲管日紛紛❷，半入江風半入雲。
此曲只應天上有❸，人間能得幾回聞。

【注】❶花卿：指花敬定，本是成都尹崔光遠的一個部將，後因平叛立功。但他居功自傲，目無朝廷，僭用天子音樂。卿，是對男子的敬稱。❷錦城：即錦官城，這裏指成都。絲管：指絃樂器和管樂器，這裏泛指音樂。❸天上：雙關語，虛指天宮，實指皇宮。

「錦城絲管日紛紛」，首句寫成都城內各種音樂整日裏鳴奏著，熱鬧非凡，「紛紛」二字常常形容一些具體事物，但這裏詩人把它用在了抽象的樂曲上，這就把詩人看到的樂器和聽到的聲音融合在了一起，形象準確地描繪了弦管發出的優柔的靡靡之音。「半入江風半入雲」，這句話也是在描繪音樂的效果。樂曲從管弦中出來，飄出花卿家，隨著風飄飛到錦江上，飄入白雲間。其中，兩個「半」字，給詩文又增添了一份活潑和靈動，詩趣更濃，情趣盎然。詩人將無形的音樂化成了有形的事物，生動傳神，音樂那行雲流水般美妙的曲調，彷彿就在耳邊縈繞。

詩人聽著這如此美妙的音樂不禁感歎道：「此曲只應天上有，人間能得幾回聞」。意思是，這曲子只能是天上的神仙的樂曲，人間難得一聞啊！而「天上」這裏既是虛指仙界，同時，也是在指朝廷，宮廷中的曲子本不應該出現在鄉野山城中的，更不應該是「日紛紛」，這些矛盾點，將詩人暗諷花卿的主旨顯現了出來。

詩人在這首七絕中，虛實結合，惟妙惟肖地表現了音樂的美妙，同時，詩詞柔中帶剛，意韻悠遠，將忠言委婉含蓄而恰當地表達了出來，非常完美絕妙。

【後人點評】

清人楊倫：似諛似諷，所謂言之者無罪，聞之者足戒也。此等絕句，何減龍標（王昌齡）、供奉（李白）。（《杜詩鏡銓》）

李　華

【詩人名片】

李華（715～766）

字號：字遐叔

籍貫：趙州贊皇（今屬河北）

作品風格：流麗

【詩人小傳】：開元二十三年（735）進士及第，天寶二年（743）登博學宏辭科，任監察御使、右補闕。安史之亂爆發，長安陷落，他被迫任鳳閣舍人。安史之亂平定後，被貶杭州司戶參軍，後又被重新啟用。廣德二年（764），入李峴幕府，後升檢校吏部員外郎。次年，因病辭官，隱居山陽。唐代宗大曆元年（766）病故。後人輯有《李遐叔文集》。

▷ 春行即興

宜陽城下草萋萋❶，澗水東流復向西。

芳樹無人花自落，春山一路鳥空啼。

【注】❶宜陽：縣名，在今河南省西部，洛河中游。

詩人在春季經過宜陽時見戰亂後城中荒涼的景色，有所感觸，寫下了這首情景交融的小詩，表達詩人對時代變故的歎惋。

「宜陽城下草萋萋」，詩人站在城上欣賞城下的景色，大片荒蕪的土地上，長滿了茂密的野草。第一句烘托了一種荒涼淒靜的氣氛。

「澗水東流復向西」，接著詩人遠望連昌宮和女幾山，在盛世時期，那裏風景秀麗，人流熙攘，百姓引澗水灌溉萬頃農田，而現在，因為戰亂的破壞，再沒有人汲取山泉水了，任水流「復向西」。「復向西」隱含著一去不復返之意，使人感到無限的惆悵和悲哀。

　　「芳樹無人花自落」，昔日美麗的景色吸引了多少遊客啊！現在景色卻無人欣賞，只能任花兒自開自落。「無人」二字，表達了詩人對時代變化的感懷慨歎。

　　「春山一路鳥空啼」，「春山一路」這四個字，不禁使人聯想到春天裏，草長鶯飛、枝繁葉茂的充滿勃勃生機的景象。但是詩人最後加了「鳥空啼」，這「空啼」二字，卻是以樂景寫哀情，用熱鬧反襯寂靜。春景繁榮，卻無人欣賞，只有鳥兒在枝頭偶爾發出幾聲啼叫，則反倒使山路顯得荒寞了，「空啼」和上一句中的「自落」相照應，越發襯托了山路的寂靜荒蕪，這也流露了詩人面對大好春光而無限寂寞的心情。

　　這首七絕，全篇無一字抒情，都是在客觀地寫景，但是，詩人將自己的主觀情感，完美地融入到了詩文中，句句寫景，卻又句句含情，含蓄雋永，回味無窮。

【後人點評】

　　清人李漁：詞雖不出情景二字，然二字亦分主客，情為主，景是客。說景即是說情，非借物遣懷，即將人喻物。有全篇不露秋毫情意，而實句句是情、字字關情者。（《窺詞管見》）

岑　參

【詩人名片】

岑參（715～770）

籍貫：荊州江陵（湖北江陵）

作品風格：雄奇瑰麗，熱情奔放

【詩人小傳】：唐朝著名的邊塞詩人。他自幼遍讀經史。二十歲到長安，獻書求仕。不成，漫遊長安、洛陽等黃河以北地區。天寶三年（744）進士及第，任兵曹參軍。天寶八年（749），在安西（今新疆維吾爾自治區庫車市）節度使高仙芝幕府任書記，天寶十年（751）返回長安。天寶十三年（754）又入安西北庭（今維吾爾自治區烏魯木齊市奇台縣北附近）節度使封常清幕為判官。至德二年（757）才回朝。在這期間，詩人寫下了大量著名的邊塞詩。回朝後，由杜甫等推薦任右補闕，後官至嘉州（今四川省樂山市）刺史，世稱岑嘉州。任滿罷官，卒於成都旅舍。有《岑嘉州集》，存詩三百六十首。

▷ 白雪歌送武判官歸京❶

北風卷地白草折❷，胡天八月即飛雪❸。

忽如一夜春風來，千樹萬樹梨花開❹。

散入珠簾濕羅幕❺，狐裘不暖錦衾薄❻。

將軍角弓不得控❼，都護鐵衣冷難著❽。

瀚海闌杆百丈冰❾，愁雲慘澹萬里凝❿。

中軍置酒飲歸客⓫，胡琴琵琶與羌笛。

紛紛暮雪下轅門⓬，風掣紅旗凍不翻⓭。

輪台東門送君去⓮，去時雪滿天山路。

山回路轉不見君，雪上空留馬行處。

【注】❶歌：詩體名，《文體明辨》：「其放情長言，雜而無方者曰歌。」武判官：其人不詳，判官，官職名，唐時節度使等朝廷派出的持節大使，可招任幕僚協助判處公事，稱判官。❷白草：西北的一種牧草，秋季乾枯後變白。❸胡天：指塞北的天空。❹梨花：這裏比喻樹枝上的雪花。❺珠簾：用珠子串成的掛簾。羅幕：用絲綢做的幕幃。❻狐裘（音球）：狐皮做的大衣。錦衾（音親）：絲綢做的被子。❼角弓：用獸角裝飾的弓箭。控：拉開。❽都護：鎮守邊疆的長官。❾瀚海：沙漠。闌杆：縱橫交錯的樣子。百丈：百尺。❿慘澹：昏暗無光的樣子。⓫中軍：古時分兵為左、中、右三軍，中軍為主帥親自率領。這裏指主帥的營帳。歸客：武判官。⓬轅門：軍營的大門，古時行軍紮營，以車周圍作屏障，在出口處用兩車的車轅相向豎立，作為營門，故稱轅門。⓭掣（音徹）：拉，牽。凍不翻：凍住不飄動。⓮輪台：唐輪台在今新疆維吾爾自治區米泉縣，與漢輪台不是同一地方。

詩人在開頭先聲奪人，先寫了兇猛的風勢，狂風使「白草折」，這不禁讓我們聯想到猛烈的西北風颳得斷草亂飛的景象，這也暗示了讀者雪勢也很大。「胡天八月即飛雪」中一個「即」字，生動地寫出了從南方來的人驚奇的心理。

北風怒號，大雪紛飛後，詩人驚奇地看到了這樣美麗的景色：「忽如一夜春風來，千樹萬樹梨花開」，樹枝上都綴滿了晶瑩的雪花，這好像是一夜春風使梨花開放了。詩人把白雪比作了梨花，非常貼切生動，雪花顯得更加潔白美麗了，這也流露了詩人喜悅的心情。「忽如」二字用得非常妙，既寫出邊塞天氣變化之快，大雪來得迅速，也再次流露出詩人驚喜和好奇的心情。「千樹萬樹」，渲染了雪景的壯美。詩人將邊塞寒冷的冬景寫成了溫暖的春景意境，讓人內心充滿了喜悅的心情，可謂神妙。

詩人寫完帳外的雪景後，接著掉轉筆頭，開始寫帳內。「散入珠簾濕羅幕」，雪花穿過「珠簾」，沾濕了幕幃。這一句承上啟下，自然轉入了接下來雪帶給人們的影響。人們穿「狐裘」也不暖和，柔軟的「錦衾」也顯得薄了。「將軍角弓不得控，都護鐵衣冷難著」這兩句互文，寫有勇力的將軍竟然連角弓都拉不開了，鎧甲冰冷難穿。這些在南方人看來反常的現象，詩人寫得細緻入微，津津有味，這種冷反倒充滿了情趣。

　　接著詩人將視角重新轉移到帳外，「瀚海闌杆百丈冰，愁雲慘澹萬里凝」，廣袤的沙海上遍佈冰雪，遼闊的天空中烏雲密佈。「百丈」、「萬里」這些都是虛數，詩人用誇張的寫法描繪了一幅瑰麗雄偉、蒼涼浩瀚的大漠雪景，氣勢豪邁。「愁」字也暗示了詩人對朋友在這樣惡劣環境下離別的擔心。

　　接著詩人由寫景轉寫人事，「中軍置酒飲歸客，胡琴琵琶與羌笛」，這是寫餞別的情景。在這嚴寒的天氣裏把酒縱飲，送別友人，「胡琴」、「琵琶」、「羌笛」這些樂器的羅列，表明了聲樂的熱鬧。詩人渲染了一個熱鬧的送別場景，但是在熱鬧背後是詩人的離別愁緒。

　　客人走時已經是黃昏了，這時又下起了大雪，狂風又颳起來了，但是詩人看到，轅門上的紅旗卻一動不動，為什麼呢？可能是被冰雪凍住了。這一個小小的細節卻生動地表現出來天氣的寒冷。這個細節描寫得非常的精彩。

　　在輪台東門，詩人和客人依依不捨地分別了。這時大雪充塞了「天山路」，漸漸地客人越走越遠，最後消失在大雪中。詩人久久立在風雪中，目送著武判官的形象凸顯了出來，結尾給人留下了無限的遐想，充分流露出了詩人對武判官的擔憂和不捨的綿綿深情。

　　這首七古詩，最突出的特點是將蒼涼的邊塞雪景寫得奇妙和富有情趣，充滿了浪漫色彩。詩人雪中送人的描寫，真摯感人，結尾讓人回味不已。描寫場景的頻繁轉換，也使詩文更加靈動。整首詩格調明快，詩情豐富，語言簡潔優美。

【後人點評】

　　清人王夫之：顛倒傳情，神爽自一，不容元白問花源津渡。「胡琴琵

琶與羌笛」，但用《柏梁》一句，神采驚飛。（《唐詩評選》卷一）

▷ 春夢

洞房昨夜春風起❶，遙憶美人湘江水。

枕上片時春夢中，行盡江南數千里。

【注】❶洞房：深邃的內室。

「洞房昨夜春風起，遙憶美人湘江水」，這兩句寫夢前的思念。在深邃的房中，昨夜吹進了春風，可見，春天已經悄然來到。春回大地、春暖花開的美好季節，總是容易引起人們思想的波動，這裏獨坐洞房中的人就不禁懷念起了遠方的美人。「美人」既可以指男人，也可以指女人；既可指容顏姣好的人，也可指品德高尚的人。這首詩沒有指明是詩人寫自己的夢，還是詩人代他人寫夢，所以，「美人」是男是女，無從考證。總之，微風吹拂的春季裏，室中人越發思念在湘江邊上的美人。

後兩句寫室中人將這種思念直接帶入了夢中。雖然只睡了片刻功夫，但他在夢中卻已經走過了數千里，到達了美女所在的江南之地。「片時」和「數千里」真實地描繪了虛幻恍惚的夢境，同時，也是以時間之快和速度之快，反映了室中人強烈深切的思念之情。雖然這只是一場夢，但是，最後給人留下了美好的感受。

這首七絕小詩成功地用夢將強烈的思念感情淋漓盡致地展現了出來，語言平實，感情真摯，結構精巧。

【後人點評】

清人賀賞：詩有同出一意而工拙自分者。如戎昱《寄湖南張郎中》曰：「寒江近戶漫流聲，竹影當窗亂月明。歸夢不知湖水闊，夜來還到洛陽城。」與武元衡「春風一夜吹鄉夢，又逐春風到洛城」、顧況「故園此去千餘里，春夢猶能夜夜歸」同意，而戎語之勝，以「不知湖水闊」五字，有搔頭弄姿之態也。然皆本於岑參「枕上片時春夢中，行盡江南數千里」。（《載酒園詩話》）

▷ 逢入京使❶

故園東望路漫漫❷，雙袖龍鍾淚不乾❸。

馬上相逢無紙筆，憑君傳語報平安。

【注】❶入京：返回京都。❷故園：指長安和他在長安的家園。❸龍鍾：流淚的樣子，這裏指淚水沾濕的意思。

天寶八年（749），安西節度使高仙芝調岑參為節度使府掌書記。岑參第一次踏上惡劣西域的征途，此詩就寫的是詩人在去西域的路上遇到老鄉的情景。

「故園東望路漫漫」，寫的是詩人看到的景色。詩人離開長安已經有好多天了，回頭望長安的家園，只覺得長路漫漫，無邊無際。「東望」點明了詩人所在的位置。

「雙袖龍鍾淚不乾」，這句話勾勒了詩人眷戀家鄉的情態。詩人思憶家鄉的親人不禁淚流滿面，沾濕了襟袖。這裏「淚不乾」，是一種誇張手法，自己突然在外地遇到了家鄉人，勾起了詩人無限的思鄉情，以致淚流不止。這句話也為下文詩人捎家書做了鋪墊。

「馬上相逢無紙筆，憑君傳語報平安」，詩人和老鄉在路上偶遇，沒有紙筆，也來不及寫信，就請老鄉給家裏人捎個口信，報個平安吧！「無紙筆」表明兩人行色匆匆，偶然在路上相遇。如果此時詩人有紙和筆該有多好，這樣詩人就可以暢快淋漓地在紙上一抒自己的思鄉心情了，但是，詩人卻沒有，那就捎個口信吧。此時，詩人心中既有對親人的思念和眷戀，也有對未來前途的期盼，心中百感交集。但最後這一句簡潔有力的話也表現了詩人寬廣豁達的胸懷。

這首七言絕句，不事雕琢，語言簡潔自然，感情真摯，深入人心，將深沉的情感凝練在淚沾衣襟，和託鄉人捎口信這兩個動作中，語約而義豐，讓人回味無窮。

【後人點評】

清人劉熙載曾說：「詩能於易處見工，便覺親切有味。」（《藝概•

詩概》）

▷ 行軍九日思長安故園❶

強欲登高去❷，無人送酒來。
遙憐故園菊，應傍戰場開❸。

【注】❶九日：指九月九日重陽節。❷登高：人們有重陽節登高飲酒
賞菊插茱萸來驅避災禍的習俗。❸傍：接近。

　　岑參的這首五絕，表現的不是一般的節日思鄉，而是對國事的憂慮和
對戰亂中人民疾苦的關切。表面看來寫得平直樸素，實際構思精巧，情韻
無限，是一首言簡意深、耐人尋味的抒情佳作。

　　天寶十四年（755）安史之亂爆發，次年長安陷落。至德二年（757）
二月，岑參隨肅宗從彭原轉移到鳳翔。九月唐軍收復長安，該詩大概就是
這年重陽節時，詩人在鳳翔寫作的。詩中寄託了詩人對長安家園的思念。

　　「強欲登高去」，詩人在第一句緊扣題目中的「九日」，點明了詩文
寫作的時間。重陽節裏人們都喜歡登高，但是詩人卻寫「強欲登高」，有
勉強之意，透著些淒涼。這是為什麼呢？

　　「無人送酒來」，原來是詩人想到在佳節之際卻沒有人來送酒助興。
在這裏詩人化用了陶淵明的典故。《南史‧隱逸傳》中載：一次，陶淵明
過重陽節，沒有酒喝，所以，愁悶地坐在宅院旁的菊花叢中很久。後來
恰好王弘送來了酒，才使陶淵明得以在佳節暢飲。這裏詩人反用其意，寫
雖然自己勉強按照習俗登高飲酒，但是在戰亂時期，卻沒有像王弘那樣的
人來送酒，共度佳節。這一句緊承第一句，承接自然，語言樸實如話，雖
然巧用典故，卻無矯揉造作之感。詩人寫「無人送酒」，回扣了題目中的
「行軍」二字。

　　「遙憐故園菊，應傍戰場開」，每逢佳節倍思親，詩人在佳節之際想
到了長安家園，「遙」字，表明了詩人和長安的家園相距遙遠，烘托了詩
人深切的思鄉之情。接著詩人將對親朋好友的思念感情，濃縮到了「故園
菊」上，使這種繁雜的思念變得具體可感，同時，重陽佳節本就有賞菊的
習俗，所以，詩人在這裏精選菊這個意象，非常自然，再次呼應了題目，

也使整首詩渲染上了濃郁的節日氣氛。詩人懷念的菊，此時怎麼樣了呢？

「應傍戰場開」，最後詩人想到它應該開放在戰火之中啊！這又回扣了題目的「行軍」二字。「戰爭」二字具有鮮明的時代特色。這句話寫得形象自然，使我們彷彿看到了一幅戰亂中的長安圖，在到處都是戰火紛飛、斷壁殘垣的長安城中，朵朵菊花依舊在角落裏孤寂地開放著。

此時，詩人不僅僅牽掛家鄉的親人，還傳達出了詩人對千萬飽經戰亂之苦百姓的深切同情，對國事的憂慮和對和平的強烈渴望。這看似簡潔樸素的結尾，卻蘊含了深沉的情感，餘味無窮，耐人咀嚼，使整首詩上升到了更高的境界。

【後人點評】

明人徐獻忠：嘉州詩一以風骨為主，故體裁峻整，語亦造奇，持意方嚴，竟鮮落韻。（《唐詩品》）

▷ 走馬川行奉送封大夫出師西征

君不見走馬川❶，雪海邊❷，平沙莽莽黃入天。
輪台九月風夜吼❸，一川碎石大如斗，隨風滿地石亂走。
匈奴草黃馬正肥，金山西見煙塵飛❹，漢家大將西出師。
將軍金甲夜不脫，半夜軍行戈相撥❺，風頭如刀面如割。
馬毛帶雪汗氣蒸，五花連錢旋作冰❻，幕中草檄硯水凝❼。
虜騎聞之應膽懾，料知短兵不敢接❽，車師西門佇獻捷❾。

【注】❶走馬川：地名，在北庭川，即今新疆古爾班通古特。行：古詩的一種體裁。封大夫：指封常清，天寶年間任北庭都護、瀚海軍使、伊西節度使。因封常清曾任御史大夫，故這裏稱他為大夫。西征：即天寶十三年，封常清率軍鎮壓突厥西葉護阿布思叛軍殘餘。❷雪海：今準葛爾雪原。❸輪台：地名，在今新疆庫車縣東。封常清在此駐軍。❹金山：指今阿爾泰山，在今內蒙古、新疆交界處。匈奴常從此侵漢。❺戈相撥：兵器之間偶爾互相碰撞。❻五花：指五花馬。連錢：馬身上斑駁如錢的毛色。旋：隨即。❼草檄（音席）：起草討伐敵軍的文書。❽短兵：指刀劍

之類的短兵器。❾車師：唐北庭都護府治所在地，是漢時車師國舊地。

安西節度使封常清出兵征播仙（唐代古地名）時，任安西節度使判官的岑參，寫下這首詩為他們壯行。

這首詩可以分為四部分來賞析，第一部分（從第一句到「隨風滿地石亂走」），主要寫了邊塞戈壁的惡劣氣候。這次出征軍隊將要經過「走馬川」、「雪海邊」，還要穿越荒無人煙的莽莽黃沙大漠，黃沙漫天，天地間一片昏黃混沌，這暗示了沙漠中狂風之大。這些都是戈壁典型環境，白天的環境是這樣惡劣了，那麼晚上戈壁又是什麼樣的呢？接著詩人描寫夜晚的環境，夜裏的狂風怒吼，「吼」體現了風聲之大。「大如斗」的碎石，竟然被風吹得到處滾，這個實例，形象地把風大的程度表現了出來。「亂」字也形象地描繪了狂風肆虐形態。而亂石翻滾很可能會傷及到人，所以，環境不僅惡劣，也存在著危險。詩人在這部分分別從風色、風聲、風力，來著重描寫了邊塞狂風之大。

接下來第二部分（從「匈奴草黃馬正肥」到「風頭如刀面如割」），寫匈奴趁著草肥馬壯的時機，入侵唐朝邊境，唐軍嚴陣以待。「金山西見煙塵飛」中的「煙」是唐朝報警點起的狼煙，「塵」是匈奴鐵騎奔騰而來卷起的塵土，「煙」和「塵」同時飛揚，這表明匈奴來勢洶洶，唐軍早有防備。這一句為戰爭拉開了序幕，渲染了戰前的緊張氣氛。接著詩人描寫了唐朝大將，「漢家大將」出現了，他夜裏不脫「金甲」，可見將軍心懷戰爭，身負重任，時刻準備戰鬥。「半夜軍行戈相撥」寫了半夜行軍，詩人抓住了「戈相撥」這個細節，讓我們聯想到大軍在漆黑的夜裏秩序井然地急速前進，這輕輕的兵器的撞擊聲，襯托了整個軍隊的嚴整和肅穆。「風頭如刀面如割」，風如刀，刀刀割在戰士們的臉上，這是大漠行軍中真實的感受，寫得非常貼切生動。這句也呼應了前面描寫風的部分。

接著詩人從第三部分（「馬毛帶雪汗氣蒸」到「幕中草檄硯水凝」），轉筆又寫到了景，這三句著重描寫了邊塞天氣的寒冷，戰馬在寒風中賓士，馬身上的汗水，立刻在馬毛上凝成了冰。軍幕中起草檄文用的硯水也都凍上了。「旋」表明冰凍之快，突出了天氣之寒冷程度。詩人善於對局部細節的刻畫，來渲染整個人環境，從詩人形象生動的文字中，我們能感受到那種嚴酷的寒冷。寫到這裏將士們在艱苦的環境中，不畏風雪

勇敢前進的高大形象躍然紙上。這樣一支頑強的的軍隊又有誰能打敗它呢？

第四部分也就是最後三句，詩人預想敵軍看到這樣強大的唐軍定然會聞風喪膽，而唐軍定會凱旋而歸的。正是因為有前三部分的描寫、蓄勢，所以才有了第四部分的預想，各部分之間聯繫非常緊密，承接自然。

這首七古最突出的特點就是，沒有寫戰爭的宏大場面，沒有寫戰士們奮勇殺敵的壯烈精神，而是精選了幾處典型意象，將唐軍的威勢化於無形中，成功運用了反襯手法，將戰鬥的緊張氣氛，和戰士們高昂的戰鬥精神完美地表現了出來，氣勢雄渾豪壯。

【後人點評】

清人方東樹：奇才奇氣，風發泉湧。（《昭昧詹言》卷十二）

☙ 劉方平 ☙

【詩人名片】

劉方平（？～約758）
籍貫：河南洛陽
作品風格：清新自然

【詩人小傳】：天寶年間考進士不第，後入軍幕，不順，便退隱潁水、汝水一帶。有《劉方平詩》一卷，《全唐詩》存其詩一卷。

▶ 月夜

更深月色半人家，北斗闌杆南斗斜❶。
今夜偏知春氣暖❷，蟲聲新透綠窗紗❸。

【注】❶闌杆：這裏指橫斜的樣子。南斗：星宿名，在北斗星南。❷偏知：才知。❸新：剛剛。

「更深月色半人家，北斗闌杆南斗斜」，前兩句描寫深夜之景，夜已深，清矇的月光半照著千家萬戶的庭院，庭院一半浸在月光中，另一半籠罩在夜色中；天上的北斗星和南斗星橫斜在天空。「半」字用得很妙，月光朗照就顯得過於明亮，而半照中，一明一暗襯托了夜的寧靜。「斜」字暗示了它隨著時間在不斷推移。大地一片沉寂，只有天空中的星月默默地隨著時間流轉，整個夜空一片幽靜深邃。

「今夜偏知春氣暖，蟲聲新透綠窗紗」，這兩句寫了夜中透出的春

意。夜更深，溫度也降得很低，就在寒冷寂靜的深夜裏，偏偏蟲兒預先知道了春暖花開的日子即將到來，突然發出了清亮、歡快鳴叫。這偶爾微弱的蟲鳴聲讓詩人敏感地察覺到了春天的氣息，這是萬物復蘇的先兆，詩人聽到這個聲音不禁產生了春回大地的美好聯想。「綠」前一句的「春」照應，烘托了春的氣氛。詩人構思非常新穎獨特，同樣是夜景，卻反映了不一樣的情調，蟲鳴代表著春天，春天總能讓我們聯想到姹紫嫣紅、熱鬧非凡，充滿生機和活力的景象。詩人獨闢蹊徑，寫出了獨特的春意，寫得細膩而充滿情趣。

蘇軾名句——「春江水暖鴨先知」的體驗，和劉方平這首詩中的春意體驗是一樣的，讀者可以參讀品味。這首七絕詩寫得清新靈動，細膩生動，非常優美。

【後人點評】

清人黃叔燦：寫意深微，味之覺含毫邈然。（《唐詩箋注》卷九）

ஒ 裴 迪 ஒ

【詩人名片】

裴迪（716～？）

籍貫：關中（今屬陝西）

作品風格：清逸自然

【詩人小傳】：他是盛唐著名的山水田園詩人之一。曾任蜀州刺史、尚書省郎。晚年居住輞川、終南山。《輞川雜詠》組詩是裴迪的代表作。

▷ **華子崗**

> 日落松風起，還家草露晞❶。
> 雲光侵履跡❷，山翠拂人衣。

【注】❶晞：乾燥。❷雲光：落日餘暉。

這首詩是裴迪和王維的唱和之作，王維隱居於藍田（今屬陝西）輞川別墅，別墅中就有華子崗、竹裏館、鹿柴等多處景色，王維和裴迪各賦五言絕句二十首，這就是其中一首，描寫了華子崗上優美的秋景。

「日落松風起」，開頭這一句寫景，描寫了落日和松風，「落」和「起」二字，生動鮮明地勾勒了日落西山、晚風驟起的暮色之景。使讀者彷彿親眼看到了夕陽倚山而下的景象，親耳聽到了晚風吹拂林葉的聲音，讓人感到神清氣爽，瑰麗優美。

「還家草露晞」，「還家」和第一句的「日落」照應，點明了詩人

是在回家的路上。這也表明詩人已經遊覽了很長時間。詩人此時吹拂著清風，沐浴在夕陽下，向前走著，腳下的青草因為太陽的照射，草間的露水已經蒸騰殆盡了，詩人踏在這些乾鬆的青草上，感到特別輕細柔軟，分外愜意。這句話描繪了詩人意猶未盡、悠然漫步的自在形象。接下來，詩人以「還家」的行蹤為線索，進一步描寫華子崗上優美的環境。

「雲光侵履跡」，寫餘暉下詩人行走的情形。「侵」字有逐漸浸染的意思。這個字不僅把詩人在夕陽下一步步行走的形象生動地表現了出來，也寫出了太陽漸漸下落，餘光逐漸消散的過程。讀完這句話不禁使讀者聯想到餘暉逐漸消散，隨風搖動的松林在陽光中明暗不斷變化的瑰麗景象。

「山翠拂人衣」，「山翠」本為「山翠」，但詩人強調了「翠」字，是「翠」拂動人衣服。這就將具體形象轉化成了無形的感受。詩人眼裏滿是山林的青翠色，這可愛的顏色彷彿有了生命，不斷地輕拂著詩人的衣襟，也撩撥著詩人的心，使詩人感到分外的輕鬆自在。上句中「雲光」緊隨著詩人，這句「山翠」追逐著詩人，它們彷彿對詩人眷戀不捨。而這樣的描寫，反映了詩人對華子崗美麗景色的喜愛和深深留戀之情。

這首五絕，精選落日、松風、草露、雲光、山翠這些零散的景物，把它們巧妙地聯繫在一起勾勒了一幅聲色俱佳、動靜相宜的風景畫，語言簡潔，韻味豐富，情趣盎然。

【後人點評】

清人王士禎稱王維、裴迪「輞川唱和，工力悉敵」。（《唐人萬首絕句選評·凡例》）

元 結

【詩人名片】

元結（719～772）
字號：字次山，自號漫郎、元子、聱叟等
籍貫：汝州魯山（今河南魯山）
作品風格：質樸簡古、平直切正

【詩人小傳】：天寶十三年（754）進士及第，安史之亂中，為右金吾兵曹參軍、山南東道節度參謀，討伐史思明。唐代宗時任著作郎，後有兩次出使道州刺史，有政績。後又歷任容州刺史，御史中丞。大曆七年（772）卒於旅舍。有後人輯《元次山文集》十卷，《全唐詩》收其詩二卷。

▷ 賊退示官吏並序

　　癸卯歲❶，西原賊入道州，焚燒殺掠，幾盡而去。明年，賊又攻永破邵，不犯此州邊鄙而退。豈力能制敵歟？蓋蒙其傷憐而已！諸使何為忍苦征斂？故作詩一篇以示官吏。

　　昔歲逢太平，山林二十年。
　　泉源在庭戶，洞壑當門前。
　　井稅有常期❷，日晏猶得眠❸。
　　忽然遭世變❹，數歲親戎旃❺。

今來典斯郡❻，山夷又紛然❼。

城小賊不屠，人貧傷可憐。

是以陷鄰境，此州獨見全。

使臣將王命❽，豈不如賊焉？

今被征斂者，迫之如火煎。

誰能絕人命，以作時世賢？

思欲委符節❾，引竿自刺船❿。

將家就魚麥⓫，歸老江湖邊。

【注】❶癸卯歲：代宗廣德元年（763）。賊：指被稱為「西原蠻」的少數民族入侵者。❷井稅：指田賦。❸晏：晚。❹世變：世道變故，這裏指安史之亂。❺戎旃（音沾）：軍帳。❻典：治理。郡：指道州，道州又稱江華郡。❼山夷：居住在山上的少數民族。這裏指西原蠻。❽使臣：指催征的官吏。❾委符節：指棄官。符節，是古代朝廷發佈命令或調派官員的憑證，派使臣出行時須持符節。委，放棄。❿刺船：撐船。⓫將：攜帶。

唐代宗廣德元年（763）十二月，廣西境內的少數民族「西原蠻」武裝起義，曾占領道州（州治在今湖南道縣），燒殺搶掠，無惡不作。次年五月，元結奉命任道州刺史，七月「西原蠻」又攻陷了永州（州治在今湖南零陵）和邵州（州治在今湖南邵陽），卻沒有再攻道州。

詩人認為，這不是官府「力能制敵」，而是「西原蠻」對道州百姓的「傷憐」。而朝廷的官員不體恤百姓，殘酷征斂。詩人因此而作此詩，譴責官吏殘暴的行為。

全詩可分為四部分。第一部分為前六句，主要寫詩人追憶曾經在「太平」盛世的時候，隱居山中時過的輕鬆自在生活。「泉源」就在園中，每日都飽飲清泉水，詩人的庭院和山溝洞穴相對，可見詩人隱居環境的幽靜閒逸。那時候「井稅有常期」，百姓沒有額外負擔，大家「日晏猶得眠」，都過著安居樂業的日子。「猶」流露了詩人對「太平」時期生活的熱愛和讚美。這部分對往昔的追憶，為後面揭露今日統治者橫徵暴斂，摧

殘百姓做了鋪墊。第二部分（「忽然遭世變」到「此州獨見全」），寫今世社會變亂，賊寇反叛。前四句簡單敘述了詩人出山後，征伐叛軍，最後來到道州任刺史的歷程。詩人來到道州，正好遇到「西原蠻」叛亂。詩人接著寫道州城小，百姓貧困，「賊」可憐他們，所以「此州獨見全」。詩人對盜賊表示了肯定，寫盜賊尚有憐憫之心，為下文的官吏殘暴埋下了伏筆。第三部分（「使臣將王命」到「以作時世賢」），寫今世官吏的殘暴。「使臣將王命，豈不如賊焉」，詩人一開始就用了反問句，把「官」和「賊」對比，寫奉詔催征賦稅的官吏，難道還不如賊寇嗎？直接將矛頭對準了官吏，表現了詩人極度激憤的心情。接下來兩句詩人擺出官吏橫徵暴斂的事實，「今被徵斂者，迫之如火煎」，這一形象的比喻生動地描繪出了官吏搜刮百姓，攪得城中雞犬不寧的情景。這情景和「井稅」兩句形成了鮮明的對比，深刻地揭露了徵斂官吏的殘暴。「誰能絕人命，以作時世賢」，意思是怎麼以置百姓於絕境，來換取當朝統治者認為的賢能大臣呢？詩人用了一個反問，直接控訴了官吏們的暴虐行為，揭示了他們醜惡的本質。「絕人命」和「傷可憐」，「時世賢」和「賊」相照應，強烈地諷刺了徵斂官吏不如賊。第四部分（「思欲委符節」到最後），詩人在這部分表明了自己不同流合污的高潔志向。詩人身為官吏，不能違背王命也不願做「絕人命」的事情，矛盾之餘，他選擇了棄官歸隱。甘心「就魚麥」和漂泊江湖，也不想置百姓於水深火熱中，表達了詩人對勞苦百姓的深切同情和對徵斂官吏的強烈不滿。

這首五言古詩，最突出的特點就是直陳時弊、直抒胸臆，毫不遮掩。詞意深沉，感情憤激。詩人對百姓的深切關懷，發自肺腑，真摯感人。

【後人點評】

清人沈德潛：次山詩自寫胸次，不欲規模古人，而奇響逸趣，在唐人中另闢門徑。（《唐詩別裁》）

～⊙♭ 張　　繼 ♭⊙～

【詩人名片】

張繼（約715～約779）

字號：字懿孫

籍貫：襄州（今湖北省襄陽）

作品風格：不雕而自飾，丰姿清迴

【詩人小傳】：天寶十二年（753）登進士。然銓選落地，歸鄉。唐代宗李豫寶應元年（753）進士及第，大歷年中被任為檢校祠部員外郎。最後任鹽鐵判官，管理洪州財賦，一年後病卒任所。有《張繼詩》一卷，《全唐詩》存其詩一卷。

▷ 楓橋夜泊❶

月落烏啼霜滿天，江楓漁火對愁眠。

姑蘇城外寒山寺❷，夜半鐘聲到客船。

【注】❶楓橋：在今江蘇蘇州市西。❷姑蘇：蘇州的別稱，因城西南有姑蘇山故得名。寒山寺：在楓橋附近，因為唐朝名僧寒山曾在此居住而得名。

詩人在一個秋夜，停泊蘇州楓橋，看到了江南水鄉特有的幽美景色，客居他鄉的詩人陶醉其中，寫下了這首清麗雋永的小詩。

「月落烏啼霜滿天」，月亮沉落，天空呈現一片朦朧的暗灰色。在樹

上樓息的烏鴉偶爾發出幾聲啼鳴，襯得夜空更加沉寂。夜深月落，天氣變得寒冷起來，霜氣逐漸彌漫整個夜空。詩人通過月落、烏啼、霜滿天這三個意象，勾勒出了一幅清冷幽寂的夜色環境。霜是在地上而不是在天上，「霜滿天」寫詩人在寒夜裏的感受，他感到切膚之寒從四周包圍了自己，好像整個冰霜鋪天蓋地。這一句從視覺、聽覺和感覺三個方面清晰地展現了這一夜景。幽寂清冷的夜景也襯托了詩人客居他鄉的孤獨寂寞心情。

「江楓漁火對愁眠」，在昏暗的夜色中，江邊的楓樹只是模糊的一片，江面上，星星點點的幾處「漁火」，在昏暗朦朧的夜色中顯得格外醒目。唐代詩人常常把「江楓」和「愁」字聯繫在一起。「漁火」象徵了漂泊在外的未歸人。「江楓」和「漁火」，一明一暗、一個江岸一個江上，兩處景物主客錯落組合在一起，兩者獨立而又融合在一起，意境幽美。最後詩人寫了「對愁眠」三字，「對」字有伴的意味，可見，詩人獨自面對霜夜、江楓等江中夜景時，心中有孤單寂寞，也含有對江南夜景的欣賞陶醉之感。詩人和江景為伴，兩者達到了完美的融合，和諧優美。

「姑蘇城外寒山寺，夜半鐘聲到客船」，接著詩人寫寒山寺夜鐘聲。詩文前兩句中描寫了多處景物，渲染了寧靜氣氛，而最後這兩句為詩文增添了深厚的歷史人文氣息，豐富了詩文的意韻。而後邊這兩句卻只描寫了一處景物，可見，這處景物的重要性。寒山古寺積澱著豐厚的人文氣息，有包容一切的胸懷和氣勢，在寂靜的夜裏，寒山寺的鐘聲顯得格外渾厚莊嚴，詩人的愁思也隨著這鐘聲延伸、擴散，意蘊深遠，讓人回味無窮。

這首七絕詩，語言簡潔優美，物象動靜結合，明暗相稱，從視聽等多個角度進行描寫，使風景豐滿形象，意境優美。

【後人點評】

清人沈德潛：塵市喧闐之處，只聞鐘聲，荒涼寥寂可知。（《唐詩別裁集》卷二十）

～ 錢 起 ～

【詩人名片】

錢起（約710～約782）
字號：字仲文
籍貫：湖州（今屬浙江）
作品風格：清空閒雅，流麗纖秀

【詩人小傳】：數次應試落第，天寶九年（750）及進士第，後歷任祕書省校書郎、司勳員外郎、考功郎中等，故後人又稱其為錢考功。與盧綸、韓翃、司空曙等人並稱「大曆十才子」，又和郎士元並稱「錢郎」。有《錢考功集》十卷傳世。《全唐詩》收其詩四卷。

▷ 歸雁

瀟湘何事等閒回❶？水碧沙明兩岸苔。
二十五弦彈夜月❷，不勝清怨卻飛來❸。

【注】❶瀟湘：泛指湖南一帶。等閒：輕易。❷二十五弦：指瑟這種樂器。❸清怨：這裏指淒婉哀怨的曲調。

「瀟湘何事等閒回？水碧沙明兩岸苔」，大雁在春季裏北歸本來是理所當然的事情，但是，詩人卻一反常態，表示了對大雁北歸的不解，詩人寫到瀟湘環境優美，水草豐盛，大雁還要回來幹什麼呢？這便引導讀者和詩人一起探尋。

第三、四句回答了這個疑問：「二十五弦彈夜月，不勝清怨卻飛來。」湘江女神在月夜中鼓瑟，那瑟音淒怨哀婉，大雁不忍再聽下去，所以又飛回北方。詩人發揮豐富的想像並借助美麗的神話，為我們展現了湘神鼓瑟的淒哀意境和明曉音樂而又容易感傷的大雁形象。詩人為什麼將湘神鼓瑟寫得這樣淒哀？大雁為什麼「不勝清怨」呢？原來，詩人筆下的大雁客居他鄉，聽到湘靈滿是思念親人的悲哀音樂，便勾起了大雁的羈旅愁思，思鄉之情深切，所以，離開了富饒美麗的湘江，飛回北方。而詩人借助充滿羈旅愁苦的大雁，委婉地表達了客居他鄉的羈旅愁思。

這首七言絕句，構思巧妙新穎，想像豐富，抒情委婉，意境優美。

【後人點評】

高仲武作《中興間氣集》選錢起為第一人，並稱其詩「體格新奇，理致清贍」，「文宗右丞，許以高格；右丞沒後，員外為雄。」

▷ 暮春歸故山草堂

谷口春殘黃鳥稀❶，辛夷花盡杏花飛❷。

始憐幽竹山窗下，不改清陰待我歸。

【注】❶黃鳥：即黃鶯。❷辛夷：即木筆，一種木蘭科植物。

這首詩主要寫了詩人在暮春時節回故山草堂後的所見所感。「谷口春殘黃鳥稀，辛夷花盡杏花飛」，描繪了暮春景色。「谷口」二字點出了「故山草堂」地點；「春殘」緊扣題目中的「暮春」。眼前是黃鸝鳥已經很稀少，木筆花已經凋盡，杏花到處飄飛。「稀」、「盡」、「飛」這三個字一氣呵成，烘托了春色消逝，凋零空寂的氛圍。

「始憐幽竹山窗下，不改清陰待我歸」，正在詩人惆悵於春色已逝時，詩人突然發現窗前的幽竹，蒼翠蔥鬱好像在迎接著久別歸來的主人。「憐」字，是愛憐之意，透露了詩人驚喜憐愛之情。「不改清陰」，既是讚美幽竹翠綠的外在美，又是在讚美幽竹高尚的品質。前兩句中「黃鳥」、「辛夷」、「杏花」的改變反襯了幽竹的「不改」。此時，幽竹不畏嚴寒、不懼春殘，傲然挺立，高潔不屈的形象彷彿就在眼前。

這首七言絕句，構思巧妙，層次清晰，語言優美，意蘊深沉，餘味無窮。

【後人點評】

清人紀昀：大曆以還，詩格初變，開寶渾厚之氣漸遠漸漓，風調相高，稍趨浮響。升降之關，十子實為之職志。起與郎士元，其稱首也。然溫秀蘊藉，不失風人之旨，前輩典型，猶有存焉。（《四庫全書總目》）

▷ 省試湘靈鼓瑟❶

善鼓雲和瑟❷，常聞帝子靈❸。
馮夷空自舞❹，楚客不堪聽。
苦調凄金石，清音入杳冥❺。
蒼梧來怨慕，白芷動芳馨❻。
流水傳湘浦，悲風過洞庭。
曲終人不見，江上數峰青。

【注】❶省試：即科舉中的禮部試。唐時各州縣的貢士到京城由尚書省的禮部主持考試，每三年一次。❷雲和：古山名。《周禮•春官大司樂》：「雲和之琴瑟。」❸帝子：帝堯的女兒，即舜妻。屈原《九歌》中有：「帝子降兮北渚。」❹馮夷：傳說中的河神名。❺杳冥：高遠的地方。❻白芷：一種草本植物，夏開小白花。

這是一首試帖詩，是錢起在參加進士考試時所作。該詩生動形象地表現了優美的曲聲，是公認的試帖詩範本。

「善鼓雲和瑟，常聞帝子靈」，開頭兩句點題，詩人讚美了湘靈善於鼓瑟，曲聲優美動聽，嫋嫋餘音縈繞耳邊。詩人被深深陶醉其中，陷入了無限的遐想中。

從第二句到「悲風過洞庭」，詩人集中筆墨通過自己奇妙的遐想，將音樂之美展現得淋漓盡致。「馮夷空自舞，楚客不堪聽」，詩人陶醉在美妙的音樂中，陷入了無限的遐想中，詩人想到這美妙的瑟曲，吸引了

河神馮夷，使他不由自主地在水中跳起舞來。但是，馮夷沒有聽出曲聲中暗藏的哀怨情感，歡舞也是徒然。而「楚客」懂得曲中之意，傷心得不忍再聽。「苦調淒金石，清音入杳冥」，淒婉哀怨的曲調，能讓金石悲淒；而它的清亮樂音，能傳到飄渺無際的蒼穹中。這裏詩人用誇張的手法極言音樂的淒婉和美妙。「蒼梧來怨慕，白芷動芳馨」，這樣優美的淒哀的音樂傳到蒼梧邊野地方，一定會讓九嶷山上的舜帝之靈震驚，他或許會來到湘水聽樂吧！芬芳的白芷，被音樂感動，吐出了更多的芳香。詩人想像奇妙，巧用擬人，將音樂之美寫到了極致。「流水傳湘浦，悲風過洞庭」，樂聲飄揚在水面上，優美的旋律籠罩了湘江兩岸。湘水上空，迴盪著哀婉的樂聲，這樂聲形成一股悲風，飛過了廣闊的洞庭湖。以上詩人運用極為豐富的想像力和比喻、擬人、誇張、對比等多種表現手法，將無形的音樂，寫得具體可觸，形象生動，充分表現了湘靈瑟曲神奇力量。意境瑰麗，充滿浪漫色彩。

「曲終人不見，江上數峰青。」最後這兩句，緊扣題目。音樂是如此的美妙，那麼鼓瑟的湘江女神該是怎樣的美麗呢？但是，音樂停下來時，已經不見其人了，這一句為詩文籠罩上了一層奇幻的色彩，更增詩的神韻。美妙音樂創造的夢幻般的絢爛的世界消失了，詩人回到了現實，看到了眼前「江上數峰青」，那幾座青色的山峰，安靜地挺立在江上，山清水秀，恬淡寧靜，給人留下了無限的懷戀之情，情意悠悠，回味無窮。

這首五言律詩，想像豐富奇妙，語言靈力，意境瑰麗。李頎的《聽董大彈胡笳弄兼寄語房給事》中也描繪了優美的音樂，可以參讀。

【後人點評】

《舊唐書‧錢徽傳》稱「曲終人不見，江上數峰青」這十個字得自「鬼謠」。

～ゆ 皇甫冉 ゆ～

【詩人名片】

皇甫冉（約717～約770）

字號：字茂政

籍貫：潤州丹陽（今屬江蘇）

作品風格：清穎秀拔

【詩人小傳】：曾居住在安定（今甘肅涇州）多年。天寶十五年（755）及進士第。曾任無錫尉，大曆初入河南節度使王縉幕，後歷仕左拾遺、右補闕。現有《皇甫冉詩集》三卷，《全唐詩》存其詩二卷。

▷ 春思

鶯啼燕語報新年，馬邑龍堆路幾千❶？

家住層城臨漢苑❷，心隨明月到胡天❸。

機中錦字論長恨❹，樓上花枝笑獨眠❺。

為問元戎竇車騎，何時返旆勒燕然❻？

【注】❶馬邑：邊城名，在今山西朔縣西北。龍堆：指白龍堆，在今新疆。❷層城：指京城長安。因為長安城分為內外兩層，故有此稱。漢苑：指皇宮。❸胡天：這裏指馬邑、龍堆。❹「機中」句：前秦竇滔任秦州刺史，後被貶龍沙，其妻蘇蕙思念他，於是，織錦為迴文璇璣詩圖寄給他。詩文八百四十字，縱橫反覆均成文意，表達了妻子對他的深深思念之

情。❺笑：唐朝人以花開為笑。❻「為問」二句：東漢竇憲任車騎大將軍時，曾大敗匈奴，到燕然山，命班固刻石紀功而返。元戎，元帥。返旆（音配）：班師回朝。旆，旌旗通稱。勒：雕刻。燕然，燕然山，即今蒙古人民共和國境內杭愛山。

這是一首寫思婦思念戍邊征夫的詩。

「鶯啼燕語報新年，馬邑龍堆路幾千」，新年到了，黃鶯和燕子都在歡快地鳴叫，一片熱鬧繁榮的景象。但是，思婦獨處閨中，思念著還遠在幾千里之外的丈夫。春季繁榮的景象和思婦孤獨寂寞的形象構成了對比。熱鬧的春景反襯了思婦的孤寂和綿綿思念的愁緒。

「家住層城臨漢苑，心隨明月到胡天」，思婦心繫邊疆，雖然身在京都，然而心卻隨著明月奔向了邊地。這裏點出了思婦居住的地址，使上一句「路幾千」的距離更加具體。

「機中錦字論長恨，樓上花枝笑獨眠」，這裏用了蘇蕙織錦為文的典故，表明思婦綿延不斷的思念之情。樓上枝頭上的花朵開放了，好像在笑思婦獨自難眠。「笑」字用得非常傳神，當思婦在織錦的過程中，百無聊賴之際，偶然見到繁盛的花兒綻放，不由會想到芳華易逝，而自己獨守空閨，心中頓時酸楚難耐。

「為問元戎竇車騎，何時返旆勒燕然」，這裏用了東漢竇憲戰匈奴的典故，直接抒發思婦的心聲。表達了希望戰爭早日結束家人團聚的渴望，同時，這裏也暗含了思婦對戰爭的不滿之情。這一問，餘味無窮，讓人深思。

【後人點評】

清人沈德潛：「盧家少婦」之亞，惟「笑獨眠」句工而近纖，或難與沈詩爭席耳。（《唐詩別裁集》卷十四）

∽꠵ 賈 至 ꠵∾

【詩人名片】

賈至（718～772）

字號：字幼鄰，一作幼幾

籍貫：洛陽（今屬河南）

作品風格：清麗古雅

【詩人小傳】：賈至生於官宦人家，早年曾跟從在蜀地的唐玄宗避安史之亂，被任為起居舍人、中書舍人。後因王玄榮案被貶為岳州司馬，後升為尚書左丞、禮部侍郎，代宗大曆初年任兵部侍郎。大曆七年，卒於右散騎常侍任上。終年五十五歲。有詩文集三十多卷傳於世。

▷ 春思二首（其一）

草色青青柳色黃，桃花歷亂李花香❶。

東風不為吹愁去，春日偏能惹恨長。

【注】❶歷亂：雜亂。

賈至曾被貶為岳州司馬，這首詩大概就是他在被貶時所寫。

這首詩題作《春思》，詩中也句句就春立意。在藝術手法的運用上，詩人是以前兩句襯後兩句，使所要表達的愁恨顯得加倍強烈。

「草色青青柳色黃，桃花歷亂李花香」，春季裏，草叢一片鮮豔的嫩綠，嫩柳鵝黃如絲隨風輕拂，桃花怒放，李花芬芳。草青、柳黃，桃花

紅豔，李花潔白，並且芬芳四溢。詩人給我們勾勒出了一幅絢爛而頗顯熱鬧的春景圖，如詩如畫，形象鮮明，彷彿那花的芬芳撲鼻而來，讓人心情舒暢。詩人在這兩句裏用濃墨重彩描繪了春景，為下文詩人的抒情做了鋪墊。

「東風不為吹愁去，春日偏能惹恨長」，詩人由寫景轉而寫自己的心情。春光雖然美好，但是，作為充滿羈旅愁思的詩人來說，無心體會其中的美麗，反倒因春更增添了詩人怨恨愁苦之情。但是，詩人沒有直寫這個事實，而是另闢蹊徑，巧妙構思，不說自己愁苦，而怨東風冷漠，不替詩人解愁，不說自己愁苦而感覺度日如年，而譴責春天惹詩人恨情更長，這曲折的表達，增添了詩文的韻味，委婉的詞句使詩人的愁思更深了一層。使詩意的表現更有深度，更為曲折。詩人怎麼會有這樣的感受呢？首先，詩人的愁悶無形無跡，是東風吹不走的，但是，既然東風能吹走寒冷，那麼詩人就希望它也能驅走自己的愁苦，但東風吹不走，詩人心中就生了抱怨。而春天裏，白晝一天比一天長，這就使詩人感覺時間過得太慢，度日如年的感覺更加深刻了。可見，這些感受都是詩人真切的情感抒發，且又構思非常巧妙，寫得自然又新穎。

這首七絕詩，想像豐富，構思巧妙自然，表達含蓄，語言簡潔而又韻味十足。讀者可參讀他的另一首詩《西亭春望》：日長風暖柳青青，北雁歸飛入窅冥。岳陽樓上聞吹笛，能使春心滿洞庭。

【後人點評】

韓愈弟子唐皇甫湜：賈常侍之文，如高冠華簪，曳裾鳴玉，立於廊廟，非法不言，可以望為羽儀，資以道義。（《諭業》）

郎士元

【詩人名片】

郎士元（生卒年不詳）

字號：字君冑

籍貫：中山（今河北定縣）

作品風格：凝練渾厚，閒雅真切

【詩人小傳】：天寶十五年（756）及進士第。安史之亂中，避難江南。寶應元年（762）為渭南尉，後歷任拾遺、校書等職，官至郢州刺史。郎士元為「大曆十才子」之一，和錢起齊名，並稱「錢郎」。現有《郎士元集》二卷，《全唐詩》存其詩一卷。

▷ 柏林寺南望

溪上遙聞精舍鐘❶，泊舟微徑度深松❷。

青山霽後雲猶在❸，畫出西南四五峰。

【注】❶精舍：佛寺，這裏指柏林寺。❷泊：停泊。度：度過，越過。❸霽：雨停。

詩中提到雨停停船，可以猜測詩人大概是在水上正遇下雨。待到雨過天晴，詩人便饒有興趣地停泊船隻，登山欣賞雨後美景。

首句「溪上遙聞精舍鐘」，寫詩人遠遠地聽到了柏林寺的渾厚鐘聲。那山頂佛寺的鐘聲竟然能清晰地傳到溪上來，這不正是因為雨浥塵埃、空

氣變得澄澈清亮的原因嗎？首句未寫登山，先寫溪上聞鐘聲，點出「柏林寺」，同時又引出舟中人登山的想法。起到了引起下文的作用。

　　寺廟鐘聲，勾起了詩人登山的想法，詩人便停船靠岸，緩步而行。曲曲折折的山間小路緩緩地導引他在濃密的松柏林間穿行，一步步地靠近山頂。雨水洗滌了松柏，它們的葉子顯出了碧翠般美麗顏色，山間到處都彌漫著松葉柏子的清香，令人備感清爽。而深林中，自然有陽光照不到的晦暗地方。那麼「度」過「深松」後放眼望到景色就更加讓人愉快。

　　詩人穿過重重松柏林，終於來到了柏林寺。此時，詩人眼前豁然開朗。首先映入眼簾的是霽後如洗的「青山」。此時的青色，使人眼前一明。接著，詩人又看到了天空中漂浮的朵朵白雲。「霽後」的雲朵已經不是陰沉的烏雲，而是輕柔明快的白雲，這樣登山者心情自然怡然舒適。此句由山帶出雲，又是為下句由雲襯托山峰做了鋪墊。

　　最後一句集中描寫了幾個山峰，著墨於山形，給人以異峰突起的感覺。峰數「四五」，則有錯落有致之感。在藍天白雲的襯托下，秀拔的山峰仿若「畫出」，別有情趣。詩人用「畫」字，則好像本來沒有山峰，而是造物主以雲為毫、霖為墨、天為紙即興「畫出」，剛剛畫就的山峰，則自然顏色鮮亮潤澤，格外美妙。同時它也傳達出來「望」者見景的驚奇和愉悅心情。這最後一句才點出了標題中的「望」這一主題，是點睛之筆。而前三句則是為這一望醞釀感情，做鋪襯。

【後人點評】

《中興間氣集》稱其詩風「閒雅」，「近於康樂（謝靈運）」。

▷ 聽鄰家吹笙❶

鳳吹聲如隔彩霞❷，不知牆外是誰家。
重門深鎖無尋處，疑有碧桃千樹花❸。

【注】❶笙：中國古樂器，是世界上最早的簧片樂器。❷鳳吹聲：指吹笙的聲音。❸千樹花：千樹的桃花。

　　這是一首聽笙詩。詩人將笙樂用通感的表現手法，完美地展現了笙

樂中的意境，使人有身臨其境之感。

「鳳吹聲如隔彩霞」，詩人在這裏說笙樂就像是從彩霞間傳出來的，意境神妙。詩人用「隔彩霞」三字，將聽覺上的感受轉變為視覺上的景象，使讀者對樂曲的感覺更加生動具體。

「不知牆外是誰家」，聽到從自己院子外傳進來的笙樂仿若天曲，詩人不禁問道：「那是誰吹出來的呢？」這句話帶有揣度語氣，充滿懸念，這也進一步渲染了笙樂的神奇美妙，撩撥人心。此時，詩人尋聲暗問的神態，躍然紙上，可見，音曲非常有感染力。

詩人被這曲子深深地感染了，所以，不禁尋聲而去，但是，「重門深鎖無尋處」，一道門將詩人和音樂遠隔了。音樂就近在咫尺，詩人卻無法見吹曲者，不能知道曲子源自哪裡，心中定然悵惘，而且，越是無法見到，越是使詩人產生無限的遐想。

「疑有碧桃千樹花」，照應首句，又寫到了音樂，那音樂就像是千萬棵碧桃花開放那樣絢爛多彩。詩中奇妙的、非人間的音樂，就像是奇妙的、非人世間的天上仙境。同時，桃花怒放的情景，也表現出了音樂之熱鬧和絢爛。「疑」將音樂如真如幻的感覺，表現得非常真切，也使詩文意境飄渺唯美而不過於平實。

在這首七絕中，詩人不直接描繪音樂本身，而是把五官感受錯綜地運用，從側面反映音樂意境之美，使人能更加真切地感受到音樂的藝術魅力，這就是詩人成功運用了「通感」的結果。

～ 韓 翃 ～

【詩人名片】

韓翃

字號：字君平

籍貫：南陽（今屬河南）

作品風格：輕巧別緻

【詩人小傳】：天寶十三年（754）中進士，寶應年間在淄青節度使和汴宋節度使中為幕僚。後閒居長安十年。建中年間，因作《寒食》被唐德宗賞識，官至中書舍人。其詩多送別唱和之作，是「大曆十才子」之一。有《韓君平集》八卷，《全唐詩》存其詩三卷。

▷ 寒食❶

春城無處不飛花，寒食東風御柳斜。

日暮漢宮傳蠟燭，輕煙散入五侯家❷。

【注】❶寒食：是我國古代一個傳統節日。人們在清明節的前一天禁火、吃冷食，以紀念春秋時的介子推，稱這一天為寒食節。❷五侯：這裏泛指富豪權貴人家。

「春城無處不飛花」，詩人在首句就為我們展現了寒食節裏長安城中繁花似錦，落花飄飛，熱鬧非凡的迷人暮春之景。詩人把春季裏的長安稱作「春城」，造詞新穎別致，充滿勃勃生機。詩人用「無處不」雙重否定

表示肯定，加強了語氣，增強了
表現效果。

「寒食東風御柳斜」，這句
緊扣題目，點出了寫詩的時節。
寒食節有折柳插門的習俗，所
以，詩人著重描寫柳樹。在暮春
時節，輕柔的東風輕拂著玉柳，
柳絮在天空中到處飄舞。

詩人從概寫日間長安城中的
一般春色轉到寫「漢宮」、「五
侯家」暮色中的特殊景色。「日
暮漢宮傳蠟燭」，寒食節這天要
禁火，只有皇帝特許，皇宮才能
有例外，除了皇宮，貴戚寵臣也
可以受到這樣的恩惠。所以，詩

中寫到漢宮傳燭，輕煙入五侯家這一特殊景象。詩人用「傳」字，既寫了
傳遞這一動態，同時也有依次賞賜的意思，體現了封建等級地位的森嚴。
「輕煙散入」四字，生動表現出了官員傳燭的過程，那嫋嫋的輕煙，使人
彷彿嗅到了煙氣味，聽到了得得的馬蹄聲音。此時，不禁使人聯想封建社
會裏，等級地位的森嚴、皇帝的特權。中唐以來，宦官專權，政治日益腐
敗，就像漢末之世。

這首七絕詩，格調明快，韻味豐富。

【後人點評】

明人桂天祥：禁體不事雕琢語，富貴閒雅自見。（《批點唐詩正聲》
卷二十一）

司空曙

【詩人名片】

司空曙（約720～約790）
字號：字文初，一字文明
籍貫：廣平（今屬河北永年縣）
作品風格：閒雅疏淡

【詩人小傳】：大曆初年舉進士。入劍南節度使韋臯幕府。後又歷任右拾遺、長林縣丞、左拾遺，官終虞部郎中。他是「大曆十才子」之一。其詩多為羈旅贈別之作。有《司空曙詩集》二卷存於世，《全唐詩》存其詩二卷。

▷ 雲陽館與韓紳宿別❶

故人江海別，幾度隔山川❷。
乍見翻疑夢❸，相悲各問年❹。
孤燈寒照雨，濕竹暗浮煙。
更有明朝恨❺，離懷惜共傳❻。

【注】❶雲陽館：雲陽館驛。雲陽，縣名，在今陝西涇陽縣西北。韓紳：韓愈有叔父名為韓紳卿，曾經做過涇陽縣令。疑為此人。宿別：同宿後別離。❷幾度：幾次，這裏猶言幾年。❸乍：突然，驟然。翻：反而。❹問年：詢問幾年來的情況。❺明朝恨：明天早晨離別的遺憾。❻共傳：

互相傳杯共飲。

這是一首惜別詩，這首詩從上次別離起筆，然後寫到此次相逢，最後寫暢談和惜別之情。

「故人江海別，幾度隔山川」，寫自上次和朋友離別，已經有數年，山川阻隔，相見不易。流露出了難見一面的深切相思之情。

「乍見翻疑夢，相悲各問年」，正是因為山水阻隔，難見一面，所以，當兩人相逢時，心情激動，都懷疑是在做夢。「乍見」二字用得非常精到，人的感情達到了極點，常常懷疑真實的情況是假的，而虛假的事情又以為是真的。久別重逢，思念之情達到了極點，乍見後，反懷疑是夢境，寫得非常真實貼切，感情真摯，形象鮮明，兩人相逢時驚喜交加的情態躍然紙上。分別的時間長了，所以，見面之後兩人自然就問到了各自這些年的情況，感慨蹉跎歲月，時間荏苒。這句話也寫得非常質樸自然，讓人感動。

「孤燈寒照雨，濕竹暗浮煙」，在夜深時，久別相逢的兩人自當是有很多話需要說，但是，幾個時辰之後兩人又將別離，兩人內心自當非常淒涼和留戀，有很多話要說，但卻又不知道從什麼開始說起。所以，最後詩人選擇了寄情於景，將兩人的深切留戀之情寫得分外淒涼。其中孤、寒、濕、暗、浮等字，都不僅渲染出詩人淒涼暗淡的心情，也流露出了人生滄桑、漂泊不定的感情。

「更有明朝恨，離懷惜共傳」，千言萬語化在了酒中，詩人和朋友舉杯共飲。這表現了兩人對情誼的珍惜和深深的不捨之情，一醉方休。「更」字點出了即將再次離別的悲傷。

這首五律，生動地展現了兩人重逢又即將離別時悲喜交加的複雜心情，感情充沛真摯，語言質樸自然，表達曲折。

【後人點評】

清人喬億：真情實語，故自動人。（《大曆詩略》卷三）

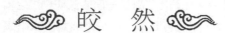

皎　然

【詩人名片】

皎然（約720～約800）

字號：字清晝

籍貫：湖州長城（今浙江長興）

作品風格：清麗閑淡

【詩人小傳】：開元天寶年間考進士，未及第，便失意出家，居於潤州長干寺。後居湖州杼山妙喜寺。他撰有《詩式》五卷，是一部系統的詩論專著，總結我國詩歌創作和評論的一些重要原則。有《杼山集》十卷，《全唐詩》收其詩七卷。

▷ 尋陸鴻漸不遇❶

移家雖帶郭❷，野徑入桑麻。

近種籬邊菊，秋來未著花。

扣門無犬吠，欲去問西家❸。

報導山中去，歸來每日斜。

【注】❶陸鴻漸：即茶聖陸羽，字鴻漸。曾被召為太子文學，不就，隱居苕溪。有《茶經》傳世。❷帶：近。郭：泛指城牆。❸西家：西鄰。

這首是詩人去拜訪剛搬家不久的好友陸羽不遇而作的詩。

「移家雖帶郭，野徑入桑麻」，這兩句寫陸羽剛剛遷居，雖然新家離

城不遠，但環境已經很幽靜了，詩人在山野間的小徑中走著，直走到桑麻叢中才看到陸羽的居所。這兩句點出了陸羽居所的地址以及周邊的環境，寫得樸實而自然。

「近種籬邊菊，秋來未著花」，大概是陸羽剛剛搬來後才種下的菊花吧，在秋季裏都還沒有開放。這裏點出了詩人拜訪的時間是在秋季裏的一天。詩人觀察細膩，感情平和恬淡，充滿了怡然的生活情趣。

「扣門無犬吠，欲去問西家」，詩人接著就去敲陸羽家門，卻無人應答，甚至連狗吠的聲音都沒有。這時，詩人有些茫然，想這樣回去，又有些眷戀，所以不禁去問西邊的鄰居。

「報導山中去，歸來每日斜」，鄰居回答說：陸羽去山中了，每天都要到太陽落山的時候才回來。「每日」中的每字，生動地勾畫出了鄰居對陸羽這種行為的不解和疑惑的神態。這也反襯了詩人陸羽寄情山水、超脫塵俗的高潔情趣。

這首五律詩，不論是寫景還是後來的敘事，都沒有直接寫陸羽本人，但詩人從不同角度描寫陸羽的生活情況、生活環境等，烘托陸羽高潔的情操和放蕩不羈的豁達胸懷。語言清新自然，韻味雋永和諧。

【後人點評】

近人俞陛雲：此詩之蕭灑出塵，有在章句外者，非務為高調也。（《詩境淺說》）

李　端

【詩人名片】

李端（約743～約782）

字號：字正己

籍貫：趙郡（今河北趙縣）

作品風格：清婉

【詩人小傳】：大曆五年（770）中進士。任祕書省校書郎。後因病辭官，建中中起任杭州司馬。因厭煩官場，辭官歸隱於衡山，自號「衡嶽幽人」。他是「大曆十才子」之一，多贈別之作。今存《李端詩集》三卷。《唐詩三百首》存其詩三卷。

▷ 閨情❶

月落星稀天欲明，孤燈未滅夢難成。

披衣更向門前望，不忿朝來鵲喜聲！

【注】❶閨情：指婦女思戀所愛的情感。清人趙翼在《甌北詩話‧李青蓮詩》中寫：蓋古樂府本多托於閨情女思，青蓮深於樂府，故亦多征夫怨婦、惜別傷離之作。

這首詩描寫的是一位少婦思念丈夫早歸的情景。

「月落星稀天欲明」，開始描寫了黎明前的景象。此時天空中的月亮已經落下，遼闊的天空中孤零零的幾顆星星在閃爍。環境空曠寧靜，這是

整首詩的一個背景。

「孤燈未滅夢難成」，詩人將筆調從室外轉到了室內。天色漸明，一盞燈獨自閃爍，少婦輾轉反側，一夜未眠。讀到這裏，我們不禁要問，她是因為什麼徹夜難眠呢？

接著，詩人沒有直接回答這個問題，而是帶著這個懸念，繼續描寫少婦的神態，「披衣更向門前望」，少婦起身披衣，走向門前，向外張望。好像在等待著什麼，懸念進一步加深。

「不忿朝來鵲喜聲」，原來是早晨啼叫的喜鵲，把她引到門前去了。而古時人認為，喜鵲不斷鳴叫就預示著有人要來。那麼這裏，不是預示著出門在外的丈夫將要回來了嗎？因此，她趕忙地跑到門前去了。但是，沒有丈夫的半點影子。所以，少婦非常傷心失望，少婦情思深重，而喜鵲偏偏在此刻搗亂，欺騙少婦。少婦「不忿」，這兩個字生動地傳達了少婦心情由喜轉哀的微妙變化過程。最後這一句，含蘊豐富，其中透露了少婦對丈夫眷念的深情、自己多年獨守空房的痛苦和無法掌握自己命運，實現心中願望的無奈之情。

這首七絕詩，用凝練的語言，生動地刻畫了思婦的形象，細膩地描繪了少婦內心的情感波動，充滿生活氣息，韻味十足。尤其是最後一句，寫得非常精妙，簡單的幾個字，卻表現出了少婦內心複雜的情感世界，含蓄雋永，耐人尋味。

【後人點評】

清人黃生：極淡極真，絕似孟襄陽筆意。此全詩不對格，太白、浩然集中多有之。二公皆古詩手，不喜為律所縛，故但變古詩之音節而創為此體也。（《唐詩摘鈔》卷一）

▷ 鳴箏❶

鳴箏金粟柱❷，素手玉房前。
欲得周郎顧❸，時時誤拂弦。

【注】❶鳴箏：彈奏箏曲。❷金粟：首飾名，這裏形容箏柱裝飾華

美。❸周郎：指三國時吳將周瑜。他二十四歲為大將，時人稱其為「周郎」。他精通音樂，聽人奏錯曲時，即使喝得半醉，也會轉過頭看一下奏者。這裏代指彈箏女子思戀的知音人。

這是一首描寫少年戀情的詩，詩中用簡潔的語言，生動地刻畫了一位熱戀中少女的形象。

「鳴箏金粟柱，素手玉房前」，寫彈箏少女端坐華麗的房子前，拂弄箏弦，優美的箏樂便從弦軸中傳了出來。「金粟柱」和「玉房」都表現了場地的華麗。「素手」二字表明彈箏者是一位女子。

「欲得周郎顧，時時誤拂弦」，這兩句寫鳴箏女故意彈錯箏弦，希望引起自己所愛的人注意。這裏引用了周瑜的典故，周瑜少有才華，文治武功，曉音律，一旦聽到彈錯曲，他都會轉頭看一下奏者。這裏詩人用「周郎」指代少女所愛的人，其中透露了少女對男子的傾慕和喜愛之情。「時時」二字強調了少女彈箏出錯之頻繁，顯出了她心不在彈箏，故意撩撥的情態。

這首五絕小詩，刻畫細膩生動，輕巧活潑，情趣盎然。

【後人點評】

清人徐增：婦人賣弄身分，巧於撩撥，往往以有心為無心。手在弦上，意屬聽者。在賞音人之前，不欲見長，偏欲見短。見長則人審其音，見短則人見其意。李君（稱李端）何故知得恁細。（《而庵說唐詩》）

∽ 柳中庸 ∽

【詩人名片】

柳中庸（？～775）
籍貫：蒲州虞鄉（今山西永濟）
作品風格：精工自然

【詩人小傳】：大曆年間進士，曾官洪府戶曹。與陸羽、李端等人為詩友。《全唐詩》存其詩十三首。

▶ 征人怨

歲歲金河復玉關❶，朝朝馬策與刀環❷。
三春白雪歸青塚❸，萬里黃河繞黑山❹。

【注】❶金河：即黑河，在今內蒙古呼和浩特市南，唐朝時屬於匈奴管轄地。玉關：即玉門關。❷馬策：馬鞭。刀環：這裏指刀。❸三春：這裏指暮春。青塚：漢王昭君之墓，在今內蒙古呼和浩特市西南。❹黑山：即殺虎山，在今內蒙古呼和浩特市東南。

本首詩中提到的金河、青塚、黑山，都在今內蒙古呼和浩特市內，在唐朝這裏屬單于都護府。因此可見，這首詩寫的是一位在單于都護府中戍守的征人的怨情。這首詩每句寫一景，四景皆是圍繞著「征人」的「怨」鋪展開來的。

「歲歲金河復玉關，朝朝馬策與刀環」，意思是：年復一年，馳騁於

邊塞關城之間；日復一日，橫刀躍馬，征戰殺伐。這兩句「歲歲」和「朝朝」相對，強調了戰爭的頻繁和生活的枯燥。又加以「復」和「與」字，把四個邊塞特有的事物聯繫起來，使人感覺這種單調的生活無盡無窮，其中自然透出了怨情。

前兩句從「歲歲」說到「朝朝」，好像征人的怨氣已經發洩盡，其實，征人的怨何止這些呢？他不僅從年年歲歲的漫長時間中感受到枯燥苦悶，而且面對眼前看了千萬次的景象，他也感到怨恨無處不在，所以有了三、四兩句的描寫。

「三春白雪歸青塚」，時令已經是暮春，但塞外依然到處是白茫茫的積雪，征人看到的也只有白雪飄落向青塚。環境肅殺，讓人感到淒涼和絕望。「萬里黃河繞黑山」，這最後一句描寫了邊塞山川：滔滔的黃河水，繞過陰沉沉的黑山，接著又奔向遠方。從白雪青塚和黃河黑山這兩幅圖畫中，我們可以想像到征人戍邊的環境非常荒涼、惡劣，也可以體會到征人到處轉戰奔走於邊塞的艱辛。

這首七絕，通篇沒有寫一個「怨」字，也沒有直接發出怨語，詩人緊緊圍繞產生怨情的原因，分別從時間和空間兩個角度著墨，用極為凝練的語言，通過對繁忙枯燥的征戰生活和邊塞荒涼環境的描寫，來表現征人的怨，字裏行間都蘊含著怨情，讓人讀來迴腸盪氣。

【後人點評】

近人俞陞雲：四名皆作對語，格調雄厚。詩題為征人怨，前二句言情，後二句寫景，而皆含怨意，嵌青、白、黃、黑四字，句法渾然天成。

〜 戴叔倫 〜

【詩人名片】

戴叔倫（732〜789）
字號：字幼公，一字次公
籍貫：潤州金壇（今屬江蘇）
作品風格：平易暢達，細膩委婉

【詩人小傳】：出生於隱士家庭。少年時拜著名的學者蕭穎士為師，聰穎過人。至德元年（756），為避永王兵亂，隨親族逃難到江西鄱陽，為生計出仕。大曆元年（766），戴叔倫在劉晏幕下任職。大曆三年，受劉晏推薦，任湖南轉運留後。後官至容管經略使。貞元五年（789），辭官歸隱，當年，卒於返鄉途中。《全唐詩》編其詩二卷。

▷ 除夜宿石頭驛❶

旅館誰相問？寒燈獨可親。
一年將盡夜，萬里未歸人。
寥落悲前事，支離笑此身❷。
愁顏與衰鬢，明日又逢春。

【注】❶除夜：指除夕之夜。石頭驛：在今江西新建縣贛江西岸。❷
支離：本義為形體不全，這裏詩人自指流離多病。

這首詩大概寫於戴叔倫晚年任撫州（今屬江西）刺史時。此時他寄居

石頭驛，大概打算回家鄉。

「旅館誰相問？寒燈獨可親」，開篇就是一問，表達了詩人強烈的孤寂心情。從題目中我們知道這首詩寫於除夕之夜，除夕佳節是萬家團聚的日子，而此時，詩人自己卻依然奔波於仕途，孤單地在驛館中寄宿，對燭寂寞地坐著，舉目無親，連個噓寒問暖的人都沒有。「誰相問」這一設問句，突出了詩人孤苦激憤的心情。「寒燈」，點明了天氣的寒冷，這更襯托出詩人漂泊在外，清冷孤苦而又思念家鄉的心情。

詩人獨自以燈為伴，在夜裏回憶起自己一年來在外漂泊的坎坷歷程，不禁感慨：「一年將盡夜，萬里未歸人。」「一年」句點明了題目中的「除夜」，「萬里」不是實指兩地間的路程，而是從詩人心理上的距離來說的。「一年將盡」和「萬里未歸」，形成了對仗，將時間和空間縱橫交織在一起，凸顯了時間荏苒，世事蒼茫的情感和意境，這兩句表現出詩人極強的概括能力，具有極強的藝術感染力。

「寥落悲前事，支離笑此身」，詩人在這一夜裏輾轉難眠，應該是想到了很多事情。詩人追憶沉思悲從中來，不禁嘲笑起現在的自己。「寥落」，即回憶就是星星點點不成系統的，寫得非常貼切，同時，也流露出了詩人淒涼的心情。「支離」，本是用來指形體不完整，這裏指詩人多病。詩人晚年任撫州刺史時曾被誣告，後得以昭雪。詩人有濟世之才，但到晚年還受了誣衊，落得個病痛纏身，飄泊無依的境地，怎麼不可笑呢？這「笑」，是心酸、不平和無可奈何的苦笑啊！

「愁顏與衰鬢，明日又逢春」，新的一年即將到來，萬物復蘇，世界又是一片欣欣向榮之景，但是，詩人愁苦孤寂和老邁的情況一年又一年地延續著。「又」字，寫出詩人年年歲歲的流轉中，迎來的只是越來越淒涼的境況。就此，雖然本詩已經結束，但是，詩人的愁苦卻隨著「又」字繼續蔓延著，讓人產生無盡的悲戚心情。

這首五律，寫得感情真摯，言簡義豐，意韻綿長，淒楚感人。

【後人點評】

徐獻忠：「情旨餘曠，而調頗促急」，「雖工於斫煉，而寡於華要矣」！（《唐詩品》）

韋應物

【詩人名片】

韋應物（約737～約792）
籍貫：京兆萬年（今陝西西安）
作品風格：恬淡高遠

【詩人小傳】：天寶年間為玄宗近侍，後入太學讀書，代宗廣德至德宗貞元間，先後任洛陽丞、京兆府功曹參軍、鄂縣令、比部員外郎等職位，貞元七年退職。世稱韋江州、韋左司或韋蘇州。

韋應物是山水田園詩派詩人，後人並稱「王孟韋柳」。今傳有《韋江州集》十卷、《韋蘇州詩集》二卷、《韋蘇州集》十卷。

▷ 初發揚子寄元大校書❶

淒淒去親愛❷，泛泛入煙霧。
歸棹洛陽人❸，殘鐘廣陵樹❹。
今朝此為別，何處還相遇？
世事波上舟，沿洄安得住❺！

【注】❶揚子：指揚子津，在今江蘇江都縣南。校書：官職名。即唐代的校書郎，掌校書籍。❷親愛：指好友。❸棹（音照）：船槳，這裏代指船。洛陽人：指去洛陽的人，這裏是韋應物自稱。❹廣陵：即今江蘇省揚州市。❺沿洄：順流和逆流，這裏指人處境的順逆。

韋應物離開廣陵（今江蘇揚州）歸洛陽，在途中他寫下了這首詩，表達對元大的惜別之情，而此時詩人剛剛離開廣陵不遠，他就寫詩準備寄給廣陵的朋友元大，可見兩人的情誼非常深厚。

「淒淒去親愛，泛泛入煙霧」，詩人在廣陵和元大分別，心情很悲傷。可船終究開了，船兒飄蕩在煙霧中，越行越遠。「淒淒」表現了詩人離別時的悲傷心情。「親愛」二字，體現了詩人和朋友之間親密的情誼。

「歸棹洛陽人，殘鐘廣陵樹」，詩人依依不捨地回望廣陵，只見廣陵城外的樹林變得越來越模糊，此時，詩人忽然聽到廣陵寺廟中的鐘聲又響起來了，一種不忍與朋友分離而又不得不離開的心情，和深沉悠長的鐘聲、迷濛的樹林交融在一起。詩人沒有直言不捨之情，而是將這種心情寄託在了迷茫的景色和深沉的聲音中，使這種不捨的情感更加具體生動，情感表達更加強烈了。

「今朝此為別，何處還相遇」，詩人想到在此一別，不知道在什麼時候什麼地方才能再度相見。這使詩人心情非常惆悵。

「世事波上舟，沿洄安得住」，最後詩人描寫，人生世事就像是波濤中的行舟，不是被水帶走，就是在風中打旋，不能自己做主，怎麼能停得下來呢？這一句既是自我慰藉也是在開導朋友。其中，飽含了詩人對朋友的難捨難分的心情。

這首五律詩，寫得波瀾不驚，看似平淡，但內含情感深沉而又豐富，讓人回味無窮。

【後人點評】

清人沈德潛：寫離情不可過於淒惋，含蓄不盡，愈見情深，此種可以為法。（《唐詩別裁集》卷三）

▷ 滁州西澗❶

獨憐幽草澗邊生❷，上有黃鸝深樹鳴。

春潮帶雨晚來急，野渡無人舟自橫❸。

【注】❶滁州：今安徽省滁州市。西澗：滁州城西郊的一條山間小澗，俗稱上馬河。❷幽草：指生長在澗邊幽僻地方自生自滅的野草。❸野渡：郊野的渡口。

這首詩寫於唐德宗建中四年（783），詩人任滁州刺史時期。詩中主要寫了詩人在春遊西澗中看到的景色。

「獨憐幽草澗邊生，上有黃鸝深樹鳴」，這兩句寫詩人在春遊時見到的春季繁榮景象，百花爭豔、百鳥爭鳴，而詩人獨愛生長在山澗邊的悄然生長的幽草。「獨憐」二字，直接點出了詩人對幽草的喜愛。深樹中黃鶯發出悅耳的鳴叫聲，這和「幽草」甘於寂寞的品格形成了對比，表明了詩人恬淡的志趣。

「春潮帶雨晚來急，野渡無人舟自橫」，晚潮再加上春雨，水勢更猛。此時，正是渡口上人煙熙攘的時候，但是，郊野渡口，本來就沒有多少行人，此時就更無人，甚至於船夫都沒在。空空的渡船停在水中，顯得那樣自在優閒。「橫」字形象地表現了船停水中任意飄蕩的景象。然而在這優閒的景象中，蘊含的卻是詩人不為時用的無奈和憂傷。

縱觀這首小詩，我們可以看到詩人心性高潔，嚮往恬淡的生活，但是，他又憂國憂民，有濟世之志。可見，詩人內心是矛盾的，這種矛盾的心情在《寄李儋元錫》也有體現。

這首七絕小詩，寓情於景，詩人心境恬淡，情緒憂傷的情態完美自然地表現了出來。語言平淡，表達含蓄，意蘊悠遠。

【後人點評】

宋人劉辰翁：此語自好，但韋公體出數字，神情又別。故貴知言，不然不免為野人語矣！好詩必是拾得，此絕先得後半，起更難似，故知作者用心。（《唐詩品匯》卷四十九）

▷ 淮上喜會梁州故人❶

江漢曾為客❷，相逢每醉還。
浮雲一別後，流水十年間。
歡笑情如舊，蕭疏鬢已斑❸。
何因不歸去？淮上有秋山。

【注】❶淮上：指今江蘇淮陰一帶。梁州：今陝西南鄭縣。❷江漢：指漢江。❸蕭疏：零落。

德宗建中四年到興元元年（783～784）間，韋應物曾任滁州刺史，本詩當作於此期，這首詩描寫了詩人在淮上遇到梁州故友的喜悅心情，和後來撫今追昔後的感傷心情。

「江漢曾為客，相逢每醉還」，寫詩人曾經作客江漢和故友相逢時，兩人相聚歡飲，一醉方休的快意事情。這兩句流露出了詩人對美好往事的追憶。

「浮雲一別後，流水十年間」，曾經的往事還歷歷在目，可是，轉眼間距上次相逢也已經有十年之久了，真是時光飛逝。「浮雲」二字表明了兩人的漂移不定，「流水」比喻了大好年華已經流逝。詩人在這裏直接抒發了時光飛逝、十年離別的感慨。

「歡笑情如舊，蕭疏鬢已斑」，這裏回扣主題，寫再次相聚的喜悅心情。久別重逢，自當喜悅。然而喜悅背後，卻是悲傷感慨。十年的漂泊生涯，使兩人都已經兩鬢斑白稀疏。也只有在好友重逢時才能暢快地相互傾訴漂泊之苦，才會相互鼓勵，相互安慰。詩人描繪了衰老的形象，使人更真切地體會到了詩人心中的悲涼心情，漂泊孤苦的淒涼之境也溢於言表了。這一喜一悲，情感跌宕起伏，朋友之間的情誼也在感情的起伏中，得

到了進一步增強。

詩人在外漂泊飽嘗飄零之苦，那麼，為什麼回去呢？「何因不歸去？淮上有秋山」，因為秋色中的滿山紅葉，讓詩人留戀不捨啊！這個結尾使人回味無窮。

這首五律，筆調起伏有波瀾，詳略得到，層次分明，自然順暢，凝練概括。詩人悲喜交加的心情被表現得淋漓盡致。

【後人點評】

明人謝榛：此篇多用虛字，辭達有味。（《四溟詩話》卷一）

▷ 寄李儋元錫❶

去年花裏逢君別，今日花開已一年。
世事茫茫難自料，春愁黯黯獨成眠。
身多疾病思田里❷，邑有流亡愧俸錢❸。
聞道欲來相問訊，西樓望月幾回圓❹。

【注】❶李儋（音單）：字幼遐，武威（今屬甘肅）人，曾任殿中侍御史。元錫：字君貺，曾任淄王傅。兩人都是韋應物的朋友。❷思田里：指想念田園鄉里，這裏指歸隱。❸邑有流亡：指自己管轄的地區裏還有逃荒的百姓。❹西樓：即蘇州的觀風樓。

這首詩是詩人興元元年（784）任滁州刺史時期所作。詩中　述詩人對友人的思念和盼望，抒發了他對百姓離亂窮困的愁苦。

「去年花裏逢君別，今日花開已一年」，詩人在開頭敘述自去年春天在長安和朋友分別之後，到現在已經有一年之久了。詩人以「花裏」、「花開」串聯這兩句，有因景勾起無限往事的意味，頗有回憶的味道。同時，花開花謝之間，也顯出了時光飛逝，世事變遷，為下文做鋪墊。

「世事茫茫難自料，春愁黯黯獨成眠」，這裏寫詩人愁悶苦惱。「世事茫茫」，指國家的未來命運和個人的前途。詩人有此感慨，是和當時的時勢分不開的。韋應物在滁州任職期間，廣泛接觸到百姓生活狀況，對國

家朝綱混亂、國家貧弱、民生凋敝，有了更為深刻的認識，並對此憂慮重重。就在詩人寫此詩的前不久，長安發生動亂，唐德宗倉皇出逃。詩人在寫此詩時，詩人派去長安探聽消息的人還沒有回滁州。國家情況不明，而詩人作為國家官員又無用武之地，百無聊賴。在這種形勢下，他只有徒發感慨，感覺前途一片茫然無著。所以，雖然外面是春光明媚，而詩人的心情卻一點也沒有因此改變，孤苦愁悶，一籌莫展。「春愁」二字正好照應了上一句的「花開」。

「身多疾病思田里，邑有流亡愧俸錢」，第三聯具體描寫詩人內心的愁苦。詩人空有濟世之志，但在這樣一個衰頹的國家中也是壯志難酬、無能為力。再加上詩人多病，這就更使詩人想辭官歸隱。他身擔保護一方百姓的責任，一心想治理好自己管轄的地方，而看到自己管轄的地區裏，有百姓貧窮逃亡，感覺心中愧對百姓愧對朝廷。在這樣矛盾愁苦的境況中，詩人倍加需要朋友的慰藉。

「聞道欲來相問訊，西樓望月幾回圓」，詩人在結尾順其自然寫到了朋友，聽說朋友要訪，心中非常渴盼。「幾回圓」表明詩人日日盼望朋友到來，不知看了多少回月圓，凸顯詩人對朋友到來的急切渴望心情。

這首七言絕句，語言樸實，感情真摯，淺淡中韻味深沉，同時也表現出了詩人崇高的思想境界和深刻的生活體驗。

【後人點評】

明人王世貞：「身多疾病」二語，格調非匹，而語意亦佳。（《藝苑卮言》卷四）

▷ 寄全椒山中道士❶

今朝郡齋冷❷，忽念山中客。

澗底束荊薪，歸來煮白石❸。

欲持一瓢酒，遠慰風雨夕❹。

落葉滿空山，何處尋行跡？

【注】❶全椒：即今安徽省全椒縣，唐朝時屬滁州。山：指距全椒縣西三十里的神山。❷郡齋：指官署房屋。❸煮白石：《神仙傳》載：「白石先生者，中黃丈人弟子也，嘗煮白石為糧，因就白石山居，時人故號曰『白石先生』。」這裏指道士生活的清苦。❹風雨夕：風雨交加的夜晚。

「今朝郡齋冷，忽念山中客」，詩人在郡齋中感到寒冷，忽然想念起在全椒山中的道士。正是因為「冷」，詩人才展開了下文對山中道士的想念，所以這個「冷」字是整首詩的關鍵。「冷」字是詩人內心孤寂淒冷的體現，也為整首詩奠定了感情基調。

「澗底束荊薪，歸來煮白石」，他想到山中道士在這寒冷天氣裏還要去澗底打柴，打柴回來後煮「白石」吃。

道士在山中的修行生活多麼艱苦，詩人想念老友，於是便說：「欲持一瓢酒，遠慰風雨夕」。詩人想送去一瓢酒，讓朋友在寒冷的天氣裏溫暖一下，得到一些友情的安慰。

「落葉滿空山，何處尋行跡」，但是詩人進一步又想到，他們都是風餐露宿，在山林間漂泊不定的，更何況現在秋葉蓋滿了大山，道士們行走的痕跡都沒有了，又到哪裡去找他們呢？詩人逐陷入了深深的沉思中。

【後人點評】

宋人許顗：「韋蘇州詩云：『落葉滿空山，何處尋行跡？』東坡用其韻曰：『寄語庵中人，飛空本無跡。』此非才不逮，蓋絕唱不當和也。」（《彥周詩話》）

▷ 秋夜寄邱員外❶

懷君屬秋夜❷，散步詠涼天。
山空松子落，幽人應未眠❸。

【注】❶邱員外：指丘丹，嘉興（今屬浙江）人，曾任倉部員外郎，後辭官在浙江臨平山學道。❷屬（音主）：恰逢。❸幽人：隱居之人，這裏指丘丹。

這首詩大概作於貞元四年到七年（788～791）這個時期，這時，韋應物正任蘇州刺史，丘丹已經棄官修道。

「懷君屬秋夜」，首句「秋夜」二字，點明了寫詩時間。「秋夜」的景色容易使人陷入懷念的心境中。而「懷君」的心情，在秋季的夜色中更加深切。景與情兩相映襯，相映成輝。

「散步詠涼天」，詩人因為秋夜懷人，所以在夜色中漫步沉思。這兩句就寫了詩人徘徊於夜色中的情景。「散步」照應上一句的「懷君」；「涼天」照應了上一句的「秋夜」。這兩句承接自然且緊密。

「山空松子落」，詩人看著眼前的秋景不禁聯想到遠方朋友此時的情況。此時的臨平山萬物凋零，空曠寂寥，松子隨風墜落。這一句緊承前兩句中的「秋夜」和「涼天」。

「幽人應未眠」，詩人此時正懷念著朋友，他想此時的朋友也在思念自己吧！這句緊承上兩句的「懷君」和「散步」。這句是詩人想像出來的，因景而生聯想，實虛結合，昇華了思念的情感。詩人從對面著筆寫朋友思念自己，而自己此時又在思念著朋友，兩地思念相連，深化了兩人異地相思的深情。

這首七言絕句，情景交融，虛實結合，承接緊密自然。詩人用平淡無華的語言將自己的思念神情和朋友的思念姿態同時展現在了我們面前，非常獨特，意蘊悠長。

【後人點評】

清人施補華：「清幽不改摩詰」。（《峴傭說詩》）

∾ 盧　綸 ∾

【詩人名片】

盧綸（約748～約799）
字號：字允言
籍貫：河中蒲（今山西永濟縣）
作品風格：雄健、清韻、俊朗

【詩人小傳】：大曆年間舉進士不第。大曆六年，受宰相元載舉薦，任閿鄉尉，後山王縉推薦為集賢學士，又歷任祕書省校書郎、監察御史。後王縉獲罪，盧綸受牽連，被拘禁過。德宗時復為昭應令，官至檢校戶部郎中。他是「大曆十才子」之一。有《盧戶部詩集》十卷，已佚。《全唐詩》存其詩五卷。

▷ 塞下曲六首（其二）❶

林暗草驚風，將軍夜引弓❷。
平明尋白羽❸，沒在石棱中。

【注】❶塞下曲：詩題又作《和張僕射塞下曲》。塞下曲，樂府《橫吹曲》舊題。❷引：拉弓。❸平明：天剛曚曚亮。白羽：箭翎，這裏用此代指箭。

盧綸和張僕射之作寫《塞下曲》六首，本書所選為其中的第二首，寫的是射獵，著意讚美將軍勇力。本詩取材於《史記·李將軍列傳》，據記

載，漢大將李廣善射獵，在為右北平太守時，就有過詩中所講的一次經歷。

「林暗草驚風」，寫將軍射獵場所的地理環境。天色已經很晚，密林中一片幽暗，一陣陣風颼來，草木被風吹得一片散亂。這句環境描寫烘托了緊張的氣氛。其中的「驚」字，寫得非常傳神，因為右北經常有老虎出沒，深密的叢林裏最容易老虎隱藏。而恰逢此時是黃昏，正是老虎活動的時候。所以，風吹草動，好像老虎突然間就從叢林中竄出，所以，身處這樣的環境中自然內心非常緊張，高度警惕。

正因為天色晚，風吹草動，所以有「將軍夜引弓」，將軍埋伏在草叢中看到草動，以為是老虎便果斷地射箭，穩健而有力。這裏沒有寫射箭的過程而是寫拉弓的過程，反映了將軍臨危不懼，鎮定自若的神情。

那將軍射箭結果如何呢？下邊詩人就寫道：「平明尋白羽，沒在石棱中」，第二天早晨，將軍尋找獵物，結果發現，箭並沒有射中老虎，竟然插進了石棱中。此句一出頓時令人驚歎不已，竟然能將箭射入石頭中，這該有多大的力量啊！這側面反映了將軍力量之大。這曲折的一筆，使詩文充滿了戲劇性，奇妙有趣味，耐人咀嚼。

這首五絕小詩，用簡潔生動的語言，描寫了將軍射獵的整個過程。同時，也曲折地表現了將軍的勇武。結局出人意料，讓人尋味無窮。

【後人點評】

清人潘德輿：詩之妙全以先天神運，不在後天跡象。……盧綸「林暗草驚風」，起句便全是黑夜射虎之神，不至「將軍夜引弓」句矣！（《養一齋詩話》卷二）

▷ **送李端❶**

故關衰草遍❷，離別正堪悲。

路出寒雲外，人歸暮雪時。

少孤為客早❸，多難識君遲。

掩淚空相向，風塵何處期❹？

【注】❶李端：字正己，趙州（今河北趙縣）人。大曆十才子之一。

❷故關：故鄉，這裏指別離的地點。❸少孤：指少年喪父。《孟子‧梁惠王》：「幼而無父曰孤。」為客：指離家謀生。❹風塵：指時局動亂。期：相會。

這是一首送別詩，詩中夾雜了詩人多年漂泊之苦、朋友惜別之悲和與朋友相識甚晚之恨，種種情緒交織在一起，寫得悲淒感人。

「故關衰草遍，離別正堪悲」，寫送別的環境氛圍。時令已經是隆冬之際，衰草連天，隨風抖動，讓人心中悲涼。詩人和朋友在這個蕭瑟的季節裏即將分別，心情更加悲傷。「離別」句直抒詩人惜別時的悲傷心情。這兩句話為整首詩奠定了「悲」的感情基調。

「路出寒雲外，人歸暮雪時」，這兩句寫送別的情景。朋友沿著這條路越走越遠，天空濃雲密佈，低沉陰鬱，遠望那條路，一直伸向遠方，好像伸出了寒雲之外。「寒雲」二字，寫得沉重壓抑，進一步烘托了詩人和朋友分離的悲涼心情。前路遙遠，前途茫茫，這句滿含了詩人對朋友的牽掛和不捨之情。朋友終於走遠，只有詩人還靜靜地立在空曠的原野間，這表現了詩人無限的孤寂之情。這時，天空又下起了大雪，暮雪紛紛，詩人再也不能停留了，只好踏著沉重的步子，頂著風雪回家。這裏的「人歸」照應了第一聯的「路出」，「暮雪」照應了「寒雲」。兩聯緊密聯繫在了一起，構成一幅蕭條淒涼的隆冬送友圖。

「少孤為客早，多難識君遲」，寫追憶往事，感歎世事變化。詩人送別朋友，心中愁緒萬千，百感交集，不禁想到了艱難往事。詩人少孤，加上社會動亂，過早地離開家鄉，浪跡天涯，知音難覓。這兩句不僅是詩人表達了自己身世淒苦的悲傷，同時，也從側面反映了戰亂給廣大百姓帶來的巨大痛苦。在這個多難動盪的年代遇到知音，著實難得，這句話將惜別、感世傷懷等種種複雜的情感融合在了一起，使整首詩的思想感情達到了高潮。「早」、「遲」二字，節奏和諧，前急後緩，讀來令人回味無窮，悲哀之情迴盪不絕。

「掩淚空相向，風塵何處期」，最後仍歸寫悲情。詩人經歷了悲傷的送別一幕，回憶過了蒼涼往事之後，就更加覺得朋友的可貴，便更加不捨得朋友的別離。於是，詩人回首遙望朋友遠去的方向，不禁淚流。掩面而哭是前面幾聯，詩人或惜別，或追傷往事而產生的所有悲涼心情的爆發。

但是，朋友已經走遠，望不到了，哭泣也是徒然。「空」字表現了詩人淒涼而又茫然的心境。於是，詩人寄希望於下次見面，希望下次早點見面，但世事紛亂，社會動盪不安，又什麼時候才能再見面呢？這一問，給我們留下了無限的遐想。這個結尾既自然而又回味無窮。

這首五律詩，精選了離別時的環境，使情景交融，渲染了悲情。同時，詩人沒有停留在送別這個場景，又將筆觸拉回到了歷史長河中，將自己的離亂之苦，融入了離別悲情中，使這種悲情又蒙上了一層政治色彩，深化了主題。悲情從空間和時間上不斷蔓延，整首詩的感情變得厚重而深沉，真摯哀婉，感人至深。

【後人點評】

清人孫洙：「少孤為客早」，悲李；「多難識君遲」，自悲。（《唐詩三百首》卷五）

▷ **晚次鄂州❶**

雲開遠見漢陽城❷，猶是孤帆一日程。
估客晝眠知浪靜❸，舟人夜語覺潮生❹。
三湘愁鬢逢秋色❺，萬里歸心對月明❻。
舊業已隨征戰盡❼，更堪江上鼓鼙聲❽。

【注】❶晚次：指晚上留宿。次，旅行所居住的處所。鄂州：在今湖北武漢市武昌。❷漢陽城：即今湖北漢陽，在漢水北岸，鄂州西面。❸估客：商人。❹舟人：船夫。❺三湘：湘江的三條支流，即漓湘、瀟湘、蒸湘。盧綸從武昌南下進入湖南。❻歸心：歸故鄉之心。❼舊業：原有的家產。征戰：指安史之亂。❽江：指長江。鼓鼙（音皮）：軍中用於發號施令的戰鼓。鼙，小鼓。

至德年間（756～758），當時正值安史之亂前期。為避戰亂，盧綸漂泊異鄉，在南逃途經鄂州時寫下了這首七言律詩。

「雲開遠見漢陽城，猶是孤帆一日程」，開篇兩句寫出了詩人夜宿鄂

州的心情。陰雲漸開，詩人極目遠望，遠處的漢陽城隱約可見。但是，行舟距離漢陽城還是很遙遠，所以，大概還需要一天的時間。這寫出了「晚次鄂州」的背景。詩人本來已經見到漢陽城，這讓多日奔波疲憊的詩人非常喜悅，但是，算來還需要一天時間才能到達，這又讓詩人心情低落了下來。「雲開」和「孤帆」兩詞表現出詩人心情的不同。而「猶是」兩字，就是詩人感情變化的轉捩點。行文跌宕起伏，巧妙構思，非常生動。

「估客晝眠知浪靜，舟人夜語覺潮生」，這兩句寫詩人夜宿鄂州的情況。同船商人白日裏不知不覺間進入了夢鄉，可見，江上風平浪靜。夜深人靜時，忽然聽到船夫說話，知道半夜漲起了江潮。這裏雖然寫的是晝夜的船中之景，但是，既然詩人能看到或聽到這些事物或聲音，可見，詩人自己晝夜未眠。而這裏的兩處景物本是行舟中經常見到的，但是，也打擾了詩人的睡眠，使詩人心情紛亂。

「三湘愁鬢逢秋色，萬里歸心對月明」，寫詩人的聯想。詩人本來就憂愁孤苦，以至於兩鬢斑白，此時，又恰逢容易使人心情悲涼的寒秋之際，使詩人內心更加愁悶。詩人正南下三湘之地，但是，心已經飛回了故鄉，獨自面對明月，思鄉之情更切。「逢」字，把詩人的愁緒和寒秋的淒冷聯繫在一起，使愁緒和秋景融合在一起，景中含情，情融於景，渾然化作一體。詩人獨對明月愁思的形象躍然紙上，感人肺腑。

「舊業已隨征戰盡，更堪江上鼓鼙聲」，寫詩人直抒心中的感慨。詩人家業和仕途功業都因為戰亂而終結，內心已經疲憊不堪，哪裡還能忍受江上傳來的戰鼓聲。詩人所到之處，戰爭連年，不知道這紛亂的戰爭究竟還要到什麼時候？此時，詩人對家鄉的思念和對國家前途的憂慮交織在了一起。整首詩將思鄉情上升到了憂國情，主題得到了昇華。

詩人在這首詩中，截取了飄泊在外過程中的一個很小片段，卻反映出了整個社會的狀況，詩文層次清楚，表達委婉曲折，語言樸素，感情真摯樸實，讀來饒有趣味。

【後人點評】

明人郝敬：清通熟爽，是近體佳篇。（《批選唐詩》卷二）

李 益

【詩人名片】

李益（748～約827）
字號：字君虞
籍貫：隴西姑臧（今甘肅武威）
作品風格：豪放明快

【詩人小傳】：大曆四年（769）及進士第，任鄭縣尉，久不得升遷，鬱鬱不得志，便辭官遊歷燕、趙。後入幽州節度劉濟幕府任從事，隨軍出征邊塞。憲宗時，歷任都官郎中、祕書少監等職，官至禮部尚書。

李益邊塞詩居多，擅長七言絕句。今有《李益集》二卷，《全唐詩》存其詩二卷。

▷ 汴河曲❶

汴水東流無限春，隋家宮闕已成塵❷。
行人莫上長堤望，風起楊花愁殺人。

【注】❶汴河曲：李益創作的懷古詩。汴河，指隋煬帝所開鑿的通濟渠的東段，即從板渚（今河南滎陽北）到盱眙入淮的一段。❷宮闕：宮殿。這裏指隋煬帝建在汴水邊的行宮。

這是一首懷古詩。隋煬帝動用大量人力、物力開鑿通濟渠，為他遊覽江都提供方便。汴河就是通濟渠的一段。隋煬帝在汴水岸邊建造華麗的行

煬帝行宮汴水濱
數枝殘柳不勝春
晚來風起花如雪
亂入宮牆東見人
寫劉禹錫句
環甲子馬鮫繫於海上圖

宮，所以，這條汴河見證了隋煬帝窮奢極欲、勞民傷財最後滅亡的整個過程。詩人作《汴河曲》抒發吊古傷今之情。

「汴水東流無限春，隋家宮闕已成塵」，詩人在開篇寫因汴河水引發的詩人對歷史的回憶。汴水碧波蕩漾，緩緩東流，堤岸上春柳隨著清風飄蕩，顯出無限柔情，兩岸都籠罩在一片花紅柳綠中，到處都是一片春光無限。詩人寫春，但沒有具體描繪春的景象。但是詩人巧妙地加上了「無限」二字，便使春意變得具體形象起來。接著詩人聯想到「隋家宮闕」，隋煬帝華麗的行宮現在已經荒廢，只有斷壁殘垣供人憑弔。「已成塵」，用誇張的手法極言昔日華麗消失殆盡，而現在荒廢的隋朝的行宮和上句的永恆、無限的春色形成了鮮明的對比，歷史滄桑，世事變遷之感油然而生。

「行人莫上長堤望，風起楊花愁殺人」，詩人繼續寫汴水岸邊典型的楊柳來抒發感慨。柳絮隨風飄蕩，紛紛飄落，這該是讓人心情舒暢的春色，但汴河堤柳，卻連接著隋代的興亡，這些春色如今見證著歷史，而當年，隋煬帝沿堤栽種柳樹，本是他南遊奢華之舉動的一個點綴而已。這不禁讓後人面對垂柳生出繁華易逝，歷史永恆的感慨。隨風飄蕩的楊柳和飄飛的楊花，引起詩人對歷史的無限感懷，楊和隋朝的姓相同，所以，這楊柳、楊花在春天中搖曳，象徵了豪華一時的隋朝。詩人感慨之餘想到了現世，隋朝的歷史之鑒，現在的統治者熟視無睹，詩人對國事深切擔憂，所以有「風起楊花愁殺人」的深深愁緒。

這首七言絕句，對比的運用，使隋煬帝自取滅亡的歷史教訓更加深

刻。詩人將吊古傷今之情融入到了春色中，委婉曲折，感情深沉。最後傷今之筆，將詩人憂國愁緒淋漓盡致地表現了出來。

【後人點評】

明人胡應麟：七言絕開元以下，便當以李益為第一。（《詩藪》）

▷ **江南曲❶**

嫁得瞿塘賈❷，朝朝誤妾期。
早知潮有信❸，嫁與弄潮兒❹。

【注】❶江南曲：樂府《相和歌》舊題。《江南弄》七曲之一。內容多為男女之情。❷瞿塘：三峽之一的瞿塘峽。賈（音古）：商人。❸潮有信：潮水漲落有一定的時間，稱潮信。❹弄：戲、玩。

這是一首閨怨詩。唐代寫閨怨的詩很多，這和當時的社會背景是分不開的。在唐代，國家疆域遼闊，所以，邊防戰事頻繁，朝廷徵集大量人員戍邊，這就使大量的婦女獨守空閨。同時，唐朝商業發達，有商人長年在外經商，這也造成婦女留守家中，飽嘗分別思念之苦。而本詩中思婦獨守空房，就是因為第二種情況。詩中白描了思婦的心聲，表達了思婦思念中夾雜怨恨的複雜心情。

「嫁得瞿塘賈，朝朝誤妾期」，這是思婦自述聚少離多的事實。婦人嫁給瞿塘商人後，兩人常常不能相見。「朝朝」二字凸顯了思婦和丈夫無法見面的次數之多，這也表達了少婦對丈夫的抱怨和譴責。語言平白如口語，沒有刻意的修飾，也沒有各種表現手法的渲染，讓人感覺真實淳樸。

「早知潮有信，嫁與弄潮兒」，少婦的情感由原來簡單的抱怨變成了憤怒的譴責，感情激憤。少婦突然想到潮水有信，便想弄潮兒也必定有信。讀到這裏一個天真、癡情、口快的少婦形象躍然紙上。其實，弄潮兒也不一定有信，而少婦寧願嫁給弄潮兒，這不僅表現了少婦的天真，也表現了少婦內心的苦悶和無奈。其實，少婦並不是真想要改嫁，而只是一種感懷身世愁苦的牢騷話。

這首五絕小詩，最為精妙的地方就是少婦看似無理的表現，卻是她愁

苦心情的最真實流露。無論是少婦怨丈夫無信還是後悔嫁給丈夫，這些想法都是因為少婦盼不到丈夫而生怨恨，由怨恨轉到了後悔，都是少婦真情實感的表達。這種樸素的表達方式也使讀者更接近少婦的心理，讀者的思想情感和少婦的更容易形成共鳴。同時，這首詩也充滿了生活氣息。

【後人點評】

明人鍾惺：荒唐之想，寫怨情卻真切。（《唐詩歸》卷二十七）

▷ **喜見外弟又言別❶**

> 十年離亂後，長大一相逢。
> 問姓驚初見，稱名憶舊容。
> 別來滄海事❷，語罷暮天鐘。
> 明日巴陵道❸，秋山又幾重。

【注】❶外弟：即表弟，姑母之子。❷滄海：葛洪《神仙傳》中載：麻姑白云：「接待以來，已見東海三為桑田。」後人便用滄海桑田比喻世事的變遷和變化不定。❸巴陵：唐朝縣名，在今湖南省岳陽。

這首詩緊扣題目生動地展現了詩人和表弟久別重逢而又匆忙離別的場景，表達了詩人喜悅而又惜別之情。

「十年離亂後，長大一相逢」，詩人單刀直入主題，交代兩人相逢的背景。社會動盪，使兩人分離了有十年之久，分別時兩人還都是幼年，十年之後，兩人都已經長大成人了。「一」字，表現了相逢得突然。這兩句話語言簡潔明快，充分反映了詩人和表弟相見的驚喜和激動的心情。

「問姓驚初見，稱名憶舊容」，這兩句描寫兩人重逢時的場景。兩人時隔多年不見，都已經不認識了。所以，兩人互通姓名之後，才漸漸回憶起以前的容貌。「初見」，表明了兩人已經很陌生，好像第一次見面一樣。「驚」字表現了詩人和表弟意外邂逅內心的驚訝之情。詩人精選了見面中的一個典型細節，進行細緻的描寫，層次清晰，表達傳神，彷彿兩人由陌生漸漸熟悉而後驚喜萬分的情景就在眼前。

「別來滄海事，語罷暮天鐘」，十年的別離，十年的動盪生活，兩人

想要說的話實在太多，兩人從白天一直說到了傍晚的鐘聲敲響才停下來。詩人在這裏引用了滄海桑田這個典故概括了兩人闊別十年來的重重往事。滄海桑田本代表了動盪變故，詩人用此典故也流露出了他對社會動盪，世事變化無常的感慨。詩人在這裏用鐘聲來表示天色已晚，這暗示了兩人交談的話題太多，談得太激動，以至於連天色漸暗也沒有看到，待聽到鐘聲才發覺已經傍晚了。

　　兩人在喜相逢後不久就面臨著離別。「明日巴陵道，秋山又幾重」，「明日」，凸顯了兩人相聚時間很短，聚首匆忙。「巴陵道」，點名表弟要去的方向。「秋」既點明了時令，又蘊含著詩人傷離別的情感。「又幾重」，既寫表弟的行程，前途漫漫，山川阻隔，行路艱難，同時也表現了詩人對表弟離開的惆悵和深切關懷之情。詩人避實就虛，以想像結尾，使這股不捨深情乘著詩人想像的翅膀越飛越遠，餘韻無窮，耐人尋味。

　　這首五律，用樸素簡潔的語言完整地　述了詩人和表弟相見和離別的情景，寫得淳樸自然，真摯感人。

　　詩中對兩人見面時情景的細膩描寫，惟妙惟肖，非常生動而真切，寫出了很多離別重逢時人們的感受，具有典型性，所以讓人讀來備感親切。最後的離別傷情，寫得委婉蘊藉、韻味悠遠。

【後人點評】

　　清人沈德潛：與「乍見翻疑夢，相悲各問年」，撫衷述悵，同一情至。一氣旋折，中唐詩中僅見者。（《唐詩別裁集》卷十一）

▷ 夜上受降城聞笛❶

回樂烽前沙似雪❷，受降城外月如霜。

不知何處吹蘆管❸，一夜征人盡望鄉。

【注】❶受降城：唐中宗景龍二年（708），朔方軍總管張仁進攻突厥，在黃河以北建東、西、中三座受降城。此文中指西城，在今寧夏靈武。❷回樂烽：指回樂城附近的烽火臺。回樂城故址在今寧夏靈武縣西南。❸蘆管：用蘆葉做成的笛子。

李益在德宗貞元初曾在靈州大都督杜希全軍幕中做過事，這首詩大概就是寫於這個時期。這首七絕詩表達了戍邊戰士的思鄉之情。

　　「回樂烽前沙似雪，受降城外月如霜」，這兩句寫詩人登城時見到的夜晚景色。詩人登樓遠望，只見回樂烽前一片黃沙，在月光的照映下，沙子潔白如雪，透著一股寒意。俯瞰受降城，只見月光清濛照得城池上下都籠上了一層秋霜，使人頓感清冷。這兩句環境描寫烘托了寒冷的氛圍，為下邊的抒情做鋪墊。

　　「不知何處吹蘆管，一夜征人盡望鄉」，這樣寒冷的夜晚裏，最容易引起征人懷鄉之情。詩人身處其中也是備感孤寂，不由得想到有親情溫暖的家鄉，心中思鄉之情漸漸萌發。就在這一片寂靜的夜裏，不知道從哪裡飄來的淒怨哀婉的蘆笛聲，這樂聲喚起了征人們的無限思鄉情懷。「不知」二字，表現了征人內心的迷茫。「盡」字，突出了征人們都心懷思鄉之情，這表明思鄉情感極具典型性，是無數征人的心聲。

　　這首詩，開始從清冷的視覺景色，引出隱隱的思鄉情，接著又從聽覺角度使思鄉情噴薄而出，層次清晰。而淒婉的樂聲，綿延不絕，使鄉情也蔓延開來，餘味無窮。最後一句，描寫得形象鮮明，征夫們遙首遠望家鄉的形象歷歷在目，意蘊深沉。

【後人點評】

　　清人宋宗元：蘊藉宛轉，樂府絕唱。（《網師園唐詩箋》卷十六）

⌘ 于 鵠 ⌘

【詩人名片】

于鵠（約780前後在世）
作品風格：樸實清新

【詩人小傳】：大曆、貞元間詩人。曾在河朔間讀書。長久隱居山中不出仕，遊歷廬山等地。約建中在長安。後隱居漢陽。貞元中曾做過荊南節度使樊澤從事。後又歸隱直到終老。有《于鵠詩集》傳於世。《全唐詩》存其詩一卷。

▶ 巴女謠❶

巴女騎牛唱《竹枝》❷，藕絲菱葉傍江時。
不愁日暮還家錯，記得芭蕉出槿籬❸。

【注】❶巴女：四川女子。謠：不用樂器伴奏的歌唱。❷竹枝：唐教坊曲名。元郭茂倩《樂府詩集》中載：竹枝本出於巴渝，唐貞元中，劉禹錫依騷人九歌，作竹枝新調九章，教里中童兒歌之。❸槿（音僅）：木槿，落葉灌木。

「巴女騎牛唱《竹枝》，藕絲菱葉傍江時」，寫夏季的傍晚，日落西山，江上菱葉舒展，隨波飄蕩，一個天真可愛的巴江女孩，騎著水牛，高聲唱著竹枝歌，沿著江邊曲折的小路優閒地往家走。這是一幅優美的山鄉景色，這裏依山傍水，山清水秀，空氣清新，景色明麗動人，讓人讀來心

馳神往。

「不愁日暮還家錯，記得芭蕉出槿籬」，這是小女孩天真的話，大概是小女孩在路上碰到好心人。這時天色漸黑，頑皮的小女孩還在在牛背上優閒地唱歌，任由牛兒不緊不慢踱步。路邊的好心人催她快點回家，否則，天黑迷路。哪曾想調皮的小孩竟然滿不在乎地說：我認得回家的路，只要看到木槿籬笆外面的有伸出芭蕉葉子的地方就是我家。其實，在南方，木槿花到處都是，本是平常景物，根本不能作為辨認的標誌。而小女孩自信的回答，卻顯出了她的天真幼稚，引人發笑。這一回答，生動地描繪出了小女孩可愛天真的形象，她頑皮的樣子，自作聰明的表情歷歷在目。

于鵠採用民謠體裁寫成了這首充滿生活情趣的小詩，平白如話的語言勾勒出了一幅巴江女子放牛的水墨畫。詩人筆下的景色是優美的，女孩是可愛的，氛圍是優閒自在的。

孟 郊

【詩人名片】

孟郊（751～814）

字號：字東野

籍貫：湖州武康（今浙江德清）

作品風格：瘦硬奇僻

【詩人小傳】：早年曾隱居河南嵩山，貞元十四年（798）年登進士第。歷任溧陽尉、河南水陸轉運從事，定居洛陽。六十歲時，因母死辭，元和九年（814），在赴任興元軍參謀的途中暴病而卒。

　　孟郊是著名的苦吟詩人，和韓愈齊名，並稱「韓孟」。又和賈島並稱「郊寒島瘦」。有「詩囚」之稱。現有《孟東野詩集》十卷。《全唐詩》存其詩十卷。

▷ 登科後

昔日齷齪不足誇❶，今朝放蕩思無涯。

春風得意馬蹄疾，一日看盡長安花。

【注】❶齷齪：指生活不如意和思想上的拘謹。

　　孟郊四十六歲時才考中進士，他以為從此以後，自己的命運將會發生巨大的轉變，從此之後，就可以大展宏圖，所以，心情非常激動和喜悅，於是，揮毫寫下了這首小詩。

「昔日齷齪不足誇，今朝放蕩思無涯」，詩人開篇就直接抒發自己快意的心情。詩人曾經兩次落第，生活困頓，整日愁眉不展，而現在金榜題名，他愁悶的心情頓時變得舒暢快意。

　　「春風得意馬蹄疾，一日看盡長安花」，這兩句話生動地描繪出詩人神采奕奕的神態，暢快淋漓地抒發了他欣喜若狂且得意揚揚的心情。但是，詩人沒有直接寫自己的心情如何快意，而是把這種高興的心情，用景表現了出來。詩人策馬周遊在春花爛漫的長安街道上，春風輕拂，長安城到處是花的海洋，一片欣欣向榮。但「疾」和「一日」都突出了快，而欣賞春色，總是讓人流連忘返，怎麼會這樣著急呢？其實，詩人這樣寫目的不是真的欣賞春光，而是要表現他內心的快意、得意。否則，長安街上遊人眾多，車馬擁擠，詩人怎麼能策馬疾馳呢？那麼大的一個長安城，到處都是春花，詩人又怎麼能「一口」就能「看盡」呢？詩人寫得有些荒唐，然而正是這看似荒唐、不合理的舉動，卻真實地表現了他內心的情感，所以，反倒讓人覺得不荒唐了。這裏「春風」，既實寫自然春風，也暗喻了皇恩。「得意」，既指詩人心情舒暢如意，也暗指中進士這件事。這簡單的十四個字涵蓋豐富的內容，讓人讀來趣味盎然，餘味無窮。

　　這首七絕小詩，文筆流暢，感情準確暢達，內涵豐富。「春風得意」和「走馬看花」這兩個成語就是從這首詩中產生的。李白的《南陵別兒童入京》寫的是李白被召入京，兩者所要表達的感情非常相似，但表現手法不同，讀者可以參讀體味。

【後人點評】

　　唐人韓愈：劌目心，刃迎縷解，鉤章棘句，擢胃腎。（《貞曜先生墓誌銘》）

　　▷ 巫山曲❶

巴江上峽重復重，陽臺碧峭十二峰❷。
荊王獵時逢暮雨❸，夜臥高丘夢神女。
輕紅流煙濕豔姿，行雲飛去明星稀。
目極魂斷望不見，猿啼三聲淚滴衣。

【注】❶巫山：在重慶東北部，地跨長江巫峽兩岸。❷陽臺：宋玉《高唐賦》序中載：「昔者先王嘗遊高唐，怠而晝寢，夢見一婦人曰：『妾巫山之女也，為高唐之客，聞君遊高唐，願薦枕席。』王因幸之。去而辭曰：『妾在巫山之陽，高丘之岨，旦為朝雲，暮為行雨，朝朝暮暮，陽臺之下。』」後人便以「陽臺」指男女約會之所。❸荊王：指楚王。

　　這首詩主要寫的是巫山神女的傳說。

　　「巴江上峽重復重，陽臺碧峭十二峰」，這句話寫行船中的詩人沿途見到的景象。行船沿江而上，入峽後，山巒重疊，江水曲折，最後，詩人眼前豁然開朗，著名的巫山十二峰終於映入眼簾。真可謂是「山重水複疑無路，柳暗花明又一村」。「重複重」突出了山巒阻隔，江道曲折。「碧峭」二字，寫得非常傳神，既寫出了山峰碧綠的顏色，又展現了它拔地而起的秀麗姿態。在這十二峰中，最為神奇，令人心馳神往的，就是雲煙繚繞中的神女峰。神女峰的魅力，不僅是山峰的俊俏挺拔，還有關於神女峰的美麗傳說。「陽臺」二字便暗示了那個古老的傳說，為下文詩人對傳說的敘述做了鋪墊。

　　「荊王獵時逢暮雨，夜臥高丘夢神女」，這兩句寫楚王夢遇神女的古老神話。宋玉賦中載，楚王遊雲夢、宿高唐而夢遇神女，而詩中寫楚王是夜臥高丘而夢神女，這個該怎麼解釋呢？在本文注釋二中記載，「高丘」是神女所居之處。詩人在詩中將根據想像把楚王夜臥的高唐換成神女所居的高丘，這樣一來，就使楚王和神女相會這個情節更為集中。

　　「輕紅流煙濕豔姿，行雲飛去明星稀」，接著詩人著重筆墨寫神女。神女以的暮雨形式到來，以朝雲的形式飛走，「輕紅流煙」，寫神女穿梭於飛花飄散和繚繞輕煙中，這寫出了神女輕盈飄逸的姿態，同時「煙濕」二字，表明神女帶著晶瑩的水汽，這就和她「旦為朝雲，暮為行雨」這個特徵緊密地結合了起來，最後這樣一個超凡脫俗而又與眾不同的神女行象便躍然紙上。神女沒有人看到過，詩人用超凡的想像將神女的姿態描繪得惟妙惟肖，不落俗套，光彩照人，非常難得。神女隨著行雲漸飛漸遠，最後消失在有點點稀疏星光閃耀的夜空中。

　　「目極魂斷望不見，猿啼三聲淚滴衣」，在美麗的神女消失的那一刻，詩人心中頓生失落惆悵之感，「目極」，寫出了極力渴望再見的姿

態，「魂斷」二字，表現了和神女離別的痛苦。「望不見」，體現了極度哀傷的心情。這句話將詩人如癡如醉的形象惟妙惟肖地表現了出來。詩人筆下的神女飛走了，最後，空空的峽谷中只聽得見猿猴的哀鳴，此時，羈旅的孤寂的心情、故事淒美的結局和峽谷中傳來的哀鳴融成一片，使人回味無窮。

　　這首七言古詩，成功地描繪了神女的形象，寫得形象而又飄渺，用語恰當。同時，詩人將自己的所思所想和神女峰的傳說、峽中景色完美地融在了一起，傳神地表達出了詩人在行舟峽中的特殊感受。語言凝練優美，意境奇幻幽豔，餘味無窮。

【後人點評】

　　宋人魏泰：蹇澀窮僻，琢削不假，真苦吟而成。（《臨漢隱居詩話》）

▷ **遊終南山❶**

南山塞天地，日月石上生。
高峰夜留景，深谷晝未明。
山中人自正，路險心亦平。
長風驅松柏，聲拂萬壑清。
即此悔讀書，朝朝近浮名。

　　【注】❶終南山：又名太乙山等，是秦嶺山脈的一段，西起陝西咸陽武功縣，東至陝西藍田。

　　「南山塞天地，日月石上生」，詩人用誇張的手法，寫出了終南山的高大。詩人置身在終南山中，眼中只能看見終南山，仰望終南山，它與天相連；環顧四周，也看不到其他的地方。最後，詩人便產生了南山塞滿天地的獨特感受。日和月從「石上生」，語出驚人，但是，這也是詩人遊覽中的真實感受。詩人遊在終南山中，四周都是高大的山石，他見日月從高山中升起，便有一種「石上生」的錯覺。這和張九齡《望月懷遠》中的「海上生明月」感受相似。有人誤解詩人同時寫日月，是日月同時升起的

意思，其實，詩人來到終南山多日，他把日月並寫是朝暮之間，屢次看到日升、月出景象的意思。詩人雖然語言驚人、突兀，但卻反映的是他的真情實感，很貼切，從中我們也看出詩人陶醉山間景色，興味正濃。

「高峰夜留景，深谷晝未明」，兩句仍然寫得很驚奇。這裏的「景」是日光的意思。那麼，「夜」和「景」就不能同時存在，而詩人卻偏偏把它們寫在一起，讓人感覺很奇怪，但細細品味，又很真實，並沒有違背常理。這句話只不過是寫終南山其他的地方都已經籠罩在漆黑的夜色中，終南的高峰還有些許落日的餘暉，突出了終南高峰之高。而下一句詩人將「晝」和「未明」放在一起，初讀感覺突兀，但細品來，寫的就是其他地方已經灑滿陽光的白天了，而終南的深谷還是一片漆黑，極言深谷之深。這寫得也很真實。這兩句詩人用誇張和對比的手法，充分體現了終南山的高險深廣，我們可以想像到終南山層巒疊嶂、千岩萬壑的壯觀景象。

詩人觀景時不由得產生了一些想法，於是寫到「山中人自正，路險心亦平」，意思是行走山中的人心性正直，即使山路艱險，心中看來也是平的。詩人用「路險」反襯了自己心中坦蕩正直。此時，胸懷寬廣、大義凜然的詩人形象躍然紙上。

上兩句只是詩人在觀景的一個插曲，接下來繼續寫景。「長風驅松柏，聲拂萬壑清」，長風好像在驅趕松柏，風過之處，萬頃松柏林發出波濤般的聲音。「驅」字寫得惟妙惟肖，生動地展現了風颳松柏，枝葉向一邊傾斜的情景。「聲」本是無形的、看不到的，而詩人用一「拂」字，將松柏枝葉隨風飄拂同時發出的聲音這一視覺和聽覺形象完美地統一了起來。

「即此悔讀書，朝朝近浮名」，詩人看到高山險峰、聽到滔滔松聲，心中為之陶醉，心曠神怡。這優美的景色和紛繁的塵世形成了強烈反差，所以，詩人最後歎道後悔讀書，厭惡追名逐利。意蘊深長，耐人尋味。

詩人寫景語出驚人，既奇又險。在寫景的過程中又穿插了詩人的感悟，如「山中」二句和最後兩句，讓人感覺意味深長，內涵相當深沉。

【後人點評】

清人沈德潛：盤空出硬語。《出峽》詩有——「上天下天水，出地入地舟」句，同一奇險。（《唐詩別裁集》）

▷ 遊子吟❶

慈母手中線，遊子身上衣。
臨行密密縫，意恐遲遲歸。
誰言寸草心❷，報得三春暉❸。

【注】❶吟：吟誦。它是詩歌的一種體裁。❷寸草心：比喻子女的孝心。寸草，小草。❸三春暉：比喻慈母之恩。三春：春季的三個月。舊稱農曆正月為孟春，二月為仲春，三月為季春。暉，陽光。這裏形容母愛像春季裏溫暖的陽光。

這是孟郊任溧陽縣尉時寫的詩。該詩以母子分別時，母親為兒子縫衣服的情景為題材，歌頌了偉大的母愛，引起了廣大讀者的共鳴，因而，它成為了千百年來廣為傳誦的名篇。

「慈母手中線，遊子身上衣」，這兩句寫了兩個事物，一個是「線」一個是「衣」，強調這兩件事物，以表現母子之間骨肉相連的關係。

緊接著詩人轉筆由物寫到了人，「臨行密密縫，意恐遲遲歸」，著重寫慈母縫衣服的情景。兒子即將遠行，作為母親心中自是難以割捨，老母一針一線地為兒子縫衣服，因為擔心兒子長久不歸，所以，她把衣服縫得密密實實，希望再結實一點。這一個細節流露了慈母對兒子的深切關懷和慈母對兒子早日歸來的期盼，一針一線都寄予了母親的一片深情啊！這個細節喚起了無數兒女對母親的回憶和懷念，感人肺腑。

「誰言寸草心，報得三春暉」，誰說區區似小草的兒女，能報答得了如春日陽光般的博大母愛呢？這一反問，是詩人發自肺腑的一問，這句話也表達出了無數兒女對母親的深沉感情。讀來意味悠長，發人深思。

這首五言古詩，用詞樸素，不事雕琢，清新流暢的文字中蘊含著濃濃深情，使人回味無窮。

【後人點評】

宋人劉辰翁：全是托興，終之悠然。不言之感，復非睍睆寒泉之比。千古之下，猶不忘淡，詩之尤不朽者。（《唐詩品匯》卷二十）

∽ 楊巨源 ∾

【詩人名片】

楊巨源（755～約833）
字號：字景山
籍貫：河中（今山西永濟）
作品風格：蒼渾勁健、清婉柔美

【詩人小傳】：貞元五年（789）進士及第，歷任祕書郎、太常博士、禮部員外郎、鳳翔少尹等。長慶四年（824）辭官。他與白居易、元稹、劉禹錫、賈島等人交好。《全唐詩》存其詩一卷。

▷ 城東早春❶

詩家清景在新春❷，綠柳才黃半未勻。
若待上林花似錦❸，出門俱是看花人。

【注】❶城：指京城長安。❷詩家：詩人。清景：清麗的美景。❸上林：即上林苑，是皇帝的御花園，故址在今陝西西安市西，建於秦代，漢武帝時擴充，為漢宮苑。這裏以此代指京城長安。

這首詩大概作於楊巨源在京任職時期，詩人在詩中描寫了早春景色，表達了他對春天的熱愛之情。

「詩家清景在新春」，寫詩人在城東遊玩時對所見早春景象的讚美。這句的意思是，詩家們所喜愛的清麗景色，正在早春之中。言外之意就是

早春景色最能激發詩人的詩情。「清」字，不僅指早春景色本身的清新明麗，也表明春色才剛剛顯露，還沒能引人注意，體現出了一種清幽的環境美。

第二句緊承首句，對早春環境做具體描寫。「綠柳才黃半未勻」，這句對柳的描寫極為細膩，如果籠統地說春天柳綠，也就引不起讀者的注意，詩文也就流於平淡了，而詩人抓住「半未勻」這個細節，使人好像看到了柳枝上剛剛冒出的嫩黃柳葉，那麼清新悅目。這不僅突顯了「早」字，而且把早春柳樹的嫩柔姿態生動逼真地表現了出來。早春時節，乍暖還寒，百花還沒有開放，而只有柳枝上的新葉提前展露，充滿無限生機，這樣清新的美景怎麼不讓人喜悅呢？

接著詩人轉筆設想春季花團錦繡的景色，用芳香濃豔的花色反襯早春的清麗。繁花似錦，遊人密集，花熱鬧地開放著，人喧鬧地賞花，到處是一片喧嘩，這樣的景象，已顯尋常。而不為人察覺的早春新綠，清新可人，更讓詩人喜愛。

這首七言絕句，格調明快清新，充滿情趣，詩人感覺敏銳，善於捕捉和描繪典型環境，讓人耳目一新。

【後人點評】

唐人趙璘：詩韻不為新語，體律務實。（《因話錄》）

❧ 武元衡 ❧

【詩人名片】

武元衡（758～815）
字號：字伯蒼
籍貫：緱氏（今河南偃師東南）
作品風格：瑰奇豔麗

【詩人小傳】：建中四年（783）及進士第，歷任監察御史、華原縣令、比部員外郎等。元和二年（807），拜門下侍郎、平章事。十月封臨淮郡公，出為劍南西川節度使。元和八年（813）年復任宰相。因主張削藩，為藩鎮忌恨。元和十年（815），被淄青藩帥李師道遣刺客暗殺。《臨淮集》十卷，《全唐詩》編其詩二卷。

▷ 贈道者

麻衣如雪一枝梅，笑掩微妝入夢來。

若到越溪逢越女❶，紅蓮池裏白蓮開。

【注】❷越溪：指西施浣紗的地方。越女：指西施。

這首詩描寫了一位美麗的女子形象，流露了詩人的傾慕之情。

「麻衣如雪一枝梅」，「麻衣如雪」，出自《詩經·曹風·蜉蝣》，這裏借用來表現女子衣服的潔白。形容完女子的衣裳之後，詩人又用高潔的白梅來比喻女子的姿態。「笑掩微妝入夢來」，其中「微妝」，指淡妝。

「笑掩」，描繪了女子含羞微笑的動作。這樣一個一身雪白衣裙、掩面含笑的美麗女子姍姍而來，進入了詩人的夢中。

　　詩人從甜蜜的夢中醒來，不禁心潮蕩漾，難以平靜，他還在回憶著夢中的女子。詩人彷彿看到那個女子走到了越溪邊，走進了一群穿著紅衣的浣紗女中間，好像紅色蓮花中突然綻放了一朵潔白的蓮花，風姿綽約，清新華美。詩人把女子形象地比喻成了白蓮，白蓮和美麗的女子相互映照，更顯出了女子的優美。

　　這首七言絕句，前兩句寫的是女了的神韻，後兩句寫的是女子形態，層次清晰，描繪細膩。前兩句是詩人在夢中的所見，而後兩句是詩人的想像。因而整首詩都蒙著一層如夢似幻的美麗。詩人成功運用了比喻手法，先後把女子比喻成「梅」、「白蓮」，形象生動，讓人印象深刻。整首詩的意境優美，充滿了詩人對女子的追慕之情。

∽ 崔　護 ∽

【詩人名片】

崔護（？～831）

字號：字殷功

籍貫：藍田（今屬陝西）

作品風格：精練婉麗

【詩人小傳】：貞元十二年（796）進士及第。大和三年（829）任京兆尹，後又任御史大夫、嶺南節度使。《全唐詩》存詩六首。

▷ **題都城南莊❶**

去年今日此門中，人面桃花相映紅❷。

人面不知何處去，桃花依舊笑春風❸。

【注】❶都：都城長安。❷人面：指詩中姑娘的面容。第三句中的「人面」也指的是這位姑娘。❸笑：古人以花開為笑。

據傳崔護舉進士下第，在清明日，獨自遊都城南，看到一個很大的莊園，花木叢生，寂靜好像沒有人。便向前敲門，敲了很長時間後，終於有個女子開門請進。女子美麗動人，崔護以言挑之，女子不說話，崔護便辭去。等到第二年清明，崔護忽然想念這位女子，便又去了那個莊園，只見大門緊鎖，他便在門上寫下了這首詩。是否有此事，現在已經無從考證，但這對理解詩文有所幫助，故概述。

「去年今日此門中，人面桃花相映紅。」寫詩人遇到美女的過程，詩人抓住了女子開門的一瞬，所看到的美女的容貌。門漸漸打開，一位貌若天仙的女子出現在了詩人面前，兩人含情脈脈、還未言語時的情景彷彿就在眼前。「人面」和「桃花」相映成輝，襯得女子更加美麗動人。這開門間最動人的一幕，喚起了讀者對詩人這次豔遇前後情景的美好聯想。

「人面不知何處去，桃花依舊笑春風」，這兩句寫詩人再次尋女不遇。又是一個柳綠花紅、陽光明媚的春季，門戶依舊，可是，那美麗的女子面容卻不知道哪裡去了，只有桃花依然在春風中含情帶笑。這盛開的桃花不禁又引起詩人對往事的美好回憶，同時，也引發了詩人物是人非的感傷。「依舊」二字，流露出了詩人無限悵惘之感。

這首七言絕句，以「人面」、「桃花」貫串全詩，通過「去年」和「今日」不同情景的對比，把詩人兩次經歷中的不同感想，委婉曲折地表達了出來。雖然這首詩寫一次豔遇，還帶有一點奇幻色彩，但是，其中表達出來的感情很有典型性，我們在生活中常常會有這樣的經歷：偶遇到美好事物，當時沒有抓住，而自己再去有意追尋的時候，卻又失去了。所以，這首詩成為了廣為人們傳誦的名篇。

❦ 常 建 ❦

【詩人名片】

常建（708～約765）

作品風格：靈慧雅秀、輕雋幽玄

【詩人小傳】：開元十五年（727），進士及第，曾任盱眙尉，仕宦不得意，辭官隱居武昌樊山（即山西）。其詩題材多為山水寺院。有《常建詩集》一卷，《全唐詩》編其詩一卷。

▷ 宿王昌齡隱居❶

清溪深不測，隱處唯孤雲❷。

松際露微月，清光猶為君。

茅亭宿花影，藥院滋苔紋❸。

余亦謝時去❹，西山鸞鶴群❺。

【注】❶王昌齡：盛唐時著名詩人，字少伯，和常建是同榜進士。隱居：指隱居之處。❷隱處：隱居的地方。❸藥院：指種芍藥的庭院。滋：生。❹謝時：擺脫世俗之累。❺鸞鶴群：和仙人的禽鳥為伍。

王昌齡和常建是同榜進士，王昌齡曾隱居石門山（在今安徽含山縣境內）。常建曾任職盱眙（今江蘇盱眙）尉，和石門山隔淮河而望。常建辭官返武昌樊山時，大概渡過淮河就近去石門山一遊，並夜宿王昌齡隱居處。這首詩就是寫詩人夜宿時的所見所思。

首聯寫王昌齡隱居之處。「清溪」水從石門山深處流出，見不到源頭。王昌齡隱居的地方就在石門山上，遠望去只看見一片白雲。「白雲」在古代被用作是隱者居所的標誌，代表著隱者高潔超凡的情趣。而詩人沒有寫層層白雲而是只見一朵雲彩，這就更顯隱者的清高。

中間這兩聯寫了詩人夜宿王昌齡隱居處的所見所感。王昌齡所居之地，只有一座小小的茅屋，可見王昌齡隱居生活的清貧。茅屋四周種著松樹、鮮花、藥草，由此可見，王昌齡雖然身居幽僻的地方，但是卻不孤獨，熱愛生活，陶醉於大自然中。常建夜宿此地，抬頭望見明月透過松林，灑下輕柔的光輝，好似脈脈含情。那明月還不知道今夜茅屋中換了主人，依然多情地灑下月光來陪伴主人。「君」指王昌齡。「猶為君」既暗指王昌齡不在，又突出表現了隱逸生活的清高情趣。夜宿茅屋本是孤獨的，但抬頭見到窗外隱約的花影，別有一番情趣。在院中散步，發現王昌齡養的藥卓長得很茂盛，卻滋養了青苔。這表明主人不在已經很久，也細微地流露出一種惋惜和期盼的感情。

最後一聯寫詩人歸隱的志向。表示與「鸞鶴」為伴，隱逸終生。這裏「亦」字，用得很妙。其實，當時王昌齡已經不再隱居，登上了仕途之路。這「亦」字是常建故意說學王昌齡歸隱，藉以婉轉地點明規勸干昌齡堅持初衷歸隱的主旨。

詩人筆調簡潔明快，描寫了一個清幽的夜景，然而夜色中美麗的景色，都是為詩人最後勸諷王昌齡蓄勢，景中寄託著詩人深沉的情感。

【後人點評】

宋人劉辰翁：清深沉冥，不類色相，景同意別。（《唐詩選脈會通評林》卷四）

▷ 題破山寺後禪院❶

清晨入古寺，初日照高林。
竹徑通幽處，禪房花木深。
山光悅鳥性，潭影空人心。
萬籟此俱寂❷，但餘鐘磬音❸。

【注】❶破山：在今江蘇常熟。寺：指興福寺，是南齊郴州刺史倪德光施捨宅院改建成的。❷萬籟：自然界一切的聲音。籟，能發出聲音的孔。❸磬（音慶）：古代一種打擊樂器，通常由玉、石製成。寺廟裏用鐘磬作為誦經、齋供時的信號。

這是一首山水詩，寫詩人清晨遊寺後禪院時的所見所感，描寫了幽美的山景和古樸的寺廟，抒發了詩人的隱逸興志。

「清晨入古寺，初日照高林」，詩人在清晨登上破山，進入興福寺，此時，旭日冉冉升起，陽光灑落在山林間。詩人沒有說「深林」，而是說「高林」這個充滿禪意的詞語，暗頌禪院，烘托了充滿禪意的玄妙而又深沉的意境。

「竹徑通幽處，禪房花木深」，之後，詩人穿過寺中竹林間的小路，走到幽深的後院，看到講經誦佛的禪房就在花木深處。「竹徑」、「禪房」都是高潔的事物，「幽」、「深」都烘托了幽靜的氣氛。這是一個多麼高潔幽美的環境啊，這不禁令詩人心情舒暢，陶醉其中。

「山光悅鳥性，潭影空人心」，詩人抬頭仰望寺後的青山在陽光照射下，越發生機勃勃，鳥兒在天空中自由自在地飛翔歌唱。走到水潭邊，只見潭水清澈，倒映著周圍景物和自己的身影，看著水中空明的倒影，心中的一切凡塵雜念頓時消失殆盡。「悅」和「空」都是詩人內心情感的直接表達。

「萬籟此俱寂，但餘鐘磬音」，詩人此刻靜靜地站在潭邊，周圍的所有聲音彷彿都消失了，只有古寺中的鐘聲，發出悠揚而宏亮的佛音，引導人們進入空靈純淨的境界。詩人欣賞幽美的景色，感悟忘卻塵世的意境，都表現出了遁世絕俗的情趣。

這是一首五律詩，其重點用樸素的語言，巧取意象，創造出了禪院中禪意的幽靜氛圍。寄情於景，景中含情，情景完美地融合在了一起。

【後人點評】

清人紀昀：興象深微，筆筆超妙，此為神來之候。「自然」二字不足以盡之。（《瀛奎律髓匯評》卷四十七）

∽ 張 籍 ∼

【詩人名片】

張籍（約766～約830）

字號：字文昌

籍貫：吳郡（今江蘇蘇州）

作品風格：深秀古質

【詩人小傳】：貞元十五年（799）舉進士，歷任太常寺太祝、祕書郎、水部員外郎、主客郎中，官終國子司業，後人又稱其張水部、張司業。與韓愈、白居易、孟郊、王建交厚。最擅長寫樂府詩。其詩多反映社會環境和人民的疾苦。與王建齊名，並稱「張王」。有《張司業集》八卷，《全唐詩》編其詩五卷。

▶ 節婦吟❶

君知妾有夫❷，贈妾雙明珠；

感君纏綿意，繫在紅羅襦❸。

妾家高樓連苑起❹，良人執戟明光裏❺。

知君用心如日月，事夫誓擬同生死❻。

還君明珠雙淚垂，恨不相逢未嫁時。

【注】❶節婦：指有節操的女子，尤其是對丈夫忠貞的妻子。吟：一種詩體名。❷妾：古代婦女對自己謙稱。❸羅：質軟有稀孔的一類絲織

品。襦：短衣、短襖。❹苑：帝王和貴族遊玩、打獵的園林。❺良人：丈
夫。戟（音己）：一種古代的兵器，該兵器結合戈和矛的形狀，具有勾
和刺雙重功能。明光：明光殿，這裏指皇宮。❻事：服事、侍奉。擬：打
算。

　　中唐時，藩鎮割據，各藩鎮之間用各種手段，勾結、拉攏官吏或文
人，擴大自己的政治集團。李師道是當時藩鎮之一的平盧淄青節度使，
又身兼數職，其權勢讓人望而生畏。張籍是韓愈弟子，和韓愈一樣主張統
一、反對藩鎮割據。這首詩便是為拒絕李師道的引誘而寫的。詩人表面上
寫男女情事，實際委婉地拒絕了李師道的請求。

　　「君知妾有夫，贈妾雙明珠」，開篇兩句說，明知我已經有了丈夫，
還要贈我明珠示情。這不是君子所為，語氣和婉中帶微辭，含有責備意
味。這裏的「君」，暗指李師道，「妾」是自比，直接指明李師道別有用
心。

　　緊接著詩句一轉，詩人說道：「感君纏綿意，繫在紅羅襦」，意思是
感謝你一片心意，雖然你的行為不合禮法，但還是把明珠繫在了衣服上。
詩人好像對李師道心懷感激之情。

　　然而接著詩人筆鋒一轉，寫到自己家裏很是富裕。「妾家高樓連苑
起，良人執戟明光裏」，意思是我家裏的高樓和皇帝林苑相連，我的丈夫
是執戟守衛明光殿的武士。古代常常把君臣的關係寫成夫婦關係，詩中暗
喻自己是朝廷的大臣。

　　「知君用心如日月，事夫誓擬同生死」，緊接兩句表現矛盾心情。前
一句是安慰對方，感謝對方一片心意，後一句又強烈地表明自己的心志，
誓與丈夫同生共死，情感激烈。

　　最後兩句表示婉拒，「還君明珠雙淚垂，恨不相逢未嫁時」，眼含熱
淚送還了明珠，後悔相逢太晚，情誼深沉，言詞委婉，但表意堅決。

　　這首詩行文跌宕起伏，細膩生動地刻畫了詩人矛盾的心理。言辭合乎
情理，表達委婉含蓄。

　　【後人點評】

唐人白居易：「尤工樂府詩，舉代少其倫」、「風雅比興外，未嘗著空文」。（《讀張籍古樂府詩》）

▷ 猛虎行❶

南山北山樹冥冥，猛虎白日繞村行。

向晚一身當道食，山中麋鹿盡無聲。

年年養子在深谷，雌雄上下不相逐。

谷中近窟有山村❷，長向村家取黃犢。

五陵年少不敢射❸，空來林下看行跡。

【注】❶《猛虎行》：樂府古題，屬《相和歌•平調曲》。❷窟：老虎洞穴。❸五陵年少：泛指豪俠少年。武陵，指漢代五個皇帝的陵墓，分別是長陵、陽陵、安陵、茂陵、平陵。當時富豪權貴都居住在五陵附近，後人在詩文中常用五陵代指富豪子弟居住的長安。

這是一首寓言詩，詩人借寫猛虎禍害村民的情況，比喻社會中猖獗的惡勢力，啟發人們認識現實。

「南山北山樹冥冥，猛虎白日繞村行」，開篇點出猛虎居住的地方，表現猛虎猖獗的樣子。猛虎本來出沒於幽暗的深山密林之中，而這裏的猛虎竟然在白日裏繞村而行，比喻惡勢力倚仗權勢，為所欲為。這兩句統攝全文，下文具體描寫猛虎的兇惡殘暴、膽大妄為的行動。

「向晚一身當道食，山中麋鹿盡無聲。」天到傍晚，猛虎獨自在大道上抓捕食物，山中的麋鹿動物都不敢發出半點聲音。這不禁讓人們想到一些惡勢力包圍城池大肆殺戮，城中百姓日日戰戰兢兢、忍氣吞聲的樣子。

「年年養子在深谷，雌雄上下不相逐」，這比喻了社會上惡勢力相互勾結，官官相護，利用裙帶關係，形成大集團，稱霸一方的社會現象。

猛虎肆虐，危害百姓，受害最嚴重的當屬最靠近虎穴的山村，「谷中近窟有山村，長向村家取黃犢。」黃牛在農業生產中起著重要作用。而猛虎經常吃掉小黃牛，這給百姓的農業生產帶來了巨大的災難，使農人很難耕地，那麼，收穫之事就更不用提了。這比喻惡霸不僅劫奪財貨，而且還要斷絕百姓的生路，這是何等的殘暴。

「猛虎」禍害如此之大，使百姓不得安寧，民不聊生，那麼為什麼不剷除猛虎呢？可惜「五陵年少不敢射，空來林下看行跡。」寫了猛虎做惡多端，就連善於騎射的武陵豪俠都不敢招惹老虎，只是來林下看看牠們的行蹤。這實際上是諷刺朝廷養虎貽患，故作姿態，掩人耳目，沒有實質性的作用。「空來看行跡」，具有強烈的嘲諷意味。

這首七言古詩，刻畫鮮明，真實生動，寓意深刻，發人深思。

▷ 沒蕃故人❶

前年戌月支❷，城下沒全師。

蕃漢斷消息，死生長別離。

無人收廢帳，歸馬識殘旗。

欲祭疑君在，天涯哭此時。

【注】❶沒：失蹤。蕃：指吐蕃，古代藏族建立的政權。❷戌：指出征。月（音肉）支：又稱月氏，漢西域國名。這裏借指吐蕃。

這首五律詩是詩人為悼念一位在戰場上生死不明的友人而作。詩人在詩中描繪了戰爭的悲慘環境，同時也表達了詩人對陣亡將士的沉痛哀悼。

「前年戌月支，城下沒全師」，開篇兩句開門見山，簡潔地概括了戰爭發生的時間、地點和最後的結果。

「蕃漢斷消息，死生長別離」，自從那場戰爭之後，吐蕃和大唐就斷絕了往來，詩人的朋友也參加了那場戰爭，生死未卜。「斷消息」，一語雙關，既指兩個政權之間斷了往來，也指詩人和朋友之間失去了聯繫。「長別離」三字，表達了詩人對和朋友別離的無限痛苦心情。

「無人收廢帳，歸馬識殘旗」，描繪戰爭結束後，戰場上悲慘的景象。殘破的軍帳和戰旗任風撕扯著，雖然，詩人只是描寫軍帳殘旗，但我們可以想像得到，刀槍遍地，屍體橫七豎八遍佈戰場，到處都是血跡。而在這樣無人煙的地方，只有一匹馬回來找尋牠的主人。「一匹馬」的到來襯托了這裏死寂的淒慘場景。

「欲祭疑君在，天涯哭此時」，此時，詩人又想起了他的朋友，想要祭奠，又心懷一絲希望，希望朋友還活著，無限的悲痛之情，在此時的希

望中體現了出來。

全詩語言質樸，感情悲苦，同時詩人借此也表達了對戰爭的痛恨之情。

【後人點評】

唐人張為：清奇雅正主：李益。入室：張籍「蕃漢斷消息，死生長別離。」（《詩人主客圖》）

▷ 秋思

洛陽城裏見秋風，欲作家書意萬重❶。
復恐匆匆說不盡，行人臨發又開封❷。

【注】❶意萬重：形容想要表達的意思很多。❷行人：捎信的人。開封：把封好的信又拆開。

這首詩通過寫向家裏寄書信這個片段，細膩真實地表達出了在外遊子對家鄉親人的深切懷念。

「洛陽城裏見秋風」，第一句點出了遊子所在地點和當時的季節，遊子作客洛陽，天氣已經轉涼，瑟瑟的秋風不時吹起。秋風是無形的，看不見的，但是，春風可以吹綠大地，那麼，秋風也能吹落樹葉，把世界染成秋天蕭條的秋色。雖然風無形，但它的影響卻處處可見。漂泊他鄉的遊子，見到這樣淒涼蕭瑟的秋景，不免產生孤寂的愁緒，進而勾起他對家鄉和親人的綿綿思念情懷。這平淡的「見」字，卻蘊含深刻，使人產生無限的聯想，勾起種種情感。起句平實，卻含蘊深沉悠遠。

「欲作家書意萬重」，心中思念親人，而又不能回家，就只好寫家書寄託自己的思念之情。這就給本來已經很強烈的思鄉情又籠上了一層失落的傷感，情緒也一時難以平靜，思緒也變得複雜煩亂起來。「欲」字，用得非常妙，生動地展現了寫家書時的情景：詩人提筆欲寫，心中又是千頭萬緒，種種思念之情奔湧而來，有很多的話要說，有很多的思念要表達，但一時不知從何下筆，不知道怎樣表達，愁思苦相，猶豫不決。「意萬重」這三個抽象的字眼，也因「欲」字這一蓄筆，變得形象具體了。

詩人接下來沒有說寫書信的具體過程，直接跳到將要發送家書的場景。「復恐匆匆說不盡，行人臨發又開封。」詩人因為「意萬重」，所以，擔心書信內容沒有寫全，又因為「行人」即將出發，所以，匆忙之間又無暇細想。這生動地刻畫了遊人的矛盾心情，這也自然流露出了遊人深沉的思鄉情，最後，書信已經封上了，似乎這個片段就到此結束，但當捎信人就要走的時候，遊子卻突然又匆匆拆開信封。「復恐」二字，真切地刻畫了遊子當時的心理。其實，詩人這個舉動是自我安慰，但這表明了遊子對這封信的重視程度，擔心會落下內容，也許只是隻言片語，也會使遊子心情鬱悶，從中可見，詩人對家鄉的思念是多麼的深切。也許遊子真的落下內容，也許是遊子太重視而引起過度敏感，書信已經檢查好多遍了，根本沒有落下的東西。這給我們留下了廣闊的遐想空間，韻味悠遠深沉。

　　這首七絕詩截取生活中尋常的畫面，寫出了廣大遊子的真實感受，非常具有典型性。語言樸素自然，感情真摯樸實、深沉厚重，結尾十分耐人咀嚼。

～ 王 建 ～

【詩人名片】

王建（約766～？）

字號：字仲初

籍貫：潁川（今河南許昌）

作品風格：凝煉精悍、激越有力

【詩人小傳】：大曆十年（775）進士及第，歷任渭南尉、昭應縣丞。穆宗長慶年間，任祕書丞。文宗太和年間任陝州司馬，故後世稱其王司馬。晚年辭官居咸陽原上。

王建寫了大量的樂府詩，表達了對百姓疾苦的同情。他和張籍齊名，並稱「張王」。他也寫過宮詞百首，成為後世研究唐代宮廷生活的重要資料。還寫過一些小詞，別有特色。有《王建集》八卷，《全唐詩》編其詩六卷。

▷ 新嫁娘詞三首（其二）

三日入廚下❶，洗手作羹湯。

未諳姑食性❷，先遣小姑嘗。

【注】❶三日：我國古代有這樣的風俗，在婚後三天叫「過三朝」，新娘要下廚做菜。❷諳（音安）：熟悉。姑：指婆婆。食性：吃飯的習性。

向來是新媳婦難當，剛到婆家，對什麼都還很陌生，所以，言行舉止都很小心謹慎，唯恐出醜讓人笑話。這首詩就寫的是一位新媳婦三天後下廚做菜時，小心謹慎的心理和行為，反映了這位新媳婦的聰慧機敏。

　　「三日入廚下，洗手作羹湯。」古代有個習俗，女子出嫁後的第三天，俗稱「過三朝」，要下廚房做菜。「三日」，點出了題目中「新嫁娘」。「洗手作羹湯」中的「洗手」，反映新媳婦乾淨、整潔，也透露了新媳婦態度認真，鄭重其事。但是，畢竟剛剛過門，婆婆喜愛吃什麼樣的飯菜，她還不知道。如果是粗心的媳婦，她也許就憑自己的口味迷迷糊糊地做菜了，結果也許婆婆並不喜歡吃。但文中這個新媳婦，心思細膩、聰明機靈，她做完菜後，不是莽撞地就端上去，而是先叫來小姑替她嘗一嘗，因為小姑是婆婆撫養長大的，自然食習應當和婆婆相似，從小姑的習慣，可以推測出婆婆喜歡什麼口味。這個細微的舉動，卻充分反映了新媳婦的聰慧，我們不禁要對這位媳婦稱讚一番。通過新媳婦的舉動，我們不禁聯想到小姑天真品嘗的形象，和婆婆正襟危坐的嚴肅形象，饒有趣味。

　　這首五絕詩，通過白描的手法，委婉生動地展現了人物形象，充滿了生活情趣。

【後人點評】

　　明人邢昉：絕句中有調高逼古，出六朝上者，此種是也。（《唐風定》卷二十）

▷ 十五夜望月

　　中庭地白樹棲鴉❶，冷露無聲濕桂花。
　　今夜月明人盡望，不知秋思落誰家❷？

　　【注】❶中庭：庭院中。地白：指月光映照地面的樣子。❷秋思：秋天裏的情思，這裏指思念人的情思。

　　「中庭地白樹棲鴉」，月光朗照在庭院中，照得地面上好像生了一層霜；烏鴉的叫聲漸漸停止，靜靜地棲息在濃密的樹蔭中。「地白」二字，寫月光映照的顏色，給人一種清明素潔之感，意境清寧優美。「樹棲

鴉」，景色在夜晚，加上樹蔭濃
密，所以很難看到樹上的烏鴉，
故此認為，烏鴉棲息是詩人通過
聽覺感受到的景象。這三個字簡
潔、凝練地描繪了烏鴉棲息的情
形，也渲染了寧靜氛圍。

　　「冷露無聲濕桂花」，寫
在深夜裏，秋天的霜露打濕了院
中的桂花。這是暗寫詩人望月，
緊扣詩題。詩人在寧靜的深夜
裏，仰望明月，凝神思考，浮想
聯翩，絲絲寒意襲來，不禁使詩
人想到，月上的廣寒宮中，清冷
的露珠定然也沾濕了桂花樹。這
句話使全詩的意境就顯得更加悠
長深遠，耐人尋味。「無聲」一
字，細膩地表現了霜露的輕盈晶透，不著痕跡，也表明露水滋潤桂花很
久，這不禁又讓人想起月中的吳剛、玉兔、嫦娥……

　　明月當空，不僅僅是詩人在獨自凝望浮想，普天之下，不知道有多少
人像詩人那樣賞月、凝思。於是，詩文自然引到「今夜月明人盡望，不知
秋思落誰家」，詩人在這裏點出了望月，並且由自己想到其他人，將望月
者的範圍擴大到了普天之下。同是望月，但懷秋之感，各不相同。詩人最
後委婉地詢問：「那綿綿的秋思會落到誰家呢？」此詩本就是寫詩人懷念
家鄉的心情，詩人此時懷念的心情應該是最深沉的，但他卻用問句結束，
意味深長，使懷念之情，蘊藉深沉。一個「落」字，用得巧妙，那無形的
思念，變得具體可感了，彷彿能看著秋思飛入千家萬戶。

　　這首七言絕句，意境幽美，想像豐富，語言形象生動。思念之情如人
和月亮的距離一樣悠長，感情真摯，委婉動人。

⮵ 韓　愈 ⮵

【詩人名片】

韓愈（768～824）

字號：字退之

籍貫：河陽（今河南孟縣）

作品風格：奇崛雄渾

【詩人小傳】：三歲喪父，由兄撫養長大。貞元八年（792）進士及第，曾當過宣武軍節度使觀察推官，後又任監察御史，不久，被貶為陽山縣令。元和元年（806）召為國子博士，歷任都官員外郎、史館修撰、中書舍人等職，元和十二年（817），因隨裴度征淮西平叛有功，升遷為刑部侍郎。元和十四年（819）因諫迎佛骨，險些被憲宗處死，在大臣們的挽救下，才免於一死，被貶為潮州（今屬廣東省）刺史。穆宗即位後，被召回朝中，歷任國子監祭酒、京兆尹、吏部侍郎等職。長慶四年（824）病逝長安，終年五十七歲。

韓愈是中唐古文運動的領袖，反對駢文，提倡散文，主張「文以載道」、「文道合一」。詩歌創作上力求獨創，氣勢宏偉，風格獨特。有《昌黎先生集》四十卷和《外集》傳於世。《全唐詩》編其詩十卷。

▷ 八月十五夜贈張功曹❶

纖雲四卷天無河❷，清風吹空月舒波。

沙平水息聲影絕，一杯相屬君當歌❸。

君歌聲酸辭且苦，不能聽終淚如雨：

「洞庭連天九疑高❹，蛟龍出沒猩鼯號❺。

十生九死到官所❻，幽居默默如藏逃。

下床畏蛇食畏藥，海氣濕蟄熏腥臊❼。

昨者州前捶大鼓❽，嗣皇繼聖登夔皋❾。

赦書一日行萬里，罪從大辟皆除死❿。

遷者追回流者還，滌瑕蕩垢清朝班。

州家申名使家抑⓫，坎軻只得移荊蠻⓬。

判司卑官不堪說⓭，未免捶楚塵埃間⓮。

同時流輩多上道⓯，天路幽險難追攀⓰。」

君歌且休聽我歌，我歌今與君殊科⓱：

「一年明月今宵多，人生由命非由他⓲，

有酒不飲奈明何！」

【注】❶張功曹：即張署，河間（今屬河北人），德宗貞元十九年（803），韓愈和張署同時因進諫觸怒德宗，同時被貶到南荒之地，二十一年，順宗即位大赦，二人到郴州（今屬湖南）待命，後因湖南觀察使楊憑從中作梗，未能返京，二人被移到江陵（今屬湖北），韓愈為法曹參軍，張署為功曹參軍。❷纖：纖細、輕薄。天無河：指不見銀河。❸相屬（音主）：相互勸酒。君：對張署的尊稱。當歌：請張功曹頌詩。❹洞庭連天：洞庭湖水和天相連，強調洞庭湖之大。九疑：即九疑山，又稱蒼梧山，在今湖南寧遠縣境。❺蛟龍：傳說一種能發洪水的龍。猩：猩猩。鼯（音吾）：鼯鼠，形似松鼠，夜間活動。❻官所：指張署貶謫的臨武。❼海氣：瘴氣，古時南方熱帶山林中因濕熱產生的一種有害氣體。濕蟄：潮濕。❽州前：官府門前。❾嗣（音四）：繼承人。登夔皋（音葵高）：任用賢能官員。夔皋，是傳說中的堯、舜時期兩名賢臣的名字。❿大辟：古時被判了死刑的罪犯。⓫州家：州官府。申名：上報朝廷被赦人員名單。使家：觀察使，是朝廷派到地方巡查的官員。⓬荊蠻：指荊州官府所在地江陵，此地曾是春秋戰國時期楚國地域，楚國曾被稱為荊蠻。⓭

判司：曹參軍的統稱。⑭捶楚塵埃間：這裏指曹參軍職位卑微，有過失，就會受懲罰，甚至有時趴在地上挨鞭打。⑮同時流輩：一同被貶的人。上道：返回京城。⑯天路：進身朝廷之路。⑰殊科：不一樣。⑱他：其他。他古音「佗」。

貞元十九年（803），天下大旱，百姓貧苦，時任監察御史的韓愈和張署，勸諫減免徭賦，觸怒德宗，兩人同時被貶南蠻。至憲宗即位，大赦天下，他們仍不能回京，被改調江陵（今屬湖北）作曹參軍。韓愈聽到此消息後，心情複雜，借中秋和張署對飲賦詩之際寫下這首詩，一抒情懷，並將此詩贈給張署。

本詩可以分為三部分來賞析。前四句為第一部分，寫八月十五日夜兩人對飲的環境。天高雲疏，明月當空，涼風習習，萬籟俱寂，在這樣清冷寂靜的月夜，詩人和張署兩人舉杯痛飲，心中是何等的淒涼。為了打破沉寂，韓愈邀張署誦詩。「一杯相屬君當歌」句，引出了張署的悲歌。

第二部分（從「君歌聲酸辭且苦」到「天路幽險難追攀」），寫張署誦歌。首先總體評價了張署的歌聲酸辭苦，使人「不能終聽」就「淚如雨」。表明兩人的心情是一樣的酸楚。

張署的歌，首先寫被貶南遷時遭受的痛苦，跋山涉水，山高水闊，路途遙遠，蛟龍出沒，野獸哀號，環境荒涼險惡，他歷盡千辛萬苦，終於到達貶所。而貶所環境也同樣惡劣，整日「幽居默默」好像是個逃犯。下床畏毒蛇，下床都這麼困難，更不用說遠行了。食怕中毒，空氣中彌漫著濕熱腥臊的氣味。這段敘述表明兩人的生存條件極為惡劣，語言悲傷。

接著筆鋒一轉，寫到讓人激動歡欣的大赦消息。宣布赦書那天，鼓聲隆隆，「赦書一日行萬里」的場面熱烈，節奏歡快，體現出張署興奮的心情。聽到大赦令宣布：「罪從大辟皆除死」，「遷者追回流者還」，這使兩人感到前途突然出現了光明，回京有望了。但是，詩情又一轉折，雖然大赦令寫得清清楚楚，赦免人員的名單中也有他們的名字，但「使家」阻撓，他們還是不能回京。最後「移荊蠻」、「只得」，表現了兩人心中不滿又無可奈何的複雜心情。轉移「荊蠻」，職「判司」小官，位卑人輕到受長官鞭打的境地。面對這樣的處境，張署感歎道：「同時輩流多上道，

天路幽險難追攀」。這部分是詩文的主題，文勢波瀾起伏，震盪人心。

　　第二部分詩人借張署的歌，抒發了自己憤懣不平之情。接著，第三部分（從「君歌且休聽我歌」到「有酒不飲奈明何」）寫詩人的議論。「君歌且休聽我歌，我歌今與君殊科」二句，自然轉到詩人的議論。今夜明月最好，人生命運天注定，我們不能左右，值此良宵還是開懷暢飲吧。可見詩人已經看透宦海沉浮，難以掌握自己命運，於是，將自己的命運寄託於天，自我排解，用酒消愁，暫時忘記煩惱。這三句話中深藏的苦楚，溢於言表，結尾看似曠放，也是深含無奈。「一年明月今宵多」照應題目的「八月十五」。

　　這首七古，以主客唱和結構全詩，你中有我，我中有你，共同傾訴，別有特色。語言沉鬱雄渾，感情酸楚悲傷，情節波瀾起伏，結構完整，意境悲涼，意蘊深遠。

【後人點評】

　　明人陸時雍：每讀昌黎七言古詩，覺有飛舞翔騫之勢。（《唐詩鏡》卷三十九）

▷ 調張籍❶

李杜文章在，光焰萬丈長。
不知群兒愚❷，那用故謗傷！
蚍蜉撼大樹❸，可笑不自量。
伊我生其後❹，舉頸遠相望。
夜夢多見之，晝思反微茫。
徒觀斧鑿痕，不矚治水航❺。
想當施手時❻，巨刃磨天揚。
垠崖劃崩豁❼，乾坤擺雷硠❽。
惟此兩夫子，家居率荒涼。
帝欲長吟哦，故遣起且僵。
剪翎送籠中，使看百鳥翔。

平生千萬篇，金薤垂琳琅⑨。

仙官敕六丁⑩，雷電下取將⑪。

流落人間者，太山一毫芒⑫。

我願生兩翅，捕逐出八荒⑬。

精誠忽交通，百怪入我腸⑭。

刺手拔鯨牙，舉瓢酌天漿。

騰身跨汗漫，不著織女襄⑮。

顧語地上友⑯：經營無太忙⑰！

乞君飛霞佩⑱，與我高頡頏⑲。

【注】❶調：調侃。❷群兒：指批評謗傷李杜的人。❸蚍蜉（音皮浮）：一種大螞蟻。❹伊：發語詞。❺「徒觀」二句：指「李杜文章」就像是大禹治水的成就一樣，後人雖能看其成果，但無法看到開闢的情景。❻施手：動手。❼垠（音銀）崖：懸崖。劃：劈開。❽雷硠：山崩裂的聲音。❾金薤（音謝）：倒薤書，比喻文章的優美。❿敕（音斥）：命令。六丁：傳說中的天神。⓫雷電：指傳說中的天神。⓬毫芒：毫毛的細尖。比喻極為細微。⓭八荒：古人認為九州在四海之內，四海在八荒之內，所以它指最遠之處。⓮精誠」二句：指突然領悟到了「李杜文章」的妙處。⓯「刺手」二句：都是形容李杜詩文創造出來的意境。汗漫，廣漠無邊的地方。「不著」句意思是，超越織女星運動範圍。⓰地上友：這裏指張籍。⓱經營：構思。⓲乞：送給。⓳頡頏（音協航）：上飛稱頡，下飛稱頏。

　　李白和杜甫的詩歌，在中唐不被重視，甚至有人還妄加貶斥。韓愈寫這首詩，熱情地讚美了李杜的詩文，表現出強烈的傾慕之情。

　　本詩可分為三部分進行賞析。前六句為第一部分。詩人開篇高度評價了李杜詩文，譴責「群兒」謗傷前輩，諷刺他們自不量力。「蚍蜉撼大樹，可笑不自量」這兩句也被後世人凝練成了成語，廣為傳頌。「李杜文章在，光焰萬丈長」二句，被後世廣為傳頌，已經成為對兩位詩人最準確的評論。

第二部分（從「伊我生其後」到「不著織女襄」），著重寫韓愈對李杜的欽佩和敬仰，高度讚美他們的詩歌成就。這部分可以分三層去理解。第一層（「伊我生其後」到「乾坤擺雷碾」），詩人感慨自己出生在李杜之後，只好在夢中相見。尤其是讀到李杜光芒四溢的詩歌時，不由追想起他們酣暢淋漓、揮毫寫詩的情景，那種氣勢雄渾，就像大禹治水時揮動著大斧，使山崖峭壁頓時崩劈，被阻隔的洪水瞬間傾瀉而出，天地間迴盪著山崖崩裂的巨響。第二層（「惟此兩夫子」到「使看百鳥翔」），寫李杜二人坎坷生平。詩人認為是天帝要讓他們不斷地吟誦，於是，故意讓他們經歷苦難。他們就好像被剪斷羽毛囚在籠中的鳥兒，悲傷地看著籠外百鳥自由飛翔。這裏用了比喻，形象描繪了兩人的坎坷 生。第三層（「平生千萬篇」到「太山一毫芒」）六句，寫李白和杜甫一生成就非常，著作等身，寫下了千萬篇如金玉一樣優美的詩歌，但大多散佚，令詩人惋惜。詩人想那些詩篇大概多被天神派神兵取走了，留在人間的，只不過是泰山的毫末之微。這部分寫得波瀾起伏，詩人讚美、感慨、惋惜等等情感也在回環曲折的行文中融成了一體。

第三段（從「我願生兩翅」到最後），分兩層分析，第一層（從「我願生兩翅」到「不著織女襄」），寫詩人追隨李杜。他希望自己能生出兩翅，飛向極遠的八荒之地追尋李杜詩歌的精神。詩人終於能和前輩詩人精誠感通，於是，各種各樣的意境便進入心裏：反手拔出鯨魚的利齒，高舉大瓢，暢飲天宮中的美酒，騰身遨遊於廣袤的天宇中，自由自在，甚至連織女製的天衣都不用去穿了。詩人在這部分用奇幻的想像，把李杜詩歌的意境寫得出神入化，讓人眼花撩亂。詩人想到去「八荒」尋找，表現他對兩人的追慕之情，甚至到了狂熱的地步。

第二層是最後四句。詩人誠懇地勸朋友張籍，呼應標題。這層的大概意思是：不要總是鑽在書堆中尋章摘句，構思經營，還是一起向李杜學習，自由飛翔在詩歌的廣闊天地間吧！

這首五古，詩人用奇幻瑰麗的想像，使讀者彷彿置身奇幻世界探究冒險的感覺。筆力雄健，氣勢磅礡，意境奇偉壯闊。同時，詩文也成功運用了比喻、誇張等等的手法。

【後人點評】

清人朱彝尊：議論詩，是又別一調，以蒼老勝，他人無此膽。（《批韓詩》）

▷ 山石❶

山石犖確行徑微❷，黃昏到寺蝙蝠飛。
升堂坐階新雨足❸，芭蕉葉大支子肥❹。
僧言古壁佛畫好，以火來照所見稀❺。
鋪床拂席置羹飯，疏糲亦足飽我饑❻。
夜深靜臥百蟲絕，清月出嶺光入扉。
天明獨去無道路❼，出入高下窮煙霏❽。
山紅澗碧紛爛漫，時見松櫪皆十圍❾。
當流赤足踏澗石，水聲激激風吹衣。
人生如此自可樂，豈必局束為人鞿❿？
嗟哉吾黨二三子⓫，安得至老不更歸！

【注】❶山石：這是取詩的首句開頭三字為題，是舊詩標題的常見用法，與詩的內容無關。❷犖（音落）確：險峻不平的樣子。微：狹窄。❸升堂坐階：登上寺中廳堂，坐在廳堂臺階上。新雨：剛剛下過的雨。❹支子：即梔子，常綠灌木，夏季開白花，香氣濃郁。❺稀：指模糊，看不清楚。❻疏糲（音力）：糙米飯。這裏指簡單的飯菜。❼無道路：指因晨霧很濃，使人看不清道路。❽出入高下：指上山下谷，穿梭於山谷之間。窮煙霏：指走盡了雲霧繚繞的山徑。❾櫪（音力）：同「櫟」，落葉喬木。圍：兩手合抱一周為一圍。❿鞿（音基）：馬韁繩。這裏用作動詞，控制的意思。⓫吾黨二三子：和自己志趣相投的幾個朋友。

這是韓愈在德宗貞元十七年（801）農曆七月二十二日，從徐州到洛陽的途中，留宿洛陽北面的惠林寺時，寫下的一篇遊記詩。該詩按照行程順序，寫了從「黃昏到寺」、「夜深靜臥」到「天明獨去」時的見聞和感

受。

全詩可分為四部分，第一部分是前八句。主要寫詩人安寢之前的見聞和感受。「山石犖确行徑微」一句，寫去寺廟的路上情景，行路艱難，沿路山石險峻，山路狹窄，這都隨著詩人的前進而不斷轉換的景象。「黃昏到寺蝙蝠飛」，寫詩人「黃昏到寺」時看到的情景。「黃昏」是一個抽象的名詞，需要其他景象來反映這個時間名詞，詩人於是巧妙地選擇「蝙蝠」，蝙蝠本來就是夜間活動的動物，蝙蝠飛就讓我們聯想到暮色朦朧的黃昏景象。天色已經是黃昏，就要先找僧人安排食宿，於是，詩人便「升堂」。詩人遊興正濃，順勢就坐在臺階上欣賞寺中風景，剛剛下過雨，只見雨後「芭蕉葉大支子肥」，因為上邊寫道：「新雨足」，所以，用「大」和「肥」形容芭蕉葉和栀子花就非常形象鮮明。那鮮綠的大葉子，肥美的栀子花，格外搶眼，讓人賞心悅目。隨著時間的推移，芭蕉葉和栀子花籠罩在夜色中，看不清楚了。這時，僧人便熱情和他攀談，寺僧誇讚寺中的「佛畫好」，並拿來火把，帶客人去看，壁上的畫依稀可見。這時，床鋪收拾好了，席子擦得很乾淨，齋飯也已經擺上，形象地表現寺僧的殷勤周到，可見，主客感情融洽。「疏糲亦足飽我饑」，這大概是主人對僧人的話，既表明詩人走了一天，很餓，也暗露自己閒散不拘束的性格。

第二部分（「夜深靜臥百蟲絕，清月出嶺光入扉」），寫夜宿情景。夜深了，詩人靜靜躺在床上，四周一片寂靜，甚至於連蟲鳴的聲音都沒有，「絕」字突出了這種安靜的氛圍。我們不禁聯想到，大概在深夜之前，百蟲鳴聲不斷吧！在寧靜的夜裏，各種鳴聲交織在一起，自當別有情趣。夜深，蟲鳴聲沒有了，而「清月出嶺光入扉」的畫面接踵而至，於是，詩人又賞起月來，月色清明，靜靜照著，恬靜優美。寫夜宿雖然只用了兩句話，但寫得有聲有色，惟妙惟肖。

第三部分（從「天明獨去無道路」到「水聲激激風吹衣」），寫天明離寺後的情景。天明離開時，「無道路」，表明天剛破曉，霧氣很濃，看不清道路，所以，詩人行走時說：「出入高下窮煙霏」。詩人行走時，四周都是厚厚的「煙霏」，便摸索著前進，一會兒出現在高處，一會兒隱沒於低處，時高時低，時低時高，若隱若現。此情此景，趣味盎然，充

滿詩情畫意。朝陽逐漸升起，煙霧漸漸散盡，「山紅澗碧紛爛漫」的亮麗景色，便闖入詩人的眼簾。接著詩人發現「時見松櫪皆十圍」，這既豐富了詩人眼前的景色，也暗示詩人在繼續前行。詩人穿梭在高大的松櫪樹叢中，清風拂衣，流水淙淙。接著詩人脫鞋赤腳，涉過山澗，雙腳浸潤在清涼的澗水中，整個身心都陶醉在這美麗的山景中了。下山的畫面一個一個展現給讀者，畫面不斷更換，讀者也被這美麗的畫面深深吸引住了。

第四部分是結尾四句，總結全詩。「人生如此」四字，概括了這次出遊山寺的整個經歷，然後用「自可樂」肯定出遊的經歷很美。後面的三句，以仕途生活作為反襯，表現了詩人對自由生活的無限嚮往。

這首七言古詩，詩人選擇畫面非常精當，通過描寫特定時間、特定地點中的典型景色，使整個行程的畫面完整豐富。

【後人點評】

清人何焯：直書即目，無意求工，而文自至，一變謝家模範之跡，如畫家之有荊關也。（《義門讀書記》卷三十）

▷ 早春呈水部張十八員外二首（其一）❶

天街小雨潤如酥❷，草色遙看近卻無。
最是一年春好處❸，絕勝煙柳滿皇都❹。

【注】❶呈：指恭敬地送上去。張十八員外：指張籍，因其在同族兄弟中排行第十八，又曾任水部員外郎，故有此稱。❷天街：京城的街道。酥：乳汁，這裏形容春雨滋潤。❸最是：正是。❹絕勝：絕勝。皇都：皇都。

從題目中可知，這首詩是寫給水部員外郎張籍的，詩中寫了雨中長安清新的早春景色。

「天街小雨潤如酥」，寫長安下起了春雨，纖細的小雨靜靜地落在街道上，濛濛春雨滋潤如酥，這就給春景蒙上了一層輕煙籠罩的朦朧美。這為春景鋪設了一個典型的背景。

那麼，小雨之後的春景，該是什麼樣呢？是這樣的：「草色遙看近卻

無」。這句寫得絕妙傳神，試想早春的北方，天氣還有些寒冷，萬物還是一片蕭條，全無春色。但是一場小雨過後，春草最先預告春天的到來，早早冒出嫩芽兒，遠遠望去，朦朦朧朧，好像有一層極淡的青翠色，但如果走近尋找春色，卻只能見到稀疏纖細的小芽，看不到一點綠色。這就是早春草色的特點。詩人描寫得非常準確精當，從遠近不同的角度，將春草的特點寫得豐富傳神，使人彷彿能看到那片片極淡的青黃草色，煥發勃勃生機，昭示著春天的到來，頓時讓人心曠神怡。這句話寫草色別具一格，成為了膾炙人口的佳句。

詩人看著清新美麗的景色，不禁感歎：「最是一年春好處」。詩人說完這句話還感覺無法表達對早春的讚美之情，於是又在最後加了一個對比，用「煙柳滿皇都」和早春之景對比。詩人認為早春草色要比滿城處處煙柳春色不知要好過多少倍。因為，青青春草色，嬌柔細嫩，飽含水分，它預示春回大地，充滿勃勃生機，非常珍貴。而滿城都是煙柳，已經是尋常景色，到處色彩絢爛，反倒不那麼讓人喜愛了。

這首七絕詩沒有濃墨重彩地渲染春景，僅寫春草，用極簡樸的語言，卻把早春特殊的清新之氣，寫得傳神，妙趣橫生。可見詩人觀察之細膩，視角之獨特。

【後人點評】

清人黃叔燦：寫照工甚，正如畫家設色，在有意無意之間。（《唐詩箋注》）

▷ 雉帶箭❶

原頭火燒靜兀兀，野雉畏鷹出復沒。

將軍欲以巧伏人❷，盤馬彎弓惜不發❸。

地形漸窄觀者多，雉驚弓滿勁箭加。

沖人決起百餘尺❹，紅翎白鏃隨傾斜❺。

將軍仰笑軍吏賀，五色離披馬前墮❻。

【注】❶雉：野雞。❷伏：通「服」，信服。❸盤馬：騎馬盤旋不

進。❹決：突然，疾。❺翎、鏃（音促）：箭羽和箭頭。❻五色：雉的羽毛。

　　唐德宗貞元十五年（799），韓愈任徐州武寧軍節度使張建封的節度推官。本詩寫的就是韓愈隨從張建封射獵的情景。

　　首句寫獵場環境。原野上獵火熊熊燃燒，四周一片靜悄悄。「靜」字，烘托了獵前肅穆氣氛，由此我們可以聯想到，此時獵人正屏氣凝神，全神貫注地尋找獵物的情態。獵前的靜態景和之後狩獵時的動態景形成了鮮明的對比。在第二句裏，獵物——雉雞出現了。獵火燒著了草木叢，雉雞從草木叢中跑了出來，忽然見到獵鷹，又嚇得連忙躲藏起來。「出復沒」三字，惟妙惟肖地再現了雉雞驚惶逃竄的荒亂情景。前兩句概寫了獵射前的景象。語言簡捷精練，結構銜接緊密。

　　三、四句開始寫射獵情景。「將軍欲以巧伏人」，這句話說明將軍射獵不單純是為了野味，還有顯示自己武功技術的用意。所以，他騎馬盤旋不進，拉滿弓而不輕易發箭。這「盤馬彎弓」的畫面，突顯了將軍沉穩、自信的神態，「巧」字不僅指將軍的技術巧，還讚譽了將軍的智謀。而將軍的「惜不發」呼應了前面雉雞「出復沒」。此時，一位有血有肉、性格鮮明的將軍形象，躍然紙上。詩人用筆節奏和諧頓挫，用意精深。

　　「地形漸窄觀者多，雉驚弓滿勁箭加」，寫雉雞隱沒的地方，越來越狹窄，形勢窘迫，觀獵的人越來越多，大家都來觀賞將軍獵射。這個環境描寫，烘托了蓄勢待發的氛圍，此時，正是將軍一顯身手的大好時機。正當雉雞驚惶飛起的一瞬間，將軍從容拉滿弓，接著，「嗖」地一聲，強有力的箭，直中雉雞。一「驚」一「滿」一「勁」一「加」，節奏緊湊，用語簡練乾脆，把將軍的「巧」射展現得淋漓盡致。

　　詩到此，好像射獵過程就此結束。但緊接著，詩文突起波瀾，那隻受傷的雉雞帶箭「沖人決起百餘尺」，「百餘尺」，表明這隻雉雞強壯勇猛，這也反襯了將軍射技的高超。雉雞不斷掙扎，最後「紅翎白鏃隨傾斜」。射獵至此終於結束，詩人在描寫射獵情景時，一波三折，氣氛緊張，畫面豐富傳神，充滿情趣。

　　最後兩句寫眾人祝賀和將軍回營。「仰笑」二字，傳神地表現了將軍自信豪邁的性格，「軍吏賀」照應了前面的「伏人」。最後一隻美麗的雉

雞，毛羽凌亂地墮在將軍馬前，使結尾韻味無窮，耐人尋味。

在這首七古詩中，充分展現了詩人捕捉典型場景和動作的本領。

【後人點評】

清人朱彝尊：「句句實境，寫來絕妙，是昌黎極得意詩，亦正是昌黎本色。」（《批韓詩》）

▷ 左遷至藍關示侄孫湘❶

一封朝奏九重天❷，夕貶潮州路八千❸。

欲為聖明除弊事，肯將衰朽惜殘年！

雲橫秦嶺家何在❹？雪擁藍關馬不前。

知汝遠來應有意❺，好收吾骨瘴江邊❻。

【注】❶左遷：降職。古代以右為尊以左為卑。藍關：即藍田關，在今陝西藍田縣南。侄孫湘：侄孫韓湘，字北渚，穆宗長慶三年（823）進士及第，任大理丞。❷一封：指韓愈的《諫迎佛骨表》。封，指諫書。九重（音蟲）天：這裏代指皇帝。❸潮州：又名潮陽郡，州治所在今廣東省汕頭市潮陽縣。❹秦嶺：西起甘肅南部，經過陝西南部直伸到河南西部，是我國地理上的南北分界線。❺應有意：應明白我此去潮州凶多吉少這一情況。❻瘴（音帳）江邊：充滿瘴氣的江邊，這裏指潮州。

憲宗元和十四年（819），韓愈因上書諫迎佛骨，觸怒憲宗，被貶為潮州刺史。當韓愈到達藍田縣

時，他的侄孫韓湘來和他同行，此時，韓愈心中感慨萬千，遂寫下了這一首詩。

「一封朝奏九重天，夕貶潮州路八千」，開篇直寫自己被貶原因。他說「罪」是自己招來的。「一封書」之罪，使自己「朝奏」而「夕貶」。這一貶就是八千里。「朝」和「夕」形成了鮮明的對比，極言變化之快。而「八千里」這一誇張說法，極言獲罪之重。行文縱橫跌宕，氣勢雄渾，表達感情激憤，也表現詩人立場堅定，毫不後悔。

「欲為聖明除弊事，肯將衰朽惜殘年」，寫自己上書是為了「除弊事」，表明自己是因忠獲罪，沒有罪過卻遭遠謫，情緒激憤，慷慨激昂。雖然招來大禍，但他卻仍然說：「肯將衰朽惜殘年」，表現出了他剛正不阿的態度。

「雲橫秦嶺家何在？雪擁藍關馬不前」，詩人寄情於景，情感悲壯激烈。這兩句的意思是，過了秦嶺之後，自己的家又在哪裡呢？立馬藍關，聯想到前途的艱險，悲由心生。其中一「橫」一「擁」寫得勁拔有力。韓愈曾作一首《去歲自刑部郎以罪貶潮州刺史，乘驛赴任；其後家亦譴逐，小女道死，殯之層峰驛旁山下。蒙恩還朝過其墓題驛梁》，哀悼自己的女兒。可見，他的貶謫，也給家庭帶來了災難，他心中抑鬱難平，悲壯淒哀，對前途充滿了渺茫。

「知汝遠來應有意，好收吾骨瘴江邊」，最後兩句，寫得沉痛莊重。韓愈用《左傳‧僖公三十二年》中蹇叔哭師中「必死是間，餘收爾骨焉」句，向韓湘從容交代後事，進一步表現了詩人情感的激憤悲苦。

這首七律沉鬱雄渾，感情深沉抑鬱，筆勢縱橫動盪。整首詩大氣磅礴，波瀾壯闊，震撼人心。同時，敘事、寫景和抒情完美融合在一起，詩味濃郁，意蘊深沉。

【後人點評】

清人何焯：「沉鬱頓挫」，風格近似杜甫。

劉禹錫

【詩人名片】

劉禹錫（772～842）

字號：字夢得

籍貫：洛陽（今屬河南）

作品風格：沉穩凝重

【詩人小傳】：貞元九年（793），和柳宗元同榜進士及第。當年又中博學鴻詞科，官監察御史。永貞年間，參與王叔文革新運動，被貶連州刺史，再貶朗州（今湖南常德）司馬，後受裴度推薦，晚年任太子賓客，故後世稱「劉賓客」。

劉禹錫詩才卓越，白居易譽其為「詩豪」。內容多反映時事和民生疾苦，詩文繼承前人優秀文學遺產，又吸取民間文學精華，形成了自己獨特的創作風格。有《劉夢得文集》四十卷，《全唐詩》編其詩十二卷。

▷ 酬樂天揚州初逢席上見贈❶

巴山楚水淒涼地❷，二十三年棄置身❸。

懷舊空吟聞笛賦❹，到鄉翻似爛柯人❺。

沉舟側畔千帆過，病樹前頭萬木春。

今日聽君歌一曲❻，暫憑杯酒長精神❼。

【注】❶酬：答謝，這裏指以詩相答。樂天：指白居易，字樂天。❷

巴山楚水：泛指詩人貶謫之地的四川、湖北、湖南一帶。❸二十三年：詩人被貶外地長達二十三年。棄置身：詩人自指。❹聞笛賦：指西晉向秀的《思舊賦》。詩人借用這個典故懷念已逝世的王叔文、柳宗元等人。❺翻似：反而像。爛柯人：指晉人王質。據傳王質上山砍柴，看見兩童子下棋，就停下觀看。等看完下棋，手中的斧把已經朽爛。回到村裏，才知道已經過了一百年。詩人借這個故事表達暮年返鄉，人事全非，仿如隔世的心情。❻歌一曲：指白居易所作的《醉贈劉二十八使君》這首詩。❼長（音掌）：增長，振作。

　　唐敬宗寶曆二年（826），劉禹錫辭和州刺史職返回洛陽，恰好在揚州遇到從蘇州回洛陽的白居易。白居易在筵席上寫詩贈劉禹錫，劉禹錫便寫下這首詩酬答他。

　　白詩是這樣寫的：「為我引杯添酒飲，與君把箸擊盤歌。詩稱國手徒為爾，命壓人頭不奈何。舉眼風光長寂寞，滿朝官職獨蹉跎。亦知合被才名折，二十三年折太多。」稱讚劉禹錫的才華，也感慨他的不幸遭遇。劉禹錫緊接白詩寫道：「巴山楚水淒涼地，二十三年棄置身」，說自己居住在荒涼的巴山楚水之地，已經二十三年了。兩人一來一往，推心置腹，親切自然。

　　接著，詩人感歎道：「懷舊空吟聞笛賦，到鄉翻似爛柯人。」說自己在外二十三年，現在回來，許多老朋友已經去世，只能徒然地吟誦「聞笛賦」表示悼念。這次回來恍同隔世，人事都不是以前的情景。詩人恰當地引用王質入山典故，既表明自己被貶時間長，又表現了世事變遷和回來後倍感陌生而引起的悵然若失的心情，內涵豐富。

　　白居易詩中「舉眼風光長寂寞，滿朝官職獨蹉跎」，意思是同輩的人都升遷了，只有你還在荒涼的地方虛度時光，寂寞生活。為劉禹錫抱不平，而劉禹錫回答道：「沉舟側畔千帆過，病樹前頭萬木春。」意思是沉船側畔，千帆競發；病樹前頭，萬木蒙春。劉禹錫以「沉舟」、「病樹」自比，但沒有流露憂傷抱怨之色。二十多年來，他看清了宦海沉浮、人生榮辱，所以已經寵辱不驚，反倒安慰白居易不必太介懷仕途的失意，表現了劉禹錫的豁達胸襟。

「沉舟」一聯使兩人不再感傷，詩人最後寫道：「今日聽君歌一曲，暫憑杯酒長精神。」意思是今天聽了你的詩歌，心中感慨萬千，暫且用酒來振奮精神吧！表示了要振作起來，開始新的生活。這兩句表現出劉禹錫不屈不撓的意志，也點明了酬答白居易的題意。

這首七律詩，語言深沉豪邁，感情起伏跌宕。

【後人點評】

近人俞陛雲：夢得此詩，雖秋士多悲，而悟徹菀枯。能知此旨，終身無不平之鳴矣！（《詩境淺說》）

▷ 金陵懷古

潮滿冶城渚❶，日斜征虜亭❷。

蔡洲新草綠，幕府舊煙青❸。

興廢由人事，山川空地形。

《後庭花》一曲❹，幽怨不堪聽。

【注】❶冶城：東吳嘗於冶鑄之地。❷征虜亭：亭名。在今江蘇省江寧縣東。太安中，征虜將軍謝安立於此亭，因而得名。❸幕府：指幕府山。東晉丞相王導曾在此山建立幕府而得名，在今南京市西北的長江邊上。❹《後庭花》：即《玉樹後庭花》。南朝陳後主作，是公認的亡國之音。

寶曆二年（826）冬，劉禹錫由和州回洛陽，途經金陵，次年春寫下了這首詩，表達了詩人憂國憂民的深沉情感。

「潮滿冶城渚，日斜征虜亭」，開篇兩句分別寫晨景和晚景。詩人想要尋訪曾經的冶城，於是來到江邊，正趕上早潮，水勢上漲，水面平闊，指聽到江濤拍岸聲，江邊一片荒涼。滔滔江水好像在告訴人們，曾經的冶城和吳國的豐功偉業，早已經消失在歷史長河中了。傍晚時，征虜亭靜靜地矗立在夕陽的餘暉中，呈現一片寂寥和荒涼之景。東晉貴族王謝曾經在這裏餞別的熱鬧場景，也早已銷聲匿跡。詩人在開頭由眼前景色，聯想到曾經在這裏發生的事情，巧妙地進行古今對比。使詩歌緊扣「懷古」，景

中的吊古傷今之情，自然流露出來。

「蔡洲新草綠，幕府舊煙青」，頷聯仍然寫景，但這兩句中的景色明麗、雄壯。雖然，時令還是初春，天氣尚寒，但蔡洲卻已經長出嫩綠的新草；幕府山雄踞大江，山上依舊青煙嬝嬝。面對滔滔江水，詩人不禁想起東晉蘇峻曾攻破金陵，企圖在此據險要地形，建立霸業。後來，陶侃、溫嶠起兵伐叛蘇峻，激戰多日，打敗蘇峻，使晉室轉危為安。他又想起王導曾在幕府山上建幕府駐兵於此，所以才得名。但歷史滄桑變化，東晉仍然被劉宋代替，幕府山後來也成為了劉義季的餞別之地。世事變化，而景色依舊，古今之事和眼前的景色融為了一體。

「興廢由人事，山川空地形」，頸聯承上兩聯發表議論。曾經的六朝繁華現在已經消失，曾經的權貴也已經不在，而山形依舊，可見，國家的興亡由人事決定，佔據險要地勢也不能保障長治久安。

「《後庭花》一曲，幽怨不堪聽」，最後詩人以《玉樹後庭花》依然流行，暗示當今唐代統治者依仗關中山川之險，縱情享樂，正步六朝亡國之後塵，後果不堪設想。

這首五律詩，將眼前的景和歷史相連，使歷史、景物、情感交融在一起，含蓄地勸諷當朝統治者謹記前車之鑑。最後以音樂結尾，意蘊深沉，耐人尋味，發人深思。

【後人點評】

明人胡震亨：其詩氣該今古，詞總華實，運用似無甚過人，卻都愜人意，語語可歌。（《唐音癸簽》）

▷ 秋詞二首

其一

自古逢秋悲寂寥，我言秋日勝春朝。

晴空一鶴排雲上❶，便引詩情到碧霄。

其二

山明水淨夜來霜，數樹深紅出淺黃。

試上高樓清入骨，豈如春色嗾人狂❷。

【注】❶排：推開。❷嗾（音叟）：指使人，教唆。

這兩首詩都是詠秋之作，一改悲秋傳統，表達情感高昂，充滿了昂揚的鬥志。

第一首賞析。「自古逢秋悲寂寥，我言秋日勝春朝」，詩人開篇就抒寫自己對秋天的不同感受。意思說，自古以來，失意之人每逢秋季蕭條景色，就勾起他們失志之悲，心中無限寂寥。詩人同情他們的遭遇和處境，但不同意他們消極悲觀的情感。詩人偏說秋季景象要比萬物復蘇，勃勃生機的春天好。

「晴空一鶴排雲上，便引詩情到碧霄」，這兩句緊承上句，寫詩人對秋天的理解。秋天並非蕭條無生氣，在秋高氣爽的日子，有白鶴振翅而飛，奮發有為，排雲之上，矯健有力。詩中用「一鶴」表明，這隻鶴是孤獨的也是獨特的。就是牠頑強高翔，打破了秋天死寂氛圍，給大自然留下了一抹亮麗的風景，令傷感的志士，為之振奮。這隻鶴充滿昂揚不屈的奮鬥精神，是不屈志士的化身。人有了奮鬥精神，便不會感到寂寞，於是詩人便吟誦詩歌，歌聲直穿透碧霄。「詩情」，指用詩抒發感情，這裏指用詩歌抒發胸中志向。

第二首賞析。「山明水淨夜來霜，數樹深紅出淺黃」，寫秋天景色，詩人用白描的手法，真實地再現了別有特色的秋景，山水清淨，夜裏還會下霜，樹葉有紅有黃，在山間錯落點染。景色清麗閒雅，如一位彬彬有禮的君子，讓人肅然起敬。

「試上高樓清入骨，豈如春色嗾人狂」，後兩句緊承前兩句而寫，如果你要是不相信秋景這樣清雅美麗，叫試上高樓一望，頓時會讓你感到徹骨的清澈，心境澄靜，心情肅然深沉，怎會像繁華濃豔的春天那樣讓人輕狂。詩人巧妙地暗用擬人手法，將秋天和春天比擬成了兩種不同的人，用春季的輕浮反襯了秋季的端莊素雅。表現了秋之高潔和沉穩，反映了詩人高尚的情操和積極高昂的精神面貌。

這兩首七絕詩，通過鮮明的意象發表議論，表達獨到的觀點，意蘊深厚，有哲理意味，意境優美，立意高遠，耐人尋味。

【後人點評】

清人翁方鋼：劉禹錫詩以《竹枝》歌謠之調而造老杜詩史之地位。
（《石洲詩話》卷二）

▷ 石頭城❶

山圍故國周遭在，潮打空城寂寞回。
淮水東邊舊時月，夜深還過女牆來❷。

【注】❶石頭城：在今南京石頭山後，這裏曾是戰國時楚國的金陵城，三國時孫權改名為石頭城，並在此修建宮殿。❷女牆：城牆上的矮牆（女兒牆）。

這是一首金陵懷古詩。

「山圍故國周遭在，潮打空城寂寞回」，意思是：這裏經歷了六朝繁華，而今山城依舊，城中的繁華和人卻早已經消失，沒有留下一絲痕跡。潮水拍打著城郭，拍擊在冰冷的岩石上，彷彿也感到淒涼，又默默地退了回去。

在這淒涼寂寞的空城中，詩人看到「淮水東邊舊時月，夜深還過女牆來」，只有當年從秦淮河升起的明月，在深夜裏，依舊多情地翻過城垛，照映破敗的古城，充滿落寂淒涼的感傷之情。詩中選用「舊時月」這個意象，表達的意境和李白《把酒問月》中的「今人不見古時月，今月曾經照古人」句很相似。「舊時月」曾見證了秦淮河上六朝王公貴族們驕奢腐化的生活，這裏曾經徹夜歌舞，熱鬧喧嘩。然而繁華易逝，現在的明月下，只剩下一片淒涼。「還」字，有物是人非、一去不復返的意味。

這首七絕詩雖然沒有正面寫懷古之情，但是詩人將這種感情通過故城景象和夜月朗照這些具體意象，含蓄委婉地表達了出來。舊時月還照故的畫面，使詩意境深厚、悠遠。

【後人點評】

白居易讀了《石頭城》一詩，讚美道：「我知後之詩人無復措詞矣！」

▷ 蜀先主廟❶

天下英雄氣，千秋尚凜然。

勢分三足鼎，業復五銖錢❷。

得相能開國❸，生兒不像賢❹。

淒涼蜀故妓，來舞魏宮前❺。

【注】❶蜀先主廟：指劉備廟。在夔州（今重慶市奉節縣）。❷五銖
錢：漢武帝時通行的貨幣，王莽掌權後廢止。東漢初年，光武帝劉秀興復
漢室，恢復五銖錢。❸相：指蜀國開國賢相諸葛亮。❹兒：指劉備之子劉
禪。不像賢：不像先主那樣賢能。❺「淒涼」二句：典出《三國志•蜀志•
後主傳》注引《漢晉春秋》：西元264年，劉禪降魏，被封為安樂縣公。
一天，魏太尉司馬昭在宴會中讓原來蜀國女樂歌舞，旁人見了都為劉禪感
慨，而只有劉禪喜笑顏開，全然沒有一點傷感之色。

此詩是劉禹錫任夔州刺史時遊先主廟而作。劉禹錫所處的時代，唐朝
已經開始衰落，皇帝昏庸，賢才不能被用，詩人借古諷今，感慨現在沒有
賢主，表達盛衰興亡的感慨。

「天下英雄氣，千秋尚凜然」，開篇兩句，「天下」、「千秋」四
字，縱橫空間和時間，氣勢雄勁壯闊。「千秋」兩字貫串古今，極言「英
雄氣」流傳千秋萬代、萬古長存。顯示出詩人包容萬象、俯仰古今的胸
懷。「尚凜然」三字，表現了詩人在先主塑像前，肅然起敬。「尚」字，
寫得極為神妙，廟堂還莊重肅穆，先主塑像生動逼真。身處其中，詩人隱
隱能感覺到先主生前叱吒風雲、威震八方的英雄之氣。

頷聯緊承「英雄氣」，引出先主劉備英雄業績：「勢分三足鼎，業
復五銖錢」，劉備起自布衣，在漢末亂世中，征戰南北，歷盡艱難曲折，
才終於形成與曹操、孫權三分天下之勢。詩人用漢光武帝興復漢室，恢復
「五銖錢」事蹟，暗喻劉備建蜀後，又勵精圖治，想統一中國。這進一步
表現了劉備的英雄遠志，構思巧妙，渾然天成。

頸聯進一步寫劉備功業最終沒有繼承下來，令人嘆惜。「得相能開
國」，說的是劉備三顧茅廬，受諸葛亮輔佐，建立蜀國的事情；「生兒

不像賢」，則說的是後主劉禪不能繼承先人的賢德，愚懦猥瑣，致使國家滅亡。劉備能選賢任能，卻沒有教好自己的兒子，兩相對比鮮明，含義深刻，讓人歎惋。

尾聯感歎後主的不肖。這裏一聯寫一件事情，即有名的樂不思蜀的故事，具體表現劉禪的不肖。這件事情鮮明地表現出劉禪愚頑不靈、麻木不仁的品性，由此可見，亡國絕非偶然。這樣淒涼結局與劉備建立功業的盛況，形成了鮮明的對比，歎惋痛惜之情表露無遺。

這首五律，通過對劉備功業建立到滅亡的追憶，抒發出歷史興亡之歎。詩人對當時唐王朝盛衰之憂，盡在其中。整首詩語言勁拔，格調沉著豪邁，感情蘊藉，引人深思。

【後人點評】

清人紀昀：句句精拔。起二句確是先主廟，妙似不用事者。後四句沉著之至，不病其直。（《瀛奎律髓匯評》卷二十八）

▷ 烏衣巷❶

朱雀橋邊野草花❷，烏衣巷口夕陽斜。
舊時王謝堂前燕❸，飛入尋常百姓家。

【注】❶烏衣巷：在今南京市東南。原為東吳石頭城士兵軍營，將士身著烏衣，故得名。自東晉到唐，烏衣巷一直是王謝兩大世家居所。❷朱雀橋：指秦淮河上的浮橋，在今南京正南朱雀門外。❸王謝：指王導、謝安兩大世家。

「朱雀橋邊野草花」，詩人開篇沒有寫烏衣巷，而是先寫「朱雀橋」，為什麼呢？其一，朱雀橋橫跨金陵秦淮河，是通往烏衣巷的必經之路。其二，舊時橋上裝飾的兩隻銅雀的重樓，就是曾經住在烏衣巷的豪門謝安建造的。所以，朱雀橋不僅在地理上和烏衣巷有著緊密的聯繫，它還聯繫著烏衣巷的歷史，看到此橋，不禁使我們想到曾經住在烏衣巷的王導、謝安這些豪門貴族不知曾多少次走過這座橋，謝安建朱雀重樓的熱鬧場景還歷歷在目。然而今非昔比，如今句中朱雀橋邊已是雜草叢生，野

花蔓延。「野草花」三字，既點出了季節，又渲染了一種荒涼之色。

「烏衣巷口夕陽斜」，寫荒涼破敗的古橋對面，烏衣巷默立在斜陽的殘光中。「夕陽」，點出了時間，也突出了日落西山時昏黃慘澹的情景。曾經喧鬧的烏衣巷口，如今已經是一片荒涼寂靜。

「舊時王謝堂前燕」，詩人轉筆寫到空中的飛燕，詩人循著燕子的行跡描寫出了，曾經住在王導、謝安庭院中的燕子，如今飛入普通百姓家了。其實，燕子依然住在原來庭院中，只是庭院的主人已經改變。因此，這燕子便成了歷史的見證。其中沉浮變幻的蒼涼之感，表露無遺。

這首七絕詩，最絕妙的地方，就是詩人精選了典型的景物，並今昔對比，將自己滄海桑田、興衰變幻的感慨自然地寄寓其中，不著痕跡。語言淺顯，而意蘊深沉，餘味無窮，有一種獨特的委婉蘊藉之美。

【後人點評】

清人施補華：若作燕子他去，便呆。蓋燕子仍入此堂，王、謝零落，已化作尋常百姓矣！如此則感慨無窮，用筆極曲。（《峴傭說詩》）

▷ 西塞山懷古❶

王濬樓船下益州❷，金陵王氣黯然收。千尋鐵鎖沉江底❸，一片降幡出石頭❹。

人世幾回傷往事，山形依舊枕寒流。今逢四海為家日

❺，故壘蕭蕭蘆荻秋。

長慶四年（824）劉禹錫由夔州刺史，調任和州刺史，這首詩是他在赴任途中，經過西塞山時所寫。

太康元年（280），晉武帝命王濬率領水軍，討伐東吳。詩人以這件史事為題開篇，寫「王濬樓船下益州，金陵王氣黯然收」，王濬高船順流而下，氣勢顯赫，而金陵城的帝王氣勢黯然消失。兩者形成強烈的對比。

「千尋鐵鎖沉江底，一片降幡出石頭」，頸聯緊承上一聯寫戰鬥情況。東吳國君孫皓，在長江中暗放鐵錐，並用千尋鐵鏈鎖住，以為萬無一失，哪曾想王濬用大筏，沖走鐵錐，用火燒毀鐵鏈，然後，直取金陵。詩人用簡練的語言，生動形象地概括了這一歷史事件。

在前四句中，詩人著重筆墨寫東吳防禦，但結果卻還是兵敗投降。前後對比色彩鮮明，敗者的形貌和勝者的姿態歷歷在目。這表明了歷史終究走向統一，任何想依靠地理優勢坐享其樂，都無法長存。

「人世幾回傷往事」，簡練地概括了歷史興亡。「山形依舊枕寒流」，意思是西塞山俯臥在長江邊。詩人在這裏才點出西塞山，而它與歷史有什麼聯繫呢？西塞山是六朝有名的軍事要塞，正是因為六朝的歷史變化，才成就了西塞山。而詩人在前四句概寫六朝興亡，為西塞山提供了一個廣闊的歷史背景，使詩界大開。「依舊」二字，暗含人事變化，六朝短促，而江山依舊永恆之意。

「今逢四海為家日，故壘蕭蕭蘆荻秋」，現在四海為家，天下大統，而曾經六朝的軍事堡壘，如今已經一片廢墟，只有蘆荻在秋風中搖曳。這片廢墟是六朝覆滅的見證，也成了分裂失敗的象徵，而這給唐朝割據勢力當頭一棒，六朝覆亡的教訓值得唐朝統治者作為借鑒。

這首七律詩，筆力縱橫、酣暢流利，寓意深刻，發人深思。

【後人點評】

清人黃叔燦：詩極雄深宕往，所以為金陵懷古之冠。（《唐詩箋注》卷五）

▷ 竹枝詞二首（其一）❶

楊柳青青江水準，聞郎江上唱歌聲❷。

東邊日出西邊雨，道是無晴還有晴❸。

【注】❶竹枝詞：是一種詩體，是由古代巴蜀間的民歌演變而來的，為劉禹錫首創。❷唱歌：一作「踏歌」，即一邊唱歌，一邊踏腳為節拍。❸晴：諧「情」聲。諧聲雙關，是民歌中常用的表現手法。

這是劉禹錫在任夔州刺史時所作，詩中描寫一位戀愛中少女的情感。

「楊柳青青江水準」，首句描寫了美麗的江南景色。江邊楊柳青青；江中流水平緩。為整首詩提供了一個優美的背景。

「聞郎江上唱歌聲」，寫少女聽到心上人的歌聲。美麗的環境讓人心情舒暢，此時，女子又聽到那熟悉的歌聲，怎麼不讓人情思萌動。

三、四句描寫了少女聽到歌聲後的心理活動。少女心中早已對這個小夥子思慕已久，但小夥子還沒有表現出什麼。今天，他唱起歌來，少女心中在想他好像對自己有些意思但又很模糊。所以，她想這個人，好像變化不定的天氣，說是晴天，西邊還下著雨，說是雨天，東邊還太陽高照，真讓人捉摸不透啊！「道是無晴還有晴」，意思是「道是無情還有情」。詩人用諧聲的雙關語把少女或迷惘不安或眷戀或等待，刻畫得淋漓盡致，形象生動，淳樸自然。彷彿那個在江邊徘徊沉思，時而雙眉緊蹙，時而眉開眼笑的少女就在眼前。

這首七言絕句，細膩地刻畫了少女微妙的心理變化，語言活潑。

【後人點評】

宋人蘇軾：此奔軼絕塵，不可追也。

白居易

【詩人名片】

白居易（772～846）

字號：字樂天，號香山居士

籍貫：下邽（今陝西渭南）

作品風格：言淺而思深，意微而詞顯

【詩人小傳】：貞元十六年（800）及進士第，歷任左拾遺、京兆府戶曹參軍等職，為翰林學士。元和十年（815）因上書請求緝捕刺殺宰相武元衡兇手，遭當權者嫉恨，被貶江州司馬。穆宗即位後，召為尚書司門員外郎。後又歷任杭州刺史、刑部侍郎、太子賓客等。會昌二年（842）以刑部尚書致仕。四年後病逝洛陽。

白居易是一位偉大的現實主義詩人。早年與元稹齊名，並稱「元白」。晚年與劉禹錫齊名，稱「劉白」。他的詩歌題材廣泛，形式多樣。元和年間他提倡新樂府，主張「辭質而徑」、「言直而切」、「事核而實」。在詩歌創作理論上，他提出「文章合為時而著」，「詩歌合為事而作」。現存詩三千多首，有《白氏長慶集》七十五卷。《全唐詩》編其詩三十九卷。

▷ 草❶

離離原上草❷，一歲一枯榮。

野火燒不盡，春風吹又生。

遠芳侵古道❸，晴翠接荒城❹。

又送王孫❺去，萋萋滿別情❻。

【注】❶草：此題一作《賦得古原草送別》❷離離：形容野草繁茂，長長低垂的葉子隨風搖動的樣子。❸遠芳：指綿延到遠方的野草。侵：侵

佔，覆蓋。❹晴翠：陽光朗照下的野草。荒城：荒涼、破敗的城鎮。❺王孫：貴族公子，這裏指詩人的朋友。❻萋萋：形容野草連綿、茂盛的樣子。

此詩作於貞元三年（787），作者時年十六
場考試規矩，凡指定、限定的詩題，題目前須加
者這年始自江南入京，謁名士顧況時投獻的詩文
當時就為人稱道。命題「古原草送別」頗有意思
首句指出題面「古原草」三字。多麼茂盛（
這話看來平常，卻抓住「春草」生命力旺盛的特
路。「一歲一枯榮」兩個「一」字重疊，先狀出一種週而復始的情味，為
後面三、四句就水到渠成了。

「野火燒不盡，春風吹又生。」這是「枯榮」兩個字的進一步發展，
呈現了形象的畫面。古原草的特性就是具有生生不息的生命力，只要殘存
一點根鬚，第二年就會綠意盎然，蔓延原野。詩人抓住這樣的特點，用
「野火燒不盡」造就一種悲壯的意境。野火燎原，轉瞬間，大片枯草被燒
得精光。前面強調毀滅的力量，毀滅的痛苦，是為後面突出再生的力量，
再生的精神。因為烈火再猛，也無奈那深藏地底的根鬚，一旦春雨滋潤，
野草的生命就會很快復蘇，以迅猛的長勢，重新鋪天蓋地。看那「離離原
上草」，不是綠色的勝利旗幟麼！「春風吹又生」，語言樸實中有無窮力
量，「又生」二字意味深長。這兩句不但寫出「原上草」的性格，而且寫
出一種從烈火中再生的理想的典型。一句寫枯，一句寫榮，「燒不盡」與
「吹又生」是怎樣唱歎有味，對仗也是工致天然，所以卓絕千古。如果說
這兩句是承「古原草」而重在寫「草」，那麼五、六句則繼續寫「古原
草」而將重點落到「古原」上，引出「送別」題意。上一聯用流水對，妙
在自然；而此聯妙在精工，頗覺變化有致。「遠芳」、「晴翠」都寫草，

而比「原上草」的形象更具體、生動。

　　芳曰「遠」，古原上清香彌漫；翠曰「晴」，就是綠草沐浴著陽光，秀色如見。「侵」、「接」二字繼「又生」，更是寫出一種蔓延不可阻擋的氣勢，再一次突出生存競爭強者形象。「古道」、「荒城」緊扣題面「古原」。雖然城路荒涼，青草的滋生卻使古原恢復了生機。

　　詩人並不是為寫「古原」而寫古原，而是又安排一個送別的典型環境：冬去春來，古原景象如此迷人，在這樣的背景下離別，該是多麼令人惆悵，詩意盎然。「王孫」二字借自楚辭成句，泛指行者，說的是看見萋萋芳草而懷思行遊未歸的人。結尾意味深長！全詩到這裏點明「送別」，關合全篇，「古原」、「草」、「送別」打成一片，意境渾然天成。

　　這是一首七言律詩。全詩語言自然流暢而又不失工整，雖是命題作詩，卻能融入深切的所思所想，字裏行間，飽含真情，餘味無窮，不但得體，而且獨具風格，所以能在「賦得體」中稱為絕唱。

【後人點評】

　　清人屈復：不必定有深意，一種寬然有餘的氣象，便不同啾啾細聲，此大小家之別。（《唐詩成法》卷五）

▷ 長恨歌

漢皇重色思傾國❶，禦宇多年求不得。
楊家有女初長成❷，養在深閨人未識。
天生麗質難自棄，一朝選在君王側。
回眸一笑百媚生，六宮粉黛無顏色❸。
春寒賜浴華清池❹，溫泉水滑洗凝脂。
侍兒扶起嬌無力，始是新承恩澤時❺。
雲鬢花顏金步搖，芙蓉帳暖度春宵。
春宵苦短日高起，從此君王不早朝。
承歡侍宴無閒暇，春從春遊夜專夜。
後宮佳麗三千人，三千寵愛在一身。

金屋妝成嬌侍夜❻，玉樓宴罷醉和春❼。
姊妹弟兄皆列土❽，可憐光彩生門戶❾。
遂令天下父母心，不重生男重生女。
驪宮高處入青雲❿，仙樂風飄處處聞。
緩歌慢舞凝絲竹，盡日君王看不足。
漁陽鼙鼓動地來⓫，驚破霓裳羽衣曲⓬。
九重城闕煙塵生⓭，千乘萬騎西南行⓮。
翠華搖搖行復止⓯，西出都門百餘里⓰。
六軍不發無奈何⓱，宛轉蛾眉馬前死⓲。
花鈿委地無人收⓳，翠翹金雀玉搔頭⓴。
君王掩面救不得，回看血淚相和流。
黃埃散漫風蕭索㉑，雲棧縈紆登劍閣㉒。
峨嵋山下少人行，旌旗無光日色薄。
蜀江水碧蜀山青，聖主朝朝暮暮情。
行宮見月傷心色㉓，夜雨聞鈴腸斷聲㉔。
天旋地轉回龍馭㉕，到此躊躇不能去。
馬嵬坡下泥土中，不見玉顏空死處㉖。
君臣相顧盡霑衣㉗，東望都門信馬歸。
歸來池苑皆依舊，太液芙蓉未央柳㉘。
芙蓉如面柳如眉，對此如何不淚垂？
春風桃李花開日，秋雨梧桐葉落時。
西宮南內多秋草㉙，落葉滿階紅不掃。
梨園弟子白髮新㉚，椒房阿監青娥老㉛。
夕殿螢飛思悄然，孤燈挑盡未成眠。
遲遲鐘鼓初長夜，耿耿星河欲曙天㉜。
鴛鴦瓦冷霜華重㉝，翡翠衾寒誰與共？
悠悠生死別經年，魂魄不曾來入夢。
臨邛道士鴻都客㉞，能以精誠致魂魄㉟。

為感君王輾轉思，遂教方士殷勤覓。
排空馭氣奔如電㊱，升天入地求之遍。
上窮碧落下黃泉㊲，兩處茫茫皆不見。
忽聞海上有仙山，山在虛無縹緲間。
樓閣玲瓏五雲起㊳，其中綽約多仙子。
中有一人字太真㊴，雪膚花貌參差是㊵。
金闕西廂叩玉扃㊶，轉教小玉報雙成㊷。
聞道漢家天子使，九華帳裏夢魂驚㊸。
攬衣推枕起徘徊，珠箔銀屏迤邐開㊹。
雲鬢半偏新睡覺，花冠不整下堂來。
風吹仙袂飄颻舉，猶似霓裳羽衣舞。
玉容寂寞淚闌干㊺，梨花一枝春帶雨。
含情凝睇謝君王㊻，一別音容兩渺茫。
昭陽殿裏恩愛絕㊼，蓬萊宮中日月長㊽。
回頭下望人寰處㊾，不見長安見塵霧。
惟將舊物表深情，鈿合金釵寄將去㊿。
釵留一股合一扇51，釵擘黃金合分鈿。
但教心似金鈿堅，天上人間會相見。
臨別殷勤重寄詞，詞中有誓兩心知。
七月七日長生殿52，夜半無人私語時。
在天願作比翼鳥53，在地願為連理枝54。
天長地久有時盡，此恨綿綿無絕期。

【注】❶漢皇：此指唐玄宗李隆基。❷楊家：蜀州司戶楊玄琰，有女楊玉環，因父早死，由叔父楊玄珪撫養長大，開元二十三年（735）時年十七歲的楊玉環被封為玄宗之子壽王李瑁之妃。二十八年，玄宗命其出家為道士，道號太真。天寶四年（745）被封為貴妃。所謂「養在深閨人未識」，是詩人有意為唐玄宗隱諱。❸六宮：古代皇帝設六宮，正寢（日常處理政務之地）一，燕寢（休息之地）五，合稱六宮。粉黛：指宮中

女子。❹華清池：即華清池溫泉，在今陝西省臨潼縣南的驪山下。❺承恩澤：受到皇帝的寵倖。❻金屋：據《漢武故事》載，漢武帝幼時，看上姑母長公主之女阿嬌，曾說：「若得阿嬌作婦，當作金屋貯之。」後人們用金屋指寵姬居所。❼醉和春：醉態中含著春情。❽列土：分封土地。楊玉環被封貴妃後，其父追封太尉、齊國公，叔擢升光祿卿，母封涼國夫人，大姊、三姊、八姊分封為韓國夫人、虢國夫人、秦國夫人。宗兄楊銛、楊錡、楊釗（國忠）分封鴻臚卿、侍御史、右丞相。❾可憐：值得羨慕。❿驪宮：即驪山華清宮。⓫漁陽鞞（音皮）鼓：指安祿山起兵叛亂之事。漁陽，唐郡名，在今河北薊縣一帶。安祿山時任平盧、范陽、河東三鎮節度使，而漁陽是范陽節度使所轄八郡之一。鞞鼓，指戰鼓。⓬霓裳羽衣曲：唐著名舞曲，唐開元年間西涼節度使楊敬述獻西域樂曲，經唐玄宗潤色、配歌辭，改用此名。樂曲著意表現虛幻的仙境和仙女形象。後失傳。⓭九重城闕：指京城長安。煙塵生：指發生戰事。⓮「千乘」句：指天寶十五年（756）六月，安祿山攻破潼關，逼近長安。唐玄宗帶著楊貴妃等大隊人馬向西南逃跑。「千乘萬騎」是詩人之詞。⓯翠華：皇帝儀仗中用翠鳥羽毛裝飾的旗幟。這裏指皇帝的車駕。⓰百餘里：指到了距長安一百多里的馬嵬坡。⓱六軍：泛指禁衛軍。當護送唐玄宗的禁衛軍行至馬嵬坡時，不肯再走，請求殺楊國忠和楊貴妃。玄宗無奈之下，殺楊國忠，令楊貴妃自縊。⓲宛轉：哀怨委屈的樣子。蛾眉：指楊貴妃。⓳花鈿：用金翠珠寶製成的花朵形頭飾。委地：丟棄在地上。⓴翠翹：像翠鳥長尾的一種頭飾。金雀：雀形金釵。玉搔頭：玉簪子。㉑埃：黃塵。㉒雲棧：高入雲霄的棧道。縈紆：指棧道縈迴盤繞。劍閣：又稱劍門關，在今四川劍閣縣北，是入蜀的要道。㉓行宮：皇帝外出時的臨時居所。㉔鈴：指入蜀棧道上所掛的鈴鐺。㉕旋日轉：指時局好轉。肅宗至德二年（757），郭子儀軍隊收復長安。龍馭：皇帝的車駕。㉖空死處：只見楊玉環死的地方。據《新唐書•後妃傳》載，唐玄宗回京，經馬嵬坡，派人以禮改葬貴妃，見其香囊猶在，不勝悲傷。㉗霑衣：流淚。㉘太液：太液池，唐時在大明宮北。未央：漢有未央宮。這裏以此借指唐長安宮苑。㉙西宮南內：皇宮之

內稱為大內。西宮即太極宮，故址在今西安市迤北故宮城內。南內為興慶宮，故址在今西安市東南。玄宗返京後，初居南內後遷西宮，被軟禁。❸⓪梨園弟子：指玄宗當年教習的樂工舞女。❸①椒房：後妃居所，因以花椒粉和泥抹牆，故稱。阿監：宮中侍從女官。青娥：年輕的宮女。❸②耿耿：明亮的樣子。❸③鴛鴦瓦：屋頂上俯仰相扣的瓦。❸④臨邛（音窮）：今四川邛峽縣。鴻都：東漢都城洛陽北宮門名，這裏借指長安。臨邛道士和鴻都客指同一個人，意為從四川來長安的道士。❸⑤致：招來。❸⑥排空馭氣：即騰雲駕霧。❸⑦碧落：道家所說東方第一層天叫碧落，這裏指天堂。黃泉：指地府。❸⑧五雲：五色祥雲。❸⑨太真：楊玉環出家時的道號。❹⓪參差：好像，差不多。❹①金闕、玉扃（音門）：道家說，天堂上有上清宮，左金闕、右玉扃。金闕，指黃金裝飾的仙宮。玉扃，玉製的門。❹②小玉：吳王夫差之女，傳說死後成仙。雙成：傳說中西王母侍女董雙成。這裏皆借指楊貴妃的侍女。❹③九華帳：繡百花圖案的華美帳子。❹④珠箔：珠簾。迤邐（音以理）：指接連不斷。❹⑤寂寞：神色淒黯。闌干：縱橫。❹⑥凝睇：凝視。❹⑦昭陽殿：漢成帝寵妃趙飛燕的寢宮。這裏借指楊貴妃住過的宮殿。❹⑧蓬萊：傳說中的海上仙山。這裏指楊貴妃在仙山的居所。❹⑨人寰：人世間。❺⓪鈿合：鑲金花的盒子。寄將去：託道士帶給玄宗。❺①釵留一股：金釵有兩股，留下其中一股。合一扇：盒子有底有蓋，分開則成兩扇，楊玉環自留一扇。❺②長生殿：在驪山華清宮內，為祭神之宮。❺③比翼鳥：傳說中的鳥名，據說只有一目一翼，雌雄並在一起才能飛。常以此比喻夫妻。❺④連理枝：不同根的樹木，其枝幹連在一起，叫連理。此二句是兩人私語誓詞。

　　元和元年（806），正在盩厔縣（今陝西周至）任縣尉的詩人，和朋友陳鴻、王質夫遊覽仙遊寺，有感於唐玄宗和楊貴妃的故事，便創作這首千古名篇。這是一首長篇敘事詩，詩中開始敘述安史之亂前期，楊貴妃、唐玄宗兩人的奢靡生活，後又寫安史之亂中，兩人的愛情以悲劇結局，而這悲劇的釀造者正是他們自己，這也讓他們遺恨終生。

　　這首詩可以分為三部分進行賞析。第一部為前三十句，寫安史之亂前

楊貴妃和唐玄宗驕奢腐化的生活。第一句「漢皇重色思傾國」，寫悲劇發生的原因，總領全詩。緊接著，詩人用極其簡潔的語言，敘述了安史之亂前，唐玄宗求色的過程。「多年求不得」體現了唐玄宗重視美色。最後，唐玄宗終於找到了「回眸一笑百媚生，六宮粉黛無顏色」的楊貴妃。「凝脂」、「嬌無力」、「雲鬢花顏金步搖」這些詞，細膩傳神地勾勒了一位嬌柔美麗的楊貴妃形象，彷彿楊貴妃踏著金步正款款走來。楊貴妃因有色得寵，楊家「姊妹弟兄皆列土」，唐玄宗從此不早朝，在後宮縱欲享樂，終日沉湎在歌舞酒色中。之後詩文用大量詞句如「承歡「、「春遊」、「嬌侍夜」、「仙樂」、「緩歌慢舞凝絲竹」，極力渲染皇帝驕奢淫逸的腐化生活。「日高起」、「不早朝」、「夜專夜」、「看不足」等，可見明皇快樂到了極點，含有諷刺意味，這裏的行樂無窮和之後的悔恨綿綿形成了鮮明的對比。以上種種，導致安史之亂爆發，也是「長恨」的內因。

第二部分從「漁陽鼙鼓動地來」到「魂魄不曾來入夢」，寫安史之亂爆發，楊貴妃被賜死，唐玄宗在蜀中悲思。從「漁陽鼙鼓動地來」到「回看血淚相和流」，　述叛軍大舉進攻長安，明皇倉促逃跑，馬嵬坡兵變。在馬嵬坡「六軍不發」，憤怒於唐玄宗沉迷美色，禍國殃民，堅決請求處死楊貴妃。「宛轉蛾眉馬前死。花鈿委地無人收，翠翹金雀玉搔頭。君王掩面救不得，回看血淚相和流」，詩人用細膩的筆觸，生動地描繪了唐玄宗不忍割愛卻又無能為力時的矛盾和痛苦心情。血淚訣別，生發了之後無盡的恨意。從「黃埃散漫風蕭索」到「魂魄不曾來入夢」，寫楊貴妃死後唐玄宗在蜀中悲淒寂寞，蜀地山青水碧，景色優美，而玄宗孤單寂寞，這使他內心更加痛苦。回京路上徘徊追思，回宮後物是人非，白日裏睹物思人，從太液池的芙蓉花和未央宮的垂柳彷彿看到了楊貴妃美麗容貌，展現了玄宗複雜微妙的心理活動。玄宗看「春風桃李花開日」，「秋雨梧桐葉落時」，甚至當年「梨園弟子」和「阿監青娥」現在白髮衰顏，都會使他想起曾經的歡娛。晚上「孤燈挑盡」也難「成眠」，如此日夜思念之情，令人迴腸盪氣，動人心魄。

第三部分從「臨邛道士鴻都客」到結尾，寫道士幫助唐玄宗尋找楊貴妃。道士「上窮碧落下黃泉，兩處茫茫皆不見」，後來終於在海上仙山找到了楊貴妃，楊貴妃「玉容寂寞淚闌干，梨花一枝春帶雨」，含情脈

脈，不忘舊情。她又讓道士給唐玄宗送去信物，發誓永作夫妻，這照應了唐玄宗對她的思念。詩人在這部分採用浪漫主義表現手法，大膽想像，構思一個美妙奇幻的仙境，使故事曲折回環，思念之情更深刻，也進一步深化了「長恨」這個主題，將整首詩推向高潮。最後，詩文以「天長地久有時盡，此恨綿綿無絕期」結束，結尾點題，使人產生無限的遐想，回味無窮。

詩人在這首七言古詩中，將敘事、寫景和抒情和諧交融在一起，故事曲折動人，情感纏綿悱惻，具有極強的感染力，讀來盪氣迴腸。詩人沒有直抒「長恨」之情，而是將它融入到了敘事中，通過烘托、渲染等，使「長恨」之情逐層深入，使人對這兩個字體會更加深刻。

【後人點評】

清人愛新覺羅・弘曆：居易詩詞特妙，情文相生，沉鬱頓挫，哀豔之中，具有諷刺。「漢皇重色思傾國」、「從此君王不早朝」、「君王掩面救不得」，皆微詞也。「養在深閨人未識」，為尊者諱也。欲不可縱，樂不可極，結想成因，幻緣奚馨，總以為發乎情而不能止乎禮義者戒也。（《唐宋詩醇》卷二十二）

▷ 大林寺桃花❶

人間四月芳菲盡❷，山寺桃花始盛開❸。
長恨春歸無覓處❹，不知轉入此中來❺。

【注】❶大林寺：位於廬山大林峰上，相傳為晉代僧人曇詵所建，是我國佛教勝地之一。❷人間：指廬山下的村落。芳菲：盛開的鮮花。❸山寺：指大林寺。❹長恨：常常惋惜。❺不知：想不到。此中：寺廟裏。

這首詩是白居易寫在江州（今江西九江）司馬任上的紀遊詩。

全詩一共短短四句，不管是內容還是語言都好像沒有什麼深奧、出奇的地方，就像是把「山高地深，時節絕晚」、「與平地聚落不同」的景物節候，簡單地做了一番記述和描繪。但細細品味，就會驚喜地發現這首平淡自然的小詩，意境深邃，情趣盎然。

詩的開頭「人間四月芳菲盡，山寺桃花始盛開」兩句，是寫詩人登山時間是夏季的第二個月，正是大地春去，百花落盡的時候。但沒想到在高山古寺之中，又遇上了意想不到的春景。登臨之前，就曾經為春光的匆匆不駐而怨恨，而惆悵，而失望。因此，當這不曾期待的一片春景映入眼簾時，該詩使人感到無比的驚異和歡喜！

詩中第一句的「芳菲盡」，與第二句的「始盛開」，是在對比中遙相呼應的。它們字面上是記事寫景，實際上也是在寫感情和思緒上的發展——由一種愁怨不已的哀歎春去之情，突然變為驚異、欣喜，以至於喜笑顏開。在首句開頭，詩人就著意用了「人間」二字，這意味著這一奇遇、這一勝景，給詩人帶來一種特殊的感受，即彷彿從人間的真實世界，突然來到一個悠然仙境，置身於非人間的另一幻境。正是在這一情景的觸發下，詩人想像的空間無比高遠。

「常恨春歸無覓處，不知轉入此中來。」詩人想到自己曾因為惜春、戀春，以至怨恨春去的無情，但想不到卻是錯怪了春，原來春並未遠去，只不過是像一頑皮的小孩子，偷偷地躲到這塊地方來了。

這首詩中，既用桃花指代了春光，把春光寫得非常具體可感，清新自然，又用擬人的手法把春光寫得彷彿真是長了腳似的，可以轉來躲去。不，它不僅有腳，你看它簡直還有頑皮的一面呢！

在這首短詩中，自然界的春光被描寫得如此的生動可感，天真活潑，活靈活現。如果沒有對春的無限眷戀、熱愛，沒有詩人的一顆童心，哪能這麼風趣靈動？這首小詩值得稱讚的地方，正在立意新奇，構思靈巧，而戲語雅趣，又啟人神思，惹人憐愛，真是唐人絕句小詩中的又一明珠。

【後人點評】

何良俊評白居易詩：不事雕飾，直寫性情（《四友齋叢說》）

▷ 賣炭翁

賣炭翁❶，伐薪燒炭南山中❷。
滿面塵灰煙火色，兩鬢蒼蒼十指黑。
賣炭得錢何所營❸？身上衣裳口中食。

可憐身上衣正單，心憂炭賤願天寒。

夜來城外一尺雪，曉駕炭車輾冰轍❹。

牛困人饑日已高，市南門外泥中歇❺。

翩翩兩騎來是誰❻？黃衣使者白衫兒❼。

手把文書口稱敕❽，回車叱牛牽向北❾。

一車炭，千餘斤，宮使驅將惜不得❿。

半匹紅綃一丈綾⓫，繫向牛頭充炭直⓬。

【注】❶賣炭翁：這首詩是白居易《新樂府》組詩中的第三十二首。
❷南山：即終南山，秦嶺山脈一段，在今陝西西安南五十里處。❸營：經
營，使用。❹輾：同「碾」，軋的意思。轍：車輪碾過後留下的痕跡。❺
市：集市。❻翩翩：輕鬆瀟灑。這裏指趾高氣揚的樣子。騎（音寄）：騎
馬的人。❼黃衣使者白衫兒：黃衣使者，指皇宮內的太監。白衫兒，指太
監手下的爪牙。❽把：拿。敕（音斥）：皇帝的詔書、命令。❾牽向北：
把炭車趕向皇宮。唐代皇帝的宮殿在長安城的北邊。❿驅將：趕著走。惜
不得：捨不得。⓫綃（音消）：生絲。綾：絲織品。⓬直：同「值」，價
值。

　　中唐時，宦官專權，肆無忌憚，他們常常以低價強購物品，有時甚至
分文不給，反而胡亂捏造名目，勒索百姓錢財。這首詩就是寫一個賣炭翁
賣薪遭遇，強烈斥責了統治者對人民橫加掠奪的罪行。

　　前四句，寫賣炭翁燒炭的不易。「伐薪燒炭」，概括了取炭辛勤過
程。「南山中」點明了勞動地點是終南山，那裏荒無人煙、經常有豺狼
出沒，環境十分惡劣。「滿面塵灰煙火色，兩鬢蒼蒼十指黑」，生動地描
畫了賣炭翁的形象，也襯托了勞動的辛苦。我們可以想像，在荒涼的大山
裏，一個滿面灰塵，兩鬢斑白，雙手髒黑的老人，在山上一斧一斧地「伐
薪」，一窯一窯地「燒炭」，是多麼的不容易啊！

　　「賣炭得錢何所營？身上衣裳口中食。」原來，賣炭所得的錢是為了
維持生計，可見，炭對於這位老翁非常重要，這一問一答，使行文起伏跌
宕。這為後面宮使掠奪木炭的罪行做了有力的鋪墊。

「可憐身上衣正單，心憂炭賤願天寒。」身上衣服單薄，就希望天氣暖和。而賣炭翁卻為了炭能賣個好價錢，正凍得瑟瑟發抖，還在希望天氣能更寒冷。語言簡潔，而老翁艱難處境和矛盾心情，展現得淋漓盡致。「可憐」二字，流露了詩人對老翁的無限同情。

賣炭翁的願望終於實現了，「夜來城外一尺雪」，「一尺雪」，表明雪之大。下了這麼大的一場雪，老翁終於不用擔心炭賤了。

賣炭翁「曉駕炭車輾冰轍」，「輾冰轍」進一步襯托了老翁賣炭的艱辛。此時，他心裏定然是喜悅並充滿希望的，也許正在想著這一車炭能賣多少錢，能換取多少衣服和食物。然而，他遇到了宮使，「翩翩」和上邊「牛困人饑」形成了強烈反差，反襯了勞動百姓和統治者之間境況相差懸殊。「手把文書口稱敕」，接著就「叱牛」向北。「一車炭，千餘斤」和「半尺紅紗一丈綾」形成了強烈的反差，揭露了宮使們掠奪之殘暴。此時，賣炭翁從「伐薪」、「燒炭」、「願天寒」、「駕炭車」、「輾冰轍」，到「泥中歇」這艱難漫長的過程中所有希望都化成了泡影。賣炭翁之後的生活該怎麼辦呢？在這個天寒地凍的日子，老翁饑寒交迫，心中痛苦。宮使們的暴虐行為不是把老翁推向了絕路嗎？此時，對統治者痛恨之情油然而生。

這首敘事詩語言深沉，表達思想深刻。多用襯托和對比手法，將統治者的暴虐和勞苦百姓艱辛，真實地表現了出來。結尾發人深思。

【後人點評】

宋人蔡絛（音掏）：自擅天然，貴在近俗。（《西清詩話》）

▶ 暮江吟❶

一道殘陽鋪水中❷，半江瑟瑟半江紅❸。

可憐九月初三夜❹，露似真珠月似弓❺。

【注】❶吟：古代詩體名。❷殘陽：太陽落山殘留下的陽光。❸瑟瑟：碧綠顏色。❹可憐：讓人憐愛，可愛。❺真珠：即珍珠。

《暮江吟》是白居易「雜律詩」系列中的一首，這些詩的特點是通過

一時一物的吟詠，在一詞一句中融入真率自然的表現內心深處的情思。

詩人選取了日落西山到新月當空這一段時間裏的兩組景物進行對照描寫。前兩句寫夕陽餘暉中的江面。「一道殘陽鋪水中」，快落山的太陽照射在江面上，「鋪」字恰到好處，這是因為「殘陽」已經接近地平線，幾乎是貼著地面照射過來，的確像「鋪」在江面上，很有畫面感。從動作角度，這個「鋪」字也顯得平緩，寫出了秋天夕陽的柔和，給人以溫馨、閒適的感覺。「半江瑟瑟半江紅」，天氣晴朗，江水靜靜地流著，江面偶爾濺起細小的水花。光照面積大的部分，呈現一片神奇的「紅」色；受光少的地方，呈現出深深的碧色。詩人發現江面上的兩種顏色，描繪出夕陽照射下，江面細波粼粼、光色瞬息萬變的奇景。詩人陶醉了，把自己的心緒蘊含在景物描寫之中了。

後兩句寫新月升起的夜色。詩人欣賞著眼前的美景，直到初月升起，露水散佈的時候，眼前呈現出一片更為美好的境界。詩人低頭一看：呵呵，綠色的草地上掛滿了晶瑩的露珠。這綠草上的滴滴露珠，就好像是鑲嵌在上面的粒粒珍珠！用「真珠」喻露珠，很貼切，不僅寫出了露珠的圓潤，而且寫出了在新月的光照下，露珠閃爍的晶瑩的光澤。偶一抬頭：喲，一彎新月冉冉升起，這就像在碧藍的天幕上，懸掛了一張精巧明亮的弓！詩人由低到高，把這天上地下的兩種景象，壓縮在一句詩裏——「露似真珠月似弓」。從弓一樣的一彎新月，想起此時正是九月初三的夜晚，不禁脫口讚美它的皎潔，直抒胸臆，把感情推向高潮。

詩人通過對「露」、「月」視覺形象的描寫，創造出多麼和諧自然、寧靜悠遠的意境！用這樣神奇巧妙的比喻來著力為大自然真實著色，描景寫形，歎為觀止。由描繪江上落日，到讚美皓月清露，這中間好像少了一個時間上的「接頭」，而「九月初三夜」的「夜」無形中把時間承接起來了，它上與「暮」接，下與「露」、「月」相連，這就意味著詩人在江邊，從落日黃昏一直觀賞到月上露下，蘊含著詩人對大自然的喜悅、熱愛之情。

這首七言絕句大約是長慶二年（822）白居易寫於赴杭州任刺史途中。當時朝政昏暗，牛李黨爭激烈，詩人諳盡了朝官的滋味，自求外任。這首詩從側面反映出詩人離開朝廷後的輕鬆愉快的心情。途中所見，隨口

吟成，格調清新，自然可喜，讀後給人以美的享受。

【後人點評】

明人楊慎：詩有丰韻。言殘陽鋪水，半江之碧，如瑟瑟之色；半江紅，日所映也。可謂工微入畫。（《升庵詩話》）

▷ 琵琶行並序

元和十年，余左遷九江郡司馬❶。明年秋，送客湓浦口❷。聞舟中夜彈琵琶者，聽其音，錚錚然有京都聲❸。問其人，本長安倡女❹。嘗學琵琶於穆、曹二善才❺，年長色衰，委身為賈人婦❻。遂命酒使快彈數曲❼，曲罷憫然❽。自敘少小時歡樂事，今漂淪憔悴，轉徙於江湖間。予出官二年❾，恬然自安，感斯人言，是夕始覺有遷謫意。因為長句❿，歌以贈之⓫，凡六百一十二言⓬，命曰《琵琶行》。

潯陽江頭夜送客⓭，楓葉荻花秋瑟瑟。
主人下馬客在船，舉酒欲飲無管弦。
醉不成歡慘將別，別時茫茫江浸月。
忽聞水上琵琶聲，主人忘歸客不發。
尋聲暗問彈者誰，琵琶聲停欲語遲。
移船相近邀相見，添酒回燈重開宴⓮。
千呼萬喚始出來，猶抱琵琶半遮面。
轉軸撥弦三兩聲⓯，未成曲調先有情。
弦弦掩抑聲聲思，似訴平生不得志。
低眉信手續續彈，說盡心中無限事。
輕攏慢撚抹復挑⓰，初為《霓裳》後《六么》⓱。
大弦嘈嘈如急雨⓲，小弦切切如私語⓳。
嘈嘈切切錯雜彈，大珠小珠落玉盤。
間關鶯語花底滑⓴，幽咽泉流水下灘㉑。

冰泉冷澀弦凝絕，凝絕不通聲漸歇❷。
別有幽愁暗恨生，此時無聲勝有聲。
銀瓶乍破水漿迸，鐵騎突出刀槍鳴。
曲終收撥當心畫❷，四弦一聲如裂帛。
東船西舫悄無言，唯見江心秋月白。
沉吟放撥插弦中，整頓衣裳起斂容。
自言本是京城女，家在蝦蟆陵下住❷。
十三學得琵琶成，名屬教坊第一部❷。
曲罷曾教善才伏，妝成每被秋娘妒❷。
五陵年少爭纏頭❷，一曲紅綃不知數❷。
鈿頭雲篦擊節碎❷，血色羅裙翻酒汙。
今年歡笑復明年，秋月春風等閒度。
弟走從軍阿姨死❸，暮去朝來顏色故❸。
門前冷落車馬稀，老大嫁作商人婦。
商人重利輕別離，前月浮梁買茶去❸。
去來江口守空船，繞船月明江水寒。
夜深忽夢少年事，夢啼妝淚紅闌干❸。
我聞琵琶已歎息，又聞此語重唧唧❸。
同是天涯淪落人，相逢何必曾相識！
我從去年辭帝京，謫居臥病潯陽城。
潯陽地僻無音樂，終歲不聞絲竹聲。
住近湓江地低濕，黃蘆苦竹繞宅生。
其間旦暮聞何物，杜鵑啼血猿哀鳴。
春江花朝秋月夜，往往取酒還獨傾❸。
豈無山歌與村笛，嘔啞嘲哳難為聽。
今夜聞君琵琶語，如聽仙樂耳暫明。
莫辭更坐彈一曲❸，為君翻作琵琶行。
感我此言良久立，卻坐促弦弦轉急❸。

凄凄不似向前聲❸，滿座重聞皆掩泣。

座中泣下誰最多？江州司馬青衫濕❸。

【注】❶左遷：貶官。❷溢（音盆）浦口：溢水入長江處。溢水，即今龍開河，源於江西青盆山，至九江入長江。❸京都聲：指唐代長安流行的樂曲聲調。❹倡女：以歌舞演奏為業的女子。倡，古時歌舞藝人。❺善才：能手。❻委身：這裏是嫁的意思。賈人：商人。❼命酒：叫人擺酒。❽憫然：悲傷的樣子。❾出官：出京城做官，外調。❿為：創作。長句：指七言詩。⓫歌：作歌。⓬言：字。⓭潯陽江：即流經潯陽境內的長江。⓮回燈：重新撥亮燈火。重：再。⓯轉軸撥弦：指調節琵琶的音調。⓰攏：左手手指按弦向裏推。撚：弦左右揉。抹：向左撥弦。挑：向右彈。⓱霓裳：即《霓裳羽衣曲》，本為西域樂舞，唐開元年間西涼節度使楊敬述獻給朝廷，經唐玄宗配詞潤飾改此名。六么：為京都流行的曲子。⓲大弦：琵琶弦有粗細，最粗的稱大弦，發出的聲音低沉。⓳小弦：指最細的弦，發出的聲音尖細。⓴間關：鳥鳴聲。這裏形容樂聲流暢，如鶯聲從花下滑過。㉑水卜灘：指樂聲喑咽低沉，好像滯留在了水灘中。㉒凝絕：凝滯。㉓當心畫：用撥子在琵琶的中部劃過四弦，這是曲子結束時經常使用的右手手法。㉔蝦蟆陵：在長安城東南，曲江附近，是當時有名的遊樂地區，也是歌女聚居之地。㉕教坊：唐代官辦管理音樂歌舞、雜役藝人的機關。第一部：指第一隊，意為最優秀的演奏隊伍。㉖秋娘：唐時歌舞伎的通稱。㉗五陵年少：指豪門子弟，五陵，是長安城外漢代五個皇帝的陵墓所在地，是當時豪門貴族聚居地。纏頭：藝伎在演出時用錦纏頭，客人們便以纏頭錦作為贈禮，後來成為專送歌舞伎的禮物。㉘紅綃：精美的紅色絲織品。㉙鈿頭銀篦：鑲嵌著花鈿的銀簪子。擊節：打拍子。㉚阿姨：鴇母。㉛色故：容顏衰老。㉜浮梁：古縣名。在今江西省景德鎮市，為唐朝茶葉的集散地。㉝夢啼妝淚：夢中啼哭，上過脂粉的臉上留下淚痕。闌干：縱橫。㉞重唧唧：再次歎息。㉟獨傾：獨自飲酒。㊱更坐：再坐。㊲卻坐：退回到原處坐下。促弦：把弦擰得更緊。㊳向前：剛才。㊴青衫：唐朝八品、九品文官的服色。白居易任江州司馬，品級是最低的九品將仕

郎，故穿青衫。

　　「序」中已經交代，唐憲宗元和十年（815）白居易被貶為九江郡司馬。次年，送客湓浦口，在船上結識琵琶女。這首七古，通過對琵琶女高超彈技和她不幸經歷的描述，揭露了封建社會的黑暗面，表達了詩人對琵琶女不幸遭遇的同情，抒發了詩人自己無辜被貶的憤懣心情。

　　本詩可分為四部分進行賞析，第一部分從「潯陽江頭夜送客」到「猶抱琵琶半遮面」，寫在送別宴上，詩人邀請商人婦彈琵琶。「潯陽江頭夜送客」，首句交代了事情發生的地點、時間、人物、事件，簡潔精練。「楓葉荻花秋瑟瑟」渲染了秋夜送客蕭條寂寞之感。正因為寂寞，所以詩人寫「無管弦」、「醉不成歡」，為琵琶女的出現做了鋪墊，接著，又用「別時茫茫江浸月」這一環境描寫渲染氣氛，使鋪墊作用更加有力。就在大家想要音樂的時候，琵琶聲出現了，「忽聞水上琵琶聲」，「忽聞」二字，使人有千載難逢之感，聲音一出，使得「主人忘歸客不發」，「尋聲暗問彈者誰」，「移船相近邀相見」。通過前面對琵琶女出場的一系列鋪墊，已經讓人對琵琶女的出現有種迫不及待的感覺，而邀請琵琶女的時候，又出現了波折，「千呼萬喚」才出來，出來的時候還「抱琵琶半遮面」，讓人不能一睹為快。

　　第二部分從「轉軸撥弦三兩聲」到「唯見江心秋月白」描寫琵琶，女彈奏琵琶。琵琶女先「轉軸撥弦三兩聲」校弦試音，詩人讚道「未成曲調先有情」，突出了「情」字。

　　從「弦弦掩抑聲聲思」到「初為《霓裳》後《六么》」，總寫彈奏《霓裳》、《六么》過程，其中「低眉信手續續彈」、「輕攏慢撚抹復挑」描寫琵琶女彈奏的神態，「似訴平生不得志」、「說盡心中無限事」概寫了琵琶女借樂抒情。

從「大弦嘈嘈如急雨」到「唯見江心秋月白」，詩人用語言描寫音樂，「大弦嘈嘈如急雨」，「嘈嘈」摹寫聲音，「如急雨」用比喻使聲音形象化。「小弦切切如私語」也是如此。接著「嘈嘈切切錯雜彈，大珠小珠落玉盤」，使美妙的聲音，通過聽覺形象和視覺形象完美地展現了出來，讓人應接不暇。緊接著旋律開始變「滑」後又轉「澀」。「間關」聲，輕鬆流暢，這種聲音好像「鶯語花底」，通過視覺形象的展現進一步表現聽覺形象的優美。「幽咽」聲，悲淒哽塞，這種聲音就像是「泉流冰下」，通過視覺形象的冷澀強化聽覺形象的冷澀。接著聲音「凝絕」、「聲漸歇」，然後詩人用「別有幽愁暗恨生，此時無聲勝有聲」傳神地描繪了餘音嫋嫋、餘味無窮的藝術境界。

聲音好像到此就結束了，豈知「幽愁暗恨」在「聲漸歇」中凝聚了無窮力量，並終於如「銀瓶乍破水漿迸」一般噴薄而出，又好像「鐵騎突出刀槍鳴」，此時，琴曲突然上升到高潮，曲聲剛剛到高潮，隨即琵琶女「曲終收撥當心畫」，曲聲戛然而止。聽罷此曲讓人迴腸盪氣。接著詩人又用「東船西舫悄無言，唯見江心秋月白」的環境描寫側面烘托了曲聲給人留下無限回味的廣闊空間。詩人用大量筆墨描寫了曲聲，不僅體現琵琶女的技藝高超，同時，音樂的千變萬化也是琵琶女內心起伏迴盪的表現，這就為下邊寫琵琶女的不幸遭遇做了鋪墊。

第三部分從「沉吟放撥插弦中」到「夢啼妝淚紅闌干」，寫琵琶女的遭遇。詩人省去了詢問句，而是直接通過琵琶女的動作和表情描寫過渡到自言身世，琵琶女「沉吟」神態，暗指被詢問，同時這也反映她內心矛盾欲說還休。而「放撥」、「插弦中」、「整頓衣裳」、「起」、「斂容」等描寫，表明她意欲克服矛盾，傾訴身世。

從「自言本是京城女」，詩人用淒哀的抒情筆調，如泣如訴地描寫了琵琶女的不幸遭遇，這與「說盡心中無限事」的樂曲形成互補，完整地展現了一個生動真實的琵琶女形象。琵琶女的不幸身世，極具代表性，它反映了封建社會中所有藝人們被人輕視侮辱的命運。

第四部分從「我聞琵琶已歎息」到「嘔啞嘲哳難為聽」，寫詩人表達對琵琶女的同情，並訴說了自己被貶之苦。詩人先寫對琵琶女的同情，接著用「同是天涯淪落人」，表明自己和琵琶女同病相憐，自然轉到對自己

坎坷經歷的吐露。「終歲不聞絲竹聲」與前面的「忽聞水上琵琶聲」相呼應，暗示自己內心痛苦無處傾訴。

第五部從「今夜聞君琵琶語」到最後，寫詩人邀請琵琶女再彈一曲。「我」的訴說，反過來又激起了琵琶女的情感，所以她又一次彈琵琶的時候，那聲音就更加淒哀動人，「滿座重聞皆掩泣」，而這聲音又進一步使詩人激動不已，以至熱淚縱橫，濕透青衫。處於封建社會底層的琵琶女的遭遇，和被迫害的正直的知識份子的遭遇，相互映襯，相互補充，渾然一體。樂曲和兩人不幸遭遇，回環反覆地出現，交織在一起，盪氣迴腸，餘音嫋嫋。

【後人點評】

明人郝敬：以詩代敘，記情興，曲折婉轉，《連昌宮詞》正是伯仲。（《批選唐詩》卷一）

▷ 錢塘湖春行❶

孤山寺北賈亭西❷，水面初平雲腳低❸。
幾處早鶯爭暖樹❹，誰家新燕啄春泥。
亂花漸欲迷人眼❺，淺草才能沒馬蹄。
最愛湖東行不足❻，綠楊陰裏白沙堤❼。

【注】❶錢塘湖：即杭州西湖。❷孤山寺：在西湖北部孤山上。南朝陳天嘉年間（560～565）建。賈亭：即賈公亭。唐貞元（785～804）中，賈全在任杭州刺史時，於西湖建亭，稱「賈亭」或「賈公亭」。❸水面初平：指春天湖水初漲，水面和湖岸持平。雲腳低；指雲層低垂。腳，古語稱下垂的東西為「腳」。❹鶯：黃鸝，鳴聲婉囀悅耳。暖樹：指向陽的樹木。❺亂花：色彩繽紛的野花。欲：就要。迷人眼：使人眼花撩亂。❻湖東：以孤山為參照，白沙堤就在孤山的東北面。行不足：百遊不厭。❼陰：同「蔭」。白沙堤：即今白堤，又稱沙堤、斷橋堤，在西湖東岸。

這首詩是長慶三或四年春白居易任杭州刺史時所作。錢塘湖就是西

湖。提起西湖，人們就會聯想到蘇軾的「欲把西湖比西子，淡妝濃抹總相宜」。讀了白居易這首詩，就是真的看到了那四大美女之一的西施的倩影，更加真切地感到東坡這比喻的精妙。白居易在杭州時，寫了許多以湖光山色為主題的詩作。這首詩注重把握環境和季節的特徵，把剛剛塗上春天色彩的西湖，描繪得生意盎然，美不勝收。

「孤山寺北賈亭西」，寫孤山寺和賈亭。在後湖與外湖之間的就是孤山，山峰高高聳立，上面有一座孤山寺，是湖中登高遊覽的好地方，也是西湖一個非常著名的標誌。賈亭在當時也是西湖的一處名勝。有了第一句地理位置的敘述，這第二句的「水面」，指的就自然是西湖湖面了。秋冬水面下降，春天雨水新漲，在水色天光的混沌交接處，天空中舒卷起一片一片重重疊疊的白色雲朵，和湖面上蕩漾起伏的波瀾連成了一片，所以叫「雲腳低」。「水面初平雲腳低」一句，勾勒出湖上早春的大概輪廓。接下來的兩句，從鶯歌燕舞的動態中，把西湖春天的活力，在寒冬的沉睡中蘇醒過來的春意生動地描繪了出來。鶯是有名的歌手，它歌唱著江南的美麗春景；燕是候鳥，春天到了牠又從北國飛來。牠們對季節的敏感和判斷，成為春天的一個象徵。詩中，詩人對周圍事物的選擇是獨到的；而他的筆墨，則是入木三分的。說「幾處」，可見不是「到處」；說「誰家」，可見不是「每家」。因為還是料峭的初春，這樣，「早鶯」的「早」和「新燕」的「新」就在意義上起到互補的作用，把兩者聯成一個完整的畫面。因為是「早鶯」，所以選擇棲息在向陽的樹木上試牠清脆的歌喉；由於是「新燕」，當牠啄泥銜草營建新巢的時候，就會引起人們一種耳目一新的喜悅。謝靈運「池塘生春草，園柳變鳴禽」二句之所以妙絕古今，世代傳誦，正是因為他寫出了季節更替時這種偶見的欣喜。這首詩在意境上頗有異曲同工之妙。

這首詩的前四句寫湖上風光，視野非常寬廣，它從「孤山」一句生發出來；後四句則著重寫「湖東」景色，最後歸結到「白沙堤」。前面先指明地理環境，然後展開寫景；後面是先寫景色，後介紹環境。全詩以「孤山寺」起，以「白沙堤」結，由點到面，又由面回到點，中間的空間輪迴轉換，不著一絲痕跡。結構的巧妙、條理包含在渾成的筆意之中，如果不細心體味，是難以看出它的條理的。

「亂花」、「淺草」一聯，看似一般，其實它和「白沙堤」存在著緊密的聯繫：春天來了，西湖周圍哪兒都是綠草遍地；可是這平坦修長的白沙堤，遊人如織，來往頻繁。唐朝時候，西湖堤上騎馬遊春的風俗盛行。詩中用「沒馬蹄」來形容這嫩綠的淺草，正是眼前的景色。

這是一首七律寫景詩，它的妙處，不在於淋漓盡致的細緻刻畫，而在於情景相融，寫出了自然之美給予詩人的集中而飽滿的視覺感受。所謂「象中有興，有人在」；所謂「隨物賦形，所在充滿」（王若虛《滹南詩話》），是應該從這個意義去理解的。

【後人點評】

清人薛雪：樂天詩「章法變化，條理井然」。（《一瓢詩話》）

▶ 輕肥❶

意氣驕滿路，鞍馬光照塵。
借問何為者，人稱是內臣❷。
朱紱皆大夫❸，紫綬悉將軍❹。
誇赴軍中宴❺，走馬去如雲。
樽罍溢九醞❻，水陸羅八珍。
果擘洞庭橘，膾切天池鱗❼。
食飽心自若，酒酣氣益振。
是歲江南旱，衢州人食人❽！

【注】❶輕肥：詩題取自《論語・雍也》中的「乘肥馬，衣輕裘」，概括豪奢生活。❷內臣：宦官。❸朱紱（音服）：古代繫佩玉或印章的紅色絲帶。❹紫綬：紫色絲帶。古代高級官員用以作印組或服飾。朱、紫二色，皆高級官員才能使用的顏色。❺軍：這裏指保衛皇帝的神策軍。❻樽（音尊）、罍（音雷）：盛酒器皿。九醞：美酒名。羅：擺設、羅列。❼膾：細切的肉、魚。天池：海。❽衢州：唐代州名，其治所即今浙江西部的衢縣。

前八句，描寫宦官們赴軍中宴的驕奢。該人神態驕慢，竟能「滿路」，鞍馬的光滑，竟能「照塵」，描寫繪聲繪色，讓人驚異。順其自然，大家就會想如此驕奢的人「何為者」，最後引出「是內臣」。

內臣只不過是皇帝的家奴，憑什麼這麼驕橫神氣？原來，內臣都繫著「朱紱」和「紫綬」，掌握著軍政大權，怎麼會不驕奢呢？「誇赴軍中宴，走馬去如雲」二句，與「意氣驕滿路，鞍馬光照塵」前後照應，互為補充。進一步描寫宦官的驕奢之態。同時，根據以上的「滿」、「照」、「皆」、「悉」、「如雲」等字，表明內臣眾多。「軍中宴」的「軍」指保衛皇帝的神策軍。此時，宦官們管理著神策軍，他們就更加囂張肆虐、為所欲為。

從「樽罍溢九醞」到「酒酣氣益振」，寫軍中宴的場面著重寫內臣們的奢侈生活，最後寫他們驕態。喝「九醞」，食「八珍」，美食應有盡有，這不禁讓我們聯想到，宴席中的宦官們定然個個大腹便便，油光滿面。「食飽心自若，酒酣氣益振」二句，由奢寫到了驕。「氣益振」三字，照應首句。赴宴時，已經是「意氣驕滿路」，而現在「食飽」、「酒酣」，自然就史加意氣驕橫，不可一世了。

詩人淋漓盡致地描繪了內臣們的行樂圖，他們的驕奢形態暴露無遺。緊接著詩人寫到了江南，「是歲江南旱，衢州人食人」，這兩句中敘述的「人食人」的悲慘情景和前面內臣們的驕奢情景形成了鮮明對比，同樣遭遇旱災，一樂一悲，境況卻是判若天壤，震撼人心。

這首五古，只是把兩種相反的社會現象並寫在一起，沒有發表任何議論，通過鮮明對比，自然使人產生激憤之感，使詩人的觀點更有說服力。

【後人點評】

清人趙翼稱白居易的詩：看是平易，其實精純。（《甌北詩話》）

▷ **問劉十九❶**

綠蟻新醅酒❷，紅泥小火爐。
晚來天欲雪，能飲一杯無？

【注】❶劉十九：是詩人在江州的朋友，為崇陽處士。❷綠蟻：新釀的酒，尚未濾清時，酒面上有酒渣漂浮，顏色微綠，細小如蟻，稱為綠蟻。醅（音胚）：沒有濾過的酒。

這首詩是詩人被貶江西九江期間寫的一首勸酒詩。

「綠蟻新醅酒，紅泥小火爐。」寫新釀的酒，和正燒得旺盛的爐火，烘托出了溫馨優美的意境。紅色的爐火，照映著浮有泡沫的綠酒，非常誘惑人，正是把酒暢飲的好時候。

緊承上一聯，詩人寫「晚來天欲雪」，交代了時間季節，給人一種寒意，在這樣寒冷的天氣裏，就更應該喝上幾杯酒禦寒了。並且，此時天色已晚，沒有什麼事情可做，除了圍爐對酒，還有什麼能消度黃昏呢？所以，詩人問劉十九：「能飲一杯無？」這是多麼充滿生活情趣的場面。

這首五絕小詩，寫得非常有情趣，通過對飲酒環境和外面天氣的描寫，反覆渲染飲酒氣氛，自然引出最後一句，寫得韻味無窮，同時，其中也蘊含了詩人和劉十九的深厚情誼。我們可以想像，劉十九在看了白居易的詩後，定然是立刻欣然而來，兩人痛快暢飲，也許此時屋外正下著鵝毛大雪，但屋內卻是溫暖、明亮，是多麼溫馨愜意，令人身心俱醉。整首詩語言簡練含蓄，又餘味無窮。

【後人點評】

清人章燮：用土語不見俗，乃是點鐵成金手段。（《唐詩三百首注疏》卷六）

▷ **欲與元八卜鄰，先有是贈❶**

平生心跡最相親，欲隱牆東不為身❷。
明月好同三徑夜❸，綠楊宜作兩家春❹。
每因暫出猶思伴，豈得安居不擇鄰。
可獨終身數相見，子孫長作隔牆人。

【注】❶元八：名宗簡，字居敬，河南人，排行第八，故稱元八。舉

進士，官至京兆少尹。卜鄰：即選擇作鄰居。❷牆東：典出《後漢書•逸民傳•逢萌》：「君公（王君公）遭亂獨不去，儈牛自隱。時人謂之論曰：『避世牆東王君公。』」這裏用此指隱士隱居的地方。❸三徑：語出陶潛《歸去來辭》「三徑就荒，松菊猶存」句。這裏借指隱居的地方。❹「綠楊」句：借南朝陸慧曉與張融比鄰舊事，表示詩人想與元八作鄰居。

　　憲宗元和十年（815），詩人和宗簡均在朝廷任職，宗簡在長安升平坊購了一所新宅，詩人很想和他作鄰居，於是，寫下這首七律詩相贈。

　　前四句寫兩家適合作鄰居。開首寫兩人「平生心跡最相親」，接著就具體寫「相親」處，「牆東」、「三徑」和「綠楊」，都是有關隱居的典故，表明兩人都是希望隱居不求功名利祿的人。所以，不如我們結為鄰居，讓明月光輝共照兩戶，綠楊春色同來兩家。詩人想像兩家結鄰之後的情景，「明月」和「綠楊」使人備感溫馨，反映了詩人對結鄰的美好憧憬。在蒼鬱濃密的樹林中，時而看到朵朵野花，發出淡雅的香味，池水清澈，岸上綠柳如茵，兩人在這樣優美的環境裏，散步暢談，該是多麼愜意的事情。這裏用典非常多，但不矯揉造作，非常自然適宜。

　　後四句寫詩人想和宗簡結為鄰居的懇切心情。詩人說短暫的外出，還希望和他人做伴，現在要長期定居，怎能不選擇鄰居呢？結為鄰居後，不僅兩人可以終生時常相見，而且，子孫後代也能永遠友好相處下去。「暫出」、「定居」、「終身」、「後代」，逐層遞近，越寫越長遠，把人們帶入了對未來生活的美好希冀中，令人神往。這也反映出了詩人的渴望心情。「豈得」、「可獨」，不斷反問，也表現了詩人渴盼之情。語言樸實真摯，推心置腹。

　　詩人在這首詩中用豐富多彩的想像，描繪了一幅優美如畫的環境，筆力明快，充滿詩情畫意，使人讀來備感舒暢愜意。

【後人點評】

　　明人胡應麟：唐詩文至樂天，自別是一番境界、一種風流。（《題白樂天集》）

李　紳

【詩人名片】

李紳（772～846）

字號：字公垂

籍貫：無錫（今屬江蘇）

作品風格：通俗質樸、和諧明快

【詩人小傳】：元和元年（806）進士及第，補國子監助教。後入節度使李錡幕府，因不滿李錡謀叛下獄。李錡被殺後獲釋，回無錫惠山寺讀書。元和十五年任翰林學士，捲入朋黨之爭，成為李黨重要人物，任御史中丞、戶部侍郎等職。長慶四年（824），李黨失勢，李紳被貶為端州（今廣東肇慶）司馬。寶曆元年（825）至太和四年（830），李紳歷任江州刺史、滁州刺史、壽州刺史。太和七年，李德裕為相，起用李紳任浙東觀察使。開成五年（841）任淮南節度使，後入京拜相，任中書侍郎、同中書門下平章事，後又升為尚書、右僕射、門下侍郎。居相位四年。會昌四年（844）因中風辭位。會昌六年（846）病逝於揚州，終年七十四歲。

他曾和白居易等人共同提倡新樂府詩體。《全唐詩》存其詩四卷。

▷ 憫農二首

其一

春種一粒粟，秋收萬顆子。

四海無閒田，農夫猶餓死。

其二

鋤禾日當午，汗滴禾下土。

誰知盤中餐，粒粒皆辛苦。

第一首一開頭，就以春之「一粒粟」變為秋之「萬顆子」形象地描繪了豐收，用「種」和「收」的因果關係讚美了農民的勞動。第三句和前兩句聯起來，構成了到處喜獲豐收，遍地「黃金」的喜人景象。這三句，詩人用層層遞進的筆法，表現出勞動人民的巨大貢獻和驚人的創造力，使下文的反結變得更為凝重而沉痛。「農夫猶餓死」，有效地連接了前後的內容，突出了主題。勤勞的農民獲得了豐收，還是兩手空空，慘遭餓死。詩迫使人不得不帶著沉重的心情去思索：是誰製造了這人間的悲劇？

第二首詩，一開頭就描繪了一幅畫：烈日當空的正午，農民依然在勞作，數不清的汗珠掉在灼熱的土地上。這就再次補充了「一粒粟」到「萬顆子」，到「四海無閒田」都是農民辛苦勞動的結果；這也為後面「粒粒皆辛苦」擷取了最富有典型意義的形象。它概括地表現了農民不避艱辛，終年辛勤勞動的生活。本來粒粒糧食滴滴汗，誰都應該知道的。但是，現實又是怎樣呢？只要稍加思索，就會發現現實的另一面：農民的糧食「輸入宮倉化為土」。可見，「誰知盤中餐，粒粒皆辛苦」，沒有空洞的說教，不是無病的呻吟。它蘊意深遠，不僅以說服力取勝，還在這一深沉的感歎中，凝聚了詩人無限的憤慨和無盡的同情。

《憫農二首》把整個的農民生活、命運，以及那些不合理的現實作為抒寫的對象，集中地刻畫了那個畸形社會的矛盾，入情入理，親切感人。詩人還用虛實結合、相互對比、前後映襯的手法，增強了全詩的表現力。兩首詩都選用短促的仄聲韻，讀來給人一種急切悲憤而又鬱結難伸的感覺，更增強了詩的藝術感染力和衝擊力。

【後人點評】

元稹曾說過：「予友李公垂，貺予樂府新題二十首。雅有所謂，不虛為文。予取其病時之尤急者，列而和之，蓋十二而已！」可惜李紳寫的《新樂府》二十首今已失傳，不過，李紳早年所寫的《憫農二首》，也足以體現「不虛為文」的精神。

∽ 柳宗元 ∾

【詩人名片】

柳宗元（773～819）

字號：字子厚

籍貫：河東（今山西省永濟市）

作品風格：精絕工致

【詩人小傳】：貞元九年（793）中進士，十四年（798）登博學鴻詞科，後入朝為官。因其積極參與王叔文的政治革新，遷禮部員外郎。永貞元年（805），因革新失敗，柳宗元被貶永州司馬，在此期間，寫下了著名的《永州八記》。

元和十年（815）回京，又出為柳州刺史，政績卓著。憲宗元和十四年（819）卒於柳州任所。人稱「柳河東」、「柳柳州」。

他是唐代著名的文學家、哲學家、散文家和思想家，與韓愈共同宣導唐代古文運動，世稱「韓柳」。與劉禹錫並稱「劉柳」。與王維、孟浩然、韋應物並稱「王孟韋柳」。是「唐宋八大家」之一。現有《柳河東集》三十卷行世，《全唐詩》編其詩四卷。

▷ 別舍弟宗一❶

零落殘魂倍黯然❷，雙垂別淚越江邊❸。

一身去國六千里❹，萬死投荒十二年❺。

桂嶺瘴來雲似墨❻，洞庭春盡水如天。

欲知此後相思夢，長在荊門郢樹煙❼。

【注】❶宗一：柳宗元從弟。❷「零落」句：江淹《別賦》：「黯然銷魂者，唯別而已矣！。」❸越江：柳州諸江。因柳州是百越之地，故稱。❹國：都城長安。❺投荒：拋棄於荒野。此喻被貶謫。❻桂嶺：五嶺之一，山多桂樹，故名。柳州在桂嶺南。瘴：瘴氣，熱帶山林中濕熱蒸發致人疾病的氣。❼荊、郢：古楚都，今湖北江陵西北。

元和十一年（816）春，堂弟宗一從柳州到江陵去，柳宗元送別的時候寫下了這首詩。全詩蒼茫勁健，雄渾闊遠，感慨深沉，感情濃烈，抒發了詩人政治上生活上鬱鬱不得志的悲憤之情。

詩的一、三、四聯著重表現的是情同手足的骨肉親情。一聯開篇點題，點明別離，描述兄弟惜別之情。「越江」，即粵江，這裏是指柳江。兩句意思是說：自己的一顆雄心因長期貶謫生活的折磨，已經成了「零落殘魂」；而這殘魂又遭逢離別，更是雪上加霜。在送兄弟到越江邊時，淚流滿面，依依作別。

第二聯重在寫景，也是情語，是用比興手法把彼此境遇加以渲染和對照。「桂嶺瘴來雲似墨」，寫柳州地區山林被瘴氣籠罩，天空佈滿烏雲，象徵自己處境非常危險。「洞庭春盡水如天」，遙想行人所去之地，春盡洞庭，水闊天長，山川阻隔，再見很難了。

詩的最後一聯，說自己有才無用，處境艱難，兄弟又遠在他鄉，今後只能寄以相思之夢，在夢中經常夢見。「煙」字頗能傳出夢境之神。詩人說此後的「相思夢」在「郢樹煙」，情誼深切，意境迷離，具有濃郁的詩味。「煙」字確實狀出了夢境相思的迷離恍惚之態，顯得情深意濃，十分真切感人。

這首詩所抒發的並不是單純的骨肉之情，同時還抒發了詩人因參加「永貞革新」而被貶南荒的憤懣愁苦之情。詩的第二聯，正是集中表現他長期鬱結於心的憤懣與愁苦。從字面上看，「一身去國六千里，萬死報荒十二年」，似乎只是對他政治遭遇的客觀實寫，因為他被貶謫的地區離京城確有五六千里，時間確有十二年之久。實際上，在「萬死」、「投荒」、「六千里」、「十二年」這些詞語裏，就已經包藏著詩人的抑鬱不

平之氣，怨憤淒厲之情，只不過是意在言外，不露痕跡。「萬死」這樣的誇張詞語，表明他一心為國，卻被流放到「蠻荒」之地，令人絕望、令人憤慨！

柳宗元的這首詩既敘「別離」之意，又抒「遷謫」之情。兩種情意上下貫通，和諧自然地融於一爐，確是一首難得的抒情佳作。

【後人點評】

清人紀昀：「語意渾成而真切，至今傳誦口熟，仍不覺其爛。」（《瀛奎律髓刊誤》卷四）

▷ 晨詣超師院讀禪經❶

汲井漱寒齒，清心拂塵服。
閒持貝葉書❷，步出東齋讀。
真源了無取❸，妄跡世所逐❹。
遺言冀可冥❺，繕性何由熟❻。
道人庭宇靜❼，苔色連深竹。
日出霧露餘，青松如膏沐❽。
澹然離言說❾，悟悅心自足❿？

【注】❶詣：到。超師：法名為超的僧人。禪經：佛經。❷貝葉書：指佛經。因古印度僧人常在貝多羅樹葉上寫佛經，故有此稱。❸真源：指佛的真諦。❹妄跡：指虛妄的事，即世俗瑣事。❺遺言：指佛家先賢的遺言。這裏指佛經中語。冀：希望。冥：暗合，心裏悟到。❻繕性：修養本性。❼道人：有道之人，這裏指超師。❽膏：油脂。❾澹（音淡）然：寧靜。離言說：難以用語言表達。❿悟悅：悟道的快樂。

詩人被貶永州後，一次讀禪經有感寫下這首五古詩。表達了他身處逆境讀經養性，尋求真理而又超脫塵世，清淨自適的複雜心情。

前四句敘述詩人清晨去讀禪經。「汲井漱寒齒，清心拂塵服。」詩人一早起來，用井水漱牙，又拂去衣服上的灰塵，使自己內外都很清淨，反

映了詩人一片虔誠之心，表露了詩人對佛教崇信。「閑持貝葉書，步出東齋讀。」貝葉書，泛指佛經。「閑」字，表明他很清閒，為整首詩奠定了抒情基調。「讀」字，統攝下文。

「真源了無取」四句，緊承上文「讀」字，寫讀經的感想。「真源了無取，妄跡世所逐」，寫世俗中一些人不去領悟經書中真意，卻對其中的妄誕事蹟追逐不絕。以世俗一些人的讀經態度不正，反襯了詩人學習佛經的態度端正，對佛經的理解深刻。「遺言冀可冥，繕性何由熟」，佛教教義艱深難懂，必須深入鑽研，如果只用修持本性的目的去精通它，怎麼能達到圓滿呢？言外之意就是，不能愚妄地信佛，要用辯證的眼光去尋找佛中對變革社會有益的內容，才算是讀佛有所得。這反映了詩人對佛教教義和社會作用之間關係的理解。

最後六句承接上文的「閑」字，寫詩人醉心於寺院中清淨幽閒的環境。「道人」四句主要描寫寺院幽靜的環境。寺院「庭宇」安靜，苔色青青連接翠竹。旭日東昇，晨霧還沒有完全消散，青松被霧露滋潤，如塗膏沐。「靜」字既表明環境幽靜無聲，也流露了詩人心境寧靜閒適。苔色青青，翠竹濃密清脆，青青顏色渲染了一種幽深清淨的氛圍。「日出」二字緊扣題目中的「晨」字，點明時間。詩人通過優美寧靜環境的描寫，抒發了詩人清逸放達的心境。結尾兩句「淡然離言說，悟悅心自足。」直接抒情，寫詩人觸景而生的愉悅心情。但是，詩人此時的喜悅無人分享只能「心自足」，也流露了詩人孤單寂寞之情。這正好和眼前的景物烘托的意境、讀禪經的感受相呼應，融為一體。

這首五言古詩，從晨起讀經寫到日出賞景，自然流暢。語言優美，有淡淡的禪味，又充滿情趣。

【後人點評】

元人元好問：柳州《超師院晨起讀禪經》五言，深入理窟，高出言外。（《遺山先生文集》卷三十七《木庵詩集序》）

▷ **酬曹侍御過象縣見寄❶**

破額山前碧玉流❷，騷人遙駐木蘭舟❸。

春風無限瀟湘意❹，欲采蘋花不自由❺。

【注】❶酬……見寄：接受別人寄贈的作品後，寫作品答謝。侍御：
侍御史。象縣：唐代屬嶺南道，即今廣西象州。❷破額：象縣沿江的山。
碧玉流：形容江水澄澈碧綠像碧玉一樣。❸騷人：一般指文人墨客。這裏
指曹侍御。木蘭：木蘭屬落葉喬木，古人常用它來比喻美好的事物。這
裏稱朋友所乘之船為木蘭舟，含讚美意。❹瀟湘：湖南境內二水名。❺蘋
花：多年生水生蕨類植物，莖橫臥在淺水的泥中。

　　這首小有名氣的七言絕句，是柳宗元任柳州刺史時寫的。一、二兩
句，切「曹侍御過象縣見寄（經過象縣的時候作詩寄給作者）」；三、
四兩句，切「酬（作詩酬答）」。「碧玉流」指流經柳州和象縣的柳江；
「破額山」是象縣沿江的山。詩人稱曹侍御為「騷人」，並且用「碧玉
流」、「木蘭舟」這樣美好的環境來烘托他。如此優美的環境，如此清幽
世界，「騷人」本可以一面趕路，一面賞景，悅性怡情；如今卻「遙駐」
木蘭舟於「碧玉流」之上，懷念起「萬死投荒」、貶謫柳州的友人來，
「遙駐」而親自到訪，望「碧玉流」而只能興歎，只有作詩代柬，表達他
的無限思念之情。

　　「春風無限瀟湘意」一句，讓人產生許多感慨，但究竟是什麼
「意」，卻說不清道不明，無法具體細說。這正是這首優美的小詩的藝術
特點，也正是「神韻」派詩人一直追求的最高境界。然而這也並不是「羚
羊掛角，無跡可求」。細細地品味起來，這首詩的主要意思，是能夠清晰
地說出來的。「瀟湘」一帶，是屈原哀怨的地方。詩人不是把曹侍御稱為
「騷人」嗎？把「瀟湘」和「騷人」聯繫起來，那「無限意」就有了著
落。這是第一點。更重要的是，結句中的「欲采蘋花」，顯然汲取了南朝
柳惲《江南曲》的詩意。由此可見，「春風無限瀟湘意」，主要就是懷念
故人之意。這是第二點。而這兩點，又是像水和乳那樣完美融合一起的。

　　「春風無限瀟湘意」又妙在似承似轉，亦承亦轉。也就是說，它主要
表達詩人懷念朋友「騷人」之情，但也包含「騷人」寄詩中所表達的懷念
作者之意。春風送暖，瀟湘地區，花草樹木，都抽芽開花了，朋友們能夠
在這個時候相見，是很美好的事情！然而現實中是不可能的！相思滿懷而

相見無期，就想到採花以贈故人。然而，不要說相見沒有自由，就是欲採花相贈，也沒有自由啊！

這首詩語言簡練，畫面感很強。詩人用「碧玉」作「流」的定語，很有新意，不僅準確地表現出柳江的色調和質感，而且連那風平浪靜、水準如鏡的江面也展現在讀者面前。這和後面的「遙駐」、「春風」自然承接，自有一種藝術的和諧美。從全篇看，特別是從結句看，其主要特點是比興並用，虛實相生，情景相容，能夠喚起許多美好的聯想。

【後人點評】

清人沈德潛：欲採蘋花相贈，尚牽制不能自由，何以為情乎？言外有欲以忠心獻之於君而未由意，與《上蕭翰林書》同意，而詞特微婉。（《唐詩別裁》）

▷ 登柳州城樓寄漳、汀、封、連四州刺史❶

城上高樓接大荒❷，海天愁思正茫茫。
驚風亂颭芙蓉水❸，密雨斜侵薜荔牆❹。
嶺樹重遮千里目，江流曲似九回腸。
共來百越文身地❺，猶自音書滯一鄉。

【注】❶柳州：今屬廣西。漳州、汀洲：今屬福建。封州、連州：今屬廣東。刺史：州的行政長官。唐順宗永貞元年（805），王叔文集團革新失敗，柳宗元和劉禹錫等人均被貶為州郡司馬，史稱「八司馬」。憲宗元和十年（815），柳宗元改任柳州刺史，韓泰改任漳州刺史，陳諫改任封州刺史，韓曄改任汀州刺史，劉禹錫改任連州刺史。此詩就是柳宗元寄給這四刺史的。❷大荒：廣闊的原野。❸驚風：狂風。亂颭（音展）：吹動。❹薜（音必）荔牆：指爬滿薜荔的牆。薜荔，一種蔓生植物，又稱木蓮。❺百越：即百粵，指當時五嶺以南少數民族地區。文身地：指蠻荒之地。文身，古代南方少數民族有在身上刺花紋的習俗。

西元805年，唐德宗李適死，太子李誦（順宗）即位，改元永貞，重

用王叔文、柳宗元等革新派人物，但由於保守勢力的反撲，僅五個月，「永貞革新」就遭到殘酷鎮壓。王叔文、王伾被貶斥而死，革新派的主要成員柳宗元、劉禹錫等八人分別謫降為遠州司馬。這就是歷史上所說的「二王八司馬」事件。直到唐憲宗元和十年（815）年初，柳宗元與韓泰、韓曄、陳諫、劉禹錫等五人才奉詔進京。但當他們趕到長安時，朝廷又改變主意，竟把他們分別貶到更荒遠的柳州、漳州、汀州、封州和連州為刺史。這首七律，就是柳宗元初到柳州之時寫的。

　　全詩先從「登柳州城樓」寫起。首句「城上高樓」，於「樓」前著一「高」字，立身愈高，所見愈遠。「接大荒」之「接」字，是說城上高樓與大荒相接，乃樓上人眼中所見。於是感物起興，「海天愁思正茫茫」一句，即由此噴湧而出，展現在詩人眼前的是遼闊而荒涼的空間。這第一聯，攝詩題之魂，並為以下的逐層抒寫展開了宏大的畫卷。

　　第二聯「驚風亂颭芙蓉水，密雨斜侵薜荔牆」，寫的是眼前的景物，很真切，很細緻。就描繪風急雨驟的景象而言，這是「賦」筆，而賦中又兼有比興。在這裏，芙蓉與薜荔，正象徵著人格的美好與純潔。從高樓望近處，特意指出芙蓉與薜荔，顯然是它們在暴風雨中的情狀與詩人心靈產生共鳴。風而曰驚，雨而曰密，颭而曰亂，侵而曰斜，足見對客觀事物又投射了詩人的感受。這怎能不使詩人產生聯想，愁思彌漫呢！在這裏，景中之情，境中之意，賦中之比興，一切都在，卻又不見痕跡。

　　第三聯寫遠景。由近景過渡到遠景的契機就是聯想。「嶺樹」、「江流」兩句，同寫遙望，卻一仰一俯，視野差別很

大。仰觀則重嶺密林、遮斷千里之目；俯察則江流曲折，有似九回之腸。景中寓情，愁思無限。從字面上看，以「江流曲似九回腸」對「嶺樹重遮千里目」，對仗工整。而從意義上看，虛實結合，因果相生，以駢偶之辭運單行之氣，又具有「流水對」的優點。

尾聯不但表現關懷好友處境望而不見的惆悵，還有更深一層的意思：望而不見，自然想到互訪或互通音信，這就很自然地要歸結到「音書滯一鄉」。作者的高明之處，在於他先用「共來百越文身地」一墊，再用「猶自」一轉，才歸結到「音書滯一鄉」，便收到了沉鬱頓挫的藝術效果。讀詩至此，餘韻嫋嫋，餘味無窮，而題中的「寄」字之神，也於此曲曲傳出。可見詩人用筆之妙。

【後人點評】

清人沈德潛：從登樓起，有百感交集之感。「驚風」、「密雨」，言在此而意不在此。（《唐詩別裁集》卷十五）

▷ 江雪

千山鳥飛絕，萬徑人蹤滅❶。
孤舟蓑笠翁❷，獨釣寒江雪。

【注】❶萬徑：虛指所有的道路。❷蓑笠：蓑衣和斗笠。蓑衣是用棕編成的雨衣。

詩人在「永貞革新」失敗後，被貶永州司馬，這首詩就是他謫居永州（今湖南零陵）時所作，詩中以寫江南雪景，寄託自己堅忍不拔、抑鬱苦悶的情感。

「千山鳥飛絕，萬徑人蹤滅」，描繪了廣闊空曠的環境。千山萬徑沒有鳥飛也沒有人跡，到處都是白色的雪，這是多麼空寂的環境。詩人用誇張的表現手法，勾勒出了一個廣袤遼闊的背景。

「孤舟蓑笠翁，獨釣寒江雪」，在這樣一個荒無人煙，寂靜蕭瑟的大雪中，只有一葉小舟，一個老漁翁，在寒冷的江中獨自垂釣。「孤舟」和「獨釣」襯托了「千山」和「萬徑」，老翁的形象在這樣大的環境背景

中顯得醒目突出，並且給這個接近絕對寂靜的環境，帶來了一絲生氣。從這兩句簡單的敘說中，我們可以想像，在遠處有這樣一個釣魚的老翁，就產生了一種空靈、可望不可即的感覺。蘊含了一種超脫世俗的清高孤傲感情。結尾「江雪」二字和題目相照應，使整首詩渾然一體。

這首詩從題目上看是寫雪，但是詩人在前三句都沒有正面描寫雪，最後點出雪，卻把雪和江聯繫在了一起，我們知道江是不存雪的，雪到江中就化成了水，而只有在遠處，才會有江中覆雪的錯覺，無論是天上地下，到處都被大雪覆蓋，一片蒼茫，使人產生了一種空濛、遙遠意境，天地間只有老翁獨釣這一景，這就使漁翁形象更加鮮明突出。這樣寒冷寂靜的日子裏，漁翁卻仍然江中專心釣魚，他清高孤傲、淒涼倔強的形象就很清晰地展現了出來。詩人沒有說漁翁是否釣到了魚，釣了多長時間，而僅僅敘述他垂釣的形象。詩人感覺那孤獨垂釣的形象，融入到了白茫茫的大雪之中，給人無限虛白空寂之感，詩人生發無限遐思，韻味無窮。

【後人點評】

宋人劉辰翁：得天趣，獨由落句五字道盡矣！（《唐詩品匯》卷四十三）

▷ 漁翁

漁翁夜傍西巖宿❶，曉汲清湘燃楚竹❷。
煙銷日出不見人，欸乃一聲山水綠❸。

回看天際下中流，岩上無心雲相逐❹。

【注】❶傍：靠。❷清湘：清澈的湘江水。楚竹：楚地的竹子。因永州古屬楚國，故稱。❸欸（音唉）乃：象聲詞，搖槳之聲。❹無心：陶淵明《歸去來兮辭》：「雲無心而出岫。」指隨意飄蕩的雲。

永貞革新失敗，詩人被貶永州，此篇就是他任永州司馬期間所寫。詩人以寫山水小詩排遣自己鬱悶心情。

「漁翁夜傍西岩宿」，寫漁翁晚上休息的地點。「曉汲清湘燃楚竹」，寫拂曉時打水、燃柴。這本是尋常事情，但詩人寫得很奇特。他夜宿「西岩」，打的是「清湘」，燃的是「楚竹」，造語奇特，烘托了超凡脫俗的意境，這也暗示了漁翁清高的品格。

「煙銷日出不見人」，詩人從大水聲和火光中知道有漁翁，待到「煙銷日出」，他仍然在山水之中，卻見不到他，讓人驚異。「煙銷日出」本和「山水綠」互為因果，但是，詩人將「山水綠」和「欸乃一聲」聯繫在一起，好像是那搖櫓的聲音把山水喚綠了，這就讓人賞心悅目，美妙而充滿情趣。

「回看天際下中流，岩上無心雲相逐」，詩人通過這樣的奇趣，寫出了一個清寥得有幾分神祕的境界，隱隱傳達出他那既孤高又不免孤寂的心境，所以又不是為奇趣而奇趣。

結尾「回看天際下中流，岩上無心雲相逐」兩句，寫漁翁已乘舟「下中流」，「回看天際」，只見岩上白雲繚繞著好像跟隨著漁舟，烘托出一種孤獨意境，餘味無窮。

這首七古，以「奇趣」見長，詩人精選詞句和意象，把飄渺的漁翁形象和幽靜美麗的山水融為一體，清高而充滿情趣，而最後兩句透露了詩人孤寂的心情，意韻悠遠，耐人尋味。從中可見，山清水秀背後蘊含著詩人無限的哀愁。

【後人點評】

蘇東坡：「詩以奇趣為宗，反常合道為趣。熟味此詩有奇趣。」（《唐詩品匯》卷三十六）

∽ 崔 郊 ∾

【詩人名片】

崔郊（生卒年不詳）

作品風格：婉麗

【詩人小傳】：活動於敬宗寶曆年間（825～826）。元和年間（806～820）秀才，《全唐詩》錄其詩一首。

▷ 贈婢

公子王孫逐後塵❶，綠珠垂淚滴羅巾❷。

侯門一入深如海❸，從此蕭郎是路人❹。

【注】❶後塵：指後面揚起來的塵土。❷綠珠：西晉富豪石崇的美妾名。這裏喻指被人奪走的婢女。❸侯門：指豪門貴族之家。❹蕭郎：詩詞中慣用語，泛指女子所愛戀的男子。這裏是詩人自謂。

據《雲溪友議》中載：崔郊與他姑母的婢女相戀，後來此女被賣給顯貴于頔。崔郊思念不已，一次寒食，崔郊偶與婢女相遇，心情複雜激動，於是便寫下這首詩。後來于頔讀到此詩，便讓崔郊把婢女領去。

「公子王孫逐後塵，綠珠垂淚滴羅巾」，首句寫「公子王孫」爭相追求女子，這從側面烘托了女子的美貌。而女子的表現卻是「垂淚滴羅巾」，表明了她內心的極度痛苦之情。詩人用「綠珠」典故，既表現了女子美貌如綠珠，也曲折地表達了女子被公子王孫掠奪的不幸。其中流露了詩人對公子王孫的不滿之情和對女子的愛憐同情，表達曲折委婉，不露痕

跡。

　　「侯門一入深如海，從此蕭
郎是路人」，詩人用侯門「深如
海」這一形象比喻，表達了兩人
再難相見的悲傷感情。「侯門似
海」的成語就是由此而來。「一
入」、「從此」這兩個詞語，表
露了一種沉痛的絕望之情。這兩
句好像是表現得女子很決絕，其
實通過第一、二句的描寫可知女
子並非無情，這就使三、四句表
達的絕望悲痛的感情更加強烈，
而表達含蓄曲折，使感情更添抑
鬱之感。

　　這首七絕詩，突破了個人情
感局限，反映了整個封建社會中
因門第懸殊而造成的愛情悲劇。
表現委婉曲折，寓意深刻。

元 稹

【詩人名片】

元稹（779～831）

字號：字微之，別字威明

籍貫：河內（今河南洛陽）

作品風格：辭淺意哀

【詩人小傳】：貞元九年（793）以明經擢第。十八年登書判拔萃科，授祕書省校書郎。元和元年（806）又登制舉甲科，授左拾遺。元和四年（809）為監察御史。因觸犯宦官權貴，次年貶江陵府士曹參軍。後又任通州司馬、膳部員外郎等職。長慶二年（822）由工部侍郎拜相。大和三年（829）為尚書左丞，五年，逝於武昌節度使任上。終年五十三歲。

元稹和白居易是至交，一起提倡新樂府運動，唱和極多，天下稱為「元白」，號為「元和體」。其樂府詩創作遵循「美刺」，最為警策。著有《元氏長慶集》六十卷，《全唐詩》編其詩二十八卷。

▷ **重贈樂天❶**

休遣玲瓏唱我詩❷，我詩多是別君詞。

明朝又向江頭別，月落潮平是去時。

【注】❶樂天：即白居易，字樂天。❷玲瓏：中唐著名的歌唱家。

這是元稹與白居易一次別後重逢又將分手時寫的贈別之作。先已有詩贈別，所以此詩題為「重贈」。

首句「休遣玲瓏唱我詩」，提到唱詩，把讀者引入離筵的環境中，發端奇突，「休遣」二字，有先聲奪人之勢。好朋友難得重逢，分手時共飲幾杯美酒，聽歌手唱幾支歌曲，本應該是很愉快的事，而詩人為什麼不讓唱呢？次句「我詩多是別君詞」做了回答。原來離別筵上唱離歌，本已增添人很多離別愁緒，而更何況商玲瓏唱的大多是詩人和對面的友人的贈別之詞呢，不免使詩人由眼前情景回憶到往日歡聚，共同度過的情景，百感交集，難捨難分，心中沉鬱。「君」和「我」，同時出現了一句話中，使人備感親切。上句以「我詩」作結，此句以「我詩」起，兩句話自然連綴在一起，讀起來款緩從容，流麗順暢，音情有一弛一張，琅琅上口，而妙不可言。句中「多」、「別」，為下文「又」、「別」做了鋪墊。

三句「明朝又向江頭別」，詩人由眼前情景想像「明朝」離別。「又」字上承「多」字，以「別」字貫串上下，承接緊密，詩意轉折自然。最後一句「月落潮平是去時」，是詩人想像中分手時的情景。因為別「向江頭」，所以，只能江潮稍退才能開船；而潮水的漲落和月的運行緊密相關，所以詩人想清晨剛月落之時，太陽初生之際，那時潮水最大，應該「是去時」，詩人想像具體細膩。景中含情，餘韻綿綿。

雖然這首七絕好像只寫了就要分手和「明朝」分手情景，通篇都只是口頭語、眼前景，顯得簡單淺白。但詩人用「休遣」的呼告開篇，創造了語勢，不同凡響，使人印象深刻。接著又用「我詩」二字聯繫一二句，又用「多」、「別」和「又」、「別」前後照應，反覆訴說別離，這樣回環往復，便形成了餘音嫋嫋的效果。再加上詩人想像出的在熹微的晨色中，潮平時的大江煙波浩渺的壯闊，詩人和友人別離而去的情景，更流露出了無限的惆悵和惋惜。難得相聚，剛聚又不得不分別，這種人生聚散的情景，借助詩文回環往復的音律感，就更能引起讀者共鳴。使人讀完印象深刻，餘味無窮，耐人回味。

【後人點評】

明人陸時雍說：「凡情無奇而自佳者，景不麗而自妙者，韻使之然

也。」元稹的這首《重贈樂天》就是這樣一首詩。（《詩鏡總論》）

▷ 菊花

秋絲繞舍似陶家❶，遍繞籬邊日漸斜。

不是花中偏愛菊，此花開盡更無花。

【注】❶秋叢：即叢叢的秋菊。陶家：陶淵明的家。

「秋絲繞舍似陶家」，首句寫叢叢菊花開得茂盛，圍繞著房屋，好像到了陶淵明的家。而東晉陶淵明最愛菊，家中種滿菊花。詩人將種菊的地方比做「陶家」，可見，秋菊之多，花開之盛。這麼多美麗的菊花，怎能不讓人心情愉悅呢？詩人被菊花深深吸引住了，「遍繞籬邊日漸斜」一句，就表現了詩人專注地看花的神情，詩人被菊花深深地吸引住了，不斷地繞籬欣賞、觀看，津津有味。詩人醉心於美麗的花景中，竟然連太陽西斜都不知道。「遍繞」、「日漸斜」，把詩人賞菊入迷，流連忘返的情態真切地表現了出來，字裏行間充滿了喜悅心情。

那麼，詩人為什麼這樣愛菊花呢？詩人說：「不是花中偏愛菊，此花開盡更無花」。菊花是最後凋謝的花朵，菊花凋謝之後，就無花可賞，所以，詩人就把所有的愛花情感寄託在了菊花上。詩人從菊花凋謝最晚這個角度出發，寫出了自己獨特的愛菊花理由。其中也暗含了對菊花歷盡寒冷最後凋零的堅強品格的讚美之情。

這首七絕詩，雖然寫的是詠菊這個尋常題材，用筆巧妙，別具一格，詩人獨特的愛菊花理由新穎自然，不落俗套，並且發人思考。詩人沒有正面寫菊花，卻通過愛菊，側面烘托它的優秀品格，美妙靈動，意趣盎然。

▷ 離思五首（其四）

曾經滄海難為水❶，除卻巫山不是雲❷。

取次花叢懶回顧❸，半緣修道半緣君❹。

【注】❶「曾經」句：是從《孟子‧盡心》中「觀於海者難為水，遊於聖人之門者難為言」變化來的。❷除卻：除了。巫山：在今重慶市東北

部，地跨長江巫峽兩岸。❸取次：隨便，漫不經心。❹緣：因為。君：指
詩人的妻子韋叢。

這是一首悼亡詩，詩人用優美的景物，讚美了夫妻之間的恩愛情深，
表達了自己的思念之情。

「曾經滄海難為水，除卻巫山不是雲」，化用《孟子•盡心》中「觀
於海者難為水，遊於聖人之門者難為言」句，暗喻滄海深遠廣大，以至於
其他的水在它面前相形見絀。巫山有朝雲峰，下臨長江，雲霧繚繞，美妙
無窮，而其他地方的雲和巫山之雲比較起來，就黯然失色了。「滄海」、
「巫山」，都是世間極大極美的景物，詩人引此暗喻他們夫妻之間的恩愛
感情，就像滄海之水和巫山之雲，最深沉最美麗。所以，除愛妻之外，就
再沒有讓詩人動情的女子了。表達豪壯，境界開闊。這兩句也成為了千古
廣為傳頌的名句。

「取次花叢懶回顧，半緣修道半緣君」，詩人寫自己經過「花叢」
間，懶得回顧，用花比喻女子，表示自己不眷戀女色。接著詩人寫道：
「懶回顧」的原因，一半是為了「修道」，淨化心靈，修養品德。另一半
原因是為了亡妻。然而，修道，是忘卻凡塵苦惱，而詩人的苦惱就是對亡
妻的思念啊！詩人失去妻子，心中無所寄託，悲傷心情無法排解，就只好
靠修道來緩解心中的痛楚。「半緣修道」一出，使那種思念之情顯得更加
深沉。

這首七絕，前兩句表達情感激烈，真摯豪邁，語氣急促。後兩句語勢
舒緩，情感婉轉深沉。行文跌宕起伏。情感真摯瑰麗，悲傷豪放，詩界絕
美。

【後人點評】

陳寅恪：微之自言眷念雙文之意，形之於詩者。（《元白詩箋證
稿》）

▷ 遣悲懷三首（其二）

昔日戲言身後意❶，今朝都到眼前來。

衣裳已施行看盡❷，針線猶存未忍開❸。

尚想舊情憐婢僕，也曾因夢送錢財❹。

誠知此恨人人有❺，貧賤夫妻百事哀❻。

【注】❶身後意：有關死後的事。❷施：施捨。行看盡：眼看就要沒有了。❸針線：指韋氏生前使用的針線盒。❹因夢送錢財：因詩人積思成夢，夢後燒紙告慰韋氏。❺誠知：的確知道。此恨：指夫妻間的死別。❻貧賤夫妻：指元積和韋氏共同生活時，生活貧困，故稱。

這首詩元積為追悼妻子韋叢而寫，共有三首，本書所選是其中第二首。詩中表達了詩人哀思之情。

「昔日戲言身後意，今朝都到眼前來」，詩人感慨道：你我曾經戲說身後事，哪曾想，現在都到眼前來了。「都到眼前來」使人有種虛幻空無之感，好像發生的一切都不是真的。充分表現了詩人沉痛、悔恨之情。

「衣裳已施行看盡，針線猶存未忍開」，詩人睹物思人。雖然亡妻穿過的衣裳都已經施捨殆盡，又怎能排遣心中的思念悲哀之情呢？看到妻子曾經做針線活用的針線盒時，原封不動地保存起來，再也不忍打開。詩人想用這種辦法封存對往事的回憶，而這個行為更表現了詩人難以擺脫對妻子的哀思。

「尚想舊情憐婢僕，也曾因夢送錢財」，看到曾經服侍妻子的婢僕時，也會引起詩人的哀思，所以，對婢僕多了一份愛憐。詩人不忘貧賤時和自己共度的亡妻，現在富貴了，在夜晚，詩人就想著給亡妻送錢。詩人也知道這是虛幻荒唐的，但是，他還是想著這些事情，表現出了詩人對妻子的一片癡情。

「誠知此恨人人有，貧賤夫妻百事哀」，雖然生死離別是每個人都會遇到的事情，但是，對於在貧賤中共患難的夫妻而言，一旦永別，就更加悲哀。

這首七律詩，語言質樸，感情及其悲戚。

【後人點評】

清人周詠棠：字字真摯，聲與淚俱。騎省悼亡之後，僅見此制。
（《唐賢小三昧續集》卷上）

▷ 行宮❶

寥落古行宮，宮花寂寞紅。
白頭宮女在❷，閑坐說玄宗。

【注】❶古行宮：這裏指洛陽行宮上陽宮。❷白頭宮女：指在上陽宮中居住四十多年的宮女，已經白髮蒼蒼，被稱為「上陽白髮人」。

據白居易《上陽白髮人》中說，這些宮女天寶末年被「潛配」到上陽宮，與世隔絕，在這冷宮裏一閉四十多年，成了白髮宮人。詩人表達了宮女們悲涼哀傷的心情，表達了詩人對她們的同情。

「寥落古行宮」，首句點明地點，寫古行宮年久失修，清冷蕭條。「宮花寂寞紅」，點明時間，正是紅花盛開的季節。我們可以聯想，此時，正是陽光明媚，嬌豔的紅花開得繁密茂盛。「白頭宮女在」，寫人物，指的是在天寶末年倖存下來的宮女，現在已經白頭。「閑坐說玄宗」，最後一句描寫了宮女們的舉動，閑坐無事說玄宗。紅花盛開這一讓人喜悅的景色與白頭宮女的寂寞形成了鮮明的對比，樂景反襯了哀情，哀怨之情更濃，世事盛衰變遷之情更深。

詩人用簡練概括的語言，勾勒出了一幅淒涼動人的圖畫，從中我們不禁要想：曾經美麗、嬌豔的女子，輾轉流落宮中，被禁閉宮中，年復一年，寂寞幽怨，青春消逝，容顏衰老，白髮蒼蒼，閑坐無聊，談論玄宗往事。憶起曾經美好的青春歲月怎麼不勾起宮女們的悲傷、哀怨之情，怎麼不慨歎歷史滄桑之變。

這首五絕小詩，語言簡練概括，字字包含豐富內容，表達含蓄雋永，給人留下無限想像空間。

【後人點評】

明人顧璘：「說」字含蓄，更易一字不得。何等感慨深遠，愈咀而意味愈長。（《批點唐音》卷十二）

楊敬之

【詩人名片】

楊敬之（約西元820年前後在世）

字號：字茂孝

籍貫：虢州弘農（今河南靈寶）

作品風格：簡潔淳樸，直率自然

【詩人小傳】：憲宗元和二年（807）登進士第。曾任右衛冑曹參軍。元和十年（815）任吉州司戶，後遷屯田、戶部郎中。文宗大和九年（835）被貶連州刺史。開成末，為國子祭酒，後兼太常少卿，官至工部尚書兼祭酒，卒。

楊敬之以文學名播士林，韓愈、柳宗元稱他是當代賈、馬。李賀、濮陽願、項斯為其忘年之交。其詩《贈項斯》以獎掖推舉後進之才而流傳不衰。《華山賦》被韓愈、李德裕等人大加讚賞。《全唐詩》存其詩二首、斷句四。《全唐詩外編》和《全唐詩續拾》補其詩七首、斷句六。

▷ 贈項斯❶

幾度見詩詩總好，及觀標格過於詩❷。

平生不解藏人善，到處逢人說項斯。

【注】❶項斯：《唐詩紀事》載：「斯，字子遷，江東人。始，未為聞人。……謁楊敬之，楊苦愛之，贈詩云云。未幾，詩達長安，明年擢上第。」❷標格：儀容風範、氣度品格。

首句「幾度見詩詩總好」，寫詩人看到項斯的詩，非常欣賞，接著「及觀標格過於詩」，寫詩人看到項斯其人，發現他氣度不凡，才德俱佳，超過了他的詩。可見，詩人對項斯非常欣賞讚歎。詩人先寫詩文好做襯筆，接著進一步寫其人好，使讚賞之情更近一層。

詩人接著從語言欣賞轉到了行動上。「平生不解藏人善」，世間有見人善而不以為善，也有見人善而緘口不言，恐怕他人的善蓋過自己。而詩人對此「平生不解」，表明自己一生都不會那樣做，表現了詩人的寬懷大度，寬廣胸襟超過常人。詩人發現項斯的才能，就「到處逢人說項斯」，「到處逢人說」，表現了詩人坦率，沒有絲毫顧慮，怎麼想就怎麼做，不怕別人說閒話。向來做好事不傳揚，而詩人自己說出自己做的好事，使人感覺詩人直率可愛，不虛偽，同時詩人這樣說也是為了做表率，勸導人們舉薦賢才，不要壓制人才。

這首七絕，語言質樸流暢，表達感情美好高尚。

☙ 賈　島 ❧

【詩人名片】

賈島（779～843）
字號：字浪仙
籍貫：范陽幽都（今北京市）
作品風格：奇僻寒峭

【詩人小傳】：早年出家為僧，號無本。自號「碣石山人」。後受教於韓愈，並還俗參加科舉，但累舉不第。唐文宗時受誹謗，被貶長江主簿。開成五年（840），遷普州司倉參軍。武宗會昌三年（843），在普州去世。

賈島是著名的苦吟詩人，被稱為「詩囚」。其與孟郊齊名，蘇軾喻為「郊寒島瘦」。賈島詩在晚唐形成流派，影響頗大。他有《長江集》十卷，《小集》三卷，《全唐詩》編其詩四卷。

▷ 劍客❶

十年磨一劍，霜刃未曾試❷。
今日把示君❸，誰有不平事？

【注】❶劍客：行俠仗義的人。❷霜刃：形容劍刃發出的金屬光澤，寒冷如霜，表明劍十分鋒利。❸示：給……看。

賈島在這首詩中以劍客的口吻，著重描寫「劍」和「劍客」，並托物

言志，抒發自己興利除弊的政治抱負。

「十年磨一劍」，劍客用十年的漫長時間精心磨製了這把劍。側面襯托劍的非凡。接著，又從正面寫劍：「霜刃未曾試。」「霜刃」，寫劍刃白如霜，寒光閃爍，可見是一把無比鋒利的寶劍。「未曾試」，寫寶劍還沒有發揮它的作用，這就為下邊的劍客的話裡下伏筆。劍客在下句自信地說：「今日把示君，誰有不平事？」意思是今天把劍拿出來給你看看，天下誰有冤屈不平的事情就告訴我。最後，詩人直抒胸臆，一吐心中志向。此時，劍客想要大展才華，幹一番事業的豪情壯志，躍躍欲試的神態，躍然紙上。

詩人以「劍客」自比，用「劍」比喻自己的才能。詩人將自己十年寒窗苦讀過程和自己想要施展才華的宏大理想，全部巧妙地融入到了「劍」和「劍客」的形象中，含而不露，表達自然，不落俗套，寫得非常高明。

這首五絕小詩構思巧妙，語言半實自然，格調明快。

▷ **題李凝幽居❶**

閒居少鄰並，草徑入荒園。

鳥宿池邊樹，僧敲月下門。

過橋分野色，移石動雲根❷。

暫去還來此，幽期不負言❸。

【注】❶幽居：幽靜的居所。❷雲根：古人認為「雲觸石而生」，故稱石為雲根。此指石根雲氣。❸幽期：再訪幽居的期約。不負言：不食言。言，指期約。

這首詩寫詩人拜訪朋友李凝不遇的事情。

「閒居少鄰並，草徑入荒園」，一條雜草遮掩的小路直通向荒蕪的小園；園旁也沒有人家居住。詩人開篇用簡練的語言，描寫一處幽靜的環境，通過對友人居所的描寫，暗示友人的隱者身傷。

「鳥宿池邊樹，僧敲月下門」，明月清輝映照，萬籟俱寂，老僧輕輕的敲門聲，驚動了夜宿的鳥兒，引起牠們的噪動不安，大概就是鳥兒從窩中飛出轉個圈，又飛回集中這個瞬間，被詩人抓住，用僧人的敲門聲反襯

周圍環境的幽靜。「敲」字用得很妙，而賈島曾在「推」、「敲」二字使用上猶豫不決，後來在韓愈的建議下，使用「敲」字，兩人因此也成為了朋友。

「過橋分野色，移石動雲根」，是寫歸路上所見。過了橋只見一片色彩斑斕的原野；天空中，雲朵飄移，好像地上的山石也跟著移動。「石」是不會「移」的，但詩人把雲飄反說成石移，別具一格。此時，這些景物在皎潔的月光中蒙上了一層清白的光輝，顯出一種恬淡自然的幽美意境。

「暫去還來此，幽期不負言」，詩人寫道：我暫時離去，不久就會再來，不辜負一同歸隱的約定。最後一聯，抒發了詩人心中歸隱之志，點出了詩的主旨。正是前面描寫的幽雅閒適的環境讓詩人心生歸隱之意。

詩人用草徑、荒園等尋常意象，勾勒出了一幅恬淡的幽美環境，創造出了非凡的意境。語言簡樸，韻味醇厚。

【後人點評】

唐人司空圖：賈浪仙誠有警句，視其全篇，意思疏餒，大抵附於蹇澀，方可致才。（《與李生論詩書》）

▷ 尋隱者不遇❶

松下問童子❷，言師採藥去❸。
只在此山中，雲深不知處❹。

【注】❶隱者：古代指不願做官而隱居山野中的人。❷童子：小孩，這裏指隱者弟子。❸言：回答說。❹雲深：指山上雲霧繚繞。

「松下問童子」，首句詩人僅是簡單地寫問，沒有寫出其中問的內容，接著童子回答說：「師採藥去」，由回答內容，我們可以推斷，尋訪者問的是師父哪裡去了？接著詩人又把在何處採藥這個問句省略掉，將這個問隱含在了童子回答中的「只在此山中」。最後尋訪者可能再次問在山中哪個方向，童子最後回答說：「雲深不知處」，同樣詩人把問題隱含在了童子的回答中。詩人在整首詩中都使用寓問於答，將問答的所有內容都精練到回答中，僅二十個字，但字簡意豐。

訪友時，見到朋友沒有在家，尋訪者就詢問童子，師父幹什麼去了，一般訪友，見朋友不在家就回去了。但是，尋訪者緊接著又追問童子，師父去哪裡採藥，在山的哪個方向，簡單的問答把尋訪者焦急的心情，淋漓盡致地表現了出來，從中可見尋訪者與隱者之間的深切感情。並且這三次答問，問題逐漸深入，情感也在不斷變化。「松下問童子」時，心情愉快，充滿希望，想著大概隱者沒有走遠，一會兒就會來；「言師採藥去」，隱者採藥去了，心情有些失落；「只在此山中」，童子這一回答，又

讓尋訪者心生希望，他想還可以找到朋友；但最後童子說：「雲深不知處」，可見尋訪者是無處尋找，心中頓時有惆悵失落之感。

這首五絕詩看似很平淡，就是白描，但從中我們能感受到一種自然美，可以想像，最後山中青青松林，悠悠白雲，兩種意象勾勒出來一幅自然優美的畫面，同時，這兩個意象和山中隱者的形象正好相符。雖然未見隱者，但從他生活的環境和他的活動，我們可以想到，他是一位不追逐名利和世俗同流合污，有高潔情操、沉醉山水的隱者，表現了尋訪者對隱者的仰慕之情。詩人非常欽慕隱者，來拜訪時又沒有見到，惆悵之感頓生。

【後人點評】

明人吳逸一：自是妙音，所謂不用意而得者。（《唐詩正聲》卷十九）

▷ 憶江上吳處士❶

閩國揚帆去❷，蟾蜍虧復圓❸。

秋風生渭水❹，落葉滿長安。

此地聚會夕，當時雷雨寒。

蘭橈殊未返❺，消息海雲端。

唐詩三百首賞析大全集

【注】❶處士：古時稱有德才而隱居不願做官的人。❷閩國：指今福建省一帶地方。❸蟾蜍（音蟬除）：這裏指月亮。❹渭水：渭河，發源甘肅渭源縣，橫貫陝西，東至潼關入黃河。❺蘭橈（音撓）：以木蘭木做的船槳，這裏代指船。

這首詩是賈島為一位去福建一帶的吳姓朋友而作的，詩中表達了詩人對朋友懷念之情。

「閩國揚帆去，蟾蜍虧復圓」，開篇寫朋友乘船去了福建，明月由缺又變圓，轉眼之間，朋友已經走了好長一段時間了。

「秋風生渭水，落葉滿長安」，此時的長安已經是深秋時節。蕭瑟的秋風從渭水那邊吹來，長安落葉遍地，顯出一派蕭條景象。詩人看到曾經和朋友在「渭水」分別時，渭水還沒有秋風，而今渭水上吹起了秋風，自然想起在此分別的朋友。

詩人回憶起和朋友在長安聚會的事情：「此地聚會夕，當時雷雨寒」，意思說詩人在長安和朋友聚會時，兩人暢談直到很晚，忽然外面電閃雷鳴，下起了大雨，襲來一陣陣寒意。這一句回扣題目中的「憶」字。

和朋友聚首的情景還歷歷在目，而轉眼間就已經是秋葉落滿長安了。「蘭橈殊未返，消息海雲端。」因為朋友坐的船還沒有返回，自己也不知道他的消息，只好遙望遙遠的海雲那端，希望從那兒能得到朋友的一些消息。「蘭橈」句和首句相照應。以遙遠「海雲」結尾，烘托另一種浩淼迷茫的意境，意韻悠遠，耐人深思。

詩人先寫離別之景，接著寫此時的秋景，然後由景聯想到過去，倒昔日和朋友聚首情景，接著，又回到此時的景中，行文曲折，將「憶」反覆描繪勾勒，使其內容豐富飽滿。語言自然流暢，懷念之情深沉綿綿。

張 祜

【詩人名片】

張祜（約792～約854）

字號：字承吉

籍貫：南陽（今河南鄧縣）

作品風格：沉靜渾厚

【詩人小傳】：早期寓居姑蘇（今江蘇蘇州），遊歷各地。屢舉進士不第。曾先後以詩謁李願、韓愈、白居易等人，終不成。後愛丹陽曲阿地，隱居以終。現有《張承吉文集》十卷傳於世，《全唐詩》收其詩二卷。

▷ **宮詞二首（其一）❶**

故國三千里❷，深宮二十年。

一聲《何滿子》❸，雙淚落君前。

【注】❶此題又稱《何滿子》。❷故國：指故鄉。❸何滿子：樂府曲名，曲調哀婉淒涼。

這是一首宮怨詩，傳統的宮怨多寫一點而反映全局，表達含蓄。而這首詩卻一反常規，勾勒出了一幅生活全景圖，直陳其事，直抒胸臆。

「故國三千里，深宮二十年」，詩人開篇用遒勁精練的筆觸，概括了宮人遠離故土、幽居深宮的整個遭遇。「故國」句，從空間上著筆，表明

離家之遠；「深宮」句，從時間上用筆，突出進宮之久。空間和時間縱橫交織，用深度和廣度來集中表現宮人愁怨和愁恨，極具感染力，使人不禁對他們的遭遇心生同情。這兩句也為下邊的抒情積蓄力量。

「一聲《何滿子》，雙淚落君前」，直抒他們內心蓄積已久的怨情，一聲悲歌，雙淚潸然下落。在一、二句的情感蓄勢下，這兩句的表達感情就顯得強烈有力，怨情好似噴薄而出，暢快淋漓。而其中有一個細節值得注意，就是「淚落君前」，暗表宮人在君前歌舞受到賞識時，而迸發出的怨情，再結合一、二句，我們便可以理解，宮人們的怨情是對被剝奪自由和幸福的怨恨，表達了強烈的抗議之情。

這首五絕，用語凝練，表達有力。詩人在四句中均使用了數字，數字把事件表達得非常清晰，讓人印象深刻，也使人更容易體味詩中要表達的深沉的怨恨感情。

【後人點評】

宋人葛立方：張祜詩云：「故國三千里，深宮二十年」，杜牧賞之，作詩云：「可憐故國三千里，虛唱歌詞滿六宮」，故鄭谷云：「張生故國三千里，知者唯應杜紫薇。」諸賢品題如是，祜之詩名安得不重乎？（《韻語陽秋》卷十五）

▷ **題金陵渡❶**

金陵津渡小山樓❷，一宿行人自可愁❸。
潮落夜江斜月裏❹，兩三星火是瓜州❺。

【注】❶金陵渡：渡口名，在今江蘇省鎮江市附近，與瓜州隔岸相對。❷津：渡口。小山樓：渡口附近的小樓，詩人寄宿的地方。❸行人：旅客，這裏是詩人自謂。可：當。❹斜月：下半夜偏西的月亮。❺瓜州：又作瓜洲，在今江蘇省揚州長江邊。

這是張祜在遊歷江南時寫下的一首優美小詩。

「金陵津渡小山樓」，「金陵渡」點題。「小山樓」指詩人當時暫居的地方。首句以兩個地點開頭，寫得輕快貼切。「一宿行人自可愁」，寫

詩人夜宿他鄉心中生出淡淡孤寂哀愁。「可」字輕輕一點就將「愁」沖淡了，使詩句變得輕鬆。

接下來詩人描寫了夜景，「潮落夜江斜月裏」，詩人在小山樓上眺望江中夜景，只見天邊明月西斜，趁著月光的清輝，隱約見波光粼粼的江上潮水剛剛落下。「斜」字用得很巧妙，該字既使人聯想到月亮西斜的情景，也暗示人們時間；月亮西斜和上句「一宿」呼應，表明詩人因為鄉愁，一夜未眠。詩人用筆細膩靈巧，詩句被精雕細琢，卻又自然無雕琢痕跡。在這樣一個朦朧寧靜的江面上，忽然，現出幾點星火，詩人見到遠處的星火，不禁說道：「兩三星火是瓜州。」這「兩三星火」頓時打破了夜的寧靜，使夜景頓時有了活力，江景更加優美。那出現星火處是什麼地方呢？詩人回答「是瓜洲」。這個地名正好與首句「金陵渡」相呼應，首尾結合，使整首詩渾然一體。「是瓜洲」，也流露出了詩人內心的驚喜之情，瓜州之遠，也使結尾的詩情變得悠遠綿長。

這首七絕小詩，詩人用兩三筆輕描淡點，便繪出了一幅清幽美麗的江中夜景，用筆輕巧靈動，表現意境唯美至極！

【後人點評】

清人宋顧樂：情景悠然。（《唐人萬首絕句選評》卷五）

❧ 劉 皂 ❧

【詩人名片】

劉皂：貞元間（785～805）在世

籍貫：咸陽（今陝西咸陽市）

作品風格：運筆直白，內涵厚重

【詩人小傳】：劉皂長期客居并州（今太原一帶），唐憲宗執政時的西元812年前後，曾代職過山西孝義尉，他憤於官場的黑暗，不久便辭官而去，後不知所終。《全唐詩》存其詩五首。

▷ 旅次朔方❶

客舍并州已十霜❷，歸心日夜憶咸陽。

無端更渡桑乾水❸，卻望并州是故鄉。

【注】❶又作《渡桑乾》。朔方，泛指北部地方。次，旅行所居止之處所。❷并州：今并州北部桑乾河以北地區。❸無端：沒來由。更渡：再渡。

「客舍并州已十霜，歸心日夜憶咸陽」，寫詩人久客并州，思鄉心切。「十年」，這個數字清晰地表明詩人客居他鄉時間之久，在這十年時間裏詩人「日夜憶咸陽」，這十年日夜積累的鄉愁是多麼的沉重。「霜」既是實景，又是詩人內心淒涼的反映。詩人在這兩句中極言鄉愁之深，為下邊歸鄉之情蓄勢。

「無端更渡桑乾水，卻望并州是故鄉」，寫久客回鄉的途中感想。詩人取道桑乾流域，返回咸陽途中，想到自己「無端更渡」桑乾水，表面上說不明白自己為什麼要渡河，實際上是含蓄地表達了自己內心的矛盾。詩人曾在十年前，渡桑乾，遠到并州求取功名，想建立一番事業，而詩人在并州客居十年，碌碌無為，一事無成，最後又默默地返回咸陽家鄉，此時，詩人心裏抑

鬱羞愧，回家又羞於回家，心情矛盾。在第一、二句中，詩人極力渲染了自己的思鄉之情，而一旦離開居住十年的并州回故鄉時，詩人反倒強烈地感覺并州就好像是自己的故鄉，對它戀戀不捨。此時，詩人對兩地難以割捨的情感和空間上的并州與咸陽、時間上的過去與將來交織在一起，表現出了一種纏綿不絕的深情。

這首七絕，細膩生動地刻畫了久居他鄉遊子的內心體會，寫得手法真實而感人。

朱慶餘

【詩人名片】

朱慶餘（西元797～？）

籍貫：越州（今浙江紹興）

作品風格：纖深婉麗

【詩人小傳】：寶曆二年（826）進士，任祕書省校書郎，後遷協律郎。其詩受張籍讚賞，因此成名，與賈島、顧非熊等人多有唱和。有《朱慶餘詩》一卷，《全唐詩》存其詩二卷。

▷ **宮詞❶**

寂寂花時閉院門❷，美人相並立瓊軒❸。

含情欲說宮中事，鸚鵡前頭不敢言。

【注】❶此詩一作《宮中詞》❷花時：春暖花開時。❸瓊軒：裝飾華麗的廊台。

「寂寂花時閉院門」，首句寫景。春花爛漫，但開在重門深鎖的宮院裏，使人有「寂寂」之感。詩人用樂景襯哀情，景中見情，情寓景中，烘托出了一種寂寞幽靜的氛圍。

「美人相並立瓊軒」，在深宮大院裏，有兩個美人並立在朗台，畫面優美。兩美女「含情欲說宮中事」，「含情欲說」，描繪了她們心中含情，想要說又猶豫的神情。含的是什麼情，欲說什麼，詩人沒有說，而是

先說她們說話猶豫的原因，「鸚鵡前頭不敢言」。兩個美人在瓊軒中的畫面是多麼明朗美麗，但是她們內心有話，卻不敢說，使這幅美女圖終歸於無聲，黯然失色。這又是一筆以樂景寫哀情。

詩人為我們勾勒一幅美麗的景色圖，又畫了一幅優美的美女圖，但是，在這優美圖畫後面卻深含幽怨之情。

鸚鵡雖然會學舌，但不會告密，並不可怕，而美女們竟然連鸚鵡都害怕，這就暗示了深宮內院風光美麗背後的陰森恐怖。美女們處在深宮中已經沒有了自由，甚至於連說話的自由都沒有了，她們內心蓄積的怨情痛苦無法表達，這就曲折地表達了她們內心的悲戚抑鬱之情。

這首七絕，優美的景色，曲折委婉地表達了怨情，再現了宮女們的悲劇人生，讀來淒婉動人。

【後人點評】

清人黃叔燦：此詩可作白圭三復，而宮中憂讒畏譏，寂寞心事，言外味之可見。（《唐詩箋注》卷十）

▷ 閨意獻張水部❶

洞房昨夜停紅燭❷，待曉堂前拜舅姑❸。
妝罷低聲問夫婿：畫眉深淺入時無？

【注】❶詩題一作《近試上張水部》。張水部，指張籍，他曾任水部員外郎。水部，是工部四司之一，負責水道事宜。❷停紅燭：放置紅燭，徹夜長明。停，安置。❸舅姑：公婆。

詩人在這首詩中用夫妻關係比擬君臣關係，唐代應進士科舉人，常常

將自己的作品呈給當時的名人，希望他們賞識把自己介紹給主持考試的禮部侍郎。朱慶餘的這首詩就是這類詩，詩人將此詩贈給時任水部郎中的張籍。

詩中，新婦是詩人自比，新郎比喻張籍，公婆比喻主考官，詩人用這樣委婉的表達，徵求張籍的意見。

「洞房昨夜停紅燭，待曉堂前拜舅姑」，寫成婚和拜公婆。昨夜洞房紅燭徹夜未熄，早晨新媳婦醒來等待拜見公婆。「待曉」，表明新媳婦早就醒來了，妝扮好自己，等待著天亮後，去堂前向公婆行禮，透露了新媳婦心中的忐忑不安。

「妝罷低聲問夫婿：畫眉深淺入時無？」新媳婦化完妝後，心中還是有些不安，不知道自己的妝化得怎麼樣，是否會得到公婆喜歡，於是，她畫完眉後，轉過身低聲問自己丈夫。因為是新娘子，所以還略帶羞澀，並且，這個想法也不好大聲說出，讓旁人聽到，便「低聲」問，寫得合情合理，惟妙惟肖，彷彿那個羞澀的新娘子就在眼前。

這首七絕小詩，描寫細膩，刻畫傳神，饒有情趣。

∽ 李德裕 ∽

【詩人名片】

李德裕（787～850）
字號：字文饒
籍貫：趙郡（今河北趙縣）
作品風格：優柔沉鬱

【詩人小傳】：穆宗時，歷任翰林學士、浙西觀察使、兵部尚書、左僕射等職，唐文宗大和七年（833）和武宗開成五年（840）曾兩度任相，政績卓著。宣宗即位後，受牛黨排擠，宣宗大中元年（847）被貶潮州司馬，後再貶崖州（治所在今海南省瓊山區大林鄉附近）司戶參軍，並卒於貶所，終年六十三歲。早有文名，任翰林學士時與元稹、李紳齊名，合稱「三俊」。生前代表作有《會昌 品集》、《左岸書城》、《次柳氏舊聞》等。

▷ 登崖州城作❶

獨上高樓望帝京❷，鳥飛猶是半年程。
青山似欲留人住，百匝千遭繞郡城。

【注】❶崖州：治所在今海南省瓊山區大林鄉一帶。❷帝京：長安。

這首七絕小詩是李德裕被貶崖州司戶參軍期間所作，詩人用精練的語言表達了他對國家的深深眷戀。

「獨上高樓望帝京」，開篇就表達了詩人對京城的深深眷戀之情。「獨」，反映了詩人孤獨寂寞的內心。

「鳥飛猶是半年程」，詩人用誇張的手法，表明崖州城距離京都之遙遠。即使是鳥還要飛行半年，而人行走哪裡有鳥飛翔那麼快，如果人跋山涉水回到京城要不僅半年時間了。流露了詩人對國家的深深依戀之情。

在殘酷無情的政治鬥爭中，李德裕是失敗一方的首領。他深知敵人陷害自己，將自己驅逐到南蠻之地，定然不會再有回京的希望。沉重的心情壓在他的心頭，於是他登臨高樓看山時，便

只見山勢重疊阻隔。「青山似欲留人住，百匝千遭繞郡城。」那重疊綿延的青山，好像留住人，所以「百匝千遭」地環繞郡城。而那「百匝千遭」環繞郡城的青山，不正是象徵了包圍在他身邊的敵對勢力嗎？這兩句雖然寫的是擺在詩人面前的幾近絕望的境地，但是，詩人已經預知到了這樣的結局，絕望到了極點，反倒顯得很平靜。他沒有譴責、咒 層巒疊嶂的窮山僻嶺，沒有說人被山所阻隔，而是說「山欲留人」，寫得非常平靜。但在這平靜中蘊含著詩人絕望蒼涼的心境。

詩人在整首詩中沒有提到有關政治的事情，也沒有直抒心中的抑鬱和憤懣心情。語氣平靜而舒緩，但是其中包含著無限的哀傷和憂愁，情感深沉而悲涼。

∽ 李 賀 ∽

【詩人名片】

李賀（790～816）

字號：字長吉

籍貫：河南福昌（今河南省宜陽縣）

作品風格：奇詭妥帖

【詩人小傳】：李賀少年即嶄露頭角。十八歲時，他到洛陽，攜《雁門太守行》詩拜謁時任國子博士的韓愈，得到賞識。元和五年（810），李賀參加河南府試，被薦應進士舉。但李賀的競爭者誹謗他，稱進士的「進」和其父李晉肅的「晉」諧音，他當避父諱，不得舉進士，後終未能參加考試。元和六年（811），李賀重返長安，任太常寺奉禮郎。三年後，告病辭官。因家境貧困，他返鄉第二年（814），就前往潞州（今山西長治縣），投奔友人，在潞州寄食三年，無所獲而歸。不久死於家中，死時年僅二十七歲。

李賀是中唐的浪漫主義詩人，又是中唐到晚唐詩風轉變期的一個代表人物。他所寫多為慨歎生不逢時和內心苦悶之作，抒發了他對理想、抱負的追求，同時，他的詩文對當時藩鎮割據、宦官專權和人民疾苦也有所反映。與李白、李商隱三人並稱唐代「三李」。他想像大膽詭異，構造出波譎雲詭、迷離恍惚的藝術境界，因此被後人稱為「詩鬼」。

▷ **金銅仙人辭漢歌並序**

魏明帝青龍元年八月，詔宮官牽車西取漢孝武捧露盤仙人❶，欲立置前殿。宮官既拆盤，仙人臨載，乃潸然淚下。唐諸王孫李長吉遂作《金銅仙人辭漢歌》。

茂陵劉郎秋風客❷，夜聞馬嘶曉無跡。

畫欄桂樹懸秋香，三十六宮土花碧❸。

魏官牽車指千里❹，東關酸風射眸子❺。

空將漢月出宮門，憶君清淚如鉛水❻。

衰蘭送客咸陽道❼，天若有情天亦老。

攜盤獨出月荒涼，渭城已遠波聲小❽。

【注】❶捧露盤仙人：王琦注引《三輔黃圖》：「神明台，武帝造，上有承露盤，有銅仙人舒掌捧銅盤玉杯以承雲表之露，以露和雨屑服之，以求仙道。」❷茂陵：漢武帝劉徹陵墓，在今陝西興平縣東北。劉郎：指漢武帝劉徹。秋風客：悲秋之人。漢武帝曾寫《秋風辭》。❸三十六宮：張衡《西京賦》說西京有離宮別館三十六處。土花：青苔。❹千里：指從長安漢宮到洛陽魏宮的距離很遠。❺東關：長安車出東門，指金人去的方向。酸風：使人辛酸淚流的風。❻鉛水：形容銅人的淚水。❼衰蘭：正值秋季，所以說衰蘭。❽渭城：原為秦都城咸陽，漢改為渭城縣，離長安不遠。這裏代指長安。

這首詩大約作於元和八年（813），李賀因病辭去奉禮郎職務，由京城回洛陽途中。詩人眼看著叛亂四起，民不聊生，國家動盪不安，空有報國之志，光耀門楣之心，卻難進仕途，報國無門，心情悲傷凝重，寫此詩一抒情懷。

前四句感慨年華易逝，人生短暫。漢武帝雖然到處煉丹求仙，最後還是像秋風中的落葉，凋零飄落，只留下茂陵荒塚。雖然他在世時神威無比，可在無盡的歷史長河中，他不過是瞬間的一個泡影而已！詩人直接稱漢武帝為「劉郎」，表現了李賀不受封建等級思想束縛的精神和桀驁不羈的性格。「夜聞」句承上啟下，豐富了上句「秋風客」的形象，也為下句表現蒼涼冷寂的氣氛作為鋪墊。「畫欄桂樹懸秋香，三十六宮土花碧」，

漢武帝在世的時候，宮殿內外，車馬喧嘩。而現在，物是人非，畫欄中高大挺拔的桂樹依然枝繁葉茂，花香四溢，而三十六宮早已經荒廢，空無人煙，慘綠的苔蘚鋪滿各處，一片冷寂荒涼。以上寫金銅仙人的觀感。

「魏官牽車指千里」四句，將金銅仙人擬人化，寫它離開漢宮時的哀傷的表情。金銅仙人是劉漢王朝盛衰的「見證人」，漢室的滄桑巨變已經使他感慨萬千，悲傷淒楚。而現在自己又被魏官強行拆走，此時，國家盛衰的感觸和離別的愁情一起湧上心頭，百感交集。「魏官」二句，烘托了金銅仙人不忍離去的依戀心情。魏官「指千里」，可見路途遙遠。遠行的艱苦加上遠離的悲傷，使人酸楚難耐，不堪忍受。「東關」表明天氣惡劣。東關的寒風，射得兩眼發酸。這個「酸」字不僅是眼睛酸，更是指心酸，使主觀感受和客觀景物完全融合在一起，渲染了哀傷的情調。

接著詩人在「空將」二句中用第一人稱，直接抒發金銅仙人的感情：「空將漢月出宮門，憶君清淚如鉛水。」在魏官的驅使下別離漢宮，開始千里之行。陪伴著「我」的只有天上舊時的明月。金銅仙人得到過武帝的喜愛，看到過漢室繁榮。他懷念故主，對故宮有著深厚的情誼。而現在自己漸行漸遠，撫今追昔，不禁落下傷感的淚水。「淚如鉛水」，比喻奇妙非凡，形象生動地描繪出了金銅仙人悲痛的表情。因為是「金銅人」，所以流出的淚水是「鉛水」，而它的情感是人的感情的流露。

最後四句寫出城後途中的景象。此時月冷風寒，城外的「咸陽道」和城內的「三十六宮」一樣，呈現出一片蕭條淒涼的景象。只有路邊的「衰蘭」相送，而同行的也只有手中的承露盤。「衰蘭」，既是因為天氣陰寒而枯萎，也暗示金銅仙人愁苦心情。而金銅仙人的愁其實就是詩人的愁，情感表達曲折委婉。「天若有情天亦老」句，想像奇特宏偉，有力地烘托了金銅仙人也就是詩人的艱難處境和悲涼心情，意境曠遠遼闊，感情執著深沉。最後，車子漸行漸遠，天空月色荒涼，渭水波聲越來越小，而金銅仙人前途艱難而漫長，它的愁思也是悠悠綿長。

這首七古，想像奇特，感情真摯深沉，形象鮮明。剛柔並濟，愛恨交加，愁緒綿綿，韻味深遠。

【後人點評】

《增定評注唐詩正聲》：深刻奇幻，可泣鬼神。

▷ 李憑箜篌引❶

吳絲蜀桐張高秋❷，空山凝雲頹不流❸。
江娥啼竹素女愁❹，李憑中國彈箜篌❺。
昆山玉碎鳳凰叫❻，芙蓉泣露香蘭笑❼。
十二門前融冷光❽，二十三絲動紫皇❾。
女媧煉石補天處，石破天驚逗秋雨。
夢入神山教神嫗❿，老魚跳波瘦蛟舞⓫。
吳質不眠倚桂樹⓬，露腳斜飛濕寒兔⓭。

【注】❶李憑：當時的梨園藝人，善彈奏箜篌。箜篌引：樂府舊題，屬《相和歌•瑟調曲》。箜篌，古代絃樂器。❷吳絲蜀桐：吳地之絲，蜀地之桐。這些都是製作箜篌的材料。這裏暗指箜篌製作精良。張：調好弦，準備彈奏。❸「空山」句：《列子•湯問》：「秦青撫節悲歌，響遏行雲」。指李憑彈奏的箜篌聲把行雲都吸引住了。❹江娥、素女：均指傳說中的神女。❺中國：即國之中央，意指在京城。❻昆山：是產玉之地。玉碎、鳳凰叫：形容樂聲清脆響亮。❼芙蓉泣、香蘭笑：形容樂聲時而低回，時而輕快。❽十二門：長安城東西南北每一面各有三門。這裏泛指全城。❾二十三絲：指李憑手中的箜篌。「紫皇」：道教稱天上最尊的神為「紫皇」。這裏借指皇帝。❿嫗：年老的女子。⓫蛟：蛟龍。⓬吳質：即吳剛。⓭寒兔：指傳說中的廣寒宮中的月兔。

這首詩大概作於元和六年到元和八年（811～813），當時，李賀用瑰麗的想像，描繪出了李憑彈奏箜篌之音，表達了詩人對他高超技藝的讚美之情。

首句，即直接寫箜篌，「吳絲蜀桐」，寫箜篌的構造精良，同時，也襯托了彈奏者的技術之高超。「高秋」，既點出了時間，也有秋高氣爽的含蘊。

「空山凝雲頹不流，江娥啼竹素女愁」，這兩句寫樂聲。優美的樂

聲響起，空曠山野中的浮雲好像被這優美的音樂吸引住了，停留不動；善鼓瑟的湘娥和素女，被淒哀的樂聲觸動，不禁潸然淚下。詩人把「雲」擬人化，賦予雲以人的聽覺和感情。和下面的「江娥」句相互補充，相互映襯，側面烘托了箜篌聲音之美妙傳神。詩人用實景寫虛幻無形的聲音，形象生動，極富表現力。

第四句「李憑中國彈箜篌」，點出了彈奏者的姓名和彈奏地點。詩人打破先交代人物、時間、地點、事件的傳統順序，而是先寫事件（音樂），再點出奏樂者，有先聲奪人的藝術效果，構思巧妙。

「昆山玉碎鳳凰叫，芙蓉泣露香蘭笑。」這兩句正面寫樂聲。箜篌之聲，一會兒眾弦齊奏，好像玉碎山崩一般熱鬧；一會兒又一弦獨響，宛若鳳凰的鳴聲，悠長清明；樂聲時而幽咽，好像芙蓉泣露，嬌婉哀柔，時而樂聲輕快，好像怒放的蘭花張口欲笑，清麗動人。「昆山」句，用聲音寫聲音，著重強調了音調的起伏變幻。而「芙蓉」句用形象寫聲音，著重表現了音色的悅耳動聽，形神兼備。

從「十二門前融冷光」到結尾，寫音樂產生的效果。詩人先從近處著筆，長安城的十二道城門前的寒光冷氣，全部被箜篌聲消融。實際上，冷氣寒光是不會消融的，只是因為人們陶醉在李憑箜篌弦聲中，以致連深秋時寒冷都感覺不到了。詩人用誇張的表現手法，傳達了一種真情實感。「紫皇」二字用得巧妙，它既指天帝也是指當時的皇帝。詩人用「紫皇」二字不僅新奇，也渲染了樂聲的神奇絕妙好像天上的仙樂，起到了承上啟下的作用，將詩境自然擴大到了仙境。

「女媧煉石補天處」到結尾，詩人用自己豐富的想像力，描繪出一個曠遠遼闊、神氣美妙的仙境。樂聲傳到了天上，吸引住了正在煉石補天的女媧，她聽得入神，竟然忘記了自己的補天，結果石破天驚，秋雨傾瀉而下。「逗」字用得巧妙，它把音樂的無窮魅力和音樂，形成的奇妙瑰麗的景象，緊密地聯繫起來了。想像新奇大膽，出人意料，動人心魄。而石破天驚、秋雨傾瀉的景象，也是對樂聲的形象描寫。接著，那優美的樂聲又傳到了神山，神嫗為之感動；老魚激動地跳起來，瘦龍也起舞。「老」和「瘦」反襯了音樂的強大感染力。

以上寫音樂，都通過運動的意象來表現音樂的瑰麗神氣，紛繁熱鬧，

令人應接不暇。結尾兩句用靜景進一步烘托出音樂的美妙：「吳質不眠倚桂樹，露腳斜飛濕寒兔。」整日伐桂的吳剛，聽到樂聲後，停下手中的活，久久倚靠著桂樹聽著，竟然連睡眠都忘記了；玉兔靜靜地蹲在旁邊，任憑深夜的露水灑落在身上，把皮毛浸濕，也不肯離去。這是飽含深情的優美形象，幽靜渺遠，讓人浮想聯翩。

這首樂府詩的最大特點就是想像大膽奇特，形象瑰麗明朗，充滿浪漫主義色彩，極具感染力。詩人將抽象的樂聲通過聯想轉化成了形象具體的意象，使人更真切地體會到音樂的意境。同時，字裏行間都透露出了詩人對樂聲的感受和評價。意象和情感融為一體，達到賞心悅目的藝術境界。

【後人點評】

清人方扶南：白香山《江上琵琶》韓退之《穎師琴》，李長吉《李憑箜篌引》，皆摹寫聲音之至文。韓足以驚天，李足以泣鬼，白足以移人。（《李長吉詩集批注》卷一）

▷ 馬詩二十三首（其五）

大漠沙如雪，燕山月似鉤❶。

何當金絡腦❷，快走踏清秋。

【注】❶燕山：此指燕然山，是西北盛產良馬的地方。大漠、燕山，皆指馬的故鄉。❷金絡腦：鑲金馬絡頭。古樂府《陌上桑》中有：「黃金絡馬頭。」

《馬詩》組詩共二十三首，通過詠馬、讚馬和慨歎馬的命運，表達遠大抱負不能實現，和生不逢時的感慨和憤懣。本書所選是其中第五首，寫馬在大漠邊陲縱橫奔馳，表現了詩人希望知遇明主的渴望。

「大漠沙如雪，燕山月似鉤」，開篇描繪了一幅富於遼闊壯美的邊陲戰場景色。只見連綿的燕山山脈上，一彎明月當空而照，那彎彎的月牙好像是懸掛在天空中的銀鉤；萬里平沙，在清輝月光的照映下，好像鋪上了一層白皚皚的霜雪。這遼遠蒼涼的邊疆戰場環境，對於一般人來說，只覺悲涼肅殺，讓人心生寒意，望而卻步，但對於心懷報國之志的人來說，

卻有非常的吸引力。詩人所處的時代，正是藩鎮割據，戰事頻繁時期，詩人由明亮的月牙聯想到了武器形象，暗含思戰之意。而「燕山」所指幽州薊門一帶，又是藩鎮活動最厲害地區。這兩句中的景色和現實情況緊密聯繫，暗表詩人想要到邊陲戰鬥。這兩句是起興，為下兩句抒情蓄勢。

「何當金絡腦，快走踏清秋」，詩人把自己比喻成縱橫邊疆的戰馬，借戰馬抒發情懷。詩人寫道：什麼時候才能戴上鑲金的絡頭，在秋高氣爽的疆場上馳騁建功呢？就是企盼把良馬當作良馬對待，以效大用。「金絡腦」象徵馬受重用。「何當」二字，表現了詩人希望得到重用、建功立業的渴盼心情。「快走」二字，形象地暗示出駿馬輕捷矯健的雄姿。「踏清秋」讀來鏗鏘有力，而「清秋」正是草黃馬肥時，暗示了駿馬的強健有力。

這首五絕小詩成功運用了比興手法。詩人以雪喻沙，以鉤喻月，是比；從一個富有特徵性的景色寫起，引起下文抒情，是興。短短二十字，比中見興，興中含比，極大地豐富了詩的表現力。

【後人點評】

錢鍾書：長古穿幽入仄，慘澹經營，都在修辭設色，舉凡謀篇命意，均落第二義。（《談藝錄》）

▷ 雁門太守行❶

黑雲壓城城欲摧❷，甲光向日金鱗開❸。
角聲滿天秋色裏❹，塞上燕脂凝夜紫❺。
半卷紅旗臨易水❻，霜重鼓寒聲不起。
報君黃金臺上意❼，提攜玉龍為君死❽。

【注】❶是古樂府《相和歌•瑟調曲》三十八曲舊題之一。雁門，雁門郡，約在今山西省西北部，是唐和北方突厥的邊境地區。❷黑雲：厚厚的烏雲。這裏指攻城敵軍的氣勢。摧：摧毀。❸甲光：鎧甲被太陽照射得閃閃發光。甲，指鎧甲。金鱗：形容鎧甲閃光像金色的魚鱗。❹角：古代軍中號角，多用獸角製作而成。❺燕脂，即胭脂，深紅色。❻易水：今河

北省易縣。❼黃金台：故址在今河北省易縣東南，相傳戰國燕昭王所築，置千金於臺上，以廣招天下人才。❽玉龍：指一種寶劍名，這裏代指劍。君：君王。

前四句寫日落前的情景。「黑雲壓城城欲摧」，首句既是寫景，也是寫事，描寫了敵軍包圍城池的緊張氣氛和危急形勢。「壓」字，用得非常生動，淋漓盡致地表現了敵方兵馬眾多，黑壓壓一片，氣勢兇猛，交戰雙方力量懸殊，守城將士處境艱難等情景。「甲光向日金鱗開」，寫城內的守軍。城內守軍的鎧甲在陽光下閃閃發光，表明了守城將士披堅執銳，精神矍鑠，嚴陣以待。詩人用陽光照射鎧甲側面烘托了守軍的高昂氣勢。黑雲暗指敵軍，日光暗指守軍，情景交相輝映，詩人構思奇妙。

三、四句分別從聽覺和視覺角度渲染戰場上陰森淒烈的氣氛。「角聲滿天秋色裏」，寒冷的深秋，衰草連天，天地間一片死寂，號角嗚咽的鳴聲響徹天地，好像一場驚心動魄的大戰即將開始。「角聲滿地」，表明戰爭規模之大。敵軍戰鼓雷動，步步緊逼；守軍嚴陣以待，號聲沖天，士氣高昂。接著詩人沒有正面寫戰鬥，而是繼續寫戰場上的情景，「塞上燕脂凝夜紫」，戰鬥從白天一直持續到夜晚，晚霞映照著戰場，大片大片如胭脂一樣鮮紅的血跡，凝結在大地上呈現一片紫色。這是多麼黯淡凝重的氣氛，襯托了戰鬥的激烈，暗示雙方都有大量傷亡。守城將士仍然處於不利的地位，這為下文寫軍隊援助作為鋪墊。

後四句寫救援部隊。「半卷紅旗臨易水」，「半卷」二字含義極為豐富。夜裏行軍，多是偃旗息鼓，為的是掩人耳目，達到出奇兵的效果，所以用「半卷紅旗」；「臨易水」既點出交戰地點，又暗示將士們有荊軻易水離別時那樣的豪壯情懷。「霜重鼓寒聲不起」，這是寫苦戰場面，援助部隊臨近敵軍，就擊鼓助威，投入戰鬥。可是，夜晚寒冷，寒霜凝重，戰士們連戰鼓也擂不響。但是，戰爭雖然困難重重，將士們仍然堅忍不拔。「報君黃金臺上意，提攜玉龍為君死。」詩人引用燕昭王築黃金台招納賢才這個典故，表明將士們報效國家的決心，情感豪壯激越。

一般情況下，寫戰鬥場面多用黯淡的色彩來烘托慘烈氛圍，而這首七律不拘一格，一反傳統寫法，用斑斕鮮豔的色彩描繪了悲壯慘烈的戰爭場面，突出了李賀詩文的奇詭特色。但這些斑斕的色彩勾勒出的奇異場面，

又準確表現特定時間、地點的邊塞獨特風光，和激烈而又風雲變幻的戰鬥情景，表達準確貼切。濃墨重彩中見戰士們的堅強鬥志，詩境深沉蘊藉。

【後人點評】

清人杜詔：此詩言城危勢亟，擐甲不休，至於哀角橫秋，夕陽塞紫，滿目悲涼，猶卷旆前征，有進無退。雖士氣已竭，鼓聲不揚，而一劍尚存，死不負國。皆極寫忠誠慷慨。（《中晚唐詩叩彈集》）

▷ 致酒行❶

零落棲遲一杯酒❷，主人奉觴客長壽。
主父西遊困不歸❸，家人折斷門前柳。
吾聞馬周昔作新豐客❹，天荒地老無人識。
空將箋上兩行書，直犯龍顏請恩澤。
我有迷魂招不得❺，雄雞一聲天下白。
少年心事當拿雲❻，誰念幽寒坐嗚咽。

【注】❶致酒：勸酒。行：樂府詩的一種體裁。❷零落棲遲：這是指詩人潦倒貧窮，飄零落魄，寄人籬下。❸「主父」句：《漢書》載：「漢武帝時主父偃西入關見衛將軍，衛將軍數言上，上不省。資用乏，留久，諸侯賓客多厭之。」後來，主父偃的上書終於被採納，當上了郎中。❹「馬周」句：《舊唐書》載：「馬周西遊長安，宿於新豐逆旅，主人唯供諸商販而不顧待周。遂命酒一斗八升，悠然獨酌。主人深異之。至京師，舍於中郎將常何家。貞觀五年（631），太宗令百僚上書言得失，何以武吏不涉經學，周乃為陳便宜二十餘事，令奏之，皆合旨。太宗怪其能，問何，對曰：『此非臣所能，家客馬周具草也。』太宗即日招之，未至間，遣使催促者數四。及謁見，與語甚悅，令值門下省。六年授監察御史。」❺迷魂：這裏指執迷不悟。宋玉曾作《招魂》，以招屈原之魂。❻拿雲：高舉入雲，這裏喻有遠大志向。

這首詩可以分為三部分來賞析。前四句為第一部分，寫勸酒場景。開

頭「零落棲遲一杯酒」句，把自己困頓潦倒和一杯酒聯繫起來，有借酒消愁意味。詩人開篇沒有寫主人勸酒，而是直寫苦悶情懷，突出了心情的愁苦。接著寫主人勸酒場面。主人真誠地祝客人身體健康長壽。「客長壽」三字，與客人的憂傷心情相聯繫，有憂傷折壽的酸楚之意。此時，一個落魄潦倒的客人形象和一個淳樸善良的主人形象躍然紙上。緊接著，詩人沒有繼續寫宴席中的勸酒，而是宕開一筆，承首句的淒苦情感，用主父偃的典故，繼續抒發羈旅愁情。詩人以主父自比，表明自己境遇困頓，愧對親朋的辛酸之情。接著詩人從對面的「家人」著筆，以家人「折斷門前柳」的細節，寫家人對客人的無限思念感情，其實是寫客人自己的思鄉深情。

　　「吾聞馬周昔作新豐客」四句是第二部分，寫主人的致酒詞。「吾聞」二字是對話的標誌，主人看穿詩人悲傷的心情，抓住他的上進心理，進行善意的開導。他講了唐初名臣馬周的故事，馬周雖然年輕時屢遭不幸但最後時來運轉，得到了皇帝的欣賞，從此飛黃騰達。「天荒地老無人識」句，用誇張的手法極言馬周境遇的困苦。「空將箋上兩行書，直犯龍顏請恩澤」寫的就是馬周的騰達的事蹟。「兩行書」暗有此時仕途不順，終有一天會時來運轉的，馬周也是被太宗偶然發現的。「直犯」句，有鼓勵詩人積極進取，創造成功條件之意。詩人寫到這裏就戛然而止，只是事，不做任何議論。但其中開導之意顯而易見，可見主人質樸真誠。

　　「我有迷魂招不得」到結尾，是第三部分，詩人直抒胸臆，抒發情懷。主人的開導使「有迷魂招不得」的詩人，茅塞頓開。詩人以「雄雞一聲天下白」句，象徵自己被開導後的那種眼前一亮、豁然開朗之感。雄雞一唱的意境，激起了豪情。詩人寫到自己滿懷抱負，而今咳聲歎氣，沮喪不振，誰會憐憫你呢？是在自我批評。情感激烈，充滿積極色彩。

　　這首樂府詩，以主客對白的形式，結構全文，但不平鋪直述，而是在問答之間穿插歷史典故，烘托氛圍。詩在遣詞造句上選用精闢少用的詞句，創造了新奇獨特的意境。

【後人點評】

　　明人黃淳耀：絕無雕刻，真率之至者也。（《李長吉集》）

∾◦ 盧　仝 ◦∾

【詩人名片】

盧仝（音同）（約795～835）

字號：自號玉川子

籍貫：河南濟源市武山鎮（今思禮村）

作品風格：灑脫豪俊

【詩人小傳】：少時家貧，僅有破屋數間，但圖書滿架。不到二十歲時隱居盧山，後又隱居少室山，終日苦吟，靠僧人施捨糊口。朝廷兩度征其為大夫，沒有應招。韓愈任河南令時，十分欣賞他的才志，對他十分禮敬，經常接濟他。

盧仝的詩歌《走筆謝孟諫議大夫寄新茶》歷經宋、元、明、清，傳唱千年，至今仍然是茶家經常吟詠的一首詩。他的詩作對當時腐敗的朝政與民生疾苦有所反映。現存詩一百零三首，有《玉川子詩集》。

▷ 走筆謝孟諫議寄新茶❶

日高丈五睡正濃，軍將打門驚周公❷。

口雲諫議送書信，白絹斜封三道印。

開緘宛見諫議面❸，手閱月團三百片❹。

聞道新年入山裏❺，蟄蟲驚動春風起❻。

天子須嘗陽羨茶❼，百草不敢先開花❽。

仁風暗結珠琲瓃❾，先春抽出黃金芽。

摘鮮焙芳旋封裹⓾，至精至好且不奢⓫。

至尊之餘合王公⓬，何事便到山人家⓭。

柴門反關無俗客，紗帽籠頭自煎吃。

碧雲引風吹不斷⓮，白花浮光凝碗面⓯。

一碗喉吻潤，兩碗破孤悶。

三碗搜枯腸⓰，唯有文字五千卷。

四碗發輕汗，平生不平事，盡向毛孔散。

五碗肌骨清⓱，六碗通仙靈⓲。

七碗吃不得也，唯覺兩腋習習清風生。

蓬萊山⓳，在何處？玉川子，乘此清風欲歸去⓴。

山上群仙司下土㉑，地位清高隔風雨㉒。

安得知百萬億蒼生命，墮在巔崖受辛苦㉓！

便為諫議問蒼生㉔，到頭還得蘇息否㉕

【注】❶走筆：疾書。孟諫議：即孟簡，字幾道，唐德州平昌（今山東商河以北）人。進士及第，官至諫議大夫，元和六年任常州刺史及越州、襄州等地刺史。❷軍將：低級武官。驚周公：驚起睡夢。❸緘：書信。宛見：好像看到。❹手閱：親手查檢。月團：即茶餅。❺聞道：聽說。入山裏：上山採茶。❻蜇蟲：藏在泥土中過冬的蟲子。❼天子：古稱統治天下的帝王。陽羨茶：產於江蘇宜興，以湯清、芳香、味醇特點譽滿全國。❽「百草」句：這是一種誇張寫法。❾仁風：溫和的風，即春風。暗結：暗暗形成。珧瓃（音貝纇）：蓓蕾，含苞待放的花。這裏指茶芽。⓾摘鮮：採摘新鮮的茶芽。焙芳：烘焙茶葉。⓫至精至好：極好的茶葉。不奢：指茶葉數量不多。⓬至尊：至高無上的地位，這裏指皇帝。王公：皇帝下面的高級官員。這句的意思是說茶葉供奉皇帝之餘就該獻給王公。⓭山人：盧仝自謂。⓮碧雲：形容湯色碧綠。⓯白花：指茶湯的白沫。⓰枯腸：比喻才思枯窘。⓱肌骨：泛稱身體。清：清爽。⓲仙靈：神靈。⓳蓬萊山：古代傳說中的「三神山」之一。⓴歸去：到蓬萊山去。㉑司：掌管。下土：大地，指人間。㉒地位：境地。㉓巔崖：高峻的山邊。

這句是說許多人因採茶而可能從顛崖上掉下去而喪生。㉔蒼生：舊指百姓。㉕蘇息：困乏後得到休息。

本詩可以分為四部分進行賞析，第三段是詩人著力之處，也是全詩重點及詩情洋溢之處。第四段忽然轉入為蒼生請命，轉得乾淨俐落，卻仍然保持了第三段以來的飽滿酣暢的氣勢。

第一部分為前六句，寫軍將送茶。軍將的叩門聲驚醒了正在酣睡的詩人。軍將稱受孟諫議之命送信和新茶，他帶來一包白絹密封並斜蓋了三道泥印的新茶。詩人讀過信後，親手打開包封，並檢查三百片圓圓的茶餅。茶葉被密封，並且還加蓋了三道印，可見孟諫議對送茶這件事非常重視，表現了他的誠摯之心。詩人「開緘」接著「手閱」，動作小心鄭重，表現了詩人對友情的珍惜和對茶葉的喜愛，字裏行間流露出兩人友情深厚，相互尊重。

第二部分（從「聞道新年入山裏」到「何事便到山人家」）寫茶的採摘與焙製。「聞道」兩句，寫採茶人的艱辛。「天子」兩句寫天子要嘗新茶，百花都不敢先茶樹而開花。接著「仁風」寫帝王的仁德之風，使茶樹最先發芽，在春天之前搶先長出金色的嫩蕊。以上這四句，都突出了茶之珍貴。

「摘鮮」四句，主要寫精工焙製、嚴封密裏的珍貴茶葉，本該是天子王公們享用的，現在竟被送到了這山野人家。「何事」句含有自諷之意，表現了詩人坦蕩澹泊的寬廣胸襟。這部分用樸實的語言鋪的摘茶和焙製茶葉的過程，親切自然，也表現了詩人對茶的喜愛。

第三部分（從「柴門反關無俗客」到結尾）寫喝七碗茶的感

受。反關柴門，家無俗客，紗帽籠頭，詩人開始自己煎茶吃，語言簡單樸素，這裏看似詩人內心平靜，生活恬淡。其實不然，讀完全詩，我們才見詩人火熱的內心世界。

「碧雲引風吹不斷，白花浮光凝碗面」句，寫得細膩，展現了詩人的愛茶至極。「碧雲」，指茶的顏色青碧；「風」，指煎茶時的滾沸聲。「白花」，指煎茶時泛起的白沫。那青碧的茶葉，那咕咕的煎茶聲，那浮動的白沫，都給詩人帶來了一種美的享受，讓詩人賞玩不已。

接下來，詩人集中筆墨寫飲茶，詩人每飲一口茶，都是身心的極大享受，越飲心中越發喜悅。「一碗喉吻潤，兩碗破孤悶」，這兩句寫得淺顯平直，卻感情真摯，詩人寫得感受細膩，可見他陶醉在品茶中。「三碗搜枯腸」，第三碗茶進入素食者的枯腸中，已無法忍受了，而茶水在腸中搜尋的結果，只有五千卷文字。寫到這裏，詩人就有些神思飄逸，浮想聯翩，寫詩人什麼都沒有，只有無用的五千卷文字，這不免使人平添幾分感慨。詩人喝了第四碗，便感覺身上發汗，蓄積心中的不平事，即將噴薄而出，一吐為快。這一筆寫得很輕淺，但情感深沉。

喝到第七碗茶詩人說「吃不得也」了，寫得很奇異，也烘托了茶葉之好。詩人兩腋習習生風，已經是飄飄欲仙了。美妙的茶香沁人心脾，使詩人浮想聯翩，他轉筆就問，詩人以被貶凡間的仙人自比，想要接著七碗茶引起的清風回蓬萊。他為什麼要回蓬萊呢？原來，他知道天上群仙，不了解民間的疾苦，所以想回蓬萊山，替孟諫議詢問一下天下蒼生的事，問問他們什麼時候能夠休息。最後六句，詩人直抒對統治者不體恤民情的不滿和不平心情。

這首七古詩，行文揮灑流暢，輕鬆中有嚴緊，別具一格。

∽ 徐　凝 ∽

【詩人名片】

徐凝（約西元813年前後在世）

籍貫：唐分水柏山（今桐廬縣分水鎮柏山村）

作品風格：樸實流暢，意境高遠

【詩人小傳】：曾經遊歷長安，因不願炫耀才華，不善干謁，僅遊韓愈之門，竟不成名。南歸前作詩辭別侍郎韓愈，抨擊了當時只重名望、不重真才實學的不合理社會現象。後悠遊而終。

白居易任杭州刺史時，曾在杭州開元寺見徐凝題的牡丹詩，大為讚賞，邀他飲酒，盡醉而歸。後徐凝又與當時頗負詩名的張祜比較詩藝，張祜自愧不如。徐凝受白居易、韓愈和張祜等人的讚賞，後遂有詩名。《全唐詩》錄存一卷。

▷ 憶揚州

蕭娘臉薄難勝淚❶，桃葉眉長易覺愁❷。

天下三分明月夜，二分無賴是揚州❸。

【注】❶蕭娘：南朝以來，詩詞中的男子所戀的女子常被稱為蕭娘，女子所戀的男子常被稱為蕭郎。❷桃葉：晉代王獻之的愛妾。此處也代指青樓女子。❸無賴：可愛、可喜意。陸游詩：「江水不勝綠，梅花無賴香。」

「蕭娘臉薄難勝淚，桃葉眉長易覺愁」，寫別離情景。蕭娘、桃葉代指所思念的人；愁眉、淚眼也是指所思之人，雖然重複，但用「難」、「易」二字隔開，就不感到繁瑣，反倒有回環往復、情意綿綿之感。想起離別時心上人的淚眼、愁眉，以及當時對方悲痛的心情，都讓詩中人思念不已，而又不知道該如何宣洩這股思念之情，不覺愁腸滿腹，失落惆悵。

　　「天下三分明月夜，二分無賴是揚州」，詩人一筆蕩開，轉筆寫明月，詩中人正惆悵不已，便抬頭望月，本想轉移一下自己的愁思，解脫愁緒，但這明月偏偏又是當時在揚州月夜離別時的月，又增添了詩中人一抹愁情。雖然隨著歲月的流逝，當日的悲苦之情已經被淡化了很多，但那股難以割捨的綿綿思念，卻總是擺脫不了。天空中的明月本和思念無關，可是，它曾映照過心上人的淚眼，好似有情，而今夜偏偏灑下清冷的光輝映照愁思之人，好似冷酷，無動於衷，況且這「明月無賴」，糾纏著人不離開，讓人心生厭惡之情。

　　這首七絕小詩，從對面著筆，不寫自己的思念是多麼的深切，而是把思念之情融入了對方神態的描寫中，使這種思念之情越發纏綿曲折。詩人不說自己無法擺脫思念，而反倒怨天上明月勾起他的思念，這就反襯詩人的思念之情，綿延不絕，無法擺脫。情感表達含蓄曲折，委婉動人。

∽ 許 渾 ∽

【詩人名片】

許渾（約791～約858）
字號：字用晦，一作仲晦
籍貫：潤州丹陽（今屬江蘇）
作品風格：精密俊麗

【詩人小傳】：大和六年（832）進士。任當塗令。仕文宗、武宗、宣宗三朝，歷任虞部員外郎，監察御史，郢州、睦州刺史等職。他多寫律詩，尤其擅長七律。多懷古及歌詠田園之作。有《丁卯集》三卷，《全唐詩》存其詩十一卷。

▷ 秋日赴闕題潼關驛樓❶

紅葉晚蕭蕭，長亭酒一瓢❷。
殘雲歸太華❸，疏雨過中條❹。
樹色隨關迥❺，河聲入海遙。
帝鄉明日到❻，猶自夢漁樵❼。

【注】❶闕：指宮門前的望樓，這裏代指長安。潼關，在今陝西省潼關縣境內，是從洛陽進入長安必經要道。驛樓：即驛站。❷長亭：古時道路每十里設一長亭，五里設一短亭，供行旅歇息之所。❸太華：華山。❹中條：山名，在今山西永濟縣東南，處於太行山和華山之間。❺迥：遠。

❻帝鄉：指京都長安。❼漁樵：捕魚砍柴隱居生活。

　　許渾從故鄉潤州丹陽（今屬江蘇）第一次去長安的途中，經過潼關，他看到那裏的山川壯美，景色秀麗，於是觸景生情，寫下了這首五律。

　　「紅葉晚蕭蕭，長亭酒一瓢」，詩人開篇勾勒出一幅秋日行旅圖，點出了時間、地點及事件。秋日行旅圖是這樣的：秋日的紅葉在傍晚顯得蕭瑟蒼涼，詩人坐在長亭上獨自飲酒。「蕭蕭」二字，透露出詩人絲絲淒涼的情緒。後一句用筆乾淨俐落，敘述了詩人獨飲的寂寞之感。

　　但詩人沒有就此消沉。接下來的「殘雲」四句，蕩開一筆，用雄健的筆力，勾勒了潼關周圍蒼茫雄渾的景色。詩人放眼遠望，南面的華山上，「殘雲」歸岫；北面，黃河對岸，連綿蒼莽的中條山上，「疏雨」乍過。「殘雲」，表明天氣將要轉晴。中條山上疏雨乍過，給人一種雨過天晴後的清新感。「歸」和「過」兩個動詞，就使靜止的華山和中條山，顯出了靈活的氣息。

　　詩人將目光從遠處收回來，只見近處：「樹色隨關迥，河聲入海遙」。蒼青的樹色，隨關城一直延伸到遠方。關外的黃河從北面奔騰而來，在潼關外轉向三門峽，波濤洶湧的江河水咆哮著湧入渤海。「遙」字，表現出了詩人站在高處遠望細聽的神態。這段描寫繪聲繪色，使人有身臨其境之感。

　　「帝鄉明日到，猶自夢漁樵」，寫再有一天行程，詩人就到達長安了。按常理，第一次去長安的詩人心情應該很激動，也很期待，此時，他正應該想著到長安後的安排。但是卻沒有，他還在夢想著故鄉的漁樵生活。這就含蓄地表露自己並非為追求功名利祿而來。最後寫得委婉得體，自然流暢，而又出人意料，構思新穎，獨具匠心。

【後人點評】

　　清人陸次云：仲晦如此詩，雖與劉文房分據「長城」可也，何拙魯？若陳後山者，亦復疵之太過。（《唐詩善鳴集》卷上）

　　▷ **咸陽城西樓晚眺**❶

一上高城萬里愁，蒹葭楊柳似汀洲❷。

溪雲初起日沉閣❸，山雨欲來風滿樓。

鳥下綠蕪秦苑夕，蟬鳴黃葉漢宮秋。

行人莫問當年事❹，故國東來渭水流。

【注】❶咸陽：今屬陝西。此題一作《咸陽西門城樓晚眺》。❷蒹
葭：蒹，沒有長穗的蘆葦。葭，初生的蘆葦。汀洲：泛指江南。❸「溪
雲」句：詩人自注：「南近磻溪，西對慈福寺閣。」❹當年：一作「前
朝」。

「一上高城萬里愁」，首句氣勢雄渾、意境深遠。「一上」、「萬
里」，是誇張的表現手法，用精確的數字極言愁緒之多，使人印象深刻。
詩人為什麼愁呢？「蒹葭楊柳似汀洲」。一個「似」字，表明這裏並非真
是汀洲。那麼汀洲與詩人又有什麼聯繫呢？如果說思鄉愁，但詩人家鄉在
潤州丹陽（今江蘇）。詩人登上咸陽城樓，舉目四望，見秦中風光，好似
江南，於是筆鋒一點，微微歎息。萬里之愁，正因鄉愁而起。而汀州只是
泛指江南。詩人將思鄉之情，隱含在「蒹葭秋水，楊柳垂岸」的景色中，
思念之情綿延不絕。

「溪雲初起日沉閣，山雨欲來風滿樓」，詩人收回鄉愁，寫眼中所
見景色。詩人登樓遠眺，遙想慨歎，不知過了多長時間，忽見溪山雲起，
一輪紅日漸薄溪山，時間已經到了傍晚，不多時，太陽已經隱隱挨近西邊
的寺閣。雲生日落，瞬息萬變，突然涼風驟起，吹上城來，「滿樓」的風
聲呼嘯，越發顯得城樓的空寂。我們可以聯想到，冷風呼嘯吹打詩人的衣
衫，此情此景，更增添詩人淒涼孤寂的愁緒。風聲過後，山雨迫在眉睫。
「欲」字寫出了山雨將至的緊迫形勢。這兩句寫得前鬆後緊，舒緩有致。

「鳥下綠蕪秦苑夕，蟬鳴黃葉漢宮秋」，雖然即將下雨，可是，詩
人眼前的景象是，鳥不平蕪，蟬吟高樹，是何等優閒自在。而「秦苑」和
「漢宮」又勾起人們的歷史感懷，舊時禁苑深宮，如今雜草叢生，黃葉滿
林，只有蟲鳥不知興亡，依然鳴叫高飛。此時，歷史興亡之感、萬里鄉愁
交融在一起，意蘊深沉。

「行人莫問當年事，故國東來渭水流」。「莫問」二字，卻悄悄引起

讀者的無限遐思。「渭水流」使詩人的萬里之愁、千載之思綿綿不絕，餘味悠遠。而這「行人」，是空間的過客和時間過客的統一體了。

行文舒緩有致，跌宕起伏。情感深沉悠遠。

【後人點評】

清人田雯評許渾七律詩：聲調之熟，無如渾者。（《古歡堂集·雜著》）

～ 杜 牧 ～

【詩人名片】

杜牧（803～853）

字號：字牧之，號樊川居士。

籍貫：京兆萬年（今陝西西安）

作品風格：豪邁俊爽，拗峭清麗

【詩人小傳】：出身官僚大家庭。大和二年（828）進士及第，為弘文館校書郎。後在江西、淮南等地方做幕僚，在朝中任監察御史、史館修撰等官。會昌年間，先後為黃、池、睦、湖等州刺史。大中年間，為司勳員外郎、禮部員外郎，官終中書舍人。

杜牧是晚唐著名詩人。他在文學方面，主張文以致用，強調內容為主，形式為輔，提倡言之有物，樸實無華的文風；反對無病呻吟，追求形式。他的詩作中，七律詩尤為凝練、自然。後人把他與杜甫相提，人號「小杜」，與李商隱並稱「小李杜」。有《樊川文集》二十卷，《全唐詩》編其詩八卷。

▷ 泊秦淮❶

煙籠寒水月籠沙❷，夜泊秦淮近酒家。

商女不知亡國恨❸，隔江猶唱《後庭花》❹。

【注】❶秦淮：即秦淮河，是長江下游的支流，穿南京市而入長江。相傳為秦始皇南巡會稽時開鑿，用來疏通淮水，故稱秦淮河。❷籠：籠

罩。❸商女：在酒樓或船舫中以賣唱為生的歌女。❹《後庭花》：即《玉樹後庭花》，南朝陳後主陳叔寶所作樂府新曲。因陳後主是亡國之君，所以後人稱此曲為亡國之音。

這首七律詩是詩人在赴任揚州刺史時，路過六朝古都建康。雖然此時唐朝的都城不在建康，但秦淮河兩岸，依舊酒旗招展，絲竹聲聲，一派熱鬧繁華勝過京城。

「煙籠寒水月籠沙」，首句就寫得非同一般，兩個「籠」字，將煙、水、月、沙四種意象和諧完美地融合在一起，烘托了一種迷濛清冷、柔和幽靜的水邊夜色。首句的景色應該是第二句詩人「夜泊秦淮」時所見，如果按順序來寫，應該是先有「夜泊」後有夜景，詩人巧妙地顛倒順序，先寫夜景，有先入為主、先聲奪人之妙，給人強烈的吸引力。次句「夜泊秦淮近酒家」，為首句景色點明了時間、地點，使首句的景色更加鮮明、獨特。「夜泊秦淮」照應了詩題，「近酒家」有引起下文「商女」的作用。

「商女不知亡國恨」，商女，是伺候他人的歌女。她們所唱的曲目都是由聽者的趣味決定的。所以寫商女不知道亡國之恨只是曲筆，而真正「不知亡國恨」的是那些欣賞音樂的達官貴族們。「隔江猶唱《後庭花》」中的《後庭花》，便是《玉樹後庭花》，據說此曲是南朝陳後主創造的樂曲，這靡靡之音，早已使陳朝滅亡。而如今又有人在國家衰微之際，以聽亡國之音取樂，不關心國事，這怎麼不會使詩人擔憂歷史重演呢？「隔江」二字，是承接上句「亡國恨」的故事而來，指當年隋兵列軍江

唐詩三百首賞析大全集

北，僅一江之隔的南朝危在旦夕，而陳後主依然沉溺聲色，不理朝政。「猶唱」二字，既指隋兵臨江，陳朝的危急；又指當今沉迷聲色的權貴；又表達詩人深切擔憂之情，也有詩人對當今沉溺玩樂的達官顯貴的辛辣諷刺，涵義深沉，感情悲痛。官僚貴族們以聲色歌舞、紙醉金迷的生活填補他們腐朽空虛的靈魂，這不正是和曾經的陳朝現象一模一樣嗎！難道衰亡歷史要重演嗎？深深的擔憂之情，躍然紙上。

整首詩表達委婉，情感悲愴。

【後人點評】

清人宋顧樂：深情高調，晚唐中絕作，可以媲美盛唐名家。（《唐人萬首絕句選評》卷六）

▷ **赤壁❶**

折戟沉沙鐵未銷❷，自將磨洗認前朝。
東風不與周郎便❸，銅雀春深鎖二喬❹。

【注】❶赤壁：在今湖北武昌赤磯山，一說在今湖北蒲圻縣赤壁山。❷折戟：斷戟。戟，古代一種合戈、矛為一體的長柄兵器。❸東風：赤壁之戰中，東吳周瑜用黃蓋火攻計策，趁東南風火攻曹軍，取得大勝。周郎：三國時東吳大將周瑜。❹銅雀：即銅雀台。曹操在鄴城（今河北省臨漳縣）建銅雀台，高十丈，極為華麗。因樓築大銅雀，故名。曹操把自己的寵姬歌妓安置台中，以供娛樂。二喬：東吳的美女大喬和小喬。大喬為孫策妻子，小喬為周瑜妻子。

這首七絕是詩人經過赤壁（即今湖北省武昌縣西南赤磯山）古戰場時，有感於三國英雄成敗而寫下的，是一首懷古之作。

「折戟沉沙鐵未銷」，詩人開篇用古物引起對三國人物和事蹟的慨歎。從赤壁大戰中留下來一支折斷了的鐵戟，沉沒在水底沙層中，經歷了半個多世紀，還沒有被歲月銷蝕掉。如今被我發現，經過自己一番磨洗，鑒定是赤壁之戰中的遺物。這件小小的器物，使詩人想到了漢末那個動盪

的年代，想到了赤壁之戰，想到參加這次戰役的關鍵人物。

「東風不與周郎便，銅雀春深鎖二喬」，在赤壁之戰中，周瑜主要靠火攻戰勝了兵力遠勝於自己的敵人，而他能用火攻，是因為在決戰的那個時間，正好颳起了強勁的東風，所以戰爭勝利的關鍵是東風，詩人便把東風寫在最前面，突出了東風在這次戰役中的重要地位。但是詩人沒有從正面描寫東風是怎樣幫助周郎得勝的，而反面著筆：設想如果東風不給周郎以方便，那麼，勝利的就不是周郎了，而歷史也會因此發生改變了。詩人假想如果曹軍勝利後的局面。但詩人又沒有從正面寫起，而只寫「二喬」這兩位東吳美女將要遭受的命運。大喬是孫策妻子，小喬是周瑜妻子，那麼兩人被搶入魏，深鎖銅雀台，就意味著吳國滅亡了。詩人構思巧妙，用形象思維，反映事件，意在畫中，使人不言自明，非常獨到。而周瑜在赤壁之戰中的勝利，完全歸功於偶然的東風，也失於片面，詩人偏偏這樣寫，其中恐怕也含有「時無英雄，使豎子成名」的慨歎吧！

【後人點評】

清人沈德潛：牧之絕句，遠韻遠神。然如《赤壁》詩「東風不與周郎便，銅雀春深鎖二喬」，近輕薄少年語，而詩家盛稱之，何也？（《唐詩別裁集》卷二十）

▷ 寄揚州韓綽判官❶

青山隱隱水迢迢❷，秋盡江南草未凋。
二十四橋明月夜❸，玉人何處教吹簫❹？

【注】❶判官：唐時觀察使、節度使的僚屬。❷迢迢：一作「遙遙」。❸二十四橋：一說揚州城裏原有二十四座橋，一說是清李鬥《揚州畫舫錄》卷十五中載「廿四橋即吳家磚橋，一名紅藥橋，在熙春台後，……揚州鼓吹詞序云，是橋因古二十四美人吹簫于此，故名」中的吳家磚橋。❹玉人：美人。

杜牧曾在大和七年到九年（833～835）間，在淮南節度使牛僧儒幕府任佐官，後為掌書記。這首詩應為他離開江南時所作。

「青山隱隱水迢迢」，寫遠景。青山連綿延伸到遠方，直到天際，綠水迢迢，流向遠方。「隱隱」和「迢迢」這兩處疊字，不僅形象地描畫出了山水清秀、優柔多姿的江南風光，而且隱約暗示著詩人和友人之間受山水阻隔，相距遙遠，那抑揚的聲調傳達了詩人對江南的思念柔情。

「秋盡江南草未凋」，季節雖然已過深秋，但江南的草木還未凋落，風光依然秀麗柔美。「秋盡」而「草未凋」給人以溫暖的感覺。正因為詩人無法忍受晚秋的蕭條冷寂，所以格外留戀江南的青山綠水，也就更加想念遠在江南的故人了。

「二十四橋明月夜，玉人何處教吹簫」，三、四句詩人問友人最近的生活情況。在詩人的印象裏，讓詩人印象最為深刻的是在揚州「月明橋上看神仙」（張祜《縱遊淮南》）。接著詩人轉筆問朋友「何處教吹簫」，借二十四橋美女吹簫這個典故，故意用玩笑的口吻調侃韓綽，言外之意就是，在這個秋盡的時節，你每夜在哪裡教妓女吹曲玩樂？從詩句中我們可以想到韓綽風流倜儻的姿態。這一調侃句，使兩人重溫了曾經在一起遊玩的情景，表現了詩人和朋友之間親密深厚的友情。詩人在這裏，巧妙地把二十四美人在橋上吹簫的傳說和「月明橋上看神仙」的現實生活融合在一起，烘托了一種優美清雅的意境。

所以，詩人這兩句雖然是調侃之語，說的是豔事，但卻清雅脫俗，沒有一點浮豔之色。「玉人」二字，雖然指韓綽，但又使人認為就是歌舞女子的錯覺，使人不禁聯想風流才子的放蕩生活。

詩人在這首七絕詩中,用婉轉優美的語言烘托了柔美清雅的江南景色,這柔美的景色進一步襯托兩人的風流倜儻以及放蕩生活,情景相映,妙趣橫生。

【後人點評】

宋人姜夔:杜郎俊賞,算如今重到須驚。縱豆蔻詞工,青樓夢好,難賦深情。二十四橋仍在,波心蕩,冷月無聲。念橋邊紅藥,年年知為誰生?(《揚州慢》)

▷ 將赴吳興登樂遊原一絕❶

清時有味是無能❷,閑愛孤雲靜愛僧。
欲把一麾江海去❸,樂遊原上望昭陵❹。

【注】❶吳興:今浙江吳興。樂遊原:在長安城南,地勢高敞,可以眺望,是當時的遊覽勝地。因西漢宣帝在此建樂遊苑,故得名。❷清時:太平之世。❸把:持。一麾:顏延之《五君詠》中有「屢薦不入官,一麾乃出守」。麾,指旌旗。這裏指出任外省官職。江海:這裏指湖州。❹昭陵:是唐太宗陵墓,在長安西醴泉縣。

這首詩做於宣宗大中四年(850)詩人將離長安去湖州(今浙江湖州市)任刺史時,詩人在長安任職,無所作為,所以,請求外放,施展抱負。

「清時有味是無能」,詩人說當時正值「清時」,又說自己無能,很清閒。而當時牛李二黨鬥爭正非常激烈,宦官專權,朝廷和藩鎮以及少數民族政權之間戰爭不斷,哪裏是「清時」?可見首句詩人正話反說。那麼,詩人說自己沒有才能,則是巧妙地把自己的才能掩藏了起來。次句緊承上句,點出「閑」和「靜」就是上句中指的「味」。詩人怎麼表現閑呢?用愛孤雲的閑表現自己的閑性。詩人的靜體現在愛僧人的靜,這就形象生動地顯示了閒靜感受。

由上面兩句,可見,詩人在京城待著太閒靜,無所事事,所以詩人想要「欲把一麾江海去」,意思是,手持旌麾,遠去江海。「樂遊原上望昭

陵」，「昭陵」是唐太宗的陵墓。詩人即將外出遠行，心中自然生出不捨之情，登高遠望是合理的。但詩人登樂遊原後，不望皇宮，不望都城內情景，而是只望已故的唐太宗的陵墓，這是為什麼呢？唐太宗是唐代傑出的皇帝。他建立了大唐，能選賢任能，所以，這是他能取得成功的重要原因之一。詩人登高原望昭陵，就會想起國家曾經的興盛，聯想到當今國家的衰勢。詩人借寫昭陵暗指當今沒有像唐太宗那樣的英明君主，自己空有抱負和才能，卻無處施展，只能落得現在這樣閒靜的處境，委婉曲折地表達了自己生不逢時的感慨。

雖然這首詩是七絕小詩，但其中卻包含了詩人對國家的熱愛，對盛世的追憶，對自己壯志難酬的悲憤。語言沉鬱、含蓄，用筆深刻、簡練。

【後人點評】

清人張文蓀：昭陵為唐創業守成英主，後世子孫陵夷不振，故牧之於去國時登高寄慨，詞意渾含，得風人遺意。（《唐賢清雅集》卷三）

▷ 江南春

千里鶯啼綠映紅，水村山郭酒旗風❶。
南朝四百八十寺❷，多少樓臺煙雨中❸。

【注】❶山郭：靠山的城牆。酒旗：酒簾。酒店的標幟。❷「南朝」句：東晉後在建康（今南京）建都的宋、齊、梁、陳四朝合稱南朝。當時的統治者都好佛，因此，修建了大量佛寺。據《南史•循吏•郭祖深傳》：「都下佛寺五百餘所」。本詩中的「四百八十寺」，是個概數。❸樓臺：指寺廟。

這首七絕既寫出了絢爛多彩的江南春景，也寫出了它的廣闊和深邃。

「千里鶯啼綠映紅，水村山郭酒旗風。」詩人開篇描寫了富麗明媚的江南景色：遼闊的千里江南，黃鶯在歡快地歌唱，叢叢綠樹掩映著朵朵紅花；水邊的村莊、臨山的城郭還有迎風飄揚的酒旗，這些都是典型的江南景觀。美麗的江南紅綠色彩相映，山水的相伴，村莊和城郭相互映襯，有動有靜，聲色並茂。這是多麼美麗的景色啊！並且「千里」二字，體現地

域遼闊，繁富的景色鋪陳在「千里」沃野上，這景色就更加迷人，令人心馳神往了，而如果沒有「千里」二字，那麼，再繁麗的景色也少了氣勢，減了顏色。

詩人意猶未盡，感覺江南寫得還不夠豐富。於是詩人起筆寫道：「南朝四百八十寺，多少樓臺煙雨中。」金碧輝煌、樓宇重重的佛寺，本就給人深邃神祕之感，而詩人又把它放置在迷濛煙雨中，這就更增添了一種朦朧迷離的色調。南朝遺留下來的許許多多佛教建築物在春風春雨中若隱若現，更增添撲朔迷離之美，也使這幅「江南春」的圖畫更加豐富多彩。「南朝」二字，給這幅圖畫增加了歷史厚重感。「四百八十」，極言宏偉華麗的佛寺之多，緊接著「多少樓臺煙雨中」是詩人對歷史滄桑的感慨。南朝統治者勞民傷財，大興土木，建造寺廟，而隨著歷史的推移，當年的統治者已經消逝，佛寺已成為歷史的遺物，成了江南美妙風景的一部分。審美之中也暗含諷刺，詩文內涵也更顯豐富。

【後人點評】

明人楊慎：千里鶯啼，誰人聽得？千里綠映紅，誰人見得？若作十里，則鶯啼綠紅之景，村郭、樓臺、僧寺、酒旗，皆在其中矣！（《升庵詩話》）何文煥《歷代詩話考索》駁曰：即作十里，亦未必盡聽得著，看得見。題雲《江南春》，江南方廣千里，千里之中，鶯啼而綠映焉。

▷ 清明❶

清明時節雨紛紛，路上行人欲斷魂❷。
借問酒家何處有，牧童遙指杏花村。

【注】❶清明：我國傳統的掃墓節日，在陽曆四月五日前後。❷欲斷魂：形容極為愁苦，好像魂要與身體分開一樣。

「清明時節雨紛紛」，清明佳節之日，詩人正在街上行走，剛巧碰上了春雨。清明季節，天氣最容易變化，時常要下雨，今天又下起了雨，不過，這場雨是「紛紛」細雨。「紛紛」二字，既形容了下雨的情景，又暗指雨中行人的複雜心情。為下文做鋪墊。

「路上行人欲斷魂」，行人「欲斷魂」，這是一種怎樣的狀態呢？「魂」，指的多是精神、情緒方面的事情。而「斷魂」，就極力形容行人心中強烈的而又不是很清楚地表現在外面的隱藏內心深處的感情。清明節向來是家人團聚，要麼一起出外遊玩，要麼去掃墓的日子，而現在行人孤單一人趕路，心頭有股難言的孤苦滋味。而這時又偏偏遇到了細雨紛紛，打濕了衣衫，襲來涼意，這又使行人心頭平添了一層愁緒。所以，詩人用「斷魂」二字。

　　「借問酒家何處有，牧童遙指杏花村」，此時，細雨下得正密，行人就想找個酒店避一避雨，就便歇息一下，再喝兩杯酒暖暖身子，當然這也能多少排解一下他心頭的愁緒。於是，行人便向人問路。詩人沒有說向誰問路，而是巧妙地寓問於答，最後「牧童遙指杏花村」句，我們可以聯想到，詩人在路上碰見一個牧童，便向他打聽道路，牧童就手指杏花村告訴他那裏有酒店。最後這句，又描繪了一幅優美的「畫面」，彷彿從牧童的「遙指」方向，我們看到了一個杏花掩映中的美麗村莊，那村頭紅色的酒店旗子，被細雨洗得更加鮮亮美麗。結尾意韻無窮，為讀者開拓了一片廣闊得多的想像空間。

　　這首七絕小詩，語言通俗流暢，自然而毫無雕飾痕跡。描寫景象清新、明麗。

【後人點評】

　　蔡絛評杜牧詩：風調高華，片言不俗。（《蔡伯衲詩評》）

▷ 秋夕

銀燭秋光冷畫屏❶，輕羅小扇撲流螢❷。

天階夜色涼如水❸，坐看牽牛織女星。

【注】❶銀燭：白色蠟燭。❷輕羅：輕薄的絲織品。❸天階：指皇宮中的走廊。

這首詩寫的是一位宮女的孤獨生活和淒涼心境。

「銀燭秋光冷畫屏，輕羅小扇撲流螢」，開篇兩句描寫了一幅深宮生活圖畫。一個秋夜，白色的蠟燭發出微弱的光亮，給屏風上的圖畫添染了幾分冷淡、幽黯的色彩。此時，一個孤獨的宮女正用小扇撲打著周圍飛來飛去的螢火蟲。宮女「撲流螢」細節描寫，反映了三層意思，第一，螢蟲常常飛翔在雜草叢生的荒涼地方。宮女居所有流螢飛翔，表明宮女生活環境淒涼。第二，宮女撲流螢這個動作流露出寂寞無聊的心境。她撲打流螢好像要驅趕包圍在她周圍的冷寂。第三，「小扇」本來是夏季用的，而宮女秋季裏手拿扇子。在古詩中，詩人常以秋扇比喻棄婦。

「天階夜色涼如水」，皇宮的夜色「涼如水」，暗示夜已經很深，寒氣襲人。「涼如水」這三個字，不僅寫出了色，也寫出了溫度。天氣如此寒冷，宮女應該回屋了。可是遲遲沒有回去，她在幹什麼呢？「坐看牽牛織女星」，原來她在看天上的牛郎星和織女星。宮女仰望牛郎星和織女星，久久不肯離去，這是因為牛郎星和織女星的故事牽動了她的心，勾起了她對自己不幸身世的回憶，也使她產生了對美好愛情的嚮往。一個仰望的舉動，委婉地表達出宮女滿懷的心事。這個結尾含蓄蘊藉，耐人尋味。

【後人點評】

清人孫洙：層層佈景，是一幅著色人物畫。只「坐看」二字，逗出情思，便通身靈動。（《唐詩三百首》卷八）

▷ 山行❶

遠上寒山石徑斜❷，白雲生處有人家❸。

停車坐愛楓林晚❹，霜葉紅於二月花。

【注】❶山行：在山中行走。❷寒山：指深秋時候的山。斜：伸向。❸白雲生處：白雲繚繞而生的地方。❹坐：因為。

這首詩描繪了一幅美麗的山林秋景圖。

「遠上寒山石徑斜」，首句寫山和山路。一條曲曲折折的小路蜿蜒而上伸向山頭。「遠」字，突出了山路的長，因山路「遠上」，再加一「斜」字，就寫出了高而緩的山勢。

「白雲生處有人家」，寫雲和人家。詩人的目光隨著山路向上望去，只見山上白雲浮動，有幾處山石砌成的石屋石牆。「人家」與上句的「石徑」相照應，這條山間小徑，大概就是山上這幾戶人家下山的道路吧，這樣一來，首句的景物和第二句的景物就有機地聯繫在了一起。這裏寫山上「白雲」，反映了山之高，白雲又遮住了人們的視線，那麼，就使人不禁聯想白雲上的景象，這就給人留下了想像的空間。

「停車坐愛楓林晚」，寫楓林。詩人正在前行的時候，忽然，一片鮮紅的楓葉林，映入詩人眼簾，這使他驚喜萬分，為了停下來欣賞這美麗的山林風光，詩人竟然顧不得起路了。詩前兩句的景色淡雅，意境飄渺，已經很優美，但「楓林」一出現，都忘記了行路，可見，詩人更喜愛這楓林景色。他為什麼喜歡楓林呢？這就自然引出最後一句，詩人說：「霜葉紅於二月花」，這句既回答了上句的疑問，又進一步刻畫出了楓林的美麗。那傍晚的楓林層林盡染，如飄逸的紅霞，它比江南二月的春花還要火紅豔麗。將楓葉和「二月花」對比，使楓葉紅豔美麗的形象更加突出。這一片鮮豔的紅色，充滿了春天一樣的活力，使秋天的山林呈現一種熱烈的、生機勃發的景象。如此這般，怎麼不讓人喜愛呢？

秋季的蕭瑟，常常讓人產生傷秋之感，而詩人在詩中歌頌了秋色的美麗，表現了一種蓬勃向上的精神面貌，充滿生機和活力。結尾戛然而止，情韻悠長，餘味無窮。

【後人點評】

宋人陳振孫評杜牧詩：豪而豔，有氣概，非晚唐人所能及也。（《直

《齋書錄解題》）

▷ 贈別二首（其二）

多情卻似總無情，唯覺尊前笑不成❶。

蠟燭有心還惜別，替人垂淚到天明。

【注】❶尊：同「樽」，酒杯。

大和九年（835），杜牧由淮南節度府掌書記升任監察御史，將離開揚州赴長安，《贈別》二首是他臨行前留贈妓女之作。詩中抒寫詩人對美麗女子留戀惜別的心情。

「多情卻似總無情，唯覺尊前笑不成」，寫詩人要和心愛的人分別時的複雜心情。詩人即將離別，卻又不忍和所愛的人分別，心中千頭萬緒，紛繁雜亂，猶豫不決。明明多情，卻從「無情」著筆，「總」字，起加強語氣作用，帶有濃重的感情色彩。正是因為詩人太多情，以至於使他覺得，用任何的方式，都不足以完全表現出內心的多情。

在別筵上，兩人淒然相對，別離的傷情不知道從何說起，這樣反倒好似彼此無情。其實心中已經是愁情滿溢，希望能用無情的表情抑制住內心多情的氾濫，但是，情到深處，怎能不流露出來呢？在舉樽道別時，強顏歡笑，使所愛的人高興，可是離別悲傷已經溢滿胸腔，臉上哪裡還能擠出一絲笑容呢？想笑是因為「多情」，「笑不成」是因為太多情，不忍離別而事與願違。詩人用細膩的筆觸，真實而生動地展現了兩人矛盾重重的細微心理和神態，情味無窮。

接著，詩人撇開自己，不抒寫惜別之情，而是轉筆寫別宴上的蠟燭：「蠟燭有心還惜別，替人垂淚到天明」。詩人因為內心感傷，所以，所看之物也蒙上了傷感的色彩。在詩人眼裏燭芯變成了「惜別」之心。蠟燭徹夜流溢的燭淚，是在為男女主人的離別而傷心啊！借物言志進一步表達離別之情。「到天明」，表明告別宴飲的時間之長，進一步表現了詩人不忍離別的心情。

這首七絕語言流麗，表達情思纏綿悱惻，含蓄蘊藉，意境深遠，餘韻悠長。

【後人點評】

清人黃叔燦：曰「卻似」，曰「唯覺」，形容妙矣！下卻借蠟燭托寄，曰「有心」，曰「替人」，更妙。宋人評牧之詩豪而豔，宕而麗，其絕句於晚唐中尤為出色。（《唐詩箋注》卷十）

雍 陶

【詩人名片】

雍陶（生卒年不詳）

字號：字國鈞

籍貫：成都

作品風格：靈潤清麗

【詩人小傳】：少時家貧，蜀中動亂後，四處漂泊，大和八年（834）進士及第，大中六年（852），授國子毛詩博士。他的詩被當時的很多名家稱讚，但因為恃才傲物，也受到不少人的疏遠。雍陶與賈島、無可、徐凝、章孝標友善，常常在一起吟詩作賦。後出任簡州刺史。晚年閒居廬山養病，過著與世隔絕的隱居生活。有《唐志集》五卷傳世。

▷ 題君山❶

煙波不動影沉沉❷，碧色全無翠色深❸。

疑是水仙梳洗處❹，一螺青黛鏡中心❺。

【注】❶君山：是洞庭湖中小島，在岳陽市西南，與岳陽樓隔湖相望。❷煙波：指籠罩在洞庭湖上的煙霧。❸碧色：指水色碧綠。翠色：指山色青翠。❹水仙：湘水女神。傳說舜妃娥皇、女英姊妹死後化為湘水女神。❺螺：形狀像螺殼的髮髻。青黛：指烏黑的頭髮。

洞庭湖，煙波浩渺。歷代詩人都描寫它遼闊雄壯的氣勢，如孟浩然

的《臨洞庭湖贈張丞相》中「氣蒸雲夢澤，波撼岳陽城」、杜甫《登岳陽樓》中「吳楚東南坼，乾坤日夜浮」。而雍陶卻別具匠心，用纖柔輕巧的筆觸，結合美麗的神話傳說，寫成了這篇別有韻味的清麗之作。

「煙波不動影沉沉」，寫君山映入洞庭湖中的倒影。詩人開首沒有直接描寫君山，而是轉筆寫「影」，角度獨特。「煙波不動」，表明湖面波平浪靜；「沉沉」二字，形容山影的凝重。「碧色全無翠色深」，「碧色」，指湖色；「翠色」，指山色。詩人凝視倒影，只見青翠的君山，不見碧綠湖水。詩人以淺碧與深翠顏色對比，表明君山倒影鮮明突出。前兩句勾勒一幅靜謐的湖山倒影圖，幽靜又有些神祕色彩，引人遐想萬千。

這美景使詩人聯想到了什麼呢？「疑是水仙梳洗處，一螺青黛鏡中心」，詩人看著寧靜的湖面，不禁聯想到，這洞庭君山大概是洞庭神女梳洗的地方吧。那水中的君山倒影，多像是鏡中神女青色的螺髻啊！古代傳說，舜妃娥皇、女英姊妹化為湘水女神，常常遨遊於洞庭湖山間。詩人巧妙地把湘君、湘夫人的傳說，融入到了美麗的山景中。

這首七絕，從倒影角度寫山，青山本蒼青壯美，綠水總帶著柔美，青山的倒影和水相融，便使青山剛中有柔，變得靈潤秀麗了。接著詩人又借用傳說，巧妙地把君山寫得輕盈活潑。此時，青山獨特的秀美姿態也躍然紙上。

∽ 溫庭筠 ∽

【詩人名片】

溫庭筠（約801～約870）
字號：字飛卿
籍貫：太原祁（今山西祁縣）
作品風格：濃豔精緻

　　【詩人小傳】：相傳溫庭筠文思敏捷，每入試，押官韻，八叉手而成八韻，所以被譽「溫八叉」。溫庭筠恃才不羈，生活放浪，又好譏刺權貴，得罪宰相令狐綯，故屢舉進士不第，長被貶抑，終生不得志。大中十三年（859），任隋縣尉。徐商鎮襄陽，召為巡官。後歸江東，任方城尉。咸通七年（866），徐商知政事，任國子助教。最後流落而終。他與李商隱齊名，時稱「溫李」。其詩內容多寫閨情，僅少數作品反映時政。

　　有《溫飛卿集》七卷，別集一卷；《全唐詩》編其詩九卷。

▷ 過陳琳墓❶

曾於青史見遺文❷，今日飄蓬過此墳❸。
詞客有靈應識我❹，霸才無主始憐君❺。
石麟埋沒藏春草，銅雀荒涼對暮雲❻。
莫怪臨風倍惆悵，欲將書劍學從軍❼。

【注】❶陳琳：漢末三國時著名的文學家，「建安七子」之一。其墓

在今江蘇邳縣。據載陳琳曾替袁紹擬討曹檄文。袁紹敗亡後，陳琳投奔曹操，曹操不計前嫌，重用了他。❷遺文：指陳琳流傳下來的作品。❸飄蓬：蓬草秋天衰折，隨風飄擺無定。這裏以此比喻飄泊不定的詩人自己。❹詞客：指陳琳。❺霸才：雄才，作者自稱。憐：同病相憐之意。無主：指詩人不被人賞識和陳琳得不到袁紹重用。君：陳琳。❻銅雀：指曹操所建的銅雀台。❼將：帶著。

　　這是一首詠懷詩。陳琳是我國漢代末年著名的建安七子之一。他曾為袁紹起草討伐曹操的檄文；袁紹失敗後，陳琳歸附曹操，曹操不計前嫌，予以重用。這首詩就是詩人憑弔陳琳墓有感而發而寫作。

　　「曾於青史見遺文，今日飄蓬過此墳。」說曾經在史書上讀過陳琳的文章，今日在漂泊輾轉的生活中又恰好經過陳琳墓，語氣充滿感慨和敬仰。「青史見遺文」，既點出陳琳以文章著稱，還含有欽慕崇敬之意。次句點題，「今日飄蓬」四字，透露出詩中所要抒發的情感和詩人的遭際緊密相連，而所要抒發的情感又與陳琳緊密相連。

　　「詞客有靈應識我，霸才無主始憐君。」緊承第二句。「詞客」，指陳琳；「識」，指懂得，真正了解。上句說，陳琳靈魂有知，應該真正了解我這個飄蓬之人吧。「應」字中，蘊含了詩人複雜的情感。有對自己才能的自信，又有兩個人才惺惺相惜。同時，詩人竟然把真正了解自己的希望寄託在早已經去世的古人身上，這正反映出他空有才華，不為世用，不被人了解的孤寂和哀憤心情。下句中，詩人自稱「霸才」。陳琳遇到了寬懷大度的曹操，可以說是「霸才有主」。而詩人的遭遇卻是「霸才無主」，可見他處境淒涼。「憐」字，指羨慕之意。在這裏，陳琳的「霸才有主」和詩人「霸才無主」形成了鮮明對比。因此，詩人特別羨慕陳琳。同時，也流露出詩人生不逢時的深沉感歎。

　　「石麟埋沒藏春草，銅雀荒涼對暮雲。」上句寫墓前景色，下句寫墓前思考。年久失修，陳琳墓前的石麟已經被埋沒在濃密的春草中了，顯得古墓荒涼落寞。詩人借景傳達自己對陳琳的追思，也暗表當世不重視人才，使先賢的墳墓荒蕪寂寥。緬懷陳琳的過程中詩人想起重用陳琳的曹操，想像遠方的銅雀台，也荒廢無人顧戀，只能獨自與黯淡的暮雲相對了

吧。這不僅是緬懷重視人才的明主曹操，也流露了詩人對那個重才時代的追戀。「銅雀荒涼」，象徵了重才的時代已經消逝。這樣就蘊含了詩人對當世不重人才的怨憤。

「莫怪臨風倍惆悵，欲將書劍學從軍。」時代不同，文章無用，霸才無主，只能棄文從武，征戰沙場，這使人感慨萬千；而今日從軍之路，就一定不會懷才不遇嗎？想到這裏，詩人不禁惆悵滿懷，黯然神傷。這進一步表現了時代黑暗，生不逢時的感慨。

這首七律詩，將詩人和陳琳兩人不同時代、不同際遇相對比；文章留青史和書劍飄零相對比，深刻揭露主題。語言沉鬱，情感深沉。

▷ 經五丈原❶

鐵馬雲雕共絕塵，柳營高壓漢宮春❷。

天清殺氣屯關右，夜半妖星照渭濱。

下國臥龍空寤主❸，中原得鹿不由人❹。

象床寶帳無言語，從此譙周是老臣❺。

【注】❶五丈原：在今陝西岐山縣南斜谷口西側。據《三國志·蜀書·諸葛亮傳》記載：蜀後主建興十二年（234）春，諸葛亮率軍伐魏，屯兵於此，與魏軍相持於渭水南岸一百多天，八月，病死軍中。❷柳營：漢周亞夫為將軍，治軍謹嚴，駐軍細柳，號細柳營。後因稱嚴整的軍營為「柳營」。❸下國：指偏處西南的蜀國。寤（音悟）：古同「悟」，明白。❹鹿：化用中原逐鹿。這裏的鹿喻指整個國家。❺譙周：諸葛亮死後蜀後主的寵臣，在他的慫恿下，後主降魏。

溫庭筠在經過五丈原時，想起諸葛亮在此和魏軍對峙，最後，病死在這裏的事件，不禁心生感懷寫下這首詠史之作。

「鐵馬雲雕共絕塵，柳營高壓漢宮春」，詩文開篇寫蜀國軍隊氣勢雄壯，向北進發的場景。蜀軍彪悍的鐵騎，高舉繪有熊虎和鷙鳥的戰旗，神速向北賓士而去，進攻中原。「高壓」詞，寫得很抽象，但是結合前面「鐵馬」、「雲雕」、「柳營」這些形象的鋪陳，便使人自然感覺到一種

大軍壓境的緊迫感。詩人選用「柳營」這個典故，把諸葛亮比作西漢大將周亞夫，暗表諸葛亮治軍有方，流露詩人的欽慕之情。這兩句描寫筆力雄健，氣勢恢宏。

「天清殺氣屯關右，夜半妖星照渭濱」，「天清殺氣」，既點出秋高氣爽的季節，又暗表戰雲密佈，情勢緊急。就在這個關鍵時刻，災難卻降臨到諸葛亮頭上了。據傳諸葛亮死時，夜裏有一顆「赤而芒角」的大星，墜落在渭水南。「妖星」，即是指墜落的這顆大星，這個詞帶有鮮明的感情色彩，表達了詩人對諸葛亮「壯志未酬身先死」的無限痛惜之情，氣勢悲愴。

前四句寫景，首聯寫春，頷聯寫秋。第三句寫白天，第四句寫到夜間。四句相互聯繫，組成了幾幅典型的畫面，概括了諸葛亮最後一百多天裏的戰鬥生活，跌宕起伏，慷慨悲壯，深沉動人。

後四句以前四句勾勒的歷史事實為依據，轉入議論。「下國臥龍空寤主，中原得鹿不由人」，寫諸葛亮竭力效忠，卻仍無法讓昏庸的後主劉禪醒悟過來。一個「空」字，蘊含了無限感慨。作為國家輔臣，諸葛亮受託孤之命，鞠躬盡瘁，然而形勢如此，怎能使他奪取中原，統一天下呢？「不由人」照應「空寤主」，表現了深沉的歎惋和無奈之情。

「象床寶帳無言語，從此譙周是老臣」，詩人看著五丈原中的諸葛亮廟，不禁想到，諸葛亮一死，國勢江河日下。可是供奉在祠廟中的諸葛亮像卻已經無話可說，無計可施了。「老臣」二字，本是杜甫在《蜀相》中「兩朝開濟老臣心」句中使用的詞，表達對諸葛亮讚譽。而這裏，詩人反用其意，辛辣地諷刺譙周不勵精圖治，治理朝政，導致國家敗亡。譙周的卑劣、後主的昏庸與諸葛亮鞠躬盡瘁的形象做對比，不禁使人對後主、譙周兩人心生強烈的痛恨之情。

整首七律，筆力遒勁，感情沉鬱，內容深厚。

【後人點評】

清人賀裳評溫詩：大抵溫氏之才，能瑰麗而不能澹遠，能尖新（新穎別緻）而不能雅正（典雅方正），能矜飾而不能自然；然警慧處，亦非流俗淺學所易及。（《載酒園詩話又編》）

▷ 商山早行❶

晨起動征鐸❷，客行悲故鄉。
雞聲茅店月，人跡板橋霜。
檞葉落山路❸，枳花明驛牆❹。
因思杜陵夢❺，鳧雁滿回塘❻。

【注】❶商山：又叫楚山，在今陝西商縣東南。❷征鐸：馬車上掛的鈴鐺。❸檞（音胡）：落葉喬木。❹枳（音只）：一種落葉灌木或小喬木，花白色。明：使……明麗。驛：古代供傳遞公文的人中途休息、換馬的地方。❺杜陵：在今陝西西安東南。❻鳧：野鴨。回塘：環形曲折的水池。

「晨起動征鐸」，寫早晨旅店中情景。「晨起」，點題「早行」。詩人在開首給我們描繪了這樣一幅畫面：清晨起床，旅店裏外已經響起了叮噹的車馬鈴聲。這一句話極為簡練概括。從「征鐸」聲我們可以聯想到，旅客們有的正在忙著套馬，有的正在駕車向外走，熱鬧非凡。

「客行悲故鄉」，這句雖然出自詩人之口，但代表了許多旅客的心聲。在封建社會裏，交通工具不發達，交通不便，身處他鄉人情淺薄，總之，當時人們安土重遷，怯於遠行。「悲」字，表明客人們離家漸遠、前途未卜的悲涼心情。

「雞聲茅店月，人跡板橋霜」，這兩句是膾炙人口的名句。兩句詩皆用名詞，代表了十種景物：雞、聲、茅、店、月、人、跡、板、橋、霜。內容涵蓋豐富，畫面多重組合，可以形成各種景象。例如「雞聲」，「雞」和「聲」結合起來，詩人想起雄雞引頸啼鳴的形象。同樣，「茅店」、「人跡」、「板橋」也會使人聯想到不同的畫面。

古時旅客為保證安全，一般都是「未晚先投宿，雞鳴早看天」。而本詩寫的是早行，那麼雞聲和月，就是很有特徵性的景物。茅店又是具有山區特徵的景物。「雞聲茅店月」五個字，便把旅客住在茅店裏，聽見雞鳴就爬起來看天色，看見天上有月亮，就收拾行囊，準備趕路等很多內容，都繪聲繪色地表現了出來。同樣板橋、霜和霜上的人跡也都是具有特徵性

的景物。雄雞報曉，夜色朦朧時，詩人就起床出發，沒想到此時外面已經到處都是人跡，自己已經不算早行了。這兩句將早行的情景寫得有聲有色，形象生動，歷歷在目。

「槲葉落山路，枳花明驛牆」，寫的是剛上路時的景色。冬季裏，槲樹的葉片留在枝上等到次年早春，樹枝發芽時，才掉落下來。而這時，枳樹的白花正在開放。因為天剛曚曚亮，所以，驛牆邊枳花的白色，非常顯眼，所以，詩中用「明」字。這是早行特徵的景象。

詩人看著早行時周邊的春景，不禁想起了昨夜夢中的故鄉景色：「鳧雁滿回塘」。春天來了，故鄉杜陵的回塘水現在已經很暖和，鳧雁在水中自由快樂地遊玩著。詩人用夢中家鄉美麗安閒的春景，反襯詩人此時奔波在外的淒涼心境。詩人離家多日，心中孤寂，對家鄉就越發思念了。

這首五律在寫景的過程中，又自然轉到對家鄉的思念。思鄉之情和景色交織在一起，把詩人的思鄉情淋漓盡致地展現了出來。同時詩人用大量意象，給人創造聯想空間，達到不言自明的效果。

【後人點評】

明人李東陽：「雞聲茅店月，人跡板橋霜，」人但知其能道羈愁野況於言意之表，不知二句中不用一二閑字，止提掇出緊關物色字樣，而音韻鏗鏘，意象具足，始為難得。若強排硬疊，不論其字面之清濁，音韻之諧舛，而雲我能寫景用事，豈可哉！（《懷麓堂詩話》）

▷ 瑤瑟怨❶

冰簟銀床夢不成❷，碧天如水夜雲輕。

雁聲遠過瀟湘去❸，十二樓中月自明❹。

【注】❶瑤瑟：是玉鑲的華美的瑟，瑟聲悲怨。❷冰簟（音店）：涼爽的竹席。銀床：指灑滿月光的床。❸瀟湘：水名，即瀟水和湘水，均在今湖南境內。❹十二樓：原指神仙的居所，這裏指女子的閨樓。

這首詩寫的是女子別離的哀怨。

「冰簟銀床夢不成」，首句正面寫詩中女子。女子一覺醒來，發覺

自己連虛幻的夢境也沒有過，伴隨自己的，只有散發著涼意和寂寞氣息的冰冷的席子和銀床。「夢不成」三字，暗含她不能圓夢之意。相會渺茫無期，就只能把希望寄託於虛幻的夢中；而現在，連夢中相見的願望都無法實現了。這進一步表現出離別之久，思念之深沉。會合無期心情失落。

「碧天如水夜雲輕」，詩人宕開一筆，寫屋外夜晚的景色。秋天的深夜裏，晴空澄澈青碧，月光如水，幾縷飄浮的雲在空中輕輕掠過，更顯夜空的遼曠清澄。這些景色既是詩中女子看到的景色，又是她活動的背景環境，還是她眼中所見的景物。清麗的景色不僅襯托出女子的嬌柔清麗形象，而且透露了詩中女子清冷寂寞的心緒。孤居之人面對這樣清寥的景色，更添染愁思。

「雁聲遠過瀟湘去」，這一句從聽覺角度，緊承上句「碧天」繼續寫景色。月夜朦朧，只聽到碧空中大雁鳴叫聲由遠及近，接著消逝在夜空中。寂靜的深夜，大雁的鳴叫更顯淒清冷寂。「雁聲遠過」四字，也表現了詩中女子凝神傾聽、沉吟低思的情態。古有湘靈鼓瑟和雁飛不過衡陽的傳說，因此，「雁」和「瀟湘」寫在了一起，不禁使人聯想到雁過瀟湘。雁能傳書，聽到大雁南去，詩中女子的思緒也被牽引到南方。這大概暗示女子所思之人在瀟湘那邊吧！

「十二樓中月自明」。前面三句，分別寫詩中女子的所感、所見、所聽，而最後這句卻撇開詩中女子，轉筆寫明月映照中的「十二樓」，《史記•孝武本紀》集解中引應劭稱：「昆侖玄圃五城十二樓，此仙人之所常居也。」詩人借「十二樓」，點明詩中女子的高貴身分。「月自明」中的「自」，用得饒有情味。孤獨的人仰望明月，總會勾起他們的離愁別緒，並用月寄託他們希望團圓的渴望。但月無情，依然自顧地照著高樓。月亮的皎潔明亮反襯了詩中女子的孤獨寂寞和怨愁，那無限的哀愁之情彷彿融入在這月光裏了，結尾韻味無窮。

這七絕詩中除「夢不成」三字之外，其餘全是寫景。詩人用幾組夜景圖著力渲染愁怨的氛圍。意境朦朧悲淒，哀愁之情蘊藉悠遠。

【後人點評】

清人宋顧樂：此作清音渺思，直可追中、盛名家。（《唐人萬首絕句選評》卷六）

❧ 陳　陶 ❧

【詩人名片】

陳陶（約803～約879）

字號：字嵩伯

籍貫：長江以北

作品風格：窮工極變

　　【詩人小傳】：舉進士不第，大和中遊歷江南、嶺南的名山大川。唐宣宗大中中隱居洪州西山（在今江西新建縣西），後不知所終。其長於樂府。有《陳嵩伯詩集》一卷傳於世，《全唐詩》編其詩二卷。

▷ 隴西行❶

　　誓掃匈奴不顧身，五千貂錦喪胡塵❷。
　　可憐無定河邊骨❸，猶是春閨夢裏人。

　　【注】❶是樂府《相和歌辭‧瑟調曲》舊題，內容寫邊塞戰爭。題下有詩四首，此為其二。隴西，即今甘肅寧夏隴山以西的地區。❷貂錦：漢朝羽林軍身著貂裘錦衣。這裏指將士。❸無定河：源於內蒙古鄂爾多斯，流經陝西，匯入黃河。

　　陳陶寫《隴西行》四首，本書選其二。詩中反映了唐朝曠日持久的邊塞戰爭給人民帶來了極大痛苦和沉重災難。

　　「誓掃匈奴不顧身，五千貂錦喪胡塵」，詩人用凝練的語言，描述了

一個悲壯的激戰場面。唐軍將士誓死殺敵，奮不顧身，但結果五千將士喪命胡地。「誓掃」、「不顧」，表現了唐軍將士不怕犧牲，忠勇報國的精神。漢代的羽林軍穿錦衣貂裘，這裏借用「貂錦」二字，暗示這是一支精銳部隊。但是，如此精良的部隊，也戰死五千多人，可見戰鬥之激烈和傷亡之慘重。戰士們的英勇令人欽佩，而他們戰死沙場又讓人痛惜。

「可憐無定河邊骨，猶是春閨夢裏人。」這裏沒有描寫戰場上的慘烈景象，也沒有渲染家人的悲傷心情，而是把「河邊骨」和「春閨夢」聯繫起來，寫閨中妻子還不知道征人已經戰死沙場，還在夢中去見已成白骨的丈夫，這給人以強烈的震撼，悲情噴薄而出。知道親人死去，會引起悲傷，但畢竟知道了親人下落，還是一種慰藉。而長年杳無音信，人早已成了荒野中的白骨，妻子卻還以為丈夫活著，還在夢中期盼丈夫早點回來團聚，全然不知不幸早已降臨。悲慘的現實和美妙的夢境，枯骨和英俊丈夫形成了強烈反差，這才是真正的悲劇。少婦的命運令人同情。

【後人點評】

明人江進之：唐人題沙場詩，愈思愈深，愈形容愈淒慘。其初但云：「憑君莫話封侯事，一將功成萬骨枯」，則愈悲矣，然其情尤顯。若晚唐詩云：「可憐無定河邊骨，猶是春閨夢中人」，則悲慘之甚，令人一字一淚，幾不能讀。詩之窮工極變，此亦足以觀矣！（《雪濤小書》卷上）

❧ 李商隱 ❧

【詩人名片】

李商隱（813～858）

字號：字義山，號玉谿生

籍貫：懷州河內（今河南沁陽）

作品風格：高華典麗

【詩人小傳】：大和中受天平節度使牛黨要員令狐楚賞識，辟為巡官。唐文宗開成二年（837）中進士。令狐楚死後，他又為涇原節度使李黨成員王茂元掌書記，王茂元愛其才而將女兒嫁給他。當時，牛、李兩黨鬥爭激烈，他遭到牛黨排斥。此後，李商隱便在牛李兩黨爭鬥的夾縫中生存，輾轉於各幕府，曾任弘農尉、節度判官、鹽鐵推官等職，潦倒終身。

李商隱是晚唐詩壇巨匠，他將唐詩推向了又一次高峰。杜牧與他齊名，並稱「小李杜」；李商隱與李賀、李白合稱三李；與溫庭筠合稱為「溫李」。有七律聖手之稱。今有《李義山詩集》六卷行世。《全唐詩》存其詩三卷。

▷ 蟬

本以高難飽❶，徒勞恨費聲❷。

五更疏欲斷❸，一樹碧無情。

薄宦梗猶泛❹，故園蕪已平❺。

煩君最相警❻，我亦舉家清❼。

【注】❶以：因。高難飽：古人認為蟬棲於高處，餐風飲露，故說「高難飽」。❷恨費聲：因恨而連聲悲鳴。❸疏欲斷：指蟬聲稀疏，接近斷絕。❹薄宦：官職卑微。梗猶泛：典出《戰國策·齊策》：土偶人對桃梗說：「今子東國之桃梗也，刻削子以為人，降雨下，淄水至，流子而去，則子漂漂者將何如耳。」後以梗泛比喻漂泊不定，孤苦無依。❺蕪已平：荒草已經平齊沒脛，覆蓋田地。❻君：指蟬。警：提醒。❼清：清貧，清高。

這是一首詠蟬詩，詩人抓住蟬的特點，和自己的情感相結合，抒發詩人的高潔情懷。

「本以高難飽，徒勞恨費聲」，首句以寫蟬鳴起興。「高」指蟬棲息在高樹上，這暗喻詩人自己的清高；因為蟬在高樹上餐風飲露，所以「難飽」，這又和詩人境遇感受暗中結合。因為「難飽」所以「恨費聲」，悲哀之餘又多了一層「恨」意。然而恨鳴也只是徒勞，它依然身處困境，難以擺脫「難飽」境況。這是說，詩人因為為人清高，所以生活清貧，雖然也曾向一些有能力的人，表達自己希望得到幫助的意願，但最終卻只是徒勞。詩人借蟬身居高樹，常常鳴叫的特點，寫出自己對「高」和「聲」的獨特感受。這樣蟬的特點就和詩人的情感完美地結合了起來，成功地實現了借物抒懷。

接著，從「恨費聲」引出了「五更疏欲斷」，又用「一樹碧無情」作為襯托，這樣就把詩人不得志的抑鬱情感推向了高潮。蟬的鳴聲一直響到五更天亮時，它的聲音已經稀疏得快要斷絕了，而一樹的葉子還是依然那樣碧綠亮眼，並不為它的鳴聲「疏欲斷」而悲傷，顯得那樣冷酷無情。其實，蟬聲疏欲斷，本和樹葉的碧綠毫無關係，但詩人卻怪樹的冷酷無情。這樣寫看似毫無道理，但無理處卻正是詩人真實感情的流露。「疏欲斷」既是寫蟬，也寄喻詩人自己的身世遭遇。詩人暗中是在責怪有能力的人不伸出援手的無情。

「薄宦梗猶泛，故園蕪已平」，詩人接著又詠蟬，轉寫自己。這一轉就打破了詠蟬的限制，擴大了詩的內容。詩人寫道：自己身居小官，到處奔波，就像是一個在水中到處漂泊的木偶人。這種不安定的生活，使他

不禁懷想起家鄉來。他想此時，家中的田地應該是雜草叢生了，詩人的思歸之心就更加迫切了。這兩句看似和上文的詠蟬無關，其實，「薄宦」和「高難飽」、「恨費聲」有聯繫，因為官小祿微，所以難飽費聲。

末聯「煩君最相警，我亦舉家清」，又回到了詠蟬上。詩人把蟬擬寫成「君」，把「君」和「我」並舉，詠物和抒情密切結合，同時，我的舉家清貧正呼應了蟬的難飽；而蟬的鳴叫聲，又提醒我這個和蟬境遇相似的小官，家中田地已經荒蕪，不免勾起歸鄉想法。

這首詩蟬的特點和詩人的情感緊密結合了起來，完美地達到了借物詠志的效果。

【後人點評】

錢鍾書：蟬饑而哀鳴，樹則漠然無動，油然自綠也（油然自綠是對「碧」字的很好說明）。樹無情而人（「我」）有情，遂起同感。蟬棲樹上，卻恝置（猶淡忘）之；蟬鳴非為「我」發，「我」卻謂其「相警」，是蟬於我亦「無情」，而我與之為有情也。錯綜細膩。

▷ 登樂遊原❶

向晚意不適❷，驅車登古原；
夕陽無限好，只是近黃昏。

【注】❶樂遊原：在長安城南，地勢高敞，可以眺望，是當時的遊覽勝地。因西漢宣帝在此建樂遊苑，故得名。❷向晚：接近傍晚。不適：不愜意，不愉快。

樂遊原，建於漢宣帝時，本是一處廟苑，應為樂遊苑，因此地地勢開闊，人們便以「原」稱之。登上此原，長安城盡覽。

古代詩人在登樓望遠時，總是引起他們的國恨家仇等各種情緒，如陳子昂一登上幽州台，便發出了「念天地之悠悠」的感歎。而李商隱登高也會引起心中無限情懷，不過這次，他登樓不是抒發感慨，而是想排遣自己「向晚意不適」的情懷。不知道什麼原因，傍晚時，詩人心中有些不快，便驅車而來，登上古原。

「夕陽無限好」二句，詩人登上古原，看到日落西斜，金黃燦爛的光輝鋪灑在無邊無際的天地上。這是多麼壯美、瑰麗的景象。這景象也使詩人得到了極大滿足，而這雄美的景色就是在這黃昏時刻才出現的，詩人於是發出「無限好」的讚歎，慰藉了詩人憂鬱的心緒，表現了珍惜時光的積極心態。

但也有人誤認為「只是」二字，是「但是，只不過」之意，所以，本詩抒發的是年華易逝、好景不長的感慨，是一種消極心態。然而古代的「只是」本無此義，它本來寫作「祗是」，是「就是」、「正是」之意。

【後人點評】

清人屈復：時事遇合，俱在個中，抑揚盡致。（《玉谿生詩意》）

▷ 賈生❶

宣室求賢訪逐臣❷，賈生才調更無倫❸。
可憐夜半虛前席❹，不問蒼生問鬼神❺。

【注】❶賈生：即賈誼，西漢著名的政論家。❷宣室：漢未央宮前殿的正室。逐臣：被貶之臣，這裏指賈誼。賈誼曾被貶長沙，故稱。❸才調：才華氣格。❹可憐：可惜，可歎。前席：把坐席向前挪動。據載，漢文帝聽賈誼講鬼神之事，直到深夜，因聽得入神，不覺將坐席移近賈誼。❺蒼生：百姓。

《史記·屈原賈生列傳》中載：賈生徵見。孝文帝方受釐（剛舉行過祭祀，接受神的福祐），坐宣室。上因感鬼神事，而問鬼神之本。賈生因具道所以然之狀。至夜半，文帝前席。

既罷，曰：「吾久不見賈生，自以為過之，今不及也。」這件事，在一般人看來，是在讚揚君臣遇合。但詩人卻獨具慧眼，抓住不為人關注的「問鬼神」，寫了一段鞭辟入裏、發人深思的議論。

「宣室求賢訪逐臣，賈生才調更無倫。」首句屬於客觀敘述，不含絲毫貶意。並且詩人特意用「求」、「訪」，好像著意讚揚文帝求賢心切和對待賢人誠懇謙虛。因為文帝「求賢」廣泛，連「逐臣」也要訪問，更可見其網羅賢才的範圍之廣，誠意之深。而次句寫賈誼才能非常優秀，這句暗括文帝對賈誼的讚歎之詞。「才調」，是兼才能、風度，與「更無倫」的讚美相搭配，生動地表現了賈生青年才俊、意氣風發、才華照人的颯爽英姿。這兩句，由「求」而「訪」接著是讚，逐層遞進，表現了文帝對賈生的推崇器重。

「可憐夜半虛前席」緊接上一句，刻畫了文帝虛心請教的謙虛誠懇姿態。文帝請教賈誼，聽賈誼談論，文帝聽得入神，於是便有「夜半前席」，可見，文帝是凝神傾聽，讀到這裏，我們不禁感覺，文帝是多麼聖明的君主啊，他的表現多麼令人讚歎和欽佩啊！詩人巧妙地選取「虛前席」這個典型細節，生動地刻畫了文帝姿態，惟妙惟肖。通過這個生動細節的渲染，使文帝由「求」而「訪」再讚的「重賢」情勢寫到了最高潮。但是這句中兩個關鍵的字「可憐」不容忽視，文帝的行為本是可喜可賀的，但為什麼詩人用了具有強烈感情色彩的「可悲」、「可歎」這一類詞語呢？這就是詩文的轉點，引起了下文。

接著最後一句回答這個疑問。原來文帝聽得都「虛前席」的內容竟然是「不問蒼生問鬼神」這類無用的事情。這究竟是怎樣的求賢，詩人通過「問」和「不問」的對照，使讀者自己得出了最後結論。原來前面一系列的「求賢」之舉，竟然不是為了蒼生，為了國家，而是出於皇帝可憐的好奇心，為了自己長生不老。其中諷刺意味非常濃重，最後輕輕一點，卻筆鋒犀利，令人感慨萬千。

這首詩諷刺了晚唐統治者的昏庸，而生處這個時代的李商隱，也是生不逢時，空有抱負無處施展，這首詩也充分流露出了詩人對自己身世遭際的感慨。

宋人胡仔：古今詩人以詩名世者，或只一句，或只一聯，或只一篇。雖其餘別有好詩，不專在此，然播傳於後世、膾炙於人口者，終不足此矣，豈在多哉！……「宣室求賢訪逐臣……」，此李商隱也。……凡此皆以一篇名世者。（《苕溪漁隱叢話‧後集》卷二）

▷ 錦瑟❶

錦瑟無端五十弦，一弦一柱思華年。

莊生曉夢迷蝴蝶❷，望帝春心托杜鵑❸。

滄海月明珠有淚❹，藍田日暖玉生煙❺。

此情可待成追憶❻，只是當時已惘然❼。

【注】❶錦瑟：繪有織錦紋飾的瑟。瑟，是一種古代絃樂器。無端：無緣無故。❷「莊生」句：典出《莊子‧齊物論》：「莊周夢為蝴蝶，栩栩然蝴蝶也；自喻適志歟！不知周也。俄然覺，則蘧蘧然周也。不知周之夢為蝴蝶歟？蝴蝶之夢為周歟？」李商隱引莊周夢蝶、不辨物我的故事，創造一種夢幻迷離的意境。❸「望帝」句：傳說中周朝末年蜀地君主，名杜宇，號望帝。後來禪位退隱，不幸國亡身死，死後魂化為鳥，暮春啼苦，至於口中流血，其聲哀怨淒悲，名為杜鵑。❹「滄海」句：典出《博物志》，據傳南海有鮫人，水居如魚，哭時眼淚成珠。❺「藍田」句：司空圖《與極浦書》：戴容州云：「詩家之景，如藍田日暖，良玉生煙，可望而不可置於眉睫之前也。」藍田，山名，產玉，在今陝西藍田縣。❻可待：豈待。❼惘然：失落的樣子。

「錦瑟無端五十弦，一弦一柱思華年」，「無端」，指沒來由，無緣無故。瑟本來就有五十弦，而詩人卻硬是埋怨錦瑟的弦多，藉以表達自己的情感。那詩人為什麼要埋怨瑟的弦多呢？次句說道，一音一節都勾起了詩人對青春美好歲月的回憶。錦瑟音繁，詩人情緒紛亂，悵惘不已！

「莊生曉夢迷蝴蝶，望帝春心托杜鵑」，上句引用《莊子》中一則莊生夢蝶的寓言故事，抒發人生如夢，往事如煙。佳人錦瑟，一曲繁弦，驚

醒了詩人的夢境，不復成寐。其中隱約包涵著夢境美好，夢境也是虛無縹緲之意。下句中引用望帝化為杜鵑的典故，表現錦瑟繁弦，音曲淒哀，引起詩人無限的悲傷情緒，好像聽的是杜鵑淒啼，送春歸去。「托」字，不僅寫望帝托春心於杜鵑，也表佳人托春心於錦瑟，手撥目送之間，有花落水流之情趣，意境奇妙。李商隱詠錦瑟，不是寫一般閒情逸趣，其中深含恨意。

「滄海月明珠有淚」，據民間傳統說法，海中蚌生珠，每當月明夜靜時，蚌便向月張開，用月光養珠。月是天上明珠，珠就像是水中明月。所以，皎潔的月亮落在滄海之間，明珠浸在淚波之中。月、珠和淚揉在了一起，融成了一體，難以分辨，形成了靜謐美妙的境界。可見，詩人聯想豐富奇麗。而瑟之音和月夜和諧，月夜襯托瑟音更淒婉。「藍田日暖玉生煙」，藍田是產玉盛地，日光映照下，山其中蘊藏的玉氣，就會冉冉上升，但美玉的精氣只能遠觀，在近處卻又看不到，表現出一種奇異美妙的理想景色。但這種奇妙美景可望不可把握。「藍田」日暖生煙的暖和「滄海」明月的冷形成了鮮明對比。雖然色調不同，但兩種景象表現的深沉哀恨的情感是相同的。抒發對一種高潔感情充滿愛慕和執著，而又不敢褻瀆的情感。

「此情可待成追憶，只是當時已惘然」，「此情」二字，呼應了開篇的「華年」。意思是說：如此情懷，今朝回憶起來深感悵恨，而在當時早已是令人不勝感傷了。言外之意今朝追憶，滿懷悵恨有能怎麼樣呢？這兩句話曲折婉轉，表達了詩人悵惘淒苦的心情，詩人仿若有太多難言之苦，鬱結於心，低吟徘徊，令人哀傷不已！

這首七律是李商隱的代表作品，表達淒哀委婉，意境奇異優美，抒發了悵恨綿愁的複雜情感。

清人陸次雲：義山晚唐佳手，佳莫佳於此矣！意致迷離，在可解不可解之間，於初盛諸家中得未曾有。三楚精神，筆端獨得。（《唐詩善鳴集》卷上）

▷ **無題❶**

昨夜星辰昨夜風，畫樓西畔桂堂東❷。
身無彩鳳雙飛翼，心有靈犀一點通❸。
隔座送鉤春酒暖❹，分曹射覆蠟燈紅❺。
嗟余聽鼓應官去❻，走馬蘭台類轉蓬❼。

【注】❶無題：唐代以來，有的詩人不願標出能表示主題的題目時，就常用「無題」作為詩的標題。❷畫樓、桂堂：指華麗的房屋。❸靈犀：犀角中心的髓質像一條白線貫通上下，借喻相愛兩人心靈的感應和暗通。❹送鉤：又叫「藏鉤」，一種遊戲，人分兩隊，一對傳遞一鉤，令一隊猜鉤所在，猜不中要受到懲罰。❺分曹射覆：分兩隊互相猜。❻聽鼓應官：唐朝時，官府五更二點擊鼓召集官員。❼蘭台：漢代藏圖書祕笈的宮觀，這裏借指詩人供職的祕書省。

這是一首戀情詩。詩人回憶昨夜在一富貴人家後堂的宴會，表達了他與心愛的人在席間相遇，卻又受人阻隔，無法靠近，一訴心聲的惆悵和懷想。

「昨夜星辰昨夜風，畫樓西畔桂堂東」，根據首聯所寫內容我們可以猜測到，大概是今夜的景色，勾起了詩人對昨夜在宴席上歡聚時光的美好回憶。今夜星光閃耀、和風習習，空氣中彌漫著令人沉醉的花香，一切好像都和昨夜在富貴人家後堂宴飲時的景色一樣，但席間和心愛的人相遇的情景卻再難以重現，只能在夢中追憶了。詩人開篇沒有直接寫昨夜宴席中和意中人相遇的情景，而是用今天的星辰和風、畫樓桂堂的外部景物，烘托出昨夜柔和幽美的氛圍，語句華美流麗，讀來琅琅上口，充滿詩情畫意，把讀者帶入了溫馨浪漫的回憶中。

「身無彩鳳雙飛翼，心有靈犀一點通」，寫詩人此時對愛戀的人的思念之情。此時，自己雖然沒有彩鳳的雙翅，飛到愛戀的人身邊，但相信兩人的愛戀之心應該像靈異的犀角暗中相通。「身無」、「心有」，一退一進，相映成輝，傳達的是間隔中的默契和溝通，悵惘中的喜悅與安慰，表現了詩人對這段美好情緣的珍惜和自信。這兩句比喻新奇妥帖，細膩深刻，充分展現了詩人微妙而矛盾的心理感受。

　　「隔座送鉤春酒暖，分曹射覆蠟燈紅」，頸聯具體寫昨夜和意中人共度家宴的場景，其中流露了詩人失落悵惘的心情。詩人回想昨晚宴席上，燈紅酒暖，觥籌交錯，藏鉤射覆，嬉笑喧鬧，場面熱鬧非凡，令人陶醉。「春酒暖」和「蠟燈紅」，既傳神地描繪出宴會上熱烈融洽的歡樂氛圍，也使讀者聯想到燭光掩映下女子紅潤嬌美的面容，彼此的惺惺相惜，真有種酒不醉人人自醉之感。

　　「嗟余聽鼓應官去，走馬蘭台類轉蓬」，詩人回憶今晨離席的情景。昨夜的歡宴一直持續到天明，樓內的音樂還沒有停息，樓外召集官員的鼓聲已經響起，詩人感慨自己就像是隨風飄轉的蓬草，身不由己，不得不去祕書省應差，開始又一天枯燥乏味的工作生活，不知道什麼時候才能再和席上愛戀的人相見了。綿綿神情，纏綿悱惻，而戀情阻隔使詩人悵惘並因此引起他對身不由己、身世沉淪的感慨，使此詩的內涵和意蘊得到了擴大和深化，在綺美流麗的回憶中蘊含著沉鬱悲愴感傷。

　　這首七律表達情感真摯纏綿，語言流麗圓美。詩人把對身世的感慨融進豔情中，用華麗美好的豔遇情景反襯自己困頓失意的心情，創造了唯美婉麗的優雅意境。

【後人點評】

清人吳喬：「昨夜星辰昨夜風，畫樓西畔桂堂東」，乃是具文見意之法。起聯以引下文而虛做者，常道也。起聯若實，次聯反虛，是為定法。（《圍爐詩話》卷一）

▷ **無題**

相見時難別亦難，東風無力百花殘。

春蠶到死絲方盡❶，蠟炬成灰淚始乾❷。

曉鏡但愁雲鬢改❸，夜吟應覺月光寒。

蓬山此去無多路❹，青鳥殷勤為探看❺。

【注】❶「春蠶」句：南朝樂府《西曲歌·作蠶絲》中有「春蠶不應老，晝夜常懷絲。何惜微軀盡，纏綿自有時」句，「絲」與「思」諧音，此句化用其意，表示除非到死，思念才會結束。❷蠟炬：蠟燭。❸曉鏡：早晨梳妝照鏡子。❹蓬山：蓬萊山，傳說中海上仙山，比喻詩中人所思念的人住的地方。❺青鳥：傳說為西王母傳遞音訊的信使。

這是一首愛情詩，本詩以女性的口吻抒寫愛情心理，在女主人公悲傷、痛苦心情中，蘊含著對愛情的渴望和執著的精神。

「相見時難別亦難，東風無力百花殘」，寫女主人公在愛情上的不幸遭遇和她的心境：因為受到某種力量阻撓，一對情人本就難以相會，分離的痛苦就更使她無法忍受。兩個「難」字，第一個指相會困難，第二個指離別時難捨難分。在前一個相聚「難」的襯托下，別離時的「難」就突出了一對情人離別時悲痛不堪的心情。兩個「難」字的使用也造成了詩句的起伏纏綿之勢，這種曲折婉轉的行文方式，使相見無期的離別之痛更加纏綿、哀痛，而如果直述別離之苦就達不到這種效果。詩中人本就滿懷痛楚，又看到外面暮春的景色，就更使她悲傷的心情難以排遣。暮春時節，東風無力，百花凋零，花瓣隨著輕風四散飄落，美好的春光即將逝去，而女主人公不就像這隨著春天的消逝而凋零的花朵嗎？美麗的花朵被外界摧殘，總是讓人心生惆悵和惋惜。「東風」句，既描寫了自然環境，也是女

主人公悲哀心境的反映，物我交融，微妙地契合在了一起。

「春蠶到死絲方盡，蠟炬成灰淚始乾」，接著寫女主人公思念之情。「春蠶到死絲方盡」中的「絲」字與「思」諧音，暗含思念之意。這兩句話是說，自己對於心上人的思念，就像春蠶吐絲一樣，直到死才能停止。而綿綿的思念沒有個期限，不知道什麼時候兩人才能再相見，不能相聚的痛苦，纏繞著女子，無盡無休，就好像蠟淚直到蠟燭燒成了灰才流盡一樣。思念不止，表明愛戀之深，但是終生都在思念，就暗指相會無期，前途無望，那麼，女主人公的苦也將伴隨終生。而儘管前途無望，女主人公卻一輩子都要眷戀著，儘管痛苦，也只能忍受。這兩句中既蘊含著女子的失望和痛苦，也包含了強烈的執著精神。雖然追求無望，但仍要追求，這就給追求蒙上了一層悲涼色彩。詩人在這一聯中用兩個形象的比喻，將女主人公內心的複雜纏綿的情感，表現得細緻豐富而真切。

以上四句著重揭示女主人公內心的感情活動，把難以言說的複雜感情形象地表現了出來，寫得非常精彩。接著五、六句「曉鏡但愁雲鬢改，夜吟應覺月光寒」，轉入寫外在意象。「雲鬢改」，是說自己因為終日受痛苦的折磨，已經鬢髮脫落，容顏憔悴。「曉鏡」表明女子是在早晨照鏡子時候發現的。接著便接一個「愁」字，可見，女子是看到「雲鬢改」後發愁。女子夜裏因愛情的追求不能實現而痛苦憔悴，而清晨女子看到自己容顏憔悴而痛苦，為了愛情而希望永保青春。這就把晝和夜聯繫了起來，形成了回環往復的愁緒，表達非常纏綿曲折。而「夜吟」句，則推己及人，想像對方應該和自己一樣痛苦。她猜想對方大概也是夜不成寐，便常常吟詠歡懷，但愁情深沉濃郁，無從排遣，所以越發感覺周圍環境淒清冷寂，皎潔的明月，灑下寒冷的清輝，好像天氣變得寒冷了。用生理上感覺到的冷反映內心的淒冷，非常巧妙。「應」字有揣度、料想的口氣，表明這些都是女子想像出來的。而想像如此生動，則表明她對心上人非常了解，也透露了她的深切思念之情。想像得越是清晰具體，思念就越深刻，這便就越發燃起女子對相聚的渴望。

既然會面無望，就只好請使者替自己去看望他了。於是便有了結尾這兩句：「蓬山此去無多路，青鳥殷勤為探看」。青鳥是西王母的信使，它成了詩中女子的使者。詩人用蓬萊仙山象徵對方的居所。雖然詩中女子把

相見的希望寄託在了想像中的青鳥的身上，但是，這相會無望的痛苦心情依然籠罩著女主人公。最後虛幻的結尾，烘托了飄渺無際的氛圍。這正暗示了兩人相見飄渺無期，而女主人公的痛苦與追求還將繼續。

這首七律詩，從頭至尾都貫穿著纏綿、痛苦、失望和執著感情。詩中字字句句都反映了女主人公的這種複雜情感。意象之間，彼此連接緊密，纏綿往復，將這種精微的情感，形象、生動地表現了出來，非常巧妙。

【後人點評】

明人謝榛：李義山曰：「春蠶到死絲方盡，蠟炬成灰淚始乾。」劉禹錫曰：「東邊日出西邊雨，道是無晴還有晴。」措詞流麗，酷似六朝。（《四溟詞話》卷二）

▷ **無題二首（其二）**

> 重幃深下莫愁堂❶，臥後清宵細細長。
> 神女生涯原是夢❷，小姑居處本無郎❸。
> 風波不信菱枝弱，月露誰教桂葉香？
> 直道相思了無益❹，未妨惆悵是清狂❺。

【注】❶莫愁：梁武帝《河中之水歌》：「河中之水向東流，洛陽女兒名莫愁。……」這裏借指深閨中幽居的女子。❷神女：宋玉《高唐賦》所說的巫山神女。❸小姑：朱鶴齡《李義山詩集箋注》引：古樂府《青溪小姑曲》：「開門白水，側近橋樑。小姑所居，獨處無郎。」❹直：假設語。❺清狂：癡情不悟。

李商隱的七律無題，最能代表他獨特的詩文風格。詩人寫七律無題兩首，本書選其中第二首進行賞析，這首詩主要寫女子在深夜追思往事時的心理獨白，抒發女子愛情失意的惆悵，相思無望的苦悶，也流露出了女子對自己身世遭遇的感歎。

「重幃深下莫愁堂，臥後清宵細細長」，一開頭就描寫女子居處的環境氛圍。層層帷幔低垂，幽深的居所籠罩著一層深夜的寂靜。獨處閨房的

女子因思念，輾轉難眠，便覺靜夜漫長枯燥，更添女子的愁悶。詩人通過淒清寂靜的環境描寫襯托出了女子孤寂的內心世界，那帷幕深垂的閨房中彌漫著厚厚的幽怨。

「神女生涯原是夢，小姑居處本無郎」，寫女子回憶自己愛情上的遇合。上句引用了巫山神女夢遇到楚王的故事，下句化用了樂府《神弦歌‧清溪小姑曲》中：「小姑所居，獨處無郎。」意思說，追憶往事，自己在愛情上雖然也像巫山神女那樣，有過美好的幻想和追求，但到頭來不過是做了一場虛幻的夢；直到現在，自己還像清溪小姑那樣，孤獨自處，身邊無郎託付終身。這一聯雖然連用了兩個典故，卻使人感覺不到一絲用典的痕跡。兩個典故使用，既巧妙地概括了女子的情緣，同時，因為兩個典故本身包含的神話傳說引起讀者無限聯想，所以，就使詩句不顯抽象。其中「原」字，則暗示女子在愛情上不僅有過追求，還遇到過一段情緣，但最後沒有結果，只像是做了一場夢；「本」字則似乎暗示：雖然至今獨居無郎，無所依靠，但人們好像對她有些議論，女子好像在自我辯解。

「風波不信菱枝弱，月露誰教桂葉香」，從不幸的愛情經歷轉筆寫到自己不幸的身世遭遇。女子把自己比喻成「菱枝」和「桂葉」，說自己本就像菱枝那樣柔弱，卻偏又遭遇風波的吹折；自己本像桂葉那樣自身為美質，卻沒有月露滋潤使之飄香。這一聯含意非常隱晦，好像暗示女子在生活中遭到了惡勢力的摧殘，同時又得不到別人的同情與幫助。「不信」二字，是明知菱枝為柔弱而強要摧折，可見「風波」的暴虐；「誰教」，暗示本可以滋潤桂葉卻沒有自由滋潤，可見「月露」的冷酷無情。語言委婉，而表達感情極為沉痛怨憤。

愛情遭遇如同一場幻夢，而身世遇逢又這樣不幸，這使女子非常痛苦，但是，女子並沒有因受重重打擊而放棄對美好愛情的追求。最後女子呼道：「直道相思了無益，未妨惆悵是清狂。」即便只是徒然相思，也不妨懷抱癡情，惆悵終身。這兩句表達了女子強烈的情感，表現了女子對愛情堅持不渝的追求。而「相思」之深刻，可想而知。

李商隱的這首愛情詩以抒情為主，著力抒寫詩中人的主觀感受和心理活動，表現詩中人豐富複雜的內心世界。同時，為了加強抒情的形象性和生動性，常常在抒情中穿插一些事件片段，抒情中融敘事成分。這就使詩

的內容含量擴大很多。而受詩文字數的限制，詩人便增大詞句的跳躍性，或借助一些象徵、暗喻或聯想等手法來鉤織情感和情節，因而，就形成了詩人含蓄蘊藉，深沉悠遠的特點，需要人們反覆咀嚼、分析，才能感受到詩中深意。

【後人點評】

清人王夫之：豔情別調。（《唐詩評選》）

▷ 夜雨寄北❶

君問歸期未有期❷，巴山夜雨漲秋池❸。
何當共剪西窗燭❹，卻話巴山夜雨時❺。

【注】❶寄北：寄給住在北方的妻子。❷君：你，指詩人的妻子王氏。❸巴山：也叫大巴山，在今四川省南江縣以北。這裏泛指四川東部的山。❹何當：什麼時候能。燭：燭芯。❺卻：回憶。話：談論，說。

唐宣宗大中二年（848），李商隱客居巴蜀，寫下這首詩寄給北方的妻子（一說朋友），表達他的思鄉之情。

「君問歸期未有期」，首句一問一答，頓挫跌宕，和諧有致，極具表現力。意思是說：「你問我回家的日期，唉，現在還確定不下來啊！」羈旅愁情和不能歸的痛苦，盡在言中。接著，詩人宕開一筆，寫此時眼前的景色：「巴山夜雨漲秋池」，夜雨還在淅淅瀝瀝地下著，密密麻麻，漲滿秋池，彌漫整個巴山夜空。夜雨彌漫整個夜空，其實，也彌漫在詩人的心裏。詩人寓情於景，將思鄉情懷寫得纏纏綿綿。接下來，詩人沒有繼續傾訴愁苦，而是由眼前景色，生發開去，展開豐富的想像，表達「何當共剪西窗燭，卻話巴山夜雨時」的美好願望。構思新穎，出人意外。但細品起來，又字字發自肺腑，情感真摯。「何當」二字，暗含表達願望之意，呼應首句，這句話也就是從首句中引伸出來的。詩人憧憬著未來兩人團聚，「共剪西窗燭」，字裏行間流露了詩人深切的思念之情。「卻話巴山夜雨時」，此時詩人只能「獨聽巴山夜雨」聲。夜不能寐，詩人獨剪殘燭，在淅淅瀝瀝的巴山秋雨之夜閱讀妻子詢問歸期的來信，而歸期無準，可

以想像，他當時心境該是多麼苦悶、孤寂。而詩人卻越過現實孤苦境況，跳筆寫未來團聚時和家人歡樂地講述今夜雨。這正是以樂景寫哀情，未來的樂正反襯出今夜的苦；而今夜的苦又將成為未來剪燭夜話的話題，又增添了重聚的樂。此時，詩人內心苦與樂交織在一起，回環對比，纏綿悱惻。這不禁使我們聯想到，此時詩人的心也許早飛到了北方的家裏和他們團聚呢。結尾意蘊悠長。

　　這首七絕小詩，語言通俗簡潔，表達卻曲折起伏，委婉蘊藉，虛實相生，情景交融，餘味無窮。

【後人點評】

　　清人紀昀：探過一步作結，不言當下云何而當下意境可想。作不盡語每不免有做作之態。此詩含蓄不露，卻只似一氣說完，故為高唱。（《玉谿生詩說》卷上）

趙嘏

唐詩三百首賞析大全集

【詩人名片】

趙嘏（約806～約852或853）

字號：字承佑

籍貫：山陽（今江蘇淮安）

作品風格：圓熟精潤

【詩人小傳】：年輕時遊歷四方，大和七年（833）預省試進士不第，留居長安多年，其間曾任幾年幕府。後回江東。會昌四年（844）進士及第，任渭南尉。後卒於任上。其七律、七絕最為出色。有《渭南集》。

▷ 長安秋望

雲物淒清拂曙流，漢家宮闕動高秋❶。

殘星幾點雁橫塞❷，長笛一聲人倚樓。

紫豔半開籬菊靜，紅衣落盡渚蓮愁。

鱸魚正美不歸去❸，空戴南冠學楚囚❹。

【注】❶漢家宮闕：指唐朝宮殿。❷雁橫塞：大雁從邊塞上橫空而來。❸「鱸魚」句：此處引用張翰故事：西晉張翰，曾為齊王司馬冏的幕僚。秋風起，他想起家鄉的鱸魚、蓴菜，便辭職歸家。其實是預感到政局混亂而自保，不久「八王之亂」起。❹南冠：楚冠。《左傳》：「晉侯觀

於軍府，見鍾儀，問之曰：『南冠而縶者誰也？』有司對曰：『鄭人所獻楚囚也。』」後來人們用「南冠」代指囚犯。

這首七律通過詩人的所見所聞，寫深秋拂曉的長安景色，抒發羈旅思歸之情。

首聯寫景，主要是長安的全景。在一個深秋的早晨，詩人登高而望，眼前凄冷清涼的雲霧緩緩飄遊，景象迷濛而壯闊。詩中「凄清」二字，有主客觀兩個方面的因素，秋意的清冷，襯托出心境的凄涼。正是這兩個字，為全詩定下了沉重的基調。

頷聯寫仰觀。「殘星幾點」是所見，「長笛一聲」是所聞；「雁橫塞」、「人倚樓」一動一靜兩種形態，這樣的安排，獨具匠心。寥落的殘星，南歸的雁群，這是秋夜將曉時天空中最有特點的景象；高樓的笛聲又做了恰到好處的烘托。天剛曚曚亮，西邊天上還留有幾點殘餘的星光，北方空中又飛來一行遷徙的秋雁。詩人的注意力正被眼前的景象吸引，忽聞一聲長笛悠然傳來，尋聲望去，依稀看到有人背倚欄杆吹奏橫笛。笛聲悠揚哀婉，是在哨歎人生如晨星之易逝。這一聯是趙嘏的名句，選景典型、韻味清遠。

頸聯寫俯察。晨光大明，眼前景色歷歷可辨。紫菊半開，紅蓮凋謝，正是深秋時令的花事；以「靜」賦菊，以「愁」狀蓮，都是移情於物，擬物作人，不僅形象傳神，而且含有濃厚的主觀色彩。目睹眼前這憔悴含愁的枯荷，追思往日那紅豔滿塘的蓮花，使人不禁會生出紅顏易老、好景無常的傷感；而籬畔靜穆閒雅的紫菊，儼然一派君子之風，更令人憶起「採菊東籬下」的陶淵明，油然而起歸隱之心──寫菊而冠以「籬」字，取意就在於此吧？

上面三聯所寫清晨的長安城中遠遠近近的秋色，無不觸發著詩人孤寂悵惘的愁思；末聯則抒寫胸懷，表示詩人毅然歸去的決心：家鄉鱸魚的風味此時正美，我不回去享用，卻囚徒似的留在這是非之地的京城，所為何來！「鱸魚正美」，用西晉張翰事，表示故園之情和退隱之思；下句用春秋鍾儀事，「戴南冠學楚囚」而曰「空」，是痛言自己留居長安的無謂與歸隱的不宜遲。

詩中的景物不僅有廣狹、遠近、高低之分，而且體現了天色隨時間推

移由暗而明的變化。特別是
頷頸兩聯的寫景,將典型景
物與特定的心情結合起來,
景語即是情語。詩人將這些
形象入詩,意在給人以豐富
的暗示;加之以拂曙淒清氣
氛的渲染,高樓笛韻的烘
托,思歸典故的運用,使得
全詩意境深遠而和諧,風格
峻峭而清新。

【後人點評】

宋人葛立方:「殘星幾點雁橫塞,長笛一聲人倚樓。」當時人誦詠
之,以為佳作,遂有「趙倚樓」之目。又有《長安月夜與友人話歸故山》
詩云:「楊柳風多潮未落,蒹葭霜在雁初飛。」亦不減「倚樓」之句。至
於《獻李僕射》詩云:「新諾似山無力負,舊恩如水滿身流。」則謬矣!
(《韻語陽秋》卷四)

馬　戴

【詩人名片】

馬戴（生卒年不詳）
字號：字虞臣
籍貫：曲陽（今江蘇東海西南）
作品風格：優遊不迫，沉著痛快

【詩人小傳】：會昌五年（845）中進士。宣宗大中初，在太原李司空幕府中任掌書記，因直言獲罪，被貶龍陽尉。得赦回京。懿宗咸通末，佐大同軍幕。官終太學博士。與賈島、姚合等為詩友。擅長五律。有《馬戴詩》一卷，《全唐詩》編其詩二卷。

▷ **楚江懷古三首（其一）❶**

露氣寒光集，微陽下楚丘❷。
猿啼洞庭樹❸，人在木蘭舟。
廣澤生明月❹，蒼山夾亂流。
雲中君不見❺，竟夕自悲秋❻。

【注】❶楚江：這裏指湘江。❷楚丘：楚地的山。❸洞庭：洞庭湖，在湖南北部。❹廣澤：廣闊的水澤。這裏指洞庭湖。❺雲中君：雲神。《楚辭‧九歌》有《雲中君》一篇，是祭祀雲神的作品。這裏代指詩人屈原。❻竟夕：整夜。

　　唐宣宗大中初年，原任山西太原幕府掌書記的馬戴，因直言被貶為龍陽尉，從北方來到江南，徘徊在洞庭湖畔和湘江之濱，觸景生情，追慕前賢，感懷身世，寫下了《楚江懷古》五律三章。這是其中第一篇。

　　秋風遙落的黃昏時分，江上晚霧初生，楚山夕陽西下，霧氣迷茫，寒意襲人。這種蕭瑟清冷的秋暮景象，深曲委婉地流露了詩人悲涼寥落的情懷。此時此地，聽到的是洞庭湖邊樹叢中猿猴的哀鳴，看到的是江上飄流的木蘭舟。「猿啼洞庭樹，人在木蘭舟」，這是晚唐詩中的名句，一句寫聽覺，一句寫視覺；一句寫物，一句寫己；上句靜中有動，下句動中有靜。詩人傷秋懷遠之情並沒有直接說明，只是點染了一張淡彩的畫，氣象清遠，婉而不露，讓人思而得之。黃昏已盡，夜幕降臨，一輪明月從廣闊的洞庭湖上升起，深蒼的山巒間夾瀉著汩汩而下的亂流。「廣澤生明月，蒼山夾亂流」二句，描繪的雖是比較廣闊的景象，但它的情致與筆墨還是清微婉約的。「廣澤生明月」的闊大和靜謐，反襯出詩人遠謫遐方的孤單離索；「蒼山夾亂流」的迷茫與紛擾，深深映照出詩人內心深處的撩亂彷徨。夜已深沉，詩人尚未歸去，俯仰於天地之間，沉浮於湘波之上，他不禁想起楚地古老的傳說和屈原《九歌》中的「雲中君」。「雲中君不見，竟夕自悲秋」，點明題目中的「懷古」，而且以「竟夕」與「悲秋」在時間和節候上呼應開篇，使全詩在變化錯綜之中呈現出和諧完整之美，讓人回味不盡。

　　從這首詩可以看到，清微婉約的風格，在內容上是由感情的細膩低迴所決定的，在藝術表現上則是清超而不質實，深微而不粗放，詞華淡遠而不豔抹濃妝，含蓄蘊藉而不直露奔迸。馬戴的這首《楚江懷古》，可說是晚唐詩歌園地裏一枝具有獨特芬芳和色彩的素馨花。

【後人點評】

　　清人吳瑞榮：詩至會昌，氣最薄而情最幻。薄極乃幻，幻則無復能厚之理矣！此間關係氣運甚微，恐主之者非人事也。（《唐詩箋要》卷六）

曹 鄴

【詩人名片】

曹鄴（816～？）

字號：字鄴之

籍貫：陽朔

作品風格：新穎別緻，自然脫俗

【詩人小傳】：自幼聰明好學，後屢試不第，留居長安十年。大中四年（850）進士及第，任齊州（今山東濟南）推事、天平節度使幕府掌書記。咸通（860～874）初，回京任太常博士，不久升祠部郎中、洋州（今陝西洋縣）刺史，又升吏部郎中，為官清廉正直。咸通九年（868）辭歸，居桂林。曹鄴擅長五古。詩作題材多反映民生疾苦，針砭時弊，也有山水佳篇。他與劉駕、聶夷中、邵謁、蘇拯齊名。有《曹祠部詩集》二卷，《全唐詩》收其詩一百零八首。

▷ 官倉鼠❶

官倉老鼠大如斗❷，見人開倉亦不走。

健兒無糧百姓饑❸，誰遣朝朝入君口❹？

【注】❶官倉：官府的糧倉。❷斗：古代量糧食的器具。❸健兒：士兵。❹誰遣：誰讓。朝朝（音招招）：天天。君：指老鼠。

這首詩寫的是官倉裏的老鼠。在司馬遷《史記·李斯列傳》中有這

樣一則記載：「李斯者，楚上蔡人也。年少時，為郡小吏，見吏舍廁中鼠食不潔，近人犬，數驚恐之。斯入倉，觀倉中鼠，食積粟，居大廡之下，不見人犬之憂。於是李斯乃歎曰：『人之賢不肖譬如鼠矣，在所自處耳。』」這首《官倉鼠》顯然從這裏受到了一些啟發。

　　詩的前兩句看似平淡而又略帶誇張，形象地勾畫出官倉鼠不同凡鼠的特徵和習性。誰都知道，老鼠歷來是以「小」和「怯」聞名的。牠們畫伏夜出，見人就跑。然而官倉鼠卻與眾不同：牠們不僅「大」——「大如斗」，而且「勇」——「見人開倉亦不走」。官倉鼠怎麼能這個樣子呢？這一點，詩人並沒有進一步解釋，但是讀者稍微一思考，很容易懂得：「大」，是飽食積粟的結果；「勇」，是無人去整治放縱牠們，所以看到人也不逃跑。

　　第三句突然由「鼠」寫到「人」：「健兒無糧百姓饑。」官倉裏的老鼠被養得又肥又大，前方守衛邊疆的將士和後方終年辛勞的百姓卻仍然在挨餓！詩人以強烈的對比，一下子就把一個令人觸目驚心的矛盾展現在讀者面前。面對這樣一個人不如鼠的社會現實，第四句的質問就脫口而出了：是誰把官倉裏的糧食日復一日地供奉到老鼠嘴裏去的？

　　至此，詩的隱喻意很清楚了。官倉鼠是比喻那些只知道吮吸人民血汗的貪官污吏；而這些兩條腿的「大老鼠」所吞食掉的，當然不僅僅是糧食，而是從人民那裏搜刮來的民脂民膏。尤其使人憤慨的是，官倉鼠作了這麼多孽，竟然可以有恃無恐，這又是誰在做後臺呢？「誰遣朝朝入君口？」詩人故執一問，含蓄不盡。「誰」字下得極妙，耐人尋思。它有意識地引導讀者去探索造成這一不合理現象的根源，把矛頭指向了最高統治者，主題十分鮮明。這種以大老鼠來比喻、諷刺剝削者的寫法，早在《詩經·碩鼠》中就有。而《官倉鼠》卻更能面對現實，引導人們去探求苦難的根源，在感情上也更加強烈。這不能不說是一種發展。

　　這首詩，從字面上看，似乎只是揭露官倉管理不善，細細體味，卻句句是對貪官污吏的誅伐。詩人採用的是民間口語，然而譬喻妥帖，詞淺意深。最後一句，又把「鼠」稱為「君」，諷刺的效果極好，深刻地揭露了這個人不如鼠的黑暗社會。

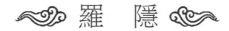

羅 隱

【詩人名片】

羅隱（833～909）

字號：字昭諫

籍貫：新城（今浙江富陽市新登鎮）

作品風格：直快犀利與委婉含蓄並存

【詩人小傳】：大中十三年（859）底至京師，之後十多次應進士試，終不第。黃巢起義後，避亂隱居九華山，光啟三年（887），他歸鄉依附吳越王錢鏐，歷任錢塘令、司勳郎中、給事中等職。五代後梁開平三年（909）去世，終年七十七歲。

▷ 雪

盡道豐年瑞❶，豐年事若何？

長安有貧者，為瑞不宜多。

【注】❶盡道：都說。

　　有這樣一些詩，剛接觸時感到質木無文，平淡無奇，反覆涵詠，卻發現它自有一種發人深省的藝術力量。羅隱的《雪》就是這樣的作品。

　　瑞雪兆豐年。辛勤的農民看到飄飄瑞雪而產生豐年的聯想與期望，是很自然的，也是合理的。但下雪的地方是繁華的帝都長安，這「盡道豐年瑞」的聲音就很是讓人產生好奇。「盡道」二字，語含譏諷意味。聯繫下

文，可以猜到「盡道豐年瑞」的人和「貧者」完全是兩個世界的人。這些安居深牆大院、身穿綾羅綢緞的達官顯宦、富商大賈，在酒足飯飽、圍爐取暖、欣賞窗外風雪的時候，正無聊至極地大發瑞雪兆豐年的議論，他們也許會說自己是悲天憫人、心有蒼生的仁者呢！

正因為這些人是「盡道豐年瑞」，所以接下去的是冷冷的一問：「豐年事若何？」如果真的是個豐收年，年景又會怎麼樣呢？這是一個反問，沒有作答，也無須答案。「盡道豐年瑞」的人心裏是很清楚的。唐代末期，繁重的賦稅和高額地租剝削，讓農民無論是豐收還是歉收都處於同樣悲慘的境地。「二月賣新絲，五月糶新穀」，「六月禾未秀，官家已修倉」，這些詩句對「事若何」做出了明確的回答。但在這首詩裏，此時無聲勝有聲，不道破比道破更有藝術力量。它好像一盆冷水，潑得那些「盡道豐年瑞」的人無言以對。

三、四兩句沒有進一步抒發感慨，而是回到開頭提出的雪是否為瑞的問題上來。因為詩人寫這首詩的主要目的，並不是抒發對豐收和歉收都一樣悲慘的貧苦農人的同情，而是向那些高談豐年瑞的人投一把匕首。「長安有貧者，為瑞不宜多。」好像在一旁冷冷地提醒這些人：當你們享受著美味佳餚，在亭臺樓閣裏高談瑞雪兆豐年的時候，恐怕根本沒有想到這帝都長安有許許多多食不果腹、衣不蔽體、風餐露宿的窮人。他們盼不到「豐年瑞」所帶來的好處，卻會被你們所津津樂道的「豐年瑞」所凍死。一夜風雪一場災，明日長安街頭不知道又會出現多少「凍死骨」啊！「為瑞不宜多」，看似輕描淡寫，好似詼諧幽默之語，實際上這裏面蘊含著深沉的憤怒和熾烈的指責。緩緩而發的語調和犀利透骨的揭露，冷雋的諷刺和深沉的憤怒在這裏和諧地融合在一起了。

雪究竟是瑞兆，還是災難，要看在什麼情況下，否則是很難辯論清楚的。詩人本意不是進行這樣一場辯論。他感到憎惡和憤慨的是，那些衣食無憂的達官貴人們，本來與窮人沒有任何共同語言和切身感受，卻偏偏要裝出一副對豐年最關心、對窮人最關切的假樣子，因而他抓住「豐年瑞」這個話題，巧妙地融入詩中，揭下了那些「仁者」的假面具，讓他們的醜惡面容暴露在光天化日之下。

全詩沒有直接描繪畫面，也沒有任何形象的刻畫。但讀完全詩，詩人

自己的形象卻鮮明可見。這是因為詩中那些看來缺乏形象性的議論，不僅飽含著詩人的憎惡、蔑視、憤怒之情，而且處處顯示出詩人幽默詼諧、憤世嫉俗的性格。從這裏可以看出，對詩歌的形象性是不宜做太過褊狹的理解的。

▷ 自遣❶

得即高歌失即休❷，多愁多恨亦悠悠。

今朝有酒今朝醉，明日愁來明日愁。

【注】❶遣：排遣、消遣。❷得、失：得意和失意。

羅隱仕途坎坷，十次參加科舉考試都沒有考上，於是作《自遣》。這首詩表現了他在仕途上失意後的絕望情緒，其中未必沒有一點憤世嫉俗之意。這首詩一直為人傳誦，除了反映舊時代知識份子一種典型的人生追求，更值得關注的是詩在藝術表現上頗有獨到之處。

首先表現在詩歌形象性的追求上。初看這首詩沒有一景語而全屬很直接的感情抒發，但詩中所有情語都不是簡單的抒情，而是能夠給人一個非常完整的印象。如首句說不必患得患失，倘若直說便抽象化、概念化，情而有「態」，就能夠形象化。次句不說「多愁多恨」太無聊，而說「亦悠悠」。悠悠，就是漫長，當然是太難熬受，也就收到具體生動

的效果，不特是趁韻而已。同樣，不說得過且過而說：「今朝有酒今朝醉，明日愁來明日愁」，更將「得即高歌失即休」一語具體化，一個放歌縱酒的曠士形象呼之欲出。這也就是此詩給人的總的形象了。如果僅僅指出這一點當然是不夠的，還要看到這一形象具有非常獨特的個性。只要將這首詩與同含「及時行樂」意蘊的詩歌相比較，就很容易看出來。這首詩的情感既有普遍性，其形象又個性化，所以具有典型意義。

　　這首詩藝術表現上另外一個成功之處，就在於重疊中又存在著諸多的變化，從而形成絕妙的詠歎調。一是在情感上的重疊變化。首句指出題意，說成功的時候確實可以高興，失敗的時候也不需要太悲傷；次句則是第一句意思的再一次補充，從反面說也是一樣：如果不這樣，「多愁多恨」，是沒有好處的；三、四句則又回到正面主題上來，分別深化了首句的意思：「今朝有酒今朝醉」就是「得即高歌」的反覆與推進，「明日愁來明日愁」則是「失即休」的進一步闡發。從頭至尾，詩情有一個迴旋和升騰。二是字詞上的重疊變化。首句前四個字與後三個字意義是相對的，而二、六字（「即」）重疊；次句是緊縮式，意思是愁也漫長，恨也不斷，形成同意的反覆。三、四句句式也是一樣的，但三句中「今朝」兩字重疊，四句中「明日愁」竟然三字重疊，但前「愁」字是名詞，後「愁」字是動詞，詞性也有所變化。可以說，每一句都是重疊與變化同步完成的，而每一句具體表現又各有差別。把重疊與變化統一的手法運用得淋漓盡致，在這首是最突出的。

∽ 皮日休 ∾

【詩人名片】

皮日休（約834～約883）
字號：字逸少，後改襲美，自號閒氣布衣、醉吟先生、鹿門子等。
籍貫：襄陽竟陵（今湖北天門縣）
作品風格：奇豔

【詩人小傳】：家貧，早年住鹿門山。咸通八年（867）及進士第。次年遊蘇州，入刺史崔璞府為軍事判官。後入朝任著作郎、太常博士等職，又出任毗陵副使。後參加黃巢農民起義軍。廣明元年（880），黃巢入長安稱帝，皮日休任翰林學士。中和三年（883），黃巢兵敗退出長安，皮日休大概卒於此年。皮日休和陸龜蒙為詩友，常互相唱和，世稱「皮陸」。皮日休詩多為憤世憂時之作。有《皮子文藪》十卷。《全唐詩》收其詩九卷。

▷ 春夕酒醒

四弦才罷醉蠻奴❶，鄩醁餘香在翠爐❷。
夜半醒來紅蠟短，一枝寒淚作珊瑚❸。

【注】❶四弦：這裏代指音樂。蠻奴：舞姬，婢僕。❷鄩醁（音靈碌）：美酒名。❸作：化作。

本詩寫詩人酒醒後剎那間的觀感。

伴著喝酒的樂聲停了，赴宴的人們都回去了；詩人不勝酒力，醉得一塌糊塗。當他一覺醒來，那翡翠色的燙酒水爐，還在散發著誘人的酒香。詩人睜開惺忪的睡眼，呵，燭臺上的紅蠟已經燒短了很多，剩下那麼孤零零的一截，忽明忽暗地閃爍著微弱的光。蠟脂融化了，點點滴滴，像傷心的淚水，不停地流，然後又凝聚起來，竟化作了美麗多姿的珊瑚山模樣。

全詩從「四弦才罷」、蠻奴醉倒落筆，沒有正面描寫宴會熱鬧的場面，但宴會氣氛的熱烈，歌伎奏樂的和諧悅耳，朋友們舉杯痛飲的歡樂，詩人一醉方休的豪興，無不透過語言完整地呈現在讀者眼前，給讀者以想像酒宴盛況的空間。這種側面透露的寫法，比正面直接描繪既有趣而又含蓄有力。「蠻奴」上著一「醉」字，巧妙之極：既刻畫了詩人一醉方休的情懷，又表明酒質實在醇美可口，具有一股誘人至醉的力量；這「醉」字還為下文的「醒」渲染了醉眼朦朧的氣氛。當詩人一覺醒來，「翠爐」的酒氣仍然撲鼻，「餘香」誘人。這個細節，不僅寫出了酒的品質高、香味濃的特點，而且點出了詩人嗜酒成性。這裏，詩人雖只暗示自己嗜酒，但卻掩飾不住內心的憂愁。手法可謂極盡含蓄、曲折之能事。詩的後兩句，寫酒醒所看到的景象：「短」字，繪出紅蠟殘盡的淒清況味；「一枝」，點明紅蠟形單影隻；「寒淚」的形象比喻則使人彷彿看到那消融的殘燭，似乎正在流著傷心的淚水。詩人運用擬人手法，不僅把「紅蠟」寫得栩栩如生，而且融入了自己半生淒涼的身世之感，物我一體，情景交融。

我們將這首中舉後寫的《春夕酒醒》與得第前寫的《閑夜酒醒》做比較，不難發現風格上的迥異。《閑夜酒醒》大概是詩人隱居於襄陽鹿門山時所作。也是寫酒後醒來孤獨之感。詩雖「樸澀無采」，但語言清新，風格雋爽，意境幽豁，自不失為情韻飛揚的好詩。《春夕酒醒》卻完全是另一種風格。「四弦」的樂聲，佳釀的「餘香」，「翠爐」、「紅蠟」的色彩，「珊瑚」的美麗多姿，如在眼前，斐然多彩。

【後人點評】

明人胡震亨：皮日休「未第前詩，尚樸澀無采。第後遊松陵，如《太湖》諸篇，才筆開橫，富有奇豔句矣」。（《唐音癸籤》卷八）

陸龜蒙

【詩人名片】

陸龜蒙（？～881）

字號：字魯望，別號天隨子、江湖散人、甫里先生，

籍貫：長洲（今江蘇吳縣）

作品風格：精切俊拔

【詩人小傳】：應進士舉不中。曾任湖州、蘇州刺史幕僚，後隱居松江甫里，編著有《甫里先生文集》等。

▷ **別離**

丈夫非無淚，不灑離別間。

杖劍對尊酒❶，恥為遊子顏。

蝮蛇一螫手❷，壯士即解腕。

所志在功名，離別何足歎。

【注】❶尊：同「樽」，盛酒的杯子。❷蝮蛇：一種小型毒蛇。

這首詩，敘離別之情卻完全沒有依依不捨的離愁別怨，寫得慷慨激昂，議論滔滔，形象高大豐滿，別具一種風味。

「丈夫非無淚，不灑離別間」，下筆挺拔陽剛，調子高亢昂揚，拋棄了以往送別詩的老套，生動形象地勾勒出主人公性格的堅強剛毅，真有一種「直疑高山墜石，不知其來，令人驚絕」（沈德潛《說詩晬語》卷上）

的氣勢，給人難以忘懷的印象。

　　「杖劍對尊酒，恥為遊子顏」，濃墨重彩地描畫出男子漢大丈夫的壯偉形象。威武瀟灑，胸懷遠大，風度翩翩，氣宇軒昂，好像是即將奔赴戰場的臨行壯別，充滿著豪情壯志。頸聯運用成語，描述大丈夫對人生的看法。「蝮蛇螫手，壯士解腕」，本意是說，毒蛇咬手後，為了不讓蛇毒攻心而喪命，那就得不惜把自己的手腕斬斷，才能保全生命。詩人在這裏形象地體現出壯士為了事業的成功和理想的實現而不畏艱險、敢於犧牲的大無畏

精神。頸聯這樣打開，有力地烘托出尾聯揭示的詩歌宗旨。「所志在功名，離別何足歎。」尾聯兩句，總結前文，點明壯士應該胸懷建功立業的遠大志向，為達到這個目的，有時候就要做出犧牲。那麼，眼前的離別與遠大志向比起來自然不算一回事了，哪裡值得去歎息呢！

　　這首詩以議論為主，由於詩中的議論充滿了感情色彩，「帶情韻以行」，所以寫得生動、活潑、激昂、雄奇，給人以壯美的感受。

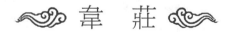

韋　莊

【詩人名片】

韋莊（約836〜910）

字號：字端己

籍貫：京兆杜陵（今陝西西安）

作品風格：體近雅正

【詩人小傳】：韋應物四世孫。乾寧元年（894）中進士，任校書郎。曾奉命入蜀。天復元年（901）再度入蜀，後協助王建稱帝，任左散騎常侍、判中書門下事、平章事等職。有《浣花集》十卷，《全唐詩》編其詩六卷。

▷ 台城❶

江雨霏霏江草齊❷，六朝如夢鳥空啼。

無情最是台城柳，依舊煙籠十里堤。

【注】❶台城：故址在今南京市雞鳴山南，此地本為三國時吳國後苑城，東晉成帝時改建。從東晉到南朝，這裏一直是中央政府和皇宮所在地，既是政治中樞，也是帝王享樂之地。❷霏霏：雨雪下得繁茂的樣子。

這是一首憑弔六朝古蹟的詩，比同類作品更空靈蘊藉。它從頭到尾採取側面烘托的手法，著意營造一種夢幻式的情調氣氛，讓讀者透過這層隱約的感情帷幕去體味詩人的感觸。這是一個值得注意的特點。

江雨霏霏江草齊 六朝如夢
鳥空啼 無情最是臺城
柳 依舊煙籠十里隄
金陵圖寫章莊句 ☐

起句並不是正面描繪臺城，而是努力營造一種氛圍。江南的春雨，密而且細，在紛飛的雨絲中，四周迷濛，就像被煙籠霧罩，給人以如夢似幻的感覺。暮春三月，江南草長，綠草遍地，又顯出自然界的勃勃生機。這景色既具有江南風物特有的輕柔婉麗，又容易喚起人們的無限迷惘惆悵，這就為下一句抒情做好了鋪墊。「六朝如夢鳥空啼」，從首句描繪江南煙雨到次句的六朝如夢，跨度很大，初讀好像不連貫。其實不僅「江雨霏霏」的氛圍已暗逗「夢」字，而且在霏霏江雨、如茵碧草之間就隱藏著一座已經荒蕪破敗的臺城。鳥啼草綠，春色依然在，而曾經在臺城的六朝統治者，卻早已成為歷史上匆匆的過客，豪華壯麗的臺城現在也成了供人憑弔的歷史古蹟。從東吳到陳，三百多年間，六個短暫的王朝一個接一個地相繼更替，變幻之快，本來就給人以夢一樣的感覺；再加上自然常在與人事已非的對照，更加深了「六朝如夢」的感慨。「臺城六代競豪華」，眼前這一切已蕩然無存，只有不解人世滄桑、歷史興衰的鳥兒在歡快地唱歌。「鳥空啼」的「空」，即「隔葉黃鸝空好音」（杜甫《蜀相》）的「空」，它從人們對鳥啼的特殊感受中進一步烘托出「夢」字，寓意深刻。

「無情最是臺城柳，依舊煙籠十里隄。」楊柳是春天的明顯標誌。在春風中搖曳的楊柳，總是給人以欣欣向榮之感。當年十里長堤，楊柳堆煙，曾經是臺城繁華景象的點綴；如今，臺城已經是「萬戶千門成野草」，而臺城柳色，卻「依舊煙籠十里隄」。這美麗的自然景色和荒涼破敗的臺城，長堤煙柳和六代豪華的鮮明對比，對於一個身處末世、懷著亡

國之憂的詩人來說，該是多麼令人觸目驚心！而台城堤柳，卻既不管人間興亡，也不管面對它的詩人會引起多少今昔盛衰之感，所以說它「無情」。說柳「無情」，正透露出人的無限傷痛。「依舊」二字，深寓歷史滄桑之慨，它暗示了一個腐敗的時代的消逝，也預示歷史的再一次重演。堤柳堆煙，本來就易觸發往事如煙的感慨，加以它在詩歌中又常常被用作抒寫興亡之感的憑藉，所以詩人因堤柳引起的感慨也就特別強烈。「無情」、「依舊」，通貫全篇寫景，兼包江雨、江草、啼鳥與堤柳；「最是」二字，則突出強調了堤柳的「無情」和詩人的感傷悵惘。

這首詩以自然景物的「依舊」暗示人世的滄桑巨變，以物的「無情」反托出人的內心痛楚，在歷史感慨之中暗寓傷今之意，這種虛處傳神的藝術表現手法，仍是值得借鑒的。

【後人點評】

明人許學夷：絕句在唐末諸人之上。（《詩源辨體》）

∽⌒⌒ 黃　巢 ⌒⌒∽

【詩人名片】

黃巢（？～884）

籍貫：曹州冤句（今山東曹縣西北）

作品風格：豪邁熱烈

【詩人小傳】：屢舉進士不第，以販私鹽為業。好擊劍騎射。唐懿宗咸通（860～873年）末至僖宗乾符（874～879年）初，災荒氾濫，農民起義紛紛爆發。乾符二年（875），王仙芝、尚讓等在長垣（今河南長垣東北）發動起義，五月，黃巢與同族兄弟、子侄黃揆和黃恩鄴等八人招募百姓數千回應。接著王、黃會軍，協同作戰，一度攻進長安。中和四年（884）兵敗自殺。

▷ 菊花

待到秋來九月八，我花開後百花殺。

沖天香陣透長安，滿城盡帶黃金甲❶。

【注】❶黃金甲：既代表金黃色的菊花，也指金黃色的鎧甲。

這首詩是黃巢落第後所作，題為「菊花」。

這首菊花詩，其實並不是歌詠菊花，而是遙想菊花節。因此一開頭就是「待到秋來九月八」，意即等到菊花節那一天。不說「九月九」而說「九月八」，是為了與「殺」、「甲」押韻。這首詩押人聲韻，詩人要

借此造成一種激越、凌厲的聲情氣勢。「待到」二字，典型的口語，對後面有承接的作用。因為詩人要等的那一天，是一個很重要的日子，因而這「待」是充滿熱情的期待，是熱烈的嚮往。而這一天，如同春去秋來，時序更遷那樣，一定會到來的，因此，語調輕鬆、跳脫，充滿信心和希望。

「待到」那一天又怎樣呢？按照一般人的想像，應該是菊花怒放，清香撲鼻。詩人卻接以令人吃驚的奇句——「我花開後百花殺」。菊花開時，別的花都已零落凋謝了，這本是自然界的發展規律，也是人們司空見慣的自然現象。這裏特意將菊花之「開」與百花之「殺」（凋零）並列在一起，形成了鮮明的對照，讓人感受他們之間的必然聯繫。作者親切地稱菊花為「我花」，象徵廣大被壓迫人民，那麼，與之相對立的「百花」自然是喻指反動腐朽的封建統治集團了。這一句鏗鏘有力，形象地顯示了農民革命領袖果決堅定的精神風貌。

三、四句承「我花開」，極寫菊花盛開的壯觀景象：「沖天香陣透長安，滿地盡帶黃金甲。」整個長安城都開滿了帶著黃金盔甲的菊花，它們散發出的陣陣濃郁香氣，直沖雲天，散佈全城。這是菊花的王國，也是菊花的盛大節日。想像的奇特，都可謂前無古人。這裏賦予它農民起義軍戰士的戰鬥風貌與性格，把黃色的花瓣設想成戰士的盔甲，使它從幽人高士之花成為最新最美的農民革命戰士之花。正因為這樣，作者筆下的菊花也就一變過去那種幽獨淡雅的靜態美，顯現出一種豪邁粗獷、充滿戰鬥氣息的動態美。「沖」、「透」二字，分別寫菊花氣勢之盛與浸染之深，生動地展示出農民起義軍攻佔長安的勝利前景。

黃巢的菊花詩，無論意境、形象、語言、氣勢、手法都讓人耳目一新。藝術想像和聯想是與詩人世界觀和生活實踐相聯繫的。沒有黃巢那樣的革命抱負、戰鬥性格，就不可能有「我花開後百花殺」這樣的奇語和「滿城盡帶黃金甲」這樣的奇想。把菊花和帶甲的戰士聯繫在一起，賦予它一種戰鬥的美，這只能來自生活實踐。「自古英雄盡解詩」，也許就應該這麼去理解吧！

聶夷中

【詩人名片】

聶夷中（837～？）

字號：字坦之

籍貫：河東（今山西永濟一帶）

作品風格：辭淺意哀

【詩人小傳】：少時家貧，咸通十二年（871）中進士，任華陰尉。其詩對封建統治階級殘酷剝削人民進行了深刻揭露，對廣大農戶的疾苦則寄予極為深切的同情。《全唐詩》存其詩一卷。

▷ 詠田家

二月賣新絲，五月糶新穀❶。

醫得眼前瘡❷，剜卻心頭肉。

我願君王心，化作光明燭。

不照綺羅筵，只照逃亡屋。

【注】❶糶（音迪）：賣糧食。❷醫：治。

唐末廣大農民遭受的剝削更加的慘重，以至於常常流離失所，無法生存。在這樣的社會背景下，產生了可與李紳《憫農》二首前後輝映的《詠田家》。

開篇就揭露封建社會農村一種怪現象：二月蠶種始生，五月秧苗始

插，哪有絲賣？哪有穀糶（出賣）？居然「二月賣新絲，五月糶新穀」。這就是所謂的「賣青」──將還沒有產出的農產品預先低價抵押出去。本來用血汗餵養、栽培的東西，是一年衣食，也是命根子，但被挖去了。兩句賣「新」，令人悲酸和無奈。賣青是迫於生計，而首先是迫於賦斂。緊接的兩句用了一個很形象的比喻：「醫得眼前瘡，剜卻心頭肉。」它通俗、簡易、恰當。「眼前瘡」當然是比喻眼前急難，「心頭肉」固然比喻絲穀等農家命根，但這比喻所取得的良好效果絕不是概念化表述所能達到的。「挖肉補瘡」，這是何等殘酷的行為！但它能入木三分地揭示那血淋淋的現實，叫人一讀刻骨銘心，永難忘記。當然，挖肉補瘡的事情聞所未聞，但如此寫來最能抒情，既深刻又典型，因而成為世代傳誦的名句。

「我願君王心」以下是詩人的感慨，表達改良現實的願望，頗合新樂府宣導者提出的精神。這裏寄希望於君王開明當然是很不現實的，但詩人用意主要是諷刺與勸諫。「我願君王心，化為光明燭」，就委婉指出當時君王之心還不是「光明燭」；希望它「不照綺羅筵，只照逃亡屋」，客觀反映君王一向只代表豪富的利益而不恤民情，不滿之意顯而易見，妙就妙在運用反語揭示皇帝昏聵無能，世道不公。「綺羅筵」與「逃亡屋」構成鮮明對比，反映出兩極分化、階級對立的社會現實，具有很強的批判性。它形象地暗示出農家賣青的原因，又由「逃亡」一字點出這樣做的必然結果，充滿了對田家的同情，可謂言有盡而意亦足。

胡震亨論唐詩，認為聶夷中等人「洗剝到極淨極省，不覺自成一體」，而「夷中詩尤關教化」，從這首詩就可看出。它之所以這樣，與語言的樸素凝練、取材造境的典型都是分不開的。

【後人點評】

《唐詩別裁集》：言簡意足，可匹柳文。

～ 張 喬 ～

【詩人名片】

張喬（生卒年不詳）

字號：字伯遷

籍貫：池州（今安徽貴池）

作品風格：清淺小巧

【詩人小傳】：懿宗咸通十二年中進士，黃巢起義，與伍喬同隱九華山。黃巢起義時，隱居九華山以終。當時與許棠、鄭谷、張賓等東南才子稱「咸通十哲」，其詩多寫山水自然。工於五律。《全唐詩》存其詩二卷。

▷ 書邊事

調角斷清秋❶，征人倚戍樓。

春風對青塚，白日落梁州❷。

大漠無兵阻，窮邊有客遊❸。

蕃情似此水❹，長願向南流。

【注】❶調角：吹奏號角。❷梁州：當時指涼州，在今甘肅境內。❸邊：邊疆。❹蕃：繁多。

唐朝自肅宗以後，河西、隴右一帶長期被吐蕃所占，中間戰爭不斷。大中十一年，吐蕃將尚延心以河湟降唐，其地又全歸唐朝所有。自此，唐

代西部邊塞地區才又出現了一度和平安定的局面。本詩的寫作背景大約是在此事發生之後。

詩篇一展開，呈現在讀者面前的是一幅邊塞軍旅生活的安寧圖。首句「調角斷清秋」，這一句極寫在清秋季節，萬里長空，角聲迴盪。而一個「斷」字，則將角聲音韻之美和音域之廣傳神地表現出來；這一句由高到低，慢慢落筆，勾勒出一個深廣的背景，渲染出一種宜人的氣氛。次句展現「征人」與「戍樓」所組成的畫面。看那征人倚樓的安詳姿態，多像是在傾聽那悅耳的角聲和欣賞那迷人的秋色呵！

頷聯「春風對青塚，白日落梁州」，「青塚」，是漢朝王昭君的墳墓。這使人由王昭君和親的事蹟聯想到當下邊塞的安寧，體會到民族團結、社會安定正是人們美好的願望。「梁州」，當指「涼州」，地處今甘肅省內，曾一度被吐蕃所占。王昭君的墓與涼州地帶一東一西遙遙相對。黃昏時分，當視線從王昭君的墓地又移到涼州時，夕陽西下，正是一派日麗平和的景象。即使在那更為遙遠廣闊的涼州地帶，也是十分安定的。

頸聯「大漠無兵阻，窮邊有客遊」，「大漠」和「窮邊」，說明邊塞地區的廣漠而「無兵阻」和「有客遊」，在「無」和「有」、「兵」和「客」的對比中，寫明邊關地區，因無蕃兵阻攔，所以才有遊客到來，也體現了社會的安定和平。這兩句對於前面的景物描寫起到了點化作用。

末聯兩句「蕃情似此水，長願向南流」，運用生動的比喻，抒發了詩人的良好願望，使詩的意境得到昇華。詩人望著這滔滔奔流的河水，思緒萬千。他想：蕃情能像這大河一樣，源源不斷地向南流入中原該多好啊！這表現出詩人渴望民族團結的願望。

全詩抒寫邊塞的所聞、所見、所望、所感，意境高闊而深遠；氣韻直貫而又抑揚有度；運筆如行雲流水，奔騰直下，而又迴旋跌宕令人，回味無窮。

【後人點評】

近人俞陛雲：此詩高視闊步而出，一氣直書，而仍頓挫，亦高格之一也。（《詩境淺說》）

曹 松

【詩人名片】

曹松（828～903）

字號：字夢徵

籍貫：舒州（今安徽潛山）

作品風格：清苦澹宕

【詩人小傳】：早年曾避亂棲居洪都西山，後依建州刺史李頻。李死後，流落江湖，無所遇合。天復元年中進士，特授校書郎。有《曹夢徵詩集》三卷，《全唐詩》收入其詩一百四十首

▷ 己亥歲（二首選一）

澤國江山入戰圖，生民何計樂樵蘇❶。

憑君莫話封侯事，一將功成萬骨枯。

【注】❶樵蘇：打柴砍草的人。

此詩題作《己亥歲》，題下注：「僖宗廣明元年」。「己亥歲」這個醒目的詩題，開門見山就指出詩中所寫的是活生生的社會現實。

安史之亂後，戰爭先在河北，後來蔓延入中原。後來又發生大規模農民起義，大江以南也都成了戰場。這就是所謂「澤國江山入戰圖」。詩句沒有直說戰亂殃及江漢流域，而只說這一片河山都已繪入戰圖，側面表達，委婉曲折，讓讀者通過一幅「戰圖」，想像到戰亂頻發的現實，這是

詩人運用形象思維的成功範例。

　　隨著戰亂而來的是家破人亡、生靈塗炭。打柴為「樵」，割草為「蘇」。樵蘇生計本來就很辛苦，艱難度日。然而，「寧為太平犬，勿為亂世民」，在流離失所、朝不保夕的「生民」心目中，能平平安安打柴割草以度日，也就很幸福了。只可惜這種樵蘇之樂，現在也不可能得到。用「樂」字反襯「生民」的苦不堪言，令人深思。

　　古代戰爭造成了殘酷的殺戮，人民的大量死亡，這是血淋淋的現實。詩的前兩句雖然筆調輕描淡寫，字裏行間卻有千行血淚，這就自然逼出後兩句沉痛的呼告：「憑君莫話封侯事，一將功成萬骨枯。」這裏「封侯」之事，是很有現實針對性的：乾符六年鎮海節度使高駢就以在淮南鎮壓黃巢起義軍的「功績」，受到封賞，無非「功在殺人多」而已！難怪詩人閉目搖手道：「憑君莫話封侯事」了。一個「憑」字，意在「請」與「求」之間，語調比言「請」更軟，意思是：做點好事吧，可別提封侯的話啦！詞苦聲訴，全由此一字推敲得來。

　　末句更是一語中的：「一將功成萬骨枯」。它詞約而義豐，即言將軍封侯是用士卒犧牲的高昂代價換取的。另外，一句之中運用了強烈的對比手法：「一」與「萬」、「榮」與「枯」的對照，觸目驚心，「骨」字極形象駭人。全詩前三句只用意三分，詞氣委婉，而此句一出，擲地有聲，如雷灌耳，相形之下更覺字字千鈞。

❧ 韓 偓 ❧

【詩人名片】

韓偓（約842～約915）

字號：字致堯，一作致光；自號玉山樵人

籍貫：京兆萬年（今陝西西安附近）

作品風格：詞致婉麗

【詩人小傳】：龍紀元年（889）登進士第，歷任左拾遺、左諫議大夫等職。後因忤觸權臣朱全忠，貶為濮州司馬，棄官南下。晚年入閩投靠王審知。有《韓翰林詩集》行世，《全唐詩》編其詩四卷。

▷ **已涼**

碧闌杆外繡簾垂，猩色屏風畫折枝❶。

八尺龍鬚方錦褥❷，已涼天氣未寒時。

【注】❶猩色：猩紅色。折枝：畫花卉的一種技法。畫枝而不帶根。❷龍鬚：草名，這裏指用龍鬚草編成的席子。

韓偓《香奩集》裏有許多反映男女情愛的詩歌，這是最為膾炙人口的一篇。其特點是藝術構思精巧，筆意含蓄。

這首詩展現在讀者眼前的是一間華麗精緻的臥室。鏡頭由室外逐漸移向室內移動，透過門前的闌杆、擋門的簾幕、門裏面的屏風等一道道障礙，聚焦在那張鋪著龍鬚草席和織錦被褥的八尺大床上。房間結構安排所

顯示出的這種「深而曲」的層次，分明告訴讀者這是一位富家少婦的金閨繡房。

佈局以外，景物中最吸引讀者視線的，是那斑駁陸離、耀眼奪目的色彩。翠綠的欄檻，猩紅的畫屏，門簾上的彩繡，被面的錦緞光澤，融合成一派旖旎祥和的氣象，不僅增添了臥室的華貴派頭，還為主人公的閨情綺思營造了合適的氛圍。主人公始終未露面，她的所作所為所思所想都不得而知。但朱漆屏面上雕繪著的折枝圖，卻不由得使人生發出「花開堪折直須折，莫待無花空折枝」（《金縷衣》）的感歎。面對這幅色彩斑斕的畫圖，主人公不可能感覺不到自己的逝水流年，而將大好青春同畫中鮮花聯繫起來加以比較、思索，更何況而今又到了轉換季節的時候。門前簾幕低垂，簟席上增加被褥，表明暑熱已過，秋涼將至。在這樣的時刻，最容易勾起人們對時光消逝的傷感，在主人公的心靈上又將激起不小的波瀾。詩篇結尾用重筆點出「已涼天氣未寒時」的節氣變化，當然不會出於無意。配上床席、錦褥的暗示，以及折枝圖的烘托，主人公在深閨寂寥之中對愛情渴望的情懷，也就依稀可見了。

這首詩，通篇沒有一個「情」字，甚至沒有一個「人」字，就僅僅是借助環境景物來渲染人的情思，供人體味。這類命意曲折、用筆委婉的情詩，在唐人詩中還是不多見的。

【後人點評】

清人周詠棠：中具多少情事，妙在不明說，令人思而得之。（《唐賢小三昧續集》卷下）

吳 融

【詩人名片】

吳融（生卒年不詳）

字號：字子華

籍貫：越州山陰（今浙江紹興）

作品風格：縟麗淒清

【詩人小傳】：昭宗龍紀元年（889）中進士。曾隨宰相韋昭度出討西川，任掌書記，後升為侍御史。一度辭官，流落荊南，後召為左補闕，又歷任翰林學士、中書舍人、戶部侍郎。天復元年（901）冬，昭宗被劫持至鳳翔，吳融扈從不及，客居閿鄉。不久，召回為翰林學士承旨。卒於官。

▷ 子規❶

舉國繁華委逝川，羽毛飄蕩一年年。

他山叫處花成血，舊苑春來草似煙。

雨暗不離濃綠樹，月斜長吊欲明天。

湘江日暮聲淒切，愁殺行人歸去船。

【注】❶子規：又叫杜鵑。傳說蜀國國王名杜宇，號望帝，後來失國身死，魂魄化為杜鵑，每日悲啼不已！

子規，是杜鵑鳥的另外一個稱呼。古代傳說，蜀國國王名杜宇，號望

帝，後來亡國身死，魂魄化為杜鵑，啼叫不已。這首詩寫的子規，就從這個典故展開，想像杜鵑鳥離開自己的國土，常年在外飄蕩。這個悲劇性的過程，正好為後面抒寫悲慨的基調做鋪墊。

由於啼叫聲的淒慘，加上鳥嘴又是紅色，所以有杜鵑泣血的傳聞。詩人借用這個素材展開想像，把原野上的紅花說成杜鵑口中的鮮血染成，增強了感染力。可是，這樣悲鳴產生怎樣的結果呢？又是春天，依然是一片草木繁茂，鬱鬱蔥蔥，絲毫也沒有因為子規的傷心而受到影響。這裏借春草長勢做反襯，把它們欣欣向榮的神態看做對子規啼叫漠然無情的表現，獨特的思維更勝過泣花成血。這一聯中，「他山」與「舊苑」形成對照，一熱一冷，一虛一實，映照非常鮮明，更突出了杜鵑鳥孤身飄蕩、哀嚎遍野的悲慘命運。

後半篇繼續多方面多角度地展開對子規啼聲的描繪。雨後涼風，它藏在綠樹叢中聲聲哀啼；夜幕初開，星月斜照，它迎著欲曙的天空蕭然鳴叫。它就是這樣一直悲啼，不停地傾訴自己內心的痛楚，不分春夏，不分晝夜。這一聲聲哀痛而又淒厲的呼叫，在江邊夕陽西下時分傳入行人耳中，怎不觸動人們的羈旅愁思和不堪回首的往事，叫人黯然神傷、傷心欲絕呢？

從詩歌結尾的「湘江」看，這首詩寫在今湖南長沙一帶。作者吳融，唐昭宗時在朝任職，一度受牽累罷官，本篇大約就寫在這個時候，反映了他仕途失意而又背井離鄉的苦悶心情。詩歌借詠物托意，全篇扣住杜鵑鳥啼聲淒切這一主題，反覆渲染，但又不是單調、死板地勾形摹狀，還能將所詠對象融入豐富的情景與聯想中，正寫和側寫都有，虛筆實筆巧妙地結合使用，達到「狀物而得其神」的藝術效果。這無疑是對寫作詠物詩的一個開拓。

【後人點評】

《四庫全書總目》評吳詩：音節諧雅，猶有中唐之遺風。

∽ 金昌緒 ∽

【詩人名片】

金昌緒（生卒年不詳）

籍貫：餘杭（今浙江杭州）

作品風格：圓淨活潑

【詩人小傳】：大中以前在世，生平無可考。《全唐詩》僅存其詩一首。

▷ 春怨

打起黃鶯兒，莫教枝上啼。

啼時驚妾夢，不得到遼西❶。

【注】❶遼西：古郡名，在今遼寧省遼河以西，是詩中少婦的丈夫征戍之地。

這首詩在章法上有一些獨特的地方：它通篇詞意聯屬，句句承接，節節相扣，四句詩形成了一個不可分割的整體，達到了王夫之在《夕堂永日緒論》中為五言絕句提出的「就一意圓淨成章」的要求。這一特點，為人稱道。

詩的首句似乎拔地而起，突然而上。按常理說，黃鶯是討人歡喜的一種鳥，而詩中的女主角為什麼卻要「打起黃鶯兒」呢？人們看了這句詩會茫然不知詩意所在，一定是有什麼特殊的原因吧，使人不能不急於從下句尋找答案。第二句詩果然給出了對第一句的解釋，人們這才知道，原來

「打起黃鶯兒」的目的是「莫教枝上啼」。但鳥語與花香本都是人們所嚮往的美好事物，而在鳥類中，黃鶯被稱為歌唱家，牠的啼聲又是特別清脆動聽。那麼目的是什麼呢？人們不禁還要問下去：為什麼不讓鶯啼呢？第三句詩說明了「莫教啼」的真正原因是「啼時驚妾夢」。但人們仍不會滿足於這一解釋，因為黃鶯啼曉，說明本該是夢醒的時候了。那麼，詩中的女主角為什麼這樣怕驚醒她的夢呢？她做的是什麼夢呢？最後一句詩的答復是：這位詩中人怕驚破的不是一般的夢，而是去遼西的夢，是唯恐夢中「不得到遼西」。

到這個時候，讀者才知道，這首詩原來採用的是層層倒敘，因果連環的手法。本是為怕驚夢而不教鶯啼，為不教鶯啼而要把鶯趕走，而詩人卻倒過來寫，最後才揭開了謎底，說出了最終的答案。但是，這最後的答案還是沒有說出最根本的原因。這裏，還留下了一連串問號，例如：一位少女為什麼做到遼西的夢？她有相愛的人在遼西？此人是做什麼的，為什麼離鄉背井，遠去遼西？

這首詩的題目是《春怨》，詩中女子到底怨的是什麼？難道怨的只是黃鶯啼驚破了她的曉夢嗎？這些，不必每一個都要說清楚，而又可以不言而喻，似乎又有答案，不妨留給讀者去想像、去思索。這樣，這首小詩就不僅在篇內有懸念，而且還在篇外留有想像的餘地。如果從思想意義去看，它看來只是一首抒寫兒女之情的小詩，稍加思索，卻發現有深刻的時代內容。這是一首懷念征人的詩，反映了當時兵役制下廣大人民所承受的家庭離散的痛苦。

【後人點評】

明人王世貞：「打起黃鶯兒」云云，不惟語意之高妙而已，其句法圓緊，中間增一字不得，著一意不得，起結極斬絕，而中自紆緩，無餘法而有餘味。（《藝苑卮言》卷四）

∽ 魚玄機 ∽

【詩人名片】

魚玄機（844〜871）
字號：字蕙蘭
籍貫：長安（今陝西西安）
作品風格：悠揚飄搖

【詩人小傳】：咸通初嫁於李億為妾，被棄。咸通七年（866）進長安咸宜觀出家，改名魚玄機。後因打死婢女綠翹，被處死。《全唐詩》存其詩五十多首。

▷ 江陵愁望有寄❶

楓葉千枝復萬枝，江橋掩映暮帆遲❷。
憶君心似西江水，日夜東流無歇時。

【注】❶江陵：今湖北江陵縣。❷掩映：時隱時現。

建安詩人徐幹有著名的《室思》詩，第三章末四句是：「自君之出矣！明鏡暗不治。思君如流水，無有窮已時。」後世愛其情韻之美，多仿此作五言絕句，成為「自君之出矣」一體。女詩人魚玄機的這首寫給情人的詩，體裁屬於七絕，可看作「自君之出矣」的一個變體。惟其有變化，故創獲也在其中了。五絕與七絕，雖同屬絕句，兩種體裁對不同風格的適應性卻有較大差異。

首句以江陵秋景興起愁情。《楚辭•招魂》：「湛湛江水兮上有楓，極目千里兮傷春心。」楓樹長在江邊，西風颳起來的時候，整個樹林裏樹葉蕭蕭作響，很容易觸發人離別的愁懷。「千枝復萬枝」，是用楓葉的多來寫離愁別緒。它不但用「千」、「萬」數位寫楓葉之多，而且通過「枝」字的重複，從聲音上也體現了枝葉的繁盛。

　　「江橋掩映暮帆遲」，從遠一點的角度看，可以看到江橋掩映於楓林之中；太陽下山，夜幕降臨，而不見那人乘船歸來。「掩映」二字寫出楓葉擋住了視線，對於傳達詩中人焦灼的心情是有幫助的。詞屬雙聲，念起來很有力度。有這兩個字，形成排比的句式，聲調便悠長而比「江橋暮帆遲」好聽多了。

　　前兩句寫盼望的人沒有來，後兩句便接寫懷念之情。用滾滾江水永不停息，比如懷念沒有停止，與《室思》之喻，異曲同工。初看來，「西江」、「東流」好像是多餘的，但減少為「憶君如流水，日夜無歇時」，跟原句比較起來，味道確實就差了不少。劉方平《春怨》末二句云：「庭前時有東風入，楊柳千條盡向西」，「不能名言，但恰入人意。」（《湘綺樓說詩》）魚玄機這首詩最後兩句妙處是一樣的。細細品味這兩句，原來分用在兩句之中非為駢偶爾設的成對反義字（「東」、「西」），有前後呼應，造成抑揚頓挫的情調，使詩句讀來有一唱三歎之音，亦即所謂「風調」。魚玄機此詩運用句中重複、句中排比、尾聯中反義字相對出現等手段，造成悠揚飄搖的風調，非常有利於抒情。每句多兩個字，卻充分發揮了它們的作用。所以比較五絕「自君之出矣」一體，藝術上正自有不可及之處。

【後人點評】

　　晚清王闓運：以東、西二字相起，（其妙）非獨人不覺，作者也不自知也。

❧ 鄭 谷 ❧

【詩人名片】

鄭谷（約851～910）

字號：字守愚

籍貫：宜春（今屬江西）

作品風格：清婉脫俗

【詩人小傳】：開成中任永州刺史，與當時著名詩人司空圖同院。僖宗廣明元年（880）黃巢入長安，鄭谷逃奔西蜀。光啟三年（887）中進士。昭宗景福二年（893）授京兆鄠縣尉。後又升為右拾遺補闕。乾寧四年（897）任都官郎中，故後有「鄭都官」之稱。天復三年（903）左右，歸隱宜春仰山書屋。卒於北岩別墅。《全唐詩》收其詩三百二十七首。

▷ 淮上與友人別❶

揚子江頭楊柳春❷，楊花愁殺渡江人❸。

數聲風笛離亭晚❹，君向瀟湘我向秦❺。

【注】❶淮（音懷）：揚州。❷揚子江：長江在江蘇鎮江、揚州一帶的幹流，古稱揚子江。❸楊花：指柳絮。❹離亭：驛亭。亭是古代供人休息的地方，人們常在此送別，故稱「離亭」。❺瀟湘：今湖南一帶。秦：今陝西境內。這裏指長安。

這首詩是詩人在揚州和友人分別時所作。和通常的送別詩不同，這是

一次各赴前程的握別：友人渡江南往瀟湘，自己則北向長安。

　　一、二兩句借景抒情，突出別離，寫得瀟灑而不傷感，讀來是另外一種天然的風韻。全詩畫面很疏朗：揚子江邊的渡口，楊柳枝條青青，晚風中，柳絲微微飄動，楊花四處紛飛。岸邊停泊著即將出發的小船，友人馬上就要渡江南去。寥寥幾筆，就勾勒出一幅清新秀雅的水墨畫。景中抒情，富於蘊味。依依嫋嫋的柳絲，牽曳著彼此依依惜別的深情，喚起一種「柳絲長，玉驄難繫」的離愁別緒；紛紛揚揚的楊花，渲染著雙方撩亂不寧的離愁，勾起天涯羈旅的漂泊之感。美好的江頭柳色，和煦的春光，在這裏恰恰成了離情別緒的媒介，所以說「愁殺渡江人」。詩人用淡墨點染景色，用重筆抒寫離愁，初看起來有些不怎麼協調，嬉戲體味又感到兩者的和諧統一。兩句中「揚子江頭」、「楊柳春」、「楊花」等同音字的著意重複出現，構成了一種既輕爽流利，又回味無窮，富於情韻美的風調，使人讀來既感到感情的至誠，又沒有沉重與傷感之嫌。次句雖單提「渡江人」，但彼此羈旅漂泊，走南闖北，君愁我亦愁，一切都在不言中。

　　「數聲風笛離亭晚，君向瀟湘我向秦。」這兩句，從遠處的江頭景色收轉到眼前的離亭別宴，都是正面描繪了握別時的情景。餞行送別，推杯換盞，酒香情濃，席間吹奏起了淒清愁怨的笛曲。借景抒情，所奏的曲子也許正是象徵著別離的《折楊柳》吧。這笛聲正傾訴出彼此的離愁別緒，便兩位即將分別的友人且接神馳，心緒不寧，隨風飄散。在悠悠的笛聲中，天色不知不覺地暗淡了下來，分別的時間真的到了。兩位朋友在沉沉暮靄中互相道別，各奔前程——君向瀟湘我向秦。

　　這首詩別開生面的富於情韻的結尾起到了昇華的作用。表面上看，最後一句只是交代各自行程的話語，沒有寓情於景的描寫，也沒有一唱三歎的直抒胸臆，實際上詩的深長韻味恰恰就深藏在這看起來樸直的不結之結當中。由於前面已通過江頭春色、楊花柳絲、離亭宴餞、風笛暮靄等一系列物和景對離情進行反覆渲染，結句的戛然而止，在反激與對照中越來越顯出其內涵的豐富。分別時的悵然若失，各奔東西的無限愁緒和深長思念，還有漫長旅程中的無邊寂寥，都在這不言中得到充分的表達。

【後人點評】

元人辛文房：谷詩清婉明白，不俚而切。（《唐才子傳》卷九）

▷ 鷓鴣❶

暖戲煙蕪錦翼齊，品流應得近山雞。
雨昏青草湖邊過❷，花落黃陵廟裏啼❸。
遊子乍聞征袖濕，佳人才唱翠眉低。
相呼相應湘江闊，苦竹叢深日向西。

【注】❶鷓鴣：鳥名，產於我國南部。其鳴極似「行不得也哥哥」，故古人常借其聲抒發逐客流人之情。❷青草湖：即巴丘湖，在洞庭湖東南。❸黃陵廟：在湘陰縣北洞庭湖畔。傳說帝舜南巡，死於蒼梧。二妃從征，溺於湘江，後人在水邊為她們立祠，稱黃陵廟。

詩人鄭谷被譽為「鄭鷓鴣」，可見這首鷓鴣詩是如何傳誦於當時了。鷓鴣，產於我國南部，形似雌雉，體大如鳩，故古人常借其聲以抒寫逐客流人之情。鄭谷詠鷓鴣沒有著重追求形式上的類似，而是重在表現它的神韻，正是緊緊抓住這一點來佈局全篇的。

開篇寫鷓鴣的形貌和生活習性。「暖戲煙蕪錦翼齊」，這個「暖」字，就把鷓鴣的習性全都表現出來了。「錦翼」兩字，又描繪出鷓鴣鮮豔奪目的羽色羽毛。在詩人看來，鷓鴣的高雅風致甚至可以和美麗的山雞相媲美。在這裏，詩人通過寫鷓鴣的嬉戲活動啟迪人們豐富的聯想。

首聯寫牠的外型，後面各聯主要描繪牠的聲音。然而詩人並不簡單地描述牠的聲音，而是著重表現由聲音產生的哀怨淒切的情韻。青草湖，即巴丘湖，在洞庭湖東南；黃陵廟，在湘陰縣北洞庭湖畔。這一帶，歷史上又是屈原流落之地，因而最易觸發羈旅情懷。這樣的特殊環境，很容易使人產生無盡想像，而詩人又營造了一層沉重感傷的氣氛：暮雨、落紅，荒江、野廟，便形成了一種淒迷幽遠的意境，渲染出一種令人黯然神傷的氛圍。此時此刻，自是不能嬉戲，只能悲鳴了。然而「雨昏青草湖邊過，花落黃陵廟裏啼」，反覆詠歎，又好像遊子涉足淒迷荒蠻之地，聽到鷓鴣的聲聲哀鳴而莫名地傷感。鷓鴣之聲和征人之情，完全交融在一起了。這二句之妙，在於寫出了鷓鴣的神韻。

五、六兩句，從鷓鴣轉而寫人，承接相當巧妙。「遊子乍聞征袖濕」，是承上句「啼」字而來，「佳人才唱翠眉低」，又是因鷓鴣聲有感而發。佳人唱的是《山鷓鴣》詞，這是仿鷓鴣之聲而作的淒苦之調。閨中少婦面對落花、暮雨，思念遠行在外的丈夫，情思難遣，唱一曲《山鷓鴣》，可是剛剛開始，就情不自禁了。詩人選擇遊子聞聲生情，泣不成聲。用「乍」、「才」兩個虛詞加以強調，有力地烘托出鷓鴣啼聲之哀怨。在這裏，人之哀情和鳥之哀啼，虛實相生，各臻其妙而又互為補充，相得益彰。

最後一聯：「相呼相應湘江闊，苦竹叢深日向西。」詩人著重抒情。「湘江闊」、「日向西」，使鷓鴣之聲越發淒唳，景象也越發清幽，終篇神韻全出，言雖盡而意無窮，透出詩人那沉重的羈旅鄉思之愁。清代金聖歎以為末句「深得比興之遺」（《聖歎選批唐才子詩》），這是很有見地的。詩人緊緊把握住人和鷓鴣在感情上的聯繫，詠鷓鴣而重在傳神韻，使人和鷓鴣融為一體，構思精妙縝密，難怪世人譽之為「警絕」了。

【後人點評】

清人薛雪：鄭守愚聲調悲涼，吟來可念，豈特為《鷓鴣著》一首，始享不朽之名？（《一瓢詩話》）

～ 杜荀鶴 ～

【詩人名片】

杜荀鶴（846～904）
字號：字彥之，號九華山人
籍貫：池州石埭（今安徽石台）
作品風格：平易自然，樸實明暢，清新秀逸

【詩人小傳】：出身寒微。曾屢次應考，不第還山。後遊大梁（今河南開封），向朱溫獻《時世行》十首，希望他減省徭役賦稅，不合溫意。後又上頌德詩取悅於溫。溫為他送名禮部，得中大順二年（891）進士。次年，因時局動亂，復回山，田頵用為從事。天復三年（903），朱溫表薦他，授翰林學士、主客員外郎，患重疾，旬日而卒。有《唐風集》十卷，《全唐詩》收其詩三卷。

▷ 春宮怨

早被嬋娟誤❶，欲妝臨鏡慵。
承恩不在貌，教妾若為容❷？
風暖鳥聲碎，日高花影重。
年年越溪女❸，相憶採芙蓉。

【注】❶嬋娟：形容容貌美好。❷若為容：又叫我怎樣妝扮容貌來取寵呢？❸越溪女：指西施浣紗時的女伴。

古代寫宮怨的詩一般都不帶「春」字，即使有，也沒有一首能像杜荀鶴這首那樣傳神地把「春」與「宮怨」緊密地聯繫起來。

前兩句是發端。「嬋娟」，是說容貌嬌媚。宮女入宮，就因為長得好看，入宮以後，伴著她的卻只是孤苦寂寞，因而拈出一個「誤」字。此刻，她正對著銅鏡，看著自己，本想梳妝一番，但一想到美貌誤人，又懶得動手了。上句一個「早」字，彷彿是從心靈深處發出的一聲沉重的歎息，後悔莫及；次句用欲妝又罷的舉動展示怨情也很細膩。

三、四句用的是流水對，上下句文意承接，行如流水，一氣貫注，進一步寫出了欲妝又罷的心理狀態。「若為容」，這裏實際上是說打扮沒有用。既不能被皇上看中並不在於容貌的美好，那麼，打扮又有什麼用呢？

五、六句忽然開闊，從鏡前宮女一下子轉到室外春景：春風和煦，鳥聲輕盈，初陽高照，花枝弄影。這兩句寫景，乍看似乎與前面描寫不相連屬，事實上，仍然是圍繞著宮女的所感來寫的。在欲妝又罷的一刻，透過簾櫳，暖風送來了動聽的鳥聲，又看到了「日高花影重」的景象，更喚起了她心中無春的寂寞空虛之感。景中之情與前面所抒寫的感情一脈相承。

「風暖」這一聯筆墨比較濃厚。風是「暖」的；鳥聲是「碎」的——所謂「碎」，是說輕而多，體現了繁盛的生命力，剛好與死寂的境界相對立，「日高」、「花影重」，綺麗而妙，既寫出了春天的典型景象，反襯了怨情，又承上啟下，由此引出了新的聯想。眼前聲音、光亮、色彩交錯融合的景象，使宮女想起了入宮以前每年在家鄉溪水邊採蓮的歡樂情景。「越溪」即若耶溪，在浙江紹興，是當年西施浣紗的地方，這裏借指宮女的家鄉。這兩句以過去對比現在，使含而不露的怨情，更為悠遠。

從詩的意境來看，《春宮怨》好像是詩人在代宮女寄怨寫恨，同時也是詩人的自況。人臣之得寵主要不是憑著才學，這與宮女「承恩不在貌」有什麼兩樣？這首詩以「風暖」一聯聞名詩壇，就全篇而論，無疑也是一首意境渾成的佳作。

【後人點評】

清人紀昀：前四句微覺太露，然晚唐詩又別作一格論。結句妙，於對面落筆，便有多少委婉。（《瀛奎律髓匯評》卷三十一）

崔 塗

【詩人名片】

崔塗（生卒年不詳）

字號：字禮山

籍貫：睦州桐廬（今屬浙江）

作品風格：淒愴蒼涼

【詩人小傳】：唐僖宗光啟四年（888）中進士。家境貧寒，終生飄泊，漫遊巴蜀、吳楚、河南等地。其詩多以飄泊生活為題材，抒發羈旅愁思之情。有《崔塗詩》一卷，《全唐詩》存其詩一卷。

▷ 除夜有懷❶

迢遞三巴路❷，羈危萬里身❸。

亂山殘雪夜，孤燭異鄉人。

漸與骨肉遠❹，轉於僮僕親❺。

那堪正飄泊❻，明日歲華新。

【注】❶除夜：除夕。❷迢遞：遙遠。三巴：故稱巴郡、巴東、巴西為三巴，在今四川省東部。❸羈：寄居他鄉。危：艱危困苦。萬里身：這裏指自己離家萬里。❹骨肉：指有血統關係的骨肉至親。❺僮：未成年的僕人。❻那堪：怎能忍受得了。

這首《除夜有懷》，是詩人客居四川的時候寫的。

本詩抒寫的是旅行的途中，適逢除夕之夜，於是一股悲愁從心中產生。全詩核心是一個悲字。詩的首聯，把詩人遠離家鄉，飄泊天涯的無限惆悵的情懷，深摯地抒發出來。但發調高遠，吟唱幽咽，氣象顯得十分開闊，因此它並沒有給人以低沉蕭瑟的感覺。接著的第二聯，具體地描繪出了在異地他鄉過除夕夜的淒涼景象：在一片空寂的群山之中，冬盡雪殘，四處斑斑點點，暗示著溫暖的春天又不知不覺中來到人間；一點飄忽的燭光，忽明忽暗，半明半暗，映照著詩人孤單的身影。異鄉年夜，旅人懷鄉，既寫出了詩人心中的悲涼和慰藉，也把遊子思鄉、懷念親人這一在舊時代最能牽動人的感情，真摯而細膩地表達了出來。語言平和親切，感情溫厚，與第二聯互相映襯，真切感人。結尾一聯，「那堪正飄泊，明日歲華新」，再次拓開境界，不僅點出了除夕夜這一含有特殊意義的時間，而且加深了除夕夜懷鄉思人的主題，強烈地表達示了不堪忍受的異鄉飄泊，希望在歲華更新的一年裏，自己也將有一個新的開始。朦朧的希望，善良的期盼，凝聚了詩人的多少酸楚，這正是那個時代士子們的噩夢。全詩意境蒼涼深遠，情韻幽絕極致。

【後人點評】

清人賀裳：崔《除夜有感》……讀之如涼雨淒風，颯然而至。此所謂真詩，正不得以晚唐概薄之。按崔此詩尚勝戴叔倫作。戴之「一年將盡夜，萬里未歸人。寥落悲前事，支離笑此身」已自慘然，此尤覺刻肌砭骨。（《載酒園詩話又編》）

▷ 孤雁

幾行歸塞盡❶，念爾獨何之❷？

暮雨相呼失，寒塘欲下遲。

渚雲低暗度❸，關月冷相隨。

未必逢矰繳❹，孤飛自可疑。

【注】❶幾行：指與孤雁同飛的幾行雁陣。塞：指塞上。❷念爾：問你。之：往。❸渚：水中小洲。❹矰繳（音曾卓）：箭。矰：古代射鳥用

的一種栓著絲繩的箭。繳，繫在箭上的絲繩。

　　這首詩全篇都是寫孤雁，「詩眼」就是一個「孤」字。一個「孤」字將全詩的神韻、意境凝聚在一起，自由和諧，渾然天成。

　　為了突出孤雁的孤，首先要寫出「離群」這個背景。所以詩人一開頭就說：「幾行歸塞盡，念爾獨何之？」詩人一生四處漂泊，多天涯羈旅之思。此刻，遠望天空：只見天穹之下，幾行鴻雁，展翅飛翔，往北方而去。慢慢地，群雁消失在天邊，只剩下一隻孤單的鴻雁，在低空盤旋。從「歸塞」二字，可以看出雁群是在向北飛行，而且又是在春天；因為只有在春分之後，鴻雁才飛回塞外。這兩句中，特別應該注意一個「行」字，一個「獨」字。有了「行」與「獨」作對比，一動一靜，孤雁就突現出來了。「念爾」句寫得很妙，一個「孤」字映照通體，統攝全局。「獨何之」，則可看出詩人這時正羈留他鄉，借孤雁以寫離愁。

　　頷聯「暮雨相呼失，寒塘欲下遲」，是全篇的警策。第三句是說孤雁失群的原因，第四句是說失群之後驚慌的表現，既寫出當時的天氣變化，又刻畫出孤雁的神情狀態。暮雨淅瀝，一隻孤雁在空中淺聲低鳴，呼尋同伴。那聲音是夠慘烈的了。牠經不住風雨的侵襲，前進無力，想下來棲息，卻又形單影隻，猶豫盤旋。那種欲下未下的矛盾舉動，遲疑畏懼的心情，寫得細膩入微。可以看出，詩人是把自己孤淒的情感熔鑄在孤雁身上了，從而構成一個統一的藝術整體，讀來真實動人。

　　頸聯「渚雲低暗度，關月冷相隨」，是承頷聯而來，寫孤雁隻影無依，淒涼寂寞。「渚雲低」是說烏雲逼近洲渚，對孤雁來說，便構成了一個恐怖的氛圍，孤雁就在那樣慘澹的昏暗中飛行。這是多麼令人擔憂呵！「關月」，指關塞上的月亮，這一句寫想像中孤雁的行程，雖非目力所及，然而「望盡似猶見」，傾注了對孤雁

自始至終的關心。這兩句中特別要注意一個「低」字，一個「冷」字。月冷雲低，襯托著形單影隻，突出了行程的艱險，心境的淒涼；而這都是緊緊地扣著一個「孤」字，才感到雲低的可怕，才顯得孤單淒涼。

最後兩句，寫了詩人美好的期盼和矛盾的心情。「未必逢矰繳，孤飛自可疑」，是說孤雁未必會遭暗箭，但孤飛總使人提心吊膽。從語氣上看，像是安慰之詞——安慰孤雁，也安慰自己；然而實際上卻是更加擔心了。詩直到最後一句「孤飛自可疑」，才正面拈出「孤」字，「詩眼」至此顯豁開朗。詩人飄泊異鄉，世路艱難，詩人以孤雁自喻，表現了孤淒憂慮的羈旅情懷。

【後人點評】

明人李夢陽：起句即悲。通篇情景相稱，優柔不迫，佳作也。（《唐詩選脈會通評林》卷三十五）

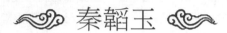

秦韜玉

【詩人名片】

秦韜玉（生卒年不詳）

字號：字中明，一作仲明

籍貫：湖南

作品風格：奇雅輕巧

【詩人小傳】：累試不第，後諂附權勢宦官田令孜，充當幕僚，官丞郎，判鹽鐵。黃巢起義軍攻佔長安後，韜玉隨僖宗入蜀，為工部侍郎。中和二年（882）特賜進士及第。後不知所終。《全唐詩》存其詩一卷。

▷ 貧女

蓬門未識綺羅香❶，擬托良媒益自傷❷。

誰愛風流高格調❸，共憐時世儉梳妝❹。

敢將十指誇針巧，不把雙眉鬥畫長❺。

苦恨年年壓金線❻，為他人作嫁衣裳！

【注】❶蓬門：用蓬草編紮的門，指貧女破敗的屋舍。綺羅：絲織品。這裏指富貴女子的華麗衣裳。❷擬：打算。益：更加。❸風流：舉止瀟灑。高格調：品格和情調很高。❹憐：愛惜。時世：當世，當今。❺鬥：爭。❻壓金線：用金線繡花。壓，是刺繡的一種手法，這裏用作動詞，指刺繡。

這首詩最顯著的特點就是語意雙關、含蘊豐富而深奧，一直為人們傳誦。全篇講的是一個還沒有出嫁的農家女子的內心表白，表達了她內心壓抑苦悶的心情，更深一層卻流露出詩人生不逢時、壯志難酬的憤恨。

「蓬門未識綺羅香，擬托良媒益自傷。」主人公的心思從農家女子的平常衣著說起，說自己出身在貧寒人家，穿的都是些粗布衣服，從來沒有穿過絲綢羅緞和錦衣華服。她開口的第一句話，就令人感到這是一位純潔樸素的女子。因為家境貧寒，雖然早已到了出嫁的年齡，卻總不見媒人上門說親。如果沒有女孩子的那種羞怯，去請人作媒吧，可是每當有這個想法的時候，都會感到無比憂傷，這到底是什麼原因呢？

「誰愛風流高格調，共憐時世儉梳妝。」如今這個時代變了，人們都爭著去追求時髦而又非常奇怪的衣服，沒有人欣賞並懂得我不隨波逐流的高尚情操啊！

「敢將十指誇針巧，不把雙眉鬥畫長。」我所依賴並值得驕傲的是，靠著一雙能生產勞動的巧手脫穎而出，在別人面前說我的優點；我是不會盲目地去追求那些時尚，把原本好好的兩條眉毛畫得長長的去跟別人比漂亮。這樣的社會情境，我這樣的品格和操守，就像美好的曲子，調子越

高，懂得和欣賞的人就越少。即使有很好的媒人，也不一定能介紹到懂我的人。

「苦恨年年壓金線，為他人作嫁衣裳！」自己的終身大事都看不到希望，每天卻要縫補刺繡，辛苦地為別人做出嫁的衣裳！日復一日，年復一年，每次刺繡就像一針針把自己的心刺得傷痕累累……

從全詩看，詩人刻畫貧家女子的形象，不是憑藉景物氣氛和居室陳設的襯托，也不是進行相貌衣物和神態舉止的描摹，而是把她放在與社會環境的大背景中，通過她的內心獨白揭示其心靈深處的苦悶。全詩語言沒有引用，不用比擬，全是出自貧家女子細膩又爽利、個性堅貞的口語，開門見山地傾訴心聲。從家庭情況到自身婚事，從社會風氣到個人的情操，一訴一歎，越陷越深，無法自拔，最後終於突破抑鬱和窒息的重壓，歇斯底里地發出「苦恨年年壓金線，為他人作嫁衣裳」的慨歎。詩情哀怨沉痛，反映了封建社會貧寒士人不為世用的憤懣和不平。這最後一呼，又因為它廣泛深刻的內涵，濃重深厚的生活哲理，使全詩具有更大的社會意義。

【後人點評】

清人賀裳：秦韜玉詩無足言，獨《貧女》篇遂為古今口舌。「苦恨年年壓金線，為他人作嫁衣裳」，讀之輒為短氣，不減江州夜月、離婦琵琶也。（《載酒園詩話又編·晚唐》）

王　駕

【詩人名片】

王駕（生卒年不詳）

字號：字大用，自號守素先生

籍貫：河中（今山西永濟）

作品風格：精巧自然

【詩人小傳】：大順元年（890）中進士，官至禮部員外郎。後棄官歸隱。《全唐詩》存其詩六首。

▷ 社日

鵝湖山下稻粱肥❶，豚柵雞棲半掩扉❷。

桑柘影斜春社散，家家扶得醉人歸。

【注】❶鵝湖：在今江西鉛山縣。❷豚：小豬。

　　我國古代有兩次例行的祭祀土神的日子，叫做春社和秋社。農民借這樣的節日開展十分難得的娛樂活動，最重要的是通過這種方式表達他們對風調雨順、糧食豐收的美好期盼。王駕這首《社日》，沒有一字正面寫作社的情景，卻寫出了這個節日的喜慶，是一首膾炙人口的好詩。

　　本詩第一句並沒有寫「社日」的題面，而是從村莊周圍的風景寫起。鵝湖山，這地名本身十分誘人和充滿想像力。湖的得名很容易讓人想到一群群白鵝自由遊戲，魚蝦嬉戲，一派典型的南方農村山清水秀的怡人風

光。春社時屬仲春,「稻粱肥」,是指田裏莊稼長勢喜人,是個豐收的年景。村子外面的風光讓人流連忘返,那麼村子裏面呢?放眼望去,到處是一片和諧、富足的景象。家畜家禽,多不勝數,聯繫第一句描寫,真可以說是五穀豐登、六畜興旺。所以一、二句沒有說到祭祀土神的事情,先就寫出了節日的歡樂氣氛。這兩句也沒有寫村子裏的人,「半掩扉」呈現的是一幅畫面,房子裏沒有人,門兒都半開半關著。「半掩」而不上鎖,可見民風淳厚。古人常用「夜不閉戶」表示社會的太平,「半掩扉」這個細節描寫是很有表現力和說服力的。同時,它又從側面說明村民家家都參加社日去了,非常巧妙地將詩意向後聯過渡。後兩句寫「社日」正題。值得體味的是詩人不是描寫作社表演的熱鬧場面,而是著重寫社散後的景象。「桑柘影斜」,太陽落山,樹影在地面上越來越長,說明天色將晚。同時,村裏植有「桑柘」,可見村民養蠶的活動也做得不錯。春社散後,人聲慢慢少了,到處都可以看到一種情景,一些為慶祝社日而喝得酩酊大醉的農人,被家人鄰里攙扶著送回家去。沒有正面寫社日的熱鬧與歡樂情景,卻選取祭祀之後漸歸寧靜,獨具匠心。讀者通過這個尾聲,會自然想像出作社、觀社的全過程。「醉人」這個細節可以使人聯想到村民觀社的皆大歡喜,正因為心裏高興,才舉杯痛飲,而這種高興又是與豐收的喜悅緊密相連的。

此詩不寫正面而是寫側面,通過典型意義和形象暗示作用的日常生活情景寫社日景象,反映的內容豐富多彩。這種含蓄的表現手法,用在絕句短小體裁中極為合適,使人讀後回味無窮,韻味深長。

▷ 雨晴

雨前初見花間蕊,雨後全無葉底花。
蜂蝶紛紛過牆去,卻疑春色在鄰家。

這是一首即興詩,寫雨後漫步花園所見的衰敗景象。詩中寫到的景物很平常,也很普通,但是在平淡中見新奇,妙趣橫生。

詩的前兩句「雨前初見花間蕊,雨後全無葉底花」抓住象徵春色的「花」字,用「雨前」所見和「雨後」景象進行對比、映襯,表露出詩人

一片惜春之情。

　　雨前，春天剛剛到來，花枝上才吐出骨朵兒，還沒有開放；而雨後，落紅滿徑，枝上只剩下綠葉了，說明這場雨下得多麼大、多麼久，本來是百花爭豔的美好春色，被這一場苦雨給鬧殺了。望著花落春殘的小園之景，詩人是多麼惋惜而生感歎啊！失望的不光是詩人，還有那些希望採蜜的蜜蜂和蝴蝶。

　　詩的下兩句由花寫到蜂蝶。被苦雨久困的蜂蝶，好不容易盼到大好的春晴佳期，它們懷著和詩人一樣愉快的心情，翩翩起舞，飛到小園花叢中，本以為可以在花叢中進香美食，不料撲了空，小園裏什麼都沒有；牠們也像詩人一備感失望，懊喪地離開，紛紛飛過院牆而去。花兒殘敗了，蜂蝶也紛紛離開了，小園裏就更是顯得冷清寥落，詩人的心裏也就更是悲苦惆悵！看著眼前「紛紛過牆去」的成群蜂蝶，滿懷著惜春之情的詩人，腦海裏卻產生出一種大膽而奇特的聯想：「卻疑春色在鄰家」。院牆那邊是鄰居家，詩人想像好像很有道理；但一牆之隔的鄰家小園，自然不會獨享春色，詩人想得又是多麼天真爛漫；畢竟牆太高，因此不能肯定，所以詩人只說「疑」，「疑」體現了一個度，格外增加了真實感。

　　「卻疑春色在鄰家」，可謂「神來之筆」，造語奇思妙想又渾然天成，令人頓時耳目　新，這　句乃是全篇精神，起了化腐朽為神奇的作用，經它點化，小園、蜂蝶、春色，一齊煥發出奕奕神采，妙趣無窮。

∽ 翁 宏 ∽

【詩人名片】

翁宏（生卒年不詳）

字號：字大舉

籍貫：桂林

作品風格：工麗

【詩人小傳】：約梁貞明初前後在世。與當時逸士廖融等為詩友。所作詩今存三首，分別是《春殘》、《秋殘》、《送廖融處士南遊》。

▷ 春殘

又是春殘也，如何出翠幃❶？

落花人獨立，微雨燕雙飛。

寓目魂將斷❷，經年夢亦非。

那堪向愁夕，蕭颯暮蟬輝。

【注】❶幃：帳子、幔幕。❷寓目：過目。

翁宏的這首《春殘》有絕妙佳句，千古傳頌。

這首詩寫的是女子春末思人。第一句點出主題，隨意而為，不拘一格。第一句中，「又」字開頭，「也」字收尾，連用一個副詞和一個語氣詞，這在詩中是比較少見的。但是看起來用得很自然，使起句突出，加強了語氣，增強了詩中女主人公的愁怨之情，達到了貫穿全篇的效果，也

算是一種寫法上的創新。「又」字還與下面的「經年」相應，暗示這女子與情人別離，正是去年的這個時候，所以對這種情景的變化特別敏感。第二句「如何出翠幃」，「如何」有不堪的意思。聯繫第一句看，這位女子正是在去年這個時候這個地方，感受到了離愁別緒。時間過去了一年，一切都歷歷在目，而且，現在又是在這一時間和這一地點，她又一次感同身受，怎麼受得了這樣的苦痛呢！所以說不敢出翠幃。再往下看，說是不敢出來但是最終還是出來了，人在心情低落、愁苦無比的時候，往往就是處在這樣的自我心理鬥爭中。這又生動地刻畫出了這位女子朝思暮想、欲罷不能的心理狀態，從而烘托出她的思念之情和鏤心刻骨的哀傷。

以下幾聯均寫她在院子裏的所見所感。主要是說她如何觸景生情，憂思滿懷，但又反覆抒情，有些重複，用語也很平淡。唯獨第二聯兩句，融情入景，情景交融，寫得工麗自然，不失為神來之筆。「落花人獨立，微雨燕雙飛」。既是春末，當然是落花遍地，而無數落花又很容易引起人們年華易去、青春難再之感。現在，這位女子，正當花般年齡，卻獨自站在院子裏，青春在消逝，她的命運和這晚春的落花不是一樣的嗎！詩人將落花與思婦互相映襯，淒涼萬分。暮春時節，微雨濛濛，給人的感覺本是抑鬱沉悶的，何況是愁思鬱積的女子呢！偏偏在這個時候，一對不知趣的燕子，在細雨中飛來飛去，顯出很自得愜意的樣子，這就使她心裏更加難受了。燕子不懂情，尚能比翼雙飛；人屬多情，卻只能獨自一人，此情此景，怎堪忍受！詩人以燕雙飛反襯人獨立，把女子的內心悲苦之情推到了頂點。花、雨、人、燕，本來是純粹的生活場景，詩人卻通過映襯、反襯，融情入景，情景交融，呈現出一幅和諧統一的藝術畫面，從而烘托出詩中女子寂寞難耐的內心世界，使「景語」完全變成了「情話」。這兩句寫得細膩深刻而委婉含蓄，對偶工麗而自然，堪稱佳句。北宋詞人晏幾道創造性地借用了翁宏這兩句詩，他寫道：「夢後樓臺高鎖，酒醒簾幕低垂。去年春恨卻來時。落花人獨立，微雨燕雙飛。記得小蘋初見，兩重心字羅衣。琵琶弦上說相思。當時明月在，曾照彩雲歸。」這兩句恰恰是詞中的精髓，成了「千古不能有二」的名句。

⚭ 唐溫如 ⚭

【詩人名片】

唐溫如（生卒年不詳）
作品風格：輕靈奇幻

【詩人小傳】：生平無可考，僅留詩《題龍陽縣青草湖》一首。

▷ 題龍陽縣青草湖❶

西風吹老洞庭波，一夜湘君白髮多❷。
醉後不知天在水，滿船清夢壓星河。

【注】❶龍陽縣：即今湖南漢壽。青草湖：在洞庭湖的東南部，因湖的南面有青草山而得名。❷湘君：湘水之神。一說是巡視南方時死於蒼梧的舜。

這是晚唐詩人唐溫如唯一的傳世之作，很像是他的一幅自畫像，讀過之後，詩人的精神風貌立體地呈現在讀者眼前。

這是一首獨具藝術特色的紀遊詩。一、二兩句，詩人把對歷史的追憶與對眼前壯闊的自然景色的描繪巧妙地結合起來，用虛幻的想像，表達出真情實感。「西風吹老洞庭波，一夜湘君白髮多。」兩句中一個「老」字用得非常到位。秋風颯颯而起，一望無邊的洞庭湖水，泛起層層漣漪，影影綽綽。那景象，與春日中輕漾寧靜的碧水比較，不給人一種深沉的逝川之感嗎？詩人悲秋之情隱隱可見。但他故意不直接說，而是塑造了一個

白髮湘君的形象，令人深思。傳說湘君聽說帝舜死在蒼梧之野，沒有追趕上，啼竹成斑，那是很悲涼的。而今日蕭瑟秋風，竟使美麗的湘君一夜白頭，愁苦不堪。這種新奇的想像，更使人能夠感受到洞庭秋色是怎樣的冷靜凄清了。客觀世界如此，詩人自己的遲暮之感、衰老之意，自然都在不言中了。一個「老」字，融情入景，昇華了情感的境界。

再看：「醉後不知天在水，滿船清夢壓星河。」夜幕降臨，風已經停下來了，水面也平靜了，明亮的銀河倒映在湖中，很美。停泊在湖邊的客船上，詩人一天到晚，飲著美酒，吟詩作樂，快樂無比，待到身心都陶醉了，安然睡去。就像乘船在天上巡遊的感覺，一切都慢慢地滲入了夢鄉。詩人將夢境描繪得這麼美好，令人神往。然而，這畢竟是夢鄉，夢醒來的時候，留在心上的只是莫名的歎息。一、二句寫悲秋，也有著生不逢時、壯志難酬的慨歎；這兩句寫夢境，寫出對美好生活的留戀，字裏行間流露出他在現實中的失意與落寞。所以三、四句看起來與一、二句沒有什麼聯繫，其實是相互聯繫、水乳交融的。

古代有許多寫夢的詩，但像這首詩這樣清新婉轉而又意蘊豐富，卻是很少見的。全詩有一種浪漫主義色彩，筆調靈活，畫面清新，是這首詩的主要特色。詩人自然的真情實感的表現而沒有受到形貌的限制，手法是自由揮寫，脫穎而出。無論寫夢還是抒情，都是虛實結合，朦朧迷離，詩境縹緲奇美，構思獨特新奇，是難得一見的好詩。

❧ 杜秋娘 ❧

【詩人名片】

杜秋娘（生卒年不詳）
作品風格：真率優美

【詩人小傳】：原為節度使李錡的妾，後因善唱《金縷衣》曲入宮，受憲宗寵愛。穆宗立為皇子保姆。皇子被廢，秋娘歸鄉，窮老無依。

▷ 金縷衣❶

勸君莫惜金縷衣，勸君須惜少年時。
有花堪折直須折❷，莫待無花空折枝。

【注】❶金縷衣：指華麗貴重的衣服。❷堪：可以。直須：就應該。

這是中唐時期一首非常流行的歌詞。

這首詩的含意非常通俗易懂，可以用「珍惜時光」這個詞來概括。這原是一種每個人都懂的道理。可是，它使讀者感到願望單純而強烈，使人感到無比的震撼，有一種不可抗拒的魅力。全詩每一句似乎都在反覆強調「莫負好時光」，而每句又都有些微妙變化，重複而不囉嗦，回環不快不慢，形成優美的輕盈旋律。

前兩句句式一樣，都以「勸君」開始，「惜」字也出現了兩次，這是二句重複的因素。但第一句說的是「勸君莫惜」，第二句說的是「勸君須惜」，「莫」與「須」的意思是相反的，這就是重複中的一些變化，但是

主要意思是不變的。「金縷衣」是非常貴重的衣物，卻「勸君莫惜」，說明世間還有比它更為珍貴的東西，這就是「勸君須惜」的「少年時」了。為什麼這麼說呢？詩句未直說，那本是不言自明的：「一寸光陰一寸金，寸金難買寸光陰」；然而青春是非常寶貴的，一旦逝去是再也回不來的。一再「勸君」，用規勸的語氣，情真意切，有很濃厚的歌味和娓娓道來的神韻。兩句一個否定，一個肯定，否定前者是為了肯定後者，似分實合，虛實相生，形成了詩中第一次反覆和詠歎，旋律和節奏輕盈舒緩。

詩的三、四句則構成又一次的奉勸和詠歎，從詩的表面意思看，與前面兩句沒有什麼差別。這樣，除了句與句之間的反覆，又有上聯與下聯之間的旋律的承接。但兩聯表現手法卻很不一樣，上聯直接表達感情；下聯是間接用了譬喻的方式。於是重複中存在著變化。三、四句沒有一、二那樣的句式，但意義體現上卻是殊途同歸。上句說「有花」應該怎麼做，下句說「無花」會是什麼樣的結果；上句說「須」怎樣，下句說「莫」怎樣，也有肯定否定的對立。二句意義又密切相關：「有花堪折直須折」是從正面說「把握時機」的意思，「莫待無花空折枝」是從反面說「莫負好時光」的意思，表面不同，實為相同，反覆傾訴同一調了，是「勸君」的繼續，但語調節奏由慢到快，由低到高，出輕到重。「堪折—直須折」這句中節奏短而快，力度很強勁，「直須」比前面的「須」更加強調應該這樣做。這是對青春的放聲歌唱。這裏的豪放和熱情，不但坦率、直接，而且形象和諧優美。

有這樣一種歌詞，簡單幾句話，反覆吟唱，就能夠獲得醉人的風韻；而《金縷衣》的詩意單純而不單調，有反覆，有變化，有虛有實，虛實相生，作為獨立的詩篇已琅琅上口，更何況它在唐代是配樂吟唱，難怪它那樣讓人沉醉而被千古流傳了。

〈全書終〉

國家圖書館出版品預行編目資料

唐詩三百首賞析大全集／林郁 主編 -- 初版,
--新北市：新視野New Vision, 2022.08
　　冊；　公分 . --
　　ISBN 978-626-95822-2-8（平裝）

831.4　　　　　　　　　　　　111007864

唐詩三百首賞析大全集

林郁　主編

出　　版　新視野 New Vision
製　　作　新潮社文化事業有限公司
製 作 人　林郁
　　　　　電話：(02) 8666-5711
　　　　　傳真：(02) 8666-5833
　　　　　E-mail：service@xcsbook.com.tw
印前作業　東豪印刷事業有限公司
印刷作業　福霖印刷有限公司

總 經 銷　聯合發行股份有限公司
　　　　　新北市新店區寶橋路 235 巷 6 弄 6 號 2F
　　　　　電話：(02) 2917-8022
　　　　　傳真：(02) 2915-6275

初　　版　2022 年 08 月